Chris P. Rolls

BODY CAUGHT

Gay Romance & Crime

BEGEGNUNG IM GAYTRONIC

Adrenalin ist mein Treibstoff.

Noch kursiert reichlich davon im Blut, fassungslose Wut brodelt unter der Oberfläche der Haut. Sonst hätte ich mich niemals hergetraut.

Vorgestellt habe ich es mir zwar schon oft, nur fehlte mir immer der Mut. Zudem begleitet mich schon mein Leben lang ein gewisses Unwohlsein bei großen Menschenansammlungen.

Dies ist also das Gaytronic, der sagenhafte Ort, an dem schwule Männer wie ich, tanzen, trinken und … Sex haben können. Und für Letzteres bin ich hergekommen.

Inmitten des flackernden Lichts und der lauten Musik droht mich nun allerdings mein Mut zu verlassen. Der Mut der Verzweiflung. Oder auch eine Verzweiflungstat. Vermutlich beides.

Lieber nicht so viel drüber nachdenken, Alec!

»Hallo!«

Ich blicke mich irritiert um. Das flackernde Licht und die laute Musik machen es mir schwer mich zu orientieren.

Ein großer Mann kommt auf mich zu. Ich blicke mich rasch um, ob er jemanden neben mir meint, aber nein, er lächelt mich an. »Hallo«, wiederholt er direkt vor mir. Er meint tatsächlich mich.

»Äh, hallo«, antworte ich unsicher. Dunkle Hose, ein helles Hemd. Viel mehr kann ich nicht erkennen, das Licht flackert zu sehr.

»Du bist neu hier, oder?« Er lehnt sich neben mich an die Bar. Shit, merkt man mir das so deutlich an? Aber klar, ich bin wahrscheinlich der Einzige, der mit offenem Mund staunend dasteht und die Kerle anstarrt. Peinlich. Vor allem, weil mich bislang keiner beachtet hat. Ein paar haben mir abschätzende aber eher uninteressierte Blicke zugeworfen und ich bereue insgeheim schon, hergekommen zu sein. Dumme Kurzschlussreaktion. Ich bin wohl nicht der Typ, der gefragt ist, denn angesprochen hat mich bislang keiner.

Bis auf ihn.

»Ich bin zum ersten Mal hier«, gebe ich zu. Die Musik ändert sich, das Licht hört auf zu flackern und kann ihn endlich besser erkennen. Wow, sieht der gut aus. Groß, kräftig. Er trägt elegante Kleidung, ein silbern glänzendes Hemd, das am Hals offen ist, eine enge, schicke dunkle Hose und ebensolche Lederslipper. Seine Haare sind wohl dunkelbraun, das kann man in dem Licht nicht so gut feststellen, und kurz geschnitten. Er streicht sich hindurch und ich erahne, dass er lange, schmale Finger hat.

Was für ein Traumtyp. Mein Atem beschleunigt sich.

»Du bist ja ein echt Süßer.« Er zwinkert mir zu, als ich ihn mustere.

»Äh …« Oh je, was soll ich darauf sagen? Soll das ein Kompliment sein? Shit, ich glaube, ich werde rot. Kann man das bei dem Licht sehen. Leider ja, denn er lacht.

»Entschuldige, ich wollte dich nicht in Verlegenheit bringen. Darf ich dir vielleicht einen ausgeben?« Er winkt auch schon den Barkeeper heran. Mein Herz macht merkwürdige Sprünge und zum ersten Mal seit Stunden kreisen meine Gedanken nicht mehr um dieses furchtbare Gespräch mit meiner Mutter.

»Warum nicht?« Er ist nett und sieht umwerfend aus. Meine Hände fühlen sich feucht an, aber das sind sie schon die ganze Zeit, seit ich den Club betreten habe. Zu viele Menschen um mich. Das hat mich schon immer nervös gemacht.

»Sag einfach, was du haben möchtest?«

»Oh, eine Cola ist okay.« Das kam zu hastig und ich bereue es sofort, denn sowohl er als auch der Barkeeper schauen mich komisch an. Wie muss das für sie klingen? Als ob ich nicht volljährig wäre, oder? Aber ich trinke definitiv keinen Alkohol.

Das sage ich ihm auch. Er runzelt die Stirn und fragt natürlich prompt nach: »Wie alt bist du denn?«

Ich seufze innerlich. Ich weiß, ich sehe jünger aus. Meinen Ausweis musste ich hier selbstverständlich vorzeigen, um reinzukommen »Keine Angst, ich bin bereits zwanzig.«

Das ist die volle Wahrheit. Zwanzig, schwul, total unerfahren, ein Landei und extrem schüchtern. Frisch geoutet und derbe reingefallen.

Zum ersten Mal in einem Schwulenclub und völlig überfordert mit der ganzen Situation. Aber so genau will er es zum Glück nicht wissen.

»Du siehst jünger aus.« Klar, dass ihm das auffällt. Ich lächle unsicher. »Wie heißt du denn?«, erkundigt er sich mit einem Seitenblick, als er die Getränke annimmt und mir meines reicht. Er hat sich einen Cocktail bestellt. Irgendwas Raffiniertes mit verschiedenen Farben.

»Ich bin Alec.« In der Cola schwimmt mehr Eis als Getränk, aber was Kaltes ist jetzt nur gut.

Shit, bin ich aufgeregt. Dies ist kein normales Gespräch. Nicht hier, nicht in dieser Umgebung. Nicht für mich.

»Alec …« Er lässt meinen Namen über die Zunge rollen, nippt an seinem Cocktail, leckt sich betont über die Oberlippe und zwinkert mir zu.

Wie gut, dass hier das Licht so schlecht ist. Meine Wangen brennen.

»Ich bin Adrian. Adrian Adson.«

Ich proste ihm zu. Er scheint sehr nett zu sein. Und er sieht fantastisch aus. Ich könnte mir vorstellen, dass es mit ihm …

Oh Mann, Alec! Er hat dich nur zu einem Drink eingeladen, das muss gar nichts heißen.

Wir schweigen eine Weile, sehen den anderen auf der Tanzfläche zu. Teilweise geht es dort mehr als eindeutig zur Sache, weswegen ich mich auch definitiv nicht dort hin getraut habe.

Ich bin mir sehr bewusst, dass Adrian mich weiterhin mustert. Meine Haut prickelt. Er lächelt mich an.

»Hast du Lust zu tanzen?«

Ich bin nicht gut darin. Ich habe das nicht so oft gemacht. Was, wenn er das merkt? Wow, wie er den Kopf zur Seite legt und mich ansieht. Sein Aftershave … mh, das riecht so gut. Der Geruch allein macht mich schon schwach. Sind seine Augen eigentlich grün oder braun?

»Warum nicht? Aber ich bin vor allem gut darin, dir auf die Füße zu treten«, warne ich ihn vor. Adrian lacht und kommt dichter.

»Vielleicht mag ich das gerade gerne?« Er zieht mich auf die Tanzfläche, sofort ganz nah an sich heran und legt seine Hände völlig selbstverständlich auf meine Hüften.

Moment, das geht mir dann aber doch ein bisschen zu schnell. Bisher hat mich noch kein anderer Mann auf diese Weise angefasst. Aber so richtig mag ich mich nicht wehren. Außerdem hätte er wohl ohnehin viel mehr Kraft als ich. Und es klappt ganz gut mit dem Tanzen, weil ich seine Hände spüre, die mich bewegen.

Irgendwann traue ich mich auch endlich, die Hände auf seine Schultern zu legen. Ich hasse meine Verklemmtheit. Ich bin schwul, ich mag andere Männer. Ich mag es, sie anzufassen.

Gott, Alec, nun gib dir endlich mal einen Ruck.

Mein Magen fühlt sich flau an und die Finger brennen, aber sie liegen nun an seinen Oberarmen. Ich spüre seine Muskeln durch den Stoff hindurch.

Adrian grinst verschmitzt. Vielleicht amüsiert er sich ja auch insgeheim über mich. Wahrscheinlich sieht man mir schon auf einen Kilometer an, dass ich völlig naiv und unerfahren bin. Adrian wirkt natürlich sicherer. Er ist um die dreißig, würde ich schätzen. Auf jeden Fall älter und hat eine faszinierende Ausstrahlung. Vermutlich schleppt er jeden Abend jemand ab und … Mir rinnt ein heißer Schauer über den Rücken und mündet im Unterleib. Warum muss ich andauernd nur daran denken? Weil ich haargenau deswegen hergekommen bin.

Ich starre ihn schon wieder an und senke verlegen den Blick. Adrian hat es dennoch bemerkt. Eine Hand löst sich, umfasst sanft mein Kinn und hebt es an. »Warum traust du dich nicht mich anzusehen, Alec? Magst du nicht, was du siehst?«

Doch. Shit. Viel zu sehr, das merkt man leider meinem Unterleib auch schon an. Und meinem Gesicht wohl auch. Er lässt mich los, aber ist mir noch näher gekommen. Krampfhaft versuche ich ihn nicht mit der Hüfte zu berühren. Seine Hand liegt wieder an meiner Taille.

»Ich … nein. Ich wollte dich nur nicht dauernd anstarren«, erkläre ich erschrocken aber wahrheitsgemäß.

»Ich mag das. Du hast sehr schöne Augen, Alec. Ich mag Typen wie dich: dunkelblond und blauäugig.« Das meint er doch bestimmt doppeldeutig und hat damit sogar recht. Ach herrje, ich war so ein Idiot ausgerechnet hierher zu kommen. Aber ich wollte mich ja aufreißen lassen. Ich will es noch immer. Ich bin nur ein so verdammter Schisser.

»Sag mal …« Adrians Lächeln ist wirklich wunderschön. »Du hattest wohl bisher noch nicht so viele … Freunde?« Als ob er es nicht erahnen würde. Ich schüttle den Kopf. Wieso sollte ich ihm was vormachen?

»Nein, nicht wirklich.«

Adrian lächelt erneut, beißt sich in die Unterlippe und legt den Kopf schief. Sehr sexy. Ach Mann, er ist echt ein wahnsinnig gut aussehender Typ.

»Sag bloß, du bist noch Jungfrau?« Das ist direkt, geht mir nun aber doch zu weit. Heiß wirbelt seine Frage durch meinen Körper. Ich fühle mich ertappt und entblößt. Warum zur Hölle, bin ich bloß hergekommen? Was für eine bescheuerte Idee.

Abrupt höre ich auf zu tanzen und will mich seinem Griff entziehen. Geht nicht, Adrian hält mich fest und seine Hände rutschen sogar noch tiefer, direkt an meinen Hintern. Ich stemme mich gegen ihn.

Das ist doch Antwort genug. Leider sieht mein Körper seine Nähe das ganz anders.

»Adrian, lass mich los.« Shit, ist mir das peinlich. Hoffentlich bemerkt er meinen Ständer nicht.

»Aber warum denn?«, fragt er scheinheilig. »War dir das zu direkt, mein Süßer? Du gefällst mir eben.«

Süßer? Oh Mann, er hat so etwas in der Stimme, das macht mich echt an. Er lässt mich nicht los, im Gegenteil, er zieht mich noch dichter an sich heran, sodass sich unsere Hüften berühren. Verflixt, so merkt er natürlich sofort, wie es bei mir aussieht. Adrian lächelt prompt noch breiter, bringt seinen Mund dicht an mein Ohr und flüstert: »Wenn es dir nicht gefällt, Alec, brauchst du es mir nur sagen. Du hast immer die Wahl.«

Das ist ja das Problem, es gefällt mir durchaus, aber es ist mir peinlich, wie schnell ich mich auf ihn einlasse, beziehungsweise, wie sehr mein Körper auf ihn reagiert. Das bin nicht ich. Also nicht der Alec, den ich gewöhnt bin.

Andererseits … Will ich nicht haargenau den schüchternen, den unsicheren, den ewig zaudernden Alec endlich mal ablegen?

»Schon okay«, nuschel ich. Er lacht, behält allerdings die Hände auf mir. Irgendwie mag ich ja diese direkte Art, sie macht mir jedoch auch Angst.

Als ob Adrian es merken würde, löst er die Hände und legt sie sacht auf meine Hüften. Wie zufällig streicht er während des Tanzens mein T-Shirt hoch und berührt die Haut im Rücken. Ich muss an mich halten, um nicht zu seufzen. Endlich mal ein anderer Mann, der mich wirklich mit sexuellen Absichten berührt. Ja, ich weiß, ich bin mehr als peinlich, aber haargenau das habe ich mir sehnlichst gewünscht, als ich herkam.

Mir wird heiß und das liegt nicht am tanzen. Nicht nur.

»Besser so?« Adrian sieht mich eindeutig begierig an. Ich nicke, kann nichts sagen, ohne dass mir ein verdächtiger Laut von den Lippen kommt.

Adrians Lippen brauchen nur Sekundenbruchteile, bis sie meine finden.

Er küsst mich! Mir bleibt erst mal die Luft weg, mein Körper erstarrt. Ich werde von einem Mann geküsst! Seine Zunge wandert über meine Lippen und zaghaft erwidere ich den Kuss.

Okay … mir ist gerade wirklich heiß geworden. Adrian weiß wirklich, was er will. So direkt hätte ich mir das nicht träumen lassen. Aber eigentlich gefällt es mir. Adrian tut so, als ob er meinen Geschmack auf den Lippen nachkosten würde.

»Mmh, lecker und eindeutig noch Jungfrau.« Er grinst süffisant und mir wird ruckartig kalt.

Shit! Jetzt werde ich knallrot und Adrian muss es einfach merken. Abermals neigt er den Kopf zu einem Kuss vor, aber diesmal will ich ausweichen.

Meine Gedanken rasen. Der macht sich doch nur lustig über mich. Wahrscheinlich gebe ich eine total lächerliche Figur ab. *Na klasse, so etwas kann ich jetzt echt nicht gebrauchen. Dankeschön.* Mein bisschen zusammengeklaubtes Selbstbewusstsein ist völlig dahin. Es war doch eine total blöde Idee hierher zu kommen. War doch klar, dass es nicht gut gehen würde. Am liebsten würde ich jetzt einfach verschwinden und mich irgendwo verkriechen.

Adrian lässt mich nicht los. Seine Lippen wandern über die Wange, da ich meinen Kopf weggedreht habe. Er leckt mir gänzlich unerwartet übers Ohr und knabbert daran. Tief in mir schreit etwas nach mehr. Der Kerl ist … unmöglich und … höchst attraktiv. Und ich ein rückgratloser Schwächling, der nach sexueller Aufmerksamkeit giert.

Ich wende mich ihm zu, entkommen kann ich im Moment wohl eh nicht. Dazu müsste ich einen ziemlichen Aufstand machen. Auf der Tanzfläche wird er wohl kaum über mich herfallen. Hoffe ich zumindest. Ganz sicher bin ich mir nicht, bei dem Tempo, was er vorlegt.

Adrian lächelt siegessicher. »Du bist sexy. Besonders wenn du empört schaust.« Seine Augenbrauen zucken kaum merklich. Sein herber Duft dringt durch meine Nase direkt in die Hormonproduktion. Er flüstert in mein Ohr: »Also hatte ich recht: eine echte Jungfrau.«

Ja, hat er. Und genau um diesem Zustand abzuhelfen habe ich mich in den Club gewagt. Ein tollkühner Plan, der in der Theorie so viel leichter erschien als in der Praxis. Mein schwindender Mut war nicht einkalkuliert.

»Ich kann dir helfen das zu ändern, wenn du möchtest, süßer Alec.« Seine Stimme ist ein Flüstern, voll Versprechungen. Mein Name klingt wunderschön von seinen Lippen. Mir wird noch eine Stufe heißer, meine Hände zittern.

Adrian ist umwerfend. Meine kühnsten Träume scheinen sich zu verwirklichen und ich kann ihn nur entgeistert anstarren.

Will ich es wirklich? Aber ja, ich will es. Ich bin schwul, ohne Erfahrungen und habe mich mein bisheriges Leben lang angepasst und verstellt. Adrian imponiert mir, sein Aussehen, die ganze Art. Allein mit seiner Stimme macht er mich an und er sieht mich an … Zum ersten Mal erlebe ich dieses Gefühl, begehrt zu werden.

Was habe ich schon zu verlieren? Wenn es mir zu viel wird oder mein Mut mich verlässt, kann ich doch gehen. Oder? Wir sind beide erwachsen.

Ich starre ihn unentschlossen an. Weiß nicht genau, was ich sagen soll, was er von mir erwartet. Das ist völliges Neuland für mich. Vermutlich schleppt er andauernd jemand in den Darkroom, von dem ich nur vom Hörensagen weiß.

Adrian lächelt mich an, streicht mir flüchtig über die Wange. »Du hast Bedenken, richtig? Der Darkroom ist übrigens nicht, was mir für dich vorschwebte.«

Ich muss hart schlucken. Sieht man mir meine Gedanken so genau an?

»Du bist doch kein Fick für zwischendurch, Alec. Deine Augen sind … du faszinierst mich. Jemand wie dich trifft man nicht oft. Ich würde dich nie wie jemand Gewöhnlichen behandeln. Das hast du nicht verdient.« Erneut streichelt seine Hand über meine Wange und streicht eine Haarsträhne zurück.

Sein intensiver Blick fängt mich ein. Ich fühle mich unbeschreiblich. Vor Stunden noch völlig am Boden, schwebe ich jetzt drei Meter über der Erde.

»Ich würde dich gerne mit zu mir mitnehmen, Alec. Keine Verpflichtung, du kannst jederzeit ›Nein‹ sagen, wenn dir etwas nicht gefällt. Ich verspreche dir, dass ich nie weiter gehen werde, als du möchtest, okay?«

Wahnsinn, dieser Blick aus den braunen Augen. Ich kann gar nicht anders als darin zu versinken. Ich stoße die Luft aus, merke erst jetzt, dass ich sie angehalten habe. Das ist doch ein faires Angebot, oder? Nachdenklich kaue ich auf der Unterlippe. Es geht alles so schnell und ich bin total unsicher.

»Du meinst das ernst? Du würdest nicht weiter gehen, als ich sage? Ich weiß nämlich nicht mal, wieweit ich schon gehen möchte. Immerhin kenne ich dich gerade mal eine halbe Stunde. Eigentlich würde ich dich gerne erst mal näher kennenlernen …« Ob ihm das blöd vorkommt, gerade in einem Club wie diesem?

Adrian schmunzelt und nickt augenzwinkernd. »Was willst du denn noch von mir wissen, süßer Alec?«

»Na ja …« Nun muss ich erst mal überlegen. »Wie alt bist du, zum Beispiel?« Vermutlich eine bescheuerte Frage, aber die erste, die mir einfällt.

Adrian verzieht schmollend den Mund. »Man fragt doch hier keinen nach seinem Alter. Ich bin über dreißig. Zu alt für dich?«

Ich schüttle ein bisschen zu schnell den Kopf. »Nein, natürlich nicht.« War eine dumme Frage. Verlegen lächle ich ihn an.

»Du bist wunderschön, wenn du so lächelst, Alec. Ich glaube, ich bin gerade dabei mich ganz heftig in dich zu verlieben«, gibt er seufzend zu und schaut mich erwartungsvoll an.

Hoppla. Damit habe ich nun gar nicht gerechnet. Er sich in mich? Umgekehrt ist es definitiv der Fall, aber das werde ich ihm auf gar keinen Fall sagen. Noch nicht. Aber anscheinend geht es ihm tatsächlich nicht nur darum, mich ins Bett zu bekommen. Irgendwie beruhigend. Tut sogar richtig gut. Ich überwinde meine Schüchternheit entschlossener.

»Du siehst aber auch … gut aus.« Zaghaft lächle ich ihn an. Shit, wie klingt das denn? »Heiß …« *Und nicht mal die Zunge an dem Wort verbrannt; es wird doch, Alec.*

»Ich gefalle dir? Echt?« Adrian wirkt nicht wirklich überrascht, nur geschmeichelt. Plötzlich lässt er mich los, greift in seine Hosentasche und zieht ein Handy hervor. Adrian schaut aufs Display und verzieht sein Gesicht. »Da muss ich leider rangehen. Lauf mir nicht weg, Alec. Bin gleich wieder da.« Mit einer bedauernden Grimasse verschwindet er auch schon Richtung Ausgang.

Ich komme mir etwas verloren vor, alleine inmitten der Masse halb nackter Männer und das altbekannte, leise nagende Unwohlsein ist sofort wieder da. Zu viele Menschen, zu wenig Platz. Unsinnige Angst, mir passiert ja nichts. Zur Bar mag ich mich allerdings auch nicht durchkämpfen, also bleibe ich wo ich bin und tanze weiter. Es geht ganz gut, die Musik nimmt mich mit, es ist ein Stück, welches ich ohnehin mag. Ich höre auf den Text: »You dont appreciate me …« Wie passend. Obwohl … zumindest einer hat sich für mich interessiert.

Ich muss schmunzeln und achte nicht mehr auf die anderen ringsum, genieße den Rhythmus und stelle mir vor, Adrian würde hier sein. Oh Mann, mein Magen kribbelt, wenn ich nur an ihn und sein Angebot denke.

Es wird immer enger auf der Tanzfläche. Zumindest kommt es mir so vor, aber das ist wohl eher meine Paranoia. Jemand tanzt sehr dicht hinter mir, sein Körper stößt immer wieder gegen mich und ich drehe mich um. Ein großer Typ mit pechschwarzen, langen offenen Haaren und nacktem, sehr muskulösem Oberkörper, sieht mich lüstern lächelnd an.

Ich komme aus dem Takt, werde sofort unsicher. Hinter mir ist alles dicht an dicht, ich kann nicht ausweichen. Der Typ kommt näher, drängt sich plötzlich gegen mich. Seine Absicht ist eindeutig, denn er fasst sich gerade sehr auffällig in den Schritt und schiebt im Takt seine Hüften vor.

Shit. Was soll ich nur tun? Der ist mir definitiv zu aufdringlich. Ich schüttle den Kopf, in der vagen Hoffnung, dass er den Hinweis versteht, aber wenn, ignoriert er es geflissentlich. Seine freie Hand greift nach meiner Jeans. Lässig zieht er mich am Bund zu sich heran, die andere liegt mit einem Mal auf meinem Hintern.

»Hey!«, bringe ich empört und verblüfft hervor. Stört ihn nicht. Seine Hand ist auf dem Weg tiefer. Die in meinem Bund. Mit der anderen hält er mich fest und reibt sich an mir. Ich spüre deutlich seinen Ständer. Fast panisch fasse ich nach seiner forschen Hand und halte sie fest. Er hat beinahe meinen Schwanz erreicht.

»Such dir jemand anderen dafür.« Ich klinge ganz offensichtlich nicht überzeugend genug. Er grinst nur.

»Stell dich nicht so an Kleiner, wirst es genießen.« Der hält sich wohl für unwiderstehlich.

»Werde ich nicht. Also nimm endlich deine Finger von mir!« Ich merke selbst, dass meine Stimme unsicher geworden ist, was auch daran liegt, dass seine Finger eindeutig einen Bereich erreichen, in dem ich mich nicht anfassen lassen möchte. Zumindest nicht von ihm.

»Hör auf!«, fauche ich ein wenig panisch. Unbeeindruckt beugt er sich vor, um mich zu küssen, doch jemand stößt ihn heftig zurück. Er schaut irritiert. Ich auch.

Adrian ist zurückgekommen. Sein Gesicht ist wütend verzerrt und er funkelt den Mann an. »Der gehört mir. Lass besser deine Finger von ihm, Tobias!« Seine Stimme klingt wirklich bedrohlich. Und nicht nur die. Sogar mir macht er für einen Moment Angst. Da ist so ein gefährlicher Ausdruck in seinen Augen …

Tobias sieht es auch, macht sofort einen Rückzieher und hebt beschwichtigend die Hände. »Ist ja schon okay, ich komm dir nicht in die Quere bei dem Kleinen. Lass ihn nur nicht unbeaufsichtigt, sonst vernascht ihn noch jemand anders.« Er wirft mir einen bedauernden Blick zu und verschwindet.

Puh. Ich merke erst jetzt, dass ich den Atem angehalten habe. Mein Herz rast wie verrückt.

Okay, ich wurde gewarnt, dass es in den Clubs so zugehen könnte. Als Mann ist es dennoch eine ganz neue Erfahrung so angebaggert zu werden. So fühlen sich Frauen, wenn ein Kerl aufdringlich wird? Mann, ich bin echt zu empfindlich, ich bin schließlich ein Mann, da sollte ich souveräner damit umgehen.

»Nimm es ihm nicht übel, der probiert es bei jedem neuen Twink und du fällst bestimmt nicht nur in sein Beuteschema.« Adrian lächelt schief. Er nickt zu Tobias hin. Er sieht meinen erstaunten Gesichtsausdruck und lacht.

»Du bist köstlich, Alec. Dachtest du echt, die schwulen Kerle im Club würden nicht auf jemanden wie dich stehen? Jung, hübsch, ein einladender Körper, ein knackiger Hintern und diese großen Augen? Und offensichtlich ganz neu in der Szene? Seit du reingekommen bist, sind diverse Raubtieraugen nur auf dich gerichtet. Wenn du noch länger hier bist, werden sie sich bald schon um dich prügeln.« Erneut lacht er auf.

Okay, das habe ich wirklich nicht gedacht. Und nicht einmal bemerkt. Ich bin wohl doch manchmal etwas naiv. Ich finde ja, ich sehe eher durchschnittlich aus. Kein muskulöser Oberkörper, keine starken Oberarme. Und wirklich attraktiv bin ich erst recht nicht. Kein Vergleich mit jemand wie Adrian.

Er schlingt einen Arm um meine Hüfte und zieht mich abermals zu sich heran. Bei ihm ist es mir nicht unangenehm. Ganz im Gegenteil. Am Südpol regt sich bereits wieder etwas.

»An dich darf kein anderer ran. Du gehörst ganz alleine mir«, flüstert Adrian mir zu. Äh … Moment mal: Genau genommen gehöre ich niemandem. Nur mir. Aber okay, aus seinem Mund klingt das … eigentlich ganz okay. Denke ich. Doch, eigentlich gefällt es mir.

Wir tanzen noch eine ganze Weile und ich genieße seine Nähe. Mein Körper fühlt sich an wie unter Strom, jeder Nerv vibriert. Natürlich bin ich ziemlich erregt. Es macht unglaublichen Spaß, ihm so nahe zu sein, ihn zu berühren und zu riechen. Immer wieder küsst er mich auf Mund, Nase, die Wange, den Hals. Völlig selbstverständlich. Ist es hier auch.

Endlich traue ich mich mehr, erwidere seine Küsse, werde langsam sicherer. Ich lege meine Hände an seine Schultern, lasse sie den Rücken hinab gleiten … nur nicht tiefer als die Hüften.

Keine Ahnung, wie lange ich schon im Club bin. Die Zeit spielt keine Rolle mehr. Wir tanzen mittlerweile eng umschlungen und küssen uns ständig. Mein Unterleib zieht und ich glaube, ich verliebe mich ernsthaft in Adrian. Verrückt, denn ich kenne ihn ja überhaupt nicht.

Adrian nimmt mein Gesicht in seine Hände. Seine Augen fesseln mich und ich muss mich zurückhalten, nicht an ihn zu drängen, meinem Schwanz ein wenig mehr Kontakt zu gönnen. Ich fühle mich total triebgesteuert und zugleich ziemlich aufgeregt.

»Hast du es dir überlegt? Möchtest du noch mit zu mir kommen?« Er grinst verschwörerisch. »Immerhin kennen wir uns jetzt schon länger als eine halbe Stunde.«

Stimmt. Ungefähr doppelt so lange. Na und? Eigentlich will ich es wirklich. Oder? Ich nicke vorsichtig und spüre meine Wangen erneut brennen. Ich bin so schrecklich unerfahren, ich weiß gar nichts, aber: Ja, ich will es. Ich will Sex, ich will … dass mich jemand … liebt. »Okay …«

Adrian lächelt und ein letzter winziger Zweifel will mich beschleichen. Er schaut so … triumphierend? Ich wische alles fort, und als er mich erneut küsst, seine Zunge gleitet in meinen Mund, werden mir die Knie weich. Oh wow! Längst hat meine Libido meinen Verstand überstimmt.

»Dann komm mit mir.« Adrian nimmt mich an der Hand und zieht mich durch die Menge zum Ausgang. Einige Blicke treffen uns, und jetzt wo er es gesagt hat, fallen mir ein paar Kerle auf, die mich mustern und nicht wenige, die ihn oder mich neidisch ansehen. Ich kann mir ein Lächeln nicht verkneifen.

War wohl doch eine gute Idee herzukommen.

KANNST DU DIR VORSTELLEN …

Draußen ist es kühl. Nach der Hitze und lauten Musik ist es wie ein Schock wieder an der frischen Luft zu sein. Für meine übersprudelnden Hormone durchaus heilsam. Ich schwitze, mein Herz klopft hart vor Aufregung und ich hole erst mal tief Luft. Adrian verweilt nicht, zieht mich mit zum Parkplatz. »Mein Auto steht gleich um die Ecke.«

Klar, hat er ein Auto. Ich bin mit dem Bus gekommen. Leise Zweifel regen sich erneut. Ich weiß nichts von ihm. *Weißt du, was du tun willst, Alec?*

»Äh, wo wohnst du denn eigentlich?«

»Oh, nicht sehr weit weg.« Er nennt mir den Stadtteil. Einer der noblen Vororte Hamburgs.

Ich bleibe verblüfft stehen. Sein Auto ist kaum weniger nobel.

Wow. Ein schwarzer Traum. Ein BMW, ein Cabrio mit dem Verdeck oben. Passt absolut zu ihm. Adrian löst seine Hand aus meiner und tritt um den Wagen herum.

»Magst du ihn?« Mir wird bewusst, dass ich das: »Wow!« laut ausgesprochen habe.

»Ja. So ein teures Auto fährst du?« Ich bewundere es ehrfürchtig. Das ist definitiv ein Upperclass-Auto und hat ein Vermögen gekostet.

»Steig ein.« Innen ist das Auto noch beeindruckender: schwarze Ledersitze, blaue Beleuchtung, edle hölzerne Armaturen. Ich komme mir in der schlichten Jeans und den Turnschuhen vor, als ob ich seine Sitze dreckig machen würde. Adrian bemerkt mein Unbehagen, darin ist er scheinbar sehr gut. Er beugt sich herüber, legt mir seine rechte Hand sanft in den Nacken, küsst mich und die andere Hand kommt, wie selbstverständlich auf dem Oberschenkel zu ruhen.

Oh, das sollte er besser nicht tun. Ich zucke kurz zusammen, denn ich bin total unter Spannung. Nervös bis in die Haarwurzeln und mein Körper macht eh, was er will, das Blut ist definitiv nicht überwiegend im Gehirn.

Adrian muss bemerken, wie ich mich anspanne und die Luft einziehe. Was ihn nicht daran hindert, lächelnd am Oberschenkel hoch zu wandern. Ziemlich weit hoch sogar.

Oh Shit, meine Jeans ist plötzlich verdammt eng. Meine Atmung beschleunigt sich. Ich möchte stöhnen und beiße mir entschlossen auf die Unterlippe.

»Adrian … ich …«, stoße ich hervor und sogar ich höre, dass meine Stimme vor Erregung bebt. Er lacht glucksend.

»Hey, ich wollte nur wissen, ob es mein Auto ist, das dich antörnt oder ich.«

»Du!«, rutscht es mir heraus, was er sofort mit einem zufriedenen Lachen quittiert. Endlich nimmt er seine Hände weg und startet das Auto. Ich lasse langsam und vorsichtig die restliche Luft raus und hoffe, er merkt es nicht.

Ich fühle mich wie unter Drogen. Ich, Alec Tyson, habe einen Wahnsinnstypen kennengelernt und nun fahren wir zu ihm um … *Oh Mann, nicht dran denken. Bloß nicht dran denken.* Shit, ich würde so gerne einen Knopf öffnen.

»Was hörst du gerne für Musik? Ich weiß nicht, ob ich was Passendes da habe.«

»Och, das ist nicht so wichtig.« Nur um mich von dem Druck im Schritt abzulenken, durchsuche ich seine CD-Sammlung. Adrian hat einen guten Geschmack. Ich lege eine CD ein und bin froh, meine schwitzigen Finger beschäftigen zu können. Eine ganze Weile fahren wir schweigend durch die Nacht und lauschen der Musik.

Ich weiß nicht recht, was ich sagen soll. Mein Kopf ist leer, es scheint, als ob das meiste Blut in andere Regionen abgewandert ist und auch nicht zurückkehren will. Ich will es genießen, verdränge alle Stimmen, die mich leichtsinnig schimpfen. Ich habe zu lange auf sie gehört. Diese Nacht verbringe ich mit Adrian und habe mein erstes Mal.

Klar, habe ich etwas Angst und keine Ahnung, was mich erwartet. In der Theorie klingt alles einfacher. Adrian ist genau der Richtige, glaube ich. Er scheint mir feinfühlig und zugleich erfahren genug.

»Kommen dir Bedenken?« Adrian bemerkt meinen nachdenklichen Ausdruck. Hastig schüttle ich den Kopf.

»Nein, nicht wirklich. Es ist nur … ich … na ja, es ist eben das erste Mal.« Ich seufze entschuldigend. Ich komme mir so dumm vor. Zwanzig und noch keinen Sex.

Adrian nickt wissend, konzentriert sich jedoch auf die Straße.

»Wie war dein erstes Mal?«, traue ich mich zu fragen. Er antwortet nicht sofort.

»Nicht wirklich erhebend.« Seine Stimme hat den lockeren Unterton verloren. »Eine wilde Party. Ich war fünfzehn und betrunken. Ich hab nicht so viel mitbekommen. Der Typ war ziemlich erfahren, aber er war auch rücksichtslos. Er wollte nur einen schnellen Fick. Danach hatte ich tagelang Schmerzen, war total enttäuscht und hatte erst mal die Nase voll.«

Klasse Aussichten. Ich schweige betreten.

Adrian blickt lächelnd zu mir herüber. »Du brauchst keine Angst zu haben, Alec. Ich werde dir ganz gewiss nie wehtun. Ich weiß noch, wie es bei mir war und das wird dir nicht passieren. Versprochen! Ich passe auf dich auf. Niemand wird dir je etwas tun.«

»Okay.« Obwohl ich seinen Worten glaube, bin ich nun doch wieder unsicher geworden. Sex unter Männern ist halt mehr als nur ein Handjob. Hoffe ich. Fürchte ich.

»Studierst du eigentlich oder machst du eine Ausbildung?« Adrian reißt mich aus meinen Gedanken.

»Ich jobbe aktuell in einem Computerladen. Ich habe mich an der Uni beworben, aber noch keinen Platz bekommen.«

»Was willst du studieren?« Es scheint ihn echt zu interessieren.

»Pädagogik auf Lehramt. Und was machst du beruflich? Scheint ja gut zu laufen, wenn du dir so ein Auto leisten kannst.«

»Ich habe eine eigene Firma und einige Unternehmen im Ausland. Die laufen ganz gut, ja.« Adrian ist ziemlich bescheiden, das Auto hat bestimmt mehr gekostet, als ein Normalbürger in einem Jahr verdient.

Abermals wirft er mir einen Blick zu. »Aber Geld ist nicht alles, Alec. Bislang habe ich keinen gefunden, der das Ganze mit mir teilen mag. Jemand, der an meiner Seite sein kann, der etwas Spezielles ist. Jemand … wie dich zum Beispiel.« Er baut eine bedeutungsvolle Pause ein. Wow, seine Worte sind der reinste Zucker. Ich bin sprachlos.

»Kannst du dir eine feste Beziehung mit einem Mann vorstellen?«, fragt er gerade heraus.

Ich zögere. Glaubt er etwa, ich suche nur einen One-Night? Ist ja eigentlich auch so. An was anderes habe ich gar nicht zu denken gewagt. Natürlich möchte ich im Grunde einen festen Freund haben. Jemanden lieben und geliebt werden. Aber ich kenne ihn gerade erst eine Stunde. Wie soll ich antworten, ohne ihn zu verletzen? Klar, ich bin eindeutig auf dem besten Wege mich unsterblich in ihn zu verlieben, nur letztlich ist sexuelle Anziehung doch kaum eine Basis.

»Ich denke … schon. Ehrlich gesagt hätte ich bei dir nicht gedacht, dass du …« Shit, ich will nicht in ein Fettnäpfchen treten. Warum bin ich so ehrlich? Ich hätte Adrian eben anders eingeschätzt. Er wirkt … leichtlebiger.

»Mache ich wirklich einen solchen Eindruck auf dich?« Adrian schmunzelt.

»Na ja … du warst vorhin so … direkt, da dachte ich …« Ich sollte besser schweigen. Ich will ihn nicht vor den Kopf stoßen.

Adrian wirkt nachdenklich. »Du denkst wirklich, ich schleppe mir regelmäßig einen Typ wie dich zum ficken ab? Definitiv nicht, Alec. Ich suche schon lange und wähle stets sorgfältig. Wenn ich was will, kann ich durchaus sehr direkt sein. Und ich wollte dich. Vom ersten Moment an, als ich dich entdeckt habe. Du hast dieses Besondere an dir, nach dem ich mich ewig schon verzehre.« Er lächelt mich seltsam versonnen an.

»Ich habe schon einiges ausprobiert, aber nichts war von Dauer. Der Eine war nie dabei. Weißt du, wenn ich mich auf was einlasse, dann mache ich das ganz und gar. Und wenn ich gefunden habe, wonach ich suche, lasse ich es nicht mehr gehen.« Er lacht auf und wirft mir einen weiteren merkwürdigen Blick zu. »Hoffentlich habe ich dich jetzt nicht erschreckt?«

Nein, natürlich nicht. Er klingt ernsthaft, das macht ihn nur sympathischer.

»Lass uns einfach sehen was passiert«, meine ich diplomatisch. Ich werde ihm kaum verraten, dass ich glaube, mich in ihn zu verlieben. Was würde er von mir denken? Er ist klasse, genau der Typ Mann, von dem ich immer geträumt habe. *Ja, Adrian, mit dir könnte ich mir mehr vorstellen, denke ich. Viel mehr.*

Wir schweigen und hängen unseren Gedanken nach. Adrian biegt in eine ruhige Sackgasse ein und hält. Per Fernbedienung öffnet er das hohe und massiv wirkende Tor. Dahinter erstreckt sich eine lange Auffahrt,

Rosenbüsche an den Seiten, die im Dunkeln dezent angeleuchtet werden. Kies knirscht unter den Reifen. Vor uns taucht ein indirekt angeleuchtetes Herrenhaus auf, inklusive großer Freitreppe. Mir entweicht überrascht ein Pfeifton.

Adrian lächelt geehrt und parkt das Auto gegenüber der Freitreppe auf dem Parkplatz. Als ich aussteige und mich umsehe, kann ich weitere Nobelautos erkennen. Mindestens fünf schwarze Luxuskarossen stehen hier in Reih und Glied. Adrian bemerkt meinen Blick.

»Kleines Hobby von mir: Ich sammle schwarze Autos.« Schwarz und vor allem teuer, was ich sehen kann.

»Kommst du mit mir, mein Süßer?« Adrian steht auf der Freitreppe und hält mir einladend die Hand hin. Ich werfe noch einen Blick auf die Autos und den parkähnlichen Garten und schlucke. Es ist so weit.

»Klar, ich komme.« Mein Herz pocht immer härter und ich hole noch einmal tief Luft. Dann folge ich ihm ins Haus.

DAS ERSTE MAL

Es ist wie ein Traum. Das alles ist ein Traum. Aus dem ich nicht aufwachen möchte. Nicht so schnell.

Das Haus ist … umwerfend. Und die Einrichtung: alles vom Feinsten. Ich sehe mich verstohlen um. Ich war noch nie in so einem Haus. Adrian entledigt sich seines Mantels, wirft ihn lässig über das weiße Ledersofa im Wohnzimmer und geht hinter die Bar.

»Gefällt es dir?« Ich schlucke und verziehe nickend das Gesicht. Der Typ muss wirklich Geld ohne Ende haben. In meinem Magen nistet ein mulmiges Gefühl. Ich fühle mich fehlplatziert.

»Das ist … toll. Du musst echt ein gutes Händchen in deinem … Job haben.« Es ist halb eine Frage, halb eine Feststellung. Ich weiß so wenig über ihn, nur, dass er mich total fasziniert. Und anmacht.

Adrian kommt, reicht mir ein Glas, prostet mir zu und leert seins in einem Zug. Ich zögere noch.

»Orangensaft mit Sekt«, erklärt er.

»Oh ich … trinke keinen … Alkohol.« Er kann ja nicht wissen, dass mein Vater Alkoholiker war und ich seither eine Abneigung habe.

»Oh?« Adrian wirkt ein wenig unzufrieden, doch im nächsten Moment lächelt er und nimmt mich in den Arm. Er ist mir plötzlich ganz nah, sein Atem streicht warm über mein Gesicht.

Überrascht keuche ich auf. Er riecht irre gut und sieht traumhaft aus. Ich musterte ihn endlich eingehend ohne das störende Lichtgeflacker des Clubs.

Ich könnte in diesen dunklen Augen versinken, in seinen Armen, möchte ihn an mich reißen und …

»Es ist perfekt. Ich habe es nur für uns zwei geschaffen. Nur du hast hier gefehlt.« Adrian küsst mich auf die Stirn. Meine Knie werden weich, das Glas in meiner Hand zittert. Mein Herz schlägt so schnell, dass er es merken muss.

Oh Mann. Ich will ihn, ich möchte ihn anfassen, ich möchte ihn spüren. Ich … erwidere seinen Kuss leidenschaftlicher.

Seine Lippen sind fest, sein Kinn glatt und der Atem geht schnell. Ich spüre seine Erregung und bin mir sicher, dass er haargenau um meine weiß. Wie soll ich jetzt vorgehen? Was mag er? Soll ich ihn bestimmen lassen oder erwartet er was von mir? Herrje, ich fühle mich unglaublich tollpatschig.

»Vertraue mir einfach, Alec«, raunt Adrian, küsst mich erneut, gleitet mit der Zunge über mein Kinn und hinunter zu meinem Hals. Seine Lippen saugen die dünne Haut ein. Ich verschütte ein paar Tropfen von dem Orangensaft.

Wow, er weiß, was er tut. Mir wird irre schnell heiß und mein Ständer pocht. Adrians Hand fährt unters T-Shirt und streichelt die Haut. Mein Körper steht tatsächlich in Flammen. Es ist echt der Hammer. Ich kann kaum noch atmen. Meine Hände schwitzen und ich weiß nicht wohin mit dem Glas oder meiner freien Hand. Schließlich lege ich sie auf seine Schultern, traue mich aber nicht, mehr zu machen.

»Wollen wir ins Schlafzimmer gehen, mein süßer Alec?« Seine Stimme ist ganz rau, voll Begierde. Mein Herz setzt aus. Er meint es ernst. Habe ich überhaupt noch eine Wahl? Mein Körper schreit geradezu nach seinen Liebkosungen. Ich will ihn, ich will so sehr, dass er mich berührt. Überall.

Ich nicke, zu mehr bin ich gar nicht in der Lage.

»Dann komm.« Schmunzelnd nimmt er mir das Glas aus der Hand und zieht mich mit sich, die große Treppe hoch. Das Schlafzimmer liegt am Ende eines langen Flurs und er stößt die Tür auf, ohne meine Hand loszulassen.

»Wow!«, entringt sich mir ein überraschter Ausruf. Das Schlafzimmer ist genial! Decke und Wände ganz in Weiß gehalten, ein riesiges Bett aus weißem Metall steht rechts von mir. Schlichte, weiße Möbel, ein riesiger Flachbildschirm gegenüber dem Bett. Daneben ein gewaltiges, blau beleuchtetes Seewasseraquarium. Sogar die Fische sind blau. Direkt gegenüber der Tür ist eine große Fensterfront. Es gibt sogar einen Kamin links vom Eingang. Und direkt hinter dem Bett, ist die ganze Wand ein Bücherregal. Nur eine Tür ist darin eingelassen.

»Das ist … wow!« Ich kann mich kaum einkriegen. Adrian lächelt versonnen.

»Dann gefällt es dir?« Er ist sichtlich angetan von meiner Begeisterung.

»Und wie!« Ich trete an das Aquarium heran. »Wunderschön«, hauche ich. Blaue Steine, sogar der Sand ist blau gefärbt. Genial gemacht. »Das ist alles wie ein Traum«, gestehe ich, überwältigt von dem ganzen Luxus. Adrian lacht leise und sieht mich ziemlich verliebt an.

»Es wurde alles nur für dich geschaffen«, meint er ernst. »Damit du dich bei mir wohlfühlst.«

»Ja, klar!« Ich werfe ihm einen spöttischen Blick zu. Sympathisch, wie er das sagt. Er gibt mir ein echt tolles Gefühl von Wichtigkeit.

»Komm zu mir, mein Süßer.« Adrian setzt sich auf das große Bett.

Wie er mich immer Süßer nennt … Obwohl ich ein Mann bin, mag ich das. Ich mag ihn, bin überwältigt von ihm und seinem Haus. Kann ich so viel Glück haben? Hat er sich wirklich in mich verliebt? Geht das so schnell? Was ich fühle, kann ich gar nicht beschreiben.

Kunststück, ich war noch nie verliebt.

Adrian zieht sich rasch die Schuhe aus, streift die Socken ab und schaut mich herausfordernd an. »Komm mein schöner Alec, komm zu mir ins Bett.« Er grinst anzüglich, die Stimme verlockend und verlangend zugleich.

Oh verdammt, seine Worte lassen mich beben. Was macht er mit mir? Ich habe einen Kloß im Hals und mein Schwanz ist längst steif. Ich trete auf ihn zu, sauge mich an seinem Anblick fest.

Adrian streift sich das Hemd ab. Oh ja, er ist ein echter Traumtyp. Braun gebrannt, glatt rasierte Brust und durchaus muskulös. Er lässt mir Zeit, ihn ausgiebig anzuschauen, ehe er nach mir greift und mein T-Shirt hochschiebt. Seine Hände sind feucht und brennen auf meiner Haut. Mir entkommt ein leises Stöhnen.

»Heb die Arme, Alec.« Ich lasse mir das T-Shirt ausziehen. Adrians Hände wandern von meiner Hüfte zur Brust. Mit den Daumen reibt er über die harten Brustwarzen und erneut entkommt mir ein Stöhnen. Gänsehaut bildet sich an den Armen und in meinem Bauch tobt ein Gewitter. Ich weiß kaum, was ich lieber machen würde: ihn küssen oder berühren.

Zaghaft berühre ich sein Gesicht, fahre die Linien mit den Fingern nach. Adrian schließt kurz die Augen und schmunzelt.

»Du bist perfekt«, raunt er. Ich lächle schief, halte mich für alles andere als perfekt. Ich bin ein Läufertyp, kein Bodybuilder. Ziemlich unscheinbar.

Adrian zieht mich an der Hüfte zu sich aufs Bett und ich lasse mich mit einem hörbaren Keuchen auf den Rücken fallen. Sofort beugt er sich über mich, küsst sich langsam über den Hals zu meinen Brustwarzen vor. Jeder Kuss entzündet weitere Nerven und mein Atem kommt stoßweise. Ich halte den Druck in der Hose kaum aus und versuche sie endlich zu öffnen. Ich glaube, ich war noch nie so geil wie jetzt.

Adrian bemerkt, was ich tue und lächelt nachsichtig. Als ich den Hosenbund geöffnet habe, gleitet seine Hand wie selbstverständlich hinein, unter den Stoff der Pants und berührt endlich meinen Schwanz.

Ich stöhne auf, unfähig etwas anderes hervorzubringen. Mein Körper steht unter Strom, jede seiner Berührungen jagt wie Elektrizität durch mich hindurch. Die andere Hand schiebt die Hose samt Pants hinunter. Einhändig klappt es nicht so ganz, also lässt er mit einem bedauernden Ausdruck von mir ab und widmet sich meiner Kleidung. Ich helfe ihm bei den Hosen, stütze mich auf den Unterarmen ab, sehe ihm zu, wie er mir Schuhe und Socken auszieht.

Oh Mann, das ist so genial. Ich genieße es mit allen Sinnen. Etwas komisch ist es schon, völlig entblößt vor ihm zu liegen.

Adrian streift sich hastig seine Hosen herunter. Grinsend greift er sich in den Schritt. Ich schlucke erneut. Verstecken muss er auf jeden Fall nichts. Wahnsinn, sein Schwanz steht kerzengrade. Definitiv mache ich ihn an. Ich kann mein Glück kaum fassen, fühle mich unsagbar gut und begehrt.

Adrian kniet sich über mich. Heißer Atem streift meine erhitzte Haut. Seine Zunge gleitet über die Brust, lässt mich schaudern. Ich weiß nicht recht, was ich machen soll. Kann ich aktiver werden? Ich will schließlich nichts falsch machen.

Vorsichtig lege ich meine Hände auf seinen festen Rücken und ertaste die Muskeln. Es fühlt sich unsagbar gut an. Seine Finger gleiten mit festem Druck an meinen Seiten hoch. Als ich mich endlich traue, die Hände tiefer gleiten zu lassen und atemlos seine Backen unter den Fingerkuppen spüre, grinst Adrian erneut. Sein Schwanz tropft, meiner ebenso.

Adrian entkommt ebenfalls ein Stöhnen. Er greift nach meinen Handgelenken und führt sie über den Kopf. Er benutzt währenddessen seine

Zunge, um meine Brustwarzen zu umspielen und mich anschließend zu küssen. Ich erwidere seine Küsse zunehmend leidenschaftlicher.

»Langsam, mein Süßer.« Adrians Atem kommt keuchend. Er richtet sich etwas auf, ich spüre sein hartes Glied und die Hoden auf meinem Brustkorb. Er führt meine Hände höher und nimmt sie in eine Hand. Dann beugt er sich vor, sein Körper so dicht an meinem Gesicht, dass ich ihn berühren kann. Ich nutze es, um ihn zu küssen, mehr kann ich derzeit auch nicht tun, weil er noch immer meine Hände über dem Kopf zusammenhält. Törnt ihn das an? Was will er tun?

Plötzlich ein kaltes Gefühl an meinen Handgelenken: Metall. Es klickt und sie sind umschlossen.

»Was …« Unsicher versuche ich meine Arme zu bewegen. Vergebens. Er hat mich mit Handschellen ans Bett gefesselt. »Adrian …?«

»Keine Angst, es sind nur Handschellen. Genieße es einfach. Ich werde dich verwöhnen, wie es noch nie jemand getan hat.« Ich komme mir sehr hilflos vor. Es ist nicht wirklich unangenehm, aber doch irgendwie beängstigend. Eigentlich möchte ich das nicht. Mich beschleicht ein komisches Gefühl. Wie er mich ansieht …

Adrian murmelt meinen Namen, seine Stimme ist sanft, so sexy und Zunge und Mund rauben mir erneut den Verstand. Ich keuche auf vor Lust, aber irgendwie ist es mir doch unheimlich, ihm derartig ausgeliefert zu sein. Adrian bemerkt meine Unruhe, seine Hand umschließt plötzlich meinen Schwanz. Keuchend drücke ich ihm mein Becken entgegen. Unglaublich, wie gut sich das anfühlt.

»Wenn du es nicht möchtest, kann ich sie jederzeit abmachen, mein Süßer.« Seine Hand macht mich wahnsinnig, ich bäume mich auf vor Lust, habe seine Worte kaum verstanden. »Sag mir, ob du es willst?« Unentwegt reibt er meinen Schwanz. Ob ich es will? Natürlich! Und ich will auf gar keinen Fall, dass er gerade damit aufhört, was er tut, nur um die Handschellen zu lösen. Wenn es ihm einen besonderen Kick gibt, warum denn nicht?

»Nein«, keuche ich, »Es ist okay. Lass sie dran.« Er lacht laut auf, unterbricht kurz seine Handarbeit, schiebt sich zwischen meine Schenkel, drückt die Beine auseinander.

»Es ist also okay, wenn ich dich fessle?« Adrian lächelt spitzbübisch. Seine Hände gleiten an den Innenschenkeln hinab und wieder hinauf. Meine Muskeln zucken, ich habe das Gefühl zu verbrennen.

»Ja!«, quetsche ich hervor, stöhne erneut, als er daraufhin durch meine Schamhaare fährt. Ich will seine Finger wieder an meinem Schwanz fühlen.

»Wunderbar, mein süßer Alec. Ich hatte sehr gehofft, dass du einverstanden bist.« Er scheint sich wirklich sehr darüber zu freuen. Völlig überraschend packt er mich an der Hüfte und dreht mich schwungvoll auf den Bauch. Ich zische überrascht auf. Gleich darauf sind seine Hände wieder da, streichen über mein Gesäß und in die Spalte. Ich zittere vor Lust, als er mit einem Finger über den empfindlichen Muskelring gleitet, und stöhne laut in das Kissen hinein.

Ich hätte nie gedacht, dass es sich so gut anfühlen würde. Adrians Hand fährt wiederholt zwischen meine Backen und die Finger drücken sich immer wieder gegen meinen Eingang. Er küsst mich auf den Hintern, seine Zunge leckt durch die Spalte und mein Stöhnen wird immer lauter. Die Zunge stellt Unglaubliches mit mir an und dann schiebt er auch noch einen Finger in mich. Ein befremdliches Gefühl, ziehend und erregend zugleich. Sein Finger tastet sich tiefer und ich bäume mich auf. Hitze rast durch meinen Unterleib, es ist fast mehr als ich ertragen kann. War das etwa meine Prostata? Wenn ja, dann weiß ich nicht, was passieren wird, wenn er sie mit seinem Schwanz erwischt.

»Sachte.« Adrian brummt spöttisch und zieht sich zurück. »Du willst uns doch nicht vorzeitig den ganzen Spaß verderben.«

Gleich darauf ist er weg. Ich bin irritiert und versuche mich zu drehen. Die Handschellen schneiden unangenehm in die Handgelenke. Die Kette klirrt leise. Was macht er denn jetzt? Ach so, er hat Gleitgel geholt. Seitlich an den gefesselten Armen vorbei beobachte ich ihn. Adrian streift sich ein Kondom über und erneut packt mich die Erregung vor dem Unbekannten. *Mein erstes Mal … er wird mich ficken.*

»Es wird gleich etwas kalt und unangenehm werden«, erklärt er und verteilt auch schon Gel an meinem Eingang. Es nimmt mir ein wenig von der Lust, aber das ist nur gut so, denn seine Finger in mir, die den Muskel immer weiter dehnen, regen sie gleich darauf wieder an. Ich kann nur hoffen, dass er sich beeilt, sonst komme ich, bevor er sein Vergnügen hatte. Das wäre mir echt peinlich. Adrian scheint es allerdings rechtzeitig zu bemerken, zieht sich ganz zurück und bringt sein Gesicht dicht an meines.

»Beim ersten Mal tut es ein wenig weh, bis ich vollständig drin bin. Ich mache ganz langsam, dann hast du Zeit dich dran zu gewöhnen. Atme ruhig und entspanne dich. Wenn ich eine Pause machen soll, sagst du es, okay?« Seine Stimme ist unglaublich heiser vor Erregung. Ich muss hart schlucken, plötzlich habe ich doch Angst.

»Okay«, presse ich hervor und wappne mich gegen einen unbekannten Schmerz. Aber Adrian nimmt zunächst nur die Finger, gleitet hinein und tastet. Dann berührt er erneut jenen Punkt in mir und ich krümme mich zusammen, muss laut stöhnen.

Wow. Geniales Gefühl.

»Gut, nicht wahr?« Ich bin nicht in der Lage ihm zu antworten. »Das wird noch besser«, verspricht er mit verheißungsvoller Stimme. Noch besser? *Oh, wow!*

Adrian zieht die Finger zurück und etwas anderes berührt meinen Eingang. Sein Schwanz! Er dringt langsam in mich ein. Es ist ein merkwürdiges Gefühl, noch nicht unangenehm aber ganz anders als die Finger. Es beginnt zu schmerzen und ich bemühe mich den angehaltenen Atem rauszulassen. Unsicher bewege ich mich, öffne die Beine etwas weiter, versuche es ihm leicht zu machen. Ich höre Adrian aufkeuchen. Scheint auch für ihn nicht ganz einfach zu sein.

Der Schmerz nimmt beständig zu, aber ich versuche ihn zu ignorieren. Klappt nur bedingt, denn ich bin voll auf das konzentriert, was er mit mir macht. Je weiter er in mich eindringt, desto mehr schmerzt es. Meine Lust ist weg, es ist nur noch unangenehm. Fest presse ich die Lippen zusammen. *Andere Männer schaffen das auch. Reiß dich bloß zusammen, Alec.*

Adrian pausiert und der Schmerz nimmt endlich etwas ab. Ich atme bewusst ruhig, versuche mich zu entspannen, wie er es gesagt hat.

»Alles okay?« Sein Atem kommt pfeifend. Ich nicke, aber das kann er ja nicht sehen.

»Es tut wirklich etwas weh«, bringe ich gequält hervor und versuche still zu liegen, doch mein Körper möchte dem Schmerz ausweichen, bewegt sich von alleine hin und her.

»Warte noch einen Moment. Du bist noch ganz schön eng, Alec. Es wird gleich besser. Viel besser!« Seine Hand schiebt sich unter mich, erfasst meinen erschlafften Penis und massiert ihn. Das lenkt mich zumindest etwas von dem drückenden Gefühl in mir ab. Meine Erregung nimmt langsam zu und der brennende Schmerz flaut tatsächlich ein wenig ab.

Adrian beginnt sich langsam in mir zu bewegen, gleitet zurück und vor, erhöht nur langsam das Tempo. Als er meine Prostata trifft, ist jeder Schmerz vergessen. Wilde Lust jagt durch meinen Körper. Süßer Schmerz und heiße Erregung dringen gleichzeitig direkt in mein Hirn, entzünden die Synapsen. Mein zunehmendes Stöhnen ist Aufforderung genug. Adrian bewegt sich schneller, gleitet sogar ganz aus mir und stößt immer stärker zu.

Abgehackt keuche ich, kann meine Augenlider nicht offen halten. Der Orgasmus kommt unaufhaltsam über mich und ich spritze in seine Hand ab. Kurz umklammert er meinen Schwanz sehr fest, als ich ihn in mir zusammenpresse, dann stöhnt er lang gezogen auf und kommt ebenfalls.

Wow. Das ist es also. So fühlt sich Sex an. Wahnsinn!

Keuchend sinkt Adrian auf mich. Er rollt sich zur Seite und ich wende den Blick seitwärts, kann ihn zwischen meinen Armen hindurch jedoch nicht gut sehen, deshalb drehe ich mich auf den Rücken. Die Handschellen drücken unangenehm in meine Haut. Langsam kehrt das Blut an seinen Platz zurück und mein Denken wird klarer.

Ich. Hatte. Sex!

Ich genieße die Erinnerungen. Jede Einzelne davon. Mein Körper ist völlig verschwitzt, die Luft ist erfüllt von unserem herben Geruch. Mein Atem beruhigt sich und eine zufriedene Mattigkeit überkommt mich. Ich wende den Blick zu Adrian, der mit geschlossenen Augen neben mir liegt. Ich würde mich gerne an ihn lehnen, aber die Handschellen erlauben mir nicht so viel Spielraum. Zumindest sieht er so aus, als ob es ihm auch Spaß gemacht hätte. Auch wenn ich so früh gekommen bin.

Ich mustere ihn in Ruhe. Er hat die Hände auf den Bauch gelegt und ein äußerst zufriedenes Lächeln im Gesicht. Er ist unglaublich attraktiv und er war großartig, vorsichtig und leidenschaftlich. Ein besseres erstes Mal hätte ich mir kaum wünschen können. Was für ein fantastischer Mann!

Er öffnet die Augen und sieht mich an. Sein Lächeln wird breiter, er rückt näher heran und streicht mir sanft durchs Gesicht und die Haare.

»Süßer Alec …«, haucht er voller Zärtlichkeit. »Ich hoffe, ich war nicht zu grob? Du hast mich wahnsinnig gemacht, so eng, so heiß.« Ich bin ziemlich sicher, dass ich einen etwas entrückt, verliebten Ausdruck zeige, schüttle den Kopf und kämpfe gegen die Müdigkeit an.

»Es war klasse. Einfach gut.« Die Handschellen hindern mich daran, ihn ebenso zärtlich zu berühren. »Willst du mich jetzt nicht davon befreien?«

»Warum sollte ich?« Adrian lächelt hintergründig, seine Finger umspielen mein Kinn.

Mistkerl. Ich verziehe den Mund. Er genießt es wohl, dass er die Oberhand hat.

»Ich würde dich gerne auch anfassen«, erkläre ich. Er gluckst zufrieden. »Außerdem schlafen mir meine Arme langsam ein.« Erneut lacht er, hört aber nicht auf mich zu streicheln. »Adrian? Bitte mach mich los. Bitte.« Das letzte Wort betone ich besonders, ziehe es in die Länge. Er beugt sich vor und küsst mich.

»Warte.« Er kniet sich neben mich. Ich kann aus meiner Position nicht sehen, was er macht, höre die Ketten klirren und runzle irritiert die Stirn. Die Handschellen sind noch dran, doch ich kann die Hände nun auseinander bewegen. Lange, dünne Ketten führen von den Metallschellen um meine Gelenke zum Bett. Sie sind lang genug, dass ich meine Arme seitwärts führen kann.

»Besser?«, fragt er mit einem schelmischen Grinsen, als er wieder neben mir liegt.

Nicht besser. Ich bin noch immer gefesselt. Das scheint ihn aber anzutörnen, denn er beginnt meine Brust zu küssen.

Ich bin sprachlos. Wo hat er die Ketten so schnell her? Ich schüttle innerlich den Kopf, als mir klar wird, dass er diese Vorrichtungen anscheinend schon vorher an seinem Bett angebracht hat. Demnach macht er das nicht zum ersten Mal. Natürlich nicht. Wahrscheinlich steht er drauf. Okay. Ich kann mich nicht ganz damit anfreunden, aber solange er nichts tut, was ich nicht will ... okay, warum nicht.

»Das war nicht ganz, was ich wollte. Warum musst du mich fesseln?« Adrian blickt zu mir hoch, Leidenschaft im Blick.

»Du sollst mir nicht weglaufen.«

»Ich laufe dir nicht weg. Warum sollte ich? Es gefällt mir, was du mit mir machst.« Meine Antwort entlockt ihm abermals ein Lächeln.

»Ich habe dir doch gesagt, dass ich gerne festhalte, was ich einmal habe.«

Ich seufze übertrieben theatralisch und grinse anzüglich. Hoffe ich zumindest, bin darin noch ziemlich ungeübt. »Na dann gehöre ich wohl jetzt ganz dir.«

Seine Augen leuchten auf und ich fühle mich sicher genug, meine Beine einladend weiter zu öffnen und ihn herausfordernd anzusehen.

»Dann los, bedien dich.« Meine Erregung ist mir erneut anzusehen. Adrian grinst zufrieden und kräuselt die Lippen.

»Alec, du bist genau das, was ich wollte.« Er sagt noch mehr, aber das geht in seinen Küssen unter, während er sich rasch zu meinen Lenden vorarbeitet. Und eigentlich will ich jetzt auch gar nicht reden, nur noch fühlen, ihn erneut in mir erleben.

Er verwöhnt mich eine Ewigkeit mit Zunge, den Lippen und Fingern, bis ich meine Beine anwinkele und ihn wortlos auffordere, weiter zu gehen. Ob er spürt, dass ich schon wieder kurz davor bin? Ich glaube schon, dennoch lässt er sich Zeit mit Gleitmittel und Kondom. Ich bin sehr froh, dass er vorsichtig ist. Adrian nimmt so viel Rücksicht. Was mache ich mir Gedanken wegen den Handschellen und Ketten?

Als er diesmal in mich eindringt, geht es einfach und leicht. Er hat es zwar in dieser Position schwerer tief hineinzukommen, aber ich kann ihn ansehen, seinen Gesichtsausdruck beobachten, wie er sich auf mir bewegt. Adrian drückt meine Beine weiter hoch und stößt langsam und gleichmäßig in mich. Ich bin kurz vorm Kommen, die Hoden ziehen sich zusammen und stöhne seinen Namen. Er lächelt mich an und verlangsamt seine Bewegungen.

»Nicht so schnell, Süßer. Diesmal will ich mehr davon haben«, flüstert er, seine Hände gleiten über meinen Bauch, der sich heftig hebt. Das Becken zuckt ihm entgegen, ich kann kaum denken, geschweige denn vernünftig reden.

»Bitte … mach … weiter«, bringe ich stammelnd hervor. Er wird doch jetzt nicht aufhören? Ich bewege mich unter ihm, versuche ihn verzweifelt zu mehr zu animieren. Adrian beißt sich stöhnend auf die Unterlippe, genießt mit geschlossenen Augen meine Bewegung. Aber mein Verlangen bleibt unerfüllt.

»Adrian … bitte.« Der einzige Weg zur Erlösung führt über ihn. Okay, er genießt seine Macht über mich. Ich habe es verstanden. Die Fesseln, das Hinhalten, gehört alles zu seinem Spiel.

Aber um Himmels willen mach endlich weiter. Ich kann nur hilflos stöhnen, meine Hände zerren an den Ketten. Shit, ich kann mich nicht einmal selbst berühren und explodiere gleich vor Anspannung.

Adrian bleibt passiv, schaut mit einem äußerst selbstgefälligen Lächeln auf mich hinunter, seine Hände drücken das Becken fest hinab.

»Okay …« Er zieht das Wort in die Länge. »Wenn du es so willst.« Er beginnt sich erneut zu bewegen, allerdings ohne meine Prostata zu treffen. Ich glaube, er will mich foltern. Er weiß doch genau, wie er sich bewegen muss. Warum hält er mich so hin? Ich richte mich so weit auf, wie es die Handschellen und Ketten zulassen, versuche ihn zu dirigieren. Er gluckst erneut und verstärkt den Druck auf das Becken, unterbindet meine Bewegungen.

»Das … ist … mein Job.« Seine Stimme so rau, dass auch er kurz vorm Kommen sein muss.

»Dann mach ihn endlich ordentlich!« Ich stoße die Luft pfeifend aus. Wie kann er mich derart in Ekstase versetzen und dabei nicht einmal meinen Ständer anfassen?

Adrian lächelt über meine verzweifelten Bemühungen, fixiert mich, zieht sich völlig aus mir zurück und holt tief Luft. Gerade, als ich protestieren, ihn anbetteln möchte, stößt er tief in mich.

Volltreffer! Ich stoße einen leisen Aufschrei aus und ergieße mich zwischen uns. Adrian lässt mich los, überlässt sich ganz meinen heftigen Zuckungen. Haltlos stoße ich nach oben. Er kommt in mir, ich spüre die Hitze seines Ergusses. Dann kann ich mein Gewicht nicht mehr auf den Armen halten und falle nach hinten. Die Ketten klirren und ich glaube, ich habe mich an dem Metall aufgerieben. Egal. Das war es wert.

Ich bekomme noch mit, wie Adrian aus mir gleitet und mich versonnen anschaut, dann drifte ich weg.

KLEBRIGES FRÜHSTÜCK

Sonntagmorgen.

Die Sonne scheint mir warm ins Gesicht. Also vermutlich schon später Vormittag. Ich räkle mich wohlig und höre die Ketten klirren, noch bevor ich die harten Kanten der Handschellen fühle. Soweit zur Frage wo ich bin. Schlagartig wird es mir bewusst.

Der Tag danach. Ich liege nackt in Adrians Bett, immer noch mit Handschellen gefesselt. Und ich bin keine Jungfrau mehr. Der letzte Gedanke lässt mich schmunzeln. Nein, ich bin endlich keine schwule, unerfahrene Jungfrau mehr.

Seufzend lehne ich mich zurück, denke wohlig an all die neuen Eindrücke. Was für eine Nacht!

Aber wo ist Adrian eigentlich? Ich richte mich auf und blicke mich im Zimmer um. Ich schiebe mich in eine sitzende Position, soweit lassen die Ketten Bewegungen zu.

So ein Mistkerl. Zweifelnd hebe ich meine Hände und betrachte die feinen Schnitte, die mir die harten Kanten zugefügt haben. Nichts Schlimmes, aber doch Zeugen für meine heftigen Bewegungen. Warum hat er mich eigentlich noch immer nicht losgemacht? Vielleicht weil ich geschlafen habe und er mich nicht wecken wollte.

Okay, also, er ist supernett, sieht fantastisch aus, fährt megageniale Autos, hat ein wundervolles Haus, ist sehr rücksichtsvoll, kann fantastisch ficken, ist megareich und hat einen Spleen, was Fesseln angeht. Soweit die Zusammenfassung. Scheiß drauf, die Vorteile überwiegen eindeutig.

Die Tür öffnet sich und Adrian kommt herein, balanciert ein Tablett. Er trägt eine weite schwarze Hose, der traumhafte Oberkörper ist frei. Ich seufze bei seinem Anblick. Die letzte Nacht ist mir mehr als präsent. Schön, dass ich aus dem Traum noch nicht aufgewacht bin.

»Oh, du bist schon wach? Ist ja auch erst Mittag.« Adrian zeigt mir sein schönes Lachen und stellt das Tablett auf den kleinen Tisch neben dem Bett ab. »Lust auf Frühstück, mein Süßer? Auch wenn es eigentlich schon fast Zeit für Mittagessen ist.« Der Duft von Croissants und frischem Kaffee erfreut meine Nase. Wow, er weiß, was ich mag.

»Aber klar. Nur wie soll ich so«, ich hebe anklagend die Hände mit den Ketten, »Frühstücken?« Er grinst hinterhältig, rückt näher an mich heran und küsst mich.

»Ich werde dich füttern, ganz einfach«, verspricht Adrian mit einem süffisanten Ausdruck.

»Du spinnst!« Was für eine liebenswerte Idee. Adrian ist unmöglich, aber wie er das macht, hat was. Er zieht das Tablett aufs Bett, nimmt ein Croissant, taucht es in den Kaffee und hält es mir vor den Mund. Ich sehe ihn an, als ich abbeiße. Der Kaffee tropft auf mein Kinn und ich verschlucke mich fast.

Das ist so eine absurde Situation. Ich bin völlig nackt, an ein Bett gefesselt und mein Kerkermeister füttert mich mit Croissants. Ich kann nicht anders und pruste vor Lachen los.

»Was?«, fragt Adrian gespielt gekränkt.

»Ich komme mir gerade so ein bisschen albern vor.«

»Mir gefällst du ganz natürlich am besten.« Seine Stimme ist weich geworden, und da ich nackt bin, bleibt es ihm auch nicht verborgen, wie mich diese Tonlage erregt. »Du wirst noch einen anstrengenden Nachmittag und eine sehr lange Nacht vor dir haben. Deshalb sorge ich lieber dafür, dass du genügend Kraft hast«, meint Adrian mit belegter Stimme.

Okay, das ist eindeutig. Das ist so umwerfend, wie er mit mir umgeht. Ich glaube, es besteht langsam kein Zweifel mehr daran, dass ich mich voll und ganz in ihn verliebt habe. Alec Tyson hat sich endlich verliebt.

»Marmelade?« Adrian schmiert das Croissant. Er nimmt viel zu viel, und als ich hineinbeißen will, zieht er es etwas zurück. Ich muss mich vorbeugen, soweit die Ketten es zulassen, um danach zu schnappen. Ist das gemein! Aber irgendwie auch überaus erotisch. Er hat ein Feeling für solche Machtspielchen. Vielleicht deshalb auch die Fesseln?

»Du mieser Fiesling!« Adrian lacht nur und lässt mich abbeißen. Die Marmelade tropft auf meine Brust und ich beobachte verzückt, wie er sich vorbeugt, mich sanft auf den Rücken drückt und sie genießerisch vom

Oberkörper ableckt. Nicht, dass dort nicht ohnehin schon einige andere Flecken sind. Macht ihm nichts aus.

»Mindestens so süß wie du, nur etwas klebriger.« Er schaut von unten lüstern zu mir hoch. Shit, ich werde schon wieder steif. Adrian spielt das Spielchen noch eine ganze Weile, bis meine Erektion vollständig ist.

»Vielleicht sollte ich deinen andern Hunger stillen?« Er rutscht tiefer, umschließt meinen Schwanz mit dem Mund, beginnt zu saugen und die Zunge spielen zu lassen. Mir entringt sich ein lang gezogen gestöhntes: »Wow …«

Okay, mein Erfahrungshorizont erweitert sich schlagartig: Das ist also ein Blowjob. Das muss doch alles ein Traum sein.

Ich lehne mich zurück und genieße. Die Ketten stören mich überhaupt nicht mehr. Mein Blut ist definitiv gerade auf dem Weg in ganz andere Regionen, als mein Gehirn. Adrian weiß offensichtlich, was er tut und was er will. So gefällt mir mein Frühstück.

Anschließend hat er noch viel mehr von Brust und vor allem Bauch abzulecken, obwohl der größte Teil wohl eh schon in seinem Mund gelandet ist.

»Satt geworden?« Adrian setzt sich ans Kopfende, leckt sich die Lippen und schaut mich von oben liebevoll an. »Mir hat mein Frühstück sehr gut geschmeckt.«

»Du Spinner!« Ich stoße ihn in die Seite. Der Anblick, wie er mein Sperma genüsslich ableckt, schreckt mich nicht. Der verklemmte Alec muss gerade weggeguckt haben. »Wer von uns beiden ist hier unersättlich?«

»Wenn es auch so viel Süßes zu vernaschen gibt.« Adrian küsst mich sehr innig, lässt seine Zunge kreisen. Ich schmecke mich selbst und schmelze dahin. Was für ein Mann. Was für ein Glück, dass ich ihn getroffen habe, dass er der Erste war.

»Machst du mich jetzt bitte los? Ich muss dringend dein Badezimmer aufsuchen. Du willst bestimmt nicht noch mehr Sauerei im Bett, als wir schon angerichtet haben, oder?« Belustigt löst Adrian tatsächlich die Ketten. Ich reibe mir die Handgelenke, die feinen Schnitte tun nicht wirklich weh, jucken nur. Adrian steht mit mir auf, zieht mich in eine feste Umarmung, die ich mit freien Armen nun auch endlich erwidern kann. Diesmal bin ich es, der ihn ziemlich heftig küsst. Er will mich offensichtlich nicht loslassen.

»Badezimmer?«, presse ich zwischen zwei Küssen hervor. Er deutet mit dem Kopf auf die Tür neben dem Bett, entlässt mich allerdings nur widerwillig aus seiner Umarmung.

»Lauf mir nicht weg, ja?«, flüstert er mit eigentümlich belegter Stimme. Er klingt wirklich besorgt.

»Bin gleich wieder bei dir«, versichere ich ihm schmunzelnd. Er hält den Kontakt, bis meine Hand aus seiner gleitet. Ich will doch nur ins Badezimmer. Hat er wirklich Angst, ich könnte ihm dabei abhandenkommen? Irgendwie ist das ziemlich rührend.

Im Badezimmer bleibe ich überrascht stehen. Auch dieser Raum ist imponierend. Meine nackten Füße stehen auf einem angenehm temperierten, mit kleinen, türkisen und weißen Fliesen gepflasterten Boden. Mitten im Raum steht eine riesige Badewanne. Nein, ein Whirlpool, korrigiere ich mich, mit runden, grünlichen Natursteinen ausgekleidet. Bewundernd streiche ich über den Rand. Adrian hat echt einen exquisiten Geschmack. Oder sein Innenarchitekt.

Ich muss tatsächlich erst mal nach dem Klo suchen. Neben der riesigen Dusche, in der bequem mehrere Menschen Platz haben, gibt es vier Waschbecken. Keine Ahnung, wozu er vier Waschbecken braucht, die sich gleichmäßig über den Raum verteilen. Natürlich gibt es auch mehr als eine Toilette und jeweils ein Bidet daneben. Alles in dem dezent grünlich-bläulichen Farbton gehalten.

Während ich mein Bedürfnis erledige, beobachte ich fasziniert das Wasserspiel, welches an einer Wand senkrecht über die gleichen Steine rieselt, wie im Whirlpool. Das leise Plätschern ist anheimelnd. Ich schließe kurz die Augen und wage den Gedanken zuzulassen, wie es wohl sein könnte, mit Adrian zusammen zu sein. Könnte er es ernst genug meinen? Würden wir zusammenpassen?

Ich kenne ihn erst seit gestern, hatte zwar tollen Sex mit ihm, aber sonst weiß ich so wenig über ihn. Dennoch denke ich bereits daran, wie schön es wäre, mit ihm in diesem Haus zu leben? Das bin so gar nicht ich, der schüchterne, vorsichtige Alec, der sich ungern auf unbekannte Situationen einlässt.

Ich trete vor die verspiegelte Wand. Das Glas ist am Rand ziemlich raffiniert im passenden Farbton gefärbt. Die Spiegel nehmen die ganze Länge der Wand ein und ich kann mich darin voll und ganz betrachten und schneide mir eine Grimasse.

»Hallo, wer bist du bloß und was hast du mit dem alten Alec gemacht?« Ich mag den Spruch. Das bin nicht ganz ich: Alec Tyson, der durchschnittliche, unscheinbare, verklemmte Typ vom Lande. Der sich ungern auf jemand einlässt, den er nicht kennt, wenn er nicht weiß, wo es hinführen wird. Der sich erst mit neunzehn endlich eingestanden hat, dass er wohl doch schwul ist und es auch bleiben wird. Der ungern unter zu vielen Menschen ist, sich selten traut, über seinen Schatten zu springen und bis gestern noch Jungfrau war.

Vielleicht ist das da im Spiegel jetzt ein anderer Alec? Irgendwie gefällt mir der besser. Ich musste mich nur noch an ihn gewöhnen. Er ist mir noch etwas fremd.

Kaum komme ich aus dem Badezimmer, werde ich sofort von hinten in eine heftige Umarmung gezogen. Adrian presst sich fest gegen mich und küsst meinen Nacken.

»Hey! Ich war doch gerade mal fünf Minuten weg.«

»Eine Ewigkeit, wenn du mich fragst«, nuschelt er zwischen den feuchten Küssen auf Hals und Schultern. Ich grinse und lehne mich gegen ihn, genieße die Nähe.

»Dein Badezimmer ist groß, man kann sich drin verlaufen. Und diese Badewanne. Wow. Darin kann ja eine ganze Fußballmannschaft baden.«

»Ich wusste genau, dass es dir gefällt.« Adrian drängt mich zurück zum Bett. »Darin werden wir zwei baden und Spaß haben. Du kannst dir nicht vorstellen, was ich alles mit dir anstellen werde.« Nun klingt er eindeutig wieder lüstern und ich begrüße schaudernd das beginnende Kribbeln in meinem Unterleib.

Auch so ein unbekannter Alec, der auf seine Stimme gleich geil reagiert. Aber, hey, ich kann nichts dagegen machen, wenn mein Körper nur daran denkt. Ich staune selbst. Ist wohl so, dass ich nachholen muss, was mir die letzten Jahre entgangen ist.

Adrian zumindest macht keinen Hehl daraus, was sein Körper möchte. Er drückt mich bäuchlings aufs Bett und gibt mir gar keine Gelegenheit mich umzudrehen. Seine Finger sind schon in mir, während er mich weiterhin auf den Rücken küsst. Diesmal wird er nicht lange brauchen. Ich strecke mich wohlig aus. So gefällt es mir eindeutig besser, auch wenn mir meine freien Arme in dieser Position nichts nützen. Eindeutig: Adrian ist hier der Aktive.

»Du musst mich ja wirklich sehr vermisst haben.« Glucksend lache ich. So wie er über mich herfällt. Adrian brummt Unverständliches und verteilt großzügig Gleitgel. Er zieht mich an der Hüfte hoch, ist im nächsten Moment auch schon hinter mir und versenkt sich in meinen hochgereckten Hintern. Meine Finger krallen sich in den Stoff und ich schließe die Augen. Der Schmerz ist minimal, die Lust umso größer. Rasch treibt er sich zum Höhepunkt, seine Hand an meinem Glied sichert ihm einen Orgasmus, der mich haltlos zittern lässt und ihn im Innern mitreißt.

Wow. Es wird mit jedem Mal besser.

Hinterher liegen wir endlich Arm in Arm, streicheln uns fortwährend. Es ist schön, ihn so dicht neben mir zu spüren. Solche Nähe habe ich immer vermisst. Ich sauge seinen herben Geruch ein. Meine Hand streicht schläfrig über seine Brust, während seine linke, wie selbstverständlich auf meiner Hüfte ruht. Ich komme mir tatsächlich so vor, als ob wir uns schon viel länger kennen würden, schließe die Augen und döse etwas vor mich hin.

»Mmh …« Genießerisch drücke ich meine Nase an ihn. »Ich könnte ewig mit dir hier liegen. Einschlafen und so wieder aufwachen. Sagte ich schon, dass ich aus diesem Traum nicht aufwachen möchte?« Ich seufze und denke daran, dass ich morgen arbeiten muss. Ich muss bald wieder heim.

»Wirst du nicht, Alec. Es wird nie wieder anders sein. Du gehörst zu mir. Ich wusste es, als ich dich endlich entdeckt habe.«

»So langsam kann ich mir das durchaus vorstellen«, gebe ich vorsichtig zu und seufze erneut. »Wird mir schwerfallen morgen auf der Arbeit. Ich fürchte, meine Gedanken sind andauernd bei dir.« *Und bei dem, was du alles mit mir machen würdest.*

»Du wirst bei mir sein. So wie jeden weiteren Tag deines Lebens. Hier bei mir, in Sicherheit«, versichert Adrian ernsthaft.

Ich richte mich halb auf und schmunzle. »Davon werde ich dann aber erst mal meinen Chef überzeugen müssen. Ich brauche den Job noch.«

»Du brauchst nicht arbeiten. Du hast mich. Ich sorge immer für dich, das habe ich versprochen.« Adrian lächelt, zieht mich zu sich und küsst mich.

»So einfach geht das ja leider nicht.« Ich muss lachen. »Ich kann nicht einfach bleiben und nicht mehr auftauchen. Man wird mich vermissen.« Köstlich, wie er sich das vorstellt. Aber sein Gesicht wirkt absolut ernst.

»Wer vermisst dich?« Seine Stimme hat doch tatsächlich einen eifersüchtigen Unterton. Ich fahre mit dem Finger über seine Lippen.

»Na ja, im Laden würden sie schon irritiert sein, wenn ich wegbleibe. Ansonsten? Mmh, lass mich überlegen …« Ich rolle mich auf den Rücken, er beugt sich über mich, mustert mein Gesicht, streicht sanft über den Hals. Ich spiele sein Spiel einfach mal mit. »Also mein Vermieter würde mich erst vermissen, wenn die Miete ausbleibt. Mein Vater ist schon länger tot und meine Mutter … hat mit mir gebrochen, als ich mich gestern geoutet habe.« Seltsam leicht fällt es mir plötzlich, über die Sache zu sprechen, die mich eigentlich ins Gaytronic und letztlich zu ihm gebracht hat.

»Und mein Bruder ist vor drei Jahren nach Venezuela ausgewandert. Er hat dort geheiratet. Schätze, er würde sich wundern, warum ich nicht mehr mit ihm telefoniere.«

»Und deine Freunde?« Adrians Finger ziehen Kreise auf meiner Brust.

Ich verziehe seufzend das Gesicht. »Ich bin erst vor zwei Monaten hergezogen, weil ich auf einen Studienplatz warte. Meine alten Freunde wohnen alle zu weit weg. Tja, die würden mich auch nicht so schnell vermissen.« Seine Hand umfasst mein Kinn und er dreht meinen Kopf zu sich.

»Also spricht nichts dagegen, dass du bleibst.«

»Du meinst das doch nicht wirklich ernst, oder? Adrian, ich kann nicht einfach verschwinden.« Ich grinse ihn irritiert an. Verrückter Kerl. »Willst du mich wieder fesseln, damit ich nicht weglaufen kann?« Scherzhaft boxe ich ihn in die Rippen.

»Ja«, sagt er doch tatsächlich und küsst mich erneut.

Das bringt er glatt fertig. Ich glaube, er ist wirklich ziemlich verliebt. Ich schmunzle.

»Du bist echt … verrückt.«

»Völlig verrückt nach dir«, murmelt er und lehnt sich zurück. Wir schweigen beide, geben uns der angenehmen Mattigkeit hin.

»Ich lasse dich nicht mehr fortgehen, mein Alec«, flüstert er plötzlich. »Du gehörst hierher.« Ich muss erneut lächeln. Wie ernst er das sagt, er verzieht dabei keine Miene.

»Ist das so etwas wie eine Liebeserklärung?« Statt einer Antwort küsst er mich abermals sehr innig. Wenn das kein deutliches: »Ja« ist. Mein Herz möchte zerspringen und am liebsten würde ich tatsächlich so verrückt sein und bei ihm bleiben. Seufzend kuschle ich mich an ihn. Ich bin herrlich müde und nehme nur noch vage seine leisen, beschwörenden Worte wahr: »Du gehörst nur noch mir.«

DER ANDERE ADRIAN

Es ist stockdunkel, als ich aufwache. Mein Blick fällt auf das Display der Uhr neben dem Bett. Shit! Es ist bereits nach 2 Uhr. Ich muss dringend los und werde noch duschen müssen. Ich muss schließlich um 7 Uhr zur Arbeit.

Adrian liegt schlafend neben mir, rührt sich aber, als ich aufstehen will. Seine Hand schießt vor und packt mich überraschend hart am Arm. Ich kann einen verblüfften Schmerzlaut nicht unterdrücken.

»Adrian! Ich muss jetzt wirklich los. Ich muss in 5 Stunden arbeiten.« Sein Gesicht ist im Dunklen nicht zu erkennen, doch sein Griff bleibt unverändert. Er richtet sich auf. Ich sträube mich dagegen, lasse jedoch seufzend zu, dass er mich abermals zu sich aufs Bett zieht.

»Du musst nicht arbeiten, Alec. Nie mehr. Du hast doch mich. Ich sorge gut für dich.« Seine Stimme ist seltsam eindringlich. Ich glaube fast, er ist noch nicht ganz wach. Klingt fast wie eine Beschwörung.

»Du bist total unmöglich. Ich muss schnell duschen und dann los. Wir können uns gerne nach der Arbeit treffen, wenn du magst?« Ich bin von mir selbst überrascht. Der neue Alec eben, der ergreift auch mal die Initiative.

Adrians Griff lässt nicht nach. »Du kannst nicht fort. Das kann ich nicht zulassen. Ich lasse dich nicht gehen. Ich habe dich doch endlich gefunden.«

Seine spezielle Art der Liebeserklärung gefällt mir. Ich beuge mich schmunzelnd zu ihm hinab und küsse ihn.

»Ich liebe dich auch. Aber ich muss jetzt wirklich duschen«, hauche ich ihm ins Ohr. Habe ich das wirklich gerade gesagt? Wow! Aber es ist die Wahrheit. Ich habe mich in ihn verliebt. Ich werde jede Stunde zählen, die ich von ihm getrennt bin. Ich kann ihn total verstehen. Wir werden wohl beide etwas leiden müssen.

Adrian lockert endlich den Griff.

»Ich liebe dich auch, mein Alec«, höre ich ihn ganz leise sagen, als ich ins Bad verschwinde. Ich realisiere es erst, als die Tür hinter mir zufällt. Er hat es wirklich gesagt. Ein Traum, ohne böses Erwachen. Rasch öffne ich die Dusche und finde mich mit der Apparatur zurecht.

Wow. Das ist so eine Regenschauerbrause. Das Wasser rinnt wunderbar kühl über meinen Körper und ich schließe die Augen, forme die drei Worte mit den Lippen. Nur Worte, aber sie haben so viel Bedeutung. Kann ich wirklich so viel Glück haben? Adrian ist echt die Wucht. Wie ernst er gesagt hat, dass er mich nie wieder gehen lässt. Das schmeichelt mir. Aber etwas von dem alten Alec ist noch da, der seine Zeit braucht. Dies ist meine erste Beziehung oder könnte es werden. Er wird das bestimmt verstehen. Er ist in allem so rücksichtsvoll gewesen.

Ich drehe das Wasser ab und nehme mir eins von den Handtüchern; natürlich Ton in Ton. Meine Klamotten liegen noch im Schlafzimmer, deshalb schlinge ich mir das Handtuch um die Hüften und gehe zurück.

Adrian ist aufgestanden, hat seine Hose übergezogen und kniet vor dem Kamin. Das Zimmer ist in ein sanftes blaues Licht getaucht. Eine wunderschöne indirekte Beleuchtung. Ich mag diesen Raum.

Ich suche meine Hose und den Rest der Sachen, kann sie aber nirgends entdecken. Hat Adrian sie weggeräumt? Ich lege meine Arme von hinten um seinen Hals. »Adrian, wo sind denn meine …?« Der Rest bleibt mir im Hals stecken. Fassungslos starre ich sekundenlang auf die Flammen, begreife gar nicht recht, was ich da sehe: Er hat meine Sachen ins Feuer geworfen!

»Adrian! Was zur Hölle … tust du da?« Das ist … irre, verrückt, total durchgedreht.

Er dreht sich zu mir herum, lächelt mich merkwürdig an und in seinen Augen ist plötzlich ein völlig neuer, unbekannter Ausdruck.

»Die wirst du hier nicht mehr brauchen, Alec. Du bist bei mir, endlich völlig in Sicherheit.«

»Was soll ich denn … anziehen? Ich kann kaum nur mit dem Handtuch nach Hause.« Was rede ich für Blödsinn? Ich fühle mich total verstört, weiß kaum, was ich sage. Er hat meine Klamotten verbrannt! Ich schlucke, mein Verstand will das einfach nicht realisieren. In meinem Magen entsteht langsam aber sicher ein Eisklumpen.

»Du bist zu Hause.« Da ist ein anderer Unterton in Adrians Stimme, der ganz primitive Instinkte auf einer sehr tiefen Ebene in mir schlagartig in Alarmbereitschaft versetzt. Ich fröstel plötzlich, obwohl es warm genug ist.

Adrian richtet sich auf und mit einem Mal erscheint er mir bedrohlich. Seine Augen haben einen eigentümlichen Ausdruck angenommen. Ich lasse ihn los, weiche zurück und schlucke. Wie ein Beutetier, schießt es mir durch den Kopf. Dieser Ausdruck ist der eines … Raubtieres.

»Was …«, beginne ich, starre ihn entgeistert an. Mein Verstand reagiert nicht, will nicht wahrhaben, was passiert. Meine Instinkte hingegen schreien: »Gefahr!«

Ist das noch der Adrian, den ich geküsst habe? Dem ich gesagt habe, dass ich ihn liebe? Von diesem Mann geht eine unmittelbare Bedrohung aus. Ich weiche unwillkürlich langsam zurück. Blut rauscht in meinen Ohren.

Seine Stimme dringt zu mir durch: »Du wirst bei mir sein. Du musst nie wieder fort. Dies ist unser Zuhause, ich habe so lange auf dich gewartet.«

Noch einmal schlucke ich hart. Meine Kehle ist zu eng, ich bekomme kaum Luft. Langsam sickert die Erkenntnis in mein Bewusstsein durch. Er hat es zuvor schon gesagt: »Wenn ich etwas habe, lasse ich es nicht mehr gehen.«

Kein Zweifel: kein Scherz. Er meint das so. Ich habe ihn nur nicht ernst genommen. Ich spreche aus, was mein Verstand mir zuflüstert: »Du spinnst. Adrian. Das ist doch total … verrückt.«

Definitiv: In seinen Augen lodert ein Wahnsinn, den ich zuvor nicht gesehen habe. Oder nicht sehen wollte? Er will mich für sich haben. Deshalb verbrennt er meine Kleidung. Deshalb hat er mich ans Bett gefesselt. Er wollte mich vorhin kaum alleine ins Badezimmer gehen lassen! Und nun … will er mich gar nicht mehr gehen lassen.

Ich bin sein Opfer, ein Beutetier und es gibt nur eine einzig natürliche Reaktion darauf: Flucht! *Renne davon so schnell du kannst, Alec!*

Ich drehe mich um und sprinte los. Es ist mir völlig gleichgültig, ob ich nur ein Handtuch trage, daran verschwende ich keine Gedanken, nur raus hier, weg von dem Mann, in den sich Adrian verwandelt hat.

Ich komme nicht weit. Kurz hinter der Tür trifft mich etwas hart in den Rücken, lässt mich keuchend nach vorne auf die Knie stürzen. Ehe ich reagieren kann, drückt mich Adrian auf den Boden, zieht meine Füße zu sich heran, sodass ich vornüberfalle. Urplötzlich ist Angst da, mit eiskalten Fingern, die mich umklammern und lähmen.

Er hat mich gerade niedergeschlagen! Wo ist der Mann, mit dem ich eben noch das Bett geteilt habe?

Ich spüre kaltes Metall. Dieses Mal an meinen Fußgelenken. Hastig werfe ich mich herum, versuche panisch mich zu entziehen, aber er hält meine Fußgelenke umklammert. Tapfer versuche ich mich zu wehren, aber er ist mir überlegen und meine Verwirrung macht mich viel zu langsam.

Wo zum Teufel hat er so schnell Fußschellen herbekommen? Mein Verstand arbeitet endlich schneller, setzt Puzzleteil für Puzzleteil zusammen. Er muss sie bereitgelegt haben, als ich Duschen war. Ich sollte dieses Zimmer nie verlassen, er muss das alles geplant haben.

Das kann er mir nicht antun. Er hat gesagt, dass er mich liebt!

»Adrian! Was tust du? Was soll das?« Panik in meiner Stimme. Ich suche seinen Blick. Der ist starr, da ist nichts Vertrautes drin. Shit, was hat er vor?

Ich drehe mich auf den Rücken. Adrian beobachtet mich kühl, völlig reglos, die Hände um meine Knöchel gelegt, während ich versuche ihm zu entkommen. Keine Chance, er hat den Schlüssel zu den Fußschellen. Kalter Schweiß bedeckt meinen Körper. Das Handtuch hat sich längst gelöst.

Adrians Stimme klingt fremd, vielleicht verzerrt meine Angst sie auch: »Alec … Mein süßer Alec.« Er schüttelt bedauernd den Kopf und sieht mich an, wie man ein unartiges Kind betrachten würde. Mir wird plötzlich richtig kalt. Mein Magen zieht sich zusammen und Übelkeit breitet sich aus. Zum ersten Mal in meinem Leben habe ich Todesangst. Was wird er mir antun? Mit einem Mal scheint alles möglich zu sein.

Adrian lächelt milde, aber das ist kein vertrautes Lächeln. Mein Atem beschleunigt sich, mein Herz rast.

»So kannst du dich doch nicht benehmen, Süßer. Ich kann das nicht zulassen, Alec. Dafür werde ich dich bestrafen müssen.«

Ich keuche auf, werfe mich gegen ihn, versuche ihn zu Fall zu bringen, schlage mit der Faust nach ihm. Doch Adrian ist wesentlich kräftiger als ich und wehrt jeden meiner Versuche ab. Abrupt steht er auf und zieht mich an den Fußgelenken hinter sich her. Wild greife ich um mich, versuche irgendeinen Halt zu finden. Meine Lungen schmerzen, ich bekomme kaum Luft.

»Adrian, hör auf! Lass mich los. Was soll der Quatsch?« Er scheint mich gar nicht zu hören, schleift mich hinter sich her über den Boden zurück ins Schlafzimmer. Dort zieht er meine Füße hoch und befestigt die Fußschellen an einem Haken an der Wand neben dem Bett. Mein Hintern schwebt in der Luft, nur mit den Schultern liege ich noch auf dem Boden. Keine Chance, an die Fesseln zu kommen. Ich versuche es dennoch.

Adrian tritt zur Seite beobachtet mich dabei. Meine Arme rudern sinnlos über den Boden. Ich komme mir völlig hilflos vor in dieser absurden Lage. Ich suche erneut verzweifelt seinen Blick.

»Adrian? Bitte, mach mich los. Was soll das alles?« Stumm steht er da, betrachtet mich von oben, ohne eine Mine zu verziehen. Mein Brustkorb zerspringt, so heftig klopft mein Herz. Was hat er nur vor?

Minutenlang steht er reglos, dann beugt er sich über mich. Ich will, kann aber nicht ausweichen. Adrian nimmt mein Gesicht zwischen seine Hände und küsst mich über Kopf auf die Stirn. Sanft, erstaunlich zärtlich und … liebevoll. Was zur Hölle geht hier vor sich?

»Adrian?«, frage ich unsicher. Macht er mich vielleicht doch wieder los? Nein, er zieht sich zurück, geht einfach hinaus und löscht das Licht. Mit einem leisen Geräusch schließt sich die Tür und er lässt mich liegen: völlig nackt. An den Füßen gefesselt, in einer mehr als unbequemen Position.

Fassungslos bleibe ich zurück.

Mein wundervoller Traum hat sich gerade in einen Albtraum verwandelt!

HÄNGENLASSEN

Stunden.

Ich weiß nicht, wie lange ich schon hier liege. Meine Beine schmerzen, sind so taub, dass ich sie nicht mehr wirklich bewegen kann. Die Füße kribbeln, weil alles Blut aus ihnen gewichen ist. Mein Magen tut weh, der Rücken schmerzt entsetzlich.

Ich habe schon versucht andere Positionen einzunehmen, aber es wird nicht besser. Schließlich liegen nur meine Schulterblätter auf dem Boden, der Rest wird durch die Fesselung an diesem blöden Haken gehalten.

Wie lange wird Adrian mich so lassen? Kommt er überhaupt je wieder zurück? Ich bin langsam echt am verzweifeln. Ich habe nach ihm gerufen, doch er hat mich einfach meinem Schicksal überlassen. Lange kann ich nicht mehr durchhalten. Alles schmerzt. Meine Gefühle sind völlig durcheinander.

Was habe ich nur falsch gemacht? Ab wann begann alles schief zu laufen? Was habe ich getan, dass er mir dies antut? Wer ist er wirklich?

Noch vor wenigen Stunden habe ich geglaubt, ihn sogar zu lieben und nun? Er hat doch gesagt, er liebt mich. Wie konnte ich nur so dumm sein? Und ich habe ihn ermutigt, oder nicht? Das ganze Gerede, dass er mich nicht gehen lassen würde … warum habe ich nicht geschnallt, was er meinte! Warum habe ich es nicht rechtzeitig begriffen? Er hat es mir mehrfach gesagt. Nur ich war zu blöd, es zu kapieren.

Oh Gott, was wird er mir womöglich noch antun? Ist er ein Mörder? Ein durchgeknallter Psycho? Wieso musste ausgerechnet ich ihm in die Arme laufen?

Tränen brennen in meinen Augen. Ich komme mir so unendlich dumm vor. Habe ich wirklich geglaubt, dass dieser tolle Mann sich in mich verliebt hätte? Wie konnte ich nur so unglaublich dämlich sein! Ich bin so furchtbar naiv. Ich hätte nie geglaubt, dass Adrian sich je auf diese Weise verhalten würde.

Großartig: Ich musste ja unbedingt mit dem Erstbesten, der mich anspricht, ins Bett gehen. Geschieht mir wahrscheinlich ganz recht. Warum musste ich mich auch an ihn heranschmeißen? Er muss sich bestätigt gefühlt haben, ich habe ihm sogar gesagt, ich würde ihn lieben. Ich habe es selbst geglaubt. Und es war ja auch unglaublich schön mit ihm.

Die erste Träne löst sich unaufhaltsam und rinnt hinab. Dieses warme Gefühl … gestillte Sehnsucht, die schon jahrelang an mir nagt. Und nun? Nichts ist zurückgeblieben als ein kalter Klumpen im Magen.

Wie kann Adrian mir das nur antun? Ich habe ihm vertraut. Meine Gedanken wirbeln ständig im Kreis, dazu kommen die kaum noch zu ertragenden Schmerzen. Ein Cocktail, der mich langsam aber sicher in einen schwarzen Abgrund treibt. Schwebend komme ich mir vor und schrecke plötzlich hoch.

Es ist hell im Zimmer geworden. Das sanfte blaue Licht ist wieder an. Adrian muss im Raum sein. Schlagartig steigt Panik in mir auf.

Ich versuche mich zu drehen, um zu sehen, wo er ist. Mein malträtierter Körper macht nicht mehr mit. Ich keuche vor Schmerzen. Alles fühlt sich steif und taub an. Tränen steigen mir erneut in die Augen. Ich versuche sie wegzublinzeln. Er soll sie nicht sehen. Ich will nicht schwach erscheinen.

Ich nehme seine bloßen Füße wahr, die neben meinem Kopf erscheinen. Adrian beugt sich zu mir hinab, doch ich wende den Kopf zur Seite. Ich mag ihn nicht angucken, will nicht sehen, was sich in seinem Gesicht widerspiegelt. Dieses Gesicht, das ich geküsst habe. Es tut alles so weh. Innen wie Außen.

Ein leises Flüstern: »Alec … Es … tut mir leid.«

Ich reagiere nicht, meine Tränen wollen partout hinaus, ich kämpfe sie mühsam zurück. Ich werde ihm nicht zeigen, wie stark er mich verletzt hat. Männer heulen nicht. Tun sie einfach nicht.

Shit. Schwule Männer auch nicht.

Adrian löst die Fußschellen. Ich gleite an der Wand hinunter und stöhne unendlich erleichtert auf. Ich kann mich noch immer nicht bewegen, meine Beine sind völlig taub, Schmerz flammt in jedem Nerv. Erleichterung wallt wie eine heiße Woge durch mich hindurch. Der Schmerz wird endlich vergehen.

Adrian umfasst mich von hinten mit seinen Armen. Ich kann mich nicht bewegen, lasse es geschehen. Seine warme Haut an meiner löst eigenartig dankbare Gefühle aus. Ich bin furchtbar erleichtert, dass es vorbei ist. Ich möchte mich tatsächlich eng an ihn schmiegen, an den Mann, in den ich mich verliebt habe.

Aber er ist es nicht. Nicht mehr. Dieser Mann ist krank. Seine Stimme an meinem Ohr tut dennoch unendlich gut, als er mich rückwärts mit sich zieht: »Mein wunderschöner, süßer Alec. Es ist vorbei. Alles wird gut werden.« Er legt mich aufs Bett. Ich kann mich nicht wehren. Die Tränen gewinnen unbarmherzig den unfairen Kampf. Ich fühle mich entsetzlich schwach und klein.

»Es wird alles gut, mein Süßer«, haucht Adrian, streicht mir die Haare aus der Stirn. Es ist so viel Liebe in seiner Stimme. Ich bin schwach, ich bin dumm, aber ich sehne mich entsetzlich nach dieser Berührung und Nähe. Als er meinen Kopf an seine Brust zieht, laufen die Tränen unaufhörlich, ich kann nichts mehr dagegen tun. Ich schmiege mich an ihn, suche seine Wärme, die Geborgenheit, atme seinen Geruch ein. Bin so erleichtert.

Ich liebe diesen Mann, der mich im Arm hält, dessen Hand zärtlich über meinen Kopf streicht, meine Tränen wegwischt. Ich möchte nicht, dass er mich je wieder loslässt.

Meine aufgewühlten Gefühle, die Schmerzen, seine Nähe und plötzliche Fürsorge, alles bricht über mich herein, ich sehe nur noch flimmernde Punkte und dann wird alles grau und schwarz. Ich will alles einfach nur vergessen.

Das Licht ist grau-dämmerig, als ich die Augen wieder aufschlage. Morgendämmerung. Neben mir atmet Adrian ruhig ein und aus. Ich spüre es im Rücken, die Wärme seiner Haut. Instinktiv schmiege ich mich an ihn, suche seine Nähe. Alles ist gut.

Es klirrt, als ich mich bewege und schlagartig bin ich ganz wach.

Handschellen! Ich bin abermals gefesselt. Nichts ist gut, nichts ist vorbei.

Vorsichtig weiche ich zurück. Adrian hat mich niedergeschlagen, meine Kleidung verbrannt. Und nun liegt er neben mir, schläft, als ob nichts gewesen wäre? Er muss total krank sein. Ein echter Psychopath. Und ich kann nicht mehr fliehen.

Ich bewege mich vorsichtig, halte den Atem an, will ihn auf gar keinen Fall wecken und auf mich aufmerksam machen. Allerdings … wo kann ich schon hin? Ich habe mit den Ketten um meine Gelenke nur wenig Spielraum. Dennoch schiebe ich mich so weit weg, wie es geht, bis an das Kopfende des Bettes.

Was soll ich nur tun? Ich mag ihn nicht einmal mehr ansehen. Will nicht, dass er aufwacht, will nicht, dass er die Furcht in meinen Augen sieht. So hocke ich am Kopf des Bettes und zittere wahrhaftig, während Adrian friedlich schläft. Meine Furcht lässt mein Herz heftig schlagen, aber mein Blick gleitet dennoch beinahe zwanghaft über ihn.

Er ist unglaublich attraktiv. Noch immer spricht sein Körper mich an, nach allem, was er mir angetan hat. Es ist wie ein unsinniger Traum. Wären da nicht die Handschellen und die Ketten, die mir schmerzhaft deutlich machen, was wirklich passiert ist, könnte ich mich der Illusion hingeben …

Ja welcher eigentlich? Was soll ich noch glauben? Seine Sanftheit, die Zärtlichkeit und Fürsorge, als er mich befreite und in den Arm nahm. Als ob es ihm wirklich leidtäte. Aber er hat mich abermals ans Bett gefesselt. Adrian hat definitiv nicht die Absicht, mich gehen zu lassen.

Da hocke ich, kämpfe mit brennenden Tränen und weiß nicht, wie ich mich verhalten soll. Eigentlich müsste ich mich vor ihm fürchten, voller Ekel vor ihm zurückweichen wollen. Eben habe ich seine Nähe genossen und auch jetzt sehne ich mich danach, dass er mich umarmt. Erschrocken schüttle ich den Kopf.

Quatsch. Adrian ist ein Psychopath, schon vergessen? Was ist nur mit mir los?

Ich starre ihn ewig an. Die Sonne steigt langsam hoch. Ihre Wärme erfüllt das Zimmer, ihr Licht kriecht langsam zu mir heran. Mir ist dennoch kalt.

Adrian rührt sich, und als er die Augen aufschlägt, spanne ich mich sofort an. Seine Hand tastet umher und er richtet sich hastig auf. Der erschrocken, gehetzte Ausdruck wandelt sich sofort, als er mich sieht, wird liebevoll, besitzergreifend und begierig im nächsten Moment.

Ich muss schlucken, komme mir erneut wie das Beutetier vor. Ein Gefesseltes, ihm Ausgeliefertes noch dazu.

Adrian hält den Blick auf mich gerichtet, er wandert über meinen Körper. Sein Blick macht mir meine Nacktheit noch bewusster. Völlig ungeschützt bin ich. Dabei gibt es nichts, was er nicht schon gesehen, was ich ihm nicht freiwillig präsentiert hätte. Nun ist alles anders.

»Guten Morgen, mein Süßer.« Seine Hand berührt meinen Arm. Ich zucke zurück, drücke mich noch weiter an das Metall des Bettes. Adrian scheint es gar nicht zu bemerken, kommt dichter, nimmt mein Gesicht in seine Hände und küsst mich. Meine Lippen erwidern automatisch. Für einen ganz kurzen Moment ist es, als ob nichts gewesen wäre.

Ist es aber! Ich muss mich selbst daran erinnern. Schlagen sollte ich ihn, anbrüllen, verfluchen, doch alles, woran ich denken kann, ist an die ewigen Stunden, die er mich an die Wand gefesselt hat. Ich kann ihn nicht von mir schieben, die Furcht vor diesem unbekannten Mann lähmt mich, macht mich schrecklich passiv. Ich bin so ein verdammter Schwächling!

Adrian löst sich, stupst mich auf die Nase und rollt sich aus dem Bett.

»Ich besorge uns Frühstück. Möchtest du wieder Croissants? Wie ist es mit einer heißen Schokolade dazu oder vielleicht Tee?« Er greift nach seiner Hose. Mir verschlägt es glatt die Sprache. Ich bin sein Gefangener und er tut so, als ob ich … Was bin ich für ihn?

Er erwartet anscheinend keine Antwort, sondern geht direkt zur Tür. Ich finde meine Sprache wieder, kurz bevor er verschwunden ist: »Adrian!« Er dreht sich um, lächelt mich an, zieht die Augenbrauen fragend hoch.

Ich schlucke hart, aber meine Stimme klingt recht fest: »Warum tust du das? Warum hast du mich … gefesselt?« Er kommt zurück und beugt sich über mich.

»Erinnerst du dich nicht? Du hast gesagt, es wäre okay für dich. Du wolltest es. Ich würde nichts tun, was du nicht auch willst. Und glaub mir, ich will nur dein Bestes«, sagt er, ohne das Lächeln zu unterbrechen. Seine Hand streichelt über mein Kinn mit einem leicht nachsichtigen Ausdruck. Mir zieht sich der Hals zu.

»Bis gleich, mein Süßer.« Adrian schmunzelt und verschwindet. Ich bleibe sprachlos und innerlich völlig leer zurück.

Ich habe es ihm erlaubt? Stimmt: Ich habe gesagt, es wäre okay. Woher sollte ich auch ahnen, was er eigentlich beabsichtigt? Er ist total irre. Und unglaublich gefährlich.

Ich kralle verzweifelt die Finger in meine Haare. Ich bin tatsächlich selbst schuld. Ich habe ihm quasi den Freifahrtschein gegeben. Ich bin so unglaublich dumm. Und nun … bin ich sein Gefangener.

GEFANGEN

Es ist furchtbar langweilig.

Vor allem wenn Adrian nicht da ist. Dann starre ich stundenlang an die Decke, beobachte die Wanderung der Sonne von Osten über Süden nach Westen durch die verglaste Front. Ich bin abgeschnitten von der realen Welt. Manchmal beobachte ich Vögel, die draußen auf dem Balkon sitzen und sie ob ihrer Freiheit beneiden.

Oder Musik hören. Es gibt eine umfangreiche Sammlung und Adrian bringt mir oft CDs mit. Ich kann mir wünschen, was ich möchte, er besorgt es. Musik höre ich gerne. Dabei kann ich die Augen schließen und denken, ich wäre woanders.

Die ganze Wand hinter dem Bett ist voller Bücher. Ich lese eigentlich gerne, aber nicht tage-, wochen-, monatelang. Irgendwann wird auch das langweilig.

Das Aquarium summt ständig. Ich habe angefangen das Geräusch zu hassen, die Eintönigkeit des Blaus geht mir auf die Nerven. Das Glas ist zu dick, um es mit einem Buch zu zerstören, selbst eine Wasserflasche prallt nur daran ab und mehr Wurfgeschosse habe ich nicht zur Verfügung.

Der große Flachbildschirm starrt mich blind an. Hightech natürlich. Es gibt diverse DVDs, doch ich habe nur wenige angeschaut. Es geht doch immer nur um Liebe und ein Happy End. Was für Lügen.

Schlimmer als die Langeweile ist, dass ich mich kaum bewegen kann. Ich bin immer sportlich aktiv gewesen, habe früher auch mal aktiv Turniere geritten, bin jeden Tag gejoggt, sogar Halbmarathon gelaufen. Nun bin ich zur Bewegungslosigkeit verdammt, gefesselt an ein Bett, einen Bewegungsradius von knapp zwei Metern. Er variiert nur wenig, je nachdem, ob ich mit beiden Händen oder nur an einer gefesselt bin.

Mit beiden kann ich das Bett nicht verlassen. Ich kann hoch rutschen, sitzend an das Kopfende gelehnt oder mich hinlegen, auf dem Rücken oder dem Bauch liegen, aber mehr ist nicht möglich. Adrians bevorzugte Fesselung, wenn er daheim ist.

Wenn er fort ist, kettet er mich nur mit dem linken Handgelenk an eine längere Kette. Damit ich an Bücher, DVDs, den Kühlschrank und die Getränke komme. Diese Kette ermöglicht mir immerhin, mich neben dem Bett auf den harten Boden zu legen und Gymnastikübungen zu machen. Nicht viel, nicht alles, aber immerhin so, dass ich schwitze, meinen Körper fühle und etwas gegen die Rückenschmerzen tun kann. Die begleiten mich fast die ganze Zeit. Ich habe noch nie so viel gelegen und komme mir nutz- und wertlos vor. Mein Körper erfüllt brav seinen Zweck. Zumindest den, weswegen ihn Adrian festhält.

Sex ist seine Art der Begrüßung. Wann immer er heimkommt, fällt er sofort über mich her. Wie ein Ritual. Nie grob, nie ohne mich vorzubereiten, doch er scheint den Sex als Ventil zu brauchen.

Ich glaube längst nicht mehr, dass es Zufall war, dass er mich in dem Club angesprochen und zu sich eingeladen hat. Wie genau er alles durchgeplant, wie perfekt er sein Haus darauf vorbereitet hat, wird mir immer bewusster. Ich traue mich nicht zu fragen, aber ich bin sicher, dass ich nicht sein erster Gefangener bin. Was mit den anderen geschehen ist? Darüber will ich lieber nicht nachdenken.

Wenige Tage, nachdem er mich gefangen genommen hatte, brachte er mir zum Frühstück Orangensaft, der seltsam bitter schmeckte. Ich wusste, dass er mir etwas hineingetan hatte, als ich in einem weiß getünchten Raum ohne Fenster und mit gepolsterter Tür aufwachte. Mein Kopf tat weh und mir war furchtbar schwindelig. Die schon vertraute Kette fesselte mich an die Wand und neben dem Bett gab es nur ein Chemieklo.

Das erste Mal geriet ich noch in Panik, schrie und schlug gegen die Wände, bis ich vor Erschöpfung nicht mehr konnte. Zum Glück musste ich dort nicht ewig bleiben. Der Raum muss schallgedämmt sein und ist immer mein Gefängnis, wenn Adrian einige Tage fort ist oder die Putzfrauen kommen. Das vermute ich zumindest, denn jedes Mal, wenn er mich ins Schlafzimmer zurückbringt, ist alles sauber und im Badezimmer riecht es dezent nach Chlor.

Wie lange ich schon hier bin, weiß ich nicht genau. Klar, ich könnte Nachrichten schauen, dann wüsste ich es, habe ich am Anfang auch gemacht. Da habe ich jeden Tag gezählt, immer gehofft, dass er mich doch wieder freigeben wird.

Irgendwann habe ich es aufgegeben. Es schmerzt zu sehr. Nun möchte ich nicht wirklich wissen, was außerhalb meines Gefängnisses geschieht, deshalb schalte ich den Fernseher nicht mehr ein.

Tage vergehen eintönig. Aus dem Frühling ist Sommer und Spätsommer geworden, ich erkenne es an der Sonneneinstrahlung und an den Bäumen, die ich durch die Fenster sehen kann. Im Schlafzimmer ist es dank Klimaanlage immer angenehm temperiert. Gedanken über passende Kleidung muss ich mir nicht machen, ich habe nach wie vor keine. Adrian hat deutlich gemacht, dass ich keine brauche. Weniger auszuziehen, er kann schneller zur Sache kommen. Nackt, immer bereit, erfülle ich seine Bedürfnisse. Mein Körper kennt das Begrüßungsritual aus dem Effeff.

Noch immer ist Adrian dabei verdammt zärtlich und rücksichtsvoll. Es ist nicht einmal wirklich furchtbar, mit ihm zu schlafen. Er weiß haargenau, wie er mich berühren muss, wo ich empfindlich bin, wie ich reagiere, was mir gefällt, wie er vorgehen muss, um mich vor Lust stöhnen zu lassen und das genießt er. Es ist nie so, dass er mich zwingt. Er macht es einfach, ruhig und selbstverständlich. Eine wirkliche Wahl habe ich nie.

Ganz am Anfang, als meine Verzweiflung zunahm und die Rückenschmerzen immer unerträglicher wurden, habe ich probiert, mich zu wehren. Ich habe versucht, ihm meine Faust in den Magen zu rammen. Wut und Schmerz trieben mich dazu, ihn anzuschreien. Adrian hat den Schlag abgeblockt, meine Hände festgehalten, mich auf das Bett gedrückt, so lange, bis ich atemlos aufgegeben habe. Dann hat er mich in den weißen Raum gebracht. Er hat keinen Ton gesagt und ist gegangen.

Ich blieb mir überlassen. Tagelang? Ich weiß es nicht, aber ich dachte, ich müsste verrückt werden. Es gab nichts, was mich ablenken konnte, nur dieses sterile Weiß, was mich erdrückte und das ständige Hungergefühl. Es gab nur Wasser. Irgendwann habe ich mich schluchzend neben dem Bett zusammengerollt und sinnlos gehofft, ich würde sterben.

Dieser Wahnsinnige muss eine Kamera gehabt haben, denn er kam herein, hat mich in den Arm genommen und getröstet wie einen kleinen Jungen. Ein wimmerndes Kleinkind hat er aus mir gemacht, all meinen Stolz genommen.

Was genau er zu mir gesagt hat, weiß ich nicht mehr, die Lektion hingegen habe ich sehr wohl verstanden.

Mein Körper gehört ihm komplett und diese Hilflosigkeit zerfrisst mich nach und nach. Ich weiß selbst, dass ich eingehe. Er hat mir meine Freiheit genommen, die Kontrolle über meinen Körper über Bewegungen, jede Entscheidung und daran werde ich irgendwann zugrunde gehen.

Ich mag nichts mehr essen. Nur wenige Happen bekomme ich hinunter. Nichts schmeckt mir und mein ehemals durchtrainierter Körper ist schwach und dünn geworden, die Haut ganz hell und durchscheinend. Ich schaue nicht gerne in den Spiegel, wenn er mit mir im Badezimmer ist. Viel zu knochig, viel zu krank sehe ich aus.

Duschen tue ich immer mit Adrian zusammen, der mich liebevoll streichelt und abwäscht wie ein Kind. Immer zärtlich, immer fürsorglich, er lässt mich freilich keine Sekunde alleine, wenn ich nicht angekettet bin. Nicht einmal wenn ich auf die Toilette muss. Er steht daneben, beobachtet mich ständig mit diesem verliebt besitzergreifenden Lächeln, vor dem es kein Entkommen gibt. Es macht mir nichts mehr aus. Es gibt nichts, was ich vor ihm verbergen könnte. Ich bin komplett seins geworden. Gefangen in meinem Körper.

Ich habe so sehr gehofft, dass mich jemand vermisst, sucht und befreien würde. Wochenlang.

Als Adrian einen Tag fort war, habe ich die Musik und den Fernseher auf vollste Lautstärke gestellt. Die Anlage ist gut, es hat gedröhnt und der Boden hat vibriert. Stundenlang. Meine Ohren waren fast taub. Aber niemand ist gekommen, keinen hat es interessiert. Als er abends kam, hatte ich alles ausgeschaltet.

Ich habe längst die Hoffnung aufgegeben.

Wenn Adrian von der Arbeit heimkommt, begrüßt er mich: »Hallo, mein süßer Alec.« Er küsst mich auf den Mund, streichelt zufrieden über meinen nackten Körper. Dann kommt er sofort zur Sache, danach wird geduscht. Manchmal duschen wir zusammen und es folgt das Unvermeidliche unter der Dusche, im Whirlpool oder im Bett.

Heute habe ich die erste Runde schon hinter mir.

Es ist Sex. Reine Befriedigung. Nichts weiter. Adrian schafft es jedes Mal mich zum Höhepunkt zu bringen, darauf legt er viel Wert. Er achtet stets sorgfältig darauf, dass ich keine Schmerzen habe und auf meine

Kosten komme. Die Schmerzen leide ich innerlich, nur werde ich ihn das nicht sehen lassen.

Seufzend umfasse ich meine angewinkelten Beine und lege den Kopf auf die Knie. Ich höre das Rauschen der Dusche und warte auf ihn. Ich wollte Sex haben und ich bekomme ihn. Ich habe genau das gekriegt, was ich naiver Idiot verdient habe.

Adrian hat seine Sachen neben dem Bett liegen gelassen, als er duschen gegangen ist. Ich wünsche mir, dass er möglichst lange braucht. Ich hasse es, neben ihm zu liegen, wenn er schläft. Ich finde keinen Schlaf, liege die halbe Nacht wach und starre auf das Aquarium, hoffe, dass er einfach zu atmen aufhört.

Nun zieht jedoch nicht das Licht des Aquariums meine Aufmerksamkeit auf sich. Etwas blinkt in dem Haufen aus Kleidung neben dem Bett. Mir stockt der Atem. Ist das … ein Handy? Es muss ihm aus der Tasche gefallen sein, als er sich ausgezogen hat.

Ungläubig starre ich es an. Adrian ist immer noch im Badezimmer …

Ich lausche einen Moment, um mir ganz sicher zu sein, dann bewege ich mich vorsichtig, damit die Ketten keine zu verdächtigen Geräusche machen. Mit den Fingerspitzen komme ich gerade so ran, wenn ich die Kette aufs Äußerste spanne. Langsam, nur nicht zu schnell, nicht, dass es aus meinen Fingern rutscht.

Die verdammte Handschelle schneidet in mein Handgelenk. Ich ignoriere den Schmerz; da sind schon so viele kleine Narben, das macht mir nichts mehr aus. Endlich erwische ich das Gerät. Adrians Smartphone! Meine Chance hier endlich rauszukommen. Die Gedanken wirbeln wie wild, Freiheit ganz nahe.

Wen muss ich anrufen? Polizei 110? Ich kann mit meinen zitternden Fingern kaum tippen.

Beherrsch dich, Alec. Schnell jetzt, wenn er mich sprechen hört, ist er sofort da. Leise, leise. Ich tippe die Ziffern ein. Jetzt nur noch … der Finger verharrt über der Anruftaste.

Die Tür vom Badezimmer ist aufgegangen. Erschrocken zucke ich zusammen, verliere um ein Haar das Smartphone. Adrian steht in der Tür, mit einem Handtuch und reibt sich die Haare trocken. Er erfasst sofort, was ich tue.

Eiseskälte lähmt mich. Ich wage nicht mich zu rühren, die entscheidende Taste zu drücken, starre ihn wie hypnotisiert an.

Adrians Blick wandert vom Smartphone zu meinem Gesicht. Ich schlucke schwer, kann kaum atmen, mein Herz schlägt hart und schwer in meiner Brust.

»Leg es wieder hin, Alec.« Es ist keine Drohung in seiner Stimme. Ich zittere dennoch vor Anspannung. Wie schnell kann ich sein? Ich muss nur noch die Wähltaste drücken. Und dann? Schaffe ich es einen Hilferuf abzusetzen?

»Gib mir das Handy. Alec? Muss ich es mir holen? Ich möchte dir nicht wehtun müssen.« Geduldig, aber fordernd, wie mit einem unartigen Kind. So spricht er immer mit mir, wenn ich in seinen Augen etwas Falsches mache. Ich kann mich nicht bewegen, möchte schreien, möchte sterben. Kälte kriecht durch meine Adern.

»Alec …« Ich zucke zusammen, als ob er mich geschlagen hätte. Dabei tut er das nie. Seine »Bestrafungen« sind viel subtiler. Er wendet nie Gewalt an. Es reicht, dass er mich an die Wand kettet und alleine lässt. Oder sich auf einen Stuhl davor setzt und darauf wartet, dass ich ihn um Befreiung anflehe.

Langsam senke ich die Hand, reiche ihm wie ferngesteuert das Handy.

Chance vertan. Das war es.

Mutlosigkeit überkommt mich. Augen schließen einfach nur noch zusammenrollen, selbst dazu habe ich zu viel Angst vor seiner Reaktion.

Adrian wirft einen Blick aufs Display. In seinem Gesicht ist keine Regung zu erkennen. Er geht zum Fernseher und legt es auf den Tisch, außerhalb meiner Reichweite. Mir ist heiß, kalt, übel, während ich ihn beobachte. Was wird er tun?

Die Ketten klirren, weil ich unkontrolliert zittere, die Arme fest um meine Knie geschlungen.

Adrian kehrt zurück. Er lächelt, kommt auf mich zu wie ein Raubtier. Seine Hände umfassen meine Fußgelenke, ziehen mich langsam zu sich, bis ich auf dem Rücken liege. Ich leiste keinen Widerstand. Wozu auch?

Adrian betrachtet mich nachdenklich. Ich hasse diesen Blick, bin ihm total ausgeliefert. Seine Hände streichen an der Innenseite meiner Beine hoch zu den Hüften. Mein Gesicht fühlt sich taub an. Eine Maske aus Hilflosigkeit und Furcht. Ich stütze mich auf die Unterarme, behalte ihn haargenau im Blick.

Bestimmt wird er mich bestrafen. Ich hätte das Handy verstecken sollen, warten, bis ich alleine bin. Ich bin echt dämlich. Ich habe meine einzige Chance vertan, Hilfe zu holen. Mühsam schlucke ich den harten Kloß im Hals hinab.

Wie er mich anstarrt. Ich möchte mich am liebsten irgendwo verstecken. Aber es gibt kein Entkommen.

»Adrian, es tut mir leid.« Reicht ihm das? Adrian ist unberechenbar. Er reagiert nicht einmal, als ob ich nichts gesagt hätte. Ist sein Ausdruck weicher geworden? Oh bitte …

»Dreh dich um, Alec.« Angst schnürt mir schlagartig den Atem ab. Nicht sehen können, was er mir antut? »Auf den Bauch. Mach schon.« Seine Stimme ist bedingungslos. Er muss mir nicht drohen, ich weiß, zu was er fähig ist.

Zögerlich drehe ich mich um. Die verfluchten Ketten klirren, als ich mich auf den Bauch lege, erneut auf die Unterarme abgestützt. Ich zucke zusammen, er legt seine Hände auf mein Gesäß. Fest, aber nicht schmerzhaft, drückt er meine Backen auseinander. Die Hände gleiten über meinen Rücken und wieder hinab. Die Berührung an meinem Eingang löst kein Lustgefühl aus, dazu habe ich zu viel Angst. Er geht mit dem Finger tiefer, dringt ein, dehnt mich. Seine andere Hand wandert zwischen meinen Beinen auf und ab, berührt die empfindlichen Innenseiten.

Was hat er nur vor? Ich kenne seine abrupten Stimmungswechsel, kann sein Verhalten auch nach dieser langen Zeit meiner Gefangenschaft nie wirklich einschätzen.

Adrian küsst mich auf die Schultern, arbeitet sich über den Nacken und Rücken tiefer. Die Finger in mir lösen Schauder aus, ob ich will oder nicht. Warme Hände streichen angenehm sanft über meinen Rücken.

Ich schlucke hart und presse für einen Moment die Augenlider fest zusammen. Ich lechze nach solchen Berührungen, Zärtlichkeiten, nach Wärme, nach Liebe. Zumindest die Illusion von Liebe. Mein Körper ist eine Hure, die sich ihm willig anbietet, doch ich darf mich nicht täuschen lassen.

»Alec, du zitterst.« Adrians Hände kommen zum Stillstand und hastig öffne ich die Augen. *Ja, stell dir nur vor, ich habe eine Heidenangst vor dir.* Noch immer hält sie mich gefangen.

»Es ist gut, Alec. Du brauchst dich nicht vor mir zu fürchten. Ich würde dir nie etwas tun. Es war dumm von dir. Aber es ist okay, mein Süßer«, flüstert Adrian zärtlich. »Mach es nie wieder, hörst du? Nie wieder.« Ich nicke, hoffe er sieht die Bewegung, schlucke den Kloß in meinem Hals hinunter. Die Drohung war unüberhörbar.

Er küsst mich auf die Schultern, streicht fest über meinen Körper. Es tut gut, ganz egal … diese sanften Berührungen, ich entspanne mich tatsächlich etwas. Adrian massiert mein Gesäß. Erneut dringt er mit den Fingern ein, spreizt sie. Ich schließe die Augen, unterdrücke mein Stöhnen, hasse meine Geilheit, keine Kontrolle darüber zu haben.

Das Gleitgel kündigt mehr an. Kondome benutzt Adrian nicht mehr. Er rückt näher und bringt sein Glied an meinen Eingang. Er dringt zügig ein, ohne Pause, ohne Laut, vollständig und beginnt auch sofort sich zu bewegen. Ich will es definitiv nicht, doch seine Berührungen erregen mich.

Wie immer.

Er ist härter als sonst, jedoch nicht unangenehm. Nur schneller, tiefer, fordernder, verlangender. Ich bin nur noch sein Eigentum. Mein verräterischer Körper macht die Bewegungen mit, reagiert entsprechend dressiert auf ihn.

Wie immer.

Ich schließe die Augen fest, unterdrücke alle Laute, die sich von meinen Lippen stehlen wollen. Mein verfluchter Körper ist der einer männlichen Hure, der sich willig hingibt, sobald er ihn nur berührt. Ich fühle mich entsetzlich dreckig, klein und winzig, schwach. Mein Körper gehört längst ihm, nicht mehr mir. Und er bedient sich seines Eigentums.

Die Hände suchen ihren Weg an meinen Schwanz, reiben ihn routiniert und natürlich reagiere ich auch da.

Verräter! Mein verdammter Körper verrät mich. Ich habe mich überhaupt nicht im Griff. Ich habe nichts anders verdient, bin nur noch dazu da, Adrians Bedürfnisse zu erfüllen.

Er wird schneller, stößt immer heftiger zu, markiert mich, tief und hart. Er weiß genau, wie er diesen Körper benutzen muss. Und der nimmt ihn wohlig auf, streckt sich ihm entgegen, genießt, dass er ihn in Ekstase versetzt, ihn vibrieren lässt vor Lust.

Ich presse meine Lippen aufeinander, beherrsche jenen winzigen Teil von mir, der sich vor diesem Körper ekelt, der ihn und seine Gier verflucht. Kein Laut kommt über meine Lippen und meine Lider presse ich fest zusammen. Mein Körper bäumt sich auf, das Sperma verteilt sich unter mir. Adrian stöhnt auf, ergießt sich heiß in mich, besudelt diesen Körper noch weiter.

Es ist nicht mein Körper, er hat ihn gefesselt und versklavt.

Nur mich nicht.

Die Seele, die in diesem verfluchten, verkümmerten, nach Sex gierendem Körper gefangen ist. Ich bin noch hier. Irgendwo, klein, schwach, hilflos, unbedeutend und schreie ungehört um Hilfe.

RAZZIA

Vier Streifenwagen fahren hinter uns die Auffahrt hoch. Mein Kollege Samuel schnalzt anerkennend mit der Zunge.

»Hochnobel. Donnerwetter! Schau mal Mike.«

Ich nicke grimmig. Da hat jemand viel Kohle investiert. Der Garten ist wie ein Park angelegt, überall gepflegte Rosenbeete und Trauerweiden. Dieser Adrian Adson weiß sein ergaunertes Geld gut einzusetzen.

Direkt vor dem Haus ist der geräumige Parkplatz. Dort stehen sage und schreibe sechs schwarze Nobelautos. Ich entdecke nach dem Aussteigen einen Mercedes, einen BMW und … Oh Mann! Ein SLR McLaren. Ein absolutes Traumauto! Und ein Porsche, ein 911GT2, und … hey, sogar ein schwarzer Ferrari. Zum Teufel, Geschmack hat unser Klient definitiv.

Zwei Plätze sind leer. Vermutlich ist unser Vogel ausgeflogen, ich habe das so im Gefühl. Der Typ ist viel zu raffiniert, der hat was geahnt. Egal. Wir ziehen die Razzia jetzt durch.

Ich nicke Samuel zu, den wir alle nur Sam nennen. Zwei Teams bewegen sich um das Haus herum, sichern die hintere Seite. Alles nach Plan.

Sam zupft seine Schutzweste zurecht. Er hat in letzter Zeit ganz schön zugelegt, seine Hose spannt bedenklich.

»Na dann wollen wir mal, Mike.« Er stiefelt auf die große Eingangstreppe los. Mirko und Jan sind schon an der Eingangstür. Natürlich macht keiner auf, als wir höflich klingeln. Aber immer die Form wahren, wir sind ja deutsche Beamte. Die meisten unserer Klienten machen es uns nicht so leicht.

Der dünne Typ vom Schlüsseldienst zuckt die Achseln und macht sich ans Werk. Soll er was für sein Geld tun. Auch ein klasse Job, für Geld Schlösser knacken. Verrückte Welt.

Er hat die Tür rasch auf. »Alarmanlage ist keine dran. Sagt, wenn ihr mich irgendwo noch braucht.«

Ein echt nobles Haus. Ich blicke mich um. Groß und sehr geschmackvoll eingerichtet. Weiß herrscht vor. Der Kerl hat sein Geld sinnig angelegt.

Die Kollegen verteilen sich auf die unteren Zimmer, Sam und zwei andere gehen mit mir nach oben. Die breite Treppe hat ein verschnörkeltes Treppengeländer. Wirklich sehr geschmackvoll, überall dezenter Luxus.

Oben gibt es einen langen Flur, von dem links und rechts jeweils zwei Türen abzweigen.

Ich gehe den Gang runter und stoße die Tür am Ende auf. Das Schlafzimmer. Es ist riesig, nimmt die ganze Breite des Hauses ein und auch hier alles in Weiß eingerichtet. Direkt gegenüber ist eine komplett verglaste Fensterfront und mein Blick wird sofort von dem blau leuchtenden Aquarium angezogen. Unachtsam, denn eine Bewegung aus dem Augenwinkel lässt mich sofort herumfahren.

Auf dem Bett liegt ein junger, dunkelblonder Mann, völlig nackt, und starrt mich entgeistert an. Hastig richtet er sich auf, schwingt die langen Beine vom Bett und macht zwei Schritte auf mich zu. Weiter kommt er nicht, etwas hält ihn ruckartig zurück. Sein linkes Handgelenk ist mit einer dünnen Kette ans Bett gefesselt.

Unwillkürlich gleitet mein Blick an seinem Körper hinab. Er ist völlig nackt, demzufolge unbewaffnet, aber er … sieht verdammt gut aus. Diese großen Augen … Sein Blick geht mir unter die Haut, lässt mein Herz schneller schlagen.

Jung ist er. Hoffentlich schon 18. Ein schlanker, sportlicher Typ, nur viel zu dünn. Seine Rippen stehen hervor und die helle Haut ist fast krankhaft weiß. Vielleicht ein Junkie.

Etwas hält meinen Blick fest, sein Gesicht, seine Augen sind … faszinierend. Ich stehe nicht auf Männer, aber er … er hat was. Ich habe echt Mühe, mich zu lösen.

So einer steht auf Fesselspiele? Na ja, geht mich ja nichts an. Wird eh nichts mehr daraus werden. *Umsonst auf deinen Stecher gewartet, Kleiner.*

Ich reiße mich endlich zusammen. »Besser, Sie ziehen sich an. Das Spiel ist für heute beendet. Ist Adson noch hier?«

Ohne ihn ganz aus den Augen zu lassen, öffne ich die Tür neben dem Bett. Aha, das Badezimmer, aber auch da ist niemand. Nein, hier ist nur dieser heiße Sexsklave, der auf seinen Meister wartet. Ich muss innerlich etwas schmunzeln und wende ihm meine volle Aufmerksamkeit zu. Er starrt mich noch immer mit offenem Mund an, hat sich nicht gerührt. Vermutlich hat ihn meine Uniform und die Schutzweste erschreckt.

»Wo sind Ihre Sachen?« Ich zwinge meinen Blick zu seinem Gesicht. Wieso fällt das schwer? Ein schmales Gesicht, extrem blass, viel zu lange Haare, ein feines Kinn mit einem Hauch Bartstoppel. Ah, und diese Augen … und Lippen …

Mann, Mike, reiß dich endlich zusammen, das ist ein Mann!

Ein Zittern durchläuft seinen Körper und er stößt ein komisches Geräusch aus. Ehe ich mich versehe, sackt er auf die Knie, schlägt die Hände vors Gesicht und bricht in Tränen aus.

Oh Mann, so schlimm, dass er heute keinen Fick bekommt?

Ich betrachte ihn intensiver. Sein Körper sieht ausgemergelt und ungesund aus. Ob er auf Droge ist? Einstichstellen kann ich jedoch nicht sehen. Vielleicht heult er wegen fehlendem Nachschub? Irgendwie … tut er mir leid.

»Hey, alles okay?« Vorsichtig gehe ich vor ihm in die Hocke, um ihm ins Gesicht zu blicken. Meine Hand kommt wie von selbst hoch und streicht ihm eine Strähne zurück. Seine Lippen zittern, als er die Hände runter nimmt und mich anstarrt. Seine Handgelenke weisen Schrammen, verheilte Narben und frische Schnitte auf. Auch an den Knöcheln hat er Narben von Fesseln oder Handschellen. Entweder ist er masochistisch veranlagt oder …

»Es ist vorbei? Wirklich?« Völlig unerwartet schlingt er die Arme um mich. Weitere Weinkrämpfe schütteln seinen Körper. Ich zucke zurück, will ihn instinktiv von mir schieben und brauche einen weiteren Moment, um zu begreifen.

Zum Teufel, freiwillig ist der nicht hier!

»Keine Angst, Kleiner, es ist vorbei.« Ich habe einen Kloß im Hals. »Wie … lange bist du denn schon hier?« Wie kann man einem Menschen so etwas antun?

Er schüttelt den Kopf, wischt sich über das Gesicht und stammelt: »Weiß nicht … ewig. Ich dachte … ich würde nie mehr … Er ist wirklich weg?« Furcht schwingt in seiner Stimme mit. Was hat er durchgemacht? Was hat dieses Schwein ihm alles angetan?

»Hey, ist ja alles gut.« Teufel auch, das ist eine Nummer zu groß für mich. Ich kann kaum sprechen.

Er riecht gut, er fühlt sich gut an. Viel zu gut. Ich versuche ihn vorsichtig von mir zu schieben, doch er klammert sich einfach fest. Er ist eigentlich recht hübsch … für einen Kerl. Beruhigend streiche ich über seine leicht gelockten Haare. Wenn uns so jemand sieht?

»Es wird alles gut.« Er antwortet nicht mehr, hat sein Gesicht an meinem Hals vergraben und bebt am ganzen Körper.

»Bist du irgendwo verletzt?« Keine Antwort, das Schluchzen wird etwas weniger. Ich ordere einen Krankenwagen.

»Wo ist der Schlüssel für das Ding?« Vorsichtig löse ich seine Hand und zupfe an der Kette. Er schüttelt den Kopf und flüstert: »Er hat ihn immer bei sich.«

Teufel auch!

Geräusche hinter mir im Flur. Na klasse, die Kollegen kommen schauen, wo ich bleibe und ich sitze hier mit einem heulenden, völlig nackten jungen Mann um den Hals. Ich kann mir die blöden Sprüche schon denken.

Vorsichtig rücke ich erneut von ihm ab und versuche mich aufzurichten. Genau in dem Moment tritt Sam ein. Die Augenbrauen wandern sofort nach oben, doch ich schüttle nur den Kopf und er verkneift sich alles.

»Ich brauch einen Bolzenschneider. Sieh zu, dass du was besorgst, damit wir diese Kette lösen können«, werfe ich ihm über die Schulter zu. Sam nickt zustimmend.

»Was ist hier los? Wer ist das?« Jan mustert uns belustigt und ich verdrehe die Augen. Der junge Mann lässt seine Arme kraftlos an mir hinabgleiten und bleibt zusammengekauert sitzen. Man kann jeden Wirbel an seinem Rücken erkennen. Er zittert.

»Scheint so, als ob unser werter Herr Adson ihn gefangen gehalten hat.« Es auszusprechen macht es nicht leichter. *So ein mieser Mistkerl.* Der Kleine hier ist völlig fertig.

Jan schnappt nach Luft und mustert den Jungen intensiver. Vermutlich sucht er auch nach Verletzungen. Da, wo ich welche vermute, sollte lieber der Arzt nachsehen.

Mein Blick gleitet hingegen durch den Raum: eine durchaus komfortable Gefängniszelle. Die Kette ist mit dem Bett verbunden, erlaubt dem Jungen nur wenige Schritte. Kleidung kann ich nirgends entdecken. Kurz entschlossen trete ich ans Bett, nehme die Überdecke herunter und lege sie ihm um die Schultern.

Der Kleine sieht nicht auf, sein Blick bleibt zu Boden gerichtet. Sam kommt kurz danach mit zwei Kollegen herein und sie haben tatsächlich einen Bolzenschneider dabei. Sie werfen mitleidige Blicke auf den jungen Mann, der seine Finger fest in die Decke gekrallt hat und zurückzuckt. Sein Atem kommt noch immer sehr schnell und ich mache mir ernsthaft Sorgen um ihn. Er sieht mich hilfeflehend an. Teufel auch, hat er schöne Augen. Graublau.

»Keine Angst, das wird nicht wehtun. Gleich bist du frei. Halt nur kurz still.« Ich versuche ihn zuversichtlich anzulächeln. Sein Blick huscht über mein Gesicht.

Oh Mann, diese Augen. In mir kribbelt es höchst eigenartig. Ich möchte ihn in den Arm ziehen und halten, die Furcht und das Leid aus seinem Gesicht verschwinden sehen. Warum spricht er mich nur so an? Weil ich Mitleid mit ihm habe. Natürlich! Das muss es sein. Was sollte es sonst sein?

Ein knackendes Geräusch und die Handschelle bricht entzwei. Noch immer sieht der Junge mich an. Ich zwinge mich zu handeln.

»Kannst du gehen? Der Krankenwagen kommt jeden Moment.« Er nickt kaum merklich und steht auf. Die Decke verhüllt ihn, er schwankt leicht, geht aber recht sicher auf die Tür zu. An der Türschwelle zögert er merklich und holt Luft. Ich bin direkt hinter ihm und beobachte ihn. Allzu stark wirkt er nicht. Den halben Gang geht er voraus, dann sackt er plötzlich zur Seite und ich kann ihn gerade noch auffangen.

Kein Wunder, er hat kaum Muskeln an den dünnen Beinen. Sein Atem kommt keuchend und er hat die Augen geschlossen. Kurz entschlossen hebe ich ihn hoch und trage ihn den Flur entlang und die Treppe hinunter. Mir doch egal, was die Kollegen davon halten und er wehrt sich nicht.

Für seine Größe wiegt er nicht viel. Ich bin mir leider der Nacktheit unter der Decke voll bewusst. Sein Körper fühlt sich erstaunlich gut in meinen Armen an. Seltsame Gefühle, wo kommen die nur her?

Er sagt kein Wort, schaut mich nur eigentümlich an. Ich starre ihn viel zu lange an. Verschämt wende ich den Blick, konzentriere mich ganz darauf, ihn hinauszutragen.

Auf den Stufen setze ich ihn ab. Die Sanis sind noch nicht zu sehen.

»Bleib kurz hier, der Krankenwagen ist gleich da.« Ich zupfe die Decke zurecht, meide seinen Blick und richte mich auf, um ins Haus zurückzugehen. Da greift er nach meiner Hand.

»Bitte …« Eine Frage? Seine Lippen bewegen sich, doch es folgen keine Worte. Sein Blick geht mir durch Mark und Bein. Ich verstehe auch so und setze mich seufzend neben ihn. Einem Impuls folgend lege ich meinen Arm um ihn.

Okay, ja, er ist ein Kerl. Und offensichtlich ganz schön verstört. Was ist schon dabei?

Kurze Zeit später kommt der Krankenwagen und ich stehe auf, um den Sanitätern zuzuwinken. Sie eilen herbei und ich löse mich von dem jungen Mann.

»Sind Sie verletzt? Können Sie uns Ihren Namen nennen?«

Er schüttelt den Kopf. »Alec Tyson.« Seine Stimme ist leise, seine Augen richten sich auf mich.

»Wie alt sind Sie Herr Tyson?« Der Sanitäter fühlt seinen Puls.

»Zwanzig.«

Alec also … Ich hätte ihn für jünger gehalten, vermutlich, weil er in dieser schlechten körperlichen Verfassung ist. Ich bleibe stehen, bis sie ihn auf eine Trage gelegt und in den Wagen gebracht haben. Ich bin versucht mitzufahren. Blödsinn. Es gibt keinen Grund dazu.

Alec hebt den Kopf, schaut mich unverwandt an und öffnet die Lippen, dann schließen sich die Türen hinter ihm. Mich beschleicht ein wehmütiges Gefühl. Kopfschüttelnd schaue ich dem Wagen hinterher. Was hat er nur an sich, das mich so verwirrt? Ich sollte mich jetzt dringend auf unsere Razzia konzentrieren.

Mach endlich deinen Job und frage dich nicht, warum er dich so angesehen hat. Oder du ihm nachgesehen hast.

AUF DER WACHE UND IM KRANKENHAUS

Unser Einsatz ist natürlich Gesprächsthema Nummer eins die nächsten Tage auf der Wache. Sam sagt nicht viel dazu, die anderen Kollegen witzeln jedoch andauernd über meinen speziellen Rettungseinsatz. Muss ein urkomischer Anblick gewesen sein, wie ich mit dem heulenden nackten Jungen um den Hals auf dem Boden gekauert habe. Ich finde das Ganze gar nicht so lustig. Mir geht er partout nicht aus dem Kopf.

Wie er wohl in diese Sache rein geraten ist? Ich habe zwar die Akten gesehen, doch vorstellen kann ich es mir nicht wirklich. Ach Mann, ich sollte mich besser auf meinen eigenen Schriftkram konzentrieren, sonst werde ich nie vor Feierabend fertig.

»Hey.« Arnaud rollt seinen Stuhl zu meinem Tisch herüber. Er ist französischstämmig und eine echte Nervensäge. Ich mag seine affektierte Art nicht. Er beugt sich vertraulich heran. Ein Hauch seines süßlichen Aftershaves erreicht mich und ich unterdrücke einen Hustenreiz.

»Wenn du das nächste Mal einen hübschen Jüngling retten musst, lass doch lieber Georg den Vortritt, der weiß das wenigstens zu schätzen.« Arnaud hebt die Stimme, damit Georg, der zwei Tische weiter arbeitet, ihn auch versteht.

Seine grauen Augen mag ich auch nicht.

»Der weiß ein entsprechendes Dankeschön sicher mehr zu schätzen. Du kannst mit einem willigen Hintern bestimmt weniger anfangen.«

Ärgerlich verziehe ich das Gesicht. So ein blöder Sprücheklopfer.

Georg schaut hoch, steht auf und kommt herüber. Er ist schwul. Sicherlich nicht der einzige bei uns, allerdings macht er keinen Hehl daraus. Da er von der Statur durchaus der Bruder von Arnold Schwarzenegger sein könnte, erntet er mal einen Spruch, mehr trauen sich die meisten jedoch nicht.

Er setzt sich auf meinen Tisch und grinst Arnaud herausfordernd an. Der rollt sich sofort zurück, fährt sich nervös durch die dünnen, braunen Haare und senkt den Blick.

Georg war beim Einsatz dabei, aber bei einem der Teams, die von hinten ins Haus gekommen sind. Er wird gar nicht viel von der Befreiung Alecs mitbekommen haben.

»Nee lass mal«, meint er zu Arnaud und mustert den jungen Kollegen anzüglich. »Weißt du, ich stehe nicht auf solch süßen Jungs. Mit denen kann ich nicht viel anfangen.« Arnaud steckt seine Nase lieber beflissen hinter seinen Bildschirm.

»Und auf was stehst du?«, rutscht es mir heraus und bereue meine Neugierde sofort. Was geht es mich an?

Georgs braungrüne Augen mustern mich abschätzend. Er ist sich wohl nicht sicher, ob ich ihn nicht auch auf den Arm nehme. Mit weit über 120 kg Lebendgewicht? Spinnt er?

»Ach, lass es.« Ich winke ab. »Das will ich wahrscheinlich gar nicht wirklich wissen.« Ich stehe rasch auf und gehe hinüber zum Kaffeeautomaten. Ich brauch jetzt erst mal Koffein.

Georg folgt mir und lehnt sich an den Automaten.

»So als Hete kannst du dir nicht vorstellen, dass ich eher auf einen echten Kerl stehe?« Ich brumme unbestimmt, nehme meinen Kaffee und drücke für ihn auch einen. Wir gehen in den kleinen Extraraum für eine kurze Kaffeepause. Hier quatscht mich keiner der Kollegen blöd an. So langsam nervt mich das schon. Vor allem, weil unser Einsatz eigentlich nicht viel gebracht hat. Ein paar Beweisstücke, einige Unterlagen, nicht wirklich viel.

Dieser Adson ist verdammt schlau. Er zieht definitiv krumme Dinger ab, doch beweisen kann man ihm nichts.

Georg setzt sich mir gegenüber. Der Stuhl ächzt hörbar unter seinem Gewicht. »War echt ein hübscher Bursche, der Kleine. Irgendwie ganz schnuckelig.« Ah, er hat Alec also doch gesehen. Ich ziehe skeptisch die Augenbrauen hoch.

»Wenn man auf so etwas steht«, gibt er lächelnd zu. »Jeder hat eben so seine Vorlieben und ich stehe halt nicht auf solche Twinks wie der Junge, den du da rausgeholt hast. Den Kleinen würde ich glatt zerdrücken, wenn er unter mir zu liegen kommt. Ich mag es bäriger.«

Jedes der Bilder, welche mir gerade in den Kopf kommen, schmeiße ich gleich wieder in den Papierkorb.

»Kräftig, ordentlich Muskeln, so richtig männlich eben. Ich will schließlich was zum Zupacken haben. Ich bin nicht als Top festgelegt. Ich bin auch gerne mal Bottom.«

Ich weiß, ich mache mich todsicher lächerlich, dennoch frage ich nach: »Top? Bottom?«

»Tja, als Schwuler hat man ja ein bisschen mehr Auswahl.« Georg grinst über das ganze, kantige Gesicht. Sein fast kahler Schädel glänzt im Neonlicht. »Aktiv oder passiv halt.«

Ich schaue noch verwirrter drein.

»Ach, Mensch Mike. Je nachdem ob du lieber oben oder unten liegst«, ergänzt er und fügt schmunzelnd hinzu: »Ob du lieber drin bist oder ihn lieber in dir hast.«

Verdammt, so genau wollte ich das eigentlich gar nicht wissen. Nun sind meine Ohren bestimmt feuerrot. Ich schlucke und vergrößere gedanklich meinen Papierkorb.

»Ah ja«, bringe ich lang gezogen hervor und trinke rasch von meinem Kaffee. Bestimmt ist mir deshalb heiß geworden.

Georg nippt ebenfalls an seinem Kaffee und reibt sich über das harte Kinn.

»Schon blöd, was dem Jungen passiert ist. Ich hab seine Aussage gelesen. Er wurde von dem Adson in einem Schwulenclub aufgegabelt. Der Kleine schien ziemlich unerfahren zu sein und ist mit ihm gegangen. An so ein Schwein zu geraten, hat er nicht verdient.«

Georg runzelt nachdenklich die Stirn. »Bestimmt war der Kleine noch Jungfrau. Wahrscheinlich hat ihm Adsons Auftreten oder sein Geld imponiert. Der Kerl hat ja gescheffelt ohne Ende und von den Fotos her macht er durchaus was her.«

Ich schweige. Weil mir schon wieder ungefragt Bilder im Kopf herumspuken. Der Papierkorb läuft über. Vielleicht sollte ich ein ordentliches Lagerfeuer draus machen? Zu viel Müll im Kopf.

»Warst du eigentlich im Krankenhaus?« Georg leert seine Tasse in einem Zug. Ich schüttle den Kopf. Die Aussage hat ein anderer Kollege aufgenommen. Ich habe mich nicht drum gerissen.

»Er scheint Glück gehabt zu haben, dass ihm nichts weiter passiert ist.« Wenn man von Vergewaltigung absieht. Okay, blöder Spruch, aber Alec hätte auch tot sein können. »Wahrscheinlich ist er mittlerweile auch schon zu Hause«, denke ich laut nach. »Er kriegt bestimmt eine psychiatrische Behandlung.«

»Er hat wirklich Glück gehabt«, meint Georg achselzuckend. »Manche Typen sind so krank, die fragen nicht lange, die nehmen sich, was sie wollen. Hätte auch anders für ihn laufen können. Gibt auch illegales SM in der Szene.«

Okay, auch das will ich gar nicht hören. Rasch trinke ich aus, schmeiße den Becher in den Abfalleimer. Ich stehe auf und will zurück an die Arbeit. Georg legt mir plötzlich die Hand auf die Schulter und drückt mich lässig hinunter.

»Das nimmt dich aber ganz schön mit, Mike, was? Hilft dem Kleinen vielleicht, wenn du noch einmal nach ihm siehst.«

Ist das sein Ernst? Obwohl mir der Gedanke tatsächlich schon gekommen ist. Reine Neugierde. »Nein. Was soll ich schon da?«

Georg verdreht die Augen und grinst mich breit an. Seine Hand drückt sich schwer in meine Schulter, als er aufsteht.

»Hey, du bist sein Retter. Schon vergessen? Denke, das wäre schon okay.« Ich starre ihn an. Sieht er mich nicht etwas merkwürdig an? Egal. Ich starre ihm grübelnd hinterher.

Ein paar Tage später bin ich doch im Krankenhaus. Wirklich reine Neugierde.

Alec ist noch da. Ich nutze meine Marke und kriege ein bisschen was raus, bevor ich ihn besuche. Unterernährt ist er und ein paar Tests müssen sie noch machen, Vitamine und so. Er bekommt Physiotherapie um die Muskeln wieder aufzubauen. Er ist in therapeutischer Behandlung, hat nachts jedoch oft Angstzustände, sagt mir die Schwester. Und ja, ich darf ihn sprechen. Ich bin Polizist und brauche noch ein paar Daten wegen seiner Aussage, behaupte ich einfach.

Ich finde Alec draußen im Krankenhauspark. Er sitzt alleine auf einer Bank, bemerkt mich gar nicht, denn er hat das Gesicht in die Sonne gedreht und die Augen geschlossen. Seine Züge wirken entspannt, ganz anders als das letzte Mal. Das Licht funkelt wahrhaftig in den hellen Strähnen seines Haares. Ich finde, er sieht noch immer schrecklich dünn aus.

Er gefällt mir. Das ist ein ungewohntes Gefühl, denn er ist noch immer definitiv ein Mann. Warum fühle ich mich also zu ihm hingezogen? Und zwar nicht auf die kumpelhafte Art. Total verwirrend.

Was will ich eigentlich hier? Vielleicht erinnert er sich gar nicht mehr an mich. Eigentlich sollte ich ihn besser in Ruhe lassen.

Alec seufzt leise und fährt sich mit der Hand übers Gesicht. Er schlägt die Augen auf und sieht mich. Er blinzelt und schirmt die Augen gegen die Sonne ab, während ich näher komme.

»Hey! Hallo.« Ich bleibe vor ihm stehen. Wieso schlägt mein Herz eigentlich schneller?

»Hallo.« Alec schaut mich schüchtern an. Erkennt er mich wieder?

»Ich bin Mike. Der Polizist, der dich rausgeholt hat, erinnerst du dich?«

»Ja«, meint er sehr leise. »Ich weiß noch, wer du bist.« Alec rutscht unruhig hin und her. Ich setze mich neben ihn und er rückt ein Stück zur Seite.

Mache ich ihm Angst? Sein Blick schweift unsicher umher. Ist es ihm womöglich peinlich? Immerhin habe ich ihn in einer sehr delikaten Situation nackt gesehen.

»Ich wollte nur mal schauen, wie es dir so geht«, sage ich leichthin und beobachte aus den Augenwinkeln, wie seine Hände sich unruhig bewegen. »Kommst du so weit klar?«

Alec wirft mir einen unsicheren Blick zu. »Geht so.« Er schluckt hektisch.

Verdammt, was mache ich hier? Das kann doch jeder Blinde sehen, dass ich ihn nervös mache. Wahrscheinlich sollte ich gehen und ihn nicht auch noch daran erinnern, was er erlebt hat. Das ist wohl für keinen Mann schmeichelhaft.

Schweigen breitet sich unangenehm aus. Alec wendet das Gesicht in die Sonne. »Das habe ich am meisten vermisst: Sonne auf der Haut zu spüren, mich bewegen zu dürfen, wie und wohin ich will.« Erneut seufzt er leise.

»Dein Name ist Alec?« Er schaut mich überrascht an. »Ich habe es gehört, als die Sanitäter kamen und außerdem steht es in den Akten. Wegen dir hatte ich etwas mehr Papierkram als sonst.«

Alec knotet noch immer seine Finger ineinander, das macht mich ganz wuschig. Ich möchte meine Hand drauflegen und sie festhalten.

Er beißt sich kurz in die Unterlippe. »Danke noch einmal.« Ansehen kann er mich dabei nicht.

Ich zucke lässig die Schultern. »Das ist mein Job. Wir waren zwar wegen was anderem da, aber es war ja nur gut so.«

»Zu meinem Glück.« Noch immer wirkt er furchtbar nervös und ich frage spontan: »Ist es dir peinlich, weil ich dich so ... gesehen habe?« Alec fährt leicht zusammen.

»Ja, ein bisschen schon.« Er gibt sich einen Ruck und dreht sich zu mir. Ein vorsichtiges Lächeln umspielt seinen Mund. Er hat ziemlich volle Lippen, bekomme ich eine ungefragte Info. »Es tut mir leid. Ich habe dich bestimmt vor deinen Kollegen recht lächerlich gemacht. Ich ... es tut mir leid, dass ich dich ... Ich war nur so unglaublich froh da rauszukommen. Muss ganz schön blöd ausgesehen haben.« Er senkt den Blick, das ständige Spiel seiner Finger macht mich wahnsinnig.

»Schon okay. In meinem Job habe ich schon ganz anderes erlebt.« Beschützer der Hilflosen und Schwachen – das ist nun mal mein Job. »Man weiß nie genau, was bei einem Einsatz so passieren wird. Ist manchmal ganz schön abgefahren.«

»Zum Beispiel ans Bett gefesselte nackte Männer?« Alec schmunzelt plötzlich, zwinkert mir zu und mein Herz macht einen eigentümlichen Satz.

»Okay, das war echt Mal was anderes.« Ich grinse zurück. Seine Augen sind ein dunkleres Blau, als ich es in Erinnerung habe. »Nackte Weiber hatte ich schon mal. Bei einer Razzia in einem Bordell letztes Jahr. Aber du warst mein erster Kerl.« Ach herrje, jetzt läuft Alec rot an. Er wendet sofort den Blick ab. Diese nervösen Finger ... ich muss mich echt beherrschen.

Eine Schwester schiebt einen Mann mit Gipsbein im Rollstuhl vorbei, während wir uns minutenlang anschweigen. Ich weiß nicht recht, was ich sagen, wie ich mich verabschieden soll. Eigentlich will ich nicht gehen.

»Weißt du ...«, unterbricht Alec endlich. »Ich ... es war meine Schuld, dass ich da reingeraten bin. Ich habe ihm geglaubt. Er war so ... nett. Und ... klasse ... auch ... im Bett.«

Äh, das will ich gar nicht alles wissen. Alec merkt, dass es mir unangenehm ist. Unsicher wirft er mir einen Blick zu.

»Entschuldigung. Das interessiert dich bestimmt alles gar nicht. Du bist hetero, oder?«

Mir fällt es schwer zu antworten, dabei ist es doch eigentlich ganz einfach. Hat was, wie er mich so von schräg unten ansieht. »Ja ...«

»Sorry. Das geht mich nichts an«, meint Alec hastig. »Im Moment würde ich mir das auch wünschen. Dann wäre das alles nicht passiert.« Er schließt kurz die Augen. »Ich war extrem naiv. Ich hatte echt keine Ahnung, auf was ich mich einlassen würde. Aber weißt du, wenn dir plötzlich jemand sagt, wie toll du bist und dir … na ja Sachen zeigt, von denen du nur träumen konntest … Shit, ich habe es einfach glauben wollen.« Er ballt die Hände zu Fäusten.

»Warum nicht? Du siehst doch nicht schlecht aus.« Ich beiße mir auf die Zunge. Wie klingt das denn Bitteschön?

Mann, Alec sollte mich nicht so ansehen, das ist … unheimlich, was ich dabei fühle. Hat er etwa Minderwertigkeitskomplexe, denn zum Weglaufen schaut er wirklich nicht aus. Ich kann durchaus verstehen, warum Mann auf ihn steht. Also, wenn man auf Männer steht, natürlich.

»Er ist immer noch frei. Ihr habt ihn noch nicht geschnappt, oder?« Alecs Stimme klingt belegt, Hoffnung und Frucht schwingen darin. Logisch, dass er sich Gedanken macht. Ich schüttle seufzend den Kopf.

»Leider nein. Aber mach dir keine Sorgen. Der Adson wäre dumm, wenn er wiederkommt. Wir schnappen ihn schon. Er wird dich nicht finden.« Ach herrje, Alec hat wirklich ziemlich Angst: Die Härchen auf seinen Armen zittern und sein Mund ist eine schmale Linie geworden.

»Der findet mich. Adrian weiß, wo ich gewohnt habe, er hat all meine Ausweise.« Alec schnaubt und seine Augen verengen sich. »Du hast ihn nicht erlebt. Er sieht mich als sein Eigentum an. Adrian wird nach mir suchen.« Alecs Schultern sacken nach vorne. Er wirkt ziemlich hilflos. Verdammt, ich würde ihn gerne trösten, aber ist bestimmt keine gute Idee, meinen Arm um ihn zu legen. Ich knuffe ihn kurz gegen den Oberarm, aber auch dabei zuckt er schon erschrocken zusammen.

»Wir kriegen ihn. Ganz sicher! Hey, das ist mein Job!« Ich grinse ihn an, doch Alec bleibt skeptisch. Zumindest die Panik ist aus seinen Augen gewichen. »Kriegst du … Hilfe?«

Sein Schnauben klingt wütend und abermals ballt er die Fäuste. »Du meinst, damit meine Angstattacken aufhören und ich wieder in einem Bett schlafen kann und nicht jedes Mal Panik kriege, wenn die Tür aufgeht?« Er stößt geräuschvoll die Luft aus. »Sorry. Ja, ich kriege das schon in den Griff. Der Therapeut ist okay. Es wird wohl eben dauern.«

Vier Monate lassen sich eben nicht einfach so ungeschehen machen.

»Wo kannst du hin, wenn du hier rauskommst?«

»Ich habe keine Ahnung.« Er hebt den Kopf. »Ich weiß noch nicht, was mit meiner Wohnung ist. Dahin kann ich eh nicht zurück. Dort würde er mich sofort finden. Und mein Job ist auch weg.« Er stöhnt und vergräbt kurz das Gesicht in den Händen. »In der Zusammenfassung: Ich habe keine Wohnung, keinen Job … Ach, Shit! Ich weiß gerade ehrlich nicht, was ich überhaupt machen soll. Mein ganzes Leben ist plötzlich weg.«

Meine Hand legt sich von alleine auf seine Schulter. Ich spüre ihn beben. Alec holt abermals Luft und richtet sich auf: »Ich bin von zu Hause weg, um in Hamburg zu studieren und dann passiert mir so etwas!« Ich kann verstehen, dass Alec wütend ist. Adson hat ihm mächtig ins Leben gepfuscht.

»Was ist mit deiner Familie? Kannst du nicht erst mal zurück?«

Alec schnauft verächtlich, lehnt sich zurück und verschränkt die Arme. »Mein Vater ist tot, mein Bruder lebt in Venezuela und meine Mutter wird nicht kommen. Ich musste mir am Telefon anhören, dass das alles nicht passiert wäre, wenn ich nicht so … unnormal wäre. Als ob ich nur mal Drogen ausprobiert hätte. Mit einem Mädchen wäre mir so etwas natürlich nie passiert.« Er blinzelt mit zurückgelegtem Kopf in die Sonne, vermutlich will er ein paar Tränen entschärfen. »Stimmt vielleicht sogar.« Seufzend gibt er zu: »Sie kommt nicht damit klar, dass ich schwul bin.«

»Schätze, du kannst nichts dafür, was du bist. Man wird halt so geboren. Der eine hat braune Haare, der andere schwarze. Einer steht halt auf Jungs, der andere auf Mädchen. Wolltest du je lieber was mit Mädchen anfangen?« Grinsend sehe ich ihn an. Meine Hand liegt ja noch immer auf seiner Schulter. Rasch nehme ich sie herunter.

»Nicht wirklich«, gibt er zu. »Dennoch habe ich lange gebraucht, um es zu kapieren. Ich war immer viel zu schüchtern. Mädchen haben mich wirklich noch nie angemacht. Kerle schon. Da kribbelte es schon öfter da unten.« Er lacht hell auf und wirft mir einen verlegenen Seitenblick zu.

Bei mir kribbelt es auch, aber wohl eher, weil es mir peinlich ist. Auf was für einen Typ Mann er wohl steht? Keine Ahnung, wonach ein Schwuler geht. Was für ein blöder Gedanke. Wo kommt der denn jetzt her? Mir kommt allerdings spontan eine Idee: »Ich kann dir vielleicht was organisieren, wenn du willst.« Verdammt, das klang jetzt zweideutig. Hastig ergänze ich: »Ich meine: eine Bleibe. Ich kann da was anleiern. Dort würde er dich todsicher nicht finden.«

Alec runzelt überrascht die Stirn. »Das würdest du tun? Ich meine, du brauchst nicht … nur weil … Du warst eben zufällig da.« Er stammelt herum, gibt sich einen Ruck. »Das wäre so klasse. Dann wüsste ich wenigstens wo hin. Mein Bruder streckt mir erst mal was vor. Ich muss mir aber rasch einen Job suchen.«

»Mein Angebot steht: Ich such dir eine Wohnung, und wenn du entlassen wirst, hole ich dich auch ab.« Ich staune gerade selbst, aber irgendwie bin ich doch Freund und Helfer, oder?

»Das wäre … Wow, danke. Das wäre echt klasse.« Er scheint sich wirklich zu freuen.

»Ich gebe dir meine Handynummer. Du kannst mich anrufen, wann immer du willst, okay?« Ich erhebe mich und Alec springt sofort hoch, schaut mich recht ungläubig an. »Bis dann, Alec. Lass dich nicht unterkriegen.« Ich schüttle seine Hand. Er hat große Hände und nach einem Moment Zögern wird der Handdruck fest. Er grinst.

»Okay. Und … danke, Mike.« Mein Name aus seinem Mund ist ungewohnt und ich zwinkere ihm zu. Am Eingang zum Krankenhaus drehe ich mich noch einmal um. Alec steht noch immer neben der Bank und schaut mir hinterher. Er hebt die Hand zum Gruß. Ich grinse vor mich hin und fühle mich gerade sehr gut.

IN EIN NEUES LEBEN

Knapp eine Woche später klingelt mein Handy: »Hallo Mike. Hier ist Alec. Ich darf morgen raus.« Er zögert. »Wenn dein Angebot noch steht, würde ich es gerne annehmen.«

»Hey Alec. Schön von dir zu hören. Aber klar. Ich hole dich ab. Ich habe schon eine Wohnung für dich organisiert. Eine aus unserem Zeugenschutzprogramm. Dort kannst du unterkommen. Wann soll ich dich denn abholen?«

»Wann passt es dir am besten?« Ein freudiger Unterton klingt in seiner Stimme mit.

»Gleich nach meinem Dienst, gegen 18 Uhr?«

»Das wäre klasse. Danke Mike.«

»Habe ich doch versprochen. Bis dann, Alec.«

»Ja, bis dann.«

Den nächsten Tag parke ich meinen Wagen auf dem Parkplatz vor dem Krankenhaus und wandere gut gelaunt zum Haupteingang. Alec steht schon da, einen kleinen Rucksack über die Schulter geworfen. Ich begrüße und mustere ihn verstohlen. Er sieht viel besser aus, nicht mehr so blass und dünn. Obwohl ich ihn immer noch ziemlich dürr finde.

»Hallo Mike.« Er sieht mich etwas unsicher an. Ich deute auf seinen Rucksack und schmunzle. »Viel Gepäck hast du da ja nicht.«

»Nein, meine ganzen Sachen sind ja in der alten Wohnung. Hier drin ist alles, was ich mir neu gekauft habe. Eigentlich nur Klamotten zum Wechseln.« Ich grinse, denn ich habe noch eine Überraschung für ihn, das werde ich ihm aber erst sagen, wenn wir in der neuen Wohnung sind.

»Na, dann komm. Auf in dein neues Leben in Freiheit.« Die Bemerkung war nicht so geschickt, denn Alec verzieht nur das Gesicht. Er folgt mir zum Wagen. Ich fahre nur einen alten Ford und deute seinen Blick entsprechend. »Nicht ganz, was du von ihm gewöhnt bist oder?« Es soll eigentlich witzig sein, kommt aber völlig falsch an. Alec fährt zusammen und schaut mich betroffen an.

»Ich war nicht mit ihm zusammen, weil er Geld hatte. Was denkst du denn von mir?« Er wirkt empört und ich schäme mich. *Volltreffer mitten ins Fettnäpfchen.*

»Entschuldige, das war gedankenlos von mir.« Alec steigt wortlos ein. Er starrt während der Fahrt schweigend aus dem Fenster und mir fällt nicht recht ein, wie ich ein Gespräch anfangen soll.

»Wie geht es dir denn so?«, versuche ich mit etwas Unverfänglichem zu beginnen. Teufel, ich sollte mich mit ihm unterhalten können, wie mit jedem anderen Mann auch, ohne immer daran denken zu müssen, wer er ist und was ihm passiert ist.

»Es geht«, sagt er ausweichend und guckt dabei auf seine Hände, die den Rucksack fest umklammern. Alec seufzt fast unhörbar. »Ich habe immer noch Albträume, aber der Therapeut meint, dass es besser werden wird. Ich muss mich daran gewöhnen, mit anderen Menschen zusammen zu sein. Wenn es zu viele sind, habe ich Panik. Das war früher schon nicht leicht, aber jetzt …« Abermals schaut er aus dem Fenster.

»Ihr habt ihn noch nicht erwischt?« Seine Stimme ist so leise, dass ich ihn kaum verstehe.

»Nein. Er hat eine Klage am Hals wegen Freiheitsberaubung, Nötigung und wegen Betrugs und Unterschlagung. Deswegen auch die Razzia.« Alec dreht sich zu mir um. Sein Gesicht bleibt ausdruckslos, nur die Augen verraten ihn. »Hey, wir schnappen ihn schon.«

Minutenlang schweigt er und hat anscheinend die Stirn an die Scheibe gelegt.

»In meinen Albträumen … kommt er zurück. Ich öffne die Tür und er steht da. Mit diesem verdammt netten Lächeln.« Er schlägt die Stirn leicht gegen die Scheibe und ich weiß nicht recht, was ich sagen soll. Ich will ihm die Angst nehmen, ihn instinktiv beschützen.

»Er wird nicht zurückkommen. Er ist auf der Flucht. Er wird gesucht. Der ist abgetaucht. Vielleicht sogar ins Ausland abgehauen. Er wäre ziemlich dämlich wieder aufzutauchen. Und in dieser Wohnung wird er dich nicht finden«, versichere ich.

»Ich muss noch einmal in meine alte Wohnung.«

Ich vernehme seinen furchtsamen Unterton und lächle. Das ist meine Überraschung für ihn und vielleicht reißt ihn das aus den trüben Gedanken: »Musst du nicht.« Alec wendet erstaunt den Kopf und sieht mich direkt an. »Ich habe mir schon gedacht, dass das für dich ein Problem werden könnte und … Na ja, ich habe so ein bisschen meine Beziehungen spielen und deine Sachen abholen lassen. Sie sind schon in der neuen Wohnung. Du musst nur noch die Kartons auspacken.«

»Das hast du getan?« Alecs Ausdruck ist so köstlich, dass ich lachen muss. Er sieht so aus, als ob er mir gleich um den Hals fallen will. Ein Gedanke, der ein warmes Gefühl in mir hinterlässt.

»Ein Freund von mir ist Rechtsanwalt und hat mit deinem Vermieter geklärt, dass er dich vorzeitig aus dem Vertrag lässt, sodass du keine Probleme mehr haben wirst«, setze ich noch einen drauf. Alecs Augen sind groß und er sieht so aus, als ob ich ein Alien wäre und »Buh!« gesagt hätte. Er schluckt hart und seine Hände zucken. Dann wendet er den Blick zu Boden.

»Danke. Ich … ich weiß nicht, wie ich das wieder gut machen kann.«

»Oh, ganz einfach.« Ich zwinkere ihn schelmisch von der Seite an. »Du könntest mich auf eine Pizza einladen. Ich kenne da einen guten Italiener.«

»Okay …« Seine Augen leuchten endlich wieder. »Allerdings … nun, ich denke, dass du dann noch etwas warten musst.« Seine Hände kneten und verschlingen sich schon wieder ineinander. Scheint er immer zu machen, wenn er sich unwohl fühlt. Fragend sehe ich ihn an.

»Im Moment … geht es noch nicht. In ein Restaurant gehen … zu viele Menschen.«

Hätte ich mir doch auch denken können. Was mache ich so einen dämlichen Vorschlag? *Mike, das kannst du besser!* »Ich habe eine Idee: Warum lädst du mich nicht zu einem Film bei dir ein und ich bringe die Pizza mit?«

Ich bin mir nicht ganz sicher, ob er darauf eingehen wird. Ich will ja nichts von ihm, ich mag ihn einfach. Und er tut mir leid.

Alecs überlegt und nickt. »Das geht klar. Was magst du für Filme? Ich habe keine so große Auswahl.«

»Solange es keine dieser schlappen Komödien ist, Nackte Kanonen 1005 oder so etwas, bin ich fast für alles zu haben.« Wir sind fast an der

Wohnung. Ein sehr ruhiges Viertel. Das Zweifamilienhaus ist ziemlich abgeschieden. Alec wird der Einzige sein, der dort wohnt.

»Ich habe ›*Herr der Ringe*‹ in der Extended Version. Wäre das akzeptabel?«

»Aber klar doch! Ist einer meiner Lieblingsfilme. Ich habe den im Kino mehr als fünf Mal gesehen.«

»Prima. Ich mag ihn auch sehr gerne.« Neugierig mustert Alec das Haus und die Umgebung. Ich parke vor dem Haus.

»Wir sind da. Das ist es. Da oben ist deine Wohnung. Unten ist frei, da kommen sonst die Aufpasser rein. Also, wenn wir die Wohnung für das Schutzprogramm verwenden.« Ich öffne die Tür und steige aus. Alec bleibt neben mir stehen und sieht nach oben. Gefällt es ihm? Er sagt nichts, schultert seinen Rucksack und wartet, bis ich das Auto abgeschlossen habe. »Dann komm, ich zeige dir alles.« Ich lächele ihn aufmunternd an. Er wirkt schüchtern und ein bisschen unbeholfen.

Ich gehe vorweg, schließe die Tür auf und lasse ihn an mir vorbei ins Treppenhaus treten. Für den Sekundenbruchteil rieche ich seinen typischen Duft und erneut löst das ein höchst eigenartiges Gefühl aus. Ob seine Haare auch so gut riechen? *Reiß dich bloß zusammen, Mike.*

»Einfach die Treppe hoch.« Ich folge ihm nach oben und mustere ihn genau. Was ist es, was mir an ihm so gut gefällt? Ich weiß nicht, warum er mich so interessiert. Nur weil ich ihn in dieser Situation gesehen habe? Ich weiß es echt nicht.

Vor der Wohnungstür bleibt Alec stehen. »Willkommen in deinem neuen Zuhause.« Ich schließe auf und mache eine einladende Bewegung. Kartons stapeln sich an der Wand, ich bin überrascht, wie wenige es sind. Die Habseligkeiten eines Studenten eben. »Die Möbel stehen im Wohn- oder Schlafzimmer. Du musst nur noch entscheiden, wo du sie hin haben möchtest.« Ich folge ihm, als er das Zimmer links betritt. Es hat ein großes Fenster raus zum Garten und er tritt heran und schaut hinaus.

»Das ist klasse«, meint er fast ehrfürchtig und lässt den Rucksack von der Schulter gleiten. »Die Sonne dürfte fast den ganzen Tag rein scheinen. Oh, Mike, das ist echt klasse!« Er strahlt mich an. So gefällt er mir noch viel besser. Alec sieht wundervoll jungenhaft aus, wenn er so lächelt. Ich mag das an ihm.

»Ich dachte mir schon, dass es dir gefällt. Es wird eventuell im Sommer etwas heiß, andererseits ist es immer hell.« An der Wand lehnen die

Einzelteile von Ikea-Regalen. Er hat überwiegend helle Holzmöbel. Wirklich der typische Student, ich muss grinsen.

»Was ist?« Alec mustert mich unsicher.

»Ich dachte nur daran, dass ich im Studium auch solche Möbel hatte und wir eine Party geschmissen haben, um die Dinger zusammen aufzubauen. Irgendein Teil fehlte immer oder die Anweisungen waren … na ja, zu kompliziert.« Zu viel Alkohol war oft ein weiteres Handicap und sorgte dafür, dass eigentlich keins dieser Möbelstücke sehr lange überdauert hat. Ich muss lachen. Alec grinst zurück.

»Kann ich mir vorstellen. Diese Regale sind jedoch leicht aufzubauen.« Er zögert, sagt allerdings nichts weiter, sondern geht an mir vorbei. In dem anderen Zimmer steht ein schmales Holzbett, der Rahmen und die Matratze lehnen an der Wand. Ein heller Schrank steht verloren im Raum. Auch hier stehen noch einige Kartons. Ich betrachte nachdenklich die kahlen, weißen Wände.

»Du kannst sie dir anders streichen.« Die weißen Wände wirken steril und sehen sehr nach Krankenhaus aus.

»Ja«, meint Alec gedehnt. »Ich muss mich erst mal … einleben.« Er seufzt ganz leise und scheint trüben Gedanken nachzuhängen. Das bewegt mich.

»Die Küche ist ziemlich klein. Wilde Partys kannst du da nicht unbedingt feiern.« Geschafft, er lacht mich an.

»Ich habe noch nie eine wilde Party gefeiert«, gibt er grinsend zu. »Du bringst mich auf Ideen. Deine Studentenzeit scheint ja wild gewesen zu sein.«

»Oh, ja. War eine sehr wilde Zeit. Wir haben oft bis morgens gefeiert, sind dann gemeinsam zur Vorlesung und haben dort gemeinsam geschnarcht. Ich glaube, keiner der Profs hat uns wirklich gerne in seinen Vorlesungen gehabt.«

Alec lacht wieder dieses helle, schöne Lachen.

»Du wirst es selbst erleben. Aber halte dich von den Mädels fern.« Ich drohe ihm spielerisch mit dem Finger. Hach, ich mag sein Lachen.

»Da besteht keine Gefahr.« Jetzt muss ich lachen, denn er schüttelt heftig den Kopf. Wie reagiert er wohl darauf, wenn eine Frau mit ihm flirtet? Wie es wohl ist, wenn man als Mann auf andere Männer steht? Ich hatte auch mal so eine kurze Experimentierphase, ich erinnere mich schwach. Lange her und unbedeutend.

Rasch streife ich den Gedanken ab und gehe in die Küche voraus. Sie liegt gegenüber dem kleinen Badezimmer am Ende des Flurs. Die Wohnung ist nicht sehr groß, muss sie ja auch nicht sein, sie wird ihm bestimmt genügen.

»Du hast sogar eine Mikrowelle. Oder kochst du selbst? Ich bin ja kein Fan von Fertigkost.« Das war früher mal anders, aber mittlerweile koche ich wirklich lieber selbst.

»Ich kann nicht wirklich gut kochen«, gibt Alec zu, als er hinter mir in die Küche kommt. »Ich kann nur Kuchen backen.«

»Echt? Na dann verlange ich nächstes Mal, wenn ich dich rette, einen Kuchen von dir. Ich liebe süßes Backwerk.«

»Wenn du weiterhin so gut für mich sorgst, bekommst du mehr als einen Kuchen.« Alec beißt sich sofort verlegen auf die Lippe. »Also mehr … also mindestens … äh … drei«, korrigiert er sich und schaut verschämt zur Seite.

Hat er geglaubt, ich würde etwas anderes hineininterpretieren? Alec ist ja süß; er weiß doch, dass ich hetero bin.

»Komme ich drauf zurück«, murmle ich ein wenig unsicher, fange mich jedoch rasch: »Hey, soll ich morgen Abend vorbeikommen und dir eine fantastische Pizza machen? Die erste in der neuen Wohnung?«

Alec sieht mich merkwürdig abschätzend an. Hat er womöglich Bedenken? Ich will ja nur nett sein und will nichts von ihm. Ich mag ihn einfach.

»Mit ganz vielen Tomaten?«

»Mit Tomaten und allem, was du drauf magst.« Ich öffne den Herd und schaue mir die Möglichkeiten der Küche an. »Nicht, dass du derzeit viel zur Auswahl hättest.« Ich starre in den Kühlschrank. »Du musst erst mal einkaufen, gähnende Leere da drin.«

Alec tritt näher und schaut mir über die Schulter. »Sieht so aus«, brummt er leise und ich bemerke aus dem Augenwinkel, dass seine Hand zittert.

Ich drehe mich um und mustere ihn. Sofort tritt er zurück, senkt den Blick. Ah, Einkaufen … ich begreife. Das bedeutet, er muss unter Menschen. Viele Menschen. »Das macht dir Angst, nicht wahr?«

Alec wirkt ertappt, nickt kaum merklich. »Da muss ich wohl durch.« Seine Körperhaltung zeigt mir, dass er sich alles andere als sicher ist. Was hat dieser Adrian ihm bloß angetan, dass er sich vor so normalen Situationen, wie Einkaufen fürchtet? Ach, nein, er sagte ja, dass er vorher schon Probleme hatte. Dann hat sich das nur verstärkt.

Ich spüre Zorn in mir aufwallen. Alec tut mir leid, wie er so unsicher, ja ängstlich da steht. »Ist doch kein Problem, dann fahre ich mit dir einkaufen. Ich beschütze dich schon vor allem Bösen.« Mein Herz schlägt merkwürdig hart. »Außerdem … weiß ich genau, was wir für die Pizza brauchen.«

Alecs Hände kneten noch immer, er strafft sich und hebt den Blick »Ich kann dich nicht so in Anspruch nehmen. Du tust viel zu viel für mich, Mike.« Seine Stimme hat einen komischen Klang angenommen.

Ich werde den Teufel tun, ihm zu verraten, dass er mir leidtut. Kein Mann hört gerne, dass er Hilfe braucht, wohl auch kein schwuler Mann. Mein ausgeprägter Beschützerinstinkt ist es wohl, wegen dem ich mich zu ihm hingezogen fühle.

»Wenn ich keine Lust hätte, würde ich es dir nicht vorschlagen, okay?« Meine Stimme ist sicher. »Hey, ich bin einfach ein netter Typ.« Alecs Blick ruht etwas länger auf mir, dann gibt er sich einen Ruck.

»Dann nehme ich dein Angebot gerne an. Weißt du denn, wo man gut einkaufen kann?« Ich nicke. Klar, ich habe in dieser Wohnung schon zweimal den Aufpasser gespielt. Ich kenne den Bäcker, den Supermarkt und das nächste Eiscafé.

»Wollen wir gleich los? Ich weiß auch, wo der nächste EC-Karten Automat ist, falls das noch eine Frage sein sollte.«

»Du kannst hellsehen.« Alec seufzt. »Okay, dann begebe ich mich unter deinem Schutz in die wilde Welt.« Er grinst, aber seine Augen bleiben ernst.

»Auf unter die Wölfe.« Ich passe auf dich auf.

PIZZAESSEN

Alec schlägt sich tapfer.

Der Weg vom Parkplatz zur Bank war kein Problem. Er hat sich Geld geholt und nun sind wir zu Fuß auf dem Weg zum großen Supermarkt zwei Straßen weiter.

Ich versuche ihn nicht ständig fürsorglich anzusehen. Er ist etwas dichter gekommen, seit wir in die belebtere Straße eingebogen sind, und wirft schon mal unsicher Blicke um sich, bemüht, sich nichts anmerken zu lassen. Auch ich bin bestrebt, locker und lässig neben ihm aufzutreten und achte dennoch auf jede seiner Reaktionen. Immer wieder zuckt er zusammen und ich habe den Eindruck, er würde sich gerne an mir festhalten oder sich hinter mir verstecken. Wie ein ängstliches Tier.

Fasziniert er mich deshalb? Ich weiß es nicht, aber ich habe an ihm weitaus mehr Interesse, als an jedem anderen Mann, dem ich bisher begegnet bin. Er weckt in mir das Bedürfnis ihn zu schützen sogar ihn zu berühren, ihm nahe zu sein. Natürlich nur, um ihn zu beruhigen wie ein ängstliches Kind eben. Da ist doch kein Unterschied, oder? Ich halte mich lieber zurück. Alec ist schließlich ein Mann, ich glaube nicht, dass er es gut finden würde, wenn ich ihn an die Hand nehmen würde.

»Da vorne ist der Laden«, sagte ich unnötigerweise, um überhaupt etwas zu sagen. »Frisches Gemüse für die Pizza sollten wir besser bei dem Gemüsehändler kaufen, was meinst du?« Alec nickt und folgt mir mit angespanntem Gesicht. Er wischt sich immer wieder flüchtig die feuchten Hände an der Hose ab. Ich bin gut im Beobachten, bringt mein Job mit sich. Teufel auch, er ist wirklich extrem nervös. Und alles wegen diesem sexgeilen Idioten. Ich könnte diesen Adson echt umbringen!

Wie Alec wohl vor diesem Erlebnis gewesen sein mag? Auf jeden Fall lockerer. Ob er öfter gelacht hat? Und diese unsicheren Blicke …

macht er das erst, seit ihn dieser Mistkerl gefangen gehalten hat? Ich mag diese Art an ihm, wenn er von unten hochschaut. Ein wenig scheu. Verdammt, er ist ein Kerl und keine Frau. Jede meiner Freundinnen hat sich gerne von mir beschützen lassen, meine Rolle in der Beziehung war klar, auch wenn ich mich nicht als Macho bezeichnen würde. Ich sehe passabel aus, kräftig, dunkle, kurze Haare und so dunkle Augen, dass sie fast schwarz wirken. Zumindest hat das meine letzte Ex-Freundin behauptet. Auch dass ich harte Augen habe. Kalt, gefühllos, egoistisch. Die Vorwürfe kamen allerdings erst am Ende unserer Beziehung, als sie gegangen ist.

Die meisten Frauen mögen, was ich bin, dass ich stark wirke, einige mochten sogar meinen Job. Doch bisher hat keine Beziehung lange gehalten, ohne dass ich sagen könnte, warum eigentlich.

Beim Gemüsehändler ist wenig los und Alec atmet hörbar aus.

»Ich backe dir die beste Pizza, die du je gegessen hast«, verspreche ich ihm grinsend und ernte ein offenes Lächeln, welches erahnen lässt, wie Alec sein könnte, wenn er sein altes Leben wieder hat.

Dazu werde ich ihm verhelfen. Er hat nicht verdient, dass ein Idiot ihm sein Leben versaut. Ich helfe ihm, zu dem Alec zu werden, der er mal war. Dieses Lächeln, diese netten Augen sollen immer so strahlen. Das wünsche ich mir wirklich.

Nach dem Einkauf wechseln wir die Straßenseite zum Supermarkt. Alec wirkt sicherer, viel lockerer. Genau so lange, bis wir den Laden betreten. Gleich am Eingang rennt ein großer Typ ihn fast um. Sofort spannt sich Alecs schlanker Körper an, sein Gesicht wird blass, während er rasch an die Wand zurückweicht. Ich bin sofort neben ihm und schiebe mich vor ihn. »Alles okay?«

»Geht gleich wieder«, bringt Alec mühsam hervor, ohne den Blick zu heben. Teufel noch mal, der Typ hat ihn eigentlich nur flüchtig berührt und er schiebt totale Panik.

»Der kam so unvermittelt.« Alec atmet mehrfach ein und aus, strafft sich entschlossen, lächelt mich an und geht zügig weiter, sodass ich ihm folgen muss. Er schaut starr geradeaus, versucht die anderen Menschen zu ignorieren und steuert zielstrebig das Regal mit den Käse- und Milchprodukten an. Ich bleibe etwas zurück, um einen Einkaufskorb zu nehmen, schätze, daran hat er nicht mehr gedacht. Von hinten ist sein Rücken gerade, der Kopf hoch erhoben. Gut macht er das, ich empfinde glatt ein wenig Stolz auf ihn.

Wir beenden den Einkauf ohne weitere Zwischenfälle und gehen zur Kasse. In der Schlange steht er hinter mir und ich bin mir seiner Nähe sehr bewusst. Vor allem, als er noch dichter an mich rückt. Ich bin irritiert und sehe mich fragend um. Alecs Lippen zittern und er wirkt total verkrampft. Ich erkenne auch sofort den Grund: Eine Frau ist ihm ganz schön auf die Pelle gerückt. Ihr Korb drückt beinahe in seinen Rücken.

Wut auf diese dumme Schnepfe überkommt mich, andererseits mag ich es durchaus, dass Alec mir so nahe kommt. Wärme durchflutet mich, offensichtlich vertraut er mir. Ich würde gerne den Arm um ihn legen.

»Alec? Willst du schon mal nach vorne gehen? Du bist doch derjenige, der bezahlen muss.« Aufmunternd nicke ich ihm zu.

»Ja.« Ich höre die Erleichterung in seiner Stimme, als er sich an mir vorbei schiebt. Kurz nehme ich seinen Duft wahr und muss der Versuchung widerstehen, ihn an mich zu ziehen. Als er vor mir steht, lege ich meine Finger um seinen Oberarm und drücke kurz beruhigend zu. Alec fährt zusammen, entspannt sich jedoch sofort, als ich meine Hand fallen lasse.

»Danke«, raunt er, ohne sich umzudrehen. Ich grinse zufrieden. *Ich beschütze dich, habe ich doch versprochen.*

Als wir zum Parkplatz zurückgehen, läuft er sicherer neben mir her. Wir verstauen die Einkäufe im Kofferraum meines Autos und fahren wortlos zur Wohnung zurück. Alec durchbricht das Schweigen: »Der Supermarkt ist zum Glück nahe genug dran. Das kann ich alles gut zu Fuß oder mit dem Rad erreichen. Und es gibt sogar eine Buslinie zur Uni. Besser, als in meiner alten Wohnung.« Er lächelt mich an, nicht ganz das strahlende, offene Lächeln, aber auch nicht mehr so verschüchtert.

»Siehst du? Du kannst dich nur verbessern.«

»Ja, von jetzt an kann es nur besser werden. Hoffe ich.« Alec dreht sich plötzlich zu mir um. »Mike …« Er beißt sich in die Unterlippe.

Ich ziehe die Augenbrauen hoch, während ein Lächeln meine Lippen umspielt. Was will er wohl sagen?

»Mike, ich bin echt total froh, dass du da bist.« Er sieht mich offen an. »Es tut gut, einen Freund zu haben.«

»Schon okay, Alec.« Klingt meine Stimme etwas rau? »Ich vermute, das kannst du ganz gut gebrauchen, oder? Ich bin gerne dein Freund.«

Er braucht jemanden, um wieder ein netter, fröhlicher, junger Mann zu werden. Jemanden, der einfach für ihn da ist. Mit dem er reden kann.

Alec lächelt. Dieses schöne Lächeln. Mir wird warm. Verdammt, wieso reagiere ich bloß so auf ihn? Was hat er nur an sich?

EIN FERNSEHABEND

Du hast zum Glück nicht vorher erwähnt, dass ich für meine Pizza hart arbeiten muss«, beschwert Alec sich keuchend. »Dann hätte ich die Idee der Fertigpizza eher erwogen.« Er steht am Tisch und knetet den zähen Teig, während ich ihm gegenübersitze und Tomaten schneide. Ich blicke in sein etwas gerötetes Gesicht.

»Du wirst anderer Meinung sein, wenn du diese Pizza gekostet hast. Früher mussten die Menschen ihr Essen selbst jagen, das war harte Arbeit. Also beschwere dich nicht, wegen ein bisschen Teig kneten.« Ich grinse ihn an, Alec streckt mir frech die Zunge raus.

»Es gab Jäger und Sammler, falls du es nicht weißt. Wenn du dich zu den Jägern zählen willst, schließe ich mich lieber den Sammlern an.«

»Frauen haben gesammelt, die Männer gejagt. Deshalb schätzen Männer auch nach wie vor ein deftiges Steak. Und Frauen können besser Salate machen.«

Alecs Augen blitzen. Überhaupt wirkt er sehr gelöst und geht viel mehr aus sich heraus, seit wir in der Wohnung sind. Ich schütte die fertig geschnittenen Tomaten in eine Schüssel und mache mich an die Zwiebeln.

»Und weil ich zufällig schwul bin, hast du mir also netterweise die Frauenrolle zugedacht?« Ich verschlucke mich fast. Habe ich was Falsches gesagt? Zum Glück nicht, Alec schmunzelt.

»Nicht deshalb.« Ich verziehe den Mund und lege den Kopf schief. »Ich wollte dich nur nicht heulen sehen, weil du die Zwiebeln schneiden musst.« Ups, für einen Augenblick wirkt Alec betroffen, sein Lächeln ist nur noch aufgesetzt. Er senkt den Blick auf den Teig.

Treffer, einmal umschifft und direkt im Fettnäpfchen gelandet, Mike! Was meinte meine Ex noch? Kalt und gefühllos? Muss wohl was dran sein. Es macht mir allerdings mehr aus, Alec damit wehzutun, als ihr. Sie war eh eine Zicke.

»Bei roten Zwiebeln ist es nicht so schlimm. Ein Grund, warum ich die lieber mag.« Alecs Hände sind klebrig und er nimmt etwas Mehl auf, um den Teig von den Händen zu bekommen. Mit dem Handrücken wischt er eine vorwitzige Strähne seines dunkelblonden Haares aus der Stirn. Die zurückbleibende feine Mehlspur auf seiner Wange zieht meinen Blick fast magisch an.

Unwillkürlich mustere ich ihn. Noch immer ist er zu dünn, viel zu knochig. Breite Schultern, aber die Arme wirken zerbrechlich, obwohl die Muskeln unter der Haut spielen. Er ist … attraktiv. Und … ein Mann. Ein schwuler Mann.

Ich reiße mich los und konzentriere mich auf die Zwiebeln.

Alec knetet den Teig heftig und routiniert, beugt den ganzen Körper vor, um seine Kraft einzusetzen. Ich mag es, ihn zu beobachten und er ist ganz auf das Kneten konzentriert, wird es nicht mal bemerken. Er klopft den Teigkloß beinahe liebevoll in eine flache Form und tritt an die Küchenzeile heran.

»Mike, kannst du mal die Schublade aufmachen? Mir klebt der Teig an den Händen.«

»Klar.« Ich stehe auf, ziehe die Schublade auf und gebe ihm das Nudelholz. Erneut bleibt mein Blick an dieser verdammten Mehlspur auf seiner linken Wange hängen.

»Was ist?« Alec zieht irritiert die Augenbrauen hoch.

»Du hast da Mehl im Gesicht.« Ehe ich nachdenken kann, streiche ich es mit dem Daumen von der Wange. Er fährt bei meiner Berührung zusammen, keucht leise und weicht sofort zurück. Seine großen Augen sehen mich überrascht und auch ein wenig ängstlich an. Für Sekundenbruchteile atemloser Stille sehen wir uns einfach nur an. Eine sehr komische Situation.

Dann trete ich rasch zurück und setze mich an den Tisch.

»Sorry«, brumme ich leise, ohne ihn anzusehen. »Wollte dir nicht zu nahe treten.«

»Nicht so schlimm.« Seine Stimme klingt belegt. Er macht sich mit dem Nudelholz über den Teig her.

»Ich reibe dann schon mal den Käse.« Die Berührung seiner Wange hat ein fiebriges Kribbeln ausgelöst. Nur zu gerne würde ich es wiederholen.

Hat er diese Wirkung auf mich, weil er schwul ist? Bei keinem anderen Mann habe ich je das Bedürfnis gehabt, ihn öfter zu berühren.

»Oh ja. Viel Käse bitte.« Alecs Lächeln ist wieder zurück. »Ich mag es, wenn er richtig dick drauf ist und Fäden zieht.«

»Aus Ermangelung einer Käsereibe gibt es ihn sehr dick.« Nach erfolgloser Suche schneide ich den Käse halt in Scheiben. Gemeinsam belegen wir die Pizza mit Tomaten, Zwiebeln, Rucola, Schinken und viel, viel Käse. Nachdem die Pizza in den Ofen verfrachtet wurde, waschen wir nebeneinander unsere Hände. Alec hat kräftige Hände, die durchaus zupacken könnten. Wo habe ich eigentlich schon wieder meine Augen? Solche Details interessieren mich für gewöhnlich nicht die Bohne.

»Willst du schon mal den DVD-Player an den Fernseher anschließen? Ich räume hier auf.« Wir haben uns drauf geeinigt einen Pizza – und Filmabend zu machen, auch wenn Alecs Möbel noch kreuz und quer stehen. Das Sofa und den Fernseher haben wir gleich nach dem Einkauf in Position gebracht. Und das Bett aufgebaut. Der Rest muss warten.

»Klar.« Ich gehe hinüber ins Wohnzimmer. Die Möbelpacker waren echte Profis, stelle ich mit Genugtuung fest, sie haben die Kabel zusammengebunden und es ist leicht, die passenden Stecker in die richtigen Positionen zu bringen. Als Alec hereinkommt, habe ich den Player angeschlossen und suche mit der Fernbedienung nach dem richtigen Kanal. Die DVD hat er vorhin schon in einem der Kartons gefunden und auf den Tisch gelegt.

»Wollen wir schon anfangen? Die Pizza dauert ja noch etwas.« Alec lässt sich zufrieden seufzend auf das Sofa fallen und legt die langen Beine auf den Couchtisch. Plötzlich zieht er sie herunter und springt auf. »Du willst bestimmt was trinken! Bier oder was anderes?«

»Bier ist schon okay.« Ich habe den Kanal gefunden und lege die DVD ein.

»Aber nur eins«, rufe ich ihm hinterher. Ich muss ja noch heimfahren.

Als das Filmmenü erscheint, ist auch Alec wieder da und drückt mir eine kalte Bierdose in die Hand. Er hat sich selbst eine Bierflasche mitgebracht. Er trinkt also alkoholfrei? Jeder, wie er es mag.

Erneut lässt er sich in der gleichen Position auf das Sofa fallen und ich platziere mich neben ihn.

Herr der Ringe. Ich mag diesen Film sehr. Der Prolog beginnt.

»Mehr als den ersten Teil schaffen wir heute eh nicht«, brumme ich. »Dann muss ich wohl wiederkommen, um den Rest zu sehen.«

»Musst du wohl. Daran führt kein Weg vorbei.« Alec lächelt verschmitzt.

Ich öffne meine Dose, lehne mich entspannt zurück. »Wenn du das sagst, komme ich wieder.« Ich weiß jetzt schon, dass ich gerne wiederkommen möchte. Seine Gesellschaft gefällt mir. Er gefällt mir.

»Ich würde mich sehr drüber freuen«, sagt er leise. »Es ist schön, einen Freund wie dich zu haben.«

Worte, die mich ziemlich berühren. Alec braucht dringend jemanden, der ihm hilft wieder Fuß zu fassen und …

Ja, Kleiner, ich bin gerne dein Freund. Die vertraute Nähe auf dem Sofa mag ich durchaus. Im Moment ist alles gerade sehr gut, so wie es ist.

Der Film ist spitze, er hat eine wunderbare Atmosphäre, die mich ganz hineintauchen lässt und tolle Actionszenen. Ich bin völlig auf die Handlung konzentriert, als Alec hektisch aufspringt. »Scheiße, die Pizza«

Teufel noch mal, die habe ich auch ganz vergessen.

Rasch eilt Alec in die Küche, aus der es ziemlich lecker riecht. Ich drücke rasch die Pausetaste und folge ihm. Zum Glück höre ich kein Fluchen, es scheint, als ob die Pizza noch in genießbarem Zustand wäre.

»Beinahe zu spät«, meint Alec, während er die Pizza vorsichtig schneidet und die Stücke auf zwei Teller verteilt. Er schiebt mir einen zu und ich balanciere ihn zurück ins Wohnzimmer.

»Ist noch ziemlich heiß, verbrenn dich nicht. Ich hole uns mal Cola.« Er kommt gleich darauf mit zwei Gläsern und einer Flasche zurück. »Mehr als ein Bier solltest du nicht trinken, wenn du noch fahren musst.« Nicht, dass ich gerade viel Lust darauf habe, in meine Wohnung zurückzufahren. Da ist es ruhig und derzeit ziemlich einsam, seit meine Ex vor zwei Monaten ausgezogen ist. Ich bin nicht so gerne alleine, seine Gesellschaft kommt mir gerade recht.

Wir essen Pizza und folgen der Handlung. Neben mir lacht Alec plötzlich glucksend auf. »Ich muss nur gerade dran denken, dass der Film für uns beide genau richtig ist. Er hat nicht nur gut aussehende Kerle, sondern auch schöne Frauen zu bieten. Für jeden was dabei.«

»So?«, sage ich gedehnt und ziehe gespielt skeptisch die Augenbrauen hoch. »Du stehst also auf Frodo?« Alec lacht laut auf, schüttelt wild den Kopf und sieht mich verschmitzt an. So gefällt er mir am besten: Fröhlich und ein wenig jungenhaft. Keine traurigen, ängstlichen Augen. Alec zieht die Beine an sich.

»Quatsch. Frodo ist nicht mein Typ«, versichert er.

»Also Frodo nicht? Mmh, wer ist denn dein Typ?« Alec legt sein Kinn auf die Knie und überlegt. Noch so eine Geste, die mich total anspricht. Seine Haare erscheinen mit einem Mal extrem verlockend. Hallo? Er ist ein Mann und ich definitiv nicht schwul. Wo kommen diese skurrilen Wünsche her?

»Aragorn würde ich bestimmt nicht von der Bettkante schubsen«, gibt Alec zu. Okay, der sieht nicht schlecht aus, besonders wenn er kämpft. Er könnte öfter mal duschen, ansonsten ... Steht er auf lange Haare?

»Ehrlich gesagt ist der Éomer aus dem zweiten Teil mehr mein Typ.«

Ah, der Reiterfuzzi also. Groß, breitschultrig, muskulös, wieder mal lange Haare, ein Kämpfer. So einer gefällt ihm also.

»Und du? Éowyn oder Arwen?« Neugierig schaut Alec mich an.

»Éowyn ist mir viel zu dürr«, schnaube ich. »Die sieht so aus, als ob ich sie erst mal auffüttern müsste. Ich brauche es schon etwas weiblicher.«

»Also Arwen?«, bohrt er nach. »Oder Galadriel? Lange blonde Haare und genügend Rundungen, da steht doch wohl jeder Mann drauf.« Abermals schnaube ich. Mir sagt keine davon zu. Lange Haare machen mich zumindest nicht an, egal ob blond oder dunkel. Meine Ex-Freundinnen waren alle etwas kleiner als ich, definitiv keine Busenwunder.

»Wenn ich eine nehmen muss, dann eben Arwen, nur ob ich mich an die spitzen Ohren gewöhnen kann, weiß ich nicht.« Ich lege den Kopf schief, der Film ist für den Moment vergessen. »Und Éomer? Was hat der zu bieten? Der sieht nicht so aus, als ob er angenehm zu küssen wäre. Und er stinkt nach Pferd.«

»Als ob du das beurteilen könntest!«, kontert Alec gelassen. »Ich liebe Pferdegeruch und ich mag seine breite Brust, die starken Arme. Er hat so einen intensiven Blick. Finde ich faszinierend.« Er lehnt sich zurück und streckt die Beine abermals aus.

Starke Arme, also? Er mag jemanden zum Anlehnen, der ihn in die Arme schließt, ihn an die breite Brust zieht? Unwillkürlich stelle ich mir vor, wie dieser Éomer ihn hält, ihn an sich presst, küsst und ... verabschiede mich ganz schnell von solch abstrusen Ideen. Gedanklicher Müll. Wo kommt der bloß andauernd her?

Ich konzentriere mich lieber wieder auf die Handlung des Films, vermag ihr allerdings nicht mehr ganz so einfach zu folgen. Immer wieder entstehen dumme Bilder in meinem Kopf. Aragorn, der nicht Frodos, sondern Alecs Hand hält. Ach herrje, weg damit!

Am Ende des Films, bei der Szene, in der Frodo Sam aus dem Wasser zieht, kann ich mir einen Kommentar nicht verkneifen: »Eindeutig, die beiden haben was miteinander. Solch verliebte Blicke.«

»Na ja«, wiegelt Alec ab. »Die Grenze zwischen inniger Freundschaft und Liebe ist definitiv fließend.« Er stockt, wirkt ein wenig verlegen und schaut mich nicht an. »Immerhin heiratet Sam ja am Ende und hat sogar Kinder.«

»Und Frodo bleibt Single und verlässt vor Liebeskummer vergehend Mittelerde«, stelle ich nicht ganz ernst gemeint fest. Alec lächelt hintergründig.

»Unerwiderte Liebe vielleicht …« Er lässt den Satz ausklingen. Mir fällt nichts Schlaues ein, denn seine Stimme klingt anders als vorher.

»Ich hole mir noch ein Stück Pizza. Magst du auch noch eins?«

Alec schaut vom Abspann hoch, als ich aufstehe. Bilde ich mir das ein, oder guckt er mich seltsam an? Hastig senkt er den Blick.

»Ja, gerne. Die ist echt lecker geworden.« Er zögert und fährt sich mit der Zunge über die Lippen. »Wann musst du eigentlich los?«

Ich bleibe stehen, stelle fest, dass ich eigentlich gar nicht weg will. »Noch nicht so bald. Daheim wartet keiner auf mich. Wollen wir den nächsten Teil noch anfangen?« Den mit Éomer.

»Gerne. Ehrlich gesagt bin ich froh, wenn du noch etwas bleibst. Ich …« Seine Hände streichen über die Jeans. Ist er nervös? »Ich bin mir nicht sicher, wie es hier … alleine sein wird«, gibt er sehr leise zu.

»Ich bleibe gerne noch, wenn du dich dann sicherer fühlst.« Alec wirkte herrlich normal, ich habe verdrängt, dass es seine erste Nacht außerhalb der Klinik ist.

»Danke.« Hastig wendet er sich ab und beschäftigt sich mit dem DVD-Player. Ich gehe nachdenklich in die Küche und hole die Pizza.

Wenn ich nicht morgen arbeiten müsste, könnte ich hier übernachten. Blödsinn, ich verwerfe den Gedanken sofort wieder. Wir kennen uns ja eigentlich kaum. Und bestimmt wäre es ihm nicht recht, wenn ich gleich bei ihm übernachten würde. Es schmeichelt mir jedoch, dass er sich sicherer fühlt, wenn ich da bin. Natürlich bleibe ich noch bei ihm. So etwas tun gute Freunde schließlich füreinander.

HILFE BEIM AUFBAU

Es ist sehr spät geworden.

Wir haben noch den kompletten zweiten Film gesehen. Éomer hat mir den Teil ziemlich verleidet. Meine Fantasie treibt seinetwegen eindeutig merkwürdige Blüten. Bis auf Georg kannte ich bisher keinen Schwulen, der offen geoutet ist, vermutlich beschäftigt mich das Thema deshalb. Alec ist nun mal ganz anders als Georg.

Liebe unter Männern, kann es das wirklich geben? Männer, die sich leidenschaftlich küssen … der Gedanke sollte mich eigentlich abstoßen. Eigentlich.

Wenn ich mir vorstelle, wie ein anderer Kerl mit langen Haaren Alec anfasst und ihn in den … Teufel, weg mit dem Sondermüll aus meinem Kopf!

Alec ist es sichtlich schwergefallen, mich gehen zu lassen. Zum Ende des Films und beim anschließenden Geschirrspüler einräumen, wurde er immer nervöser, wortkarger und sein Lächeln angespannter. Als ich mir die Jacke überzog, waren die Hände wieder am kneten. Er tat mir unendlich leid und ich war wirklich versucht, zu bleiben, aber jede Formulierung erschien mir dumm. Also bin ich gegangen, nicht ohne ihm zu versichern, dass er mich jederzeit anrufen könne. Sogar spät in der Nacht.

Aber er hat es nicht getan.

Dafür klingelt mein Handy am Morgen.

»Morgen Mike.« Alecs Stimme klingt angespannt, oder bilde ich mir das ein?

»Ich wollte mich bedanken, dass du gestern so lange geblieben bist.«

»Hey, das war schon okay.« Er soll sich bloß keinen Kopf darum machen. »War nett mit dir. Und wenn es geholfen hat, habe ich meinen Job gut gemacht. Du weißt schon: dein Freund und Helfer.« Er lacht.

»Ich hab die Nacht knapp überlebt. Es war ein komisches Gefühl und ich habe die Haustür auch nur dreimal kontrolliert, bevor ich ins Bett gegangen bin.«

»Du packst das schon«, versichere ich ihm und überlege nicht lange. »Soll ich später noch vorbeikommen und dir beim Aufbauen helfen? Da war doch noch was von der Pizza übrig und ich habe keine Lust, für mich alleine zu kochen.«

Ich kann an seiner Stimme hören, dass er sich freut: »Das wäre ganz klasse. Die Regale lassen sich besser zu zweit aufbauen.«

»Okay, dann sehen wir uns nachher. Soll ich dreimal klopfen und ein Codewort sagen, oder lässt du mich so rein?« Erneut lacht er, es klingt jedoch nicht wirklich echt.

»Da nur du weißt, wo ich wohne … Ich mache dir schon auf.«

»Okay, dann bis später.«

»Bis später.«

Georg steht im Türrahmen, als ich mein Handy zur Seite lege. Ob er ahnt, mit wem ich telefoniert habe? Anscheinend ja.

»Der Junge aus dem Adsonfall?« Er lächelt seltsam. Georg ist einer der wenigen in der Wache, der weiß, wo Alec untergebracht ist.

»Ich habe ihm gestern beim Einzug geholfen«, erkläre ich. Warum schaut er mich eigentlich so an?

»Und du setzt es fort, wenn ich richtig verstanden habe.«

»Ich habe gerade nichts Besseres zu tun«, brumme ich. Es geht ihn schließlich nichts an, was ich in meiner Freizeit mache. Oder mit wem ich die verbringe.

»Ist bestimmt gut, wenn der Kleine jemanden zum Reden hat«, vermutet Georg. »Einen guten Freund kann der bestimmt gut gebrauchen.« Ich schaue ihn prüfend an, weil ich nicht mehr sicher bin, ob er nicht was anderes meint. Immerhin ist Georg schwul und ich freunde mich gerade mit einem anderen Schwulen an. Vielleicht kommt er auf komische Ideen?

»Ja, er braucht gerade einen Freund, schätze ich. Alec ist nett. Aber mehr ist da definitiv nicht.« Georg antwortet nicht gleich, reibt sich über das Kinn und schaut sinnend aus dem Fenster. Mit einem kaum hörbaren Seufzer kommt er näher. »Hast du mal die vollständige Akte von dem Adson gelesen?« Ich verneine.

»Ganz interessant: Er hat schon mal einen Jungen entführt. Vor sechs Jahren. Nur für zwei Tage, eine ganz ähnliche Geschichte. Das Verfahren wurde eingestellt. Sein hoch bezahlter Anwalt hat vermutlich überzeugende Argumente bar auf den Tisch gelegt.«

»Echt?« Klar interessiert mich das. Derzeit interessiert mich alles, was Alec betrifft, oder vielmehr den Adson.

»Soll ich dir die Akte dazu mal geben?« Logisch, was fragt er noch? Georg verschwindet und kommt bald danach zurück, legt mir die Akte auf den Tisch.

»Ich hol mir einen Kaffee. Willst du auch einen?« Ich brumme meine Zustimmung, bereits in die Akte vertieft.

Vor sechs Jahren hat Adson einen noch minderjährigen Jungen in einer Schwulenbar angesprochen, mitgelockt und zwei Tage lang eingesperrt. Das Verfahren wurde eingestellt, weil die Eltern die Anzeige zurückgezogen haben. Laut Adsons Aussage, wollte der Junge vorübergehend bei ihm bleiben, weil er zu Hause Ärger hatte. Die Aussage, er wäre gezwungen und von ihm an die Wand gekettet worden, hat der Junge widerrufen. Alle sexuellen Handlungen habe er frei erfunden, um auf sich aufmerksam zu machen.

Ich runzle die Stirn. Das klingt verdächtig ähnlich zu Alecs Fall. Ich betrachte Adsons Foto nachdenklich. Er sieht sympathisch und unauffällig aus. Sein Gesicht wirkt attraktiv und er hat freundliche, graue Augen. Niemand, dem man Gewalt zutrauen würde. Leider sind die meisten Psychos und Soziopathen völlig unauffällig. Wie kommt so jemand dazu, einen jungen Mann zu kidnappen, ihn zu fesseln und zu missbrauchen? Adrian Adson sieht nicht so aus, als ob er bei Frauen oder Männern Probleme hätte zu landen.

Georg kommt herein und stellt mir einen Kaffee auf den Tisch. »Schräger Vogel, dieser Adson«, brummt er. »Schau dir mal den Teil über seine Kindheit an. Da wird es interessant. Ich muss noch was schaffen. Leg mir die Akte einfach wieder hin.«

Ich überfliege den Text und finde rasch, was er meint: Adrian ist das älteste Kind reicher Eltern, die sich trennten, als er zwölf war. Die Mutter beantragte das Sorgerecht für den drei Jahre jüngeren Sohn. Adrian wuchs beim Vater auf und wurde von einem Internat ins nächste geschoben. Er fiel immer wieder auf, weil er ausriss und auf der Straße aufgegriffen wurde. Es gab sogar mal ein Jugendstrafverfahren gegen ihn wegen Einbruchs in einen Laden. Nichts wirklich Dramatisches. Allerdings gibt es dazu ein psychologisches Gutachten, das sein Vater eigens hat anfertigen lassen. Erfolgreich, wie es scheint: Sein Sohn blieb straffrei. Mit Geld kann man sich vieles erkaufen.

Und das Gutachten ist wirklich interessant: Der Gutachter bestätigt Adrian extreme Verlustängste, eine Fixierung auf den jüngeren Bruder verbunden mit psychologischen Störungen, Bindungsunfähigkeit und eine tief sitzende Phobie, allein gelassen zu werden. Anscheinend hat ihn die Trennung seiner Eltern etwas traumatisiert.

Ich vergesse glatt meinen Kaffee und er ist schon recht lauwarm geworden, als ich endlich daran nippe. Immerhin erklärt das im Ansatz, warum Adrian Alec das angetan hat. Scheinbar ist er nicht in der Lage darauf zu vertrauen, dass jemand freiwillig bei ihm bleiben würde. Er wird mir nicht sympathischer. Ich brauche nur an Alecs ängstliche Blicke zu denken, daran, wie er ausgesehen hat, als ich ihn gefunden habe. Wie Adrian ihm sein Leben versaut hat.

Ich seufze und schließe die Akte. Wenn dieser Psycho so dumm sein sollte und zurückkehrt … Alec wird er nicht finden, dafür werde ich schon sorgen.

Der Tag geht langsam vorbei. Viel Bürokram und ich beginne mich auf den Abend mit Alec zu freuen. Die letzten zwei Monate habe ich abends überwiegend in meiner Bude gehockt und schwachsinnige Fernsehsendungen gesehen. Ich hatte nach dem Krach mit Susanne, meiner Ex, keine Lust auf neuen Beziehungsstress und bis auf ein oder zwei »Männerabende« mit meinen fußballbegeisterten Kumpels, war ich nicht aus.

Nach Feierabend mache ich mich sofort auf den Weg zu Alecs Wohnung. Ich fahre gar nicht mehr bei mir zu Hause vorbei. Was soll ich da auch? Ich bin ganz froh, dass sich die Gespräche nicht um das Tor des vorletzten oder letzten Monats oder den aktuellsten Trainerrauswurf drehen werden.

Ich parke den Wagen in der Auffahrt und steige mit Chips bewaffnet die Treppen zur Wohnung hoch. Alec öffnet quasi sofort, kaum habe ich geklingelt. Gut sieht er aus, seine Augen leuchten und er scheint sich sehr zu freuen.

»Hey!« Ich drücke ihm mein Begrüßungsgeschenk in die Hand. »Falls die Pizza nicht mehr reichen sollte.«

»Oh prima.« Er hält die Chipstüte prüfend ins Licht. »Alles, was der Körper braucht: Kohlenhydrate, Zucker, Salz und jede Menge Fette.«

»So dünn, wie du bist, kannst du von allem was gebrauchen.« Ups, das war nicht so gut.

»Ich weiß, ich sehe furchtbar aus. Ich hoffe, das wird bald besser.« Er gibt sich Mühe, seine Betroffenheit zu überspielen. Ich folge ihm in die Küche. Alec hat die Kartons ausgepackt und seine Küche eingeräumt.

»Ich werde wieder mit dem Laufen anfangen, dann geht es mir bald wieder besser«, meint er, als er den Kühlschrank öffnet und mir ein Bier hinstellt. »Das ist nebenher eine gute Therapie.«

»Wie läuft es denn sonst ab?«

Er senkt den Blick und spielt mit dem Verschluss seiner Coladose. »Ich habe einmal die Woche Sitzung mit dem Therapeuten Dr. Goedhard. Ich hoffe, das wird helfen, irgendwann alles zu vergessen.« Er setzt sich an den Tisch, ich schnappe mir mein Bier und nehme ihm gegenüber Platz. Ich habe das Gefühl, dass er reden muss. Ich höre gerne zu.

»Ich habe heute die Akte von Adson gelesen«, gebe ich zu und beobachte Alecs Reaktion. Fragend schaut er auf. Sein Kinn hat ein paar Stoppeln. Das steht ihm gut.

»Es scheint, als ob er schon mal einen anderen Jungen entführt hätte. Zwei Tage hat er ihn festgehalten. Der Junge hat allerdings die Anzeige später zurückgezogen und alles widerrufen. Adson scheint in seiner Kindheit durch die Scheidung seiner Eltern traumatisiert worden zu sein. Er kompensiert seine Verlustängste, indem er jemanden entführt und vorgibt ihn nur zu beschützen.« Alec nickt seufzend.

»Ja, das hat er auch gesagt. Auch, dass er mich nicht gehen lassen wird. Er hat es mir sogar ziemlich deutlich gleich am Anfang gesagt. Nur habe ich nicht zugehört und es nicht ernst genommen.« Er schließt kurz die Augen und beißt sich leicht in die Unterlippe.

»Er war unglaublich nett. Total rücksichtsvoll, sogar wirklich liebevoll zu mir«, flüstert er, als ob er etwas Verbotenes sagen würde. »Ich hätte nie gedacht, dass er mir so etwas antun könnte.«

Ich nicke und denke an das Foto mit den sympathischen Augen. »Auf mich macht er auch keinen gewalttätigen Eindruck. Trotzdem ist er ein Psychopath. Man weiß nie, was hinter dessen Stirn vor sich geht.« Alec nickt gedankenverloren.

»Er ist nie gewalttätig geworden. Nur ganz am Anfang hat er mich niedergeschlagen und mit den Füßen an die Wand gefesselt. Danach hat er mich bestraft, indem er mich angekettet und alleine gelassen hat. Geschlagen hat er mich nie. Dennoch hatte ich wahnsinnige Angst davor, dass er mich irgendwann umbringen würde.« Er schauert und ich bin versucht, die Hand nach ihm auszustrecken. Ich weiß nicht, ob ich genau hören möchte, was ihm dieser Kerl angetan hat, allerdings habe ich stark den Eindruck, dass er es mir erzählen möchte, also höre ich zu.

»Er hat mich sonst gut behandelt, verwöhnt und umsorgt. Und wenn wir Sex hatten …«, er zögert und wirft mir einen unsicheren Blick zu, da ich nicht schnell genug abwehrend reagiere, fährt er fort: »Dann hat er mir immer Zeit gelassen. Er ist nie brutal geworden, wenn er in mich … eingedrungen …« Alec bricht verlegen ab. Seine Finger umschließen die Dose ganz fest.

Ab hier möchte ich es auch nicht mehr so genau wissen.

»Entschuldige, ich werde dich damit nicht nerven.« Alec steht rasch auf. Ich habe augenblicklich ein schlechtes Gewissen, denn mit wem soll er sonst reden? Mit seinem Psychiater, klar. Es imponiert mir, dass er das Bedürfnis hat, ausgerechnet mir davon zu erzählen. Ich habe an der Geschichte auch mehr Anteil, als irgendein anderer, insofern ist es wohl normal.

Impulsiv ergreife ich seinen Arm und stehe ebenfalls auf. Alec schaut überrascht, wirkt aber nicht ängstlich.

»Du nervst mich nicht damit, Alec«, beschwichtige ich ihn. »Wenn du darüber reden möchtest, ist das okay.« Ich grinse ihn an. »Es gibt nur so ein paar Dinge … die ich mir nicht so gerne vorstellen möchte.« Seine Mundwinkel zucken.

»Du meinst, dass ich und er … Also, dass Männer miteinander Sex haben?« Ich nicke, lasse seinen Arm los, setze mich hin und nehme drei Schlucke Bier. Genau. Ich stelle mir das … eklig, abartig vor. Kann ihm das wirklich gefallen? Mir kommt es erniedrigend vor, sich als Mann hinzugeben, jemanden in den eigenen Körper eindringen zu lassen. Ich muss ein Schütteln unterdrücken.

Alec bleibt stehen, lehnt sich gegen den Kühlschrank und spielt gedankenverloren mit der Coladose.

Nun beschäftigt mich das Thema doch mehr als es mir lieb ist. »Ist das denn …?« Ich ringe nach Worten und bereue, damit angefangen zu haben, nun mache ich aber keinen Rückzieher mehr. »Ist das überhaupt …

angenehm? Tut das nicht Irre weh? Ich meine …« Ich beiße mir auf die Lippen und mag ihn gar nicht ansehen. Alec starrt auf die Coladose.

»Es ist …«, die großen Hände drehen die Dose hin und her, »… eigentlich schon ganz gut. Ganz am Anfang schmerzt es etwas, aber nur, wenn ich mich verspanne. Adrian hat immer langsam angefangen, mich gedehnt, bevor er …« Er wirft mir einen verstohlenen Blick zu und gibt sich sichtlich einen Ruck.

»Wenn er vorher seine Finger benutzt hat, ging es leicht, und wenn er erst mal drin war und sich bewegt hat, war es echt genial. Wenn er die Prostata traf, dann war es, als ob mein ganzer Körper explodieren würde. Ja, das war schon ein gutes Gefühl.« Er seufzt und versteckt sein Gesicht hinter der Dose, nimmt heftige Schlucke daraus.

Ich schlucke hart. Warum musste ich auch damit anfangen? Ungewollt bilden sich Bilder in meinem Kopf. Wenn ich mir vorstelle, meinen Schwanz in den Hintern eines anderen Mannes … Brr, nein, das kann doch nicht angenehm sein. Oder? Mein Schwanz findet das nicht so abartig wie ich.

»Ich bleibe lieber bei der altbewährten Version.« Ich meide seinen Blick. Frauen sind dafür geschaffen. Männer nicht. So ist das.

Alec gluckst leise und grinst mich über die Coladose an. »Jedem das seine.«

»Wollen wir uns nicht lieber an deine Regale machen, bevor wir ins Fachsimpeln über die Vorzüge von Sex mit Frauen oder Männern kommen?« Alec nickt und stößt sich vom Kühlschrank ab.

»Ich habe schon alles vorbereitet. Ich brauche nur deine helfenden Hände, dann steht alles in null Komma nichts.«

Ungewollt kommt mir die Zweideutigkeit seines Satzes in den Sinn und ich pruste lachend los. Alec sieht mich perplex an. Unter Lachen bringe ich hervor: »Das klang gerade sehr zweideutig, Alec.«

Teufel auch, Alec wird glatt ein wenig rot. Wie er dasteht: wie bei unlauteren Gedanken ertappt. Köstlich!

»Dafür brauche ich nur eine Hand. Aber bei den Regalen kannst du mir dennoch helfen«, kontert er verzögert mit einem Schmunzeln. Wo er recht hat …

Bald schon haben wir einen großen Teil der Regale und Möbel aufgebaut. Alec hat zwei große Kartons herangezogen und wir räumen die enthaltenen Bücher ein. Er steht eindeutig auf Fantasy, darunter sind aber auch andere Bücher über Pferde.

»Ich bin früher viel geritten«, erzählt er. »Sogar ein paar Turniere. Aber seit ich hierher gezogen bin, habe ich noch keine Gelegenheit dazu gehabt.« Alec steigt von dem Hocker herunter, den er benutzt hat, um an das höchste Fach des Regals heranzukommen.

»Warte mal …« Er durchwühlt einen weiteren Karton und zieht ein Fotoalbum hervor. Damit lässt er sich neben mir auf dem Boden nieder und zeigt mir die Bilder. »Ich hab als Kind damit angefangen: Dressurreiten. Als mein Vater noch lebte, hatte ich sogar ein eigenes Pony und war damit ganz erfolgreich. Schau.«

Er wirkt auf den Bildern kaum anders als jetzt. Vierzehn oder Fünfzehn mag er da sein. Sein Lächeln ist dasselbe, wie jetzt, wenn er versonnen die Bilder betrachtet. Verschiedene Pferde, Alec in Reitkleidung, der stolz einen Pokal in die Kamera hält. Er sitzt so dicht neben mir, dass ich seinen besonderen Geruch wahrnehmen kann. Und seine Körperwärme. Besonders, als er sich vorbeugt und auf ein weiteres Bild deutet.

»Mit Danny, meinem Pony, war ich sogar mal Kreismeister.« Das Foto zeigt ihn zu Pferde, in weißer Hose, schwarzen Stiefeln und einem dunklen Jackett mit weißem Hemd. Schlank sieht er aus, aber nicht so dünn wie jetzt.

»Als mein Vater starb, mussten wir ihn verkaufen. Es war zu wenig Geld da.« Alec seufzt. Das Tier muss ihm viel bedeutet haben, so liebevoll wie er es betrachtet.

»War eine schöne Zeit«, meint er, ganz in die Betrachtung der Bilder versunken. Er lehnt sich ganz leicht an mich. Seine Nähe ist mir mehr als bewusst, ich finde es gut, dass er sich traut, mir nahe zu kommen. Das ist ein gutes Zeichen.

»Pferde sind gute Zuhörer. Wann immer ich Probleme hatte, bin ich in den Stall zu meinem Pony gefahren und habe mich dort heimlich ausgeheult.«

»Die sehen ziemlich groß und gefährlich aus.« Ich würde mich einem solchen Tier nur überaus vorsichtig nähern. »Hinten schlägt es und vorne beißt es, oder wie war das?« Alec lacht und schüttelt den Kopf.

»Pferde sind überaus friedlich. Du musst sie schon ganz schön provozieren, damit sie dich angreifen. Sie sind eigentlich viel zu sanftmütig.

Beim Reiten hast du das Gefühl, mit dem anderen Lebewesen regelrecht eins zu werden. Es ist wie eine ganz andere Sprache. Reine Körpersprache, mit der du dich mit dem Tier verständigst. Einfach ein geniales Gefühl.« Er seufzt erneut. Scheint wirklich was Besonderes zu sein, wenn er das so sagt. Sein Blick ist eindeutig wehmütig.

»Willst du es nicht wieder anfangen?« Wenn es ihm so viel bedeutet hat, kann es nur gut sein. Vielleicht kann er so sein altes Leben zurückbekommen. Alecs Schulter berührt meine. Wieso ist mir das so bewusst?

»Mal sehen. Erst mal muss ich mich um einen Studienplatz kümmern. Und um einen neuen Job. Dann vielleicht …« Alec reißt sich von den Fotos los und steht entschlossen auf. »Also ich habe Hunger. Du auch?« Ich löse mich von den Bildern und werfe ihm einen Blick zu.

»Hast du meinen Magen nicht knurren gehört? Ich sterbe schon vor Hunger.«

»Dem kann gerade noch rechtzeitig abgeholfen werden. Wir sind fast fertig. Den Rest kann ich später noch einräumen. Ich wärme uns die Pizza auf.«

»Prima«, werfe ich ihm hinterher und betrachte noch einmal die Bilder. Das ist also der alte Alec, bevor das alles passiert ist. Ich muss an sein Gesicht denken, als ich ihn gefunden habe, an den furchtbaren Ausdruck in seinen Augen. Ich möchte so gerne, dass er wieder dieser Alec von den Fotos wird.

Meine Schulter fühlt sich warm an, wo er sich angelehnt hat. Es war ein schönes Gefühl. Vermutlich kommt dieses flaue Gefühl im Magen deshalb, weil er mir so viel Vertrauen entgegenbringt.

Oder weil ich vor Hunger vergehe …

NEUE AUSBLICKE

Ich stehe am Fenster und sehe zu, wie Mike in sein Auto einsteigt, rückwärts auf die Straße setzt und langsam davon fährt.

Seufzend wird mir bewusst, dass ich wieder alleine bin. Eigentlich sollte ich froh darüber sein, nach allem, was ich erlebt habe. Keiner, der mich ständig beobachtet, keiner, der etwas von mir will, vor dessen Berührungen ich nicht entkommen kann.

Nur … alleine kommen die Bilder wieder. Mein Verstand sagt mir, dass alles vorbei ist. Ich bin frei, in Sicherheit. Er wird mich hier nicht finden. Nur tief in mir sitzt noch immer die Angst und die fühlt sich, durch die Einsamkeit der Wohnung und die Dunkelheit, ermutigt hervorzukommen.

Wenn ich schlafe sowieso, leider auch oft, wenn ich wach bin. Ich komme mir wie ein Kind vor, welches irrationale Angst vor der Dunkelheit hat. Ich bin kein Kind mehr. Schon lange nicht mehr.

Ich reiße mich endlich vom Fenster los.

Das ist albern. Ich kann kaum verlangen, dass Mike über Nacht bleibt, auch wenn ich ihn heute beinahe genau darum gebeten hätte. Letzte Nacht war … furchtbar. Ich habe kaum geschlafen, auf jedes Geräusch gelauscht und ständig damit gerechnet, dass Adrian auftauchen würde.

Nein, Mike tut schon viel zu viel für mich. Er hat schließlich sein eigenes Leben und kann nicht ständig für mich da sein, nur weil er mich zufällig befreit hat. Er hat ein wirklich gutes Herz und Mitleid mit mir, ich weiß es.

Mike … Ich mag es, seinen Namen über die Zunge rollen zu lassen. Er vermittelt mir Sicherheit. Ich muss ihm nichts erklären, er weiß, was geschehen ist. Seit er so unerwartet in Adrians Haus aufgetaucht ist, hat er sich ständig um mich gekümmert.

Ich bedaure nicht mal, dass er Hetero ist, so weiß ich genau, dass er nichts von mir will. Im Moment möchte ich mit keinem Mann zu tun haben, der mir körperlich nahe treten könnte. Ich bin erst mal bedient. Den Fehler begehe ich so schnell nicht wieder, auch wenn der Sex mit Adrian durchaus anfangs angenehm war. Wie könnte ich je wieder mit einem anderen schlafen, ohne dass diese Bilder sofort da sind?

Ich schließe die Augen. Nie werde ich den Moment vergessen, in dem Mike in der Tür erschien, den Tornado an Gefühlen, die er auslöste. Ich habe nicht einmal seine Polizeiuniform als Erstes bemerkt, sondern seine Augen. Tiefdunkelbraun, so dunkel, dass sie schon schwarz wirken, bestimmen sein markantes Gesicht. Er ist nur ein wenig größer als ich. Kein wirklich muskulöser Typ. Seine dunklen Haare sind stoppelig kurz geschnitten. Er kann den Mund ziemlich spöttisch verziehen und manchmal wirkt sein Blick sehr hart.

Ein Polizist. Er hätte auch weiße Flügel haben können, ich wäre ihm ebenso um den Hals gefallen. Endlich vorbei. Shit, ich war noch nie im Leben so erleichtert und fertig.

Todsicher glorifiziere ich ihn, Mike wirkt auf mich, als ob er jeden Feind besiegen könnte. Und ich eben nicht. Das geringe Pfützchen Selbstbewusstsein, was ich mal hatte, hat Adrian erfolgreich fortgewischt. Derzeit habe ich vor fast allem und jedem Angst. Adrian wollte mich, vor was auch immer, beschützen und was hat er aus mir gemacht? Haargenau den Schwächling, der sich nicht mal alleine vor die Haustür traut, der vor jedem Menschen zurückweicht, der ihm zu nahe kommt. Das leise Unwohlsein von früher ist eine ausgewachsene Panik geworden.

Mike ist ein Beschützertyp, bringt wohl sein Job mit sich. Genau der Freund, den ich brauche. Warum er das alles für mich macht, kann ich allerdings nicht einschätzen. Egal, ich genieße seine Gegenwart und die Gespräche. Nur kann ich mich nicht drauf verlassen, dass er immer da sein wird.

Seufzend kehre ich in die Küche zurück, räume noch etwas auf und gehe dann ins Schlafzimmer. Kurz zögere ich und gebe dem Impuls doch nach, die Haustür zu kontrollieren, ob ich wirklich abgeschlossen habe. Natürlich habe ich das.

Adrian wird nicht wiederkommen, ich sage es mir wieder und wieder. Die Angst hockt dennoch hinter meiner Schläfe, bereit zuzuschlagen.

»Wir gehören zusammen, Alec, niemand kann uns je trennen.« Ein Schauer läuft mir den Rücken hinab. Ich muss andauernd an seine Worte denken.

Shit, mir fällt es sogar schwer, im Bett zu schlafen, immer erinnert mich etwas an ihn. So albern. Adrian ist abgetaucht, irgendwo ins Ausland. Weg! Sehr weit weg.

Ich kann dennoch nichts gegen das mulmige Gefühl tun, als ich im Wohnzimmer das Licht lösche und ins Schlafzimmer zurückkehre. Das Licht im Flur lasse ich an. Minutenlang starre ich unentschlossen auf das Bett.

Meins. Nur meines. Nie hat jemand anders darin geschlafen. Und trotzdem fühle ich mich seit meiner Gefangenschaft darin nicht wirklich wohl. Die Angst kriecht durch meine Adern, kalt und schleichend, lässt mich zittern und die Augen schließen.

Vielleicht wäre es leichter, wenn Adrian brutal gewesen wäre, wenn er mich geschlagen hätte, dann könnte ich ihn einfach hassen, meine Angst umwandeln. Verflucht, warum war er nur immer so liebevoll?

Egal wie oft mein Psychiater es mir sagt, die Zweifel sind geblieben, ob es auch meine Schuld war. Ich habe mich ihm freiwillig ausgeliefert, hätte vorher gehen können, nicht mit ihm fahren müssen. Ich hätte genauer zuhören sollen.

Vielleicht wollte ich es insgeheim, wollte, dass er mich besitzt?

Ich fühle mich kalt, schmutzig und schuldig. Auch wenn ich das nicht sollte.

Ich zwinge mich dazu, ins Badezimmer zu gehen und Zähne zu putzen, meine Gedanken fort vom Bett und Adrian zu zwingen. Noch einmal kontrolliere ich die Haustür und würde am liebsten dagegen schlagen, bevorzugt mit meinem dämlichen Kopf.

Du gehst jetzt ins Schlafzimmer, ziehst dich aus und gehst schlafen. Los, Alec!

Es klappt so wenig, wie die Nacht davor. Geräusche, die nicht da sind, seine Stimme, die mir ins Ohr flüstert.

Kalter Schweiß bedeckt meinen Körper, mein Herz rast und ich presse die Augenlider so fest zusammen, dass ich Sterne sehe.

Mike! Der Gedanke an ihn hat letzte Nacht auch etwas geholfen. Ich stelle ihn mir vor, wie er neben dem Bett steht, lächelt und mir versichert, dass er aufpasst. Ich brauche mich nur umdrehen und er wäre da. Nur die

Hand ausstrecken und könnte ihn berühren. Mike, der einen Arm um mich legt, so wie er mich schon einmal gehalten hat.

Was er wohl von mir denken würde, wenn er das wüsste?

Mike lässt mich einschlafen. Er ist bei mir, bis die Träume beginnen. Dann gibt es leider nur noch Adrian, der mich verfolgt, mich berührt, erneut fesselt. Keuchend wache ich auf, seine Worte in meinem Kopf: »Ich lasse dich nicht mehr gehen. Alec.«

Der Spiegel im Badezimmer verrät mir viel zu genau, wie schlecht meine Nacht war. Tapfer widerstehe ich der Versuchung, Mike anzurufen. Er muss mich für ziemlich nervig halten, wenn ich ständig bei ihm anrufe. Er hat was Besseres zu tun, als sich andauernd um einen traumatisierten Schwulen zu kümmern. Ich dusche sehr kalt und beschließe mutig, laufen zu gehen. Es ist kurz nach fünf und ich werde vermutlich nur wenigen Menschen begegnen.

Mit wild klopfendem Herzen, aber wild entschlossen, trete ich vor die Haustür. Jeder Schritt zur Eingangstür ist mühsam erkämpft, am liebsten würde ich umdrehen. Aber nein: *Du packst das, Alec!*

Draußen ist alles ruhig. Ich nutze die Stufen am Eingang, um meine Muskeln zu dehnen und mich aufzuwärmen, konzentriere mich ganz darauf. Nur Vögel sind zu hören, irgendwo ein Auto, sonst ist alles ruhig, als ich loslaufe.

Die Straße ist menschenleer und die kalte Luft tut gut. Ich liebe diese ruhige Morgenstimmung, bei der sich alle Gerüche zu intensivieren scheinen. Rasch finde ich meinen Rhythmus und folge den ruhigen Nebenstraßen. Ich werde zunehmend sicherer. Nach einer halben Stunde drehe ich einfach um und laufe den gleichen Weg zurück. So verirre ich mich wenigsten nicht gleich bei meinem ersten Ausflug in meine neue Wohngegend.

Ich mag die Umgebung, viele Gärten und Einfamilienhäuser. Nach sechs Uhr ist deutlich mehr los und ich muss ein paar Mal, Radfahrern und Fußgängern ausweichen. Es geht viel besser, als ich dachte und ich komme entspannt und gut gelaunt an meiner neuen Wohnung an. Ich kann jedoch nicht verhindern, dass mein Blick noch einmal sichernd umherschweift, bevor ich die Haustür aufschließe und hinaufgehe.

Unter der Dusche fühle ich mich zum ersten Mal seit Langem wieder rundum wohl. Ich nutze den Tag, um meine Sachen einzuräumen, meinen

Computer aufzubauen und eine Internetverbindung herzustellen. Mehrere Stunden verbringe ich damit, mich über die Studiengänge zu informieren.

Es sind noch zwei Monate, bis das nächste Semester beginnt und ich sollte mir zunächst einen neuen Job suchen. Vincents Geld, was er mir aus Venezuela geschickt hat, wird nicht ewig reichen. Immerhin steht er noch zu mir, auch wenn sein kleiner Bruder abartig geworden ist, wie meine Mutter sagte. Was mein Vater wohl gesagt hätte, wenn ich damals schon gewusst hätte, dass ich schwul bin? Vermutlich gar nichts. Wie immer. Für ihn war ich okay, so wie ich war. Nur meine Mutter wollte mich immer anders haben, konnte mich nie akzeptieren, wie ich bin.

»Du bist deinem Vater zu ähnlich«, hat sie mir mehrfach vorgeworfen. »Der hat auch nie wirklich was erreicht. Er hätte viel erfolgreicher sein können, wenn er nur ein bisschen mehr Ehrgeiz gehabt hätte.«

Ich frage mich oft, warum sie ihn eigentlich geheiratet hat, denn auch er konnte ihre Erwartungen nie erfüllen, egal, wie sehr er sich bemüht hat. Er war für sie ein Loser.

So wie ich.

Es schmerzt, wenn ich daran zurückdenke. Vincent war immer der tolle Sohn, der einen guten Job bekommen hat, der erfolgreich ist, dem alles gelingt. Ich bin nur der Träumer. Als Kind wollte ich es nie wahrhaben, habe meine Augen vor der Wahrheit verschlossen. Eine Mutter liebt ihr Kind. Immer.

Nein, stimmt nicht. Begriffen habe ich das jedoch erst, als ich ihr sagte, dass ich schwul bin. Ich hatte gedacht, schlimmer könnte es nicht werden. Irrtum.

Wie kalt und desinteressiert sie reagiert hat, als ich sie nach meiner Befreiung angerufen habe. Ich solle sie nicht mehr belästigen und die Suppe selbst auslöffeln, die ich mir eingebrockt habe.

Spontan folge ich einer Eingebung, suche nach Reiterhöfen in der näheren Umgebung und werde sogar fündig. Und nicht nur das: Beim Durchklicken der Homepage eines Reitstalls stolpere ich über ein Jobangebot als Stallhilfe. Nicht unbedingt ein Traumjob und gut bezahlt wird so etwas in der Regel auch nicht. Die Sehnsucht nach dem vertrauten Geruch und Umgang mit den Pferden lässt mich dennoch darüber nachdenken. Es wäre ein Job, bei dem ich nicht viel mit Menschen zu tun haben werde. Entschlossen greife ich zum Telefon.

Die Frau am anderen Ende der Leitung klingt nett und freut sich, als ich ihr erzähle, dass ich früher selbst geritten bin. Sie sucht jemanden, der sich um die Pferde und Boxen kümmert und ihr beim Therapeutischen Reiten hilft.

»Therapeutisches Reiten?« Natürlich weiß ich, was das ist, nur damit beschäftigt, habe ich mich noch nie.

»Wir arbeiten mit Behinderten in Reittherapie. Dazu gehören körperlich wie geistig Behinderte. Sie lernen ihr Körpergefühl zu entwickeln, Gleichgewicht, Orientierung, manchmal einfach nur, das Erleben, des eigenen Körpers. Einige Patienten sind ehemalige Drogensüchtige, die ihren Körper neu fühlen lernen. Pferde sind dafür gut geeignet, mit ihren ruhigen Bewegungen, der sanften Art und dem warmen Fell. Die Arbeit wäre nicht so schwer. Sie müssten nur die Pferde im Kreis führen, damit die Therapeuten mit den Patienten arbeiten können. Dafür wäre es natürlich von Vorteil, wenn Sie bereits Erfahrung mit Pferden haben.«

Ein leichtes Kribbeln erfasst mich, als sie fortfährt, von dem Hof, den Pferden und der Reittherapie erzählt. Sie lädt mich zum Kennenlernen ein.

Nach dem Auflegen merke ich erst, wie sehr mir das alles wirklich gefehlt hat. Wieder mit Pferden zu arbeiten, erscheint mir wie der Himmel auf Erden.

Noch lange nach dem Telefonat, fühle ich mich euphorisch und die Vorfreude auf morgen tut so gut. Ich bin versucht Mike anzurufen, habe das Telefon sogar schon in der Hand, zögere aber.

Bestimmt interessiert es ihn nicht, wenn ich ihm davon berichte. Er würde sicherlich dennoch zuhören. Und innerlich bestimmt die Augen verdrehen.

Nein, es wird Zeit, dass ich alleine klarkomme.

GLEICHE SCHICKSALE

Ich genieße mein neues Leben.

Mehrere Wochen in Freiheit. Ich habe einen Job, der mir total Spaß macht. Das körperliche Arbeiten tut mir gut, der Umgang mit den Pferden und vor allem die Arbeit mit den Patienten beim therapeutischen Reiten macht mir Spaß. Es ist faszinierend, wie diese Menschen aufleben, wenn sie den warmen Körper des Pferdes unter sich spüren, die Bewegungen erleben. Maria, die gelähmte Beine hat, fasziniert mich besonders, denn durch das Pferd hat sie plötzlich eine ganz andere Bewegungsfreiheit. Als ob es ihr die Beine ersetzen würde. Sie freut sich immer total, wenn sie mich sieht. Ich fürchte ja, sie hat sich etwas in mich verschossen. Die Kleine ist gerade dreizehn, also keine Gefahr. Damit kann ich ganz gut umgehen.

Anders ist es, wenn ich mit den Ex-Junkies arbeite. Ein paar davon kann ich nicht einschätzen. Sie verunsichern mich, weil sie oft grob sind und erst lernen müssen, den Pferden, und wohl auch sich selbst gegenüber, rücksichtsvoll zu sein. Auch hier kann ich besser mit den Mädchen umgehen.

Besonders Tom bereitet mir andauernd Magenschmerzen, auch wenn er so viel jünger ist, gerade mal fünfzehn. Er gibt sich hart, tritt großkotzig und laut auf. Er hat leider rasch herausgefunden, dass ich mich nicht gerne berühren lasse, und kommt mir regelmäßig zu nahe. Scheint fast ein Spiel für ihn zu sein. Eine Art Machtspiel, fürchte ich, bei dem ich nicht so gut abschneide.

Linda, die Hofbesitzerin hat schnell herausgefunden, dass er mich regelrecht mobbt und seinen Frust, über die »Mädchen-Streichelzoo-Therapie«, der er sich unterziehen muss, an mir auslässt, wann immer er die Gelegenheit dazu hat. Deshalb ist sie auch schon einmal dazwischen gegangen.

Von ihr weiß ich auch, dass Tom aus der Stricherszene kommt. Er tut mir durchaus leid und ich versuche Verständnis für ihn aufzubringen, wenn er mal wieder ausrastet, aber es fällt mir wirklich schwer.

»Er hat kein Gefühl mehr für seinen Körper«, hat sie mir erklärt. »Er sieht ihn nicht mehr als mit sich verbunden an. Er ist ihm fremd, nur ein Werkzeug, das er hat benutzen lassen. Er muss erst wieder lernen, sich zu fühlen und Rücksicht auf andere und sich selbst zu nehmen.« Ich kann es verstehen, sogar gut nachvollziehen. Dennoch ... Toms gewalttätige Aura ist mir unheimlich.

Linda ist eine überaus sympathische Frau in den Vierzigern, die ganz und gar für ihre Pferde lebt. Neben dem therapeutischen Reiten betreibt sie einen ganz normalen Reitbetrieb. Endlich bin ich auch selbst wieder aufs Pferd gekommen. Als sie in unserem Gespräch erfuhr, was ich früher geritten bin, hat sie mich sehr skeptisch angesehen und nachgefragt, ob ich mir für den Job nicht zu schade wäre. Das tat gut. Wirklich. Ich habe ihr gesagt, dass ich vor allem wieder bei den Pferden sein möchte. Natürlich habe ich ihr nicht erzählt, was mir passiert ist. Werde ich auch nicht. Es ist vorbei. Und ich will es nur noch vergessen.

Seit sie mich zu Pferde gesehen hat, fragt sie mich immer häufiger, ob ich ihr bei dem einen oder anderen Pferd helfen könnte und so komme ich viel mehr zum Reiten als gedacht. Klasse bezahlt ist der Job natürlich nicht. Auf Dauer muss ich mir wohl was anderes suchen. Darüber denke ich lieber nicht so viel nach.

Ich verstehe mich mit den Reitschülern auf dem Hof sehr gut. Was bestimmt daran liegt, dass es überwiegend pubertierende Mädels sind, die mir tatsächlich schmachtende Blicke nachwerfen und mit denen ich lockerer umgehen kann, als mit Männern. Sie flirten ständig mit mir; völlig harmlos und doch schmeichelt es mir.

Heute ist ein sonniger Tag und ich radel gut gelaunt zur Arbeit, vor allem, weil Mike mich nach Feierabend abholen will. Ich freue mich jetzt schon darauf. Wir haben uns zum vermutlich letzten Eisessen dieses Jahres verabredet, langsam wird es Herbst.

Seit ich wieder reite, geht es meinem Rücken besser, ich habe zugenommen und die Muskeln kommen zurück. Mittlerweile schaue ich nicht mehr mit Ekelgefühl in den Spiegel. Diesen Alec kann ich viel besser leiden.

Mike macht auch keine Bemerkungen mehr, dass ich nur Haut und Knochen wäre. Ich sehe ihn immer noch, natürlich weniger als am Anfang. Er ist ein sehr guter Freund geworden. Meistens kommt er zum Essen oder auf einen Film vorbei. Noch immer bin ich lieber alleine, als unter anderen Menschen.

Nur Mike hat mich ein paar Mal dazu gebracht, mit ihm unter Menschen zu gehen. Letzte Woche hat er mich sogar zum Italiener eingeladen. Auch wenn das Restaurant relativ voll war, hat es gut geklappt. Ein bisschen wie ein Date …

Schön wäre es. Pures Wunschdenken. Mike ist nun mal hetero, auch wenn ich mir gelegentlich wünschen würde, dass er eventuell ein kleines bisschen interessiert wäre.

Ich biege auf den Reiterhof ein und stelle mein Fahrrad im Schuppen unter. Da kann es bleiben, wenn mich Mike nachher abholt.

Heute ist unser Junkie-Tag, wie Linda immer so gerne sagt. Der Tag der Drogentherapie-Kids.

Ich hole die zwei Therapiepferde von der Koppel. Max und Anton, beides gutmütige Fjordpferde, die sich von nahezu nichts aus der Ruhe bringen lassen. Weder von ängstlichen Reitern noch von merkwürdigen Bewegungen auf ihrem Rücken.

Ich binde sie am Anbindebalken vor dem Stall an. Neben den beiden Mädchen, Sarah und Alexandra ist natürlich auch Tom da, der sich lässig an den Balken am Anbindeplatz lehnt. Er ist groß für sein Alter und kräftig, hat blonde Haare mit schwarzgefärbten Strähnen. Sein pickliges Gesicht hat den leicht verhärmten Ausdruck fast aller Drogenpatienten. Seine tief liegenden, grünbraunen Augen hat er geschlossen und das Gesicht in die Sonne gereckt.

Er macht gerne einen auf ganz lässig und obercool, niedere Arbeiten hält er für unter seiner Würde. Er rührt sich natürlich auch nicht, obwohl er, wie die Mädchen auch, die Pferde putzen sollte. Eine ganze Weile ignoriere ich sein bewusst unbeteiligtes Verhalten, schließlich siegt das Pflichtgefühl und ich trete auf ihn zu.

»Du solltest auch deinen Teil dazu beitragen, dass wir auf den Reitplatz kommen, Tom.« Sofort öffnet er die Augen und sieht mich abfällig an.

»Ich stehe nicht auf Kuscheltiere.« Er wirft einen verächtlichen Blick auf die Mädchen, die voller Eifer bei der Sache sind und die beiden Ponys hingebungsvoll putzen. »Das ist wohl eher was für so einen Typ wie dich, Alec. So ein echter Softie.« Er grinst und schaut mich herausfordernd an.

Okay, vielleicht bin ich in seinen Augen ein Softie, ist mir egal. Damit kann ich leben. Aber er soll seinen Anteil der Arbeit machen.

»Ja, ich mag mit den Pferden umgehen und sie zu putzen. Das hat nichts mit Kuscheln zu tun, sondern damit, dass sie sauber werden und es sehr genießen, wenn man sie putzt. Das dürfte sogar dir hartem Kerl aufgefallen sein. Willst du wirklich die Mädchen die ganze Arbeit alleine machen lassen?«

»Dafür sind Mädchen doch da, oder? Dafür … oder um sie zu bumsen.« Er grinst und bemerkt sehr wohl, dass ich zusammenzucke. An die oft vulgäre Sprache der Jugendlichen kann ich mich nur schwer gewöhnen.

»Ich glaube kaum, dass sich eins der Mädchen von dir beeindruckt zeigt, wenn du faul herumstehst und andere für dich arbeiten lässt.« Seine linke Augenbraue rutscht überrascht etwas nach oben. »Wenn du nicht putzen willst, kannst du wenigstens die Pferdeäppel zusammenfegen. Vielleicht ist dir diese Arbeit ja männlich genug.«

Jetzt guckt Tom perplex. Wenigstens stößt er sich mit einem übertriebenen Seufzen vom Balken ab und greift wortlos nach Schaufel und Besen. Erleichtert kümmere ich mich um die Mädchen, während Tom fegt und die Pferdehaufen mit einer Schaufel in die Schubkarre befördert. Scheiße einsammeln ist also ein besserer Job, als Pferde zu putzen? Ich schüttle innerlich den Kopf. Wenn er meint.

Ich verschwinde zur Sattelkammer, um die Ausrüstung zu holen: Die Trensen und natürlich Voltigiergurte mit Griffen, an denen sich die Reiter festhalten können, wenn sie ihre Übungen auf dem blanken Rücken machen. Der direkte Kontakt zum warmen, weichen Pferd ist ganz wichtig, hat Linda mir gesagt. Wohl auch ein Grund, warum die Fjordis für die Therapie gut geeignet sind. Die haben ein breites Kreuz und ertragen viel, in mehr als einer Hinsicht.

Mit dem Lederzeug über dem Arm will ich gerade die Sattelkammer verlassen, als Tom vor mir auftaucht und mich mit einem gefährlichen Lächeln ansieht. Ehe ich reagieren kann, hat er mich auch schon gegen die Wand gedrängt und mit dem Ellenbogen über der Brust fixiert. Mir stockt schlagartig der Atem. Mein Körper versteift sich. Eigentlich lächerlich, aber ich kann partout nicht reagieren. Plötzlich ist die Angst da, umschließt mich, presst mir die Luft aus den Lungen. Tom grinst triumphierend.

»Dir muss es wohl mal einer so richtig besorgen, was Alec?« Sein Gesicht ist ganz nahe, der Atem streift mich. Tom ist nur ein Junge, knapp einen Kopf größer als ich. Ich könnte ihn leicht zurückdrücken.

Wenn ich mich bewegen könnte. Blut rauscht in meinen Ohren, kalter Schweiß am ganzen Körper. Ich kann ihn nur entsetzt anstarren.

»Du wärst einer, den ich richtig hart nehmen würde.« Seine Hand liegt auf meinem Schritt, knetet mich. Keuchend ringe ich nach Atem, bringe kein Wort hervor. »Stehst du darauf?«

Toms Griff wird fester, mir entkommt ein schmerzhaftes Stöhnen und ich presse endlich hervor: »Lass mich … los.«

»Magst du es hart und fest?« Er denkt gar nicht daran, mich loszulassen.

»Nein!« Meine Stimme klingt schrill. Ungewollt sind die Bilder in meinem Kopf, die ich sonst nur noch nachts in den Träumen sehe. »Fass mich nicht an. Lass mich endlich los!« Nie wieder.

Plötzlich kann ich mich bewegen, die Panik verleiht mir Kraft. Heftig bewege ich mich, versuche ihn abzuschütteln. Meine Hände umklammern das Lederzeug, pressen es schützend vor mich. Ein Schutzschild gegen ihn, gegen Erinnerungen.

Stammelnd bringe ich hervor: »Fass mich nicht an. Nicht!« Und tatsächlich lässt er endlich von mir ab.

So was Lächerliches: Er ist nur ein Junge und ich ein erwachsener Mann. Dennoch habe ich Angst ihn anzufassen, weiche gegen die Wand zurück. »Lass mich!«

»Oh Mann, ist ja schon gut.« Tom tritt zurück, hebt die Hände und mustert mich mit irritiertem Ausdruck. Mir egal, soll er denken, was er will. Ich sacke in mich zusammen, umklammere das Lederzeug nur noch fester und wiederhole ständig die gleichen Worte: »Fass mich nicht an.« Mir ist übel, die Kehle so eng, als ob ich ersticken würde. *Geh endlich, lass mich in Ruhe.* Warum verschwindet er nicht? Wie peinlich, dass ich hier vor ihm fast zusammenbreche.

»Ich tu dir schon nix. Kein Grund, so einen Flash zu kriegen.«

Nein, natürlich nicht. Aber ich kann nicht anders. Meine Augen brennen und ich zwinge mich dazu, mich aufzurichten. Tom schaut mich stirnrunzelnd an, dreht sich rasch um und ist endlich verschwunden.

Was sollte das? Eine Machtdemonstration? Egal, er hat mich voll erwischt.

Am liebsten möchte ich mich verkriechen. Geht nicht. Ich muss meinen Job machen. Ich fühle mich beschmutzt, erniedrigt und kämpfe wiederholt den Brechreiz hinunter. Wie konnte mir das nur passieren? Ziehe ich solche Typen an? Steht mir auf der Stirn geschrieben: »potentielles Opfer«?

Ich brauche noch eine ganze Weile, bis ich mich aufraffen kann, hinauszugehen und die Ausrüstung zu den Pferden zu bringen. Ganz ruhig die Pferde trensen und die Gurte bei den Fjordponys anlegen. Meine Hände zittern ganz leicht und mein Kopf fühlt sich merkwürdig an.

Tom lehnt etwas weiter weg am Zaun und beobachtet mich. Ich spüre jeden seiner Blicke im Rücken, muss gegen das Zittern, den Instinkt zu fliehen ankämpfen.

Die beiden Mädchen bekommen zum Glück nichts mit, sind völlig mit den Pferden beschäftigt. Auch Linda nicht, als sie kurze Zeit später kommt und wir gemeinsam zum Reitplatz gehen. Mein Lächeln ist aufgesetzt, mir ist noch immer übel und kalt.

Die Mädchen führen die Pferde und Tom folgt mit etwas Abstand. Ich bin mir seiner Gegenwart voll bewusst, konzentriere mich jedoch ganz auf das Pony Anton, als ich Alexandra daraufsetze und führe, während Linda mit Max und Sarah arbeitet. Tom sitzt verkehrt herum betont lässig auf einem Stuhl an der Seite und schaut zu.

Ich schaffe es tatsächlich ihn so lange auszublenden, bis er endlich dran ist. Einmal tief Luft holen, das Zittern hat aufgehört. Ich winke ihn heran. Betont langsam kommt er heran, steigt vom Hocker aufs Pferd und sieht ziemlich lustlos aus. Ich ignoriere seine Blicke.

Um es für ihn interessanter zu machen, hat Linda einen Slalom aufgebaut, durch den ich Anton zunächst führe. Bald schon verlangt Tom, es selbst versuchen zu dürfen. Er hat sich die vorigen Male recht geschickt beim Reiten angestellt und darf daher auch mal alleine reiten. Das soll eigentlich sein Selbstbewusstsein stärken und das Gleichgewicht schulen.

Selbstbewusstsein hat er mittlerweile bestimmt genug. So ein Mistkerl.

Ich gehe schweigend neben ihm, will ihm nicht in die Augen sehen müssen, zu tief brennt Scham in mir. Was er wohl von mir denkt? Vermutlich, was er auch schon vorher von mir dachte: dass ich ein Weichei bin, jemand, den man nach Belieben herumschubsen kann, jemand, der sich alles gefallen lässt.

»Probiere es mal alleine«, schlage ich ihm vor, weil ich dringend Abstand brauche, löse den Führstrick und trete an die Seite. Anton stockt kurz, lässt sich dann aber brav von Tom durch den Slalom steuern. Ich stelle ihm die Kegel dichter und fordere ihn auf, es noch einmal zu probieren. Das erste Mal klappt es gut, doch dann verpasst Tom den richtigen Moment und damit auch einen Kegel. Er versucht hektisch zu korrigieren, aber Anton reagiert nicht auf die groben und undeutlichen Hilfen, sondern macht, was ein dickfelliges Fjordpony eben macht, wenn sein Reiter keine klaren Anweisungen gibt: Er weicht über die Schulter aus, senkt den Kopf, wandert unbeeindruckt von Toms Versuchen an den Rand des Reitplatzes und steckt die Nase kurzerhand ins Gras.

Ich muss bei dieser klaren Demonstration von Pferdediplomatie schmunzeln: Wenn du da oben nicht weißt, was du willst, ich schon. Ich übernehme dann mal.

Tom findet das natürlich weit weniger lustig. Er verliert die Beherrschung, schreit auf das Pferd ein, reißt heftig am Zügel und boxt seine Absätze in die Flanken. Sofort bin ich heran, greife ihm in den Zügel, bringe Anton vom Gras weg und schnauze ihn empört an: »Wenn du noch einmal so grob mit ihm umgehst, dann hole ich dich sofort runter und du kannst zu Fuß weiter laufen.«

Tom sieht mich völlig perplex an. Mit einem solchen Wutausbruch bei dem Softie hat er wohl nicht gerechnet. In mir kocht es gewaltig. Die dämliche Situation vorhin und dann dieses unnötig grobe Verhalten. Ich bin echt geladen. Tom scheint es auch zu merken. Er schluckt seine Bemerkung herunter und starrt mich nur wütend an. Sekundenlang messen wir uns mit Blicken.

»Alles okay bei euch?« Linda hat zum Glück nicht alles mitbekommen. Auch sie kann es partout nicht leiden, wenn irgendjemand den Tieren gegenüber grob wird. Wenn Tom sich nicht beherrschen kann, ist diese Therapie schneller für ihn beendet, als er gucken kann. Das weiß er auch, es gibt hier ganz klare Regeln.

So verächtlich er immer wegen der Pferde und dem Drumherum tut, ich bin überzeugt davon, dass er es eigentlich gerne macht. Dieses harte Auftreten und sein ewiges Machogehabe gehören zu seinem Schutzpanzer.

Ich nehme Anton wieder an die Führleine und mache alle Übungen mit ihm zusammen. Durch ein Tor aus Flatterbändern geht es, über eine Wippe, balancierend und über Stangen.

Unsere Kommunikation beschränkt sich auf das Wesentliche, die Anspannung bleibt, bei mir wie bei ihm. Nach einer halben Stunde sind wir fertig und bringen die Pferde zurück. Nach getaner Arbeit dürfen die Tiere wieder auf die Koppel. Abermals machen die Mädchen die meiste Arbeit. Tom läuft scheinbar lustlos hinterher.

Kaum sind die Halfter ab, haben die Ponys ihre Nase sofort im Gras. Die Mädchen rennen zum Stall voraus. Tom bleibt zurück, während ich das Tor zuziehe. Ich kann mir kaum vorstellen, dass er hier noch einen Versuch wagen wird, aber alleine der Gedanke lässt meine Haut kribbeln und die Hände feucht werden. Wenn er mir zu nahe kommt, kriegt er eine verpasst, noch einmal lasse ich mir das nicht bieten. Ich fühle mich erbärmlich, möchte mir vor ihm auch keine weitere Blöße geben. Betont aufrecht gehe ich los.

»Alec?« Rasch drehe mich um, kann den Schreck nicht gleich verbergen. Tom tritt auf mich zu und ich weiche automatisch zurück. Soviel zu den tollen Vorsätzen. Er hebt sofort abwehrend die Hände.

»Keine Sorge, ich will dir gar nichts tun«, sagt er leise und sieht plötzlich ganz anders aus. Wo ist der lässige Typ von vorhin geblieben? Jetzt sieht Tom nach dem aus, was er ist: nur ein fünfzehnjähriger Junge. Ich atme aus und merke dabei erst, dass ich die Luft angehalten habe.

»Ich weiß, wie du dich fühlst.« Tom schaut auf seine Füße, die Spuren in den Sand ziehen.

Habe ich mich verhört? Mr. Obercool macht auf mitfühlend? Was soll das?

Er schaut kurz hoch und sein Gesicht sieht zum ersten Mal weich und verletzt aus. »Vorhin. Ich meine, ich weiß, warum du so reagiert hast.« Seine Stimme ist noch leiser geworden, beinahe zitternd. »Scheiße, ich weiß es verdammt genau. Hätte ich was geahnt, wäre ich dir nicht an die Wäsche gegangen, okay?« Er hebt den Blick. »Es tut mir leid, Mann. Ich konnte das ja nicht ahnen.«

Ich starre ihn fassungslos an, mir wird heiß und kalt und ich begreife nicht ganz, was er mir sagen will. Wieso sollte er wissen … dann wird es mir schlagartig klar. Er weiß, wie ich mich fühle? Er hat mein Verhalten gedeutet, weiß, warum ich so in Panik geraten bin, als er mich angefasst hat? Kann doch nur bedeuten, dass er auch …

Tom steht mit gesenkten Schultern vor mir. Seine Füße scharren den Sand zur Seite. Schlagartig überkommt mich ein schlechtes Gewissen. Ich schlucke alles hinunter und zwinge mich, einen Schritt auf ihn zu zumachen. Plötzlich ist jede Angst weg und ich empfinde nur noch Mitleid.

»Ist schon gut, Tom«, höre ich mich sagen. Meine Stimme klingt merkwürdig krächzend. »Vergiss es einfach.«

Er schaut hoch, sieht mir direkt in die Augen. Sie sind schmerzerfüllt. Zum ersten Mal habe ich wirklich ihn gesehen, ein Blick hinter die Fassade.

»Vergessen?« Er lacht leise auf. »Kannst du es etwa vergessen?« Ich zögere.

Nein, kann ich nicht. Ich denke jeden Tag daran. Vor allem nachts. Aber ich bin ganz sicher, dass das, was mir passiert ist, nicht vergleichbar damit ist, was er durchmachen musste. Nachfragen werde ich nicht.

»Nein, kann ich nicht.« Ich schlucke und hole Luft. »Mich hat ein Typ vier Monate lang eingesperrt und … Allerdings bin ich zunächst freiwillig mitgegangen und zumindest am Anfang habe ich es auch gewollt.«

Ich sage ihm das, weil ich es sagen muss. Weil ich mich ihm gegenüber schuldig fühle. Tom ist so jung. Und egal wie er in die Drogenszene geschliddert ist, ich fürchte, er hatte keine Wahl, so wie ich. Und immerhin hat mich Adrian nicht wirklich vergewaltigt. Nicht so wirklich.

»Vier Monate lang?« Tom sieht mich ungläubig an. »Oh Mann. Wie krank. Was für ein perverses Schwein.«

Kann man wohl sagen, denke ich. Adrian war krank. Zumindest gestört. Ich will nicht mehr daran denken. Ich will eigentlich auch nicht darüber reden. Nicht mit ihm und wende mich zum Gehen.

»Alec?« Ich drehe mich nicht wieder um. Tom folgt mir, ich höre seine Schritte hinter mir. »Alec, ich mache es nicht wieder. Ich werde dich in Ruhe lassen, Mann.«

Ich stoße vorsichtig die Luft aus, fühle mich tatsächlich erleichtert. Ich glaube, unser Verhältnis hat sich gerade grundlegend verändert. Ich nicke, auch wenn er die Geste nicht sehen kann.

»Und ich werde auch nie wieder Anton im Maul reißen«, fügt er so leise hinzu, dass ich es kaum hören kann. Nun drehe ich mich doch zu ihm um, ein flüchtiges Lächeln auf den Lippen.

»Okay Tom.« Schweigend gehen wir zurück. Ich bin unsicher, ob ich nachfragen soll. Wenn er es erzählen möchte, wird er es schon tun. Und ob ich es wirklich hören will?

Wir kommen zurück. Die Mädchen erwarten uns schon ungeduldig, löchern mich mit unsinnigen Fragen, nur um meine Aufmerksamkeit zu haben. Tom steht still daneben, bis der Bus kommt. Linda schaut ihn und mich immer wieder an, aber wenn sie was ahnt, so sagt sie zumindest nichts.

EISESSEN

Es hupt. Kurz schaue ich hoch, doch der Wallach, den ich gerade longiere, erfordert meine volle Aufmerksamkeit, weil er immer wieder versucht, die Richtung zu wechseln. Ich entdecke Mike erst, nachdem ich es geschafft habe, dass das junge Pferd zwei Runden brav linksherum gelaufen ist, ich ihn abstoppe, zu mir hole und die Arbeit beende. Ein Klopfen am Hals belohnt ihn für seine Arbeit, das Leckerli versüßt es ihm noch mehr.

»Braver Junge«, lobe ich ihn. Mike kommt an den Zaun geschlendert. Grüßend hebe ich die Hand und komme mit dem Pferd an den Zaun, um ihn zu begrüßen.

»Hey, Mike, du bist überpünktlich.«

»War heute alles ruhig und ich bin gut durch die Stadt gekommen.« Mike mustert den großen Braunen misstrauisch. Pferde machen ihm etwas Angst. Dieser freche Jungspund versucht auch sogleich, die Jacke nach Leckereien zu durchsuchen und ich muss ihn energisch von Mike wegziehen.

»Du verfressener Kerl«, tadle ich das Pferd. »Ich bringe ihn wieder auf die Koppel, dann bin ich fertig«, werfe ich Mike über die Schulter zu.

»Kein Problem. Hier gibt es so viele nette Mädels im Reiterstübchen, da wird mir bestimmt nicht langweilig.«

Ich muss schmunzeln. Jeder Reiterhof wird überwiegend von Mädels bevölkert und die sind todsicher an einem so gut aussehenden Typ wie Mike interessiert.

Nachdem ich den jungen Wallach versorgt habe und er sich seiner Freiheit auf der Koppel erfreut, finde ich Mike erwartungsgemäß inmitten einer Schar entzückter Mädchen. Er scheint sich gut zu amüsieren, lacht und flirtet spielerisch. Blödsinnigerweise fühle ich einen winzigen Stich von Eifersucht. Mike gehört schließlich nicht mir. Und er sieht nun mal wirklich gut aus. Schließlich fällt das nicht nur mir auf.

»Hey Alec!« Er springt sofort auf und strahlt mich an. »Ich musste deine Verehrerinnen etwas beschäftigen. Ich habe gar nicht gewusst, was für einen tollen Job du machst. Du hast einen großen Fanclub.« Die Mädchen kichern, tuscheln und ich fühle mich verlegen. Mike zwinkert mir zu und legt mir den Arm kumpelhaft um die Schultern. Bei ihm stört mich so eine vertrauliche Geste überhaupt nicht mehr.

»Tja Mädels …« Mike lächelt die Gruppe der vierzehn bis siebzehnjährigen Mädchen an. »Dieser tolle Typ ist zumindest für heute schon verabredet. Und zwar mit mir. Sorry.«

Sie lachen und auch ich setze ein Lächeln auf, überspiele, wie warm seine Worte durch meinen Körper rinnen. Linda hat mir mal gesagt, dass sie bewundert, wie gut ich damit umgehen kann, dass die Mädchen derart für mich schwärmen. Sie hat mir jedoch sogleich mit gerunzelter Stirn eingeschärft, dass sie es nicht dulden würde, wenn es zu »Zwischenfällen« kommen würde. Sie kann ja nicht ahnen, dass ich an keiner von ihnen ein Interesse habe. Natürlich weiß keiner, dass ich schwul bin und ich werde den Teufel tun, es irgendeinem zu erzählen.

Mike schiebt mich Richtung Ausgang, bleibt draußen stehen und löst den Arm von mir. »Ich will dir ja nicht zu nahe treten, Alec …« Er grinst schelmisch und rümpft gespielt die Nase. »Aber du stinkst gewaltig nach Pferd.«

»Das bringt mein Job nun mal mit sich.« Lächelnd knuffe ich ihn in die Rippen. »Wenn du noch ein paar Minuten deiner kostbaren Zeit opferst, gehe ich mich eben noch waschen.« Ich bin schon unterwegs zum Waschraum.

»Ich warte am Wagen«, ruft er mir hinterher.

Kurze Zeit später bin ich umgezogen und frisch gemacht bei ihm und wir fahren Richtung Stadt los.

»War heute irgendwas?«, fragt Mike nach einer Weile. Kann er Gedanken lesen? Überrascht sehe ich ihn an. Ich musste tatsächlich an mein Erlebnis mit Tom denken.

Wissend lächelt Mike und nickt mir zu. »Immer wenn dich etwas beschäftigt, knetest du deine Hände.« Er deutet auf mein unruhiges Fingerspiel. Rasch strecke ich die Hände ertappt aus und lege sie auf meine Oberschenkel. Bin ich wirklich so leicht zu durchschauen?

»Nichts Wildes eigentlich.« Ich will ihn nicht dauernd mit meinen Sachen belästigen. Es wird ihn gar nicht interessieren. Außerdem nagt das Erlebnis noch immer an mir. Ein fünfzehnjähriger Bubi, der mich so kompromittieren konnte, macht mir echt zu schaffen.

»Alec, ich kenne dich mittlerweile gut genug«, tadelt Mike mich. »Also, was ist passiert?« Shit. Er kennt mich wirklich. Wenigstens wird er mich nicht auslachen. Ich seufze.

»Ich hatte heute einen Zusammenstoß mit einem unserer Ex-Junkies. Gerade mal fünfzehn. Ein Ex-Stricher.« Meine Hände verselbstständigen sich schon wieder und ich zwinge sie erneut in die passive Haltung. »Er mobbt mich, seit er hier ist. Heute ist er mir in der Sattelkammer doch glatt an die Wäsche gegangen.« Meine Stimme soll gelassen, cool klingen. Tut sie aber nicht, ich höre es selbst. Und Mike natürlich auch.

»Was für ein Sch…«

»Es ist nichts passiert.« Ich wiegle ab, den Blick geradeaus gerichtet. »Nur, dass ich mich aufgeführt habe wie ein verschrecktes Kleinkind.« Es klingt bitter und meine blöden Finger beben schon wieder. »Ich war wie paralysiert, konnte ihn nicht einmal von mir schieben. Er hat es eh selbst gemerkt und mich in Ruhe gelassen.«

Mike schweigt, er presst den Mund zusammen. Sein Gesicht ist starr und ich bin nicht sicher, ob ich weiter erzählen soll. Das Erlebnis wühlt mich jedoch genug auf, sodass ich fortfahre: »Er hat mein Verhalten richtig … gedeutet.« Mike wirft mir einen fragenden Blick zu. »Er wusste, warum ich so reagiere, weil er wohl selbst …« Nein, aussprechen kann ich es nicht. Dieses Wort will mir noch immer nicht über die Lippen kommen. Selbst in den Sitzungen mit Dr. Goedhard nicht. Wenn ich es nicht Vergewaltigung nenne, ist es keine gewesen? Sehr logisch. Nein, nicht wirklich. Dennoch verbinde ich Vergewaltigung mit Gewalt und gewalttätig war Adrian nicht. Nicht offensichtlich zumindest.

Mike sagt nichts. Schweigend fahren wir weiter, jeder mit seinen Gedanken beschäftigt. »Mann, Tom ist erst fünfzehn«, bringe ich leise hervor, schüttle betroffen den Kopf. Und ich denke, ich habe Schlimmes erlebt?

»Wenn er noch mal was versucht …«, beginnt Mike und seine Stimme klingt etwas drohend.

Ich unterbreche ihn schmunzelnd: »Glaube ich nicht. Zumindest hat er das gesagt. Weil er weiß, wie ich mich fühle. Das war eher Kräftemessen.«

Verstohlen werfe ich Mike einen Blick zu und mein Lächeln vertieft sich. Ja, er würde mich auch vor einem mobbenden Ex-Junkie in Sicherheit bringen. Er ist so einer. Mike ist immer für mich da. Er hat so ein wunderbar markantes Profil. Heute wieder mit diesem Drei-Tage-Bart, der ihm so gut steht. Wenn er nur nicht hetero wäre …

»Zieh dir nicht alles immer so zu«, meint Mike, als wir auf dem Parkplatz aussteigen und nebeneinander durch die Fußgängerzone zur Eisdiele gehen. Mit einem Mal legt er mir wieder den Arm um die Schultern. Es ist ein gutes Gefühl, ich mag ihn neben mir spüren, das Gefühl, ich könnte mich anlehnen.

Ich ertappe mich nicht zum ersten Mal bei dem Gedanken, wie es wäre, wenn da mehr laufen würde. Hallo? Er ist Hetero, schon vergessen? Ich sollte jeden Gedanken daran schnell vergessen. Seine Gutmütigkeit nutze ich schon genug aus.

Erst kurz vor der Eisdiele nimmt er den Arm runter, ich registriere es mit leichtem Bedauern.

Wir suchen uns einen Tisch etwas an der Seite aus. Ich bewundere Mikes Feingefühl, der sich völlig selbstverständlich auf die Seite mit dem meisten Publikumsverkehr setzt. Er weiß genau, dass ich mich dort ständig nervös umblicken würde.

»Wir haben heute sogar was zu feiern«, verkünde ich strahlend, verdränge entschlossen jeden trüben Gedanken an Tom. Mike zieht die Augenbrauen fragend hoch. »Du gehst mit dem Pädagogikstudenten Alec Tyson Eis essen«, eröffne ich ihm stolz. »Heute kam meine Bestätigung. Ich fange nächstes Semester endlich mit dem Studium an.« Nur noch einen Monat.

»Hey Alec, das ist klasse. Prima, dass es endlich geklappt hat. Ich freue mich!« Er klopft mir anerkennend und kumpelhaft auf die Schulter. »Der Herr Student. Mal sehen, wie viel Zeit du in Zukunft noch für mich übrig hast.« Das ist nett von ihm, als ob nicht ich derjenige wäre, der andauernd mit ihm zusammen sein möchte. Ich glaube schon, dass er auch gerne mit mir etwas unternimmt. Wir verstehen uns einfach gut und derzeit hat er auch keine Freundin.

Mike bestellt sich ein Spaghettieis und ich nehme eins mit Schokolade und Pfefferminze.

»Warum grinst du schon wieder so?«, frage ich irritiert, als er schmunzelnd die Karten an den Kellner zurückgibt.

»Du«, brummt er und ich werde sofort unsicher. Was meint er? Was habe ich gemacht?

»Schokolade ist deine Leidenschaft, oder?«, fragt Mike süffisant grinsend und lehnt sich über den Tisch. »Alles Süße.«

»Ja! Bin eben ein Süßer!«, gebe ich schlagfertig zurück, auch wenn ich das Wort seit Adrian nicht mehr gerne höre. »Ich kann es mir ja auch leisten. Das trainiere ich eh alles wieder runter.«

»Du siehst jetzt viel besser aus«, stimmt Mike mir zu, nicht ohne den obligatorisch kritischen Blick, den ich schon von ihm gewöhnt bin. »Du hast ordentlich Muskeln bekommen. Hätte ich gar nicht gedacht, dass Reiten echter Sport ist. Ich dachte immer, man lässt sich nur durch die Gegend tragen. Besonders deine Bauchmuskeln sind richtig gut geworden.«

Beinahe verschlucke ich mich. Wann hat er das denn bemerkt? Beobachtet er mich so genau? Scheint so.

»Reiten heißt ja auch nicht von ungefähr Reitsport«, verbessere ich ihn scherzhaft und überspiele meine Unsicherheit. »Dabei setzt man den ganzen Körper ein. Außerdem miste ich ja täglich die Boxen aus, das gibt zudem ordentlich Armmuskeln.«

Völlig unerwartet greift Mike über den Tisch an den Bizeps meines linken Arms. Nicht die Berührung selbst lässt mich zusammenschrecken, sondern dass sie völlig überraschend kommt.

»Also davon fühle ich noch nicht so viel«, meint Mike abschätzend. »Vielleicht solltest du dafür besser Hanteln stemmen. Scheint mehr zu bringen.« Mike lässt seine Muskeln spielen und ja, die sind auf jeden Fall mehr, als meine. Ich schnaube empört, sein Blick ruht merkwürdig lange auf mir. Fast unangenehm intensiv.

»Nicht jeder ist so ein harter Typ wie du«, werfe ich ihm scherzhaft vor. So eine Figur, wie er hat, davon träumt jeder Mann. Ich weiß, dass er dafür hart trainiert. Klar, in seinem Job muss Mike absolut fit sein. Da gibt es keine Schwächlinge.

Endlich kommt unser Eis und während Mike sich darüber hermacht erzählt er: »Dieser harte Typ hier wäre heute beinahe von einem kleinen, schmächtigen Autoknacker erledigt worden. Mann, der Typ sah total unscheinbar aus, aber als ich ihn gestellt hatte, zog er ganz plötzlich ein Messer und hat es mir beinahe in den Bauch gerammt. Habe mich gerade eben so zur Seite wegdrehen können. Nur eine Schramme. Zum Glück.«

Erschrocken ziehe ich die Luft ein und mustere ihn wohl ziemlich besorgt. »Kein Grund zur Panik. Ist nichts passiert, Alec. Nett, dass du dir um mich Sorgen machst, aber das ist nun mal der Job.«

Verlegen senke ich den Blick. Mike erzählt von seinen Einsätzen und ich höre zu. Ich mag es, wenn er redet und ich ihn ungestört beobachten kann. Sein Job ist gefährlich und er kann froh sein, wenn es für ihn glimpflich ausgeht.

»Schmeckt es dir nicht?« Schuldbewusst senke ich den Blick und nehme mir gleich einen größeren Löffel. Ich habe nur noch im Eis herumgestochert, denn der Gedanke, dass ihm etwas passieren könnte … macht mir eindeutig Angst. Was wenn Mike nicht mehr da wäre? Meine Kehle zieht sich eng zusammen und beinahe muss ich husten.

»Schmeckt wirklich gut«, nuschle ich. Ich sollte vorsichtig sein und ihn nicht auf diese Weise ansehen. Nachher denkt er noch, ich will was von ihm.

»Lass mich mal probieren«, fordert Mike unvermittelt, mit diesem jungenhaft frechen Grinsen, bei dem er aussieht, als ob er gerade mal vierzehn wäre. Seine dunklen Augen blitzen und die winzige Narbe am linken Mundwinkel zuckt. Ich glaube, keine Frau könnte ihm jemals etwas abschlagen, wenn er diesen Blick und das Lächeln drauf hat. Ich auch nicht. Schon nimmt er sich mit seinem Löffel von meinem Eis und kostet.

»Mmh lecker. Das Pfefferminzeis ist schon mal sehr gut.« Er zwinkert mir zu. »Darf ich auch mal Schokolade probieren?« Nickend gebe ich meine Zustimmung und beobachte mit angehaltenem Atem und immer heftiger klopfendem Herzen, wie Mike das Eis kostet. Ich kann den Blick partout nicht von ihm abwenden. Mein eigener Löffel ist eigentlich auch auf dem Weg zum Mund, der Anblick, wie Mike genießerisch den Löffel Schokoladeneis ableckt, wirkt auf mich jedoch so erotisch, dass ich Mühe habe, mich nicht mit einem verdächtigen Laut zu verraten.

Stehe ich wirklich so sehr auf ihn? Ich fürchte ja. Seine ganze Art ist faszinierend. Immer fühle ich mich geborgen und sicher, wenn er mit mir zusammen ist. Typisch für mich: Er ist unerreichbar, hetero und hat mir klar gemacht, dass er zwar damit klarkommt, dass ich schwul bin, aber nichts weiter davon wissen will. Oh Mann, was ist nur mit mir los?

Er ist ein guter Freund, ich will diese Freundschaft nicht kaputtmachen. *Also reiß dich zusammen, Alec, lass ihn ja nicht merken, was du für ihn empfindest.*

»Shit!« Ganz in seinen Anblick vertieft, habe ich meinen Mund verfehlt und mir das Eis prompt auch noch auf das Hemd gekleckert. Verdammt, wie peinlich. Röte steigt mir ins Gesicht und senke den Blick, bemüht, mir nichts anmerken zu lassen.

Mike lacht laut. Hoffentlich schiebt er die Röte meiner Wangen ausschließlich auf den Vorfall. So gut es geht, versuche ich das Schokoeis von meinem Hemd zu entfernen. Ausgerechnet Schoko. Den Fleck sieht man natürlich sehr genau. Innerlich fluche ich über mich. Wieso bringt Mike mich so aus dem Konzept? Am Anfang konnte ich ihn als das sehen, was er ist: nur ein Freund. In letzter Zeit empfinde ich jedoch weitaus mehr für ihn. Es kam schleichend und ich kann nichts dagegen tun.

»Irgendwie bin ich manchmal etwas tollpatschig«, gebe ich zerknirscht zu.

»Manchmal«, gibt er wenig diplomatisch zurück und ergänzt: »Du hast auch noch was im Gesicht. Da.«

Ich wische mir hastig mit der Serviette über den Mund. Mike streckt die Hand langsam aus, sein Blick ist … eigenartig starr. Ich halte erneut den Atem an, als mich sein Daumen sanft an der Wange berührt.

»Da ist noch eine stille Reserve Schoko.« Der Daumen gleitet mit wenig Druck über meine Haut, die anderen Finger berühren das Kinn und mir wird gleichzeitig verdammt heiß und kalt. In meinem Unterleib pocht es gewaltig. *Beherrsche dich bloß, Alec. Das hat nichts zu bedeuten. Er ist nur nett zu dir. Eine fürsorgliche Geste halt.*

Konzentriert sieht Mike aus und ich genieße die Berührung mit schlechtem Gewissen. Mikes warme Finger … Ich muss an mich halten, ihn nicht ebenfalls zu berühren. Meine Finger zucken, wollen sich um seine Hand legen. Zum ersten Mal seit Langem sehne ich mich nach der Berührung durch einen anderen Mann.

Der Daumen verharrt länger als normal wäre, oder bilde ich mir das nur ein? Er gleitet tiefer und Mike schaut mich scheinbar ganz in Gedanken an.

Nicht mich, er schaut auf meine Wange. Mein Blick huscht hektisch über sein Gesicht. Eigentlich sollte ich mich aus der Situation zurückziehen, kann und will es gerade aber nicht.

Verdammt, wieso muss ich mich ausgerechnet in ihn vergucken? Immer die falschen Männer. Erst Adrian und nun er. Beides keine gute Wahl. Bin ich so dumm und hormongesteuert?

Hitze steigt in mir auf und ich habe echt Mühe, mir nichts anmerken zu lassen. Wenn ich jetzt aufstehen würde … Zu meinem Glück löst sich Mikes Hand und er lächelt mich beinahe entschuldigend an.

»Danke«, bringe ich viel zu heiser hervor. Mike isst sein Eis weiter, als ob nichts gewesen wäre. Nur langsam beruhigt sich mein wild gewordenes Herz.

»Hast du vielleicht Lust, morgen mit mir ins Kino zu gehen? Ich habe ein paar Freikarten bekommen«, fragt Mike unvermittelt. »Alec?«

»Kino? Oh, klar. Gerne.« Ich bin gedanklich noch nicht wieder ganz nüchtern.

»Kommst du damit … klar?« Mike mustert mich skeptisch. »Wird bestimmt voll werden. Ist schließlich eine Premiere.«

Wegen dieser Besorgnis um mich könnte ich ihn schon wieder strahlend anlächeln, lasse es jedoch besser bleiben. Gerade jetzt weiß ich nicht, ob ich meine Gesichtszüge perfekt im Griff habe. Oh Mann, wenn ich mir vorstelle, wie es wäre, ihn zu küssen …

»Denke schon«, nuschle ich, kümmere mich intensiv um mein Eis. Allerdings … wer nicht wagt … »Du bist ja da und beschützt mich.« Ich sehe ihn nur flüchtig an und ich bereue meinen Wagemut gleich wieder.

»Wie immer«, brummt Mike automatisch und lächelt. »Das ist doch mein Job!«

»Mein Freund und Helfer«, gebe ich zurück. Ein kleines Ritual zwischen uns.

»Stets zu Diensten.«

Muss Mike es mir denn auch so leicht machen, ihn zu mögen? Er ist ein absoluter Traummann, ich beneide jede Frau, die ihn sich angeln wird.

»Ich hole dich dann ab.«

Mir fällt siedendheiß etwas ein: »Oh Shit, ich muss Dr. Goedhard anrufen. Ich habe morgen eigentlich eine Sitzung bei ihm.« Egal, Kino mit Mike geht vor und mein Psychiater wird stolz auf mich sein, wenn ich diese Situation bewältige. Rasch durchwühle ich meine Jackentasche. »Mist, ich habe mein Handy im Stall gelassen.« Fluchend fällt es mir wieder ein. »Neben dem Waschbecken, als ich mich umgezogen habe.«

Mike zückt sofort sein Handy. »Du kannst meines nehmen. Kennst du die Nummer auswendig?«

»Mittlerweile ja«, gebe ich zerknirscht zu. »Danke. Ich verschiebe die Sitzung eben. Du bist ein guter Ersatz.«

»Bin ich doch ohnehin«, meint Mike lässig. Etwas betroffen sehe ich ihn an. »Oh Mann, Alec, mach dir keinen Kopf, ja? Mache ich gerne. Ich habe dir doch gesagt, du kannst mit mir über alles reden.«

Stimmt, hat er. Und ich nutze das aus, weil ich ihn gerne um mich habe. Gut, dann bin ich eben egoistisch. So kommen die Albträume nur nachts.

Ich rufe in der Praxis an, kann problemlos den Termin verschieben und gebe Mike sein Handy zurück. Nur ganz flüchtig berühren sich unsere Finger und ich Blödmann kämpfe schon wieder darum, meinen Herzschlag zu kontrollieren. Erfolglos übrigens.

»Ich speichere mir die Nummer mal ein. Wer weiß, vielleicht brauche ich auch einen Seelenklempner. Meine Ex hat das zumindest behauptet.« Mike seufzt. Nur zu gerne würde ich meinen Arm um ihn legen. Er würde es nie zugeben, aber er knabbert daran, dass sie ihn verlassen hat.

»Kalt, gefühllos, egoistisch und das waren nur die positiven Attribute, mit denen sie mich belegt hat.« In seinen dunklen Augen ist der leichte Schmerz zu sehen, auch wenn er ihn immer gut überspielt. So hart, wie er tut, ist Mike natürlich nicht. Er hat mir erzählt, dass sie ihn verlassen hat, weil er mehr in seine Arbeit verliebt wäre, als in sie. Keine seiner Beziehungen hat lange gehalten.

»Dann war das ein anderer Mike«, traue ich mich zu sagen. »Der, den ich kenne, ist rücksichtsvoll, hilfsbereit und alles andere als gefühllos.«

Shit, meine Wangen brennen verdächtig. Mike sieht mich mit einem komisch abschätzenden Blick an. Ich beiße mir auf die Zunge. Hätte ich bloß nichts gesagt.

»Ach, Alec!« Er seufzt gespielt theatralisch. »Ich sollte mir wohl besser eine Freundin wie dich anschaffen, die meine Qualitäten wenigstens zu würdigen weiß.« Er grinst und ich Idiot bin mir tatsächlich für den Sekundenbruchteil nicht ganz sicher, ob er scherzt, oder …

»Vielleicht kann ich dich mit dem richtigen Geschlecht klonen lassen?«, schiebt er hinterher und lacht.

Natürlich scherzt er nur. Was ich nur wieder denke …

Nur sein Blick, der ruht länger als sonst auf mir.

ROUTINE

Es klingelt.

Verblüfft gucke ich auf die Uhr. Mike ist fast eine Stunde zu früh dran. Hat er eher Feierabend gemacht wegen unseres Kinobesuchs? Shit, ich bin noch gar nicht fertig. Meine Haare sind ziemlich wirr, die brauchen dringend etwas Styling und umziehen wollte ich mich auch noch. Nicht dass es ihn beeindrucken würde. Trotzdem schlägt mein dummes Herz prompt schneller.

Ich lächle vor mich hin. Vielleicht mag er noch einen Cappuccino trinken. Ich freue mich eh schon den ganzen Tag auf unseren Kinobesuch. Und auf ihn. Rasch öffne ich die Tür und lächle ihn an: »Du bist viel zu … früh …«

Da steht nicht Mike.

Mein Lächeln gefriert und meine Eingeweide werden zu Eis. Panik durchflutet mich, fesselt mich, lässt mich erstarren.

»Adrian!«, hauche ich entsetzt.

»Alec …« Seine Stimme, dieser leicht nachsichtige Klang, reißt mich aus der Erstarrung. Ich weiche zurück und will die Tür zuschlagen. Adrian ist schneller, schiebt seinen Fuß dazwischen und drückt sie lässig auf. Ich hatte beinahe vergessen, wie stark er ist. Schmerzhaft kommt es mir zu Bewusstsein, dass ich nie eine Chance gegen ihn hatte. Mein Denken ist wie weggefegt, der Atem beschleunigt sich keuchend. Schritt für Schritt weiche ich vor ihm zurück. Kann nicht denken, nicht handeln, bin völlig paralysiert. Wie hat er mich gefunden? Woher wusste er, wo ich bin?

Adrian packt mich am Handgelenk, zieht mich zu sich. Er lächelt. Küsst mich auf die Wange. »Mein Süßer. Ich habe dich so vermisst, mein Alec!« Seine Lippen sind hart, der Kuss widert mich an, doch mein Körper gehorcht nicht, kann nicht einmal den Kopf drehen. Es ist, als ob er mir

Eiswasser über den Körper schütten würde. Diese Stimme, dieses Wort, verursachen Übelkeit. Meine Knie zittern.

Adrian beugt sich vor, um mich auf den Mund zu küssen, und endlich fällt die Starre von mir ab. Ich versuche ihn zurückzustoßen, drehe mich um, will fliehen, ihm mein Handgelenk entreißen.

Adrian packt zu, verdreht mir den Arm auf den Rücken. Kein Laut kommt über meine Lippen. Will schreien, laut um Hilfe rufen, bin wie gelähmt.

Wild kämpfe ich gegen ihn, schlage um mich, versuche ihn zu treten. Die Angst gibt mir wilde Entschlossenheit. Gegen Adrian hatte ich jedoch nie eine Chance. Ich stürze auf die Knie, Adrian lässt mich nicht los, drückt mich gnadenlos weiter zu Boden. Er greift nach meinem freien Arm und biegt ihn ebenfalls auf den Rücken. Ich weiß genau, was kommt, noch ehe ich das klickende Geräusch höre, versuche mich fallen zu lassen.

»Nein!« Entsetzt schreie ich auf, brülle das Wort hinaus. Hektisch bäume ich mich in seinem Griff auf. Er ist schon über mir, fixiert mich am Boden. Das kalte Metall an den Handgelenken ist entsetzlich vertraut. Adrians Gesicht nähert sich mir. Mein Magen dreht sich und ich muss gegen einen übermächtigen Brechreiz ankämpfen. Mir ist entsetzlich kalt, jeder Herzschlag treibt die Furcht tiefer in mich.

Adrians Finger umschließen das Kinn, drehen meinen Kopf zu sich. Er lächelt mich liebevoll an.

»Alec, mein Süßer. Willst du etwa vor mir weglaufen? Vor mir?« Leise, verdammt zärtlich seine Stimme. Für mich klingt sie wie eine Drohung, wie das Versprechen eines qualvollen Todes. Oh bitte nein, ich will das nicht wieder erleben müssen.

»Haben sie dich erschreckt? Hattest du Angst? Aber das ist jetzt vorbei. Ich bin ja wieder bei dir.« Er streichelt mich. »Ich hole dich zurück. Du gehörst zu mir. Ich bringe dich endlich wieder nach Hause.«

Seine Stimme klingt so beruhigend, sanft und sogar zärtlich. Wie man mit einem Kind reden würde. Vielleicht bin ich das auch in seinen Augen.

Meine Gedanken drehen wilde Kreise. Adrian ist krank, total durchgeknallt. Wie konnte ich jemals denken, ich würde ihn lieben? Was wird er dieses Mal tun?

»Lass mich los«, bringe ich quälend langsam über die tauben Lippen. Meine Stimme ist brüchig vor Angst. Mein Atem kommt keuchend, das

Herz schlägt so schnell, dass ich es bis in die Kehle hinauf fühlen kann. »Ich will nicht zurück!« Lähmende Kälte überflutet mich, wenn ich nur daran denke. Niemals. Ich will das nicht noch einmal durchmachen müssen. Diese Hilflosigkeit, die Schwäche, ihm ausgeliefert sein. Nein! Nie wieder!

»Ich bin gekommen, um dich zu mir heimzuholen.« Immer wieder streicht er mir zärtlich übers Gesicht, die Haare, den Nacken. Schauer rieseln meinen Rücken hinab. Ich hasse mich dafür, dass ich mich nicht genügend wehren kann. Egal, was ich sage, ich dringe nicht zu ihm durch, das hat noch nie geklappt. Er versteht nicht, will es nicht verstehen, völlig nutzlos. Ein durchgedrehter Psychopath ist er.

Nein! Erneut versuche ich um Hilfe zu schreien. Adrian hält mich küssend in seinen Armen und mir kommt kein einziger Ton mehr von den Lippen. Wer soll mich auch hören?

»Alec …« Seine Küsse werden gieriger, erreichen meinen Nacken, die Hände gleiten unter mein T-Shirt. Kalter Schweiß bedeckt meinen Körper, die Übelkeit ist kaum noch auszuhalten. Mein angstvolles Stöhnen interpretiert er todsicher falsch. Ich presse die Augenlider fest zusammen, will nicht wahrhaben, was passiert, weiß es leider doch viel zu genau. Adrians typische Begrüßung, wie oft habe ich es schon über mich ergehen lassen müssen.

Seine Stimme ist heiser vor Lust: »Ich habe dich so vermisst. Deinen Geruch, deinen Körper, deine Stimme. Alles an dir, mein Süßer!«

Etwas zerrt an mir und schlagartig öffne ich die Augen. Stoff reißt, kühle Luft streift meine feuchte Haut. Adrian reißt mir das T-Shirt vom Körper. Einfach so. Um ein Haar verschlucke ich mich vor Schreck. So etwas hat er noch nie zuvor gemacht. Mein Zittern nimmt zu. Weder Arme noch Beine wollen mir gehorchen. Sein Körper, seiner alleine. Keine Chance.

»Ich liebe dich Alec.« Ein Flüstern an meinem Ohr, sein Gewicht drückt mich bäuchlings zu Boden. Warmer, keuchender Atem streift meinen Nacken. Möchte mich übergeben, sein vertrauter Geruch löst weitere Ekelgefühle aus. Ich fühle mich, als ob ich ersticken würde. Pure Todesangst gibt mir endlich meine Stimme zurück, weckt den Widerstand erneut.

»Nein! Nicht! Lass mich los!« Heftig bewege ich mich, versuche meine Beine unter den Körper zu ziehen und ihn abzuschütteln. Adrian packt mich im Nacken, drückt mich unbarmherzig zu Boden. Verzweifelt kämpfe ich gegen ihn, ahne, was er tun will. Ich sehe ihn förmlich den Kopf schütteln, mit diesem verflucht nachsichtigen Lächeln: »Alec, mein Süßer. Du solltest dich besser benehmen. Warum machst du das nur?« Seine Hände machen sich bereits an meiner Hose zu schaffen, streifen sie mit der Unterhose hastig und rücksichtslos hinunter.

Routine.

Es ist, wie immer, nichts hat sich verändert. Adrian nimmt sich noch die Zeit, meine Schuhe und Socken abzustreifen. Meine heftige Gegenwehr ignoriert er einfach. Es fängt alles wieder an. Ich bin hilflos, ihm völlig ausgeliefert. Warum soll ich mich wehren? Es macht überhaupt gar keinen Sinn. Hat es damals nicht und tut es auch jetzt nicht. Er gewinnt, tut er immer.

Ich gebe auf, schließe die Augen und kämpfte das Schluchzen zurück.

Sanft streicheln seine Hände über meinen Rücken, erfassen jeden Zentimeter Haut, gleiten über mein Gesäß. Sie sind entsetzlich warm auf meiner feuchten und klammen Haut. Jeden einzelnen Zentimeter meines Körpers nimmt er in Besitz. Alles, was er berührt gehört ihm. Gehörte ihm schon immer.

»Oh mein Alec, ich habe dich so vermisst. Du musst schrecklich allein gewesen sein, ohne mich. Alles wird anders werden. Nie wieder lasse ich dich im Stich, ich verspreche es dir. Ich habe ein wunderschönes neues Zuhause für uns gefunden. Niemand wird uns stören. Es wird dir gefallen. Nur wir zwei, mein Süßer.« Ins Ohr gehaucht, liebevoll, zärtlich.

Verzweifelt presse ich Worte an der bitteren Galle vorbei, die sich in meinem Mund sammelt: »Ich will das nicht! Adrian, bitte lass mich endlich in Ruhe.« Zu leise, er überhört es ohnehin. Meine Augen füllen sich mit verräterischen Tränen.

»Ich liebe dich so sehr, mein Alec. Ich kann nicht ohne dich leben.« Das ist das Schlimme daran: Er liebt mich wirklich. Auf seine kranke Art. Er glaubt, was er sagt.

»Du bist wunderschön, einfach perfekt.« Er greift unter mich, umfasst mein Glied, liebkost meine Hoden. Seine Stimme klingt voll Verlangen. Ich hasse sie. Ich hasse ihn. Ich hasse mich, in der gleichen Situation wie vorher gefangen.

Seine Finger schieben sich zwischen meine Pobacken. Ich will das nicht. Nie mehr. »Lass mich … endlich in … Ruhe«, schaffe ich hervorzubringen, die Stimme kurz vorm Kippen. Adrian lacht leise.

»Du willst es, Alec. Du liebst mich. Und ich werde dir immer geben, was du brauchst, Süßer. Ich kenne dich in- und auswendig. Du gehörst mir. Niemand anders wird dich je besitzen.« Da ist ein neuer Unterton in seinen Worten, der mir eine Gänsehaut beschert.

Feuchte Finger gleiten in mich. Woher hat er Gleitgel? Hat er das mitgebracht? Er dehnt, bereitet mich genüsslich auf sich vor. Ich krampfe, presse gegen den Druck. Er interpretiert es natürlich falsch: »Kannst du es nicht abwarten? Warte, ich gebe dir gleich, was du dir wünschst. Du musst mich wirklich sehr vermisst haben.« Er erwischt die Prostata und mein verfluchter Körper reagiert. Adrian lacht glucksend und wiederholt den Vorstoß.

Ich ersticke jeden Widerspruch, wenn ich den Mund öffne, würden nur noch Schluchzer herauskommen. Ich mache es ihm zu leicht. Will ich es am Ende doch? Warum reagiert mein Körper sonst auf seine Berührungen? Vielleicht hat mein Therapeut Unrecht? Wahrscheinlich will ich es insgeheim doch? Ich hätte die Tür rechtzeitig zuschlagen können. Ich hätte laut schreien können, aber nein: Ich lasse es geschehen. Adrian hat mich gefunden, wo ich mich total sicher wähnte.

Was für eine Illusion. Ich bin nirgends vor ihm sicher. Er hat recht. Mein Körper gehört ihm und er kann machen, was er möchte. Es gibt für mich kein Entkommen, es ist mein Schicksal. Was er einmal besitzt, gibt Adrian nicht wieder auf. Ich sollte es endlich glauben.

Die erste Träne schummelt sich an meinem Willen vorbei.

Ich wappne mich gegen den brennenden Schmerz. Ich kann nichts mehr tun, um es zu verhindern, bin nichts weiter als seine Hure. Als er langsam in mich eindringt, lösen sich die Tränen unaufhaltsam aus den Augenwinkeln. Was für ein Schwächling bin ich nur?

Ich bin aus der Übung. Es tut viel mehr weh, als ich es in Erinnerung habe. Schmerzhaft stöhne ich auf. Sonst hat Adrian auf meine Signale geachtet, sich zurückgezogen, mir Zeit gelassen. Heute nicht. Gnadenlos schiebt er sich in mich, verharrt nicht einmal. Mein Körper wehrt sich schwach gegen den Schmerz. Adrian bemerkt es nicht. Er will mich, stellt seinen Besitzanspruch klar.

Ich bin unwichtig, völlig unbedeutend. Das Objekt seiner Begierde ist mein Körper, bin nicht ich. Der Schmerz nimmt zu, als er beginnt, sich in mir zu bewegen. Seine heftigen, rücksichtslosen Stöße verdeutlichen mir, dass es ihm nur um sein eigenes Vergnügen geht.

Es schmerzt sehr trotz Gleitgel. Nie zuvor hat es so weh getan. Ich beiße die Zähne fest zusammen, presse meinen Unterkiefer aufeinander, will keinen Laut entkommen lassen. Tränen rinnen unablässig mein Gesicht hinab.

Sein lustvolles Stöhnen wird lauter. Die Hände krallen sich schmerzhaft in meine Hüften, ziehen mein Becken bei jedem Stoß ruckartig zu sich heran. Ich kann einen erneuten Schmerzlaut nicht unterdrücken. Ich fühle mich so entsetzlich schmutzig. Ich will nur noch sterben. *Lass es aufhören. Lass den Schmerz und alles enden. Ich kann nicht mehr.*

Bitte … Mike. Bitte hilf mir, formen meine Lippen. Nichts sehne ich mehr herbei, als ihn. Ich kann das nicht länger durchstehen. Ich will nicht zurück, nicht alles von vorne erleben. Bitte nicht.

Farben verschwimmen, in meinen Ohren rauscht es. Ein splitterndes Geräusch, eine laute Stimme, ich nehme es kaum noch wahr. Adrian lässt von mir ab. Dann ist alles wirr. Wildes Flirren vor meinen Augen und endlich … Dunkelheit.

GUTER POLIZIST

Ein nobler schwarzer Mercedes parkt unweit von Alecs Haus. Bewundernd streift mein Blick über den makellosen schwarzen Lack. Sogar getönte Scheiben. Neidvoll gleitet mein Blick über die schwarze Schönheit. So ein Auto ist für die hiesige Gegend recht ungewöhnlich. Wem es wohl gehört?

Seufzend öffne ich die Haustür. Ein solches Auto würde ich mir auch gerne leisten können. Aber mein mickriges Gehalt wird so etwas nie erlauben. Manchmal ist das Leben unfair.

Leise summend steige ich die Treppen hoch. Den ganzen Tag freue ich mich schon auf Alec. Seine Fortschritte in der Therapie merke ich vor allem daran, dass er immer lockerer wird. Er lächelt oft, hat eine wundervolle Schlagfertigkeit entwickelt, und seit er den Job auf dem Pferdehof hat, blüht er regelrecht auf. Ich verbringe unglaublich gerne Zeit mit ihm.

Ich bin sehr gespannt, wie er den Kinobesuch durchstehen wird. Danach könnte ich ihn noch zum Essen einladen. Ich habe einen netten Italiener gefunden, ein kleines Restaurant mit wenig Publikum. Wie ich mag er italienisches Essen und ich habe keinen Bock darauf, alleine in meiner Wohnung irgendwelchen Fertigfraß zu essen.

Alec ist so ein bisschen wie ein kleiner Bruder. Quatsch, er ist viel mehr. Brüderliche Gefühle sind es nicht, die ich für ihn habe. Er ist halt ein sehr guter Freund, zu dem ich mich sehr hingezogen fühle. Irgendwann wird er sich wieder ganz unbefangen unter vielen Menschen bewegen können und sein altes Leben zurück haben. Ob ich dann noch ein Teil davon sein werde? Wahrscheinlich nicht. Immerhin bin ich nicht schwul. Er wird bald schon jemanden finden, der ihn liebt, dem er vertraut und der ihn so behandelt, wie er es verdient hat.

Der Gedanke behagt mir nicht. Ganz und gar nicht. Wann immer ich darüber nachdenke, spüre ich Übelkeit im Magen und das dringende Bedürfnis, meine Faust gegen die Wand zu donnern. Was, wenn er abermals an so einen Arsch gerät? Welcher Mann könnte ihm geben, was er braucht? Ich kann ihm fast alles geben … fast alles.

Auf den letzten Stufen bleibt mein Blick an der halb geöffneten Tür hängen. Mein Herz setzt für einen Moment aus. Niemals würde Alec seine Tür offen lassen! Dazu hat er viel zu viel Angst.

Bekannte Ruhe breitet sich in mir aus. Ich bin es gewöhnt, solche Situationen zu erkennen, mein Körper reagiert automatisch. Alle Sinne sind angespannt, während mein Verstand analysiert. Wie viele Gegner, wie überschaubar ist die Situation? Rasch ziehe ich meine Waffe. Dies ist mein Job.

Vorsichtig nähere ich mich der Tür. Ich brauche nicht erst die Geräusche zu hören, um zu wissen, dass Alec in Gefahr ist. Jemand stöhnt lustvoll, unterdrücktes Wimmern. Das ist Alec!

Heißes Adrenalin tobt durch meine Adern, dennoch schiebe ich mit dem Fuß die Tür weiter auf. Mir läuft es kalt den Rücken hinunter.

Ich habe in meinem Job schon viel gesehen, doch heute stockt mir der Atem. Blitzschnell erfasst mein Verstand die Situation: Alec liegt auf dem Bauch mitten im Flur. Nackt. Seine Arme sind mit Handschellen auf den Rücken gefesselt. Über ihm ein großer Mann mittleren Alters mit gepflegten Haaren und im Anzug. Seine Hose ist halb herabgelassen. Er hat meine Ankunft nicht einmal bemerkt. Seine Hände ziehen Alecs Hüften ruckartig an sich. Er hat den Kopf wohlig in den Nacken gelegt, die Augen geschlossen. Mit jedem Stoß gibt er heisere, stöhnende Laute von sich.

Alec keucht schmerzvoll auf. Dieser Laut geht mir durch und durch. Dieser perverse Mistkerl! Unkontrollierter Zorn wallt in mir hoch, durchbricht die antrainierten Verhaltensmuster. Ich muss Alec helfen.

Heftig stoße ich die Tür auf, lasse alle Vorsicht fahren. Die Wucht reicht aus, um den Türgriff splitternd aus dem Holz zu schlagen. Mit zwei Schritten bin ich neben dem Arschloch, meine Waffe drückt gegen seine Schläfe. Er dreht sich um und schlägt die Augen auf.

»Runter von ihm. Sofort, oder ich puste dir den Schädel weg!«, knurre ich ihn an. Mein Finger krümmt sich um den Abzug. Nur noch etwas mehr und er wäre Geschichte.

Adrian Adson. Wie zur Hölle hat er Alec gefunden?

Der Mistkerl reißt höchst überrascht die Augen auf, blinzelt und registriert zusammenzuckend die Waffe an seinem Schädel. Er hebt hastig die Hände und zieht sich erschrocken zurück. Überdeutlich vernehme ich das Geräusch, mit dem er aus Alec gleitet. Alec wimmert kaum hörbar.

Die Versuchung ist entsetzlich groß, diesem verfluchten, perversen Arsch eine zu verpassen. Ekel und kalte Wut lassen mich beinahe die Beherrschung verlieren. Alec rührt sich nicht mehr.

»Weg von ihm!« Adson mustert mich konsterniert. »Los, wird es bald? Weg von ihm, sofort! Da rüber!« Ich dirigiere ihn mit der Waffe ans Treppengeländer. Er hat die Hände noch immer erhoben, die Hose in den Kniekehlen. Mein Blick streift seinen noch immer erigierten Penis. Mit dem Ding hat er …

Mir wird schlecht. Ich muss mächtig an mich halten, ihn nicht zusammenzuschlagen. Meine Faust will wieder und wieder in sein Gesicht, bis es nur noch eine blutige Masse ist. Verdient hätte er es.

Meine Hand tastet nach den Handschellen. Ich schnappe mir seine Hände und fessele ihn an das Geländer.

Siehste, du Arsch, so fühlt es sich an, selbst gefesselt zu sein. Endlich senke ich meine Waffe und trete rückwärts an Alec heran. Er rührt sich nicht, das Gesicht hat er abgewandt und atmet heftig. Hat er meinen Namen geflüstert? Ich bin mir nicht sicher. Mein Herz zieht sich schmerzhaft zusammen. Warum war ich nicht früher hier? Warum konnte ich es nicht verhindern?

»Alec? Bist du okay?«

Keine Antwort. Er hat mich nicht bemerkt. Vorsichtig strecke ich die Hand nach ihm aus. Adson gibt hinter mir einen keuchenden Laut von sich, zerrt heftig an seiner Fessel.

»Bleib weg von ihm«, faucht er mich an. »Alec gehört mir. Rühr ihn ja nicht an.«

Dieser gottverdammte Mistkerl! Für wen hält er sich? Ich starre ihn fassungslos an. Er tobt und blanker Hass ist in seinen Augen zu sehen. Hass auf mich. Dieser Typ ist ja total krank.

»Niemand darf ihn anrühren. Mach mich sofort los. Nimm deine dreckigen Finger von ihm. Alec gehört alleine mir!« Adson heult fast vor Wut, reißt immer heftiger an den Handschellen.

»Arschloch!« Mir fehlen weitere Worte. Die Versuchung, ihm sein Maul zu stopfen wird immens groß. Rasch greife ich nach meinem Handy und verständige die Kollegen, ehe ich eine große Dummheit begehe.

Alec rührt sich noch immer nicht, obwohl seine Augen offen sind. Einer Eingebung folgend rufe ich seinen Therapeuten an. Alec braucht dringend Hilfe.

»Alec?« Ich hocke mich neben ihn, ignoriere die Flüche und kreativen Morddrohungen hinter mir. Das hätte nicht passieren dürfen. Er war doch in Sicherheit.

Ich streiche Alec über die Wange, lege meine Hand auf seine Schulter. Keine Reaktion. Nicht einmal seine Finger in den Handschellen zucken.

Ich richte mich auf, atme tief ein und trete an Adson heran.

»Wo ist der Schlüssel?« Meine Hand umschließt hart seinen Oberarm und drückt zu. Liebend gerne würde ich ihm sämtliche Knochen brechen. Panik flammt in seinen Augen auf, ich denke, er weiß haargenau, was ich ihm gerne antun würde. Er braucht nicht zu antworten, der Schlüssel hängt an einem Lederband um seinen Hals. Kurzerhand reiße ich ihn ab.

Sein Keuchen ist mir scheißegal, nur Alec ist jetzt wichtig.

»Alec?« *Kleiner, so sag endlich was. Du machst mir echt Angst.*

Rasch schließe ich die Handschellen auf und Alecs Arme gleiten kraftlos an seinem Körper herab. Er beginnt zu zittern. Erst ganz wenig, dann breitet es sich über den ganzen Körper aus. Seine Augen wirken glasig. Ich beuge ich mich über ihn und will ihn in meine Arme ziehen. Soweit komme ich gar nicht. Der Idiot am Geländer zetert erneut los. Alec bringt einen erstickten Laut hervor, richtet sich halb auf und stößt mich heftig von sich.

»Fass mich nicht an!«, würgt er hervor. Er kommt taumelnd auf die Beine und stützt sich an der Wand ab.

»Alec …« Abwehrend hebt er die Hände, dreht sich um und flüchtet den Flur hinab. Die Badezimmertür schlägt hinter ihm zu, der Schlüssel wird gedreht. Ich folge ihm, klopfe an die Tür. Eisige Angst überkommt mich. Er wird sich doch nichts antun? Dieser furchtbare Ausdruck in seinen Augen. Teufel, warum war ich heute nicht früher hier?

»Alec?«, rufe ich durch die Tür. »Alec, mach auf.« Undefinierbare Geräusche und das Rauschen von Wasser. Die Dusche läuft. Ich kann nur warten, bis die Kollegen endlich da sind. Ich sehe zu Adson zurück. Wenn ich keiner von den guten Polizisten wäre, ich hätte nicht übel Lust ihn wirklich abzuknallen. Notwehr, dann hat er sich eben gewehrt, als ich ihn verhaften wollte. Wer würde es mir schon verdenken?

»Du wirst das bereuen«, raunt Adson. Er beobachtet mich, in seinen Augen steht die Morddrohung. Ich schnaube und zucke die Achseln.

Mieser Vergewaltiger. Das Wort schmeckt pelzig, selbst in Gedanken und verursacht einen furchtbaren Eisklumpen in meinen Eingeweiden. Urplötzlich ist das Bild wieder da und schlagartig wird mir klar, was wirklich passiert ist: Er hat Alec – meinen Alec – vergewaltigt!

Ganz plötzlich werden mir die Knie weich und ich rutsche an der Wand hinunter. Mein Kopf knallt unsanft gegen den Putz und ich schließe die Augen, dennoch kann ich das Bild nicht loswerden.

Alecs hilflose Gestalt auf dem Boden und dieser Mistkerl, der mit wohlig verzogenem Gesicht seinen Schwanz in ihn stößt.

Ich rappel mich hoch, blicke zu meinem Gefangenen. Adson rührt sich nicht, ist in sich zusammengesackt. Lächerlich sieht er aus, wie er am Treppengeländer hängt, mit der Hose in den Kniekehlen und sein schlapper Schwanz baumelt zwischen seinen Beinen. Er ist durchaus ein attraktiver Typ. Ich kann verstehen, was Alec mal an ihm fand.

Wo bleiben die verdammten Kollegen? Das Wasser rauscht unablässig. Was treibt Alec da? Wenn ich noch länger in dieser Ungewissheit warten muss, drehe ich noch durch.

»Alec?« Ich klopfe gegen die Tür. Keine Reaktion. »Ich bin es Mike. Mach bitte auf.« Nichts passiert. Meine bescheuerte Fantasie zaubert mir ungewollte Bilder in den Kopf. Ich habe so etwas schon zu oft gesehen: Junkies, die sich den goldenen Schuss gesetzt haben. Das Mädel vor drei Wochen, welches sich die Pulsadern aufgeschnitten hatte.

Aber nicht Alec. Nicht er. Teufel, ich will nicht, dass er sich was antut. Seine Augen! So voller Schmerz und Verzweiflung.

Die Schläge gegen die Tür werden heftiger. »Mach endlich auf!« Meine Stimme klingt komisch, irgendwie flehend und ich werde zunehmend verzweifelter.

Ich lehne meine Stirn gegen die Tür. Ich will Gewissheit, aber eigentlich will ich die Tür gar nicht mehr öffnen, will nicht wissen, was ich finden könnte. Nicht mein Alec.

Endlich höre ich die Kollegen die Treppe hochkommen. Ich muss diese

Tür aufbekommen. Ich muss zu Alec. Ich muss mich zusammenreißen. Ich bin Polizist, verdammt! Erst die übliche Routine.

Zwei junge Kollegen nicken mir zu. Ich informiere sie, was passiert ist. Ich vermeide es, Adson anzusehen, der mit zusammengekniffenen Lippen auf den Boden starrt. Endlich ist Dr. Goedhard da. Erleichterung durchflutet mich, als ich den gedrungenen Mann mit der Brille und der Halbglatze heranwinke. Er muss Alec endlich raus holen. Das ist schließlich sein Job. Er muss das doch können.

»Er hat sich eingeschlossen. Ich höre nur das Wasser der Dusche. Nicht, dass er sich was antut.« Noch immer klingt meine Stimme anders als sonst. Hektischer, nervöser. Dr. Goedhard schaut mich merkwürdig an. Ja, ich klinge besorgt. Okay, nicht nur besorgt. Panisch. Okay, ich bin kurz vor einer echten Panik.

»Ich kümmere mich darum«, sagt er beruhigend. Scheiße, warum drehe ich beinahe durch? Der Doktor tritt an die Tür und klopft.

»Alec? Hier ist Dr. Goedhard. Es ist alles okay. Bitte mach mir die Tür auf. Wir sind da, um dir zu helfen.« Sogar ich kann die beruhigende Wirkung seiner Worte fühlen. Nur Alec reagiert nicht, auch nicht, als der Therapeut noch einmal klopft. Ich halte das jetzt nicht mehr aus. Meine Nerven liegen blank.

»Ich breche die Tür jetzt auf. Mir egal«, stoße ich hervor. Dr. Goedhard nickt nach einem Blick auf mich. Es ist eine einfache Tür, ein billiges Baumarktmodell. Ich trete zurück und trete kräftig zu. Das Holz splittert schon beim ersten Tritt. Mein Blick gleitet routiniert durch den Raum. Alec kauert mit angezogenen Beinen in der Dusche. Kein Blut zu sehen. Erleichterung durchfließt mich.

Alec schlägt wimmernd die Hände vors Gesicht und dreht den Kopf zur Wand. Sein Anblick lässt mich fast in Tränen ausbrechen. Wo ist der junge, fröhliche Mann geblieben, den ich kenne? Dieses zitternde und bebende Häufchen Elend hat rein gar nichts mehr mit ihm gemeinsam.

Ich bin unfähig mich ihm weiter zu nähern. Dr. Goedhard schiebt mich einfach zur Seite, geht zu der offenen Dusche. »Alec? Ich bin es, Dr. Goedhard. Es ist vorbei, Alec. Es ist alles gut. Schau mich an, Alec. Schau mir ins Gesicht.«

Ich zittere. Ich zittere tatsächlich. Ich bin versucht, in die Dusche zu stürzen, Alec rauszuholen, ihn in meine Arme zu schließen, ihn …

Teufel auch, habe ich wirklich daran gedacht, ihn zu küssen? Ich weiß auch nicht, was ich gerade denke. Hilflos balle ich die Fäuste.

Alec reagiert nicht auf den Therapeuten. Er rührt sich einfach nicht. Das Wasser rauscht beständig, rinnt über seine nackte Gestalt. Er sieht unglaublich verletzlich aus. Dr. Goedhard wendet sich mir zu. »Besser Sie rufen uns einen Krankenwagen. Ich fürchte, er steht zu sehr unter Schock. Wer weiß, was wirklich hier passiert ist.«

Ich zögere, nicke, weiß, dass ich jetzt reagieren sollte, reagieren muss. *Du bist Polizist, Mike, mach endlich deinen Job.* Ich kann mich nicht von Alecs Anblick trennen. Wie gelähmt starre ich ihn an.

Zu meinem Glück kommt einer der Kollegen herein. Dr. Goedhard mustert mich einen Moment und richtet seine Bitte erneut an den Kollegen, der natürlich sofort reagiert.

Teufel auch, das wäre mein Job. Warum kann ich mich überhaupt nicht rühren? Dr. Goedhard steht auf, dreht das Wasser ab. Alecs Hände sinken herab. Er lehnt den Kopf gegen die Wand, seine Augen wirken glasig und er scheint keinen von uns wahrzunehmen, wirkt völlig abwesend.

Der Kloß in meinem Hals ist so groß, dass ich kaum atmen kann. Ich kämpfe mit den Tränen. Ich!

Da ist plötzlich eine Hand auf meinem Arm. Ich habe nicht bemerkt, dass Dr. Goedhard sich bewegt hat. »Kommen Sie Mike, vielleicht reagiert er eher auf Sie.« Seine Stimme ist sanft, reißt mich aus meiner Lethargie.

Auf mich? Warum sollte Alec auf mich hören? Ich bin wie paralysiert. Keine Ahnung was ich sagen, was ich tun soll, wie ich ihn berühren darf. Wenn ich denke, was dieser Arsch ihm … Nicht dran denken.

Dr. Goedhards Stimme dringt zu mir durch: »Alec? Alec, Mike ist hier. Mike ist gekommen. Alec? Alec, schau ihn an. Er ist wegen dir hier. Er ist hier, um dir zu helfen, Alec? Mike wird dir helfen.«

Seine Worte verstehe ich kaum, mein Blick bleibt an dem starren Ausdruck in Alecs Augen hängen. Wasser perlt über sein nasses Haar, tropft von den Wimpern, der Nase, dem Kinn. Er sieht jung aus. Unglaublich verletzlich. Ich bringe einfach keinen Ton heraus, kann ihn nur anstarren. Langsam strecke ich die Hand aus, ganz automatisch. Es scheint das einzig Richtige zu sein.

»Alec?« Meine Stimme ist nur ein leiser Hauch. »Gib mir deine Hand, Alec. Ich bringe dich hier raus.« Meine Hand zittert, ich sehe es deutlich, aber ich fixiere seine Augen, sein Gesicht. *Komm schon, mein Kleiner, reagiere, schau mich an. Schau mich endlich an.*

Ein Zittern läuft durch seinen Körper. Dann blickt er mich ganz plötzlich an. Ich muss mich absolut beherrschen ihn nicht ruckartig an mich zu ziehen, ich weiß, dass das jetzt falsch wäre. So strecke ich weiterhin nur meine Hand nach ihm aus.

»Komm, Alec, nimm meine Hand. Ich bringe dich hier raus.« Viel besser klingt meine Stimme noch immer nicht, immerhin schaut Alec mich an. Ganz langsam strecke ich meine Hand weiter aus, berühre seine Finger ganz leicht. Sie sind kalt, er lässt zu, dass ich sie sanft berühre, sie vorsichtig in meine Hand nehme. *Komm, mein Kleiner, nimm meine Hand. Sitz nicht so starr da, du machst mir echt Angst.* Ob er meine Beschwörungen hören kann?

Hinter mir nehme ich wahr, wie Dr. Goedhard die Luft ausstößt und ein leises: »Gut so. Weiter«, murmelt. Er bewegt sich und ich vermute, dass er ein Handtuch sucht.

Alecs Blick ist noch immer abwesend, seine Finger finden jedoch den Weg in meine Hand. Kalt und nass und kraftlos. Ich drücke sie sanft, wage nicht, mehr zu tun, halte seine Hand umschlossen und blicke ihn unverwandt an.

»Komm, Alec«, fordere ich ihn auf. »Komm mit mir!« Er rührt sich noch immer nicht und ich ziehe ihn langsam zu mir. Alec lässt es sich gefallen, mechanisch, wie eine Puppe lässt er sich mitnehmen aus der Dusche.

Irgendwer wird dafür bezahlen müssen, was ihm angetan wurde. Ich finde heraus, wie Adson ihn finden konnte. Und dann …

Geräusche im Flur künden die Sanitäter an. Ich drehe mich nicht um, bin ganz auf Alec konzentriert, der auf den Boden starrt. Dr. Goedhard reicht mir ein Handtuch, welches ich um ihn schlinge.

Dieser schmale Körper. Zu gerne würde ich ihn in an mich drücken. Seine Hand entgleitet mir. Ganz, ganz vorsichtig, lege ich den Arm um ihn, spüre, wie er erneut anfängt zu zittern. Er lehnt sich leicht gegen mich. Ich beschütze dich, ich passe auf. »Komm, Kleiner. Komm mit.«

Vorsichtig nehme ich ihn mit mir in den Flur. Der Doktor ist den Sanitätern entgegengegangen, ich höre sie reden, achte nicht auf sie, meine Augen sind auf Alec gerichtet, auf dieses erschreckend maskenhafte Gesicht. Neben uns taucht einer der Sanitäter auf. Ein großer, kräftiger Kerl. Er nickt mir zu.

»Wir übernehmen hier«, sagt er schlicht und greift nach Alecs Arm. Das war ein Fehler! Alec keucht auf, weicht hektisch zurück und schlägt panisch um sich. »Fass mich nicht an!« Seine Stimme ist schrill und kippt, die Augen sind voller Panik. Dr. Goedhard stöhnt auf. Alec wimmert und wehrt sich heftig, aber der Sanitäter lässt nicht los, zieht ihn näher heran, drückt ihn fest an die Wand und fixiert ihn. Der andere tritt mit einer Spritze neben ihn.

»Teufel, was soll das? Sehen Sie nicht, dass Sie ihm Angst machen? Lassen Sie ihn doch los«, brülle ich, bin versucht einzugreifen, verspüre das Bedürfnis, sie von ihm weg zu reißen. Dr. Goedhard hält mich am Arm zurück.

Der Sanitäter drückt die Spritze in Alecs Arm, der mit sich überschlagender Stimme immer wieder schreit: »Nein! Fass mich nicht an! Lass mich los!«

Mein Verstand weiß, was sie tun, nur mein Herz macht nicht mehr mit. Es wird dauern, bis die Spritze wirkt. »Lassen Sie sie machen. Es ist besser so.« Ich kann nicht weiter tatenlos zusehen, mache einen Schritt auf sie zu. Ganz plötzlich fixiert mich Alecs Blick, unglaublicher Schmerz ist in ihnen zu erkennen. Seine Lippen bewegen sich. Leise murmelt er meinen Namen. Ich bin sofort heran.

»Bitte hilf mir«, flüstert er flehentlich. Seine Gegenwehr lässt rasch nach.

»Ich bin hier, Alec. Ich bin da, mein Kleiner.« Ich trete neben ihn, unentschlossen, was ich tun soll. Wieder dieser furchtbare Kloß im Hals. Warum bin ich heute nur so hilflos?

Der Sanitäter nickt mir zu, löst gleichzeitig den Griff und Alec fällt mir in die Arme. Die Wirkung der Spritze setzt ein.

»Mike?«, stammelt er, die Stimme wird immer leiser und undeutlich. »Geh nicht. Bleib bei mir.« Natürlich Kleiner. Ich bin da. Ich spreche es laut aus: »Ich passe auf dich auf. Ich lasse dich nicht alleine.«

Mehr bekommt er nicht mehr mit, die Augen werden glasig und er sackt in sich zusammen. Ein furchtbares Gefühl. »Ich komme mit, ich bin Polizist«, erkläre ich, als die beiden Sanitäter ihn auf ihre Bahre legen. Routiniert fixieren sie ihn, nicken brummend. Ich habe unterwegs genug Zeit, ihnen zu berichten, was genau passiert ist. Dr. Goedhard ruft mir hinterher, dass wir uns im Krankenhaus treffen, aber ich achte nur noch auf Alec. Ich will ihn nicht mehr alleine lassen. Nie wieder.

LEERE HÜLLE

»Hat er seither überhaupt schon was gesagt?«, frage ich etwas genervt.

Dr. Goedhard hat mir gerade einen ewig langen Vortrag gehalten, wie sich dieser erneute Vorfall auf Alecs Psyche ausgewirkt hat. Wollte ich gar nicht so genau wissen. Klang alles nicht wirklich gut.

Ich brauche eh nicht alles zu hören, ich sehe es mit eigenen Augen. Seit über einer Woche ist Alec hier und seither hat er kein einziges Wort gesagt. Zumindest nicht, wenn ich da war.

»Bislang reagiert er nicht auf Ansprache.« Dr. Goedhard schüttelt bedauernd den Kopf. »Wie schon gesagt, ist das nicht so ungewöhnlich. Der Schock war zu groß. Das Trauma sitzt so tief, weil er in seiner eigenen Wohnung angegriffen wurde. In einem Bereich, in dem er sich sicher fühlte. Diese Sicherheit wurde ihm genommen. Er hat keinen Halt mehr und vertraut niemandem. Er vergräbt sich in dem Schmerz, ich dringe einfach nicht zu ihm durch. Sein Schutzpanzer ist zu dick.« Der Psychiater seufzt, schiebt seine Brille hoch und fährt sich über die Stirn.

»Alec ist ein zutiefst unsicherer Mensch, der von seiner Mutter beständig abgelehnt wurde. Er hat seine homosexuelle Ausrichtung vor ihr verborgen, weil sie ihm das Gefühl gegeben hat, wertlos, ein ewiger Versager zu sein. Als er sich endlich dazu bekannt hat, hat sie ihn ganz von sich gestoßen.«

Er tritt an das Fenster heran, durch welches wir Alec beobachten, der in einem Stuhl sitzt, reglos aus dem Fenster starrt. Er hat sich bisher kein einziges Mal bewegt. Jeden Tag sitzt er reglos in diesem Stuhl. Wie eine Puppe, die man hingesetzt und vergessen hat.

Ob er sich noch wehrt, wenn ihn einer der Pfleger hineinsetzt? Dr. Goedhard hat mir erzählt, er ließ sich von keinem berühren, geriet sofort in Panik, wenn sich ihm einer der Pfleger näherte.

Jetzt wehrt er sich nicht mehr. Lässt alles mit sich machen. Sie haben ihn wohl unter Drogen gesetzt, denke ich. Der Gedanke schmerzt, aber vermutlich ist es derzeit wirklich das Beste für ihn. Die Ärzte werden schon wissen, was gut für ihn ist. Sagt mein Verstand. Mein Gefühl hat eine ganz andere Meinung.

»Wussten Sie, dass Alec sich vor seiner Gefangenschaft zum ersten Mal überwunden hatte, in einen Club für Homosexuelle zu gehen?«

»Nein«, antworte ich mechanisch, ohne den Blick von dem jungen Mann zu lösen, der mal mein fröhlicher Alec war. Jetzt ist er nur eine leere Hülle.

Woher sollte ich das auch wissen? Ich hatte mit Alec nie darüber gesprochen. Ich wollte mit diesem ganzen Homo-Kram nichts zu tun haben. Nicht meine Welt. Seine. Sein Verhängnis.

»Er war gänzlich unerfahren. Das Erlebnis mit seinem Entführer hat ihn komplett verunsichert. Nun ist er sich seiner Sexualität unsicher, fühlt sich völlig wertlos, nicht mehr als vollwertiger Mensch, nur als ein Objekt. Dazu hat ihn dieser Mann degradiert.«

Wieder seufzt er und sieht mich direkt an. »Er schien es gut verarbeitet zu haben, bis er erneut vergewaltigt wurde. Nun gibt er sich wohl die Schuld an dem Ganzen. Wie gesagt, eine ganz normale Reaktion, von vielen Vergewaltigungsopfern, auch wenn sie jeder Berechtigung entbehrt. Besonders wenn Männer vergewaltigt werden, ist es auch immer ein Akt von Unterwerfung, ja sogar Demütigung.«

Vergewaltigung. Ich hasse dieses Wort. Es erzeugt immer wieder diese furchtbaren Bilder. Meine Fäuste ballen sich zusammen. Ich hätte diesen Perversling abknallen sollen. Vielleicht würde es mir den Anblick von Alecs leerem Gesicht leichter machen.

Immerhin ist Adson endlich eingebuchtet und wird seine Strafe bekommen. Jede Gefängnisstrafe ist zu milde für ihn. Leider haben wir keine Todesstrafe.

Alec ... Wie er da sitzt ... Sein Gesicht ist so blass. Er wirkt zerbrechlich. Dünn ist er geworden. Natürlich isst er nicht genug. Schlimmer noch, sie haben ihn zwangsweise ernähren müssen, weil er niemanden an sich herankommen ließ, geschweige denn, selbst gegessen hätte. Dank der Drogen lässt er sich wenigstens füttern. Bittere Galle sammelt sich in meinem Mund.

Dieser Psychiater kann Gedanken lesen. »Seit gestern nimmt er ab und an wieder selbst Nahrung zu sich«, erklärt er beinahe stolz.

Klasse, denke ich sarkastisch. Was für ein Fortschritt. Doch ist es, ermahne ich mich. Wenn ich an den Anblick denke, schüttelt es mich noch nachträglich. Ich habe schon vieles gesehen, bringt mein Beruf nun mal so mit sich. Der Anblick, wie Alec mit diesen ganzen Schläuchen in dem sterilen Bett lag, ist mit das Schlimmste, was mir je untergekommen ist.

»Ich komme nicht an ihn heran.« Dr. Goedhard löst den Blick von Alec und wendet sich mir zu. »Vielleicht gelingt es ihnen ja.«

Meine Schultern zucken abwehrend hoch. »Warum sollte er mit mir reden?« Ich bin bemüht, jede Überraschung und Emotion aus der Stimme heraus zu halten. In Wahrheit habe ich entsetzliche Angst davor, Alec gegenüberzutreten. Ich übernehme derzeit keine Garantie dafür, was ich tun würde. Mein abartiger Wunsch ihn ganz fest in die Arme zu schließen, wäre definitiv das Verkehrteste, was ich tun könnte. Zudem traue ich mir selbst nicht mehr ganz über den Weg. Da sind so viele merkwürdige Gefühle in mir, wenn ich an Alec denke.

»Er hat immer viel von ihnen gesprochen«, bemerkt der Doktor. Bilde ich mir das nur ein, oder schaut er mich eigenartig an?

»Wir kennen uns ganz gut«, gebe ich widerwillig zu. »Ich habe mich ein bisschen um ihn gekümmert, nachdem wir ihn befreit hatten.« Wir waren fast jeden zweiten Tag zusammen. Dann war es zu Hause nicht so einsam. Und ich hatte doch Mitleid mit ihm. Mitleid …

»Wie stehen Sie zu ihm?«, wagt mein Gegenüber mich doch glatt zu fragen. Warum fragt er mich so etwas? Ich bin doch nur Alecs Retter gewesen, was soll da schon groß sein?

»Na ja ich mag ihn. Er ist ein guter Freund.« Dieser Doktor sieht mich schon wieder komisch an. Ich fühle mich unwohl unter seinem Blick, trete dichter an die Scheibe heran. Alecs Hülle bewegt sich nicht. Sitz einfach nur so da. Furchtbar.

»Ich denke, dass er für Sie weitaus mehr empfindet.«

»Was soll das heißen?« Ich fühle mich plötzlich schwindelig. Mir wird heiß und kalt. Beinahe wie … ertappt. Was für ein Blödsinn.

»Ich glaube, dass Alec sich in Sie verliebt hat«, behauptet dieser Quacksalber und fährt hastig fort, als ich sofort abwiegeln will: »Das wäre nicht ungewöhnlich. Immerhin haben Sie ihn da raus geholt. Sie sind sein Retter gewesen, Mike.«

Ja, klar war ich das. Deshalb verknallt er sich doch nicht gleich in mich.

Das hätte ich doch gemerkt. Alec weiß, dass ich hetero bin. Nein, er hat nie etwas angedeutet oder sich gar so verhalten. Das kann nicht sein. Trotzdem verursacht dieser Gedanke eigenartige Wärme. Imponiert mir etwa, dass sich ein Schwuler in mich vergucken könnte? Nicht irgendeiner. Alec. Und er ist … anders.

Ich schweige, drehe mich lieber wieder um, damit er mein Gesicht nicht sehen kann.

»Und Sie?« Dr. Goedhard bleibt penetrant dran. »Was empfinden Sie für ihn?«

Kurz schnaube ich. Als ob ihn das etwas angehen würde. *Oh Mann, Mike, ihm geht es schließlich um Alecs Wohl.*

»Ich weiß nicht. Ich bin nicht schwul, wenn Sie das denken sollten. Wir sind halt nur gut befreundet, würde ich sagen.« Wenn Alec lächelt, sich die Haare aus dem Gesicht streicht, sich streckt, mir nachsichtig irgendetwas pferdeartiges erklärt oder sich mit mir einen scherzhaften Schlagabtausch liefert. Seine ganze Art sich zu bewegen, wie er ist. Ich mag ihn einfach. Punkt.

»Ich … bin mir nicht sicher, ob ich ihm helfen kann«, ergänze ich vorsichtig. Ich habe eine Heidenangst davor, zu ihm rein zu gehen. Bislang habe ich es nur getan, wenn er geschlafen hat. Dann habe ich neben seinem Bett gesessen und ihn betrachtet. Ich mag sein Gesicht ansehen. Wieso musste das ausgerechnet ihm passieren?

»Er braucht jemanden, dem er absolut vertrauen, dem er problemlos nahe sein kann.« Dr. Goedhard tritt dichter an mich heran. Er zögert kurz. »Auch körperlich … nahe«, sagt er vorsichtig und hat meine volle Aufmerksamkeit. »Jemand, der Alec berührt, ihm zeigt, dass er präsent ist. Ein Mensch, nicht nur ein Körper. Er verachtet sich selbst, wegen dem, was passiert ist, schämt sich und gibt sich die Schuld. Es ist ein ganz normaler Prozess. Er wird Zeit brauchen, aber alleine kann er nicht aus seiner Isolation ausbrechen. Er braucht jemanden, der ihn anfasst, ihn berührt und ihm zeigt, dass er das auch verdient hat. Jemanden, von dem er sich … berühren lässt.«

Die Worte höre ich, tue mich allerdings schwer, ihren Sinn zu begreifen. Wieso ich? Ich kann das nicht. Ich kann Alec nicht ansehen, ohne an diese schreckliche Szene zu denken. Wie dieser perverse Mistkerl in ihm gesteckt hat. Das Geräusch, als er sich aus ihm löste. Diese Bilder verfolgen mich jede Nacht. Wie soll ich ihn da anfassen können?

»Ich kann das nicht tun«, erkläre ich beinahe perplex. Wer weiß, was für komische Gefühle bei mir entstehen? Das hat Alec nicht verdient. Niemand darf ihm je wieder etwas antun! »Ich meine, er ist ein Mann und ich …, nun ich bin auch ein Mann«, ergänze ich reichlich hilflos. »Ich steh auf Frauen. Ich kann ihm unmöglich geben, was er braucht.«

Der Psychiater schaut mich viel zu intensiv an. Kann der in mich hineinblicken? Hoffentlich nicht.

»Sind Sie sich da sicher?«, fragt er, mit so einer nachsichtigen, bedeutungsvollen Stimme.

»Was?«, rutscht es mir heraus. Verdammt, was meint er damit?

»Es ist nicht immer leicht, zu all seinen eigenen Gefühlen zu stehen«, kommt es sehr psychiatrisch von ihm.

Wütend kommt es mir über die Lippen: »Was wollen Sie damit andeuten? Ich bin definitiv nicht schwul.«

Was bildet der sich eigentlich ein? Nur weil ich Alec gerne mag, heißt doch gar nichts. Ich stehe nicht auf Kerle. Solche Gefühle hat immerhin noch nie ein anderer Mann in mir ausgelöst.

»Wenn Sie sich über ihre Gefühle für Alec nicht im Klaren sind, sollten Sie sich selbst hinterfragen«, analysiert er weiter. Ist ja sein Job, aber muss er das an mir ausprobieren? Ich habe ihn bestimmt nicht nach seiner Fachmeinung gefragt.

Der lässt nicht locker. Meine Ohren fühlen sich heiß an. Am liebsten würde ich einfach gehen, aber irgendwas hält mich davon ab.

»Es ist für mich offensichtlich, dass Sie sich darüber nicht im Klaren sind. Alec hat etwas in Ihnen berührt, dem Sie sich nicht stellen wollen. Es wird nicht besser, wenn Sie ewig davon laufen. Es ist nie gut, sein Leben auf einer Lüge aufzubauen.« Teufel noch mal. Seine ruhigen Worte treffen mich völlig unvorbereitet. Was interpretiert er alles hinein?

»Wie kommen Sie nur darauf?« Ich reagiere aggressiv, baue mich herausfordernd vor ihm auf. Will er wirklich behaupten, ich wäre schwul, nur weil ich Alec mehr als andere Männer mag? So ein Quatsch!

»Mike, ich war dabei, als Sie ihn aus der Dusche geholt haben und glauben Sie mir, ich weiß ziemlich gut, was Sie dabei durchgemacht haben. Es war nur zu offensichtlich, was Sie bewegt hat«, meint er sehr leise, klingt dabei verdammt geduldig und nachsichtig.

Zum Teufel, ich kann ihm nicht viel vormachen, er hat meine peinliche Vorstellung live miterlebt. Totale Panik um Alec. Meinen Alec.

Inwiefern hat er doch recht, frage ich mich. Ganz plötzlich ist meine Wut weg. Ich fühle mich seltsam leer.

»Ich ... ich weiß nicht, was ich für ihn empfinde. Keine Ahnung. Aber ich will einfach nicht, dass man ihm wehtut.« Sind diese Gefühle für ihn denn so viel mehr als reine Freundschaft? Ich habe nun mal ein Helfersyndrom, einen Beschützerkomplex.

Du bist dumm, Mike. Du weißt genau, wie du auf ihn reagiert hast, in der Eisdiele, als er diese Schokospur im Gesicht hatte. Am liebsten hättest du sie ihm weggeküsst. Oh ja, er sah so begehrenswert aus. Und seine Haut war wunderbar rau und warm. Ganz anders, als ich es je bei einer meiner Verflossenen erlebt habe. Ein Kribbeln, Hitze, andere komische Empfindungen, die ich eindeutig einem Mann gegenüber nicht hätte empfinden sollen.

Der Psychiater dreht sich um und geht Richtung Ausgang. »Fragen Sie sich mal in aller Ruhe, warum Sie nicht wollen, dass jemand Alec wehtut, Mike.«

Klasse. Als ob ich nicht schon genug Probleme hätte.

TOTE GESICHTER

Draußen vor der Klinik gehe ich rasch zum Auto. Die Worte Goedhards gehen mir wie eine Endlosschleife durch den Kopf. Wie der Ohrwurm eines schlechten Schlagers, den man auch irgendwie nicht wieder los wird.

»Alec hat etwas in Ihnen berührt, dem Sie sich nicht stellen wollen.«

Nein, Teufel, will ich auch nicht. Ich bin nicht schwul, habe mich nie dafür gehalten. Klar habe ich mit den anderen Jungen zusammen gewichst, aber seither bin ich immer nur mit Frauen zusammen. Es war auch nie schlecht, nur gepasst hat es eben mit keiner von ihnen richtig. Kommt ja wohl vor.

Grübelnd verharre ich neben dem Auto. Bei keiner von ihnen hatte ich so dringend das Bedürfnis, sie zärtlich zu berühren, wie bei Alec. Diese Mehlspur, damals beim Pizzabacken und dann beim Eisessen. Ihm einfach, sanft mit dem Finger durchs Gesicht zu fahren, über die Lippen, das Kinn, den Hals entlang … Halt, stopp. Genau das habe ich bei meinen Freundinnen nie gemacht. Gekuschelt habe ich nie gerne, weder vor noch nach dem Sex. Ich war ihnen immer zu unsensibel. Ich dachte ja immer, darauf stehen nur Frauen. Bei Alec habe ich das Gefühl, es wäre schön, ihn an mich zu ziehen und ihm die Strähnen aus dem Gesicht zu streichen, seine Bartstoppeln unter den Fingerkuppen zu fühlen …

Scheiße!

Was hat er nur mit mir gemacht? Das ist wirklich mehr, als Freundschaft oder Mitleid. Definitiv.

Ich stehe schon eine ganze Weile mit dem Schlüssel in der Hand an meinem Wagen und glotze dumm. *Reiß dich mal zusammen Mike, du musst zur Arbeit.*

Gerade als ich den Schlüssel ins Schloss stecke, schlendert ein Junge auf mich zu. Ich sehe stirnrunzelnd hoch, erkenne sofort die tiefen, dunklen

Linien in seinem Gesicht. Ein Junkie. Ich habe diese verbrauchten, grauen Gesichter schon viele Male gesehen.

»Hey Mann!« Seine Hände sind tief in einer viel zu großen Jeans vergraben. Eine von diesen Dingern, deren Hintern erst am Fußknöchel aufhört. Er trägt ein verwaschenes T-Shirt und eine Jeansjacke. Sein Gesicht wirkt eigentlich jung, mit jeder Menge Aknepickeln. Ziemlich groß ist er, schlaksig, mit breiten Schultern. In seinen dunkelblonden Haaren sind modische schwarze Strähnen.

»Sorry, du bettelst den Falschen an«, wiegle ich ihn gleich ab. Ich kenne diese Sorte von Typen zu Genüge.

»Hey, sehe ich so aus, als ob ich dich anschnorren wollte?«, fragt er empört schnaubend nach und bleibt neben mir stehen. Immerhin riecht er nicht, scheint sich geduscht zu haben.

»Ja«, gebe ich zurück, schließe die Tür auf und öffne sie.

»Okay …«, wirft er hastig ein, »will ich aber gar nicht. Du bist doch der Freund von Alec?« Jetzt hat er meine Aufmerksamkeit. Er zuckt die Schultern, sieht mich entschuldigend an. »Ich hab dich gesehen, als du ihn auf dem Reiterhof abgeholt hast«, meint er leise und weicht etwas zurück. »Ich bin Tom.«

Ah, es fällt mir wieder ein. Der Ex-Junkie, der Alec an die Wäsche wollte. Bevor …

»Was willst du?«, frage ich genervt. Ich muss zusehen, dass ich endlich zur Arbeit komme.

Der Junge druckst herum. Seine Füße scharren imaginären Sand weg.

»Na ja, Alec ist halt nicht zur Stunde gekommen und Linda sagt, er hatte einen Unfall, liegt im Krankenhaus.« Er wirft mir Blicke zu, die seltsam schuldbewusst wirken.

Linda habe ich so informiert. Sollte ich ihr sagen, dass Alec überfallen wurde, in der Psychiatrie sitzt und nur apathisch aus dem Fenster starrt? Nein, so war es besser.

Tom scharrt weiter mit den Füßen. Warum tut er so, als ob er was verbrochen hätte?

»Ich habe alle in der Stadt abgeklappert, aber er lag nirgends«, gibt er zu. »In dem einen Krankenhaus habe ich erfahren, dass er hierher gebracht wurde, also …« Tom ist fast so groß wie ich. Seine tief liegenden Augen sehen mich ein wenig lauernd an. »Er ist hier, oder?« Seine Hände fahren in den Taschen auf und ab, eine Geste, die mich sofort an Alecs nervöses Händekneten erinnert.

Ganz kurz schließe ich die Augen. Was soll ich diesem Jungen erzählen? »Ja«, antworte ich zögernd. »Er … er hatte einen … Unfall.«

Hoppla. Jetzt funkeln mich Toms Augen ziemlich wütend an.

»Klar!« Er schnaubt empört und macht einen winzigen Schritt auf mich zu. Er wirkt durchaus bedrohlich, obwohl er noch so jung ist. »Mann, willst du mich verscheißern? Wenn er einen Autounfall oder so was hatte, wird er kaum hinterher in der Klapsmühle landen. Ich bin doch nicht total verblödet.«

Kurz sieht es so aus, als ob er sich wutschnaubend abwenden wollte, dann gibt er sich sichtlich einen Ruck. Alles Aggressive verschwindet schlagartig.

»Ist doch nicht meine Schuld gewesen, oder?« Seine Stimme ist ein Flüstern geworden, er wippt unruhig hin und her. »Ich meine, ich wollte ja nix von ihm. Also nicht so wirklich. Ich habe mir nichts dabei gedacht, okay?«, sprudelt es hastig hervor. »Sieht doch nur voll geil aus der Typ, und … na ja, er ist halt ein … Softie und ich … Mann, ich wollte doch nicht …«

Lächelnd unterbreche ich ihn, bevor er in weiteren Selbstvorwürfen zerfließen kann: »Nein, es hat nichts mit dir zu tun.«

Tom sieht erleichtert aus und nickt stumm. Erneut öffne ich die Tür, will einsteigen, als er sich ruckartig zu mir wendet. Sein Gesicht ist ernst, er kaut auf der Unterlippe herum und sieht mich fragend an. »Ist dieser Typ wieder aufgetaucht? Der, der ihn vorher schon geschnappt hatte? Der ihn gefangen gehalten hat?« Seine Augen sind groß geworden und er schluckt mehrfach.

Alec hat es ihm also erzählt? Seufzend nicke ich: »Ja. Wir haben ihn aber geschnappt und eingebuchtet.«

Unruhig wippt er auf den Füßen hin und her, zögert und hebt urplötzlich den Kopf. Seine Stimme klingt plötzlich sehr hart. »Hat er ihn vergewaltigt?«

Scheiße, ich hasse dieses Wort. Und diese verdammten Bilder. Meine Antwort ist lediglich ein knappes Nicken.

»Scheiße«, schimpft Tom, haut mit den Fäusten auf mein Auto. Stört mich gar nicht, ich kann seine Reaktion nur zu gut verstehen. »Große Kacke!

So ein perverser Scheißer«, flucht Tom. Er lässt von meinem Auto ab und realisiert wohl rechtzeitig, welches Auto für seine Wut herhalten muss.

»Sorry, Mann.« Hektisch stopft er sich die Hände in die tiefen Taschen. Glitzern etwa Tränen in seinen Augen? Ich glaube schon. Hatte Alec nicht gesagt, er wäre ein ehemaliger Stricher? Meine, mich daran zu erinnern.

»Wie … wie geht es ihm denn so?«

Was soll ich darauf antworten? Alec ist eine Puppe, die alles mit sich machen lässt, eine leere Hülle ohne Leben, die den ganzen Tag nur aus dem Fenster starrt? Mir fehlen die Worte.

»Also scheiße.« Er nickt, als hätte er nichts anderes erwartet. »Mann, ich weiß haargenau, wie er sich fühlt.« Den Bruchteil einer Sekunde verrutscht seine Maske, dann hat er sein Cooler-Typ-Lächeln wieder drauf. »Bei mir war es wenigstens schnell vorbei. Nur gezahlt hat der Typ natürlich nicht.« Er leckt sich kurz über die Lippen.

»Ein Kumpel von mir ist auch mal an so einen kranken Typ geraten. Der wollte ihn unbedingt fesseln, säuselte was von ewiger Bindung. Aber mein Kumpel hat sich gewehrt. Und als der Typ nicht im Voraus blechen wollte, hat er sich selbst befreit. Der Typ war voll krass drauf, total auf blond und blauäugig fixiert. Ein reicher Schnösel mit schwarzem Wahnsinnsauto, nur ganz schön weich in der Birne.« Achselzuckend will er sich abwenden.

Ich werde hellhörig. Vielleicht ist da kein Zusammenhang, vielleicht doch.

»Wie heißt denn dein Kumpel?« Sofort überzieht Misstrauen sein pickliges Gesicht. Tom schaut so aus, als ob er gleich flüchten würde.

»Wieso willste das wissen? Bist du etwa ein Bulle?«

Ich lächle ihn grimmig an. »Ja!«

»Scheiße! Ein verfickter Bulle!« Er spuckt aus und weicht zurück.

»Hey, Tom.« Er dreht sich mit bösem Blick um. »Wenn du Alec helfen willst, kannst du erst mal mir helfen. An der Geschichte könnte was dran sein. Vielleicht hilft das mir, das Schwein, welches Alec das angetan hat, länger hinter Gitter zu bringen.«

Beinahe eine volle Minute starrt er mich unentschlossen an. »Okay. Werde mal sehen, was ich tun kann.« Er zuckt die Schultern und stapft davon. Gerade will ich ins Auto einsteigen, als er zurückkommt. Mit gesenktem Kopf bleibt er vor mir stehen.

»Darf ich eventuell mal zu ihm?« Seine Zehen ziehen Kreise auf dem Pflaster des Parkplatzes.

»Keine Ahnung, ob das eine gute Idee ist.« Ich zögere und seufze. »Im Moment ist er nicht ansprechbar, sitzt nur stumm rum. Ich weiß nicht, ob es gut ist, wenn er dich sieht.«

Wieder funkeln Toms Augen mich zornig an. »Hey Bulle, ich funke dir schon nicht dazwischen, ja?« Er schnaubt abfällig, missversteht mein Zögern völlig. »Habe schon kapiert, dass er vergeben ist. Ich wäre ziemlich gehirnamputiert, wenn ich mich mit einem Bullen anlegen würde.«

»Du irrst dich. Wir sind nur Freunde«, bringe ich hastig hervor. War wohl nicht ganz glaubwürdig, denn er legt den Kopf schief. »Kein Interesse«, füge ich hinzu.

»Biste etwa ein Hetero?« Wenn er das sagt, klingt es glatt nach einem Schimpfwort. Ein bisschen komme ich mir auch so vor. Ich bin nicht schwul, daher auch nicht der richtige Partner für Alec.

»Zufällig ja«, bestätige ich. Tom fängt prompt erleichtert zu grinsen an. Das passt mir nun auch wieder nicht. Er ist ja gerade mal fünfzehn.

»Warum hängst du denn mit Alec zusammen, wenn du nichts von ihm willst?«, stellt Tom eine unangenehme Frage.

»Schon mal was von Freundschaft gehört?«, kontere ich schnippisch. Abermals kommen mir Alecs Worte in den Sinn: »Die Grenze zwischen einer innigen Freundschaft und echter Liebe sind fließend.«

»Klar!« Tom reißt mich aus meinen Gedanken. Er feixt übers ganze Gesicht und freut sich offenbar tierisch, dass ich keine Konkurrenz bin. »Aber du bist ganz schön blöd, wenn du ihn dir entgehen lässt. Alec schaut voll geil aus und ist echt krass in Ordnung.«

Wenn er meint. Kann ich schlecht beurteilen. Bin ja nur ein blöder Hetero. Und nein, dieses Bauchgrimmen ist todsicher alles andere als Eifersucht.

Tom druckst weiter herum, seine Hand streicht über mein Auto. »Wenn du nichts … von ihm willst …« Wird er etwa rot? »Würdest du dann mal ein gutes Wort für mich einlegen? Also … wenn Alec halt wieder okay ist. Das neulich tut mir voll leid, ja? Konnte ich doch nicht ahnen. Alec ist halt echt voll mein Typ.«

Soso? Alec ist sein Typ?

»Bist du dafür nicht ein bisschen zu jung?«, rutscht es mir heraus und ich bereue meine blöden Worte sofort. Fünf Jahre Altersunterschied. Ich bin schon acht Jahre älter. Kaum besser.

»Alt genug. Habe es schon mit Älteren als dir gemacht«, wirft er mir abfällig zu und stößt sich vom Auto ab.

»Oh, vielen Dank«, gebe ich sarkastisch zurück. Danke, nun komme ich mir wirklich gerade sehr alt vor.

»Na ja … Spaß hat es nicht gemacht, okay? War halt schnell verdientes Geld. Brauchte das fürs Dope.« Dann scheint er erst zu bemerken, mit wem er redet, denn er schränkt sofort ein: »Oh Mann, das kann ein Bulle eh nicht kapieren!«

»Nein«, bestätige ich in dem gleichen sarkastischen Ton wie zuvor. »Ich sammle nur irgendwann die Leichen ein, wenn ihr Junkies euch den goldenen Schuss gesetzt habt. Wir räumen meistens nur hinter euch auf. Ziemliche Sauerei, die ihr hinterlasst.« Betroffen sieht er mich an.

»Sorry, Mann. Ich bin damit eh durch, okay?« Er seufzt. »Das macht sogar Spaß mit dem Reiten«, gibt er gönnerisch zu. »Der Alec macht das voll gut. Er ist immer total nett zu mir. Der hat mich nie so angesehen, wie alle anderen.« Er zögert, schiebt seine Unterlippe trotzig vor. »So wie … du.«

Autsch, das hat gesessen. Aber er hat ja Recht. »Es tut mir leid, Tom.« Bin eben zu sehr Bulle. Kalt, gefühllos, unsensibel.

»Schon okay, Mann.« Tom grinst sofort wieder. Er kramt in seinen endlosen Taschen. »Hier.«

Er gibt mir einen zerknautschten Zettel. Misstrauisch betrachte ich die Nummer darauf. »Was ist das?«

Er verdreht die Augen gespielt zum Himmel. »Oh Mann! Meine Handynummer natürlich!«

»Wozu? Was soll ich damit?«, frage ich erstaunt nach. Verschwörerisch beugt er sich zu mir hinüber.

»Na, falls du doch mal Lust auf eine Nummer hast …« Er sieht mich keck an. Sofort verfinstert sich mein Gesicht. Abwehrend hebt Tom seine Hände.

»Mann Bulle, du hast echt keinen Humor.« Abermals verdreht er die Augen, zuckt die Schultern und deutet auf den Zettel, den ich wie ein unliebsames Insekt zwischen den Fingern halte. »Es wäre einfach nett, wenn du mich anrufst, wenn es Alec besser geht, okay? Reicht auch eine SMS. Will es ja nur wissen.«

Ach, okay, von daher weht der Wind. »Das mache ich, Tom«, antworte ich versöhnlich. »Versprochen!«

Grinsend marschiert er los, stopft sich die Hände tief in die Taschen. Ich sehe ihm hinterher, stecke den Zettel in meine Brieftasche, steige endlich ins Auto und fahre zur Arbeit.

Es fällt mir extrem schwer, mich auf die Schreibarbeit zu konzentrieren, ständig schweifen die Gedanken zu Alec. Im Dienst draußen geht es besser. Auf unserem Revier ist die Sache extra nicht hochgekocht worden. Immerhin haben wir einen Maulwurf unter uns, wie sonst hätte dieser Mistkerl Alec in der sicheren Wohnung finden können? Die Ermittlungen laufen und mein Chef Bernd hat mich gebeten, alles vertraulich zu behandeln, bis es geklärt ist.

Wenn ich nur eher da gewesen wäre … Ich hätte es verhindern können und Alec würde nicht Löcher in die Luft starren.

Dieser komische Psychiater mit seinen ganzen Andeutungen. Was soll das bloß bedeuten? Habe ich mich wirklich in Alec … Ja, was? Verguckt? Verliebt? Nie zuvor hat mich ein Kerl angezogen. Erst Alec.

Mann, mein Kopf ist voll von diesen ganzen verqueren Gedanken. Kann man plötzlich schwul werden, weil einem ein besonderer Mensch über den Weg läuft? Selbst wenn ich womöglich mehr für ihn empfinde, als nur Freundschaft … Was Alec im Moment bestimmt nicht gebrauchen kann, ist ein konfuser, im Gefühlschaos versinkender, einsamer Bulle, der mit seinen eigenen Problemen zu tun hat.

Alecs kalte Hand in meiner … Noch immer bekomme ich eine Gänsehaut. Diese großen, verletzten Augen. Wie er meinen Namen gesagt hat … Scheiße, ich kann nicht mal sagen, ob das Liebe ist, denn so habe ich für keine meiner Ex-Freundinnen je empfunden. Keine konnte in mir so etwas auslösen, wie Alecs Anblick es getan hat.

Ob er sich berappeln wird? Wird er mir je wieder sein unbefangenes Lächeln schenken? Das typische Alec-Lächeln? Ich weiß nicht, was ich für ihn empfinde, aber ich weiß ganz genau, dass ich sein Lächeln vermisse.

Schwere Schritte reißen mich aus meinen Gedanken. Ich muss mich echt zusammenreißen. Georg kommt auf mich zu. Der ist an der Adson-Sache dran. »Mike? Hast du mal ein bisschen Zeit?«

»Klar.« Ich folge ihm ins Besprechungszimmer. Da sind wir ungestört. »Was ist los?« Georg hat ein sehr ernstes Gesicht aufgesetzt. Er wirft mir eine Akte zu und setzt sich auf einen der Stühle, die beängstigend knirschen, sich aber schlichtweg nicht trauen, kaputtzugehen.

»Ein ungeklärter Mordfall. Ist schon einige Jahre her. Fiel mir heute in die Hände.« Georg schnauft, zieht eine Packung Fishermans hervor, nimmt sich einen und bietet mir eins von den Höllendingern an. Dankend lehne ich ab, bin ja nicht lebensmüde, bin ich eben schwach.

»Was soll ich damit?«, frage ich ablehnend. Nicht mein Gebiet.

»Mann, Mike«, knurrt er undeutlich zwischen den Zähnen hervor. Das liegt bestimmt an der explosiven Substanz in seinem Mund. »Schau dir einfach mal das Foto an.« Klasse. Leichenfotos. Darauf stehe ich echt nicht. Mir reicht schon ein blasses, lebloses Gesicht in der Psychiatrie. Aber gut, wenn er meint.

Ich schlage also brav die Akte auf, suche nach dem Foto und … mir fällt fast die Akte aus der Hand.

»Scheiße!« Eiskalte Schauer rasen mir über den Rücken. »Scheiße, Teufel auch!« Mein Herz setzt aus, scheint in tausend Splitter zu zerfallen. »Das darf doch nicht wahr sein!« Mein Gehirn ist blockiert. Genau das Bild wollte ich nie sehen. Mein schlimmster Albtraum wird wahr.

Fassungslos starre ich auf das Foto.

»Ist krass, oder?«, fragt irgendwo in einem anderen Universum Georgs Stimme, ich kann den Blick nicht vom Foto nehmen. Das Bild eines jungen Mannes, sechzehn oder siebzehn. Der Körper liegt verkrümmt da, die Hände sind auf den Rücken gefesselt. Dunkelblonde Haare. Schmales Gesicht. Sein Gesicht … Ich habe das Gefühl, umzukippen, mir ist schlecht.

Das ist … Alecs Gesicht. Fast zumindest. Nicht in jeder Linie, aber doch so ähnlich, dass es auffällt.

Mit einem Unterschied: die Augen. Diese Leiche hat keine mehr.

»Wer ist das?«, röchle ich heiser hervor, muss mich total zusammenreißen, um nicht ins Auto zu springen und in die Klinik zu fahren, nur um mich zu vergewissern, dass es eben nicht Alec ist. Gar nicht sein kann.

Georg sieht mich einen Moment überrascht an und nimmt mir die Akte aus der Hand. »Setz dich erst mal, Mike.« Automatisch folge ich seiner Aufforderung. Meine Knie sind weich geworden.

Georg blättert in der Akte hin und her. »Das Opfer wurde mehrfach vergewaltigt, zeigte Spuren von Fesseln an Händen, Füßen, Hals und Genitalien. Stark abgemagert. Todesursache: Strangulation. Die Augen wurden postmortal entfernt«, zitiert er mit ruhiger Stimme. Jedes Wort rast durch meinen Kopf, enthält den Zusatz: Alec!

»Wer ...« Meine Zunge ist schwer wie Blei, aber Georg hat wohl genau auf diese Frage gewartet: »Nils Adson.« Der Name durchfährt mich, wie glühendes Metall.

»Was?« Scheiße, mein Verstand hat es schon kapiert.

»Das Opfer ist der drei Jahre jüngere Bruder von diesem Adrian Adson«, bestätigt Georg. »Der nach der Scheidung bei der Mutter lebte. Der Bruder, von dem er als Kind getrennt wurde.«

STARKE ARME

»Los Mike, versuchen Sie es einfach. Ich werde mich im Hintergrund halten.« Dr. Goedhard bleibt am Eingang stehen, lässt mich alleine in den Raum gehen. Heute ist der Tag, an dem ich Alec zum ersten Mal wach gegenübertrete.

Mein Herz schlägt hart und schnell, will partout durch die enge Kehle hinaus. Wiederholt schlucke ich verschämt den Kloß hinunter. Meine Hände sind feucht vor Aufregung. Wovor habe ich eigentlich solche Angst?

Denn Angst habe ich. Eine Scheißangst sogar! Davor, ihn anzusehen, dieses leere Gesicht ertragen zu müssen, davor, dass er mich gar nicht erkennen wird, nicht reagieren wird, einfach weiterhin stumm und leblos sitzen bleiben wird. Das könnte ich nicht verkraften.

Aber auch Angst, wie es sein wird, wie ich reagieren werde, wenn er mich erkennen sollte. Angst vor mir selbst, vor dem, was ich tun würde. Angst vor meinen Gefühlen für ihn.

Am liebsten möchte ich wieder raus gehen, fliehen, wie ein ängstliches Kind. So etwas mache ich natürlich nicht. Immerhin bin ich ein Bulle.

Entschlossen trete ich an Alec heran.

Er sitzt wie üblich in dem Stuhl, starrt nur aus dem Fenster. Wenn er nicht ab und an blinzeln würde, wäre er wirklich ein lebloser Zombie. Die Hände liegen in seinem Schoss.

»Alec?« Meine Stimme klingt brüchig. Entschlossen schlucke ich den Kloß weiter hinunter. »Hey! Hallo, Kleiner!«

Ich setze mich auf den Stuhl neben ihn, rücke ihn näher heran, so muss ich nicht sofort in sein Gesicht sehen. Langsam wage ich es doch. Furchtbar, vor meinen Augen taucht dieses dreimal verfluchte Foto aus der Akte auf. Beide Gesichter sehen tot aus. Nur gehört dieses meinem Alec. Und er ist nicht tot. Und ich werde dafür sorgen, dass es sich niemals in das andere verwandeln wird.

»Hey, Alec!«, versuche ich es noch einmal. Er reagiert nicht.

»Versuchen Sie es ruhig weiter«, klingt aus dem Hintergrund die Stimme von Dr. Goedhard.

Alecs Gesicht ist starr und leer. Sie haben die Drogen abgesetzt, hat mir der Arzt gesagt. Er wehrt sich nicht mehr, reagiert kaum auf Ansprache.

So wie jetzt. Nichts passiert.

»Alec? Ich habe dir was mitgebracht. Na ja, ich dachte, Schokolade ist immer gut«, rede ich einfach drauf los. Klingt ziemlich blöd, hilft mir jedoch, meine zitternden Hände zu kontrollieren. Ebenso den Impuls, ihn an mich zu ziehen, ihn in meinen Armen zu halten. Alec mag starke Arme, hat er doch gesagt?

»Schokolade soll besonders gut sein. Wegen der Glückshormone oder so«, plapper ich dumm weiter, ziehe die Tafel Schokolade hervor und lege sie vor ihn auf den Tisch. »Zartbitter. Keine Ahnung, ob du die magst, aber du isst ja gerne Schokoeis, da dachte ich, du magst bestimmt auch Schokolade.«

Ich zögere, komme mir total dumm vor. Zum ersten Mal gleitet mein Blick ganz zu seinen Augen hoch, die nicht auf mich, sondern auf einen fernen Punkt gerichtet sind.

Meine Augen brennen. »Scheiße, ich quatsch Blödsinn, nicht wahr?«, bricht es plötzlich aus mir hervor. Ich kann meine Gefühle kaum noch kontrollieren. »Alec! Verflucht! Du machst mir eine Scheißangst, wenn du so dasitzt und gar nichts sagst.« Wütend balle ich meine Fäuste zusammen.

»Es tut mir leid, Alec!«, würge ich an dem Kloß im Hals vorbei hervor. »Er hätte dich gar nicht finden dürfen. Ich hatte dir versprochen, dass du sicher bist. Aber er hat dich gefunden. Und ich war nicht rechtzeitig da!«

Für einen Moment verliere ich die Beherrschung, Hände krallen sich schmerzhaft in meine Haare, als ich den Kopf ruckartig senke. Mag ihn nicht ansehen. Wenn ich nur da gewesen wäre …

Dann habe ich mich schon wieder unter Kontrolle, balle meine Hände vom Gesicht, lehne kurz den Kopf dagegen, dann senke ich sie hinab.

Ich suche seinen Blick.

»Alec, bitte rede mit mir«, flehe ich ihn an. »Kleiner, du machst mir solche Angst, wenn du einfach nur so da sitzt.« Nichts, er reagiert nicht. Oder haben sich seine Hände gerade bewegt? Vermutlich nicht. Wunschdenken. Hilflos blicke ich zu dem Doktor hinüber, der nickt nur, raunt ein leises: »Weiter.«

Weiß der eigentlich, durch welche Hölle er mich gerade schickt? Wenn Alec wenigstens etwas tun, sich bewegen würde. Alles wäre besser als dieser Zombiezustand. Tot, aber lebendig. Aber im Endeffekt so tot wie dieser andere Junge. Beide haben tote Augen. Nein! Das will ich nicht.

Ehe ich lange nachdenken kann, strecke ich die Hand aus wie in der Dusche, als ich seine kalte Hand genommen habe, und nehme seine in meine. Sie ist nicht kalt. Eher warm. Nicht die Hand eines Toten. Alec hat große Hände.

»Bitte schau mich an, Alec. Ich bin es, Mike. Ich lasse dich nie wieder alleine, hörst du. Nie wieder wird dir jemand etwas antun. Alec?«

Scheiße, mir will noch viel mehr von den Lippen, aber er hört mich eh nicht. Vielleicht ganz gut so.

»Niemand wird dir je wieder wehtun dürfen«, flüstere ich eher zu mir selbst. »Nicht wenn ich es verhindern kann, Alec.« Ich rede eigentlich eh mit mir selbst. So leise, dass es dieser Goedhard zum Glück nicht hören kann. Wäre mir beinahe auch egal.

»Ich vermisse dein Lachen, Alec. Du kannst unglaublich nett lachen.« Tränen steigen mir in die Augen. Ohne es recht zu bemerken, streichle ich seinen Handrücken. »Das mag ich besonders an dir. Dein Lachen. Wie ein übermütiger Junge. Hell und locker. Wenn du lachst, dann strahlt dein ganzes Gesicht, deine Augen blitzen. Dann fühle ich mich echt gut. Alec? Ich bin gerne mit dir zusammen. Es ist furchtbar, dich so zu sehen. Scheiße, ich habe mich nie so gefühlt. Ich möchte dich nicht wieder verlieren. Ich kann es kaum ertragen, dich in diesem Zustand zu sehen. Keine Ahnung, was mit mir los ist, aber ich vermisse dein Lachen so sehr … Alec.«

Meine Augen schließen sich ganz von alleine, blockieren die Tränen, die unbedingt hinaus wollen. Seit ich siebzehn war, habe ich nicht mehr geheult, heute wollen diese verfluchten Tränen mit aller Macht hinaus. Wo ich ihm Sachen sage, die ich nicht ansatzweise verstehe.

»Komm zurück zu mir«, hauche ich so leise, dass niemand außer mir es verstehen kann, und presse die Augen fest aufeinander.

Seine Hand zittert. Ein ganz leichtes, winziges Zittern. Schlagartig reiße ich die Augen auf. Die Finger bewegen sich in meiner Hand. Mein Atem beschleunigt sich, mein Herz rast.

Tatsächlich: Alec bewegt sich, seine Augen sehen mich an. Keine toten Augen, nicht die Augen eines Toten.

»Alec?«

Er sieht mich an, er sieht mich tatsächlich an.

»Mike«, nuschelt er.

Völlig irre, mein Herz zerspringt. Er hat mich erkannt. Mein Name, das war mein Name aus seinem Mund! Hinter mir höre ich ein überraschtes Aufkeuchen, beachte es nicht weiter. Im Moment gibt es nur Alec und mich. Er sieht mich an, sieht mir direkt in die Augen.

»Danke«, murmelt er tonlos. Mir stockt der Atem, die blöden Tränen wollen unter allen Umständen hinaus und ich kann es kaum noch verhindern.

»Es tut mir so leid«, bricht es aus mir hervor, meine Hand umklammert seine fest, fast hart. »Ich kam zu spät. Ich hätte eher da sein sollen. Ich hätte es verhindern können, dich besser schützen müssen.« Mein Blick weicht seinem aus. Ich kann ihn nicht ansehen, ich fühle mich so schuldig.

Wieder packt mich diese Wut. Meine Schuld. Wenn ich da gewesen wäre … Wenn ich mein Versprechen ihm gegenüber hätte halten können …

»Du warst da.« Alecs Griff wird stärker. »Du bist immer da, wenn ich dich brauche.«

»Aber ich kam zu spät!«, brülle ich auf. Die Bilder verfolgen mich jede Nacht. Wie das Bild des toten Nils Adson. Mein persönlicher Albtraum. »Er wird dir nie wieder etwas antun können. Niemand. Dafür werde ich sorgen«, schwöre ich ihm.

»Du?«, fragt er leise nach und mein Blick findet seine fragenden Augen.

»Ja, verdammt! Wer soll es denn sonst machen?« Wie er mich ansieht! »Oh scheiße. Ich weiß auch nicht, was mit mir los ist, Alec!«, gebe ich verzweifelt zu, diese ganzen verdammten Gefühle sind einfach zu viel für mich.

»Du … ich … Ich bin ja nicht schwul. Ich mag dich einfach. Ich will nicht, dass dir irgendwas passiert!« Was sage ich ihm da eigentlich alles? Keine Ahnung, irgendwas muss ich mit diesen ganzen Worten und Gefühlen machen, die da in mir herumwirbeln. Ein Teil davon muss endlich raus.

»Als du so da lagst, und dieser gottverdammte Mistkerl dich …« Ich kann dieses Wort nicht aussprechen. »Ich kriege das Bild nicht aus meinem Kopf. Wenn ich nur etwas früher da gewesen wäre …«

Er lächelt! Teufel auch: Alec lächelt.

»Es war nicht deine Schuld.« Seine zweite Hand fasst nach meiner, hält sie fest umschlungen. Sollte nicht ich ihn trösten?

»Ich habe es zugelassen«, flüstert er mit Schmerz in der Stimme. »Ich habe es ihm leicht gemacht, war nicht entschlossen genug. Ich habe nicht: ›Nein‹ gesagt. Ich habe es nicht anders verdient.« Ruckartig zieht er seine Hände zurück, wendet den Blick ab. »Was musst du nur von mir denken? Ich muss dich total anekeln.«

»Du hast das nicht verdient!«, schnaube ich völlig empört. »Was für ein Blödsinn. Er hat dich ausgenutzt. Du hattest doch gar keine Chance.«

»Ich habe ihm geglaubt. Ich habe wirklich gedacht, ich wäre was Besonderes für ihn.« Alec lässt zu, dass ich seine Hand wieder ergreife. Wieder ist da dieser furchtbare Ausdruck von Schmerz in seinem Gesicht.

»Nur ein Spiel eben«, flüstert er beinahe tonlos. »Ich habe es nicht ernst genommen. Ich habe indirekt: ›Ja‹ gesagt. Ich bin selbst schuld. Er hat Recht, ich wollte es so sehr …« Alec scheint die neuen Ereignisse verdrängt zu haben. Teufel, das hatte er doch alles schon durch?

»Das ist Blödsinn und das weißt du auch, Alec!«, unterbreche ich ihn aufgewühlt. »Du hast nie gewollt, dass Adrian dich einsperrt, dir deine Freiheit nimmt, dich ungefragt … fickt. Wann und wie er möchte. Das hast du nicht gewollt und daran trägst du auch keine Schuld! Weder damals noch jetzt.« Entschlossen greife ich nach seiner Schulter, er weicht zurück, schlägt meine Hand weg.

»Fass mich nicht an! Ich … Du … du musst dich einfach vor mir ekeln. Ich hab es geschehen lassen. Er hat mich einfach genommen. Wenn ich es wirklich nicht gewollt hätte, dann … dann wäre es doch auch nicht passiert, oder? Die Tür … ich … zu langsam …« Er beginnt zu stammeln, Tränen rinnen ihm übers Gesicht. Ich möchte sie ihm wegwischen. Wie die Schokospur.

»Ich werde mich todsicher nie vor dir ekeln!«, sage ich entschlossen und erinnere mich an Dr. Goedhards Worte. »Ich würde dich gern berühren. Ich mag dich, Alec!« Er will mich nicht ansehen.

»Du bist doch nicht schwul«, stellt er erstickt fest. Weitere Tränen quellen ihm aus den Augen und er zittert am ganzen Körper. »Du hast es mir selbst gesagt und ich … ich … war so dumm … ich …« Er bricht ab, schlägt die Hände vors Gesicht.

Langsam knie ich mich vor ihn, ziehe die Hände vom Gesicht. Alec lässt mich gewähren. »Du hast dich in mich verliebt, ich weiß.«

»Ja …«, bringt er erstickt hervor. »Es tut mir leid, Mike! Aber … ich …« Plötzlich ist es ganz einfach, kommen die Worte leicht und von alleine: »Das ist okay. Ich finde es nicht schlimm.« Überrascht sieht er mich an. »Ich mag dich auch sehr gerne, Alec. Ich weiß nicht genau, was ich für dich empfinde, aber ich halte dich gerne im Arm. Ich mag dein Lachen, ich mag deine Augen. Ich mag dich!«

»Ist das dein Ernst?«, fragt er ungläubig. Sein Blick huscht unruhig über mein Gesicht.

»Ja!« Ich lächle ihn an. »Warum sonst hätte ich dich die ganze Zeit besuchen sollen? Ich bin gerne mit dir zusammen.« Alec schluckt.

»Ich dachte … du machst es aus … Mitleid.« Er wendet den Blick kurz ab. »Aber ich … ich wollte dich gerne in meiner Nähe haben. Es war mir egal.«

Als ob damit der Bann gebrochen wäre, stehe ich auf, ziehe ihn hoch und nehme ihn in den Arm. Ich fasse es nicht, dass er es sich wirklich gefallen lässt. Alec lässt sich von mir berühren. Und es fühlt sich gut und richtig an. Er schmiegt sich an mich. Seine Haare an meinem Hals, sein Duft in meiner Nase, feste Muskeln unter meinen Händen.

»Mike?« Alecs Tränen sind getrocknet, er hat den Kopf an meine Schulter gelegt. »Als das passiert ist …«, beginnt er zögernd. »Ich habe dich in Gedanken gerufen. Ich wusste, dass du kommen würdest, um mich zu retten. Und du bist gekommen.«

Unwillkürlich muss ich lächeln, presse ihn noch fester an mich.

»Ich hätte es verhindert, wenn ich früher da gewesen wäre. Ich kam zu spät.« Er löst sich etwas von mir, sieht mich direkt an.

»Du bist doch da gewesen und hast mir geholfen!« Seine Hand fährt ganz leicht über meine Wange, löst leichte Schauer in mir aus. Eine kräftige Männerhand … So hat mich noch kein Mann berührt. Ein seltsames Gefühl.

»Ich bin gerne für dich da«, gestehe ich leise. »Aber ich … brauche etwas Zeit. Du hast Gefühle in mir geweckt, die ich nicht verstehe, die mir unheimlich sind.« Und fremd. Diese feine, warme Berührung an meiner Wange ist schön. Hat mich jemals jemand so berührt? Kein Mann.

»Ich … weiß nicht genau, was das ist. Aber ich weiß, dass ich nicht mehr ohne dich leben möchte, Alec. Dich da so zu sehen, wie er dir

Gewalt antat … Ich bin fast durchgedreht. Ich hätte ihn um ein Haar erschossen!« Ich, der pflichtbewusste Polizist. »Muss mich ziemlich dämlich benommen haben«, gebe ich schmunzelnd zu. Fragend sieht Alec mich an. Ich zucke die Schultern. »Dein Psychodoc meint auch, ich sollte mal infrage stellen, wie ich zu dir stehe.«

Alec runzelt die Stirn.

»Das ist schon ein bisschen … mehr als einfache Freundschaft«, druckse ich herum, mehr kann und will ich mir noch immer nicht eingestehen. Alec fragt nicht nach, lächelt mich nur an. Er kommt mir entgegen, nur ein winziges bisschen, deutlich genug und ich ziehe ihn fester in die Umarmung.

»Du magst doch Männer mit starken Armen?« Er lehnt leise seufzend den Kopf erneut gegen mich.

»Oh ja. Und wie ich das mag.«

FREIHEIT

Langsam lasse ich den Wagen ausrollen. Unter dem Lindenbaum parke ich immer, was eigentlich keine gute Idee ist, da nach meinem Besuch bei Alec, der ganze Wagen voll heruntergefallener Blüten ist. Ich lausche auf die Geräusche ringsum, den entfernten Straßenlärm, das leise Rauschen der Blätter, dem Gesang der Vögel.

Ein Ritual.

Für mich, für meine Nerven, denn noch immer ist es schwer herzukommen. Seit Alec aus seinem passiven Zustand gekommen ist, ist es deutlich leichter geworden. Trotzdem werde ich bei jedem Besuch mit diesen merkwürdigen Gefühlen konfrontiert, die ich nicht erklären, sie allerdings auch nicht länger ignorieren kann. Ab heute werde ich definitiv nicht mehr weglaufen können und jeden Tag damit umgehen müssen. Ich habe ein wenig Angst vor meinen Reaktionen, die ich so gar nicht einschätzen kann.

Heute hole ich Alec endlich aus dieser psychiatrischen Klinik ab. Hat so einen negativen Beiklang: psychiatrisch … als ob er durchgedreht wäre. Geisteskrank. Dabei hat er nur mit den Folgen dessen zu kämpfen, was ihm dieser Psychopath angetan hat.

Wenn ich daran denke, was Adrians Bruder passiert ist … Genaueres haben wir nicht herausfinden können. Ein nach wie vor ungeklärter Mordfall eben. Der Mord weist viele Parallelen zu Alecs Gefangenschaft auf. Nils Adson galt davor eine ganze Weile als vermisst. Die Leiche wurde in einem Waldstück an der Autobahn gefunden. Am Opfer fand man reichlich Spermaspuren. Jetzt werden sie mit Adsons DNA verglichen, das Resultat liegt noch nicht vor.

Ich mag es mir nicht weiter vorstellen. Der eigene Bruder …

Wie krank muss jemand sein, so etwas zu tun? Völlig pervers. Laut dem Gutachten hat Adson ein seltsames Verhältnis zu dem Bruder gehabt. Eine

Obsession, von totaler Fixierung war die Rede, nicht von einer sexuellen Ausrichtung oder vorherigen Übergriffen. Damit hat er wohl gewartet, bis er erwachsen war. Dann hat er sich seinen Bruder gekrallt und …

Solche Gedanken möchte ich lieber wegschieben. Ich kann es nicht verhindern, aber ich sehe dabei noch immer, wie er über Alec kniet. Das werde ich wohl nie los werden.

Adrian Adson ist nicht nur ein Perverser, er ist zudem auch noch ziemlich schlau. Leider auch sehr reich. Geld öffnet bekanntlich alle Tore und er hat schon immer genügend davon gehabt. Gleich mit zwei guten, teuren Anwälten ist er jetzt dabei. Die werden natürlich versuchen alles zu verharmlosen.

Diesmal wird es ihm nichts nutzen. Ich habe ihn live erwischt, dafür wird er hinter Gitter wandern. Zudem kriegen wir ihn hoffentlich noch wegen anderer illegaler Aktivitäten dran, nur wird das noch dauern. Es wird noch ermittelt, Akten hin und her geschoben. Mindestens einen Monat wird es dauern, bis sie ihm den Prozess machen.

Ich werde da sein, gegen ihn aussagen und dafür sorgen, dass er bekommt, was er verdient hat. Ich werde ihm in die Augen schauen und hoffentlich endlich die Bilder vergessen können. Verdient hätte er was ganz anderes, nur würde es nicht ungeschehen machen, was er meinem Alec angetan hat. Alec verarbeitet nach und nach, was geschehen ist. Viele Gespräche mit dem Therapeuten sollen ihn davon befreien, sich weiterhin schuldig zu fühlen. Verrückt eigentlich, aber eine völlig normale Reaktion, wie Dr. Goedhard mir immer wieder erklärt.

Sie haben alle Medikamente abgesetzt. Alec isst endlich normal, auch wenn er immer noch dünn aussieht. Anfassen lässt er sich nach wie vor nur von mir. Noch ein Mal durfte ich ihn in den Arm nehmen. Er kam gerade von einer Sitzung mit seinem Psychiater, war völlig fertig, und als er mich sah, trat er auf mich zu, barg den Kopf an meiner Halsbeuge und legte die Hände auf meine Schultern. Wir wechselten kein Wort, ich legte völlig automatisch die Arme um ihn, zog ihn ganz an mich heran. Es war wie ein Reflex, erschien mir in dem Moment absolut normal.

Alec stand minutenlang einfach nur still. Ich fühlte sein Herz dicht an meiner Brust schlagen, roch seinen mir schon vertrauten Geruch, seine Haare kitzelten an meinem Kinn. Es war ein wunderschönes Gefühl.

Seufzend reiße ich mich aus den Erinnerungen los, steige aus und gehe den vertrauten Weg auf das flache Gebäude zu.

Dr. Goedhard hat mir zugeraten, ihn so oft in den Arm zu nehmen, wie er es möchte. Der Impuls sollte allerdings immer von Alec ausgehen. Leichter gesagt, als getan. Manchmal muss ich mich beherrschen, ihn nicht selbstständig an mich zu ziehen. Das wäre wohl verkehrt.

Auf der einen Seite berührt mich Alecs Vertrauen total, rinnt warm durch meinen Körper, lässt mein Herz schnell und hart schlagen. Andererseits macht es mir Angst, denn nun fühle ich mich noch mehr verantwortlich, als jemals zuvor. Unwichtig. Es geht jetzt nur um Alec, nicht um mich. Er muss lernen, klarzukommen, zurückzufinden ins Leben. Wobei ich ihm helfen werde.

Zurück in seine Wohnung kann er nicht. Ich hatte deshalb ein langes Gespräch mit seinem Psychiater. Der hat mir viel über Trauma und so weiter erzählt, damit ich verstehen kann, was Alec durchmacht. Er fand meinen Vorschlag gar nicht schlecht.

Alec wird erst mal bei mir wohnen. Ich habe mein Gästezimmer, welches ohnehin eher Abstellkammer war, leer geräumt, seine Sachen abgeholt und, soweit sie hineinpassten, darin untergebracht. Der Rest kam im Keller unter.

Auch das ist ein schöner und gleichzeitig erschreckender Gedanke. Einerseits habe ich die leere Wohnung immer gehasst, andererseits wohnt nun ein anderer Mann mit mir darin. Alec hat okay gesagt, als ich ihn gefragt habe. Einfach okay. Und gelächelt.

Und eigentlich freue ich mich drauf. Wie wird es sein, wenn er jeden Tag da ist? Wenn ich abends oder nachts spät vom Dienst komme? Wenn ich einen noch größeren Anteil an seinem Leben habe als bisher?

Hoffentlich wird es gut gehen. Immerhin ist er in mich verliebt.

Ein merkwürdiges Gefühl. Ein Mann ist in mich verliebt. Auch wenn er sich bemüht, es mich nicht weiter merken zu lassen. Wenn ich ihm Hoffnungen machen würde, wäre das mehr als unfair, gerade jetzt. Nein, das wäre das Letzte, was er jetzt gebrauchen könnte.

Ich laufe hoffentlich zum letzten Mal durch diese sterilen, nach Chlor stinkenden Gänge. Was für ein furchtbarer Ort. Alec wird froh sein verschwinden zu dürfen.

Als ich das Zimmer betrete, ist er noch im Gespräch mit Dr. Goedhard, der mir freundlich zunickt. Ich nicke zurück.

»Hey, Alec!« Ich schüttle dem Arzt die Hand.

Alec freut sich ganz offensichtlich mich zu sehen, steht sofort auf und ergreift seine Tasche. »Vielen Dank für alles.« Er verabschiedet sich bei dem Therapeuten. »Wir sehen uns dann am Donnerstag.«

»Bis Donnerstag, Alec. Passen Sie gut auf ihn auf, Mike«, verabschiedet sich der Doktor.

»Aber klar«, versichere ich ihm. »Wie ein Bullterrier.«

Dr. Goedhard schmunzelt, er sieht so aus, als ob er sich insgeheim über irgendwas sehr freuen würde. Vermutlich darüber, dass ich auf Alec wirklich aufpassen werde und kann.

Auf der Treppe zum Parkplatz atmet Alec hörbar auf, als er in die Sonne blinzelt.

»Frische Luft«, seufzt er, schließt kurz die Augen. »Das tut so gut.«

»Autoabgase, Viren, Bakterien, Luftverschmutzung. Oh ja eine exklusive Mischung«, ergänze ich. Alec wirft mir einen bösen Blick zu.

»Freiheit«, sagt er schlicht, schließt erneut die Augen.

Betroffen sehe ich ihn an, doch er hält die Augen geschlossen. War das wieder der unsensible Mike? Vermutlich ja.

Mit einem schiefen Grinsen überspiele ich die Situation. »Nun hängst du erst mal mit einem Polizisten zusammen, der sehr unordentlich ist, zu viel und lange arbeitet, gerne laute Rockmusik hört, dauernd vor dem Fernseher einschläft und … ich drücke die Zahnpastatube immer falsch aus. Hat meine erste Freundin schon drüber gemeckert.«

Sein Lächeln wird breiter, als er die Augen öffnet. »Damit kann ich gerade eben so leben. Ist ja nicht meine Zahnpasta. Deine kannst du ausdrücken, wie du willst. Mich stört das nicht.«

Wir sind am Auto angelangt. Ich schließe auf und er wirft seine Reisetasche auf die Rückbank. »Außerdem höre ich auch gerne laut Musik. Dafür lasse ich dauernd irgendwo eine Tasse oder Teller stehen«, erklärt Alec, als er neben mir sitzt.

»Singst du etwa unter der Dusche?«, frage ich gespielt misstrauisch nach, starte den Wagen und fahre langsam los. Alec lacht. Sein schönes, helles Lachen. Endlich wieder.

»Nein, aber ich rede manchmal im Schlaf«, gluckst er. Ich zucke die Schultern. Er hat mir gesagt, dass er oft Albträume hat.

»Solange du nicht lautstark obszöne Witze erzählst oder schlafwandelst. Ich habe einen tiefen Schlaf, da werde ich dich in deinem Zimmer zum Glück nicht hören.«

»Keine Ahnung, ich merke es ja nicht«, meint Alec ernst, wendet sich mir zu. Ein Blick, der bei mir immer durch und durch geht. Teufel auch, so eine Wirkung hat nie eine Frau auf mich gehabt.

»Danke, Mike.« Dieser intensive Blick lässt es in mir kribbeln. Ich brumme vor mich hin, schaue rasch wieder nach vorne. Mir ist es noch immer peinlich, wie ich auf ihn reagiere. Mein Körper genau genommen. Dafür schäme ich mich, denn was er am allerwenigsten gebrauchen kann, ist ein anderer Mann, der ihm jetzt zu nahe kommt und mehr von ihm will, als ihn im Arm halten. Will ich ja auch gar nicht. Oder doch?

Da ist schon wieder dieses verfluchte Bild in meinem Kopf: Adrian, der in ihm steckt. Kann Alec so etwas wirklich jemals gefallen haben? Ich kann es mir einfach nicht vorstellen. Ein Mann, der sich wie eine Frau nehmen lässt. Nein, so nahe werde ich ihm nicht kommen, das hat er nicht verdient.

»Danke für alles, was du für mich tust«, ergänzt er in mein Schweigen hinein. Für einen kurzen Moment sieht er so aus, als ob er sich zu mir beugen wollte und ich fühle schon fast den flüchtigen Kuss auf meiner Wange. Leider passiert nichts. Natürlich nicht. Was denke ich nur wieder?

Alec seufzt leise.

»Tom war gestern hier«, wechselt er das Thema. »Hat mir sogar Blumen mitgebracht.« Er lächelt vor sich hin. »Er war ganz verlegen und hat kaum ein Wort rausgebracht, war auch ganz schnell wieder verschwunden, aber er sagte mir, dass er mit dir gesprochen hat. Er fand dich wohl ganz … nett.«

Mir entgeht das winzige Zögern nicht. »Mit Sicherheit hat er ›Der Scheiß-Bulle hat es drauf‹, oder so gesagt«, korrigiere ich lächelnd.

Erneut lacht Alec. »Ja, es klang in der Tat eher so.«

»Er ist in dich verschossen«, kommt es mir von den Lippen. Ausgesprochen passt es mir eigentlich gar nicht. Ich kann kaum auf Tom eifersüchtig sein. Worauf auch? Darauf, dass er Alec auch mag?

»Meinst du?« Alec wirft mir einen fragenden Blick zu. Ich nicke und steuere den nächsten Supermarkt an.

»Ich muss uns noch eben was zu Essen einkaufen. Ich hoffe, du hast Appetit auf italienisch? Was hältst du von Tortellini mit einer leckeren Spinatfüllung und Sahnesoße?« Genießerisch fährt sich Alec über die Lippen.

»Mike, jetzt weiß ich erst, was mir in der Klinik gefehlt hat. Dein gutes Essen!«

»Sieht man«, bemerke ich mit Blick auf seine dürre Figur. »Ich werde dich rund und dick füttern, wenn du nicht aufpasst. Ich koche gerne, nur für einen alleine hat es keinen Spaß gemacht, daher wirst du jetzt ein williges Opfer sein müssen.«

»Habe ich derzeit nichts dagegen. Ich weiß ja, wie gut dein Gekochtes schmeckt und die Aussicht, jeden Tag so lecker zu essen, war schließlich einer der Gründe, mich überreden zu lassen, bei dir einzuziehen.« Ich muss schmunzeln, freue mich jetzt schon darauf, wie es ihm nachher schmecken wird.

»Willst du mitkommen, oder lieber im Wagen warten?« Bin mir nicht sicher, ob er das schon packt. Alec schüttelt sofort den Kopf.

»Lieber noch nicht.« Er senkt den Blick. »Es sind doch etwas zu viele Menschen. Aber es wäre lieb, wenn du mir Orangensaft mitbringen könntest. Echten und nicht diesen Instantmist, den es in der Klinik gab.«

»Klar, sonst noch Wünsche?«

»Müsli, oder hast du so etwas da?«

»Körnerfutter? Bist du verrückt?« Mein Blick ist skeptisch. »Davon lebst du?«

»Sportlernahrung. Ich esse morgens gerne Müsli, ja.«

»Okay, dann besorge ich dir was. Willst du auch Obst dazu? Bananen? Äpfel?«

»Das wäre prima.«

»Gut, dann marschiere ich mal los. Am besten machen wir heute Abend eine Liste, was dir noch alles fehlt, dann kann ich es morgen nach dem Dienst besorgen«, schlage ich vor.

»Du bist wirklich der beste Freund, der mir passieren konnte«, sagt Alec leise seufzend, ein Kompliment, welches wundervoll über mein Rückgrat hinab schleicht.

»Bin ich, bin ich«, bestätige ich lächelnd. »Dein Freund und Helfer.«

Jetzt grinst er wieder.

»Mein Freund. Und Helfer, Mike.«

ALBTRÄUME

Ich liege noch wach.

Es ist um ein Uhr herum und ich vermeide gezielt den Blick auf die Uhr. Es vergehen ohnehin immer nur wenige Minuten.

Neben mir brennt die kleine Nachttischlampe. Ich kann mich nicht entschließen, sie auszumachen. Obwohl es lächerlich ist, habe ich Angst vor der Dunkelheit.

Eigentlich nicht vor der Dunkelheit, sondern davor, einzuschlafen. Vor den Träumen, die mich jede Nacht heimsuchen und davor, dass ich wehrlos hier liege. Ich habe eine völlig dämliche, unbegründete Angst, dass Adrian durch die Tür kommen wird. Natürlich völliger Blödsinn, denn der sitzt im Gefängnis. Wie sollte er mich hier erreichen können?

Aber er ist auch letztes Mal gekommen und hat mich in der sicheren Wohnung gefunden. Mike sagt, jemand aus dem Revier muss ihm einen Tipp gegeben haben. Jemand hat sich kaufen lassen, nur wissen sie noch nicht wer. Adrian hat sich die Information gekauft, um mich zurückzuholen.

Mein Körper zittert, wenn ich daran denke, dass er mich erneut in sein Gefängnis einsperren wollte. Nun ist er selbst eingesperrt und wartet auf die Gerichtsverhandlung.

Zu wissen, dass Adrian in einem Gebäude irgendwo in Hamburg ist, macht es nicht leichter. Bis zu einem gewissen Grad war es sogar leichter, nur zu ahnen, wo er ist. Nun ist er präsenter als je zuvor.

Müde schließe ich die Augen, reiße sie sofort wieder auf. Natürlich weiß ich, dass ich irgendwann einschlafen werde und schlafen muss. Mein Körper braucht Schlaf. Noch nicht. Noch ein bisschen wach bleiben. Ich kann ihn zumindest so weit steuern und beherrschen.

Meine Gedanken wandern.

Nur ein paar Türen weiter, wenige Wände zwischen uns, ist Mike. Er liegt wahrscheinlich in seinem Bett, schläft tief und fest. Er muss morgen früh raus. Sein Dienst beginnt um sechs Uhr.

Seufzend falte ich die Hände über dem Bauch, flechte die Finger über meiner Decke ineinander. Es ist beruhigend zu wissen, dass Mike so nahe ist, auch wenn es mir nicht diese unsinnige Angst nimmt. Wenn ich rufen würde, wäre er da. Mein Freund und Helfer.

Noch immer kann ich seine Hand fühlen, als er mich berührt hat, in der Klinik. Ich habe keine komplette Erinnerung, was passiert ist, nachdem ich von diesen Sanitätern ausgeknockt wurde. Ganz gut so, denn ich muss ganz schön hysterisch gewesen sein. Ich erinnere mich haargenau, was davor passiert ist. An Adrian und Mike …

Seine Hand, die meine ergriff, in der eiskalten Dusche, wo ich nur noch sterben wollte. Von der Klinik habe ich nur Erinnerungsfetzen. Bis ich Mikes Stimme gehört habe und seine Hand meine umschloss. Irgendwas mit Schokolade hat er gesagt und mich umarmt. Es war, als ob die Dunkelheit von mir fallen würde, seine Arme mich aus dem Abgrund reißen würden.

Ich kann noch immer sein Gesicht vor mir sehen. Die dunklen, fast schwarzen Augen, die mich derart intensiv ansahen, dass sie mich verbrannten. Augen, in denen ich versinken könnte. Und sein Schwur …

Ich liebe dich, forme ich tonlos mit den Lippen.

Er weiß es und akzeptiert es. Mike hat nicht entsetzt reagiert. Er hat sich weder vor mir geekelt, noch mich zurückgestoßen. Er hat mich einfach nur umarmt! Noch nie habe ich mich so geborgen gefühlt.

Wenn meine Mutter mich umarmt hat, war das immer nur Show und Pflicht. Nie ehrlich, nie liebevoll. Bei Mike habe ich mich zum ersten Mal aufgehoben gefühlt. Er hat sich viel zu schnell wieder gelöst, aber ich kann es verstehen und akzeptieren. Er ist leider nicht schwul. Nur ein guter Freund, für den ich mehr empfinde.

Seufzend drehe ich mich auf die Seite, starre die Uhr an. 01:16.

Es ist mir egal, ob Mike je für mich so empfinden wird wie ich für ihn. Wenn er mir seine Freundschaft schenkt, ist das kostbarer als alles andere was ich bislang gehabt habe. Ich fühle mich bei ihm wohl.

Die ganze Wohnung spricht davon, wer hier wohnt. Alles riecht nach ihm, alles ist irgendwie er. Wie lange werde ich bei ihm bleiben dürfen?

Darüber will ich mir keine Gedanken machen. Ich werde die Zeit genießen, die ich ihm nahe sein darf. Mein Leben wird weitergehen müssen. Irgendwann auch ohne ihn.

Der Gedanke schmerzt, überlagert sogar meine Furcht. Ich habe keine Ahnung, wie ich ohne Mike klarkommen soll. Er hat meinen Bruder angerufen und ihm mitgeteilt, was passiert ist. Mike hat alles geregelt. Sogar meine Mutter hat er informiert. Mir hat er von dem Telefonat nicht viel erzählt, er wirkte wütend und ich kann mir gut vorstellen, wie es gelaufen ist.

Ihr perverser Sohn hat seine gerechte Strafe bekommen. Selbst Schuld, wenn er sich auf diesen abartigen Lebensstil einlässt.

Ich schlucke, befeuchte meinen trockenen Mund. Es schmerzt noch immer, auch wenn ich nichts ändern kann. Ich war nie gut genug für sie. Wäre ich nach diesem unglückseligen Gespräch mit ihr, nicht Hals über Kopf in den nächsten Schwulenclub geeilt, um endlich Nägel mit Köpfen zu machen, wäre ich nie auf Adrian gestoßen. Ich war ein williges Opfer.

Ich hatte die unsinnige Hoffnung, sie würde mich endlich akzeptieren, wie ich bin. Einfach nur … Alec.

Bitter schmeckt der Gedanke. Oft genug komme ich mir vor, als ob dies nicht mehr mein Körper wäre. Als ob dieser Körper mit seinen Bedürfnissen nicht mehr meinem Willen unterliegt. Ich mag mich nicht mehr im Spiegel ansehen. Dieses fahle Gesicht, die ausgemergelte Figur. Eklig. Hässlich.

Mike fällt auf, dass ich zu dünn bin. Ihn kümmert, wie es mir geht. Mich selbst nicht wirklich. Nur für ihn gebe ich mir Mühe, alles aufzuessen. Weil er mich immer so besorgt ansieht.

01:32

Mike steht um halb fünf auf. Wir werden frühstücken und dann werde ich alleine sein, bis er wiederkommt. Ich werde auf ihn warten, jede Stunde zählen, das weiß ich jetzt schon. Vielleicht kann ich mich wenigstens nützlich machen. Ein bisschen sauber machen, meine Sachen einsortieren. Ich würde gerne laufen, aber der Gedanke, hinauszugehen, verursacht mir Übelkeit. Ich will keinen anderen Menschen begegnen. Noch nicht.

Ich muss Linda anrufen. Ich will bald wieder arbeiten, muss es auch. Das Geld, welches mein Bruder mir geschickt hat, reicht nicht ewig. Ich will auf gar keinen Fall Mike auf der Tasche liegen. Er tut schon so viel für mich.

Immerhin hat er mir, nach einer langen Diskussion, erlaubt, ihm Miete zu zahlen. Dieser Idiot wollte glatt, dass ich kostenlos bei ihm wohne.

Wie konnte ich nur so viel Glück haben, an einen solchen Menschen zu geraten?

Oder so viel Pech, mich in ihn zu verlieben …

01:54.

Nicht viel besser. Meine Augen wollen zufallen, mein dummer Körper braucht den Schlaf, den ich ihm verwehren will. Immer ist es mein Körper, der über mich bestimmt. Ich bin in ihm gefangen, kann nicht aus dieser ungeliebten Haut.

Irgendwann verliere ich den Kampf, die Augen fallen zu. Kalte Hände fahren über meinen Körper. Handschellen schließen sich um meine Gelenke und ich schreie entsetzt auf. Jemand klopft an meiner Tür.

Adrian!

Panisch rutsche ich vom Bett, ziehe mich an die Wand zurück. Mein Kopf ist leer. Er ist hier, an der Tür. Er wird hereinkommen und ich kann nicht fliehen. Die Angst füllt mich vollständig aus. »Nein, geh! Bitte geh. Lass mich.«

»Alec? Ist alles okay?« Adrians Stimme klingt anders als sonst. Ich presse die Augenlider aufeinander.

»Geh. Nicht wieder.« Meine Stimme ist leise, flehentlich.

Die Tür schwingt auf und ich schreie auf, rolle mich zusammen und verberge den Kopf in den Armen. Ich will ihn nicht sehen, will nicht, dass er mich berührt. Bitte, er soll wieder gehen.

Er kommt näher. Die Schritte verhalten vor mir, nackte Füße auf dem Laminat. »Alec?«

Ich höre nicht hin, bin gefangen in meiner Angst, wimmere, wiege mich hin und her.

»Es ist alles okay, Alec.« Eine vertraute Stimme. »Ich bin hier, Alec. Niemand sonst. Du bist in Sicherheit. Du hast nur geträumt.« Er berührt mich an der Schulter und ich weiche zurück. Über mir ist nicht Adrians Gesicht. Das ist Mike. Er ist es, der mich berührt, der mich besorgt ansieht.

Schlagartig ist die Angst weg, weicht der übermächtigen Erleichterung.

»Oh … Mike.« Ich schäme mich schlagartig für mein kindisches Verhalten. Ich hatte einen verfluchten Albtraum und habe ihn mit meinem Schreien geweckt. Sofort ziehe ich mich in eine sitzende Position hoch.

»Es … tut mir leid! Ich wollte dich nicht wecken. Es tut mir total leid,

Mike«, stammle ich. Oh Mann, er muss doch so früh raus. Wegen mir kann er nicht schlafen.

»Ist schon okay. Du hast geschrien, da wollte ich sehen, ob du okay bist.« Schwarze Augen mustern mich skeptisch. Mike trägt Boxershorts und mein Blick gleitet natürlich sofort über seinen tollen Körper. Er hat nur leichte Brustbehaarung, seine Muskeln stechen mir sofort ins Auge. Mein verräterischer, dummer Körper reagiert sofort auf ihn.

Ich nicke mühsam, kann meinen Blick nicht von ihm lassen. Wenn er mich doch nur einmal kurz umarmen würde … *Halte mich fest,* flehe ich in Gedanken. *Ich möchte mich an dich drücken, dir ganz nahe sein.* Natürlich macht er es nicht. Nur seine Hand legt er auf meine Schulter.

»Geht es wieder?«, fragte er mitfühlend. Automatisch nicke ich, der hektische Atem und das rasende Herz beruhigen sich. Kalter Schweiß klebt überall.

Mike lächelt, der Druck seiner Hand auf meiner Schulter tut gut, ist warm und tröstend. Viel lieber würde ich …

»Komm, ich helfe dir.« Er zieht mich am Arm hoch. Für einen winzigen Augenblick hoffe ich noch, aber nein, Mike tritt sofort zurück. Wahrscheinlich ist es ihm unangenehm einen anderen Mann so zu berühren. Einen schwulen Mann.

Ich schlucke hart, blinzle die Tränen fort und schaue auf den Boden, damit er es nicht bemerkt. Verdammt, wie muss ich ausgesehen haben?

»Los komm. Wenn wir eh schon wach sind, mache ich uns einen starken Kaffee. Da kommst du rasch auf andere Gedanken.« Mechanisch nicke ich, registriere bedauernd, wie seine Hand von der Schulter gleitet und er aus dem Zimmer geht. Sekundenlang kämpfe ich gegen das Zittern in meinen Beinen, dann folge ich ihm.

In der Küche hat Mike den Wasserkocher eingeschaltet und holt den Kaffee aus dem Schrank.

»Wie spät ist es denn eigentlich?«, frage ich, ohne aufzusehen, setze mich auf einen Stuhl.

»Fast vier Uhr.« Er zuckt die Achseln. »In einer halben Stunde müsste ich eh aufstehen.«

»Es tut mir echt leid, Mike. Ich …«

»Alec!« Mike dreht sich um und zieht die Augenbrauen zusammen. »Wenn du dich noch einmal entschuldigst, lege ich dich übers Knie!«

Überrascht starre ich ihn an, dann muss ich schmunzeln und sein ernster Gesichtsausdruck verwandelt sich in ein Grinsen. Mike holt zwei Tassen aus dem Schrank und stellt sie etwas heftig vor mir ab.

»Er sitzt in einer Zelle. Er kommt nicht wieder. Du bist in Sicherheit.«

Ich seufze. »Sag das mal meinem Unterbewusstsein. Das sieht das Ganze leider anders.«

Das Wasser kocht, Mike füllt den Instantkaffee in die Becher. Der schmeckt nicht gut, aber ist heiß und ich kann mich an der Tasse festhalten. Mike setzt sich mir gegenüber hin und ich kann nicht umhin, einen Blick auf diesen begehrenswerten Körper zu werfen. Wie gerne würde ich ihn anfassen, meine Zunge über seine Brust fahren lassen, meine Fingerkuppen … Warum kann er nicht einfach schwul sein?

»Dr. Goedhard meinte schon, dass du wohl noch länger diese Albträume haben wirst.« Mike seufzt. »Ich wünschte, ich könnte was tun.«

Kannst du, denke ich sehnsüchtig und betrachte seine breite Brust. Neben mir im Bett liegen und mich im Arm halten.

»Es wird besser werden«, verspreche ich ihm und mir selbst. »Vielleicht sollte ich dir Ohropax besorgen? Dann wecke ich dich wenigstens nicht dauernd auf.«

»Gute Idee«, sagt er schmunzelnd. Ich senke schuldbewusst den Kopf. Vielleicht sollte ich mir doch eine eigene Wohnung suchen und ihn nicht belästigen. Wahrscheinlich wäre es für uns beide besser.

Minutenlang schweigen wir uns an. Dann spüre ich plötzlich eine sanfte Berührung an der Wange. Finger, die mir sachte das Kinn anheben. Unwillkürlich halte ich den Atem an. Mikes Finger streicheln mich ganz behutsam. Seine schwarzen Augen schauen mich beinahe grimmig an.

»Es wird vorbei gehen. Du schaffst das, Alec.« Er zieht seine Hand so schnell zurück, als ob er sich verbrannt hätte. Meine Haut brennt, winzige, glühende Stellen hat er zurückgelassen.

»Ich gebe mir Mühe klarzukommen«, presse ich hervor, den Blick starr in die Tasse gesenkt. Ich meine es in mehr als einer Hinsicht.

KÖRPERKONTROLLE

Mike ist seit drei Stunden weg.

Alleine in der Wohnung scheinen mich die Wände zu erdrücken. Ich wandere seit zweieinhalb Stunden herum. Von der Küche, ins Wohnzimmer, in den Flur, in mein Zimmer und wieder zurück. Ich weiß, ich sollte es nicht tun, mich einfach setzen, ein Buch lesen, einen Film gucken, aber ich bin zu unruhig. Jedes Geräusch, welches von draußen herein dringt, lässt mich zusammenzucken.

Komisch, in der Klinik habe ich mich sicherer gefühlt. Die kahlen Wände schienen sicher zu sein, ein Ort, an dem ich unerreichbar für Adrian war. Aber hier? Natürlich weiß ich, dass er nicht herkommen kann. Wie ein Mantra bete ich es mir die ganze Zeit vor: Er ist im Gefängnis. Er kann nicht herkommen. Trotzdem …

Seit dem letzten Mal ist die Angst rapide gewachsen. Ich höre das T-Shirt reißen, spüre den Ruck am Körper, den brennenden Schmerz in mir. Adrian war brutaler und rücksichtsloser.

Meine Hände verkrampfen sich ineinander.

Davor konnte ich mir einreden, er sei sanft, wäre nett zu mir gewesen, trotz allem, was er mir angetan hat. Aber jetzt?

Er hat mich vergewaltigt. Ich spreche es laut aus, wie mein Therapeut es mir geraten hat: »Adrian hat mich vergewaltigt!«

Der Satz hallt sogar von den Wänden zurück, wenn ich genau hinhöre. Ich kann es aussprechen, weil ich es endlich so empfinde. Adrian hat mir Gewalt angetan und wenn Mike nicht gekommen wäre …

Meine Hände kneten. Ich merke es diesmal selbst. Mike würde schmunzeln, mich mit seinem typischen Blick bedenken, die Augenbrauen kaum merklich angehoben.

Ach verdammt. Wütend über mich selbst werfe ich mich aufs Sofa, starre auf den Bildschirm. Warum kann ich mich nicht besser kontrollieren?

Diese dumme Aktion heute Morgen, als Mike zu mir kam, weil ich im Traum geschrien habe. Ich schäme mich, will nicht so bedauernswert rüberkommen. Ich bin ein Mann. Ich sollte stark und selbstbewusst sein, mich nicht unterkriegen lassen. Leichter gesagt als getan.

Unentschlossen starre ich auf das Telefon, widerstehe mannhaft dem Wunsch Mike anzurufen. Er hat Dienst. Ich würde ihn nur stören. Und was sollte ich auch schon sagen?

Mike, ich vermisse dich? Ach Mann.

Ich verberge wütend den Kopf in den Händen. Warum muss ich nur immer in so komplizierte Situationen geraten?

In zwei Wochen beginnt mein Semester. Dann muss ich mit hundert anderen Studenten täglich zusammen sein. Jeden Tag. Bis dahin muss ich meine Angst in den Griff bekommen. Adrian hat genug angerichtet, ich werde nicht zulassen, dass er mein weiteres Leben beeinflusst, wenn er mir schon all meine Träume und Sehnsüchte zerstört hat.

Noch eine Stunde starre ich das Telefon an, bis ich anrufe. Nicht Mike. Ich rufe Linda an. Ich will wieder arbeiten, die Pferde um mich haben. Sie sind die Freunde, die ich jetzt am dringendsten brauche, denn sie akzeptierten mich schon immer. Schwul oder nicht. Wunschkind oder Unfall.

Das Gespräch dauert nicht lange. Ich erkläre ihr nur grob, was passiert ist. Keine Einzelheiten, nur dass ich überfallen, verletzt wurde und mich daher erst jetzt bei ihr melde. Grob kennt sie die Geschichte schon von Mike.

Diese Frau ist klasse, sie fragt nicht weiter nach, sagt nur: »Ich freue mich, wenn du wiederkommst, Alec. Wir haben dich hier alle vermisst.« Das tut gut.

Mutig verspreche ich, morgen wieder zu kommen.

»Das ist prima, Alec. Morgen kannst du dich auch ganz dem Reiten widmen, denn die Therapiegruppe kommt erst übermorgen wieder. Die kann ich auch erst mal alleine machen, je nachdem, wie es dir geht, okay?« Mir treten die Tränen in die Augen.

»Danke, Linda«, bringe ich nur heraus.

»Dafür nicht, Alec. Du bist hier immer willkommen.«

Als ich auflege, fühle ich mich viel besser. Ein Anfang immerhin. Dann rufe ich auch gleich Dr. Goedhard an, dem ich versprochen habe, mich bei ihm zu melden und zu berichten, wie es mir am ersten Tag geht. Obwohl er ein Mann ist, habe ich Vertrauen zu ihm. Er ist zufrieden mit mir, vor allem, weil ich morgen arbeiten will.

»Aber übernehmen Sie sich nicht Alec«, warnt er mich. »Begeben Sie sich nur in Situationen, in denen Sie sich sicher fühlen.« Ich verdrehe die Augen, denn im Moment gibt es so viele Situationen, die mir Angst machen, dass sich das kaum vermeiden lässt. Zum Beispiel: alleine das Haus verlassen.

Nach dem Gespräch fühle ich mich dennoch besser. Schritt für Schritt werde ich mir mein Leben wieder aufbauen und alles zurück bekommen, was Adrian mir genommen hat. Vor allem die Kontrolle über meinen Körper.

Entschlossen stehe ich auf. Ich werde laufen gehen. Eine kleine Runde oder die Straße rauf und runter. So schwer kann es nicht werden.

Rasch habe ich mich umgezogen, mich erfasst regelrechte Euphorie. Meinen Körper zu spüren, wie er sich bewegt, wie die Muskeln mich voran-tragen, der Schweiß den Rücken hinab rinnt, die angenehme Mattigkeit in den Beinen hinterher, all das will ich fühlen. Ich will mich spüren, meinen eigenen Körper, der mir gehört, niemand sonst.

Die Euphorie hält genau bis zur Haustür. Unentschlossen stehe ich vor der verglasten Tür und starre auf die Straße. Mein Körper will nicht weiter, obwohl nirgends ein Mensch zu sehen ist.

Mein Herz schlägt bis zum Hals, die Hände sind feucht, und kalter, klebriger Schweiß bildet sich auf der Stirn. Die Tür scheint Tonnen zu wiegen, will sich kaum öffnen lassen. Ich habe panische Angst, sie würde hinter mir zufallen und ich könnte nicht zurück. Blödsinn. Und ich schäme mich dafür. Verdammt, ich werde doch wohl vor diese Tür treten, die Straße entlanggehen und wieder umkehren können. *Du kannst das, Alec. Los! Zudem hast du einen Schlüssel von Mike bekommen, du kannst also zurück.*

Blut rauscht in meinen Ohren, alle Sinne angespannt. Mir ist scheißübel und ich mag den Türgriff nicht loslassen. Aber … ich stehe draußen. Noch immer alleine. Das ist eine ruhige Vorortsiedlung. Am Vormittag ist wenig los.

Ich hole tief Luft, verzichte darauf, mich warm zu machen, weil ich ohnehin erst mal Mühe habe, auch nur einen Fuß vor den anderen zu setzen. Ein Schritt und noch ein Schritt, immer weiter weg von der mir so sicher erscheinenden Wohnung. Je weiter ich mich entferne, desto schwerer wird es.

Ich kenne das Gefühl von Wettkämpfen, wenn mein Körper, die Muskeln übersäuern und mich zwingen wollen aufzugeben. Das ist der Moment bei jedem Läufer, wo der Geist den Körper besiegen muss. Heute muss ich meine Angst besiegen.

Schmerzen, das Brennen, das Bedürfnis aufzuhören, sich einfach zu ergeben, verdrängen und weiter, immer weiter quälen. Es ist schwer, aber jedes Mal berauschend, wenn der Geist den Körper besiegt, weiter und weiter läuft, bis an die Grenze des Möglichen.

Also treibe ich mich auch weiter. Sehe nur auf meine Füße, gebe jeden Befehl sich zu bewegen einzeln an jeden Muskel. Diesmal gilt es nicht, gegen den Schmerz zu laufen, sondern die aufkommende Panik, als mir unvermittelt ein Radfahrer entgegenkommt. Instinktiv möchte ich mich gegen die nächste Hauswand lehnen, mich vor ihm verbergen. Mein Schritt stockt. Mir wird extrem übel und schwindelig. Dann ist er schon vorbei, wirft mir einen abfällig überraschten Blick zu. Weg ist er.

Weiter, noch einen Schritt. An Laufen ist nicht zu denken, ich gehe weiter. Zwinge mich mit zusammengebissenen Zähnen, ignoriere das Zittern, mein irrsinnig pochendes Herz.

Langsam wird es besser und ich hebe den Blick ein wenig von den Fußspitzen und dem Asphalt. Eine junge Frau mit Kinderwagen und einem weiteren Kind an der Hand kommt mir entgegen.

Nur eine harmlose Frau, das werde ich schaffen. Es geht leichter, als ich dachte. Sie lächelt mich an, der kleine Junge winkt mir zu.

Tief hole ich Luft und fixiere eine Straßenlaterne etwa fünfzig Meter vor mir. Bis dahin werde ich gehen. Erst dann kehre ich um. Schritt für Schritt. Ich schaffe es, bleibe neben dem Metallpfosten stehen und gestatte mir einen Blick. Alles ist friedlich. Irgendwo höre ich Kinder, da ist ein Spielplatz nur zweihundert Meter weiter und ein Park. Lachen klingt herüber und Autos fahren vorbei.

Ich habe es geschafft. Langsam weicht die Angst, und als ich zurückgehe, wird es besser und besser. Mein Herz macht noch einen Salto, als ich kurz vor Erreichen des rettenden Hauseingangs einem Mann begegne, der mich allerdings geflissentlich übersieht. Endlich öffne ich die Haustür und bin im sicheren Flur.

Ich habe es geschafft! Und wie beim Laufen, ist das Glücksgefühl hinterher überwältigend. Ich habe es geschafft, meinen Körper zu kontrollieren, meine Angst zu bezwingen. Ich könnte die ganze Welt umarmen.

Als Mike spät heimkommt, fühle ich mich noch immer gut. Ich habe meine Sachen eingeräumt und sogar die Küche geputzt. Mein Hochgefühl hielt lange genug für diese niederen Arbeiten an. Und die Vorfreude, dass Mike heimkommen würde.

»Hey, Alec!« Er sieht müde aus. Kein Wunder, wegen mir musste er ja auf Schlaf verzichten. Mein schlechtes Gewissen vertreibt einen Teil des Hochgefühls.

»Hallo Mike«, begrüße ich ihn vom Sofa aus, wo ich in ein Buch vertieft bin. Nur pro forma, denn eigentlich habe ich die ganze Zeit nur darauf gelauscht, wann er kommt. Während Mike seine Schuhe auszieht und seine Jacke aufhängt, beobachte ich ihn ungestört.

Mike bemerkt meine Laufschuhe im Flur. »Warst du etwa laufen?«

Ein Schmunzeln erscheint auf meinem Gesicht, der Mund zuckt. Stolz nicke ich. »Ich bin nicht wirklich gelaufen, aber ich war einmal die Straße rauf und runter.«

Mikes anerkennender Ausdruck ist Gold wert. »Große klasse, Alec.«

Ich erzähle ihm besser nicht, wie elend ich mich dabei gefühlt habe. Er kommt ins Wohnzimmer, legt mir seine Hand auf die Schulter und drückt kurz. Schon hat er seine Hand weggenommen. Meinen sehnsüchtigen Blick kann er nicht mehr sehen.

»Hast du schon was gegessen?«, höre ich ihn aus der Küche und stehe auf.

»Äh nein, noch nicht.«

»Prima, dann koche ich uns was.«

»Ist dir dass nicht zu viel Aufwand? Ist schon ziemlich spät.« Mike ist halb im Schrank verschwunden, klappert mit irgendwelchen Töpfen.

»Ich koche gerne. Nur für mich allein macht es keinen Spaß.« Mike taucht mit einer großen Pfanne auf. Seine Augen blitzen mich jungenhaft an. »Ich will gerne zusehen, wie jemand den Mund verzieht und hart mit sich ringt, mir nicht den Teppich vollzukotzen.« Unwillkürlich muss ich grinsen. So gut, wie er kocht, wird ihm das nie passieren.

»Na gut«, gebe ich mich geschlagen. »Dann halte ich als Versuchskaninchen her. Was gibt es denn?«

Mike blickt sich suchend um. »Habe ich uns mitgebracht: zwei echte Männersteaks.« Er grinst mich abermals spitzbübisch an. »Bloody Steak mit Bratkartoffeln und stilechtem Tiefkühlgemüse.«

Schmunzelnd nicke ich. »Das klingt sehr gut. Kann ich dir was helfen?«

»Du hast die ehrenvolle Aufgabe, die Kartoffeln in ganz dünne Scheiben zu schneiden, damit sie beim Braten schön kross werden.«

»Okay, das kriege ich noch so gerade eben hin.« Ich mache mich ans Werk.

Mit Mike kochen, macht Spaß. Er berichtet nebenher von seiner Arbeit und über wen er sich geärgert hat. Sicherlich erzählt er mir das alles nur, um mich zu unterhalten, ich finde es aber interessant. Alles, was ihn betrifft interessiert mich. Bald schon durchzieht die Küche der traumhafte Duft von Steak und Kartoffeln. Ich habe uns noch einen Quark zu den Kartoffeln gemacht und bald sitzen wir am Küchentisch und genießen. Es ist wirklich lecker und ich habe endlich Appetit.

»Morgen mache ich uns den Nachtisch«, verspreche ich, als ich mich satt zurücklehne. Mike lächelt zufrieden und räumt die Teller in die Spülmaschine.

»Versprochen?«

Lächelnd nicke ich. Es würde mir auch Spaß machen, für ihn mal was Leckeres zu machen. Immerhin verwöhnt er mich dauernd.

»Wollen wir uns noch einen Film ansehen?«, fragt Mike, als ich den Tisch abwische. Mein Herz hüpft ungefragt freudig bei der Vorstellung, neben ihm auf dem Sofa zu sitzen. Selbst wenn ich ihm nicht an die Wäsche gehen darf.

»Gerne. Aber du suchst aus.«

Mike schüttelt den Kopf. »Nein, du musst dir zwei beliebige Filme aussuchen und ich darf davon einen rausschmeißen, so läuft das hier.«

»Aha, Mikes Hausregeln?«

»Ja«, sagt er und lächelt mich so unverschämt an, dass mir kochend heiß wird. Hastig widme ich mich den letzten Krümeln.

»Lass nur.« Mike ist plötzlich dicht neben mir, sodass ich unwillkürlich den Atem anhalte. Seine Hand greift nach meiner, nimmt mir den Lappen ab. Diese flüchtige Berührung reicht, mich erstarren zu lassen. Wenn er meine Hand in seine nehmen würde …

»Du hast heute schon genug geputzt.« Ich wage nicht ihn anzusehen, noch sind seine Finger auf meinen. Ich spüre das Prickeln und die Wärme, meinen Arm hinaufklettern. »Den Rest mache ich.«

Seine Hand liegt noch immer auf meiner und ich muss mich überwinden, sie zu lösen. Rasch wende ich mich ab. Er darf meinen sehnsüchtigen Ausdruck nicht sehen.

»Okay, dann suche ich mal die Filme aus«, nuschle ich bei meiner Flucht.

Im Wohnzimmer hole ich tief Luft, zwinge mich, mich am DVD-Regal nur auf die Rücken und Titel zu konzentrieren, lausche jedoch immer auf die Geräusche in der Küche.

Verdammt, Alec, reiß dich besser zusammen. Dein Körper macht schon wieder was er will. Du wirst dich wenigstens so weit im Griff haben und Mike nicht in Verlegenheit bringen.

»Fantasy oder Horror?« Mike nimmt mir beide Filme aus der Hand, wobei er erneut meine Finger streift. Natürlich macht er das zufällig und es fällt auch nur mir auf. Ich geniere mich, aber das Gefühl der flüchtigen Berührungen genieße ich dennoch.

»Mmh, besser den. Bei dem anderen kann ich mich nicht mit dem Ende anfreunden. Ist nicht mein Ding.«

»Gut«, antworte ich, überspiele mit einem Lächeln, wie sehr ich mich danach sehne, neben ihm auf das Sofa zu sinken und mich an ihn zu kuscheln. »Ich kenne keinen von beiden.«

»Dann los. Leg schon ein und ich hole uns was zu trinken.« Mike springt auf und ist schon in der Küche verschwunden, was mir wenigstens Zeit gibt, mich zu sortieren.

Während des gesamten Films bin ich mir seiner Nähe nur zu bewusst. Wann immer ich verstohlen zu ihm blicke, sind seine Augen auf den Fernseher gerichtet. Ich bekomme nicht viel vom Film mit. Er ist ein bisschen unheimlich, aber viel unheimlicher ist mir, wie ich auf Mike reagiere. Ich möchte nicht, dass er das Gefühl hat, ich würde seine Freundschaft ausnutzen, um ihm näher zu kommen.

Starr blicke ich auf den Fernseher, als er sich neben mir rührt. Das Sofa gibt die Bewegung weiter. Eine federleichte Berührung an meinem Handgelenk. Urplötzlich zucke ich erschrocken zusammen. Entgeistert schaue ich auf und direkt in seine schwarzen Augen.

Mike hat sich vorgebeugt, mit seinem Finger sanft auf die Hände getippt, die ich verschlungen im Schoss halte. Shit, ich habe es nicht einmal bemerkt.

»Ganz schön spannend, was?« Er bleibt leicht vorgebeugt, mustert mich nachdenklich. Hastig nicke ich, löse gewaltsam meine Hände und lege sie brav nebeneinander auf die Oberschenkel. Wieso bin ich immer so leicht zu durchschauen?

Nach einer Weile lehnt sich Mike wieder zurück. Toll, nun kann ich mich gar nicht mehr auf den Film konzentrieren. Aus dem Augenwinkel beobachte ich jede seiner Bewegungen. Irgendwann streckt er sich wohlig aus, legt sich die Hände hinter den Nacken und streckt seinen Rücken durch.

»Zu viel im Auto gesessen«, entschuldigt er sich. Er streckt die Arme weit aus, dehnt sich seufzend und seine linke Hand bleibt neben meiner rechten Schulter liegen. Ich versteife mich vor Überraschung.

»Entschuldige. Das wollte ich nicht, Alec.« Mike wirkt betroffen.

Ich nehme all meinen Mut zusammen, schlucke alle Bedenken hinab.

»Macht nichts. Du weißt doch, wie ich starke Arme liebe.« Mein Lächeln ist unsicher. Mein Mut verlässt mich bereits. Was zur Hölle mache ich eigentlich?

Mikes Hand bleibt liegen, er wirkt ein klein wenig weggetreten.

»Von mir aus kannst du deine Hand da lassen.« Mein elendes Herz schlägt wie verrückt, so laut, dass er es hören könnte. Hoffentlich laufe ich nicht rot an.

»Wenn es dir wirklich nichts ausmacht …« Mike schmunzelt und legt mir die Hand direkt auf die Schulter. »Besser so?« So direkt hat er mich bisher noch nie berührt.

»Sehr gut so«, bringe ich halbwegs vernünftig hervor, ohne zu sabbern oder mich zu verplappern. »Der Film ist etwas … unheimlich.« *Grandiose Erklärung, Alec, nimmt er dir nie im Leben ab.*

»Soll ich den Arm ganz um dich legen?« In Mikes Lächeln ist keine Hinterhältigkeit zu erkennen. Mir wird heiß und kalt. Ich kann nur vage nicken, ihn nicht ansehen. Er muss ahnen, wie es in mir aussieht. Himmel, ich zittere bestimmt schon vor Anspannung. Wie gut, dass meine Jogginghose einiges verdeckt, denn in meinem Unterleib ist es warm geworden.

Mike legt den Arm entschlossen um mich, feste Muskeln in meinem Nacken und ein Schwall seines Duftes treibt meine Libido in den Wahnsinn.

»Ist eh viel bequemer so. Das Sofa ist nicht sehr breit.« Mikes Blick bleibt noch einen Moment an mir hängen, dann konzentriert er sich wieder auf den Film.

Ich versuche es auch, bloß nicht durch einen Schauder oder beschleunigte Atmung zu verraten. Mike ganz nahe neben mir. Himmel und Hölle zugleich. Nichts will ich lieber, zugleich habe ich furchtbare Angst, wie er reagieren wird, wenn er merkt, wie es bei mir aussieht.

Habe ich geglaubt, meinen Körper zu kontrollieren? Nein, meine Triebe kontrollieren mich. Sobald Mike sich mir nähert, habe ich keine Kontrolle mehr.

Mike sagt nichts weiter und ich sitze ziemlich steif, wage nicht, mich zu bewegen.

»Ist es dir doch unangenehm?« Mike will sogleich seinen Arm zurückziehen.

»Nein, nein! Schon okay. Ich mag es.« Bloß nicht ansehen.

»Du wirkst ziemlich angespannt«, bemerkt Mike, etwas Misstrauen in der Stimme. Er verändert seine Haltung, zieht sich zurück. »Vielleicht doch zu viel …« Hastig zieht er den Arm weg. Ich bin versucht, ihn festzuhalten, mich ihm um den Hals zu schmeißen, ihn auf das Sofa zu drücken und so lange zu küssen, bis er nicht mehr weiß, wo oben und unten ist. Natürlich mache ich nichts davon. Immerhin kann ich noch artikulieren: »Es macht mir überhaupt nichts aus, wenn du mich berührst.« Ich zwinge meinen Blick hoch, verdränge alles Begehren daraus, schenke ihm nur einen zufriedenen. »Bitte lass den Arm da. Das ist gut.«

Keine Ahnung, wie er reagieren wird, vermutlich hat er noch immer Bedenken, einen schwulen Mann kumpelhaft zu berühren. Denkste.

»Dann bin ich ja beruhigt.« Mike legt tatsächlich den Arm wieder um mich, zieht mich dabei sogar ein bisschen an sich heran. Okay, vielleicht bilde ich mir das auch nur ein. Verstohlen seufze ich wohlig, versuche an nichts weiter zu denken, nur dass es sich gut anfühlt.

SEHR GUTER FREUND

Er ist eingeschlafen.

Wie kann man denn bei dem Film einschlafen? Alec kann es. Schmunzelnd schaue ich auf ihn.

Sein Kopf ist ganz leicht zur Seite gefallen, liegt am Rücken des Sofas an. Ich habe meinen Arm noch um ihn gelegt und wage es nicht, mich zu bewegen, um ihn nicht zu wecken.

Er war angespannt, als ich ihn dort hingelegt habe, so unruhig, dass seine Hände kneteten. War ihm der Film wirklich zu unheimlich?

Der Doktor hat es gesagt: Es ist gut, wenn er sich berühren lässt. Alec schien es sogar zu mögen.

Ich auch. Ich halte ihn erstaunlich gerne im Arm, das fühlt sich … richtig an. Alec hat sich regelrecht hineingekuschelt und nun schläft er. Sein Atem geht ruhig und gleichmäßig und ich kann den Blick unbemerkt über sein Gesicht gleiten lassen.

Wenn er schläft, sieht er besonders jung aus. Das Gesicht ist total entspannt, der Mund ganz leicht geöffnet. Auch wenn es verdammt schwul klingt … er ist irgendwie … süß. Ich bin ständig versucht ihm durchs Gesicht zu fahren, die Haare zurückzustreichen. Diese ebenmäßige feine Nase, sein schmales Kinn, der schlanke Hals. Wie es wohl sein würde ihn dort zu … küssen? Wie würde er reagieren? Welche empfindlichen Stellen hat er, die ihn stöhnen lassen?

Teufel auch, je länger ich mit ihm zusammen bin, desto mehr möchte ich ihn auch mal intimer berühren. Ich will noch viel mehr von ihm wissen. Er fasziniert mich. Weil er schwul ist? Vermutlich. Es würde mich interessieren, wie ein Mann auf meine Zärtlichkeiten reagieren würde. Anders als eine Frau? Na, an ein paar Stellen natürlich. Wie er sich wohl anhört, wenn er vor Lust stöhnt? Wie klingt er, wenn er … kommt?

Diese Gedanken kommen immer häufiger. Mein Körper reagiert auf seine Nähe wie auf eine Frau. Aber er ist keine. Er ist ein Mann. Egal, wie oft ich es mir vorbete, ändert sich nichts daran, dass ich mich zu ihm hingezogen fühle. In jeder Hinsicht.

Seine Lippen zittern leicht. Es wäre ganz einfach, sich vorzubeugen und sie zu schmecken. Tatsächlich beuge ich mich schon vor, aber bevor ich solchen Blödsinn machen kann, kommen mir die vermaledeiten Bilder in den Kopf.

Nein! Ich werde ihm nicht zu nahe treten. Nicht, wenn Alec diese schrecklichen Erlebnisse so präsent vor Augen hat wie ich. Ich könnte es nicht ertragen, wenn er mich jemals derart angstvoll ansehen würde. Mich schüttelt es.

Wenn Alec mich sonst ansieht, dann fühle ich mich gut. Kein einziges Mal hat er was über die Gefährlichkeit meines Jobs von sich gegeben wie meine ganzen Ex'. Dauernd diese Vorwürfe, wenn ich spät heimkam. Ihre überängstliche Besorgnis. Dieses Klammern. Ich konnte es irgendwann nicht mehr ertragen. Und dann waren sie beleidigt. Ich unsensibler Klotz, ich.

Alec hört einfach nur zu. Es scheint ihn zu interessieren und ich habe ihm bereits mehr erzählt, als jeder meiner Ex-Freundinnen zuvor. Schon komisch irgendwie. Es tut gut davon zu erzählen, gerade wenn mich Erlebnisse beschäftigen.

Schmunzelnd wische ich ihm ein paar Haare zur Seite. Alec ist tapfer und härter als er aussieht. Er hat mir erzählt, dass er draußen war. Ganz alleine und morgen will er wieder arbeiten. Ein echter Kämpfer, er lässt sich nicht unterkriegen, das imponiert mir. Irgendwas Besonderes hat er an sich, was mich immer mehr in seinen Bann zieht, ohne dass ich sagen könnte, was es ist. Reines Mitleid definitiv nicht mehr. Das braucht Alec auch nicht. Er ist stark genug.

Wieder holt mich die Erinnerung an seinen Albtraum ein. Ich höre ihn schreien, diese Augen, riesig aufgerissen und angstvoll. Als er mich erkannte, veränderte sich der Ausdruck, wurde erleichtert und war voll … Liebe.

Alec ist in mich verliebt …

Ein komisches Gefühl, und irgendetwas geht auch bei mir vor sich. Ich spüre es, habe nur nicht den Mut, mich dem zu stellen. Ich will ihn nicht verletzen, wenn meine Gefühle nicht wie seine sind. Das könnte er bestimmt nicht gut verkraften. Besser ich bleibe etwas auf Distanz und mache ihm keine falschen Hoffnungen. Das wäre unfair.

Der Film ist schon lange zu Ende, ich müsste mich vorbeugen, um an die Fernbedienung zu kommen und das würde bedeuten, Alec womöglich aufzuwecken. Will ich gerade nicht.

Vorsichtig rutsche ich etwas tiefer, damit mein Rücken nicht schmerzt. Die Bewegung reicht leider schon aus, um Alec zu wecken. Erschrocken fährt er hoch. Er schaut verwirrt aus und zuckt zusammen, als mein Griff um seine Schulter unwillkürlich fester wird. Sofort lasse ich ihn los.

»Wieder wach?«

Herrlich verschlafen wischt er sich übers Gesicht. »Bin ich echt eingeschlafen?« Scheu lächelt er, scheint ihm peinlich zu sein.

»Tief und fest. Immerhin hast du nicht geschnarcht.«

»Der Film ist ja schon vorbei. Warum hast du mich denn nicht geweckt? Du musst doch morgen früh raus und ich halte dich davon ab.«

»Du hast so nett geschlafen, da habe ich es einfach nicht übers Herz gebracht, dich grausam zurück in die Realität zu holen.« Alec mustert mich unsicher und gähnt verlegen.

»Jetzt habe ich das Ende verpasst.« Ich fasse es ihm schmunzelnd zusammen, allerdings scheint er nicht ganz zuzuhören. Vielleicht ist er zu müde. Alec nickt abwesend.

»Du siehst wirklich müde aus«, unterbreche ich schließlich. Lächelnd steht er auf.

»Ich schlafe sonst nicht so gut. Eben war ich richtig weg«, gibt er zu. »Ich störe dich auch nicht länger, ich gehe wirklich ins Bett.«

Er hat Recht, ich muss früh los. »Ich lasse dir zehn Minuten im Badezimmer, dann stürme ich den Raum.«

»Verstanden.« Er salutiert grinsend. »Dann muss ich mich halt beeilen.« Alec braucht keine zehn Minuten. Ein großer Vorteil meinen Freundinnen gegenüber. Unter einer halben Stunde kamen die nicht aus dem Badezimmer heraus.

»Gute Nacht, Mike.« Alec winkt mir zu, als er in sein Zimmer verschwindet.

»Nacht«, werfe ich ihm hinterher. In dem Schlafanzug sieht er besonders dünn aus. »Schlaf gut.« Das hört er nicht mehr.

Auf dem Weg in mein Zimmer sehe ich bei ihm noch unter der Tür das Licht brennen. Ob er schon schläft und das Licht einfach anlässt?

Zögernd verharre ich vor der Tür. Ich bin versucht nach ihm zu sehen, aber das würde wohl zu weit gehen. Hoffentlich hat er keine Albträume. Ich mag es nicht, hilflos zu sein, ihm nicht helfen zu können. Es tut mir persönlich weh, wenn er leidet.

Seufzend gehe ich in mein Zimmer, nur schlafen kann ich nicht, denn meine Gedanken wandern immer wieder zu Alec. Diese verrückten Gefühle bewirken, dass ich mir vorstelle, wie es wäre, wenn er neben mir liegen würde, sein schlanker Körper an mich gekuschelt. Wenn er Albträume hätte, wäre ich da, könnte ihn halten, bis das Zittern aufhört, sich die Atmung beruhigt.

Teufel auch, komm endlich mal auf andere Gedanken, Mike, du paranoider Megabeschützer.

Der Schlaf kommt irgendwann. Um ein Haar überhöre ich meinen Handywecker, der steif und fest nur eine gefühlte Stunde Schlaf später behauptet, ich müsse aufstehen. Mühsam rolle ich mich aus dem Bett. Kaffeeduft zieht meine Nase magisch an. Ist Alec etwa schon wach? Um diese Uhrzeit?

In der Küche ist Licht. Alec deckt den Tisch. Er ist bereits voll angezogen. Jeans, T-Shirt, das Haar ist noch etwas feucht, also hat er geduscht. Er sieht müde aus, ich glaube, er hat nicht wirklich viel geschlafen.

»Guten Morgen. Bist du aus dem Bett gefallen?«

»So in etwa. Konnte nicht wirklich schlafen. Da habe ich uns schon mal Frühstück gemacht. Als Wiedergutmachung für deinen unterbrochenen Schlaf gestern.«

Oh Mann, fühlt er sich etwa noch immer schuldig, weil sein Albtraum mich geweckt hat? Ich könnte ihn …

»Bin nur kurz im Bad«, nuschle ich. Im Badezimmer ist es warm und feucht und es riecht angenehm nach seinem Duschgel. Seine Sachen hat er ganz ordentlich in das Regal geräumt und sogar meine Unordnung im Handtuchschrank beseitigt.

Wir frühstücken gemeinsam. Wie Alec von dem bisschen Müsli mit Obst kräftiger werden will, ist mir schleierhaft. Da ist doch nichts dran. Gut, dass er gestern das ganze Steak gegessen hat. Ich werde ihm heute auch was richtig Gutes kochen, dann nimmt er bestimmt bald zu. Mal sehen, was er zu Blätterteigtaschen mit Spinat, Hack und Schafskäse sagen wird. Für zwei kochen macht einfach mehr Spaß. Wenn Alec heute arbeitet, hat er bestimmt guten Hunger.

»Wie kommst du eigentlich zum Stall?«

Alec schreckt hoch, anscheinend war er ebenfalls in Gedanken.

»Ich versuche es mit dem Fahrrad.« Ich sehe ihm an, wie unwohl er sich fühlt. Leider kann ich ihn nicht hinfahren, das würde es ihm deutlich leichter machen.

»Ich kann dich abholen«, biete ich an. Es wird für ihn etwas später werden, allerdings ist er immer gerne mit den Pferden beschäftigt.

»Gerne Mike.« Er strahlt. Das typische Alec-Lächeln, wie ich es insgeheim für mich nenne.

»Okay, ich schick dir eine SMS, wann ich fertig bin.« Ich nehme mir noch eine Tasse Kaffee. »Wir können auf dem Rückweg einkaufen, was du für den versprochenen Nachtisch brauchst.«

»Etwas Allzweckreiniger brauchen wir auch noch.« Alec legt den Kopf etwas schräg. »Den habe ich leer gemacht.«

»Deshalb duftet es hier so.« Grinsend gebe ich ihm einen Knuff. »Du bist das? Und ich dachte, du benutzt normales Duschgel.«

Alec runzelt die Stirn, dann erkennt er meinen Scherz und gibt den Knuff lachend zurück.

»Wann fährst du los?«, frage ich, während ich im Flur meine Schuhe anziehe.

»So gegen 7 Uhr.« Alec lehnt am Türrahmen zur Küche. Seine Haare sehen noch etwas verstrubbelt aus. Die Arme hat er vor der Brust verschränkt. »Ich fahre ungefähr eine dreiviertel Stunde mit dem Rad, ich will mir Zeit lassen.« Er braucht nicht auszusprechen wofür. Ich weiß es auch so: Wenn er eine Panikattacke bekommen sollte …

»Ich benutze die längeren Schleichwege, da sollte es klappen und nicht zu viel los sein.«

Ich nicke zustimmend, bin mir trotzdem nicht sicher, ob es jetzt schon eine gute Idee ist. Alec ist erwachsen, er muss es selbst wissen. Hilft alles nichts, das Leben wartet nicht auf ihn. In zwei Wochen beginnt die Uni.

»Gut«, brumme ich. »Bis später dann.«

»Viel Spaß heute.« Alec klingt bedauernd. Auch ich würde lieber bei ihm bleiben. Schon fast aus der Tür hinaus drehe ich mich noch einmal herum.

»Meldest du dich bei mir, wenn du im Stall angekommen bist?« Ich bereue meine Worte nur einen winzigen Moment, denn ich mache mir wirklich Sorgen. Ich schaffe es sogar, ihn dabei anzusehen.

Alec lächelt und scheint mir meine Besorgnis nicht übel zu nehmen. »Klar, mache ich. Bis später.« Sein Lächeln begleitet mich auf dem Weg zum Revier.

Lustige umgekehrte Situation: Meine letzte Ex war eher um mich besorgt, wenn ich morgens losfuhr.

»Pass gut auf dich auf«, hat sie immer gesagt, mich kaum aus ihrer Umarmung gelassen. »Bring dich nicht in Gefahr.« Wirklich spaßig. Das bringt mein Job nun mal so mit sich. Ihr wäre es, wie allen anderen auch, deutlich lieber gewesen, ich hätte einen soliden Bankangestelltenjob ausgeübt.

Im Revier begrüßt mich Georg an meinem Schreibtisch.

»Nicht übereinstimmend!«, meint er resignierend.

»Was?«

Georg verdreht die Augen, setzt sich auf die Kante meines Schreibtisches.

»Der Gentest, Mike.« Georg sieht mich eindringlich an. »Der Test zeigt keine Übereinstimmung.« Ich fürchte, ich bin noch nicht ganz wach. Georg verdreht die Augen. »Unser lieber Adson ist nicht der Vergewaltiger seines Bruders. Seine DNA stimmt nicht mit den Spuren überein, die wir an der Leiche sichergestellt haben.«

»Scheiße!« Ich war mir so sicher. Es hätte alles gepasst. »Er ist also nicht der Täter?«

»Zumindest hat er ihn nicht vergewaltigt.« Georg zuckt die mächtigen Schultern. Er verlagert sein Gewicht, was mein Schreibtisch mit einem bedenklichen Knirschen quittiert.

»Meinst du, er hatte einen Komplizen?« So ganz kann ich mich nicht davon lösen, dass Adson drinhängt.

»Gut möglich«, brummt Georg. »Im Verhör hat Adson zu Protokoll gegeben, dass sein Bruder verschwunden ist und er nicht weiß wohin. Auch dass er tot ist, hat er angeblich nicht gewusst.« Er macht eine Pause, nimmt sich einen Bleistift und dreht ihn hin und her.

»Entweder ist er sehr abgebrüht und / oder ein guter Schauspieler, denn als ich ihm das Foto gezeigt habe, ist er zusammengeklappt. Hat rumgejammert, er wäre nicht tot, er würde ihn beschützen. Leider hat sein Anwalt dann abgebrochen.«

»Was ist mit dem Kumpel von diesem Ex-Stricher, dem Tom? Habt ihr den gefunden?«

»Dieser Stricher hat sich recht bereitwillig gezeigt, nachdem dein kleiner Junkie ihn ein bisschen bearbeitet hat«, informiert mich Georg. »Er hat den Typ, der ihn fesseln wollte, ganz gut beschrieben.«

Erwartungsvoll blicke ich auf. So müssten wir dem Adson doch was nachweisen können. Georg schüttelt bedauernd den Kopf.

»Leider sieht der ganz anders aus. Einzige Gemeinsamkeit: Der Stricher war, wie Nils Adson, damals sechzehn und er hatte eine grobe Ähnlichkeit. Das ist vier Jahre her.«

»Vier Jahre?«

Georg nickt. Mein Tisch knirscht bedrohlich. »Der Typ, der versucht hat, den Stricher zu fesseln und zu vergewaltigen, fuhr einen teuren schwarzen Wagen, ansonsten hören die Ähnlichkeiten auch schon auf.«

»Komische Sache«, kommt es mir von den Lippen. »Ich hätte Stein und Bein geschworen, dass Adson da mit drin hängt.«

Endlich erhebt sich Georg von meinem Schreibtisch, dessen erleichtertes Seufzen ich förmlich hören kann. »Nach derzeitigem Stand der Ermittlungen hat er weder mit dem Mord, noch der Vergewaltigung, noch mit dieser Strichergeschichte was zu tun. Bedaure.«

»Danke trotzdem, Georg«, rufe ich ihm hinterher. Er winkt mir über die Schulter zu. Nachdenklich bleibe ich zurück.

Wenn wir Adrian den Mord hätten nachweisen können, ginge er lebenslang in den Knast. Dann müsste Alec sich nicht mehr fürchten und wäre ganz frei. Seufzend mache ich mich an meine Arbeit. Ich bin auf dem Weg zu meinem Dienstwagen und einem Einsatz, als mein Handy klingelt.

Alec.

»Hey, alles okay?«, begrüße ich ihn freudig. Sam nickt mir zu und übernimmt das Fahren.

»Alles überstanden. Bin gerade am Stall angekommen. Waren zwar ein paar haarige Situationen dabei, aber ich habe es überlebt.«

»Prima. Siehst du, es wird alles wieder.«

»Ja …« Im Hintergrund wiehert ein Pferd. Alecs Stimme wird leiser: »Trotzdem bin ich froh, wenn du mich nachher abholst. Noch mehr Adrenalin brauche ich heute echt nicht.«

Ich muss schmunzeln. Er hat es geschafft. Ich bin irre stolz auf ihn.

»Geht klar. Ich freue mich schon auf später.«

»Ich auch.« Das geht runter wie Öl. »Bis später, Mike!«

»Bis später, Alec!«

Zufrieden lehne ich mich zurück, klappe das Handy in Gedanken an seine Stimme zu. Mein Alec ist ein echter Kämpfer.

»Kumpel von dir?«, fragt mein Kollege neugierig.

»Ein Freund«, bestätige ich. »Ein sehr guter Freund.«

KÄMPFER

Alec putzt noch an einem Pferd herum und bemerkt mich nicht sofort. Ich lasse den Wagen ausrollen, bleibe einen Moment sitzen und beobachte ihn. Sein schlanker Körper geht in jede der Bewegungen mit, er streicht in langen Strichen über das Fell des Pferdes, welches das offensichtlich genießt. Alec wirkt völlig versunken in seine Tätigkeit. Von hier aus kann ich nur sein Profil sehen, die Nase, die Haare, die ihm in die Stirn fallen.

Ein merkwürdig gerührtes Lächeln hebt meine Mundwinkel. Zum Teufel, er hat es heute alleine hierher geschafft! Toller Kerl.

Er blickt auf, bemerkt meinen Wagen und lächelt prompt breit. Mit der Bürste in der Hand winkt er mir zu.

Auf der Terrasse des Reiterstübchens sitzen ein paar Mädchen. Einige davon winken mir zu, kichern sofort und ich winke zurück. Alec folgt meinem Blick und lächelt belustigt.

Langsam schlendere ich über den Hof auf ihn zu.

Er trägt eine Reithose, die seine langen Beine noch mehr betont. Es wirkt sehr sexy, soweit man das bei einem Mann sagen kann. Doch, Alec wirkt sexy. Mein Blick bleibt entschieden zu lange … an den Beinen hängen.

»Ich ziehe mich gleich um.« Alec deutet meinen Blick zum Glück falsch. Wenn er wüsste, welche Gedanken mir durch den Kopf gehen. Ich habe wirklich daran gedacht, wie es sich wohl anfühlen würde, an der Innenseite der Beine entlang zu fahren und …

Teufel auch! Mit Berührungen hatte der Therapeut bestimmt anderes gemeint. Umarmungen, einen Händedruck. An was ich immer häufiger denke, geht weit über das hinaus.

»Hallo Mike.« Eine weibliche Stimme hinter mir. Linda, die Hofbesitzerin.

»Du kannst schon los, Alec«, sagt sie. »Ich bringe Bella selbst raus.« Sie tritt an das Pferd heran und löst den Strick.

»Danke. Wann soll ich morgen da sein?«

»Es reicht, wenn du um 8 Uhr kommst. Ich würde dir gerne morgen noch ein paar Pferde zum Reiten geben, wenn es dir nichts ausmacht. Damit hilfst du mir im Moment am meisten.«

Alecs zufriedenes Lächeln beweist, dass diese Arbeit ihm sehr gefällt.

»Die Boxen brauchst du nicht mehr machen«, meint sie lächelnd, als sie das Pferd an mir vorbeiführt. »Als Bereiter hilfst du mir im Moment mehr.« Sie lächelt mich freundlich an. »Er ist wirklich gut. Alec hat ein feines Händchen für die Pferde, besonders die schwierigen. Ich bin so froh, dass ich ihn habe.«

Alec wird etwas verlegen, und ich fühle plötzlichen Stolz auf ihn. Linda winkt uns zu und entschwindet Richtung Koppeln.

»Sie hält ja große Stücke auf dich«, sage ich ehrlich beeindruckt.

Alec lacht. »Für irgendwas muss es ja gut gewesen sein, dass ich früher viermal wöchentlich Training hatte.« Seine hübschen Augen glänzen. So gefällt er mir so viel besser. »Ich bin gleich bei dir.« Er eilt davon.

Ich wandere etwas über den Hof, schaue zwei Pferden zu, die sich kabbeln. Hinter mir ächzt jemand lautstark und ich drehe mich neugierig um. Bei der Boxenreihe hinter mir stehen alle Türen offen. In einer davon steht eine Schubkarre voller Pferdemist und gerade landet eine neue Ladung oben drauf.

Ich runzle die Stirn. Sonst hat Alec gemistet. Meine Neugier wird sofort befriedigt, denn ein erhitztes, pickeliges Gesicht taucht auf.

»Hallo Tom.« Der Junge setzt gerade an, die schwere Karre anzuschieben. Er setzt sie ab und beschattet sich die Augen.

»Hallo Bulle. Auch wieder da?«

Ich grinse zurück. »Seit wann schiebst du denn hier die Scheiße?« Hätte ich ihm nicht zugetraut.

»Keine Scheiße«, korrigiert er mich und spuckt lässig aus. »Das sind Pferdeäppel. Das ist mein Job, falls du es wissen willst.«

»Job?«

Tom verdreht die Augen. »Job eben. Geld verdienen. Kann ein Beamter wohl nicht verstehen. Es gibt auch Leute, die richtig was für ihr Geld tun müssen.« Er hebt die Karre ziemlich mühelos an. Kraft hat er, ich staune.

»Aha«, mache ich. »Also arbeitest du jetzt hier?«

»Klar!« Er schiebt die Karre an mir vorbei. Ich folge ihm. »Zum einen muss Alec es dann nicht mehr machen und zum anderen … kann ich die Kohle gut gebrauchen.«

Ach so, daher weht der Wind. Er hofft wohl, sich an Alec heranmachen zu können. Ich verziehe den Mund. Zugegeben, der Gedanke, dass dieser rotzfreche Ex-Junkie den ganzen Tag um Alec herumscharwenzelt behagt mir nicht.

»Hast du denn keine Schule?«

Tom fährt die Karre mit Schwung auf den Misthaufen. »Typische Erwachsenenfrage.« Er stöhnt genervt und wischt sich den Schweiß von der Stirn. »Schon mal gehört, dass man nachmittags keine Schule hat?«

»Heißt das, du gehst brav zur Schule und arbeitest nachmittags im Stall?« Wird der etwa solide? Ich muss ja zugeben, mein Vertrauen in solche Junkies ist gleich Null.

»Sieht so aus.« Tom zuckt die Schultern und ich folge ihm zurück zur nächsten Box.

»Alle Achtung!«, rutscht es mir raus. Nein, wirklich, das hätte ich ihm nicht zugetraut. Er grinst, sieht etwas geschmeichelt aus. Dann wird sein Grinsen breiter und seine Augen fixieren einen Punkt hinter mir. Sein Blick wird sehnsüchtig und er fährt sich hastig durch die Haare.

Irritiert drehe ich mich um.

Ah, deswegen: In eine verwaschene Jeans und ein relativ enges T-Shirt gekleidet, kommt Alec heran. Seine hellen Haare sind feucht, als ob er mit nassen Fingern durchgegangen wäre und das Gesicht sieht frisch gewaschen aus.

»Ich sehe, du hast unseren tollen, neuen Stallburschen schon getroffen«, meint er lächelnd. Tom wird rot, wendet sich rasch ab und verschwindet mit der Mistforke in der Box.

»Ja«, sage ich einsilbig, den liebevollen Blick noch im Kopf, mit dem ihn Tom bedacht hat. Verrückt, ich bin eifersüchtig wegen eines harmlosen Teenagerblickes. Kein anderer sollte meinen Alec so ansehen. Keiner, außer …

Halt, habe ich gerade ›ich‹ gedacht? Was für ein dummer Gedanke.

Wir gehen zu meinem Wagen und laden Alecs Rad ein. Er braucht es ja, wenn er morgen früh herkommen will. Mit dem Bus ginge bestimmt nicht gut. Fluchend schiebe ich das sperrige Rad hin und her, bis es endlich nicht mehr zu weit aus dem Auto hervorragt.

»Tut mir leid, mit dem Rad«, meint Alec zerknirscht.

»Schon gut, du brauchst es ja schließlich«, brumme ich, als wir einsteigen.

»Immer hast du so viel Mühe mit mir.«

Er soll sich nicht dauernd bei mir entschuldigen, zum Teufel! Wenn ich es nicht machen wollte, würde ich es auch nicht tun. Bevor ich den Mund zu einer etwas schärferen Antwort öffne, drückt Alec ganz kurz meinen Arm. Fast eher eine streichelnde Bewegung. Sie währt nur kurz, dennoch elektrisiert sie mich. Es kommt selten vor, dass er mich so offen berührt.

»Ich bin froh, dass du mich abholst.« Alecs Mund umspielt ein leichtes Lächeln. Also war der Herweg doch härter, als er am Telefon zugeben wollte.

Ich konzentriere mich aufs Fahren, wage erst eine ganze Weile später nachzufragen: »Wie ging es denn heute?«

Alec seufzt fast unhörbar. »Besser, als ich dachte. Auf dem Hinweg bin ich kaum jemandem begegnet. Und heute bin ich auch nur geritten. Vormittags war eh nichts los am Stall und heute Nachmittag war ich im Gelände.«

Damit meint er, mit dem Pferd durch den Wald zu reiten. Ich beherrsche schon einen Teil der Pferdesprache.

»Zu Pferde konnte ich problemlos anderen Menschen begegnen. Mir sind zwei Spaziergänger entgegengekommen, war gar kein Problem.«

»Na da traut sich auch kaum jemand an dich heran, so weit oben.«

»Und wenn, wäre ich schnell weg.« Alec lacht. »Schon klasse, wie viel Sicherheit einem die Pferde geben können.« Er streicht sich kurz das Haar aus dem Gesicht. »Du hast es mitbekommen?« Er sieht zu mir herüber.

»Linda hat Tom fürs Ausmisten eingestellt. Stell dir vor: damit ich mehr mit den Pferden arbeiten kann! Sie hat mir angeboten, als Bereiter bei ihr zu arbeiten, auch wenn ich studiere. Für zwei bis drei Tage die Woche und am Wochenende. Da bekomme ich sogar mehr Geld und es macht viel Spaß.«

»Klingt großartig.« Genau das Richtige, was Alec jetzt braucht, um im Leben Fuß zu fassen.

»Klingt fast zu schön, um wahr zu sein«, sagt er leise. »Irgendwann kommt dann der große Knall, oder?«

»Was?« Kurz wende ich den Blick von der Fahrbahn ab.

»Gerade jetzt ist alles fantastisch. Der Job, ich habe einen Studienplatz, ich wohne mi… bei dir«, korrigiert er sich hastig. Wollte er sagen ›mit dir‹?

»Adrian ist vorerst weggesperrt«, fügt er lahmer hinzu. »Im Moment bin ich vollauf zufrieden. Aber nach Murphys Gesetz, passiert dann immer was Unvorhergesehenes.«

»Was soll denn da passieren? Du hast mal verdient, dass alles gut läuft, Alec.«

»Danke, Mike. Ich weiß schon, warum du für mich so ein toller Freund bist.« Er lächelt mich an, mit diesem unglaublichen Alec-Lächeln.

Nun fühle ich mich etwas verlegen, zum Glück erreichen wir auch schon den Parkplatz des Einkaufszentrums.

»Lass dir einfach ein bisschen Zeit bei allem. Brich nichts übers Knie, dann wird alles schon werden.«

»Du kannst nicht dauernd auf mich Rücksicht nehmen«, meint Alec, sieht mich abschätzend an. »Ich kann dir nicht immer zur Last fallen.«

»Wer sagt denn, dass du mir zur Last fällst?« Ich schnaube.

»Du tust zu viel für mich. Hast dauernd Umstände wegen mir. Du hast doch dein eigenes Leben.«

»Ja, Alec!«, sage ich etwas heftiger. »Und ich kann gut entscheiden, was ich damit mache. Und im Moment möchte ich es ganz gerne mit dir teilen, ganz einfach!« Meine Stimme ist unnötig scharf geworden. Ungewollt lösen seine Worte in mir die vage Angst aus, er könnte woanders hinziehen. Wir wohnen erst so kurz zusammen, aber in eine Wohnung zu kommen, in der Alec nicht ist, erscheint mir jetzt schon undenkbar.

Alec sieht betroffen zu Boden, seine Finger kneten flüchtig.

»Also hör auf mit dem Scheiß, okay? Wer weiß schon, was in ein paar Monaten oder Jahren sein wird«, füge ich betont ruhiger hinzu. Dieses unangenehme Gefühl verärgert mich. Ich will nicht, dass Alec darüber nachdenkt. »Willst du vielleicht mitkommen?« Ich bin mir sicher, er will nicht, doch Alec schluckt und nickt kaum merklich.

»Ich würde es gerne versuchen.«

»Sicher?«

Alec lächelt verzerrt. »Nein, Mike. Ich habe eine Scheißangst davor, aber ich muss mich dem stellen, wenn ich normal leben, studieren und arbeiten will, okay?« Entschlossen steigt er aus.

Mir ist nicht ganz wohl dabei. Immerhin werden viele Menschen unterwegs sein. Frauen und Männer, die mit Sicherheit nicht besonders viel Abstand zu ihm wahren werden. Alec wartet nicht, er geht sogar vorweg. Sein schlanker Körper ist gestrafft und aufs Höchste angespannt. Ich beeile mich, an seine Seite zu kommen.

Kaum betreten wir den Supermarkt, sackt Alec etwas in sich zusammen. Ich beobachte ihn genau.

»Was willst du als Erstes besorgen?«, fragt Alec. An seiner Stimme erkenne ich sofort, wie er sich fühlt. Seine Hände fahren unruhig an der Hose auf und ab.

Das wird nie im Leben gut gehen. Teufel noch mal!

»Alec?«, sage ich leise. »Bleib wenigstens direkt neben mir.« So kann ich ihn abschirmen und eingreifen, wenn es zu schlimm werden sollte. Er sieht mich forschend an, nickt und bleibt direkt neben mir. Je weiter wir in den Supermarkt gehen, desto dichter kommt er an mich heran. Sein Arm streift mich mehrfach. Misstrauisch mustere ich ihn, bemühe mich allerdings, dass er es nicht merkt. Alec zittert ganz leicht, ich sehe es deutlich und es wird stärker, je mehr Menschen um uns sind. Seine Schritte schwanken.

Idiot! Warum muss er so stolz und dumm sein! Wem will er was beweisen? Sich selbst, okay. Nein … Mir! Schlagartig wird es mir klar. Er will mir beweisen, dass er stark genug ist, dass er es auch alleine schaffen kann. So ein Dummkopf.

Ein großer Mann kommt dicht vorbei. Alec verkrampft sich schlagartig und drängt sich dicht an mich, da ist er schon vorbei. Alecs Atem geht keuchend. Er bleibt ein paar Sekunden einfach an mich gedrängt stehen.

»Milch«, murmelt er. »Gehen … wir zum … Kühlregal.« Seine Stimme ist mühsam beherrscht. Erneut geht er vorweg. Mein Magen fühlt sich hart an, ich habe kein gutes Gefühl bei der Sache.

Alec bleibt vor dem Kühlregal stehen, packt Milch in den Einkaufswagen. Dann geht er weiter und nimmt zwei Pakete Quark.

»Für den Nachtisch«, meint er mit einem etwas gekünstelten Lächeln, welches nicht über seine Nervosität hinwegtäuschen kann.

Ich sage nichts, hole den Käse und Aufschnitt. Alles geht gut, bis plötzlich ein Mann ganz dicht an Alec vorbei in ein Regal greift, um ein Glas Kirschen zu nehmen. Alec keucht auf, weicht zurück, stößt gegen mich, wirbelt herum und krallt sich augenblicklich fest in meinen Arm. Seine Augenlider sind zusammengepresst, sein Griff hart. Er verbirgt seinen Kopf an meiner Schulter.

Der andere Mann schaut uns komisch an und geht weiter.

»Alles okay, Alec.« Ich lege meinen linken Arm um ihn, drücke ihn dichter an mich heran. »Niemand tut dir was. Es ist alles okay. Ich bin da.« Er sagt nichts, steht mindestens eine Minute, an mich geklammert, dann lockert sich sein Griff langsam.

»Mike …«, flüstert er fast unhörbar.

»Alles gut. Ich bin hier«, versichere ich ihm, streiche mit meiner rechten Hand sanft über seine Haare. So weich, es ist angenehm, ihn zärtlich zu berühren. Sein Zittern lässt nach. Meine Nase zieht seinen Geruch ein.

»Geht es, oder sollen wir zum Auto zurück?«

Alec schüttelt entschlossen den Kopf und drückt sich von mir. Augenblicklich löse ich meinen Arm, lasse ihn mit deutlichem Bedauern los.

»Entschuldigung.« Er grinst verlegen.

»Schon okay«, brumme ich, versuche mir nichts anmerken zu lassen. »Geht es wieder?«

Alec nickt, wendet sich entschlossen dem Regal zu und holt die Heidelbeeren. Seine Hände zittern noch, bewundernswert, wie schnell er sich wieder im Griff hat.

»Weiter«, zischt er mehr zu sich selbst. Es geht erstaunlich gut. Noch zweimal fühlt er sich bedrängt, sodass er sich an mich flüchtet. Jedes Mal schlinge ich meinen Arm um ihn, versuche ihm das Gefühl zu geben, beschützt zu werden, in Sicherheit zu sein. Der Einkauf muss eine totale Tortur für ihn sein, aber er treibt sich immer weiter, auch wenn ich die Schweißtropfen auf seiner Stirn sehe, seinen schnellen Atem höre.

Bald haben wir alles und begeben uns zum Ausgang. Noch immer geht Alec dicht neben mir, sodass wir uns bei jedem Schritt berühren. Es ist mir alles andere als unangenehm. Ich ertappe mich sogar dabei, dass ich das eine oder andere Mal versucht bin, ihn an mich zu ziehen, wenn uns Menschen zu nahe kommen.

Ohne weitere Zwischenfälle schaffen wir es tatsächlich zum Auto und laden unsere Einkäufe auf die Rückbank.

»Ich bringe eben den Wagen zurück«, sage ich, stutze, weil Alec gar nichts sagt. Er steht am Auto, hat die Hände auf das Dach gelegt und atmet stoßweise. Sofort lasse ich den Wagen los, bin mit zwei Schritten bei ihm. Alec ist total bleich geworden und sackt langsam am Auto hinab. Rasch greife ich nach ihm, ziehe ihn zu mir in die Arme und halte ihn fest.

»Mir ist ganz schwindelig«, bringt er mühsam hervor. Sein dünner Körper zittert stärker.

Ich wusste doch, dass er sich übernimmt, dieser Idiot. Was sollte das nur?

»Alles gut«, murmle ich. »Ich habe dich. Ich halte dich, Alec.«

»Schwarz«, nuschelt er und sinkt in sich zusammen. Muss der Kreislauf sein, der ihm wegsackt. Kein Wunder bei der Anspannung. Nun hat er die Quittung. Unvernünftiger Idiot!

Ich ziehe ihn fest in meine Arme, möchte ihn ausschimpfen, bringe allerdings keinen Ton über die Lippen. Alec fühlt sich schlaff, völlig leblos an. Sein Puls ist ertastbar und sehr schnell, der Blick etwas glasig.

Ehe ich mich selbst daran hindern kann, drücke ich ihm einen zaghaften Kuss auf das dunkelblonde Haar. Im Moment könnte ich ihn abwechselnd schlagen und küssen.

»Ich setze dich jetzt ins Auto und bringe den Einkaufswagen weg, okay? Ich bin sofort wieder da, Alec.« Er nickt, lehnt den Kopf zurück. Seine Haut fühlt sich kalt und feucht an.

Rasch bringe ich den Einkaufswagen weg. Auf dem Weg zurück schüttle ich den Kopf über ihn. Verbohrter Idiot, das hat er nun davon, seinen Dickschädel durchzusetzen. Wehe, er macht solche Aktionen, wenn ich nicht da bin.

Der Duft seiner Haare hängt hartnäckig in meiner Nase, das Gefühl des Kusses an meinen Lippen, als ich mich zu ihm ins Auto setze. Jetzt schäme ich mich dafür. Alec hat es nicht gemerkt und das ist nur gut so. So etwas sollte mir nicht wieder passieren. Ich darf ihn einfach nicht ausnutzen.

»Besser?« Alec öffnet die Augen, seufzt und verzieht den Mund abfällig.

»War wohl doch ein bisschen zu viel. Mein Kreislauf war plötzlich weg. Wird schon wieder.«

»Das hoffe ich doch stark«, brumme ich, versuche meine ganzen Gefühle wieder unter Dach und Fach zu bringen und sicher durch den Verkehr zu steuern. »Ich will schließlich wissen, was du aus dem Quark und den Heidelbeeren zauberst. Glaub ja nicht, dass du dich mit so einem kleinen Schwächeanfall rausreden kannst. Ich bestehe auf Nachtisch.«

»Okay, okay.« Alecs Gesicht nimmt langsam wieder Farbe an und er lächelt zaghaft. »Ich würde es nicht wagen. Bis Zuhause geht es mir wieder gut. Versprochen.«

»Prima«, knurre ich. »Sonst trage ich dich die Treppe hoch.«

»Oha! Drohung oder Versprechen?« Er reißt gespielt die Augen auf.

»Was du draus machst«, gebe ich zurück, selbst nicht ganz sicher. Ich schlingere mit meinen Gefühlen herum und finde die Idee, ihn zu tragen, gar nicht mal so übel.

»Vielleicht schaffe ich es bis dahin auch alleine«, mutmaßt er.

»Umso besser. Einer muss schließlich die ganzen Einkäufe hoch schleppen. Das bin dann wohl ich.«

»Du hast doch die starken Arme.« Alec wirkt wieder normal. Gut so.

Ein paar Minuten später rutscht mir heraus: »Alec, wenn du noch einmal so eine unbedachte Aktion machst, lege ich dich echt übers Knie.« Langsam fällt auch die Anspannung von mir ab.

Alec zieht zweifelnd die Augenbrauen hoch.

»Echt! Mache ich.«

»Nee lass mal«, meint er frech grinsend. »Ich stehe nicht auf Spanking.« Ich stimme in sein Lachen ein.

Der Abend ist klasse. Wir essen lecker und albern herum. Der Fernseher bleibt aus, wir unterhalten uns über alles Mögliche. Alec erzählt mir von sich, seiner Familie und ich von meiner. Ohne dass es einer von uns bemerkt hat, ist es 23 Uhr.

Später in meinem Bett liege ich noch länger wach, reflektiere immer wieder das Gefühl meiner Lippen auf seinem Haar. Stöhnend wälze ich mich von einer Seite zur anderen. Es ist so verrückt, was Alec mit mir anstellt. Es wird nicht besser, es wird schlimmer.

Ich kann nicht wirklich schwul sein. Ich bin 28 und habe mich noch nie zuvor zu einem Mann hingezogen gefühlt. Ich kann zu ihm schlecht sagen: »Hey, lass uns mal ausprobieren, ob ich tatsächlich schwul bin. Wenn nicht … Sorry Kleiner, du hast dich zwar in mich verliebt, ich bin aber gerade nur in einer Experimentierphase.« Das hat Alec nicht verdient.

Warum können wir nicht einfach befreundet sein? Es wäre ganz einfach und unkompliziert, wenn ich mir nicht so seltsame Sachen wünschen würde. Ich muss mich unbedingt besser beherrschen. So etwas wie heute darf mir nicht noch einmal passieren.

Du schaffst das, Mike!

VORSTELLUNGEN

Über die nächsten Tage und Wochen wird unser Zusammenleben immer mehr Routine. Ich komme gerne heim, genieße die Zeit, die wir zusammen verbringen. Endlich jemand, mit dem ich wirklich reden kann, der mir zuhört und mich nicht dauernd überzeugen will, dass ich den völlig falschen, weil viel zu gefährlichen und belastenden Job mache.

Jeden Tag wird Alec sicherer. Wir gehen häufig gemeinsam einkaufen. Ab und an wird er noch unsicher, jedes Mal weniger, jedes Mal kämpft er sich zäh und entschlossen durch die Angst hindurch.

Er hat ein klares Ziel vor Augen: In drei Tagen beginnt die Uni. Dafür stellt Alec sich jeden Tag seiner Panik. Und gewinnt.

Heute hat er mir stolz berichtet, dass er völlig alleine durch den Supermarkt gegangen ist. Ein wenig Sorge macht es mir, wie unnachgiebig er sich vorantreibt. Nicht nur, weil ich befürchte, er mutet sich zu viel zu. Bald schon wird er mich nicht mehr brauchen.

Wenn Alec sein Leben wieder hat, studiert, seinen Reitjob macht, dann werde ich überflüssig werden, kein Teil seines Lebens. Er wird sich in jemanden verlieben, der besser zu ihm passt, mit dem er zusammenzieht und glücklich ist.

Verdammt. Ich möchte nicht mehr ohne ihn leben. Eigenartigerweise habe ich mich wohl doch ein ganz kleines bisschen in ihn … ja, was? Verliebt? Die Grenzen sind wohl wirklich fließend.

Mehrfach war ich schon kurz davor, ihm zu gestehen, dass ich mich durchaus auch körperlich von ihm angezogen fühle. Nur kann ich diesen Gefühlen nicht trauen. Woher sie so plötzlich kommen, ist mir noch immer ein Rätsel. Vielleicht verschwinden sie ebenso schnell und dann? Alec gegenüber wäre das mehr als unfair.

Für Alec wird es bald stressig werden. Die Ermittlungen gegen Adson sind nahezu abgeschlossen, es wird nicht mehr lange dauern, bis ihm der Prozess gemacht wird. Noch immer haben wir die undichte Stelle im Revier nicht ausfindig gemacht. Vielleicht werden wir das auch nie. Kein schöner Gedanke. Wen auch immer Adson sich gekauft hat, er tarnt sich gut.

Heute auf der Arbeit habe ich mich zum ersten Mal mit Georg über seine Beziehung unterhalten. Nicht zu fassen: Er hat einen Freund, mit dem er demnächst zusammenziehen will. Muss ihn ganz schön erwischt haben, so wie er mir von seinem Schatz vorgeschwärmt hat. Georg musste mir unbedingt Details erzählen, die ich eigentlich gar nicht hören wollte. Ein wenig hat es mich schon interessiert, was ich natürlich nie zugeben würde. Weiter nachgefragt habe ich auch nicht, denn meine Ohren sind auch so recht rot geworden. Mein gedanklicher Papierkorb funktioniert scheinbar nur noch unzureichend.

Ich finde die Vorstellung, dass zwei Männer zusammenliegen, auf die eine oder andere Weise Sex haben, erscheint mir nicht mehr ganz so abartig, wie noch vor Kurzem. Vermutlich nur eine Frage der Gewöhnung. Immerhin lebe ich mit einem Schwulen zusammen und Georg und ich verstehen uns auch sehr gut. Da gewöhnt man sich eben dran.

Meine Fantasie treibt besonders nachts merkwürdige Blüten und immer geht es eindeutig um meinen Mitbewohner. Ich hasse mich dafür, wenn ich Alec betrachte, wie Adrian es wohl getan hat. Als ein Objekt, einen attraktiven Körper, den man benutzen kann.

Mein Schwanz ist unterbeschäftigt und die Handarbeit leid. Kein Wunder, wenn meine Libido verrückt spielt, ich hatte schon recht lange keinen Sex mehr.

Seufzend versuche ich mich auf den Artikel in der Zeitschrift zu konzentrieren, den ich gelesen habe, bevor meine Gedanken mal wieder ungehörig abschweifen.

Alec hantiert noch in der Küche. Er macht uns einen »Shepherds-Pie«.

»Englische Art der Resteverwertung«, hat er dazu gesagt. Verwerten tut er das Hackfleisch vom Spaghetti gestern. Es ist angenehm mal von ihm bekocht zu werden. Er hat im Übrigen nicht zu viel versprochen: Seine Nachtische sind Delikatessen. Sogar einen leckeren Kuchen hat er mir schon gebacken.

Sein dunkelblonder Haarschopf taucht im Eingang zum Wohnzimmer auf.

»In etwa einer halben Stunde gibt es was zu essen«, kommt die Info. »Ich räume eben noch auf, aber du kannst den Film schon anmachen.« Und schon ist er wieder verschwunden. Da das Fernsehprogramm zu wünschen übrig lässt, haben wir uns auf einen Film geeinigt.

Wohlig strecke ich meine Füße auf dem Couchtisch aus. Meine erste Freundin hat das immer gehasst. Ihrer Meinung nach gehören Füße unter den Tisch. In unserer behaglichen Männer-WG stört es keinen von uns. Das Zusammenleben mit einem anderen Mann hat durchaus seine Vorteile.

Der Vorspann ist gerade gelaufen, da taucht Alec auf, mein Bier in der einen und seine Cola in der anderen Hand.

»Hier, schön kalt.« Er reicht mir die Flasche, setzt sich direkt neben mich und legt wie selbstverständlich die Füße auf den Tisch. Jetzt muss ich grinsen. Männer eben. Wer versteht uns besser als andere Männer?

»War es heute wieder stressig?«, fragt er.

»Ziemlich locker heute.« Ich konzentriere mich lieber auf ihn als auf den Film, den kenne ihn ohnehin schon. Alec auch.

»Wir haben heute eine Frau und ihre zwei Kinder aus einer Wohnung geholt, in der ihr Ehemann sich verschanzt hatte. Der Typ galt als gewalttätig und es war nicht klar, ob er bewaffnet ist. War er zum Glück nicht, aber er hat sie vorher zusammengeschlagen.«

Ich schüttle den Kopf. Für so etwas habe ich einfach kein Verständnis. Wie kann man einen Menschen, den man liebt, verletzen?

»Er hat ihr das Gesicht zerschlagen und trotzdem hat sie nach ihm gerufen, als wir ihn abgeführt haben. Unfassbar. Die Kinder haben jetzt bestimmt einen Knacks weg.«

Alec nickt, nippt an der Cola, er sieht zum Bildschirm, aber ich weiß, dass er mir genau zuhört. Er hört mir immer gut zu.

»Kinder kriegen alles mit. In der Reittherapie haben wir auch zwei verhaltensgestörte Kinder. Ihre Mutter hat sie vernachlässigt und halb verhungern lassen. Die Fürsorge hat dem Ganzen ein Ende bereitet und nun sind sie in einer Pflegefamilie untergebracht.«

Der Film läuft weiter, wird dramatischer, allerdings schenken weder Alec noch ich dem Geschehen unsere volle Aufmerksamkeit.

»Weißt du …«, meint er plötzlich. »Ich habe überlegt von Pädagogik auf Sozialpädagogik oder Psychologie zu wechseln. Also nächstes Semester natürlich erst. Jetzt fange ich erst mal an.«

Ah, das passt zu ihm. Von dem Job in der Reittherapie erzählt er voll Leidenschaft.

»Dann kann ich besser verstehen, was in unseren Patienten vor sich geht. Mir würde es Spaß machen, mal in einer Therapieeinrichtung zu arbeiten.«

Ich nicke bestätigend. Kann ich mir gut vorstellen, Alec hat ein Händchen auch für Kinder.

»Tom hat mir von seiner Szene erzählt«, fährt Alec fort. »Ganz schön heftig, wenn du da erst mal reingeraten bist.«

Wohl war. Mit den traurigen Ergebnissen habe ich beinahe täglich zu tun.

»Die meisten schaffen den Absprung nicht mehr, wenn sie erst mal auf Droge sind«, antworte ich daher.

»Tom hat erzählt, dass sein Vater ewig betrunken war und ihn geschlagen hat. Irgendwann hat er es nicht mehr ausgehalten und ist getürmt, in die falsche Szene geraten und steckte darin fest.«

Die beiden scheinen sich ja ganz gut zu unterhalten. Der kleine, picklige Kerl macht sich bestimmt ordentlich an Alec ran, wo sie sich so oft sehen. Ob Alec das imponiert? Tom mag erst fünfzehn sein, aber sein machomäßiges Auftreten könnte schon beeindrucken. Vielleicht sind sie ja auch nur gut befreundet. So wie wir.

»Mein Vater war immer viel zu sanftmütig«, erzählt Alec, scheint ganz in Gedanken versunken. Schon längst läuft der Film nur nebenbei. Ich schalte den Ton leiser, höre lieber ihm zu.

»Deshalb hat meine Mutter ihn auch immer für einen Versager gehalten.« Um Alecs Augen ist ein wehmütiger Zug. »Er hat sich nie durchgesetzt, lieber nachgegeben, wenn sie etwas wollte. Immer wollte er ihr alles recht machen.« Er seufzt, zieht seine Beine an und stützt das Kinn darauf. »Ich glaube ja, sie hat ihn nie wirklich geliebt. Leider hat sie es mich auch spüren lassen.«

»Wie kann eine Mutter ihr Kind nicht lieben?« Zu meinen Eltern habe ich ein gutes Verhältnis. Ich besuche sie regelmäßig und natürlich feiern wir das obligatorische Weihnachtsfest zusammen. Alecs Verhältnis zu seiner Mutter ist schwierig. Dr. Goedhard hat es angedeutet und ich habe mit dieser Frau schon telefoniert. Kalt wirkte sie auf mich, als ob ihr Alecs Schicksal tatsächlich völlig egal wäre.

»Ich habe es eigentlich erst begriffen, als sie mir sagte, ich sei nicht mehr ihr Sohn. Eigentlich wusste ich es schon vorher, wollte es nur nie wahrhaben. Ich konnte es ihr nie recht machen, immer war ich zu träumerisch, zu sehr der Sohn meines Vaters.« Er lacht, aber es klingt gezwungen. Auch wenn dies eine unschöne Seite ist, ich mag mehr über ihn erfahren und es ist gut, wenn er darüber redet.

»Weißt du, ich bin mal Kreismeister in der Dressur geworden. Das war ein toller Erfolg und alle haben sich für mich gefreut. Ihr einziger Kommentar: Bei der geringen Konkurrenz wäre das ja nichts Besonderes, da hätte ich es ja leicht gehabt. Das hat echt geschmerzt.«

Das glaube ich ihm sofort. Was für eine Mutter.

»Aber egal.« Alec schüttelt die Erinnerungen ab. »Ich konnte eben nie der Sohn sein, den sie haben wollte. Jetzt erst recht nicht mehr.«

»Es tut mir leid.« Er ist so ein wunderbarer Mensch, wie konnte sie das nicht erkennen?

Er verzieht etwas das Gesicht zu einem schiefen Grinsen.

»Eigentlich ganz gut, dass sie mit mir gebrochen hat, sonst würde ich ewig versuchen, ihr alles recht zu machen, nur um ihre Anerkennung zu bekommen. So kann es mir völlig egal sein. Nur hätte ich ja nicht so dämlich sein müssen, mich gleich kopfüber an den ersten Mann ranzuschmeißen, der mich nett ansah.« Alec erzählt selten von seiner ersten Begegnung mit Adrian und was danach passiert ist. Geht mich ja im Prinzip auch nichts an, ich würde es nur gerne wissen, um ihm besser helfen zu können.

»Ich wollte endlich mal jemanden erleben, der mich mag, wie ich bin. Schwul und … ich eben.« Er verzieht das Gesicht, lächelt gequält. »Jemanden, der mich liebt, ohne Wenn und Aber.«

Leise ist seine Stimme geworden und in meinem Hals bildet sich ein harter Klumpen. *Ich mag dich,* möchte ich sagen, *haargenau wie du bist.*

Alec seufzt fast unhörbar und schaut mich zum ersten Mal direkt an. »Dabei wollte Adrian auch nicht wirklich mich.« Rasch wendet er den Blick ab, trinkt hastig zwei Schlücke und springt gleich danach auf. »Ich schau mal nach dem Pie, der müsste fertig sein.«

Der Klumpen ist noch da, will sich nicht schlucken lassen. »Jemanden, der mich liebt, ohne Wenn und Aber.« Ist es wirklich Liebe, die ich für ihn empfinde? Was wenn nicht? Ohne Wenn und Aber ist es eben nicht. Ich habe reichlich Wenns und Abers.

Alecs Pie schmeckt köstlich und wir sitzen noch recht lange vor dem Fernseher, hängen jeder seinen eigenen Gedanken nach. Gähnend strecke ich mich.

»Ich gehe noch duschen und dann ins Bett. Du kannst danach ins Badezimmer, wenn du willst.«

»Okay. Dann mache ich so lange klar Schiff. Ich habe ohnehin noch einen Kuchen für morgen im Ofen.«

»Wow, klasse. Für unser Samstagnachmittagskränzchen?«

Alec lacht. »Genau dafür.«

Ich gehe ins Badezimmer, dusche rasch und betrachte mich kritisch vor dem Spiegel. Mein Kinn kratzt und ich beschließe spontan, mich jetzt zu rasieren, morgens ist immer zu stressig. Ich mag keinen Drei-Tage-Bart. In der Beziehung war ich mir mit meinen Freundinnen ziemlich einig. Ich bin gerade mittendrin, als die Tür aufgeht und Alec reinkommt.

»Sorry, ich dachte du wärst schon …« Sein Blick gleitet tiefer. Stimmt, ich stehe nackt hier rum. Hat er auch bemerkt.

»Du kannst schon.« Ich nicke zur Dusche hin. »Ich bin gleich fertig.«

»Wollte nur Zähneputzen«, nuschelt er, wirkt sehr verlegen. Blödsinn. Ich habe nichts, was er nicht auch hat. Ist ihm das wirklich peinlich?

Zögernd tritt er neben mich. Schweigend stehen wir nebeneinander am Waschbecken, jeder mit seiner Pflege beschäftigt. Alec wirkt fahrig, ist schnell fertig und wünscht mir eine gute Nacht. Ich kann nicht antworten, ohne Rasierschaum in den Mund zu bekommen, also nicke ich nur.

Kurz danach bin ich auch fertig, ziehe mir meine Shorts über und gehe den Flur zu meinem Schlafzimmer hinunter. Unter Alecs Tür brennt abermals Licht. Er lässt es wirklich über Nacht an. Vor seiner Tür bleibe ich stehen. Merkwürdige Geräusche. Es klingt, als ob er weinen würde. Hat er etwa einen Albtraum?

Zögernd strecke ich die Hand nach der Klinke aus. Soll ich wirklich einfach so reingehen? Wenn er schlecht träumt, kann ich ihn im Arm halten, bis das Zittern weg ist. Die Albträume sind viel besser geworden. Ich habe ihn nur noch ein oder zweimal schreien hören, nun jetzt scheint er allerdings wieder einen zu haben.

Entschlossen klopfe ich kurz und öffne die Tür. »Alec? Alles okay?«

Er ist wach, sieht mich erschrocken an und zieht ruckartig die Bettdecke hoch. Sofort wird er knallrot und auch mir schießt das Blut in andere Regionen. Ich habe noch gesehen, womit er gerade beschäftigt war.

Verdammt, ist mir das peinlich.

»Ich habe Geräusche gehört«, versuche ich lahm die Situation zu retten. »Und dachte, du hast vielleicht einen Albtraum, ich …«

»Alles okay«, murmelt Alec hastig, lächelt verlegen.

»Oh … gut.« Mir fällt es schwer, mich abzuwenden. Mein Mund zuckt unwillkürlich. »Dann … schlaf gut.«

Vor der Tür hole ich erst mal tief Luft. Okay, Alec ist ein Kerl, warum soll er sich nicht einen runter holen dürfen? Machen wir schließlich alle. Schmunzelnd gehe ich zu meinem Zimmer, lasse mich ins Bett fallen und bekomme dennoch das Bild nicht aus dem Kopf.

Sein Gesicht wohlig verklärt … wie er seine Hand erschrocken aus den Shorts gezogen und mich angestarrt hat. Ich schlucke mehrfach, denn mein Hals fühlt sich plötzlich rau und trocken an. Ich begreife: Er hat mich nackt gesehen, und wenn ich darüber nachdenke, hatte er es ziemlich eilig, aus dem Badezimmer zu verschwinden. Ob es ihn angetörnt hat? Offenbar.

Der Gedanke ist mir nicht mal peinlich. Im Gegenteil, mein Unterleib findet das sehr anregend. Hat er ehrlicherweise schon, als ich begriff, was Alec tat. Ach, du … Scheiße!

Die Vorstellung, dass Alec nebenan liegt, an mich denkt und sich dabei einen runterholt, hat was.

Unwillkürlich gleitet meine Hand tiefer. Mein Anblick macht ihn also scharf? Nun … mich seiner auch. Langsam beginnt meine Hand ihr Werk.

Es braucht nicht viel Fantasie, sich Alec vorzustellen, denn ich habe ihn ebenfalls nackt gesehen. Und auch wenn ich mich irgendwo insgeheim dafür schäme, so reicht die Vorstellung, um mir einen Orgasmus zu verschaffen. Ich unterdrücke mühsam mein Stöhnen, lasse es nur ins Kissen entweichen.

Völlig verrückt.

Da liegen wir, zwei scharfe Kerle, jeder in seinem Bett und holen uns einen runter. Ich unterdrücke mein Lachen.

Alec könnte mich hören.

BEWEISE UND TATSACHEN

Der Samstagmorgen fängt mit dem wundervollen Geruch von Kaffee an. Alec ist also schon wach. Genießerisch atme ich durch die Nase ein.

Mein Handy sagt 9 Uhr. Auf dem Nachttisch liegen zerknüllte Papiertaschentücher. Beweisstücke von letzter Nacht. Mit schlechtem Gewissen rolle ich mich aus dem Bett und streife mir ein T-Shirt über. Beim Hinausgehen werfe ich die Tücher in den Mülleimer.

Zu dem verführerischen Kaffeeduft gesellt sich der von frischen Brötchen. Wo hat er die denn her?

»Morgen«, begrüße ich Alec, der dabei ist, den Kuchen mit Glasur zu überziehen. Er hat seine Laufkleidung an, enge Leggins und ein blaues Shirt, welches seinen flachen Bauch betont.

»Guten Morgen. Ich war schon joggen und habe uns frische Brötchen mitgebracht.«

»Klasse«, brumme ich verschlafen, gieße mir Kaffee ein und vermeide es, ihn anzusehen. Alec geht jetzt täglich joggen. Respekt.

Er setzt sich zu mir, als ich mein Brötchen aufschneide. Er hat sich ein Brötchen genommen, beachtet es jedoch nicht. Die Finger der rechten Hand malen winzige Kreise neben seinem Teller. »Du … hast gesehen was ich … Also gestern … Ich … weil du …« Alec befeuchtet sich flüchtig die Lippen.

Lächelnd unterbreche ich ihn: »Hey! Wir sind beide Männer, es muss dir nicht peinlich sein.« Verlegen ist Alec absolut zum Anbeißen. »Denkst du, ich hole mir keinen runter? Ist doch ganz natürlich.« Mein schlechtes Gewissen zwickt mich penetrant in die Magengegend. Wichsen mit Alec als Steilvorlage ist völlig normal, klar.

»Doch, schon. Nur ich …«

»Vergiss es einfach, okay?« Er kann doch machen, was er will. Was er sich dabei vorstellt, geht mich nichts an. Den Teufel werde ich tun, ihm zu verraten, was ich mir vorstelle.

»Gut. Okay.« Alec schneidet endlich sein Brötchen auf. Eine merkwürdige Spannung ist in der Luft. Sehr unangenehm, keiner von uns traut sich, etwas zu sagen. Es wäre leicht, Alec die Hand an die Wange zu legen, ihm durch seine Haare zu wuscheln und ihn lächeln zu lassen. Leicht und schwer, denn ich traue mir und meinem Körper nicht mehr. Harmlose Gesten könnten schnell zu mehr werden. Wenn ich denke, was ich gestern alles mit ihm angestellt habe … Nur in Gedanken natürlich.

»Was hast du heute vor?« Zaghaft taucht Alecs Lächeln auf.

»Ich bin heute mit Tom verabredet. Er wollte zwar mit mir ins Kino gehen, aber das bringe ich nicht. Deshalb hat er mich zu McDonalds eingeladen.«

Der freche Stricher meint es wirklich ernst. Ich weiß nicht, ob ich mich darüber freuen soll.

»Was für ein romantisches Date zwischen Burgern und Fritten.«

»Kein Date. Tom will nur nett sein, und ich glaube, er hat keine Freunde, mit denen er Zeit verbringen kann.«

»Er hat ein Auge auf dich geworfen«, erinnere ich ihn. Der picklige Typ will eindeutig was von Alec. Er sollte vorsichtig sein. Immerhin ist der ihm schon mal zu nahe gekommen. Ich traue ihm nicht.

Alec lacht sein wundervoll helles Lachen. »Mike, Tom ist fünfzehn. Ich bin zwanzig. Zwischen uns wird nichts laufen.«

Was machen ein paar Jahre schon aus? Wir wären sogar acht auseinander. Okay, da läuft ja auch nichts zwischen uns.

»Vielleicht willst du nichts von ihm, er schien mir allerdings durchaus interessiert zu sein«, bemerke ich, versuche dabei absolut neutral zu klingen.

»Mag sein.« Alec zuckt die Schultern und gießt sich Kaffee ein. »Selbst wenn er älter wäre, er ist absolut nicht mein Typ.«

Stimmt ja: Alec steht auf starke Arme. Jemanden zum Anlehnen, zum Beschützen.

»Und was machst du heute so?« Er gießt mir Kaffee nach. Alec weiß, dass ich immer zwei Tassen trinke.

»Nichts Besonderes«, antworte ich ausweichend. Eigentlich hatte ich mich darauf gefreut, mit ihm was zu unternehmen. Konnte ich ahnen, dass er schon verabredet ist? »Heute Nachmittag kommt ein Kollege und bringt mir zwei Filme zurück, die er sich ausgeliehen hat. Der hat heute Dienst beim Fußballspiel.«

Ich lächle sarkastisch. Traumjob Polizist. Grölende, halb besoffene Kerle bändigen, die sich bereits die Hälfte ihrer Gehirnzellen mit Alkohol oder anderen Sachen weggebrannt haben. Manchmal haben wir echt einen beschissenen Job.

»Ich werde mir einen gemütlichen Tag machen. Vielleicht putze ich sogar das Bad. Ich bin dran.«

»Zu spät.« Alec grinst verschmitzt. »Habe ich gestern schon getan. Aber du könntest mal im Kühlschrank nachsehen, was sich bereits in einen lebendigen Zustand versetzt hat. Keine Ahnung, was du mit einem Joghurt wolltest, der schon vor zwei Monaten abgelaufen ist.«

»Echt? Ist mir entgangen. Gut, dann werde ich mich heute den tödlichen Gefahren unseres Kühlschranks aussetzen.«

»Dann kann ich mich ihm auch wieder gefahrlos nähern«, antwortet Alec mit einem Augenzwinkern.

Erst viel später, als Alec mit frisch gewaschenen Haaren, eingehüllt in eine angenehm duftende Wolke Duschgel, aufbricht, fällt mir auf, dass ich »unser Kühlschrank« gesagt habe. Es ist nicht mehr nur meine Wohnung. Zumindest für mich ist es unsere geworden. Und ohne ihn ist diese irgendwie verdammt leer.

Kühlschrank entmisten und säubern gehört definitiv nicht zu meinen Lieblingsaufgaben, aber Alec hatte Recht: da sind so ein paar Leichen drin, die dringend entsorgt werden müssen. Klammheimlich unter Ausschluss der Öffentlichkeit. Immerhin bin ich beschäftigt und muss nicht dauernd daran denken, dass er mit Tom bei McDonalds sitzt.

Was machen die denn eigentlich davor? Für Mittag ist es viel zu früh, Alec ist um kurz nach 10 Uhr abgehauen. Gehen sie spazieren und unterhalten sich? Hauptsache Tom bringt Alec nicht in Situationen, in denen er sich bedrängt fühlt. Was, wenn er ihn doch noch überredet, mit ins Kino zu gehen und Alec eine Panikattacke bekommt?

Meine Hand sinkt nach unten, umklammert die ehemalige Möhre – zumindest vermute ich, dass es einmal eine war, ist schwer zu sagen, in dem jetzt mumifizierten Zustand. Wenn Alec Panik bekommt, kann Tom ihn beruhigen? Wird er ihn in den Arm nehmen?

Scheiße.

Verärgert schleudere ich das Möhrending in den Mülleimer. Ich mag die Vorstellung nicht, dass Alec sich an Tom drängt, bei ihm Schutz sucht. Es erscheint mir abwegig. Tom kann ihn nicht beschützen. Sicherlich wird er Alec in eine dumme Situation bringen. Er ist ein verliebter, unverantwortlich handelnder Teenager. Wie soll er wissen, wie er mit Alec und seinen Ängsten umzugehen hat?

Wütend und verunsichert tigere ich durch die Wohnung. Der Gedanke lässt mir keine Ruhe mehr. Am liebsten würde ich Alec suchen gehen. In der Stadt gibt es leider mehrere McDonalds. In einem von ihnen würde ich ihn schon finden. Wenn sie noch da sind, heißt das. Es ist mittlerweile nach 13 Uhr, da können sie auch schon woanders sein.

Teufel auch!

Ich kehre zurück an den Kühlschrank, mache den Aufräumjob zu Ende und versuche nicht dauernd an einen panischen Alec zu denken. Der Kleine macht das schon. Er ist so viel sicherer geworden. Am Montag geht es zum ersten Mal zur Uni. Alec packt das.

Irgendwann gelingt es mir, mich genügend abzulenken, um nicht alle drei Minuten an Tom und Alec zu denken und mir passende Szenarien auszudenken. Ich habe mittlerweile den Herd geputzt, ihn sogar abgerückt und dahinter sauber gemacht, was ich noch nie getan habe.

Alecs Kuchen lächelt mich verführerisch an, ich wage es lediglich, ein paar winzige Krümelchen von der Seite zu probieren. Der Kuchen sollte für heute Nachmittag sein. Dann müsste Alec ja bald zurückkommen.

Um 15 Uhr ist er noch immer nicht da und ich mache mir ernsthaft Sorgen. Ein paar Mal habe ich mein Handy gezückt und wollte ihn anrufen. Aber was zur Hölle soll ich denn sagen? Wenn wirklich was passiert ist? Wenn dieser dumme Junkie ihn in Schwierigkeiten gebracht hat, oder – wahrscheinlicher – er sich selbst? Alec mutet sich bestimmt zu viel zu. Und ich bin nicht da.

Der Gedanke macht mich schier wahnsinnig. Außer Adrian laufen schließlich noch diverse andere irre Typen herum. Wenn einer von denen ihm über den Weg läuft? Jetzt werde ich albern, ich merke es selbst. Alec kommt schon klar. Ist er vorher auch. Ohne mich.

Um kurz nach 15 Uhr kommt mein Kollege und Vorgesetzter Bernd vorbei. Er ist ein guter Freund. Wir haben öfter zusammen Kneipentouren gemacht oder ein Spiel gesehen. Er ist absoluter Fußballfan, deshalb lässt er sich sogar gerne für die Einsätze am Stadion einteilen. Wer es mag. Mir liegt nicht so viel daran.

»Mann Mike. Hast du etwa eine neue Freundin?« Er hat den Kuchen und die ungewöhnliche Ordnung in meiner Küche bemerkt. Ich verziehe den Mund.

»Nicht so ganz. Ich habe einen Mitbewohner. Der hält hier gut Ordnung.«

»Einen Mitbewohner?« Bernd sieht mich überrascht an.

»Er ist Student und wohnt seit zwei Wochen bei mir.« Bernd muss nicht wissen, um wen es sich dabei handelt. Keiner im Revier. Mein Privatleben geht nur mich etwas an.

»Ach so. Scheint demnach gut zu funktionieren. Deshalb hast du dich so lange nicht gemeldet?« Ich druckse ein wenig herum. Ich war lieber mit Alec zusammen, ja.

»Ich hatte halt viel zu tun in letzter Zeit, weißt du.«

»Schon okay. Ich muss auch gleich wieder los. Du kannst deinen Mitbewohner ja mitbringen, wenn wir morgen den Grillnachmittag mit den anderen Jungs machen. Vielleicht hat er Lust dazu?«

»Ich frage ihn.« Werde ich. Aber Alec wird todsicher nicht mitkommen.

Ich begleite Bernd nach unten, wir unterhalten uns über das Spiel. Wir stehen noch vor dem Haus, Bernd an seinen Dienstwagen gelehnt, da sehe ich Alec die Straße runter kommen. Er ist okay, sieht völlig in Ordnung aus.

Bernd ist meinem Blick gefolgt. »Ist er das?« Ich kann nur nicken, zu groß ist die Erleichterung, dass Alec unversehrt heimkommt.

Lächelnd nähert er sich uns.

»Hey Alec!« Ich würde ihn am liebsten in den Arm nehmen, so glücklich bin ich, ihn zu sehen.

»Hey«, begrüßt er uns.

»Du bist also Mikes Mitbewohner?«, fragt Bernd neugierig. Ob er ahnt, wer Alec ist?

Alec nickt, reicht ihm die Hand. Bernd stößt sich vom Wagen ab und schüttelt sie. »Ich bin Bernd.« Es klirrt leise und Alecs Blick fällt prompt auf die Ursache. Sofort wird er bleich und keucht erschrocken auf. Ruckartig lässt er Bernds Hand los.

Die Handschellen. Zum Teufel damit.

Alec weicht hastig zurück und kippt fast um.

»Alles okay?«, will Bernd irritiert wissen, schaut von mir zu Alec und zurück. Alec antwortet nicht, wendet sich hastig ab und taumelt zum Hauseingang.

Scheiße, daran hätte ich denken sollen. Hilflos sehe ich, wie er im Haus verschwindet.

»Was ist denn los?«, erkundigt sich Bernd.

»Schon okay. Er hat da ein Trauma. Ich kümmere mich darum. Wir sehen uns dann.« Damit lasse ich ihn einfach stehen, eile Alec hinterher. Vermutlich zählt Bernd jetzt eins und eins zusammen. Großartig.

Alec ist nicht weit gekommen, steht direkt hinter dem Hauseingang an die Wand gelehnt und zittert.

»Alles okay, Alec. Es waren die verdammten Handschellen, nicht wahr?« Ich fasse ihn an der Schulter und drehe ihn zu mir herum. Sein Gesicht ist aschfahl, aber er sieht mich an und nickt kaum merklich.

»Tut mir leid«, bringe ich hervor. Mann, jeder von uns hat im Dienst Handschellen dabei. Ich hätte besser nachdenken sollen.

Heftig ziehe ich Alec an mich, drücke seinen Kopf an meine Brust. Ich bin so wahnsinnig erleichtert, dass er wieder da ist. Alec hebt den Kopf, richtet sich auf und schaut verwirrt aus. Reflexartig streiche ich ihm über die Wange. Mein Gesicht ist nur wenige Zentimeter von seinem entfernt. Der Wunsch ihn zu küssen ist überwältigend und ich nähere mich ihm immer weiter. Mein Atem kommt stoßweise. Seine Augen werden immer größer, die Lippen beben. Einmal diese berühren, meine Zunge in seinen Mund gleiten lassen … *Beherrsche dich, Mike!*

Alec befreit sich ruckartig aus meiner Umarmung und weicht zwei Schritte zurück.

»Ich werde in Zukunft besser darauf achten. Es kommt nicht wieder vor«, versichere ich ihm. Habe ich was falsch gemacht? Hat er gemerkt, wie kurz ich davor stand, ihn zu küssen?

»Nein, nein, das war es nicht, Mike. Nicht … nur …« Hastig stürzt er die Treppe nach oben. Ich folge ihm rasch. Warum haut er ab? Bin ich zu weit gegangen?

»Was dann?«, frage ich, als wir die Wohnungstür erreicht haben. Alec wendet sich im Flur um, sein Blick wirkt gehetzt. Ich greife nach seinem Arm und will ihn an mich ziehen. Vielleicht kann ich ihn so beruhigen, er scheint ziemlich durch den Wind zu sein.

»Ich …« Die blauen Augen bewegen sich unruhig. Abrupt reißt er sich los und flüchtet ins Badezimmer. Die Tür fällt zu und lässt mich perplex zurück. Sonst konnte ich ihn mit meiner Umarmung immer beruhigen. Warum dieses Mal nicht? War doch wie immer, oder? Hat er was gemerkt?

»Was ist los, Alec?« Oder ist vielleicht doch etwas mit Tom passiert? Warum benimmt er sich so komisch?

»Bitte geh«, höre ich gepresst hinter der Tür. Was hat er denn? So langsam macht er mir Angst.

»Mike bitte, ich … kann jetzt nicht …«, vernehme ich seine dumpf klingende Stimme. Da ist doch was nicht in Ordnung mit ihm. Ich drehe durch, wenn ich nicht weiß, dass es ihm gut geht. Entschlossen öffne ich die Tür.

»Was ist los zur Hölle?« Die Unsicherheit macht mich wütend. »Warum haust du vor mir ab?«

Alec hat am Waschbecken gestanden und fährt erschrocken herum.

»Ich … ich«, beginnt er stammelnd. Sein Körper bebt. Flehentlich sieht er mich an, windet sich, um Worte herauszubringen.

»Ich habe nicht nachgedacht wegen Bernd!«, entschuldige ich mich erneut. »Es tut mir leid, ich wollte dich bestimmt nicht in eine solche Situation bringen.«

Alec schluckt mühsam, greift mit beiden Händen nach dem Waschbecken und hält sich daran fest. Sein Blick ist auf das weiße Porzellan gerichtet.

»Das war es nicht, Mike«, sagt er zögernd und sehr leise.

»Was dann? Was ist denn los?«

»Ich …« Seine Hände umklammern fest den Waschbeckenrand. »Wenn du …, wenn du mich so hältst … dann … dann …« Ich lausche voll Anspannung. War es ihm zu viel? Aber umarmt habe ich ihn doch schon oft. Nur nicht beinahe geküsst …

Unvermittelt stößt Alec sich ab. Sein Blick geht mir durch und durch. Er sieht fast so aus, wie damals, als ich ihn aus der Dusche geholt habe. Voll innerem Schmerz, verzweifelt. Etwas in mir heult auf und will sich endlich auf ihn stürzen.

»Ach verdammt …« Alec holt tief Luft. »Ich kann es nicht verhindern, egal wie sehr ich dagegen ankämpfe. Ich kann es nicht! Als ich dich gestern hier gesehen habe … und eben, als du mich umarmt hast … Dein Gesicht so nahe …« Meine Ohren saugen auf, was er sagt, ich kann mich nicht rühren.

Urplötzlich haut Alec mit der Faust fest auf das Waschbecken und keucht gleich darauf schmerzhaft auf. Instinktiv greife ich nach ihm und lasse die Hand im letzten Moment sinken.

»Ich hasse mich!«, schreit er plötzlich los. »Ich hasse diesen Körper. Es ist, als ob es nicht meiner wäre, nur eine Hülle. Ich habe keine Kontrolle darüber!«

Abermals haut er auf das Waschbecken ein. Meine Hand will vorschnellen, ihn davon abhalten, aber ich bin nicht in der Lage auch nur einen Muskel zu rühren.

»Ich kann nichts machen, jedes Mal reagiert er total triebgesteuert.« Alec schluchzt auf. »Ich bin wie eine gottverdammte Hure, die bei jedem Kerl gleich einen Steifen kriegt, der mich anfasst!« Jäh dreht er sich zu mir um, sieht mich wieder mit diesem furchtbaren Blick an. Er zittert vor Aufregung, sein ganzer Körper wird geschüttelt. Alec zerrt sich völlig unerwartet Jeans und Pants runter.

Fassungslos sehe ich ihn an und natürlich gleitet mein Blick tiefer. Ach, du scheiße …

»Siehst du!« Er schnaubt wütend oder auch verzweifelt. »Braucht es noch Beweise? Und ich kann absolut nichts dagegen machen. Wenn du mich anfasst, mir nahe kommst, dann stehe ich immer sofort so da! Bei jedem Mann war das so!«

Er steht mit funkelnden Augen da und hat unverkennbar einen Halbsteifen.

Was glaubt er denn? Teufel auch, dieser Anblick bewirkt bei mir schließlich nichts anderes, ich kann den Blick nicht mehr heben.

Ich reiße mich zusammen, meine Stimme klingt heiser: »Bei … jedem?«, Mir wird heiß und kalt. Gott, was hat er für perfekte Eier! Sein Schwanz ist so … Alec ist …

Er stößt die Luft aus und lächelt verlegen. Seine Wut scheint schlagartig verraucht zu sein. »Nein, natürlich nicht bei jedem. Bei … Adrian und bei … dir.« Seine Stimme ist ganz leise geworden. Seine Wangen schimmern rosig und er bückt sich, um sich die Hose hochzuziehen. Etwas in mir will das nicht. Ich ergreife sein Handgelenk und hindere ihn daran.

»Alec«, flüstere ich. Ich habe das Gefühl zu explodieren. Da sind so viele Gefühle, die alle gleichzeitig heraus wollen. Nun habe ich den Kampf endgültig verloren. »Denkst du, mir würde es anders gehen?« Also los, nach vorne. Jetzt gibt es eh kein zurück mehr. Volle Breitseite.

»Seit ich dich zum ersten Mal gesehen habe, hast du mich fasziniert. Du denkst, ich habe dir aus Mitleid geholfen? Dachte ich auch. Aber seit dieser … Sache und der Klinik … Ich kann dich nicht anfassen, ohne dass meine Gedanken … Und seit du bei mir wohnst, kriege ich jedes Mal einen Steifen, wenn ich nur an dich denke!«, schleudere ich ihm mannhaft entgegen. Meine Hand umklammert ihn fest, ich banne seinen Blick mit meinem.

»Du?«, keucht er auf, schaut mich nun wirklich völlig überrascht an. »Aber du bist … doch …«

»Total hetero?« Ein komisches Lachen entringt sich meiner Kehle. »Tja, dachte ich bislang auch.«

Er sieht mich baff an, es hat ihm offensichtlich die Sprache verschlagen. Ich lasse seinen Arm los.

»Wenn ich so absolut hetero bin, dann erkläre mir das mal …« Wild entschlossen öffne ich meine Hose und ziehe sie ebenfalls samt der Unterhose runter. Mein Freund ist mehr als halb steif und Alec sieht es natürlich sofort. Seine Augen werden größer.

»Wenn ich wirklich nur auf Frauen stehen würde, dann würde ich kaum so dastehen«, bringe ich heraus. All die Worte, die Gefühle, Zweifel, alles muss jetzt heraus. »Bei jeder flüchtigen Berührung. Wenn du lächelst, wenn du dir die Haare aus dem Gesicht streichst. Wenn mich dein bloßer Anblick anmacht, dann muss ich doch zwangsläufig auf dich stehen, oder?« Alec sieht mich ungläubig an, wendet den Blick langsam vom Beweisstück zu meinem Gesicht, aber in seinen Augen schimmert plötzlich ein winziger Funke … Hoffnung?

Alec lächelt, sein Mund zuckt regelrecht und ich muss zurückgrinsen.

Was für eine absurde Situation. Da stehen wir, zwei Kerle, mit heruntergelassenen Hosen und haben beide einen Steifen vom Anblick des anderen. Wenn das nicht absolut lächerlich ist.

»Du hast geglaubt, ich stehe nicht auf dich?«, sage ich leiser. »Wie könnte ich nicht? Du siehst verdammt gut aus, dein Gesicht, die langen Beine, der flache Bauch, deine Augen, die Nase, Haare, dein Geruch. Alles macht mich an.« Ich trete einen winzigen Schritt auf ihn zu, hebe hilflos die Hände.

»Ich möchte dich dauernd berühren, dich im Arm halten, dich … küssen!« Alec macht ebenfalls einen Schritt auf mich zu.

»Mike …« Nur ein Flüstern, sein Blick dringt ganz tief in mich. Abermals bewege ich mich einen Schritt vor. Ich bin so nah, sein Gesicht ist direkt vor mir, diese weichen, vollen Lippen. Ich kann nicht mehr anders, beuge mich vor und mache, was ich schon die ganze Zeit tun möchte. Meine Hände umfassen sein Gesicht, ich ziehe ihn zu mir heran und küsse ihn.

Endlich! Alec öffnet seine Lippen ganz leicht, stupst mich mit der Zunge sanft an. Es ist wunderschön. Nicht anders, überhaupt nicht anders, als wenn ich eine Frau küssen würde. Doch vollkommen anders, denn es ist mein Alec, den ich küsse und der Gedanke rinnt unglaublich heiß durch meine Adern.

Vorsichtig löse ich mich von ihm, schaue ihn an. Meine Hände rahmen noch immer sein Gesicht ein. So nahe. Herz rast, Atem schmerzt in den Lungen, alles ist kribbelnd und ungewohnt.

»Ich habe Angst dir wehzutun, Alec«, flüstere ich heiser. Es ist ein beinahe magischer Moment und ich habe eine Scheißangst davor alles zu versauen. »Nach allem, was passiert ist, habe ich Angst, dich zu berühren. Angst vor diesen neuen Gefühlen, denn ich weiß nicht, wie ernst sie sind. Ich will dich nie enttäuschen, Alec! Unter gar keinen Umständen.«

Zögernd löse ich die Hände, lasse sie auf seinen Schultern liegen. Schmale, bebende Schultern. Seine Hände kommen hoch, legen sich auf meine Arme. Ich fühle seinen Atem im Gesicht, als ich den Blick senke. »Du hast es nicht verdient. Ich will nicht so sein wie …«

»Du bist definitiv nicht Adrian!«, unterbricht er mich sofort. Kann er Gedanken lesen? Genau, ich will ihn nicht zu dem degradieren, was dieser Arsch getan hat. Aber ich kann auch nicht mehr gegen meine Gefühle und Triebe ankämpfen, die mehr von ihm wollen.

»Nein«, flüstere ich beschämt. »Mir fehlt zum Beispiel jegliche Erfahrung. Ich möchte dich zärtlich berühren, aber ich weiß ja nicht einmal wie.«

Alec lächelt verschmitzt, seine Hände streicheln über meine Haut. Alles ist warm, wo er mich berührt. Mir wird plötzlich bewusst, wie wir hier stehen: beide mit hinuntergelassenen Hosen und halbsteif.

Unwillkürlich muss ich grinsen. »Ich weiß nicht, was dir gefällt, oder wie ich es … anfangen soll.« Alec ist schließlich keine Frau. Er ist ein Mann. Wie ich. Was würde ihm gefallen? Was mir gefällt?

Ich hebe den Blick und schaue ihn direkt an, langsam kehrt etwas Selbstsicherheit zurück.

»Du … du wirst es mir zeigen müssen, wenn du willst?«, bringe ich hervor.

Alecs Augen weiten sich. Er versteht. Er sieht so unglaublich begehrenswert aus. Wie konnte ich je an meinen Gefühlen für ihn zweifeln? »Ich soll dir zeigen wie …?« Alec sieht mich überrascht an.

»Definitiv weißt du mehr darüber als ich.« Ich grinse ihn schief an. Meine rechte Hand legt sich zaghaft an seine Wange. Wie sehr ich mich danach gesehnt habe, ihn richtig zu berühren.

»Für mich wird es das erste Mal werden …«, meine ich achselzuckend. Etwas von dem Mike, dem selbstsicheren Typen, den ich sonst kenne, ist doch noch da: »Also natürlich nur mit einem Kerl, meine ich.«

Alec lächelt und ich könnte ihn schon wieder küssen, mache es auch. Ein langer, intensiver, wunderschöner Kuss, der den Freund zwischen meinen Beinen in Habachtstellung gehen lässt.

»Ich … Du wirst mir zeigen müssen, was du … gerne hast«, flüstere ich heiser. Verdammt, der da unten möchte jetzt wirklich zu seinem Recht kommen. Meine Fantasie und Hand werden jetzt nicht mehr reichen.

»Mike …« Mein Name löst Gänsehaut am ganzen Körper aus. Alec küsst mich zurück, erst sanft, dann fordernder. So hat mich doch noch nie eine Frau geküsst, oder? Ist er ja auch nicht.

Ich werde erneut zögerlich. Mein Mut schwankt. Immerhin stehe ich gerade im Begriff, mit einem Mann intim zu werden. Ich, der sich für einen Hetero hält. Hielt.

»Willst du es überhaupt? Willst du mit mir …?«, raune ich unsicher.

»Ja, gerne«, haucht Alec. Er drückt sich fester an mich, wir berühren uns, und mir versetzt es heiße Stöße durch den Körper, als mir klar wird, was gerade in ganz engen Kontakt kommt. Teufel auch … ist das heiß.

Alec küsst mich fortwährend, seine Hände liegen auf meinem Rücken. »So gerne!«

FALLENLASSEN

Ich küsse ihn! Ich darf Mike endlich küssen.

Der schönste Traum. Wie ein lange gehegter, heimlicher Wunsch, der ganz unerwartet in Erfüllung geht. Sein Körper ganz eng an meinem, die kräftigen Hände liegen um mein Gesicht. Er küsst mich zaghaft aber so zärtlich. Ich muss an mich halten, dass mein Herz nicht vor Glück einfach mit einem Knall zerspringt. Mike drückt sich an mich, zieht mich noch dichter heran und unsere Lenden … berühren sich.

Leise stöhnend umklammere ich seinen Rücken, presse ihn noch fester an mich. Das ist mehr, als ich ertragen kann. Ich will ihn nie wieder loslassen, alle Glückseligkeit liegt in diesem einen Augenblick. Sein herber Geruch ist in meiner Nase, ich kann ihn an seiner Haut erschnuppern. Er reibt sich ganz leicht an mir, keucht verhalten.

Oh ja, sein Atem geht ganz schön schnell.

Wow. Noch immer kann ich nicht fassen, nicht ganz begreifen, was passiert ist. So lange habe ich davon geträumt, mich nach ihm gesehnt und nun steht er hier, sein wundervoller Traumkörper ganz nah an meinem.

Gestern Abend der Schock, als ich Mike gänzlich unerwartet völlig nackt vor mir sah. Das war die Verkörperung all meiner wildesten Fantasien. Und er sah noch besser aus, als ich es mir erträumt hatte. Oh Mann, was für eine Tortur, neben ihm stehen zu müssen und so zu tun, als ob ich nur Zähne putze, während mein Unterleib in Flammen stand. Meine Hormone spielten Ping Pong mit mir und ich wäre um ein Haar über ihn hergefallen.

Wie ich es geschafft habe, halbwegs anständig aus dem Badezimmer zu kommen, ist mir noch immer ein Rätsel. Ich habe so gezittert, dass ich kaum die Zimmertür öffnen konnte, geschweige denn, es bis zu meinem Bett geschafft habe, bis meine Hand schon am Werk war. Das war wie ein Zwang. Ich hätte gar nicht anders gekonnt.

Mike, dieser perfekteste von allen Männern, nackt! Mein Körper spielte verrückt, war erfüllt von heißer Sehnsucht. Ich konnte nicht mehr klar denken und bin vor Scham fast gestorben, als er in mein Zimmer kam. Zu dem Zeitpunkt lag er in meiner Fantasie stöhnend auf mir. Oh scheiße, war das peinlich!

Ich habe praktisch die ganze Nacht nicht schlafen können. Wie sollte ich ihm nur unter die Augen treten? Mike hat so getan, als ob alles in Ordnung wäre. Wenn er gewusst hätte, was ich mir vorgestellt habe …

Das war eine Fantasie. Heute ist es real.

Meine Hände gleiten unter Mikes Hemd. Ich möchte ihn spüren, jeden Zentimeter Haut erfühlen, ihn an mir spüren, ganz und gar in ihm versinken. Mich endlich fallen lassen, vertrauen können.

Sein Atem hat sich weiter beschleunigt. Meiner auch. Die Hände liegen noch um mein Gesicht. Mike küsst mich, wieder und wieder. Sanft, der Ausdruck dabei leicht ungläubig. Diese weiche Berührung, die immer verlangender, immer sicherer wird, ist unglaublich schön.

Langsam gleiten Mikes Hände an Gesicht und Hals hinab, liegen schwer auf meinen Schultern. Noch immer ist viel zu viel Stoff zwischen uns. Ich streiche ihm den Rücken hoch und runter. So kräftig, diese Muskeln, die mich die ganze Zeit schwachmachen. Wirklich an ihnen entlang zu fahren, sie unter der Haut spielen zu fühlen, ist total berauschend. Mike ist die absolute Wucht.

»Wir sollten besser ins Schlafzimmer gehen«, meint Mike mit komisch heiserer Stimme.

Ich nicke fahrig. Er hat ja so recht. Aber keiner von uns macht Anstalten sich zu rühren.

»Mag mich gerade nicht wegbewegen«, nuschle ich. Mein Schwanz liegt neben seinem, reibt sich an ihm. Wenn ich ihn jetzt loslassen müsste, das überlebe ich schlichtweg nicht. Ich habe panische Angst, dass dieser Traum dann plötzlich vorbei ist.

»Ich auch … nicht wirklich«, bringt Mike leise stöhnend hervor. »Geht gerade irgendwie nicht.« Ich muss lächeln, als er mich erneut küsst, schaue ich zu ihm auf.

»Dann bleiben wir also ewig hier stehen?« Hätte ich gar nichts gegen. Ich finde den Gedanken sogar sehr reizvoll.

Mike lächelt versonnen. Seine schwarzen Augen glänzen, sein Blick ist ganz in meinen Augen versunken, Finger spielen an meinem Hals und Hemdkragen.

»Am besten, ja.« Mike beugt sich vor und küsst mich inniger. Bin ich wirklich der erste Mann, den er küsst? Ich öffne meine Lippen, gewähre der Zunge Einlass, schließe die Augen und erlebe den Kuss, seine Zunge, die zärtlich und doch fordernd ist, mit allen Sinnen. Nie wieder Atem holen, nie wieder den Kontakt lösen … Meine Träume werden wahr. Ich liebe ihn so sehr.

Langsam löst er sich, aber ich mag die Augen nicht öffnen, spüre seine Lippen noch immer auf mir.

»Vielleicht …«, beginnt er zögernd und ich öffne widerwillig die Lider. Mike lächelt verschmitzt. »Wenn wir uns jetzt langsam rückwärts …«

Für ihn muss das ungewohnt neu sein. Bewundernswert, dass er sich überhaupt darauf einlässt.

»Gute Idee.« Ich rühre mich keinen Millimeter. Nur diesen engen Körperkontakt nicht abbrechen …

Mike bewegt sich und ich kann ein Stöhnen nicht unterdrücken, folge seiner Hüftbewegung augenblicklich nach, erhalte den Kontakt unserer Lenden. Nur den Druck nicht weniger werden lassen. Auch von Mike kommt jetzt ein erregtes Keuchen.

»Blöde Idee.« Er grinst verlegen. »Ich stolpere gleich über meine Hose, reiße dich dabei zu Boden und wir landen hart auf diesen unbequem aussehenden Fliesen.«

Und ich käme durchaus gerne unter dir zu liegen. Der Gedanke lässt meine Wangen heiß brennen.

»Oh …« *Sehr konstruktiv, Alec.* Hitze jagt durch meinen Körper, Mike schiebt die Hüfte hin und her. Erneut muss ich stöhnen. Vielleicht will er nur seine Hose loswerden? Sie hängt ihm in den Kniekehlen, wie meine mir. Aber das fühlt sich so gut an …

Plötzlich muss ich kichern. Mikes Körper bebt, ihm entringt sich ebenfalls ein Lachen. Was für eine absurd komische Situation.

»Okay, Alec. So kommen wir wohl nicht weiter. So schwer es mir gerade fällt, aber wir sollten uns mal kurz trennen und dann ins Schlafzimmer bewegen.«

»Du hast völlig Recht«, stimme ich ihm verträumt zu. Weder er noch ich bewegen uns jedoch auch nur einen Millimeter. Keiner will die Nähe beenden, die wunderbare Schauer durch den Körper rieseln lässt. »Du hast absolut …«, wir küssen uns abermals, »… Recht.« Nur einmal kurz voneinander lösen, aber … es geht irgendwie nicht. Stattdessen reibt mein Becken sich stärker an ihm. Mike versteift sich und gibt ein winziges, ächzendes Geräusch von sich.

»Alec!« Er stöhnt plötzlich laut und gequält, drückt mich entschlossen von sich. Mir drohen die Beine wegzusacken, fest packt er mich an den Oberarmen. Heftig keuchend stehen wir uns gegenüber, beide mit einem Steifen und Gier in den Augen.

»Okay …« Mike ringt nach Atem. »Jetzt ziehen wir uns erst mal die Hosen aus. Dann …« Er schnauft, schließt einmal die Augen, reißt sie sofort wieder auf. »Dann gehen wir in mein Zimmer, okay?« Jedes Wort scheint ihm mühsam von den Lippen zu kommen.

Mein Körper will zu ihm, will sich erneut eng an ihn drücken. Mein Verstand funktioniert nicht wirklich, auch wenn ich eigentlich weiß, dass der Vorschlag vernünftig ist.

»Ja … Ja!« Irgendwie schaffe ich es doch, mich von ihm zu lösen und die Hosen abzustreifen. Meine Turnschuhe sind im Weg. Verflixte Schnürung! Gegenüber kämpft Mike mit seiner Hose, der widerspenstigen Pants und seinen Schuhen. Jeder von uns versucht so schnell wie möglich den Ballast los zu werden.

Mike ist schneller. Wütend zerre ich an den Schnürsenkeln, die einfach nicht aufgehen wollen, meine Finger sind viel zu zittrig. Mike sieht mir einen Moment zu. Sein verlangender Ausdruck verursacht Gänsehaut, macht die Sache nicht leichter.

»Shit!«, fluche ich ungeduldig. Mike streift sich sein Hemd ab. Ich erfasse gierig jeden freigelegten Zentimeter seines perfekten Oberkörpers, die kräftigen, leicht behaarten Beine, das V seiner Lenden. Und dieser geile Schwanz! Verdammt gut sieht er aus! Ich will ihn spüren. Ich will ihn erleben. Sofort!

Prompt reißt der überflüssige Schnürsenkel und ich schüttle den Schuh ab. Rasch ziehe ich mir das T-Shirt über den Kopf, kämpfe verzweifelt mit dem anhänglichen Stoff.

Wir stehen uns gegenüber. Mein Herz rast stärker, mein Körper dampft vor innerer Hitze, ich vergehe vor Verlangen nach ihm. Mein Schwanz pocht hart und schmerzhaft. Mikes Blick gleitet forschend über meinen Körper. Natürlich hat er mich schon mal nackt gesehen, aber er scheint alles neu erfassen zu wollen.

»Ist das wirklich …«, beginnt er zögernd, wendet den Blick von meinem Körper ab und sieht mir direkt in die Augen. »Sollten wir wirklich … ich meine …« Nervös leckt er sich über die Lippen.

Kommen ihm jetzt doch Zweifel? *Oh nein! Nein, tu mir das nicht an! Nicht jetzt!*

Entschlossen trete ich auf ihn zu, ergreife seine Hand und ziehe ihn mit mir. »Komm, Mike.« Ich lasse ihn nichts von dem Wirbelsturm der Gefühle spüren, der in mir tobt, der Angst, den Zweifeln, den Bedenken, ob ich es überhaupt tun kann, ohne dabei an … Adrian zu denken.

Bitte, komm mit mir, lass es wahr werden. Ich will es wissen. Und ich will vergessen, was war.

Wenn Mike jetzt einen Rückzieher macht, stürze ich mich aus dem Fenster! Ich kann meine Gefühle und das Verlangen nicht mehr zurückhalten, sonst werde ich völlig irre.

Willig lässt Mike sich mitnehmen. Ich zerre ihn mit mir, renne beinahe zu seinem Zimmer, öffne die Tür heftig und ziehe ihn mit mir.

Ich war noch nie in seinem Zimmer, auch jetzt habe ich keinen Blick für die Einrichtung. Mich interessiert nur sein Bett, es steht unübersehbar in der Mitte. Ich zerre Mike hin, drehe mich um und sehe ihn an.

»Alec …«, beginnt er erneut und schaut zweifelnd aus.

Nein!

Ich umklammere sein Gesicht mit den Händen, ziehe ihn in einen Kuss, lege all mein Verlangen, meine so lange aufgestaute Gier in diesen Kuss. Ich fühle, wie er zittert. Sofort schlingt er seine Arme um mich, schiebt sich dichter an mich heran.

Ich lasse mich fallen. Wortwörtlich, rückwärts auf sein Bett und nehme ihn einfach mit mir.

Mike keucht überrascht auf, stützt sich gerade noch rechtzeitig seitwärts ab, kommt dennoch auf mir zu liegen. Genau so möchte ich ihn haben. Rasch erholt er sich von meiner Aktion, schmunzelt amüsiert.

»Kleiner, jetzt gehst du aber ganz schön ran.« Er lächelt auf mich hinab und streicht mir die Haare aus der Stirn. Nachdenklich mustert er mich. »Willst du es so sehr?«

Was denkt er denn? Natürlich! Ich verdränge das schlechte Gefühl, meine Zweifel, die Angst. Und auch die Scham ihn so sehr zu begehren, dass mein Gehirn aussetzt. Heftig nicke ich.

»Ich träume seit Wochen von nichts anderem«, flüstere ich, drücke mich hoch, um ihn gierig auf die Brust zu küssen. Mike schiebt sich höher und unsere Ständer liegen wieder nebeneinander. Mir entkommt ein zufriedenes Seufzen. So, genau so!

»Was meinst du wohl? Es war die reinste Folter, dich täglich nahe zu haben, aber nie anfassen, nicht wirklich berühren zu dürfen«, gebe ich zwischen weiteren heißen Küssen zu. Lächelnd streichelt Mike immer wieder über mein Gesicht.

»Und ich habe mich kaum getraut, dich anzufassen«, erklärt er kopfschüttelnd. »Ich hatte Schiss, du würdest es nicht mögen oder es würde unliebsame Erinnerungen auslösen.«

»Tu dir keinen Zwang mehr an«, schlage ich mutig vor. »Du kannst mich anfassen und ich möchte überall von dir berührt werden.« Das ›überall‹ betone ich besonders.

Mike rollt sich seitwärts von mir. Noch bevor ich es bedauern kann, zieht er mich auch schon an der Schulter zu sich. Seine linke Hand streicht von der Schulter aus an meiner Seite hinab, was lustvolle Schauer bewirkt.

»Ja …« Ich stöhne genießerisch. »So zum Beispiel!«

Lächelnd lässt Mike seine Hand wieder hinaufgleiten, berührt mich an der Brust, fährt mit den Fingern die Konturen meiner Muskeln nach. Er erkundet meinen Körper, den Körper eines Mannes, mit konzentriert neugierigem, leicht entrücktem Ausdruck.

»Überall?«, fragt er nachdenklich. Seine Hand wandert zum Bauch, schickt ein Zittern durch Nerven. Meine Beine zucken. Tiefer, noch etwas tiefer … Oh, bitte …

Ich würde so gerne aktiv werden, lasse ihn jedoch erst mal gewähren, genieße die noch zaghafte Erkundung. Mike ist der Hetero. Ich muss ihm Zeit lassen, sich an mich zu gewöhnen. Es soll ihm ja auch gefallen.

Was, wenn er es nicht mag? Was, wenn er feststellt, dass ein Mann ihm nicht alles bieten kann, was er bei einer Frau empfindet? Furcht macht sich in mir breit, verdrängt ein wenig die bebende Lust.

Kann ich Mike alles geben, was er haben möchte? Kann mein Körper es? Ich bin nur ein Mann. Sex mit mir wird anders werden. Aber besser? Ich weiß es nicht. Kann ich ihm so viel Lust bereiten, dass er es mit mir wiederholen möchte?

Bestimmt nicht, wenn ich nur herumliege und gar nichts tue. Ich muss es wenigstens versuchen. Andererseits möchte ich ihn nicht verschrecken. Wenn ich die Initiative ergreife, wird es ihn nicht abstoßen? Was ist er gewöhnt? Wie hat er Sex mit seinen Freundinnen gehabt? Waren die eher passiv oder gingen die mehr ran? Verdammt, mein Selbstbewusstsein ist wieder auf dem Weg in den tiefsten Keller, Zweifel und ewige Bedenken erneut auf dem Vormarsch.

Forschend blicke ich Mike ins Gesicht, versuche die Anzeichen zu lesen. Wird er sich zurückziehen? Aber da ist nur ein Ausdruck von Staunen und Neugierde. Mikes Hand gleitet über meine Brustmuskeln, streift die Brustwarzen. Da bin ich sehr empfindlich, sie werden bei der geringsten Berührung schon hart. Wohlig stöhne ich auf.

»Aha, das magst du also?« Mike wartet meine Antwort gar nicht ab, nimmt die linke Brustwarze zwischen die Finger und zwirbelt sie leicht. Ich drücke den Rücken instinktiv keuchend durch. Alle Zweifel verschwinden gerade hinter einer feurigen Welle der Lust.

»Eindeutig.« Mike lächelt erfreut. »Hätte ich nicht gedacht. Meine sind nicht so empfindlich.«

»Meine schon!« Abermals stöhne ich abgehackt, als er rechts weitermacht. Meine Augenlider flattern.

»Zufallstreffer«, meint Mike und lässt die Brustwarze los. Mir entkommt ein bedauernder Laut und ich öffne die Augen. Seine Hand ist weiter auf Erkundungstour und nähert sich eindeutig entschlossener meinem empfindlichsten Bereich.

Ich beobachte ihn genau. Mikes Finger zögern, dann gibt er sich einen Ruck und umfasst meinen Schwanz. Zaghaft massiert er ihn, die Fingerspitzen streifen über die Vorhaut, legen die Eichel frei. Ich kann ein lautes Aufkeuchen nicht verhindern, als er erneut am Schaft hinabgleitet. Wehe er macht jetzt noch einen Rückzieher! Ich schwöre, ich bring ihn um.

»Komisches Gefühl, wenn es nicht der Eigene ist.« Mike ist ganz auf meinen steifen Freund konzentriert. Ich kann ihm nicht antworten, denn seine Finger gleiten an der empfindlichen Unterseite hinauf. Stöhnend entkommt mir sein Name, als ich den Kopf in den Nacken lege, meine Augen sich wieder schließen. Ich sollte ihn auch berühren, aber ich kann gerade nicht.

Wie lange habe ich mich wieder nach solchen Berührungen gesehnt? Seit Adrian hat mich schließlich kein anderer Mann je wieder so angefasst.

Und Mike ist so ganz anders. Viel vorsichtiger, viel unsicherer, aber gerade deshalb ist es so unglaublich schön. Ich weiß so genau, dass er nichts tun wird, was ich nicht möchte, dass er auf mich Rücksicht nehmen wird. Sich nicht einfach nehmen wird, was er möchte. Ich vertraue ihm voll und ganz.

Als seine Hand unvermittelt meine Hoden umspielt, kann ich ein weiteres Stöhnen nicht unterdrücken, will es auch gar nicht. Mein Glied ist zum Zerbersten angespannt, wenn er nicht gleich mehr macht, muss ich mir selbst helfen, denn ich halte die Spannung kaum noch aus, fühle, wie es bereits aus der Spitze tropft und feuchter wird.

Als ob er es geahnt hätte! Seine Hand schließt sich jetzt endlich um meinen Schwanz, reibt vorsichtig daran, wandert massierend auf und ab. Abschätzend sieht er mich an, grinst, als er meinen lustvollen Ausdruck sieht. »Klar, dass dir das gefällt.«

Oh ja! Das tut wirklich gut. Meine Hand kommt automatisch nach vorne, ich beuge mich zu ihm, sehe ihn an, warte kurz auf seine Zustimmung im Blick, bevor meine Hand seine Erektion umfasst, die ganze Länge des Schaftes umschließt. Mit ruhigen Bewegungen beginne ich ihn zu verwöhnen. Mike stöhnt wohlig auf, sein Griff um meinen Schwanz wird endlich fester.

Das habe ich noch nie gemacht. Mit Adrian war es anders. Er hat sich meinen Körper einfach genommen, er hat ausschließlich mir Lust bereitet. Ich mochte ihn ja auch gar nicht anfassen, sein Körper hat mich immer mehr angeekelt, aber er hat es auch nie von mir verlangt.

Kurz nur sind die Bilder wieder da, aber es ist nicht sein Gesicht, das ich vor mir sehe. Es ist Mikes. Und damit lösche ich alle anderen Bilder aus.

Adrian wollte ich nach dem ersten Mal nicht mehr berühren. Mike hingegen will ich anfassen, ihm will ich solche Lust bereiten, wie er mir.

Grinsend rücken wir dichter aneinander, unsere Bewegungen werden schneller, fester und härter. Als ob wir synchron arbeiten würden, ohne Worte uns verstehen, jeder dem Anderen das lustvolle Vergnügen bereitet, welches er selbst erfährt.

Mikes andere Hand kommt hoch, legt sich auf meine Schulter. Schneller und schneller werden unsere Bewegungen, lauter unser Keuchen und Stöhnen. Die Luft zwischen uns ist erfüllt von Hitze, seinem Duft, dem Geruch von Sex, Verlangen, Hingabe und … Liebe.

Stöhnend kommt er. Ich fühle sein Glied pulsieren, ihn erzittern und sein Griff um meinen Schwanz wird fast schmerzhaft fest. Mike unterbricht seine Bewegung, dabei bin ich auch so kurz davor.

Ruckartig stößt seine Hüfte im Höhepunkt nach vorne. Er lässt mich nicht los, aber es reicht nicht, ich brauche mehr, so kann ich noch nicht abspritzen.

»Mike«, keuche ich. »Bitte. Mach weiter. Ich …«

Meine Hand umschließt seine an meinem Schaft und drückt zu, ich versuche seine Hand zu bewegen. Aus verklärten Augen schaut er mich an und nimmt tatsächlich die Bewegung wieder auf. Mein Stöhnen wird lauter, sein Griff härter, stimuliert mich in schnellen, ruckartigen Bewegungen.

»Ja. Bitte. So! Noch ein bisschen.« Ich spüre es kommen, bin kurz davor, noch ein wenig, nur noch ein wenig … Dann überrollt mich der Orgasmus, heftiger, besser, schöner, als meine eigene Hand es mir bereiten könnte. Die Hände kommen hoch, krallen sich in seine Schultern, ich halte mich an seinem starken Körper fest. Der angehaltene Atem entweicht pfeifend, kaum lässt die Spannung nach. Glücklich lasse ich mich auf den Rücken sinken, seine Hände lösen sich von mir. Mike fällt neben mich. Wir liegen, heftig atmend nebeneinander, noch ganz gefangen in den fantastischen Gefühlen.

Zumindest ich.

Endlich wieder. Ich wollte es so gerne machen. Und ich konnte es tatsächlich tun, ohne dabei ständig an ihn zu denken. Ein wildes Gefühl des Triumphs breitet sich aus. Ich konnte Adrian vergessen. Es war Mike und mit ihm war es okay. Anders, logisch, aber wirklich gut. Besser.

Ob es für Mike auch so gut war? Sofort überkommen mich die vorigen Zweifel. War es für ihn auch okay?

Ich linse vorsichtig zu ihm hinüber, drücke mich hoch, um ihn zu mustern.

Immerhin ist er gekommen. Gut, dass würde er auch bei einem Handjob, dazu bräuchte er mich nicht zwangsläufig.

Hat es ihm gefallen? War es gut genug? Die Zweifel nagen immer stärker an mir. Was soll ich nur tun, wenn er es nicht genossen hat?

Mike hat ein seliges Lächeln auf den Lippen, die Augen sind geschlossen. Zumindest sieht er nicht unzufrieden aus.

Vorsichtig strecke ich die Hand aus, lege sie zögernd auf seine Brust. Ihn berühren zu dürfen, seine warme Haut zu spüren, die festen Muskeln … fast bebe ich vor Freude.

Plötzlich öffnet er die Augen, sieht mich direkt an. Ich bin versucht, meine Hand zurückzuziehen, doch augenblicklich breitet sich ein breites Grinsen in Mikes Gesicht aus. Er stemmt sich hoch, lehnt sich zu mir herüber, drückt mich heftig an den Schultern zurück auf den Rücken. Atemlos verharre ich, dann küsst er mich, hart und schnell, immer wieder.

Verblüfft lasse ich es geschehen. Was hat das zu bedeuten? Hat es ihm vielleicht gefallen? Mit einem Mann? Mit mir?

Mike lässt mich kurz zu Atem kommen, sein Gesicht ist so nah, sieht mich unverwandt an.

»Alec …« Er schüttelt ungläubig den Kopf. »Hätte ich gewusst, wie genial das sein kann, wäre ich schon längst über dich hergefallen. Teufel auch. Wie geil war das!«

Mein Kopf ist wie leer gefegt. Ich kapiere schon, was er gesagt hat, die Worte haben durchaus Bedeutung, dennoch … ich mag es gar nicht glauben, zu groß sind die Zweifel, zu groß meine Sehnsucht.

»Ha… hat es dir … denn gefallen?«, stottere ich, habe so viel Angst vor seiner Antwort, dass ich beinahe zittere.

Mike grinst, küsst mich, berührt nur gerade eben meine Lippen. »Ich bin noch nie so schnell gekommen. Muss wohl ziemlich gut gewesen sein, oder? Was meinst du?«

Unsicher lächle ich zurück, weiß nicht wirklich, ob ich glauben darf, was er sagt. Kann es sein?

Mike zupft an meinen Haaren herum, sein Finger fährt über meine Nase. »Ich könnte mich dran gewöhnen. Definitiv besser als der übliche Handjob.«

Mike sieht mich so eindeutig verliebt an, dass mein Herz laut loswummert und definitiv Anstalten macht den Brustkorb zu verlassen.

»Mann, Alec! Was denkst du denn?« Mike schnaubt belustigt, küsst mich erneut.

»Na ja«, nuschle ich. »Immerhin bin ich ja nur ein Mann. Ich … ich weiß ja nicht, ob …«

»Du bist definitiv ein Mann!«, unterbricht er mich unwirsch. »Stell dir vor: Das ist mir auch aufgefallen, Alec.« Mike grinst, fährt mir fortwährend durchs Haar. Er betrachtet mich nachdenklich. Ich wage es nicht, mich zu rühren. Da ist so eine komische Spannung in der Luft. Ich schwebe irgendwo dazwischen und habe eine irre Angst abzustürzen.

»Keine Ahnung wie das passieren konnte, aber ich habe mich wohl irgendwie in einen Kerl verguckt«, brummt Mike mit schief gelegtem Kopf und zuckt die Schultern. »Ich muss echt irre sein! Total verrückt! Ich verknalle mich einfach in einen Typ, der irre blaue Augen hat, einen Körper, der mich echt gerade verrückt macht und …« Abermals schüttelt er ungläubig den Kopf, grinst süffisant und seine Hand gleitet tiefer. Überrascht keuche ich auf, als sie sich um eine äußerst empfindliche Stelle schließt.

»Weißt du, dass du die absolut geilsten Eier hast, die ich gottverdammt noch einmal gesehen habe? Ich bin verrückt, aber das ist total gut so.«

Glückshormone schwemmen alle anderen Gedanken hinweg. Ich überlasse mich ihnen, Mikes Küssen, lasse mich wirklich, absolut fallen. Mike ist es, der mich auffängt.

KUSCHELN

Wir liegen noch eine ganze Weile zusammen, streicheln, küssen uns innig. Von mir aus soll es nie enden. Leider klingelt aber natürlich irgendwann das verfluchte Telefon. Mike rollt sich mit einem bedauernden Geräusch aus dem Bett, greift nach seiner Jogginghose und hüpft, mehr oder weniger einbeinig, ins Wohnzimmer, während er versucht hineinzukommen.

Schmunzelnd sehe ich ihm hinterher. Mit ihm weicht die Wärme und ich komme mir alleine deplatziert in seinem Bett vor. Aus dem Wohnzimmer vernehme ich seine Stimme. Er telefoniert wohl mit einem seiner Kumpels.

Ich schwinge mich aus dem Bett und stehe unentschlossen herum. Ohne Mike komme ich mir wie ein unbefugter Eindringling vor. Seufzend gehe ich ins Badezimmer. Meine Klamotten liegen noch da.

Rasch reinige ich mich und ziehe meine Hose über. Als ich gerade mein T-Shirt überstreifen will, kommt Mike. Er grinst verlegen.

Unsicher lächle ich zurück. Was soll ich sagen? Bereut er womöglich schon, was wir getan haben? Ich weiß nicht, wie ich mich ihm gegenüber verhalten soll.

»Ich sollte wohl mal duschen gehen.« Mike reibt sich über den Bauch. Darauf sind deutlich Spermaspuren zu sehen. Ein Teil davon stammt definitiv von mir.

Ich nicke nur, ohne ihn anzusehen und will an ihm vorbei. Mike greift nach meinem Arm, sieht mich nachdenklich an. Seine Lippen bewegen sich und ich erwarte, dass er sich entschuldigt. Ein Versehen, es tut ihm leid, aber er ist doch nicht schwul er … Mike küsst mich völlig unvermittelt. Einfach so.

Meine Knie werden weich, die Welt dreht sich.

»Kriege ich jetzt was von deinem tollen Kuchen? Der lacht mich schon den ganzen Tag an und ich habe mich nicht getraut, davon zu kosten.« Er grinst schelmisch, wie nur Mike es kann.

Oh ja, ich kann ihn mir lebhaft vorstellen. Mike mag gerne Süßes, auch wenn er es nicht offen zugeben würde.

»Ich wundere mich, dass er noch existiert. Ich dachte, du hättest ihn schon vernascht.«

»Nein, nein!« Mike tut empört und küsst mich abermals, streichelt mit dem Daumen zart über meine Wange. »Stückchen für Stückchen. Ich bin ein Genießer und dann habe ich mehr davon.« Seine schwarzen Augen schauen mich belustigt an. Er meint wohl gerade nicht nur den Kuchen. In meiner Brust hüpft etwas freudig hin und her.

»Gut, dann schneide ich ihn jetzt an.« Ich genieße seine Küsse aus vollster Seele. Das tut so unglaublich gut. Ehrliche Küsse. »Bis gleich.«

Nur zögernd lässt Mike mich los. Ich kann nicht widerstehen und bleibe, bis er seine Hose auszieht, um noch einen Blick auf seinen perfekten Männerkörper zu werfen, bevor er in der Dusche verschwindet.

Glücklich seufzend gehe ich in die Küche. Ich durfte mit diesem wahnsinnig tollen Mann Sex haben! Der Tag kann kaum besser werden.

Als Mike, geduscht und mit nassen Haaren aus dem Badezimmer kommt, habe ich ihm Kaffee und mir eine Schokolade gekocht und natürlich den Kuchen aufgeschnitten.

»Hattest du etwa heute einen Putzanfall?«, frage ich belustigt. So wie es aussieht, hat er heute die gesamte Küche gewienert.

»Wusste irgendwie nichts Besseres mit mir anzufangen«, gibt Mike feixend zu, lässt sich mir gegenüber auf den Stuhl fallen. »Immerhin hast du dich ja stundenlang irgendwo mit einem pubertären Junkie herumgetrieben.«

Täusche ich mich, oder klingt seine Stimme ein wenig eifersüchtig? Sein Blick ist auf den Kaffee gerichtet.

»Ex-Junkie«, rutscht es mir heraus, während ich ihn genau mustere. Kann er eifersüchtig auf Tom sein?

Mike hebt den Blick und grinst achselzuckend. »Mit Tom eben. War es denn nett?«

Doch schon, denke ich. Seit ich wieder da bin, ist Tom überaus nett zu mir. Wir sind mittlerweile gut befreundet. Er ist nie wieder aufdringlich geworden, eher etwas zurückhaltend, fast schüchtern. Nur ab und an legt er noch seine Machomaske an und tut einen auf harter Kerl. Aber bei mir eher selten. Nur bei anderen. Seit er bei Linda auf dem Hof arbeitet, kommt er immer besser klar. Er geht sogar wieder zur Schule und will seinen Abschluss machen. Heute hat er sogar von seiner Familie erzählt. Ich glaube, er findet es gut, dass ich ihm zuhöre. Tom kommt aus ganz schön verkorksten Verhältnissen. Dagegen hatte ich Familienidylle pur.

»Ja«, antworte ich verspätet und ziehe mein Kuchenstück zu mir heran. »Aber McDonalds kann einfach nicht mit deinem Essen konkurrieren.« Lächelnd sehe ich ihn an, ziehe leicht die Lippen ein. Noch immer fühle ich seine Hände auf mir, fasse noch immer nicht, was wir getan haben. Die Unsicherheit bleibt. Es ist so unwirklich.

»Da bin ich ja beruhigt.« Mike brummt zufrieden und beißt in sein Kuchenstück. Wir schweigen eine ganze Weile. Eine merkwürdige Spannung ist in der Luft. Jeder von uns weiß, was wir getan haben. Darüber reden müssen wir nicht. Wie geht es jetzt weiter?

Ich bin völlig unsicher, wie ich mich verhalten soll. Ich will ihn nicht überrumpeln, denn mir ist schon klar, dass Mike ein wenig daran zu knabbern hat, dass er mit einem Mann intim geworden ist. Schwul oder zumindest bi – für ihn ein neues Denkmuster. Ich hatte ja schon länger Zeit, mich daran zu gewöhnen.

»Lecker«, meint Mike, als er sich ein drittes Stück Kuchen nimmt. »Du hast definitiv genug Qualitäten gezeigt, um mit dir zusammenleben zu wollen.« Was meint er damit? Ich runzle die Stirn.

»Mann, Alec!« Mike schnaubt empört. »Wenn du so dreinschaust, könnte ich dich immerzu küssen. So, als ob du Angst hättest, ich würde dich gleich auf die Straße setzen.«

»Willst du nicht?«, kontere ich, spüre meine Wangen brennen. Ich weiß einfach nicht, wie ich mit ihm umgehen soll. Auf gar keinen Fall will ich unsere Freundschaft verlieren. Vor allem will ich nicht, dass sich etwas zwischen uns ändert. Das könnte ich nicht ertragen.

Mike schmunzelt, beugt sich zu mir herüber, umfasst mein Kinn fest mit der Hand. Sein Daumen streicht über meine Lippen. Ich halte den Atem an. So schön, wenn er mich berührt, so voller Zärtlichkeit.

»Jemand, der so leckere Kuchen backt, lasse ich doch so schnell nicht wieder gehen«, flüstert er, bevor er mich erneut küsst. Meine Hände finden

den Weg in seinen Nacken ganz von alleine, meine Lippen öffnen sich, lassen ihn ein.

Oh, er kann so gut küssen. Seine Zunge gleitet sanft in meinen Mund, erforscht ganz fein ihren Gegenspieler. Ehrliche Zärtlichkeiten. Nicht die Liebkosung, das Ziel die Erregung meines Körpers, wie es bei Adrian der Fall war. Berührungen, die mir gelten. Nicht meinem willigen Körper.

Nach einer Weile lassen wir seufzend voneinander ab.

»Wie …«, beginnt Mike nachdenklich. »Wie hast du eigentlich herausgefunden …« Er holt Luft, ringt mit den Worten. Da liegt ihm was sehr auf der Seele. »Na ja, dass du schwul bist. Also ich meine, dich für Männer mehr interessierst als für Frauen? Wann hast du es gemerkt?«

Aha, das beschäftigt ihn natürlich. Klar, kann ich verstehen.

Ich zucke die Schultern. »Kam irgendwie einfach so. Also ich habe im Sportunterricht schon immer gerne den Typen vom Handball zugesehen, wenn die halb nackt spielten«, gebe ich lächelnd zu. »Und als ich fünfzehn war, kriegte ich bei einem Schwimmturnier einen Harten. Das war mir voll peinlich.«

Oh ja, es war überaus peinlich, weil ich eine Hose anhatte, bei der man den verräterisch feuchten Fleck sehen konnte. Mal ganz abgesehen von der Beule.

»Ich bin aufs Klo geflüchtet und wusste vor lauter Scham gar nicht, was ich machen sollte. Musste mir dann mit der Hand behelfen. Und viel Klopapier.« Jetzt kann ich darüber lachen, damals bin ich fast gestorben, vor allem, weil ich niemandem davon erzählen konnte. Es wollte mir partout nicht einleuchten, warum ausgerechnet ich schwul sein sollte.

»Na ja und danach habe ich es eben immer öfter bemerkt. Meistens hatte ich mich danach besser im Griff. Peinlich war es trotzdem und ich wollte es vor allem nicht wahr haben, habe immer gedacht, es ist nur eine Phase, die vorbei geht.« Rasch nehme ich ein paar Schlücke.

Mike sieht nachdenklich aus, stochert gedankenverloren in den Krümeln seines Kuchenstücks herum.

»War es aber nicht. Mit achtzehn war ich mir schon ziemlich sicher, aber ich habe mich erst mit neunzehn getraut, es jemandem zu sagen.« Es war furchtbar, es vor jedem geheim zu halten, immer nur heimlich Blicke auf die tollen Typen aus meinem Leichtathletikteam zu werfen, sich unter der Dusche immer unter Kontrolle zu haben.

»Ich war ein paar Mal mit einer guten Freundin aus. Im Kino und so«, erzähle ich weiter. Mike hört genau zu, hat den Kopf leicht schief gelegt und vor sich bereits das vierte Stück Kuchen liegen.

»Na ja, sie wollte wohl gerne ein bisschen mehr, und als sie im Auto anfing zu küssen, zu fummeln und sich bei mir so gar nichts regte, habe ich es ihr gesagt.«

Nicht so ganz wahrheitsgemäß erinnere ich mich beschämt. Ich habe sie von mir gedrückt und gemurmelt, es ginge irgendwie nicht. Sie war es, die mich gefragt hat, ob ich womöglich schwul wäre.

»Sie hat gut reagiert und mir versichert, sie wäre trotzdem noch meine Freundin. Jeder Schwule bräuchte schließlich eine beste Freundin.« Mike lächelt. Scheint ihn wirklich zu interessieren.

»Dann habe ich es endlich auch meinem Bruder gesagt. Er wohnte da schon in Venezuela, hatte gerade geheiratet und irgendwie erschien es mir relativ sicher, es ihm zu verraten.« Meine Gedanken wandern weiter. Nun kommen wir zum unangenehmsten Teil meines Outings.

»Vincent hat es ganz gut aufgenommen, auch wenn er ebenfalls gemeint hat, es wäre bestimmt nur eine Phase. Aber er hat mir leider auch geraten, es unserer Mutter zu sagen. Das war dann nicht so gut.«

Mike brummt etwas, was ich nicht verstehe. Vielleicht sollte es auch nicht wirklich ein Kommentar sein. Im Grunde kennt er diesen Teil ja schon. Trotzdem, ich werde es ihm erzählen. Es schmerzt, doch ich weiß auch, dass es von Mal zu Mal besser wird, wenn ich es erzähle.

Also berichte ich ihm von meinem Outing vor meiner Mutter, ihren verletzenden Worten, davon, wie ich aus dem Haus gerannt bin, wütend, total enttäuscht, fertig und völlig durcheinander, langsam begreifend, dass sie mich nie wirklich geliebt hat.

Ihre Worte klingen mir noch immer in den Ohren. Ich fröstle.

»Du warst ein dämlicher Unfall, Alec. Ein verfluchter Unfall. Ich wollte dich nie bekommen. Aber er musste ja darauf bestehen. Ich hätte es ahnen sollen: Du bist genau wie er geworden. Nur ein Träumer, ein Verlierer, ein Versager! Ihr bekommt nichts auf die Reihe. Und dann kommst du auch noch mit so perversen Dingen an und willst, dass ich dafür Verständnis aufbringe?« Ich kann ihren Tonfall noch vernehmen. Jeder Hieb saß. Es schmerzt damals wie heute.

Ich bin aus dem Haus gestürzt, weg, nur weg von ihr, wollte der schmerzlichen Wahrheit entfliehen, vor der ich so viele Jahre meine Augen erfolgreich geschlossen hatte. Ich wusste nicht wohin nur, dass ich etwas in meinem Leben verändern musste. Radikal. Nicht mehr abwarten, ob mir zufällig der Richtige begegnet. Ich wollte geliebt, akzeptiert, begehrt werden. Sex haben, Lust fühlen. Alles auf einmal.

Dumme Idee.

»Warum ich auf diese blödsinnige Sache mit dem Club Gaytronic gekommen bin, weiß ich gar nicht mehr genau.« Ich seufze. »Auf jeden Fall war es eine dämliche Idee. Und den Rest davon kennst du.«

Mike schaut mich an. Diese wundervollen, schwarzen Augen! Wer hat ihm je gesagt, sie wären kalt? Seine Hand legt sich auf meine, er streichelt über den Handrücken. Es sind solch kleine Gesten, die mir so viel bedeuten. Und er ist darin echt ein Meister.

»Du bist was Besonderes, Alec«, sagt er schlicht. »Keine Ahnung, aber du hast auf jeden Fall was an dir. Und ich mag dich.«

Mike, du bist wundervoll. Solche Worte brauche ich. Er weiß, wie und wann. Wer von seinen Freundinnen hat ihn je unsensibel genannt? Waren die denn alle blond und blind?

»Deshalb habe ich mich wohl auch in dich verliebt«, traue ich mich zu sagen. Mike grinst breit. Sein Griff um meine Hand wird plötzlich fest.

»Wollen wir vielleicht auf dem Sofa vor dem Fernseher klassisch kuscheln gehen? Wie es sich für ein verliebtes Pärchen gehört?«, schlägt er mit blitzenden Augen vor.

»Guter Vorschlag«, murmle ich glücklich, versunken in seine schwarzen Augen. So hatte ich mir das vorgestellt.

Abends liege ich in meinem Bett, starre an die Decke und muss doch ständig an ihn denken, der nur wenige Meter weiter alleine in seinem Bett liegt. Ich habe mich nicht getraut zu fragen, ob ich bei ihm schlafen dürfte.

Das würde ihm bestimmt auch alles viel zu schnell gehen, fürchte ich. Am besten lasse ich ihm Zeit und ein wenig Distanz. Wenn ich ihn zu sehr mit Beschlag belege, geht er womöglich wieder auf Abstand.

Ich wende den Kopf. Mein Wecker zeigt 0:23 Uhr.

Wir haben gekuschelt. Oh ja. Und wie. Für uns beide das erste Mal.

Mike hat zugegeben, mit seinen Freundinnen nie so intensiv gekuschelt zu haben. Umso stolzer war ich, dass er es mit mir anscheinend genossen hat. Keine Ahnung, was wir angesehen haben. Ich weiß aber noch, wie seine Hand unablässig durch mein Haar fuhr, er mich im Arm gehalten hat, ich an ihn gekuschelt lag. Natürlich bin ich prompt eingeschlafen. In seinen Armen kann ich am besten schlafen. Besser zumindest als jetzt.

Aber Mike wird seine Ruhe haben wollen, vielleicht auch Zeit nachzudenken. Wir haben beide im Badezimmer nichts gesagt, sind jeder in sein eigenes Zimmer gegangen.

Morgen ist Sonntag und Mike hat erzählt, dass Bernd vorgeschlagen hat, dass ich mit zu dem Grillnachmittag komme. Sicher bin ich mir nicht, ob es eine gute Idee ist. Immerhin weiß keiner, was zwischen uns läuft und wir müssten uns beide zurückhalten. Kann ich das noch? Will ich das?

Ich will ihn vor seinen Kumpels nicht blamieren, indem ich ihn womöglich verliebt anschmachte.

Shit. Verärgert drehe ich mich herum.

Nur weil er wohl gerade feststellt, dass er Gefühle für einen Mann entwickelt, bleibt noch das Problem, dass seine ganzen Kumpels ihn für einen Hetero halten und bestimmt nicht gut auf mich reagieren würden.

Der Gedanke versetzt mir einen schmerzhaften Stich. Ich will nicht so viel darüber nachdenken, wie es zwischen uns weiter laufen wird. Kann er sich überhaupt zu mir bekennen? Wie würde es bei seinen Arbeitskollegen ankommen? Er hat mir erzählt, dass er einen Kollegen hat, der offen schwul auftritt. Aber was Mike erzählt hat, ist der mindestens zwei Meter fünfzig groß und der größere Bruder von Hulk. Nur nicht so grün.

Erneut wechsle ich die Seite.

0: 46 Uhr.

Ich vermisse deine Nähe, Mike. Die Arme um mich, deinen Körper nah an mir. Gerade fühle ich mich einsamer als jemals zuvor. Kalt und alleine.

0: 52 Uhr

Entschlossen stehe ich auf. Ich kann so nicht schlafen. Es geht nicht. Nicht, ohne seine Nähe.

Leise verlasse ich das Zimmer, gehe in die Küche, um mir einen Tee zu machen. Nicht immer so viel Grübeln, nicht so viel Zweifeln. Ach Mann, einfacher ist es jetzt auch nicht wirklich geworden. Eher komplizierter.

Das Wasser kocht noch nicht, da vernehme ich das Geräusch nackter Füße im Flur. Verdammt, ich hab Mike aufgeweckt. Schuldbewusst drehe ich mich um.

Nur mit seinen Schlafshorts bekleidet steht er an den Türrahmen gelehnt. Mit diesem unverschämt geilen, nackten, nur wenig beharrten Oberkörper. Er sieht reichlich verschlafen aus.

»Sorry, wollte dich nicht wecken«, sage ich verlegen.

»Kannst du denn nicht schlafen?«

Ich schüttle den Kopf. Das Wasser kocht, aber so recht ist mir eigentlich gerade nicht nach einem Tee. Ich würde viel lieber …

Shit, muss er denn auch so da herumstehen? Mir meine sehnlichsten Träume haargenau vor Augen führen? Dieser wundervoll kräftige Oberkörper, seine langen Arme … Ich möchte darin versinken. Wie schön wäre es, wenn er mich festhält, bis ich einschlafe.

»Wie spät ist es denn?«, fragt Mike und gähnt.

Die Uhr ist über ihm, also blicke ich hoch. »1:05 Uhr.«

»Aha«, Mike zögert, wendet sich langsam ab. »Na ich gehe dann mal wieder schlafen.« Er nickt mir zu, stößt sich vom Türrahmen ab und will gerade gehen, da rutscht es mir raus. Ich kann nicht anders, es geht nicht: »Mike?«

Augenblicklich dreht er sich herum, sieht mich fragend an. Ich schlucke ein paar Mal, lecke mir nervös über die Lippen. Das heiße Wasser ist vergessen.

»Ist es …«, beginne ich, schlucke erneut. »Wäre es für dich okay … also, wenn … Ist es okay … wenn ich bei dir schlafen würde?«

Mein Herz pocht hart und laut. Es fällt mir unendlich schwer diesen Wunsch zu äußern. Was wenn er ablehnt? Was, wenn er so viel Nähe nicht haben möchte? Sofort senke ich schuldbewusst den Blick. Ich sollte ihn nicht so überfahren mit meinen Wünschen und Sehnsüchten.

»Also nur …«, rudere ich gleich wieder zurück. Mike grinst mich an und zaghaft hebe ich den Blick.

»Klar«, sagt er einfach, nickt mit dem Kopf zu seinem Zimmer hinüber. »Komm schon, sonst wird unser Bett noch kalt.«

GARTENPARTY

Die Geräusche in der Küche hatten mich aufgeweckt. Ich hatte eh unruhig geschlafen. Zu viel zum Nachdenken.

Wie verlegen Alec mich fragte, ob er in meinem Bett schlafen dürfte. Das sind die Momente, wo ich ihn wahlweise schütteln oder küssen möchte.

Staunend schüttle ich den Kopf über mich. Da habe ich heute das erste Mal mit einem Kerl Sex gehabt, und nun habe ich ständig das Bedürfnis, ihn zu küssen. Für jemand, der gestern noch als Hetero aufgestanden ist, fast ein bisschen viel.

Ich klettere müde ins Bett. Alec steht etwas unschlüssig herum. Sein schlanker Körper mit den zu groß wirkenden Boxershorts verführt mich schon wieder zu unanständigen Gedanken. Wer hätte gedacht, dass es mir so viel Spaß machen würde, diesen Körper mit Fingern und Lippen zu erkunden?

Als er immer noch zögert, schlage ich einladend die Bettdecke zur Seite. Ein bisschen knapp wird es darunter werden. Immerhin schlafe ich sonst alleine. Zwangsläufig müssen wir also nah beieinander schlafen. Habe ich nichts gegen.

»Komm schon«, fordere ich Alec auf, der zögernd näher tritt. Entschlossen legt er sich mit dem Rücken dicht an mich heran. Augenblicklich wird mir sein nackter Körper bewusst. Alec kuschelt sich noch dichter. Völlig selbstverständlich. Ist es für ihn ja schließlich auch. Er ist ja der Schwule von uns beiden.

Ich schlinge meinen freien Arm um ihn, vergrabe die Nase im Nacken, atme tief seinen Duft ein. Männer riechen anders als Frauen. Herber und intensiver. Weniger Parfüm, welches den Eigengeruch überdeckt.

»Danke«, murmelt Alec, schickt warme Gefühle durch meinen Körper. Nicht lange und seine Atmung wird ruhig und gleichmäßig. Er schläft.

So wie heute auf dem Sofa. Da ist er auch ziemlich schnell in meinen Armen eingeschlafen. Mir scheint, dass er nachts nicht wirklich viel schläft. Zumindest sieht er morgens nicht erholt aus. Ob er noch Albträume hat?

Im Schlaf drückt er sich Halt suchend an mich. Eine Stimme sagt mir immer wieder, dass er ein Mann ist und wir eigentlich nicht zusammenliegen sollten. Wenn ich ihn betrachte, seine Haut warm und weich an mir fühle, ist diese Stimme viel zu leise, um sie zu hören.

Wir tun uns beide ein bisschen schwer am nächsten Morgen. Erst mal, überhaupt aus dem Bett zu kommen, denn ich lasse ihn ungern von mir und er scheint es auch gar nicht zu wollen. Ist wohl ein gutes Zeichen, wenn Alec jetzt Nähe zulässt.

Es ist schon zehn Uhr durch, und als wir es endlich, nach diversen Anläufen, geschafft haben, aus dem Bett zu kommen und ins Badezimmer zu gehen, kann ich nicht umhin, ihm vom Waschbecken aus beim Duschen zuzusehen. Als ob ich ihn noch nicht genug nackt gesehen hätte!

Trotzdem …

Alec bemerkt es natürlich. Jedes Mal, wenn er sich in der halb durchsichtigen Duschkabine umdreht und zu mir hinsieht, begegnet er meinem Blick. Er lächelt, strahlt mich mit seinem wunderschönen Alec-Lächeln an.

Er dreht das Wasser ab und nimmt sich schmunzelnd ein Handtuch. »Magst du, was du siehst?«

»Ich mag dich«, antworte ich, ziehe ihn, nass, wie er ist, in eine Umarmung. »Alles an dir.« Er fasziniert mich total. Schon vom ersten Tag an. Ich weiß es jetzt. Ich kann es zugeben.

Wir küssen uns schon wieder. Ich glaube, so viel habe ich noch nie geküsst. Vielleicht braucht mein Verstand noch mehr Beweise, um sich davon überzeugen zu lassen, dass es sich gut anfühlt, einen Mann zu küssen. Ja, es fühlt sich gut an. Alec hat sehr weiche Lippen. Hätte ich bei einem Mann irgendwie nicht so erwartet. Seine Zunge streichelt über meine Unterlippe. Küssen kann der Kleine, das muss ich ihm echt lassen. Seine Hände an meinem Rücken machen mein Vorhaben, ebenfalls zu duschen, recht schwer.

»Gleich bin ich ohne Handtuch getrocknet, so warm wird mir«, stöhnt Alec.

»Dafür bin ich schon fast nass genug«, meine ich schmunzelnd und ziehe ihn kurz entschlossen mit mir in die Duschkabine.

»Hey, ich war doch schon fertig.«

»Prima.« Ich drehe das Wasser wieder an, drücke ihn an die Wand und küsse ihn gierig. »Dann kannst du mir ja den Rücken einseifen, da du ja nichts weiter zu tun hast.« Ich drehe mich auffordernd um.

»Mistkerl!« Er lacht, schmiegt sich plötzlich von hinten eng an mich, schlingt seine Arme um meine Brust. »Ich kann dir nicht garantieren, dass ich einen guten Job mache. Die Ablenkung ist zu groß.«

»Gib dir halt etwas Mühe.« Hände gleiten über mich. Keine zarten Frauenhände. Große Männerhände. Was sie tun ist in jedem Fall wunderbar.

»Die Seife wirst du da unten aber nicht finden«, kommentiere ich seine Berührungen trocken.

Alec lacht, drückt sich stärker an mich, legt seinen Kopf gegen meinen Rücken. Küsse landen auf meinen Schultern und dem Rücken.

Ich mag das. Ich mag es, wie er mich berührt. Ab und an kann ich sogar schon vergessen, dass er ein Mann ist. Eigentlich immer öfter. Etwas, was sich so gut anfühlt, kann nicht wirklich verkehrt sein.

»Merkwürdige Art mich einzuseifen«, bemerke ich schmunzelnd, greife selbst nach dem Duschgel und wende mich ihm zu. »Damit geht es eventuell besser?«

Alec grinst schelmisch, schnappt sich das Duschgel und drückt es kräftig über meiner Brust aus. »Du weißt schon, dass es ganz schön fies ist, mich deinen tollen Körper einseifen zu lassen, oder?«

»Fies?«

»Läuft unter Menschenrechtsverletzung und Folter eines schwulen Mitbewohners.« Alec nickt ernsthaft, während er in kreisenden Bewegungen den Schaum verteilt. Ich genieße, lehne mich an die Wand und lasse ihn machen.

»Was? Der Anblick meines gestählten, durchtrainierten Männerkörpers?« Spaßeshalber hebe ich meine Brust ein wenig an.

Alec seufzt. »Sag ich doch. Das sind ja schon mittelalterliche Foltermethoden.«

»Hey, du durftest dich doch immerhin die ganze Nacht an mich kuscheln.«

Alec unterbricht das Einseifen, schaut mich liebevoll an, während in seinem Gesicht das Lächeln immer breiter wird. Ohne weitere Vorwarnung fährt er mir mit den schaumigen Händen durchs Gesicht.

»Hey! Hey!« Ich versuche ihn von mir zu drücken, aber im nächsten Moment spüre ich schon wieder seine Lippen auf meinen. Da ist zwar bitter schmeckender Seifenschaum zwischen, aber ich werde deshalb kaum den Kuss unterbrechen. Er zieht mich ganz dicht an sein Gesicht heran.

»Weißt du, dass ich endlich mal wieder richtig gut geschlafen habe?«, flüstert er, sieht mir tief in die Augen.

Ich muss schlucken. Also hatte ich recht. Mir will nicht einfallen, was ich dazu sagen könnte. Sein Blick löst schon wieder einen Schwall an warmen Gefühlen aus. Alec fühlt sich bei mir geborgen und beschützt …

»Dafür sind starke Arme doch da«, kommt mir schließlich von den Lippen. Alec fährt fort, meinen Körper einzuseifen. Er lächelt leicht. Zufrieden. Glücklich. So wie ich mich gerade fühle. Wirklich glücklich.

Beim Frühstück frage ich ihn noch einmal, ob er wirklich zu der Gartenparty mitkommen möchte. »Sind überwiegend Kollegen und ein paar andere alte Freunde. Wird bestimmt nett. Zu viele werden es nicht sein.«

»Ich weiß nicht«, sagt Alec, kippt sich die Milch übers Müsli. Noch immer versucht er sich von diesem Körnerfutter zu ernähren. »Ich weiß nicht, ob ich …« Er zögert, schaut mich offen an. »Es wird mir schwerfallen, dich nicht dauernd offensichtlich verliebt anzusehen, Mike. Keine Ahnung, ob das gut wäre.« Okay, klar, das könnte ein Problem werden. Er hat schon recht. Andererseits würden wir das Problem in jedem Fall irgendwann haben, wenn wir zusammenbleiben.

»Könnte in der Tat etwas kompliziert werden«, antworte ich nachdenklich.

Alec sackt regelrecht in sich zusammen. Ihn trifft das hart, ich merke es schon, aber ich wollte ja noch was sagen: »Wird mir ja auch schwerfallen«, ergänze ich schmunzelnd. »Meinst du, wir können uns für zwei Stunden beherrschen und nicht vor allen Anwesenden übereinander herfallen? Das würde sie wohl doch etwas irritieren.« Ich lecke mir über die Lippen.

»Okay … Dann beherrsche ich eben meine Triebe.« Er hat seine Überraschung überwunden.

»Und ich meine«, bestätige ich. »Zumindest bis heute Abend. Dann falle ich todsicher über dich her.«

»Mm, du denkst dran, dass du am Montag wieder arbeiten musst und ich zur Uni gehe«, erinnert er mich.

»Aber ja«, antworte ich ihm schmunzelnd. »Also um 1 Uhr muss definitiv Schluss sein.«

Alec knuspert sein Müsli, nickt mir zu, lächelt sein wunderschönes Alec-Lächeln. »Darauf können wir uns dann wohl einigen.«

Zwei Stunden später sind wir auf dem Weg zum Grillnachmittag. Alec ist ein bisschen nervös. Ab und an kneten seine Finger. Ich habe schon zweimal einfach meine Hand darauf gelegt und er hat meine Hand ergriffen und sie fest gedrückt.

Ich bin bei dir, Kleiner. Wir schaffen das schon.

Ganz so cool, wie ich mich gerade gebe, bin ich natürlich nicht. Gut, eigentlich bin ich auch ganz schön nervös. Klar will ich nicht, dass einer meiner Kumpels merkt, was zwischen uns läuft. Nein, so weit bin ich noch nicht. Was die wohl dazu sagen würden?

Mike, achtundzwanzig, plötzlich schwul. Okay, eher bi.

Als ob das besser wäre. Irgendwann werden sie es erfahren, denn ich habe nicht die Absicht, Alec wieder gehen zu lassen.

Ganz klar und eindeutig: Ich habe mich tatsächlich in ihn verliebt. Wer hätte das gedacht? Also schätze ich, werden meine Freunde es irgendwann erfahren müssen, doch bestimmt nicht jetzt. Das bringe ich noch nicht.

Schon vor dem Gartentor werden wir freudig von Andreas begrüßt, ein älterer Kollege von mir. Er ist mit seiner Frau Katharina und ihrer Tochter Nadine gekommen.

Hübsches Ding. Ehrlich. Habe sie schon lange nicht mehr gesehen, dabei kenne ich die drei schon ein paar Jahre. Nadine ist siebzehn und im letzten Jahr doch ganz schön Frau geworden, Donnerwetter.

Ihr langes, braunes Haar trägt sie offen und sie hat ein nettes Puppengesicht mit schönen, vollen, dezent geschminkten Lippen.

Ihr Blick fällt natürlich sofort auf Alec. Ich kann in ihren Augen genau erkennen, wie er auf sie wirkt. Beute!

»Hallo Mike.« Sie begrüßt mich mit einer Umarmung, ihr Blick ist jedoch auf den jungen Mann neben mir gerichtet. Verstohlen sehe ich zu Alec hinüber. Ja, er sieht wirklich gut aus. Er trägt eine verwaschene Jeans und ein T-Shirt mit einem einfachen Sakko drüber. Nichts Auffälliges, aber er sieht echt verführerisch aus. Nadine scheint jedenfalls total darauf anzuspringen.

Armes Ding.

»Wen hast du denn da mitgebracht?«, fragt sie keck nach, als sie sich von mir löst. Ich bemühe mich zu lächeln, aber ihre Blicke, die sie meinem

Alec zuwirft, passen mir nicht wirklich. Alec reagiert zum Glück nicht drauf. Gut, ein weiterer Vorteil ist … nun ja, dass er eben schwul ist und ich mithin in Nadine keine Gefahr sehen muss. Wirklich, das ist gut.

»Nadine, das ist Alec. Er ist Student und mein neuer Mitbewohner.«

»Hey«, begrüßt sie ihn mit Hand- und kokettem Augenaufschlag. Das kann sie sehr gut.

»Hallo«, sagt er höflich, schüttelt Katharina und Andreas ebenfalls die Hände.

»Freut mich, Sie kennenzulernen.« Andreas lächelt. »Ich wusste gar nicht, dass du jetzt einen Mitbewohner hast, Mike.«

»Ist ja auch noch nicht so lange. Wir leben erst etwa zwei Wochen zusammen.« Nadine kichert albern und auch die anderen halten es für einen Scherz. In meinen Ohren klingt das sehr verfänglich. Wir leben zusammen … Ja, tun wir ja auch. Ins Bett gehen wir aber erst seit gestern.

»Sie sind Student?« Katharina verwickelt Alec sofort in ein Gespräch, als wir endlich den Garten betreten und von allen Seiten begrüßt werden. Ich werfe noch rasch einen Blick zu Alec, er scheint keine Probleme zu haben mit den fremden Menschen. Er lächelt etwas schüchtern, lässt sich vorstellen und ist rasch schon irgendwo in der Meute verschwunden. Mich begrüßt bald darauf auch Bernd, der gleich zu Alec hinnickt. »Schön, dass du ihn mitgebracht hast. Netter Bursche.«

»Ja, ist er«, sage ich etwas einfallslos.

Bernd beugt sich zu mir herüber. Klar, das da noch was kommen musste. Ich habe es geahnt. »Sag mal, was war denn da bei dir gestern nun los? Der Junge hat ja leichenblass ausgesehen. Habe ich was Falsches gesagt?«

»Nein, nein«, wiegle ich ab. »Daran lag es nicht.«

Teufel, was kann ich ihm sagen? Ich möchte Alecs Story nicht zum Besten geben. Ist sein Ding und geht niemanden was an. Trotzdem werde ich Bernd eine schlüssige Erklärung liefern müssen. Er ist schließlich Polizist wie ich. Der durchschaut es, wenn ich ihm Blödsinn auftische.

»Warst nicht du, sondern deine Handschellen«, erkläre ich wahrheitsgemäß. Bernd sieht mich überrascht an.

»Er«, ich nicke zu Alec hin, der gerade von dem größten Teil der weiblichen Wesen mit Beschlag belegt wird, »… ist gefangen gehalten und mit den Dingern gefesselt worden. Daher hat er so panisch reagiert. Die Handschellen waren ein Trigger, der die Panikattacke ausgelöst hat.«

»Ach so.« Bernd nickt verstehend und mitleidig. Sieht so aus, als ob er es akzeptieren würde. Ist ja auch die Wahrheit. Nur ohne brisante Details. »Sorry, tut mir leid.«

»Konntest du ja nicht ahnen.« Woher auch? Er kennt Alec ja nicht so gut. Niemand kennt ihn so wie ich, der ihn in all diesen Situationen erlebt hat.

»Schlägt sich dafür aber gut.« Bernd mustert Alec, der sich freundlich lächelnd mit seinem weiblichen Fanclub unterhält. »Ist bestimmt nicht leicht, nach so was wieder Fuß zu fassen.«

»Nein«, bestätige ich, möchte das Thema nicht weiter ausführen. »Nicht leicht« ist die Untertreibung schlechthin. Ich denke da an Albträume und Panikattacken. Wenn ich Alec jetzt ansehe, bin ich total stolz auf ihn, wie er lacht, sich ungezwungen unterhält. Er macht das echt gut.

Überhaupt scheint die Party ganz nett zu werden und wir zwei haben keine Probleme irgendwas zu verbergen, denn wir reden nicht miteinander. Jeder unterhält sich irgendwo mit den anderen Gästen und so kommen wir auch nicht in peinliche Situationen.

Bis ich das Verhängnis herankommen sehe: In etwa zwei Meter groß, breitschultrig und breit lächelnd. Georg.

Teufel auch, warum muss er denn hier auftauchen? Der hat mir echt gefehlt. Der merkt doch ganz bestimmt was.

Meine Nervosität steigt rapide, was ich auch mit dem zur Schau gestellten, sichtlich genussvollen Verzehr eines Steaks nicht ganz verbergen kann. Wie ein Schlachtschiff steuert Georg mich an. Da hilft auch kein Ducken, der hat mich natürlich schon gesehen. Zu meinem Unglück setzt sich gerade auch Alec zu mir, der den sich nähernden Rocky Balboa Verschnitt noch nicht bemerkt hat.

»Nette Freunde hast du.« Alec hat sich einen Kartoffelsalat geholt und ein viel zu kleines Steak. Er sollte echt mehr essen.

Bevor ich antworten kann, legt sich auch schon Georgs Pranke schwer und endgültig auf meine Schulter. »Hey, Mike!« Seine Stimme dröhnt. »Schön, dass du auch da bist.«

Ja, ich freue mich auch, dass du da bist, aber bitte setz dich doch woanders hin. Wenn sein Blick auf Alec fällt, weiß er todsicher, wer er ist. Georg hat mir Nils Adsons Foto ja gezeigt.

Prophetisches Denken. Verdammt, denn just in dem Moment fühle ich an dem Druck auf meiner Schulter, dass er ihn erkannt hat.

»Hey! Ich bin Georg.« Prompt streckt er Alec die Hand hin, der ihn etwas unsicher ansieht. Klar, Masse wie ein Bulle, Tätowierungen und eine spiegelnde Glatze. Georg sieht nicht sehr vertrauenerweckend aus. Alec schluckt mehrfach. Kurz flackert sogar Panik in seinen Augen auf, aber er beherrscht sich.

»Du musst dieser Alec sein«, leitet Georg die Apokalypse ein. »Ich bin ein Kollege von Mike. Wir haben damals das Haus gestürmt, wo du drin warst, aber Mike war ja schneller als ich, deshalb kennen wir uns noch nicht.«

Er grinst, als er sich neben mich setzt und dabei meine arme Schulter zum Abstützen nutzt. Es knackt verdächtig. »Schöne Scheiße, in die du da reingeraten bist«, macht Georg weiter, obwohl ich sehen kann, wie unwohl Alec sich fühlt. Er hat aufgehört zu essen, starrt Georg erschrocken an.

Du Trampeltier. Idiot. Was Alec ganz bestimmt nicht gebrauchen kann, ist, dass alle seine Story erfahren. Zu unserem Glück sitzen im Moment nur wir drei an dem Tisch, sodass es wohl gerade kein anderer mitbekommen hat.

»Georg …«, versuche ich zu retten, was zu retten ist, senke meine Stimme. »Nicht hier.« Ich klinge ernst genug, er sieht mich kurz an und nickt.

»Sorry, Kleiner. Halte besser mal meine große Klappe.« Georg grinst schief und sieht wirklich verlegen aus. »Du bist aber auch echt ein Sahneschnittchen«, brummt er leise, eher zu sich selbst und steht rasch auf. Er wirft auch mir einen entschuldigenden Blick zu. »Mache mich mal schnell übers Büfett her, bevor mein Süßer auftaucht und mich nachdrücklich an meine Diät erinnert.«

Sein … Süßer? Ach ja, er ist ja wieder in einer Beziehung. Nun werde ich doch neugierig. Auch Alec, der den Kopf bei Georgs Kompliment gesenkt hat, die Wangen leicht rosa, schaut nun doch hoch.

»Er wollte unbedingt mit dem neuen Motorrad herkommen und nun kommt er zu spät. Keine Ahnung, wo der sich wieder herumtreibt«, sagt Georg achselzuckend und zwinkert mir zu. »Ich will ihn dir doch endlich mal vorstellen. Du wirst ihn mögen.«

Ob ich so scharf darauf bin seinen »Süßen« kennenzulernen, weiß ich nicht so genau. In mir macht sich erst einmal Erleichterung breit, dass Georg Alec nicht kompromittiert hat. Überhaupt …

Sahneschnittchen? Hat er Alec echt gerade ein »Sahneschnittchen« genannt? Oh Mann, wenn das nicht schwul klingt.

Georg dampft zum Essen ab und ich starre ihm böse hinterher.

»Also das ist Georg?« Ich wende mich Alec zu, der dem Riesen schmunzelnd nachschaut.

»Er ist ein bisschen gewöhnungsbedürftig, aber ganz okay, wenn man ihn näher kennt«, erkläre ich ein wenig hilflos. Alec sieht wirklich nicht so aus, als ob ihn die Begegnung mit Georg aus der Bahn geworfen hätte. Er isst mit Appetit weiter.

Kurze Zeit später hört man besagtes Motorrad vorfahren. Georg schiebt sich sehr hastig noch sein Würstchen in den Rachen und nimmt sich ein neues. Der Motor heult draußen noch einmal laut auf. Ziemlich laut sogar.

Ich konnte mich nie mit den Dingern anfreunden. Über die Hälfte hat illegale Teile dran und das macht es zu unserer zuverlässigsten Einnahmequelle in Straßenkontrollen. Das Ding dort klingt so, als ob da auch was Entscheidendes fehlen würde.

Dann kommt Georgs »Süßer« durch das Gartentor und mir klappt der Unterkiefer runter. Gut, er hat ja gesagt, er steht auf Großes, Kräftiges … Muskulöses … Männliches … Was da den Garten betritt, ist alles in Einem. Hoch drei.

Ich würde mich nicht mal trauen, es als »Süßer« zu titulieren, wenn zwischen uns ein Starkstromzaun wie im Raptorengehege aus Jurassic Park wäre! Oh Mann!

Schlagartig verstummen alle Gespräche. Dem hoch aufragenden, wandelnden Fleischberg folgen alle Blicke. Überaus besorgte Blicke. Sogar Alec hat seine Gabel auf halbem Weg zum Mund angehalten, starrt mit großen Augen den … Mann … an.

Er ist noch größer als Georg, noch breiter, noch massiger, noch muskulöser, trägt schwarze Lederklamotten und mein Blick gleitet routinemäßig zur Rückseite der Jacke, als er an uns vorbeigeht. Mich hätte ein »Hells Angels« Symbol nicht wirklich gewundert, doch da ist nur eine bunte Zeichnung auf der Jacke, kein bekanntes Bandenzeichen. Was durchaus zu meiner deutlich entspannteren Haltung beiträgt.

Langsam lasse ich die Luft entweichen. Unglaublicherweise wirkt das Gesicht extrem gutmütig. Georgs »Süßer« hat babyblaue Augen, weißblonde, stoppelig kurz geschnittene Haare und lächelt verzückt, als er Georg sieht.

»Phily!«, kommt es mindestens ebenso verzückt von Georg.

Phily? Staunend folge ich dem ledernen Ungetüm mit den Augen. Er umarmt Georg und küsst ihn leidenschaftlich vor allen, entsprechend geschockten Menschen. Mit Zunge! Ich sehe es deutlich.

Mir gegenüber gibt Alec ein komisches Geräusch von sich. Ich sehe ihn überrascht an. Er grinst, murmelt leise: »Muss Liebe schön sein.«

Hier und da entdecke ich in einigen, vorwiegend weiblichen Gesichtern einen ebenso belustigt, nachsichtigen Ausdruck wie bei Alec. In anderen jedoch auch deutliches Missfallen und Schock. Männer, die sich küssen, kann halt nicht jeder gut verkraften. Georg und seinen Phily stört es nicht weiter, denn sie haben sich bereits dem Büfett zugewandt, begrüßen die Kollegen und sind schon bald in ein Gespräch vertieft.

»Ich muss mal eben das letzte Bier loswerden«, entschuldige ich mich bei Alec, als meine Blase ihre Ansprüche anmeldet, und verschwinde im Haus. Ob man mich und Alec mit solchen Blicken bedenken würde, wenn wir uns so küssen würden? Ganz bestimmt sogar. Diese abfälligen Blicke waren schwer zu ertragen.

Sonst sind sie mir nie aufgefallen. Wahrscheinlich habe ich kaum besser ausgesehen. Die Vorstellung, dass Männer sich lieben, küssen oder andere Dinge miteinander tun, erschien mir vor noch gar nicht so langer Zeit fast abartig. Aber nun sehe ich es natürlich mit anderen Augen.

Als ich zurückschlendere, noch einen Abstecher an der Salatbar mache, treffe ich wieder Bernd, der mit einem Bier in der Hand lässig da steht. Er nickt mir zu, als ich mich neben ihn stelle und dem Tomatensalat zuspreche.

»Sag mal«, beginnt er langsam, sieht mich etwas abschätzend von der Seite an. »Kann es sein, dass dein Mitbewohner ganz vielleicht … schwul ist?«

Meine Gabel stockt auf dem Weg zum Mund und ich biete alle Entschlossenheit auf, den Weg fortzusetzen, als ob er nur eine Bemerkung über das Wetter gemacht hätte. »Wie kommst du denn darauf?«

»Na, sieh doch selbst mal hin«, meint er lächelnd. Tue ich natürlich auch. Alec sitzt noch am Tisch, ihm gegenüber sitzt nun Nadine. Hat sie also die Chance genutzt. Bernd grinst. »Die Kleine von Andreas flirtet schon die ganze Zeit ziemlich offensichtlich mit ihm und er springt scheinbar nicht drauf an.« Er nimmt einen tiefen Schluck von seinem Bier. »So wie die Kleine aussieht, ist er in dem Alter entweder blind oder er muss schwul sein. Da würde doch jeder Mann anbeißen.«

Teufel auch, er hat es erfasst. So schwer ist es wohl nicht. Alec lächelt das Mädchen tatsächlich nett an und sie sieht wirklich überaus verschossen aus. Natürlich vergebliche Liebesmühe.

»Schon möglich«, brumme ich zwischen ein paar Happen meines Tomatensalates. »Ist doch egal.« Bernd sieht mich verwundert an.

»Kommst du denn damit klar? Also so mit einem Schwulen zusammenzuleben?«

»Warum denn nicht?« Ich beobachte, wie Nadine Alec mit großen Augen sehnsüchtig anplinkert. Oh, ja, sie ist in ihn verknallt und er ist lediglich höflich.

»Also ich weiß nicht ...« Bernd hat wohl eine andere Reaktion von mir erwartet. »Ist doch so ein bisschen ... na ja, eben ...«, druckst er herum. »Starrt der dir denn nicht dauernd auf den Hintern? Also ich würde mich ja unwohl fühlen, wenn ein Mann mich anstarren würde.«

Jetzt muss ich doch schmunzeln. Alec starrt mir vielleicht tatsächlich auf den Hintern und ja, wohl auch woanders hin. Meine Blicke gehen da ja auch in dieselbe Richtung. Trotzdem ...

Ich wende mich direkt zu Bernd, nehme mir dabei noch etwas von dem leckeren Salat. »Wie siehst du denn eine hübsche Frau an?«

»Das ist doch was ganz anderes.« Er kraust fragend die Stirn.

»Warum? Worauf schaust du bei einer Frau denn als Erstes?«, bohre ich nach, lasse ihn nicht aus den Augen. Bernd ist Single und gewiss keiner, der einem Abenteuer abgeneigt ist.

»Na ja, meistens ... schon auf ihre Titten«, gibt er zerknirscht zu, ahnt wohl schon, worauf ich hinaus will.

»Okay. Also schätze ich, dass ein schwuler Mann wohl auch auf deinen Arsch schauen darf, wenn er ihn attraktiv findet, oder?« Bernd schweigt.

»Mich stört es im übrigen nicht, wenn Alec mir auf den Hintern starrt«, setze ich noch hinzu und lache mir ins Fäustchen bei Bernds schockiertem Blick, als ich zurück zu Alec schlendere.

Nein, mich stört es überhaupt nicht.

BEDROHUNGEN

Darüber darf er gerne mal nachdenken, finde ich. In mehr als einer Hinsicht. Ich werfe noch einen Blick zurück zu Bernd, der noch immer ein wenig perplex ausschaut.

Ich ärgere ich mich über ihn. Wo ist schließlich der Unterschied, wenn ein Homo einem Mann hinterher guckt oder ein Hetero einer Frau?

Ich zögere einen Augenblick. Irgendwie habe ich vor Kurzem noch anders gedacht. Bevor ich Alec traf. Bevor ich mich in einen Mann verliebt habe. Schaue ich denn wirklich auf seinen Hintern, wenn er sich bewegt?

Ja, ab und an. Ich werde verlegen bei dem Gedanken. Ich mag seinen Hintern. Ich mag es, wie er sich bewegt. Ich mag eine ganze Menge an ihm. Einiges würde ich allerdings nicht laut aussprechen. Aber meist schaue ich doch eher in sein Gesicht, seine Augen, seine Haare an.

Nadine flirtet noch immer mit Alec. Er sieht deutlich erleichtert aus, als ich mich wieder zu ihnen geselle.

»Mike«, kommt es vorwurfsvoll mit dem ganzen Charme ihrer siebzehn Jahre und einem gut trainierten Augenaufschlag in Alecs Richtung. »Du hast mir gar nicht gesagt, wie nett dein Mitbewohner ist.« Sie schmachtet ihn ziemlich deutlich an und Alec scheint es peinlich zu sein. Er rutscht unruhig hin und her, beißt sich ab und an in die Unterlippe.

»Ich habe ihn gerade eingeladen, am nächsten Wochenende mit ins ›Dragonheart‹ zu kommen«, sagt sie, mehr an Alec gewandt, sodass ich drauf schließe, dass sie noch auf eine Antwort von ihm wartet.

Das Dragonheart ist ein bekannter Tanzschuppen, also wohl nicht gerade etwas, wo Alec gerne hin möchte. Er schaut mich auch leicht verzweifelt an. Typisch, er ist bestimmt viel zu nett, der Kleinen einfach einen Korb zu geben. Neinsagen muss er noch lernen.

»Da sind wir aber schon verabredet«, rette ich ihn aus der Situation. Alec schaut überrascht, schafft es allerdings sehr schnell, seine Gesichtszüge in den Griff zu bekommen. Er lächelt mich dankbar an. Nadine ist enttäuscht, schaut mich böse an.

»Männertour«, erkläre ich achselzuckend. »Du weißt schon: Männer eben unter sich. Kein Platz für Frauen.« Jetzt schmollt sie wirklich, sieht recht süß dabei aus.

»Och Mann!« Sie lächelt Alec wieder an. »Du hast ja meine Nummer, du kannst mich ja mal anrufen, wenn du Lust hast an einem, anderen Tag mitzukommen. Oder mal so was unternehmen möchtest.« Alec nickt automatisch und ich muss mir ein Grinsen verkneifen. Nadine ist schon aufgestanden, lächelt ihn noch einmal an und entschwindet winkend.

Alec lässt die Luft entweichen. »Das war knapp.« Klar, der Gedanke mit weit über hundert Menschen in einem geschlossenen Raum zu sein, muss für ihn der Vorstellung von Hölle recht nahe kommen. »Ich habe schon fieberhaft überlegt, wie ich ihr klar machen kann, dass ich da nicht hingehen kann. Dabei wollte sie mir unbedingt ihre Freunde vorstellen.«

»Hauptsächlich wollte sie sich dir wohl selbst vorstellen, beziehungsweise dich näher kennenlernen«, vermute ich schmunzelnd.

»Du glaubst doch nicht …«, beginnt er erstaunt. Erneut grinse ich wissend. Ich fürchte, er hat es wirklich nicht mitbekommen.

»Die Kleine hat sich gerade völlig in dich verschossen, was denkst du denn? Die hat ja so heftig mit dir geflirtet, dass alles um sie herum weggeschmolzen ist vor Hitze.« Verdutzt starrt er mich an.

Erscheint ihm das so unwahrscheinlich? Mann, der Junge hat echt zu wenig Selbstbewusstsein. So schlecht sieht er nun wirklich nicht aus. Manche Frau würde es für eine unglaubliche Verschwendung halten, dass er auf Männer steht.

»Ach herrje …« Alec sieht ihr ungläubig nach. Dann wandert sein Blick wieder zu mir. »Danke.«

»Wofür?«, gebe ich frech zurück. »Dafür, dass ich deinen Arsch gerettet habe?«

»Ja, unter anderem.« Jetzt grinst er. »Wäre doch leichter gewesen, ich hätte ihr gesagt, dass ich schwul bin.«

»Und ihr zartes Mädchenherz brechen? So ein böser Alec! Nein, so hat sie bestimmt noch ein paar schöne feuchte Träume, wenn sie an dich denkt.«

Hoppla, jetzt wird er rot.

»Mike!«, raunt er mir warnend zu.

»Was?«, frage ich gespielt unschuldig, lehne mich zu ihm herüber. Meine neue Seite ist mir auch unheimlich, die entwickelt immer öfter ein Eigenleben. So wie jetzt. »So ganz uneigennützig habe ich deinen Arsch ja schließlich nicht gerettet.«

Jetzt wird Alec wirklich richtig rot. Es tut gut, ihn so zu sehen. Ihn nur mit Worten zu erregen, macht Spaß. Scheint eine sehr anregende Wirkung zu haben. Teufel, bei mir ja auch. Allein die Vorstellung …

»Mike!« Eine donnernde Stimme lässt zum Glück schlagartig jede Form der Erregung verschwinden.

»Georg …« Mit einem etwas gezwungenen Lächeln drehe ich mich um. Da steht er neben mir, überragt mich und sein Phily ragt noch ein paar Stockwerke höher. Jetzt gibt es wohl kein Entkommen mehr.

»Mike«, sagt ein zufrieden grinsender, überaus verliebt dreinschauender Georg, reckt sich, um dem Berg neben sich mit der Hand auf die Schulter zu schlagen. »Das ist er. Das ist Phillip. Mein neuer Freund! Alle nennen ihn nur Phily.« Während mein Blick langsam aufwärts und höher, immer höher zu dem Gesicht des Berges gleitet, vergeht mir das Lachen schon aus überlebenstechnischen Gründen ziemlich schnell.

Teufel ist der groß!

Ich stehe rasch auf, aber im Grunde hätte ich es mir sparen können, denn einen wesentlichen Unterschied macht es nicht. Ich komme mir noch immer winzig neben diesem Riesen vor.

»Hallo Mikey«, kommt es irgendwo von da oben, reicht mir eine Pranke und ich überlege ernsthaft, ob ich eine zerquetschte Hand riskieren soll oder lieber unhöflich wirke. Schließlich gehe ich das Risiko der Invalidität ein. Phily schüttelt meine Hand kräftig und ich entgehe haarscharf größeren Verletzungen. Als ich meine Hand wieder sicher bei mir habe, setzen die Zwei sich auch noch zu uns. Georg stellt Alec vor, der sichtlich blass seine Hand betrachtet, nachdem Phily sie ihm fast ausgerissen hat. Mein Beschützerinstinkt hat gerade Urlaub oder wurde vom Selbsterhaltungstrieb ausgetrickst, nur deshalb konnte er Alec überhaupt so nahe kommen.

»Du bist also auch schwul?«, fragt Phily völlig ungeniert Alec, der ihn sofort erschrocken ansieht. Dieser Koloss hat tatsächlich eine angenehme, dunkle, irgendwie rollende Stimme. Wenn man nur der Stimme lauscht, kann man seine beeindruckende, eher bedrohliche, Erscheinung glatt ausblenden. Wenn er aber neben Alec sitzt und ihn dabei locker um mehr als einen Meter zu überragen scheint, ist es schwer.

Auch Alecs Blick gleitet zaghaft ganz nach oben. Er nickt, wagt bestimmt nicht, diesem wandelnden Berg zu widersprechen.

»Der Kleine da hat ganz schön Pech gehabt«, meint Georg lässig. »Erstes Mal im Gaytronic und gleich an den Falschen geraten.« Alec sieht ihn starr an, ich bin sicher, dass er nicht gerade hier darüber reden möchte. Georg hat da keine Hemmungen und mit dem Giganten mir gegenüber, wollen auch mir keine vernünftigen Worte einfallen.

»So ein Sadistenschwein, ein Psycho, der ihn monatelang eingesperrt hat«, fährt Georg fort. Rasch blicke ich mich um, wir sind jedoch noch immer alleine.

Alec schluckt hart. Am obersten Ende des Giganten nickt es. »Keine schöne Sache, Kleiner. Schön, dass es dir besser geht. Hast ja jetzt einen wesentlich besseren Fang gemacht.« Alec und ich werden synchron rot.

Woher zum Teufel weiß der das? Georg knufft seinen »Süßen« in die Seite. »Phily! Mike ist doch eine Hete, der Kleine lebt nur bei ihm.«

»Oh?«, kommt es von oben. »Dabei saht ihr aus, als ob ihr ein gutes Paar abgeben würdet.« Meine Lippen pressen sich fest aufeinander, damit mir ja kein verdächtiger Laut herauskommt. Auch Alec sieht so aus, als ob er sich ziemlich zusammenreißen müsste.

»So ein süßer Twink wie du findet bestimmt bald was Nettes. So wie ich.« Phily beugt sich runter und küsst Georg. Fasziniert sehe ich zu, kann nicht mal sagen, was in mir vorgeht bei dem Anblick der zwei turtelnden Giganten.

»Dabei haben wir uns eben genau in dem Club kennengelernt«, verrät Phily. Beide grinsen sich wissend an. Ich lausche überrascht. Georg hat mir nicht erzählt, wie er seinen »Süßen« kennengelernt hat. Vermutlich habe ich auch nicht nachgefragt.

»Oh ja …« Georg seufzt genießerisch, lächelt seinen Riesen an und streicht ihm sanft über die Brust. Irgendwie sind die Zwei schon nett anzusehen. Eine Show für sich.

»Wir hatten einen echt megageilen Fick im Darkroom«, enthüllt Georg raunend, als ob er unter Insidern wäre. Phily gibt ein grunzendes Geräusch von sich, welches mir irgendwie eine Gänsehaut bereitet. Meine Fantasie entwickelt ungefragt komische Bilder. Äh, Moment. Ich muss erst mal meinen Papierkorb entleeren, wenn da noch mehr rein soll.

»Dann haben wir Telefonnummern ausgetauscht.« Georg grinst verschmitzt. »Leider hatten wir keine Zettel zum schreiben da …« Phily gibt glucksende Geräusche von sich, die ich in den Bereich eines möglichen Lachens rücke.

»Deshalb habe ich Georg meine einfach auf den Bauch geschrieben.« Ich kann tatsächlich Philys hellblaue Augen erkennen, die spitzbübisch dreinschauen.

»Und ich meine auf seinen Arsch«, seufzt Georg zufrieden.

Jetzt muss ich ganz dringend den gedanklichen Papierkorb entleeren, da passt nichts mehr rein. Selbst Alec schaut etwas betroffener aus und der sollte dem Ganzen doch etwas lockerer gegenübertreten können, oder? Immerhin weiß er eher, von was die da reden. Meine Ohren wollen gerne eine Runde Urlaub einreichen.

»Dann haben wir uns für die nächste Nummer gleich verabredet«, erklärt nun wieder Georg. »Mann, waren wir heiß aufeinander. Phily hat mich gleich dreimal hintereinander durchgenommen. Erst mal im Flur, da war ich kaum in der Wohnung drin, dann zivilisierter im Bett und dann noch auf dem Küchentisch. Ich war vielleicht fertig hinterher, sag ich euch.«

Meine Ohren glühen. Ich habe das dringende Bedürfnis, mich zu verabschieden, zu fliehen, weg von diesen Bildern, die mir meine Fantasie dazu zaubert. Das ist definitiv nicht meine Liga.

Alec sieht ebenfalls so aus, als ob er sich woanders hinwünschen würde. Sein Anblick ist es auch, der mich an der unmittelbaren Flucht hindert. Ich kann ihn kaum alleine mit den zwei Verliebten lassen. Also setze ich mich über jede innere Zensur hinweg und bleibe tapfer sitzen.

»Ach, Georgy, ich habe es da ein bisschen übertrieben«, säuselt Phily mit erstaunlich liebevoller Stimme. »Du warst ganz schön wund hinterher.«

Ich schlucke hart, bin wie erstarrt.

»Dafür hat er mich dann richtig schick zum Essen eingeladen«, fährt Georgy – äh, Georg – fort, wirft verschwenderisch mit liebevollen Blicken um sich. »Ich konnte zwar kaum sitzen, aber er hat mich ja vorher gründlich eingecremt. Und dann …«

»Tja, dann hast du gesagt, du hast dich in mich verliebt«, ergänzt Phily seinen Satz, küsst schon wieder seinen Georgy.

»Und ich mich in dich.«

»Süßer.«

»Hase.«

Erneut versinken sie in Küssen. Alec und ich schauen ein wenig pikiert zu. Die zwei Typen sind echt gewöhnungsbedürftig. Beide riesengroß und knutschen rum, wie verliebte Teenager.

»Phily …«, seufzt Georg.

»Georgy …«, seufzt Phily.

Alec unterdrückt mühsam ein Lachen und auch in mir steigt es gefährlich hoch. Einzig und alleine der Gedanke an einen möglichen, überaus schmerzhaften Tod hält mich vom Losprusten ab. Alec erkennt wohl ebenfalls rechtzeitig, in welcher Gefahr er schwebt und schluckt alles mühsam runter.

Schließlich lösen die Zwei sich wieder voneinander. Plötzlich wirken sie beide ein wenig verlegen. Georg lächelt Alec an und schüttelt den Kopf.

»Mann, aber wenn ich dich jetzt in echt sehe …«, fängt er an und ich erahne bereits, da rollt unaufhaltsam eine Katastrophe auf uns zu. »Ist wirklich schon krass, wie ähnlich du dem Typ siehst.«

Bei mir schrillen überdeutlich alle Alarmglocken. Ich muss mit Schrecken erkennen, dass die Apokalypse vorhin nicht abgewendet, sondern nur verschoben wurde. Jetzt blasen die vier Reiter in Form eines unbedarften Georg gemeinsam zum Angriff und ich kann mich ihnen nicht mehr rechtzeitig in den Weg werfen.

Natürlich habe ich Alec bislang nichts von dem Mordfall erzählt. Aus gutem Grund nicht.

»Ähnlich?«, fragt Alec irritiert nach. »Wem sehe ich ähnlich?«

Scheiße! Große Scheiße! Wie komme ich jetzt hier wieder raus? Das sollte er nicht erfahren. Aber das Verhängnis nimmt seinen Lauf. Unaufhaltsam.

Georg sieht Alec verblüfft an, schaut zu mir herüber, schnallt allerdings natürlich nicht, was meine sich wild drehenden Augen zu bedeuten haben. Teufel, bei diesen großen Typen ist die Leitung immer etwas lang.

»Na, diesem Bruder von dem Typ«, sagt Georg, völlig arglos. Der hat echt keine Ahnung, was er da anrichtet. »Der ermordet wurde. Nils Adson, Adrian Adsons jüngerer Bruder.«

Alec starrt ihn mit offenem Mund an.

»Hat Mike es dir nicht gesagt?«, fragt dieser scheinheilige Idiot Georg.

Natürlich nicht. Warum wohl? Hallo, schnallst du es jetzt? Aber: Nein!

Mir wird heiß und kalt, als mich Alecs Blick trifft. *Aus sehr gutem Grund habe ich es ihm nicht gesagt, du unsensibler Trottel.* Jetzt ist eh alles zu spät.

»Jemand hat ihn sich vor vier Jahren geschnappt, ebenfalls gefesselt, vergewaltigt und anschließend getötet. Wir wissen bislang aber nur, dass es nicht der Adson selbst war. Seine DNA passte nicht zu dem gefundenen Sperma in der Leiche.«

Alec ist ganz blass geworden. Blass ist gar kein Ausdruck. Leichenblass, kreideweiß, aschfahl. Er sieht aus, als ob er gleich umkippen würde.

»Ich dachte echt, Mike hätte es dir gesagt?« Georg schaut von Alec zu mir und wieder zurück. Alec steht hastig auf, stützt sich kurz am Tisch ab. Er schwankt, sieht so aus, als ob er sich gleich übergeben würde. Ohne ein Wort zu sagen, haut er ab, eilt einfach davon, weg von der Party, raus aus dem Garten.

»Klasse gemacht Georg«, bringe ich noch über die Lippen. »Das war ja ein echter Volltreffer!« Schon springe ich auf, warte keine Antwort ab, folge Alec hinaus. Mein Herz pocht wie wild.

Der macht doch jetzt keine Dummheiten? Ich kann ihn erst nirgends entdecken, gerate schon in Panik. Suchend wandert mein Blick die Straße rauf und runter. Teufel, wo ist Alec?

Dort steht er. Mein Herz macht einen erleichterten Hüpfer und mir entkommt ein Seufzen. Alec lehnt an meinem Auto, die Hände aufs Dach abgestützt, den Kopf gesenkt. Sein schlanker Körper zittert. Ich kann es sogar von hier sehen.

Langsam nähere ich mich. In meinem Hals ist ein fetter Kloß. Mein schlechtes Gewissen lässt sich kaum noch beruhigen und ich schimpfe innerlich in einem fort auf Georg. Und auf mich.

»Alec?«, spreche ich ihn vorsichtig an, als ich neben ihn trete. Er schaut nicht auf, atmet heftig ein und aus. Ich möchte ihn umarmen, ihn an mich ziehen, traue mich aber nicht. Was wohl jetzt in ihm vorgeht? Ich kann es mir kaum vorstellen.

»Warum hast du es mir nicht gesagt?«, fragt er leise, ohne seine Position zu verändern, mit brüchiger Stimme.

Ich traue mich nicht, ihn zu berühren, obwohl ich genau das machen möchte. Es tut mir leid, möchte ich sagen. Aber da kommt nichts raus.

»Warum hast du es mir verschwiegen?«, erkundigt sich Alec noch einmal, lauter, hebt ganz leicht den Kopf an.

Ja doch! Ich habe es ja verstanden, nur weiß ich nicht, was ich sagen soll.

»Ja, warum?«, wiederhole ich sinnreich, gewinne dabei wenige Sekunden. »Na, weil ich dich nicht noch weiter beunruhigen wollte.«

Alec bringt ein Schnauben heraus, stößt sich heftig vom Auto ab, dreht sich zu mir herum und sieht mich mit einem furchtbar, verletzten Ausdruck an.

Teufel, wenn er mich so anschaut, sieht er aus, wie damals in der Dusche. Schmerz in den Augen. Viel zu viel Schmerz.

»Du wolltest mich damit nicht beunruhigen?« Er betont das letzte Wort.

Ich kann nur mit den Schultern zucken. Er hat so gute Fortschritte gemacht, natürlich wollte ich nicht, dass er sich wieder verfolgt fühlt. Ich wollte ihn schützen. Will ihn immer schützen.

Alec schreit mich plötzlich an: »Mann, Mike! Da rennt noch so ein Irrer rum, der jemanden getötet hat, der mir ähnlich sieht und du willst mich damit nicht beunruhigen?«

Sein Augenausdruck tut mir weh. Ich kann kaum dem Blick standhalten.

Scheiße! Scheiße!

»Der Mord liegt vier Jahre zurück. Das muss nichts mit dir zu tun haben, Alec«, versuche ich ihn zu beruhigen, trete einen Schritt auf ihn zu. Plötzlich habe ich panische Angst davor, dass er sich vor mir zurückziehen wird. Ich strecke zögernd die Hand nach ihm aus, wage es aber noch immer nicht, ihn anzufassen.

»Nicht?« Es klingt sarkastisch und er lacht einmal hart auf. »Es war sein Bruder, oder? Sein jüngerer Bruder.«

Mir schnürt es die Kehle zu, denn just in dem Moment sehe ich das verfluchte Foto vor mir. Alecs Gesicht, zumindest fast sein Gesicht, so ähnliche Züge. Ein sehr totes Gesicht.

»Klingt es für dich, als ob es nichts mit mir zu tun hätte?« Alec scheint sich mühsam zu beherrschen. Noch immer sind seine Augen voller Schmerz und Furcht. Selbstverständlich hat er die. Seine Hände zittern.

»Nein, natürlich nicht«, beschwichtige ich ihn. »Wir ermitteln ja auch in dem Fall noch weiter.« Meine Hand nähert sich ihm, verharrt, ohne ihn zu berühren. Ich habe Angst davor, schlucke mehrfach an dem blöden Kloß im Hals vorbei. Was mache ich, wenn er vor mir zurückweicht? Wenn ich ihn wieder verliere? Mein Herz schlägt plötzlich hart und schmerzhaft gegen meine Brust.

»Die Kollegen arbeiten daran. Ist Georgs Abteilung. Die sind da dran.«

Die Hand ist noch immer in der Luft, wenige Zentimeter vor seinem Arm. Alec bemerkt es nicht, starrt mich noch immer mit diesem furchtbaren Ausdruck an. Hat er so Adrian angesehen, wenn der sich ihm genähert hat? So voller Furcht und Schmerz. Ich will diesen Ausdruck nicht sehen. Es trifft mich. Aber der Gedanke an diesen perversen Mistkerl lässt mich noch etwas anderes fragen.

»Hat er den Namen ›Nils‹ irgendwann mal erwähnt?«, erkundige ich mich leise, meine Hand noch immer nicht zurückziehend.

Alec schüttelt den Kopf, löst den Blickkontakt. Fast bin ich erleichtert, denn dieser Ausdruck war kaum zu ertragen.

»Nein, er hat nie was von sich erzählt.« Alec senkt den Blick, lässt zu, dass meine Hand sich endlich erleichtert auf seine Schulter legt.

Jetzt kann ich es. Jetzt kann ich ihn berühren, wenn er mich nicht so ansieht. Der Körperkontakt ist wie eine Befreiung. Ich trete noch näher. Alec ist in sich zusammengesackt, seine Stimme sehr leise, monoton geworden: »Eigentlich haben wir ja nie viel geredet. Er hat mir nie wirklich zugehört.« Er lässt sich widerstandslos in meine Arme ziehen. »Egal was ich gesagt habe, egal wie sehr ich ihn auch angefleht habe, mich gehen zu lassen. Egal, was ich gemacht habe …«

Seine Stimme klingt tränenerstickt. Die andere Hand kommt ganz von alleine hoch, drückt seinen Kopf gegen mich. Ich fühle sein Schluchzen, schlinge den Arm um ihn, presse ihn fest an mich. Mir doch egal, wenn uns jetzt jemand sieht. Ich streichle durch sein Haar, küsse ihn auf die Lippen, auf die Wange, küsse die salzigen Tränen weg.

»Niemand wird dir je wieder so wehtun, Alec«, schwöre ich ihm.

Er sieht mir in die Augen, noch immer ist Schmerz darinnen, aber auch etwas, was mein Blut zum Kochen bringt, mein Herz laut schlagen lässt, wohlige Schauer durch meinen Körper schickt.

Liebe. Für mich.

»Ich werde dich immer beschützen, Alec«, flüstere ich. »Ich werde dich schützen mit allem, was ich habe. Mit meinem Leben, wenn es sein muss!«

»Mike …« Er nimmt mein Gesicht zwischen seine Hände und küsst mich lang, innig, liebevoll. Und ich finde uns zwei dabei überhaupt nicht lächerlich.

Kein bisschen.

UNIVERSITÄT

Minutenlang stehen wir so da.

Die Straße ist leer. Ich denke, keiner sieht uns, im Moment wäre es mir auch ganz egal. Nur Alec zählt. Nur ihn zu halten, ihm Sicherheit zu geben.

Auch mir macht der Gedanke Angst, dass irgendwo jemand sein könnte, der ihm Schaden zufügen will. Aber der Fall liegt wirklich vier Jahre zurück.

»Wollen wir heimfahren?« Sein Beben lässt langsam nach. Alec nickt, seine Haare kitzeln an meinem Kinn. Langsam lösen wir uns voneinander, doch als wir zurück zum Garten gehen, fasse ich nach seiner Hand und halte sie fest.

Er schaut zu mir auf und sein Blick sagt mehr als es Worte könnten, wie dankbar er mir dafür ist. Ich lasse ihn erst am Gartentor wieder los.

Mit schlechtem Gewissen. Ich sollte mich nicht schämen für das, was ich für ihn empfinde, dennoch bringe ich es nicht, meine Freunde und Kollegen damit zu konfrontieren.

Alecs Gesicht ist noch immer blass, ernst und starr, sehr beherrscht. Selbst als er sich von Georg und Phily verabschiedet.

»Tut mir leid«, murmelt Georg sehr betreten. Man sieht ihm an, wie beklommen er sich fühlt. Sein »Süßer« hat den Arm um ihn gelegt. Irgendwo da oben ist ein mitleidiges Lächeln zu erkennen.

»Ich dachte echt, du wüsstest es schon. Wir schnappen den Kerl, ganz bestimmt«, versichert Georg Alec, der nur mechanisch lächelt. Es erreicht nicht seine Augen. Unter Georgs Pranke, die der ihm väterlich auf die Schulter gelegt hat, scheint er fast zusammenzubrechen.

»Mikey passt schon auf dich auf, Kleiner.« Langsam ordne ich der Höhe auch Philys Mund und Stimme zu. Er kann unglaublich sanft reden. Sogar ich glaube ihm. Trotz des »Mikeys«.

»An dem kommt keiner vorbei«, erklärt Phily bestimmt. Ich muss den Kopf in den Nacken legen, um erstaunt zu ihm aufzublicken. Kurz treffen sich unsere Augen. Seine Babyblauen blicken tief in meine. Sehr tief. Ich fühle mich ertappt, als ob er genau sehen würde, was ich wirklich für Alec empfinde. Der Blick macht mich mehr als nervös und rasch wende ich den Kopf ab.

Alec nickt mechanisch, aber in mir hallen Philys Worte nach. Kann ein Schwuler den anderen erkennen? Georg hat mich nie so angesehen. Niemals.

Was mache ich mir hier bloß für verrückte Gedanken.

Brav verabschieden wir uns. Niemand merkt etwas, denke ich. Wir schieben Alecs Unistart und meine Arbeit als Grund für unseren frühen Aufbruch vor. Es ist gerade mal 18 Uhr.

Bernd scheint ein wenig zu zögern, als er Alecs Hand schüttelt. Hat der Angst, Schwulsein wäre ansteckend und würde sich per Hautkontakt übertragen? Ich drücke mit Absicht etwas stärker zu, als ich ihm die Hand schüttle. Wenn der wüsste, dass er wohl gerade einem erhöhten, doppelten Infektionsrisiko ausgesetzt war … Der Gedanke erzeugt ein sarkastisches Lächeln. Vielleicht geht er sich auch gleich die Hände waschen. Ich sollte eigentlich nicht zu streng mit ihm sein. Auch mein Weltbild sah dahin gehend mal anders aus.

Okay, ich war bestimmt nie homophob, suspekt war mir das Ganze schon. Männer, die andere Männer lieben. Vermutlich hätte ich mich ähnlich verhalten. Tja, so schnell kann es sich ändern. Gut, ich liebe ja offensichtlich nicht Männer im Allgemeinen, sondern nur einen. Ihn. Meinen Alec.

Nadine schafft es doch tatsächlich mit jugendlicher Spontanität und einem frisch verliebten Blick, sich Alec um den Hals zu werfen, ihn kurz zu drücken und dann wenigstens kokett verlegen auszusehen. Pro forma umarmt sie auch mich, aber natürlich weit weniger innig. Ich habe es schon bemerkt. Ihr Vater auch, der Alec misstrauisch beäugt. Fürchtet wohl um die Jungfräulichkeit seiner Tochter. Sofern die noch vorhanden ist. Bei Nadine wäre ich mir da nicht ganz sicher. Nur dass sie durch Alec nicht gefährdet ist.

Unwillkürlich muss ich wieder lächeln.

Schweigend gehen wir zurück zum Auto. Auf der Fahrt nach Hause, sagt Alec kein Wort. Braucht er auch nicht. Ich sehe seine Hände kneten, das sagt mir genug darüber, wie er sich gerade fühlt.

Erst als wir in der Wohnung sind, ich den Autoschlüssel und mein Handy auf den kleinen Tisch im Flur lege, dreht sich Alec zu mir um.

»Glaubst du, dass Adrian seinem eigenen Bruder so etwas antun würde?« Noch immer kneten seine Hände und spontan greife ich danach, halte sie entschlossen fest. Augenblicklich löst er sie voneinander, steht nun direkt vor mir und sieht mich angstvoll an.

»Ich weiß es nicht«, gebe ich ehrlicherweise zu. »Es gibt keine Beweise, dass er damit etwas zu tun hat. Wir konnten ihn mit dem Mord und dem ... Gewaltverbrechen ...«, ich vermeide bewusst das Wort Vergewaltigung, »bislang nicht in Verbindung bringen. Aber die Parallelen sind schon auffällig.«

»Adrian hat ein paar Mal gesagt, dass er mich nicht gehen lässt, weil er mich vor etwas schützen wollte«, sagt Alec nachdenklich. Seine Gedanken müssen wieder dort sein, in seinem Gefängnis. Ich spüre es an seinem Körper, an der winzigen Anspannung seiner Hände. »Er hat mir gesagt: Ich lasse dich nicht gehen. Du gehörst immer nur mir. Dir darf nichts passieren. Niemand darf dir etwas tun.«

Ich horche auf.

In den Verhören hat Adson geleugnet, etwas von dem Tod seines Bruders zu wissen. Ich war nicht dabei, aber Georg sagte mir, dass er sehr überzeugend gewesen war, als sie ihn damit konfrontiert haben. Er hat um ihn getrauert.

Aber solche Worte zu Alec? Hat er doch mehr damit zu tun? Aber was? Oder war es nur so dahin gesagt? Daran mag ich fast nicht glauben. Dieser Adson ist raffiniert. Ein Psychopath sicherlich, eben gerade deshalb so gefährlich, weil er heimtückisch und schlau ist. Der kann bestimmt sehr gut schauspielern.

»Auf seine kranke Art hat er mich schon irgendwie geliebt und wohl auch beschützen wollen«, meint Alec noch immer mit dieser nachdenklichen Stimme. »Habe ich ihn an seinen Bruder erinnert? Aber dann müsste er doch wissen, was ihm passiert ist, oder?« Er hat den Kopf gehoben, schaut mich fragend an, als ob ich alle Antworten für ihn hätte. Gar nichts weiß ich. Nur dass ich Adson so gut wie alles zutraue.

»Ich weiß es nicht, Alec. Ich habe keine Ahnung. Der Typ ist sicher weggesperrt. Er wird seine Strafe bekommen. Er wird dir nie wieder etwas antun können.« Ich lege alle Sicherheit, die ich geben kann, in diese Worte, umfasse seine Arme mit festem Griff. »Vergiss ihn. Vergiss alles, was dir zuvor passiert ist. Du hast jetzt ein neues Leben.« Meine Worte klingen selbst in meinen Ohren fast beschwörend. »Lass dir dein Leben von ihm nicht mehr kaputtmachen.«

Alec lächelt, schickt mir wohlige Schauer durch den Körper. »Du klingst schon wie mein Psychiater.« Er seufzt tief auf. »Ihr habt wohl beide Recht.«

Er beugt sich vor, berührt flüchtig meine Lippen, haucht mir einen federleichten Kuss darauf. »Ich will nicht verlieren, was ich gefunden habe, Mike«, sagt er ernst und bestimmt. »Ich weiß, dass Adrian mir nichts mehr tun kann. Dennoch ist er in meinen Träumen, lauert mir ständig auf. Immer und immer wieder.« Alec legt seinen Kopf an meine Schulter und ich schlinge meine Arme um ihn, drücke ihn sanft an mich. Ein bisschen wie ein Kind, Schutz suchend, wirkt er. Ich kann nur erahnen, wie verfolgt er sich fühlen muss.

»Die Vorstellung, dass da noch jemand ist, der mir so etwas antun könnte, versetzt mich regelrecht in Panik. Wie soll ich mich vor jemandem schützen, den ich nicht mal kenne, nie gesehen habe? Oh Mike, das macht mich schier wahnsinnig«, flüstert er.

Ich spüre ihn zittern. Was soll ich sagen? Wie kann ich ihm die Angst nehmen? Gar nicht. Es gibt nichts, was ich sagen könnte. Ich kann ihn nur halten. Ganz fest halten, ihm die Angst vor der Dunkelheit, dem Ungewissen nehmen durch meine Präsenz, meine Nähe.

»Ich werde immer da sein«, versichere ich, spüre den Kloß in meinem Hals, der mir gerne Tränen in die Augen treiben möchte. Mannhaft schlucke ich ihn hinunter. »Du bist nicht alleine, Alec. Ich bin da.«

Er löst sich ganz leicht von mir, lächelt wieder so schön. »Ist das so etwas wie ein Versprechen? Du bleibst bei mir? Lebenslänglich?«

»Das ist ein Versprechen.« Ich meine es genau so, sehe ihn offen an. Kein Ausweichen, keine Zweifel. Darüber muss ich gar nicht mehr nachdenken. Es ist eigentlich alles einfach und klar. Zumindest wenn wir alleine sind.

»Ist ja fast so was wie ein Heiratsantrag.« Alec schmunzelt deutlich lockerer.

»Nein«, sage ich ernst, sehe ihm in seine schönen Augen, nehme alles an ihm intensiv wahr. »Viel besser: eine wirkliche Partnerschaft.«

Jetzt lächelt er überaus zufrieden. Seine Hand streicht mir sanft über die Wange. Eine flüchtige Berührung. Wunderschön.

»Damit kann ich prima leben, Mike. Du bist alles, was ich mir je erträumt habe.«

Der Kloß ist wieder da. Gekoppelt mit einem fast dumm dämlichen Gefühl von Glückseligkeit. In etwa so muss ich jetzt auch Grinsen, aber das geht eh gerade in einem seiner wundervollen, leidenschaftlichen Küsse unter.

Unser restlicher Sonntag wird gemütlich. Wir liegen auf dem Sofa. Alec halb auf mir, seine Hand streicht immer wieder sanft über meine Brust und Hals.

Wir unterhalten uns noch etwas. Klar, das auch. Vor allem genießen wir die Nähe zueinander, Zärtlichkeiten, die nicht sein müssen, sondern ganz von alleine kommen.

Meine letzte Freundin wollte auch dauernd mit mir kuscheln. Für sie war es ein Ritual, welches für mich bald zur lästigen Pflicht wurde. Es war immer so gezwungen. Mit Alec ist es anders, selbstverständlicher, angenehmer.

Ich erzähle ihm nebenbei von meinen gescheiterten Beziehungen. Nicht die Standardversion, die ich wohl jedem erzählen würde. Nein. Alec erfährt alles. Na gut, die intimen Details im Schlafzimmer interessieren ihn wohl nicht, aber meine Gefühle, Zweifel, die Ohnmacht, Hilflosigkeit, wenn mir klar wurde, es klappt nicht, es läuft nicht, all das erzähle ich ihm. Habe ich noch nie jemandem verraten.

Ich vermisste stets etwas, was mir keine von ihnen geben konnte. Keine hat mich je so angenommen, wie ich und was ich bin. Jede wollte mich verändern, formen, ihren Wünschen anpassen. Mich zu einem Standardmann machen, der sich so und so verhalten sollte.

Vor Alec fällt jede meiner Masken. Ich kann ihm zeigen, was hinter dem Mann steckt, der so sicher auftritt, der genau zu wissen scheint, was er will, geradeaus seinen Weg geht, stark erscheint und es doch in vielen Dingen gar nicht ist. Es ist nicht schwer. Es ist leicht und tut gut. Er versteht es, er kann es akzeptieren.

Komisch. Da muss mir ein Mann über den Weg laufen, um mich ihm zu öffnen. Vielleicht ist es auch gerade deshalb. Männer verstehen sich eben besser. Zudem erscheint es mir nur fair, dass er so viel über mich erfährt, wie ich über ihn.

Vieles, was ich empfinde, ist auch, was er erfahren hat. Auch er hat eine Rolle gespielt, der er nicht entsprach, wurde in etwas gedrängt, was er nicht ist. Auch er war auf der Suche nach Anerkennung und Liebe. Vielleicht passen wir ja wirklich deshalb zusammen. Wer weiß?

Natürlich reden wir auch über den Tag morgen. Immerhin hat Alec vor, zum ersten Mal zur Uni zu gehen. Ich spüre seine Nervosität und bedauere, dass ich nicht da sein kann. Es ist etwas, wo er ganz alleine durch muss. Gerne hätte ich ihn begleitet, aber es geht nicht. Ich habe es versucht, habe leider nicht freibekommen, keine Chance.

»Es wird schon gehen«, meint Alec zuversichtlich, seine Körpersprache wie seine Stimme verrät ihn. »Das Schlimmste wird erst mal das volle Audimax bei der Begrüßung werden, denke ich.« Seufzend rutscht er etwas tiefer, liegt mit dem Kopf in meiner Halsbeuge. So passen wir ganz bequem zusammen aufs Sofa. Gar kein Problem.

Sein schlanker Körper neben meinem, sein Schritt drückt an meinen Oberschenkel und meine Gedanken wandern gerne in unanständige Bahnen.

»In den Seminaren sind es hoffentlich weniger Leute. Es hilft nichts, irgendwie muss ich da durch.« Alecs Hand kreist über meinem Hemd, spielt an den Knöpfen. »Ich werde wohl ziemlich früh hinfahren, da wird es noch leer sein.« Meine Hand streicht über seine Schulter, bleibt schließlich auf der Hüfte liegen.

»Es muss einfach irgendwie gehen.« Es klingt wie eine Beschwörungsformel. Ist es wohl auch. »Ich will endlich keine Angst mehr haben müssen.«

Tapferer Alec. Ein Kämpfer. Er wird es schaffen.

Irgendwann ist er eingeschlafen. Ob ich wohl eine beruhigende Wirkung auf ihn habe? Immerhin schläft er mir dauernd im Arm ein. Ich hätte auch gegen was anderes nichts gehabt, aber ich rühre mich nicht, betrachte sein schlafendes Gesicht.

Ich mag ihn ansehen. Entspannt, der Mund leicht offen, weil er an mir liegt und seine Lippen etwas hoch gedrückt wurden, als er im Schlaf hinabgerutscht ist. Er wirkt so verletzlich, wenn er schläft. Und wunderschön.

Ein Mann. Noch immer schüttelt irgendwo in mir etwas den Kopf. Darauf höre ich längst nicht mehr. Viel lieber höre ich auf mein Herz, welches sanft im Takt seines ruhigen Atems schlägt. Es fühlt sich gut und richtig an.

Heute Nacht schläft keiner von uns in seinem Bett. Ich schlafe nämlich auch irgendwann auf dem Sofa ein, werde erst wach, als im Schlafzimmer hinter mir mein Wecker in voller Lautstärke Alarm gibt.

»Verflucht!«

Alec schreckt sofort hoch. Für Sekundenbruchteile ist Panik in seinem Blick, dann sieht er mich und atmet erleichtert aus. Er lächelt, sieht einfach zu niedlich aus, verschlafen, die Haare zerzaust und sein Gesicht vom Schlaf zerknautscht. Ich kann nicht anders, wuschle ihm durch die Haare.

»Lässt du mich jetzt aufstehen? Der blöde Wecker behauptet, es ist Zeit für mich?«, frage ich schmunzelnd.

»Klar. Hast du etwa wegen mir auf dem Sofa geschlafen?«

»Wollte dich nicht wecken«, bestätige ich, als ich mich unter ihm hervor arbeite und bevor er wieder ein schlechtes Gewissen bekommt – ich kenne Alec in der Hinsicht ja schon sehr gut – füge ich noch hinzu: »Du sahst zu nett aus im Schlaf.«

Alec ist aufgestanden, lächelt verlegen. Der Wecker geht in einen Dauerpiepston über, aber ich ziehe ihn trotzdem zu mir heran, küsse ihn.

»Außerdem schläft es sich gut, mit dir im Arm«, flüstere ich ihm ins Ohr. Er seufzt zufrieden und erwidert meinen Kuss.

Der Wecker wird schriller und ich löse mich nun doch von ihm, um den Störenfried zur Ruhe zu bringen. Mir tut es fast leid, dass ich Alec mit wecken musste, denn er könnte noch länger schlafen. Tut er aber ja nie. Eigentlich ist er sonst immer sogar vor mir wach.

Als ich angezogen in die Küche komme, hat er schon Frühstück gemacht, steht mit dem Rücken zu mir und wartet auf den Kaffee. Den macht er für mich, denn er trinkt Tee oder Schokolade.

Ich betrachte ihn einen Moment. Er trägt noch die Jeans von gestern und das T-Shirt. Seine Haare sind immer noch zerzaust. Und ja, mein Blick bleibt an seinem Hintern hängen. Wenn Bernd das wüsste …

Grinsend trete ich von hinten an ihn heran, lasse meine Hände von den Hüften um seine Taille nach vorne wandern. Alec lehnt sich zurück.

»Du hattest keine Albträume letzte Nacht«, stelle ich fest. »Du hast ganz friedlich vor dich hingeschnarcht.«

»Ich schnarche?«, fragt er überrascht und ich muss lachen.

»Nein, nicht wirklich. Aber du redest im Schlaf«, korrigiere ich, lasse ihn sich in meiner Umarmung umdrehen. Seine Hände umfassen die

Hüfte und ich lasse meine tiefer gleiten. *Ja, Bernd, auf seinen Hintern! Der ist nämlich schön rund, fest und es fühlt sich gut an.*

»Was habe ich denn gesagt? Hoffentlich nichts, was ich jetzt bereuen würde.« Grinsend fasse ich fester zu, presse ihn gegen mich. Deutlich spüre ich, wie er reagiert. Ich auch.

»Das meiste war ein Stöhnen. Aber so etwas wie: Mike! Mehr, schneller, härter …« Ich knete seinen Hintern durch den Stoff der Jeans. Alec zieht vernehmbar die Luft ein. Teufel auch, ich habe leider viel zu wenig Zeit.

»Soso?« Er tut skeptisch. »Und du bist sicher, dass du dich da nicht verhört hast?«

»Ganz sicher«, bestätige ich, spüre seine wachsende Erregung wie meine durch den Stoff unserer Hosen. Scheiß Timing. Keine verdammte Zeit dafür. Ich muss frühstücken und los, aber gerade mag ich mich nicht von ihm lösen.

Alec seufzt zufrieden, seine Hände zupfen meinen Kragen zurecht. »Das liegt wohl daran, dass ich so gut geträumt habe. Von dir.«

Finger berühren meine Haut. Sanft, so angenehm und ich weiß, dass ich mich rasch von ihm lösen sollte, sonst wird es zeitlich doch verdammt knapp werden, denn dann kann ich nicht mehr an mich halten.

»Aber das Schönste daran ist«, fährt er fort, küsst mich sanft am Hals. »Dass der Traum noch da ist, als ich aufgewacht bin.« Liebevoll sieht er mich an.

Jetzt wird es wirklich gefährlich für mich, seine Worte bewirken fast so viel wie seine Finger und sein Körper. Ich muss zum Dienst.

Seufzend löse ich mich von ihm. »Dann träumen wir wohl später gemeinsam weiter. Leider muss ich gleich los.«

Alec seufzt mindestens ebenso laut, wie ich, lässt mich gehen und kümmert sich um den Kaffee, während ich Platz nehme.

Er macht sich sein obligatorisches Müsli. Ich beäuge es ebenso obligatorisch misstrauisch. »Dass du davon satt wirst.« Ich schüttle den Kopf.

Alec lächelt nur. »Ich will gleich noch etwas laufen. Da ist das genau richtig.«

Ah, ja. Er will bestimmt den Kopf freikriegen für heute und Laufen ist seine Therapie.

Nachdenklich betrachte ich seine Gestalt. Er sieht viel besser aus. Immer noch ganz schön dünn, längst nicht mehr ausgemergelt.

»In zehn Jahren wirst du wohl immer noch so schlank und sexy sein, während ich mit einem Bierbauch rumlaufe.« Seufzend betrachte ich mein Nutellabrötchen. Braune Versuchung pur. Und ich bin zu schwach um zu widerstehen.

Alec grinst von einem Ohr zum anderen. Schadenfreude? Er grinst immer breiter. »Was war so amüsant daran? Die Vorstellung, wie ich als Couchpotato aussehen werde?«

»Nein.« Seine Augen mustern mich liebevoll. »Dein Kompliment.«

Oh ja. War wohl eins. Ich grinse. Das hat ihm gefallen? Aber er ist schlank und ich finde ihn sexy. Sehr sogar. Viel zu sehr für die kurze Zeit, die wir uns kennen. Und mal abgesehen davon, dass er eben ein Mann ist.

»Aber noch vielmehr was anderes: Die Vorstellung, dass mein Traum in zehn Jahren ebenfalls noch da ist.«

Teufel auch! Das ist unfair. Ich muss los, keine Zeit, ihn zu küssen, wie es mein Körper, mein Herz gerade verlangt. Wieso habe ich zu wenig Zeit?

»Dein Traum muss jetzt vor allem erst mal schnell los zur Arbeit«, brumme ich unzufrieden, verabschiede mich von ihm mit einem flüchtigen Kuss. Der reicht auch schon völlig aus. Nein, eigentlich nicht, aber er reicht aus, um peinlich zu sein.

Auf dem Weg zum Auto denke ich über seine Worte nach. Ja, Alec. Schätze in zehn Jahren sind wir noch immer zusammen. Zumindest habe ich das Gefühl, dass es so sein wird.

Wenn ich diesen peinlichen Morgen mit einem respektablen Ständer in der Hose überlebe, heißt das.

Heute Abend bist du fällig, Alec. Dafür wirst du bezahlen!

AUF DER LAUER

Mike ist ziemlich hastig aus dem Haus gestürzt. Er war spät dran, aber ich glaube, das Küssen hat mehr bewirkt.

Ich stehe am Fenster und sehe ihm hinterher. Geht er etwas komisch? Ich muss schmunzeln, denn ich erahne den Grund für den wackeligen Gang. Auch meine Jeans ist ganz schön eng geworden. Zum Glück kann ich gleich in eine Jogginghose schlüpfen und was dagegen tun.

Mike bleibt an seinem Auto stehen, stützt sich mit der Hand ab. Fällt ihm sichtlich schwer. Ich würde ihm ja nur zu gerne Erleichterung verschaffen.

Noch eine ganze Weile schaue ich dem davonfahrenden Auto nach.

Mike als Couchpotato? Nein, beim besten Willen, das kann ich mir nicht vorstellen. In zehn Jahren hat er bestimmt noch immer diesen beneidenswerten Körper, ist er mit Sicherheit so begehrenswert wie jetzt. Es erscheint mir wie ein Wunder, dass ich so viel Glück haben kann und er sich in mich verliebt hat. Wie er gesagt hat, dass er mich mit seinem Leben schützen würde … Ich bin sicher, er meinte es genau so.

Ungewollt gleiten meine Gedanken zu dem, was sein Kollege Georg gesagt hat. Gänsehaut überzieht meine Arme. Die Vorstellung, ein anderer Psychopath läuft noch frei herum, der sogar in der Lage ist, zu töten, lässt mich innerlich zittern.

Die gefühlte Bedrohung durch Adrian ist in den letzten Wochen tatsächlich geringer geworden. Ich mache Fortschritte in der Therapie. Adrian ist eingesperrt und immerhin konnte ich dieser Gefahr sein Gesicht zuordnen. Ihn kannte ich, wusste größtenteils, wie er sich verhalten würde, auch wenn es oft schwer einzuschätzen war. Er war vorher nie wirklich brutal gewesen. Sein letzter Überfall hat mir jedoch gezeigt, dass er zu wesentlich mehr fähig ist. Auch zu einem Mord?

Dieser neue unbekannte Täter hat für mich kein Gesicht, ist eine Bedrohung, die ich nicht fassen kann. Er könnte überall lauern, mich beobachten, verfolgen und ich würde es nicht einmal bemerken. Der Gedanke verängstigt mich zutiefst.

Am liebsten möchte ich mich in mein Bett verkriechen, einfach dort bleiben und warten, bis Mike zurückkommt. Die Aussicht ist verlockend, wenn die Panik an meiner Selbstbeherrschung kratzt. Aber er ist nicht da und ich habe heute meinen ersten Unitag. Ich habe keine Wahl. Es nützt nichts, wenn ich mich verkrieche. Wenn jemand da draußen ist, der mir auflauert, dann weiß er, wo ich wohne, dann kann er mich auch hier erreichen, dann bin ich nirgends sicher. Ich kann kaum mein weiteres Leben lang in einem Zimmer versteckt leben, das wäre ein ebensolches Gefängnis, wie es Adrian mir geschaffen hat. Nein, das will ich nicht wieder erleben!

Also gehe ich in mein Zimmer, ziehe die Laufklamotten an und zwinge mich, nach draußen zu gehen. Es ist ein bisschen so wie das erste Mal, die ersten Schritte sind die schwersten. Mein Blick gleitet unstet umher, versucht in jedem Schatten, hinter jeder Ecke eine verborgene Gestalt auszumachen. Beobachtet mich vielleicht jemand, den ich bisher nicht bemerkt habe? Ist da jemand, der sich ungewöhnlich verhält?

Shit, mein Körper zittert vor Anspannung, das Herz rast, als ob ich einen Sprint hinter mir hätte und die Hände sind so feucht, dass ich sie ständig an der Hose abwischen muss. Übelkeit bildet die Vorhut einer Panikattacke, die ich mit allen Mitteln bekämpfen werde.

Ich zwinge meinen Körper voran, fixiere einfach wieder die Straßenlaterne, die mir beim letzten Mal schon als Ziel gedient hat. Es geht leichter als gedacht, mein Körper macht willig mit und findet sich schnell in den Rhythmus. Ich vermeide die ruhigeren Wege im Park, die ich sonst gerne laufe, eben weil ich dort weniger Menschen begegne. Heute Morgen will ich lieber nicht einsam unterwegs sein.

Völlig verrückt. Dauernd fürchte ich mich, mit mehreren Menschen zusammen zu sein, vermeide diese Situationen, heute bin ich erleichtert, wenn ich einer Mutter mit ihrem Kinderwagen, dem Hundebesitzer mit seinem Hund und sogar den vier Jugendlichen begegne, die wohl auf dem Weg zur Schule sind. Sie alle sehen mich, würden es mitbekommen, wenn mir etwas passieren würde. Erstaunlicherweise gibt mir die Nähe anderer Menschen etwas mehr Sicherheit.

Ich beende meine Laufrunde mit einem guten Gefühl. Zwar fühle ich mich noch nicht wieder ganz sicher, aber die panische Angst von gestern ist fast weg, als ich von dem toten Nils Adson gehört habe. Vielleicht ist mein Körper auch nur schon zu sehr an diese ständige Angst gewöhnt und stumpft langsam ab.

Während ich dusche, denke ich an die Gespräche mit Adrian zurück. Gespräche waren es eigentlich nicht wirklich. Er hat mir nicht wirklich zugehört, oder eben alles überhört, was er nicht hören wollte.

Ich schlinge meine Arme um mich, wenn ich daran denke, wie ich ihn angefleht habe, mich gehen zu lassen. Er lag neben mir, strich mir zärtlich über den Körper. Die Erinnerung lässt mich auch jetzt noch erzittern. Seine Berührungen waren vielleicht zärtlich, sie ekeln mich jedoch noch immer an.

»Bitte lass mich doch gehen, Adrian.« Ich hatte gehofft, zu ihm durchdringen zu können. Adrian hat mich liebevoll angesehen, seine Finger fuhren unablässig über meinen Körper, die Berührungen waren besitzergreifend.

»Du gehörst mir, Alec«, hat er geflüstert, meinen Körper geküsst. »Du bist nur hier sicher, bei mir. Du wirst immer zu mir gehören.«

»Ich möchte das nicht«, antwortete ich, in dem hilflosen Versuch, ich könnte ihn überzeugen. »Lass mich doch bitte gehen.«

»Niemand anderes wird dich bekommen. Du gehörst nur mir, ich werde dich vor allem schützen. Ich mache keinen zweiten Fehler.« Er strich mir durchs Gesicht, ignorierte mein Zurückweichen. »Du wolltest es doch auch, Süßer. Du hast es mir gesagt.«

Mein Hals war eng, mein Herz schlug hart, trotzdem traute ich mich ihm zu widersprechen. »Das wollte ich nicht, Adrian. Ich wusste nicht, dass du mich fesseln und einsperren wolltest. Bitte, lass mich frei. Das wollte ich bestimmt nicht.«

Adrian lächelte nachsichtig, oh so verdammt nachsichtig. Wie ich dieses Lächeln hasste! Ebenso wie seine Stimme, diesen Tonfall, als ob er mit einem unartigen Jungen sprach: »Nur ich kann dich schützen. Niemand wird dir etwas tun können. Ich bin da, werde immer für dich da sein. Keiner wird dir wehtun oder dich mir wieder wegnehmen. Du gehörst zu mir, Alec. Du wirst es verstehen lernen.«

Zitternd lehne ich mich an die kalten Fliesen. Mein Körper verkrampft sich, mir ist kalt, trotz des warmen Wassers, welches über meine Haut rinnt. Meine Eingeweide krampfen sich zusammen. Ich liege auf dem Bett, nackt, die Hände in Handschellen, Ketten, die mich ans Bett fesseln. Ich spüre seine klammen Finger über mich gleiten. Lippen, die sich gierig in meinen Schritt küssen, höre seine genuschelten Worte: »Diesmal nimmt dich mir niemand je wieder weg.«

Ich stelle das Wasser heißer bis kurz vor die Grenze des Erträglichen. Die Kälte will dennoch nicht weichen. Die Panik will mich überwältigen, ich spüre sie in jedem Knochen, die schwarzen Finger, die sich in mein Hirn graben. Mikes Arme, sein Lächeln. Ich halte mich daran fest wie ein Ertrinkender. Ich bin nicht in Gefahr. Es ist vorbei, längst vorbei.

Langsam ebbt die Panik ab, verkriecht sich in ihre Höhle.

Ich sollte Mike davon erzählen. Implizieren Adrians Worte nicht, dass ich nicht der Erste war? War ich ja auch nicht. Mike hat mir ja schon gesagt, dass Adrian mindestens einen anderen eingesperrt hatte. War die Anklage damals nicht fallen gelassen worden?

Was hat Adrian nur gemeint? Wer sollte mich ihm wegnehmen? Vor wem wollte er mich schützen? Alles nur Fantasien seines kranken Hirns?

Grübelnd verlasse ich die Dusche, rasiere mich und ziehe mich an. Nervosität kommt auf. In einer halben Stunde werde ich im Bus zur Uni sitzen, mit diversen anderen, mir unbekannten Menschen, die mir natürlich nahe kommen werden. Es wird sich kaum verhindern lassen.

Diese Vorstellung verdrängt meine Grübelei über Adrian. Ist ja nicht so, als ob ich nicht genügend hätte, vor dem ich mich fürchten könnte. Ganz toll.

Meine Tasche steht schon im Flur. Ich habe sie gestern fertig gepackt. Das Vorlesungsverzeichnis, ein Block, Stifte, alles ist drin. Ich packe noch eine Flasche Mineralwasser dazu, Essen werde ich nicht in der Mensa, besser beim Bäcker unterwegs ein Brötchen kaufen.

Vor der Tür zögere ich. Meine Handflächen sind feucht und die Übelkeit will nicht wirklich weichen. Ich lehne mich mit dem Rücken an die Wand, schließe die Augen, lege den Kopf zurück, versuche langsam ein und aus zu atmen.

Es wird mir nichts passieren, es wird alles gut gehen. Ich bete es wie ein Mantra. Dies ist mein Leben, niemand wird mir da reinpfuschen. Es ist meine Entscheidung zu studieren, also werde ich mich dem auch stellen und dazu gehört nun mal auch die Busfahrt und ein mit Menschen gefüllter Hörsaal.

Das ist mein Leben, mein Traum, ein Leben mit Mike, dem tollen Job bei Linda und mit dem, was ich immer wollte: Studieren. Adrian wird mir das nicht mehr kaputtmachen und auch kein anderer.

Entschlossen stoße ich mich von der Wand ab, schultere die Tasche und gehe hinaus. Ich werde es schaffen, wie ich alles geschafft habe. Ein mulmiges Gefühl bleibt.

Kaum ziehe ich die Haustür hinter mir zu, bekomme ich beinahe einen Herzinfarkt. Ein Schatten tritt neben mich. Erschrocken weiche ich zurück, hebe schützend die Arme hoch. Panik überwältigt mich mit kalten Fingern, paralysiert mich. Nur ein Gedanke hat Platz: Er hat mich gefunden!

Der Hals ist zu eng, um zu schreien, kalter Schweiß am ganzen Körper. Voller Angst drücke ich mich an die Hauswand, die Augen fest zusammengepresst. Mein Körper zittert, Herz rast, ich kann mich nicht rühren.

»Hey Mann!« Eine vertraute Stimme durch den Nebel meiner Angst. »Keine Panik!« Blinzelnd versuche ich etwas zu erkennen. Der Schatten schrumpft, wird zu einem vertrauten Gesicht, fragenden Augen, einem besorgten Ausdruck.

Tom. Was zum Teufel macht der hier?

Er grinst verlegen. Die Panik weicht nur langsam, lässt sich Stück für Stück zurückdrängen. Ich ringe nach Luft, zwinge meinen Herzschlag in einen steigenden Rhythmus. Oh Scheiße, wie muss ich auf ihn wirken? Ängstlich wie ein Karnickel an die Wand gepresst.

»Wollte dich doch nicht erschrecken, Mann.« Tom schaut mich mit schief gelegtem Kopf entschuldigend an. Sein pickliges Gesicht verzieht sich zu einem verlegenen Lächeln. »Konnte ja nicht ahnen, dass du gleich ausrastest, wenn man dich von der Seite anspricht. Tut mir leid, Kumpel.«

Ich stoße mich rasch ab, schlucke ein paar Mal und setze ein schiefes Lächeln auf. Er hat mich gerade eiskalt erwischt. Ganz toll, wirklich. Wie peinlich, vor einem Fünfzehnjährigen eine solche Panikattacke zu bekommen? Super, kann ich echt gut gebrauchen. Der Tag fängt prima an. Vielleicht sollte ich doch …

Tom lächelt immer breiter, während er mich beobachtet. Die Hände hat er in die tiefen Taschen seiner viel zu großen Hose gestopft. Der schlaksige Körper wirkt darin noch viel unbeholfener. Trotzdem überragt er mich schon. Er ist deutlich gewachsen.

Ich hole tief Luft, die Enge im Hals wird weniger, die mir die Luft abzuschnüren drohte.

»Mann, du bist da gerade weggehüpft, wie ein verschrecktes Huhn.« Sein feixendes Grinsen trägt nicht zu meinem Wohlgefühl bei.

»Kann ich ahnen, dass du mir hier auflauerst?« Meine Stimme zittert noch ganz leicht, ich straffe mich, versuche mir vor ihm keine Blöße zu geben. »Was machst du überhaupt hier? Solltest du nicht brav in der Schule sitzen?«

Tom verdreht die Augen. »Typische Erwachsenenfrage! Oh Mann, Alec!« Er stöhnt theatralisch und zieht die Schultern hoch. »Keinen Bock heute.«

»Keinen Bock?« Na toll, er hat ja nicht sehr lange durchgehalten, regelmäßig zur Schule zu gehen. »Super Einstellung, wirklich.« Klasse, ich klinge tatsächlich schon, wie ein typischer Erwachsener. Sogar den ermahnenden Unterton bekomme ich gut hin.

Grinsend steht Tom da, zuckt erneut kurz mit den Schultern. »Gehe ja morgen wieder hin.« Er sieht etwas beschämt aus. »Aber du hast doch heute den ersten Tag Uni, oder?«

Ich nicke automatisch. Vor ein paar Tagen habe ich im Stall davon erzählt. Tom hat ziemlich abfällig geschnaubt: »Was willst du denn da? Mann, so ein Schwachsinn. Wenn ich aus der Penne raus bin, dann mache ich doch denselben Scheiß nicht freiwillig noch ein paar Jahre weiter! Mich würdest du da nie hinbekommen!«

»Ja«, antworte ich daher auch etwas gedehnt, beäuge ihn misstrauisch. »Was hat das damit zu tun?«

»Na ja …« Tom druckst herum. »Dein Bullenfreund ist doch nicht da …« Er scharrt mit den Füßen und senkt den Blick. »Da dachte ich, wäre ganz gut, wenn ich … mit dir gehe.« Zaghaft hebt er den Blick. »Falls du irgendwie … Probleme bekommst.«

So wie eben? In mir steigt das Lachen auf. Dieser Idiot! Er hat tatsächlich die Schule geschwänzt, um mit mir zur Uni zu gehen? Als was, mein Beschützer?

»Gibt genug krasse Typen. Vor allem am Bahnhof«, ergänzt er, zuckt noch mal mit den Schultern. »So ein Softie wie du kriegt schneller Probleme, als er schauen kann.«

Danke. Wie nett, dass er mich daran erinnert. Tom hat seine coole Machomaske wieder perfekt angelegt. »Da kannst du jemanden gebrauchen, der aufpasst, dass dir keiner zu nahe kommt.« Er will mich wirklich beschützen? Der Junge ist echt eine Marke für sich.

»Du willst also mit mir zur Uni gehen?« Ich muss mir wieder vor Augen führen, was Mike schon gesagt hat: Tom ist in mich verschossen. Ich könnte laut loslachen, aber der unsichere Blick, der ihm durch die coole Maske schlüpft, hindert mich daran.

Tom nickt heftig, stopft seine Hände noch tiefer in die Hosentaschen.

»Okay … Dann komm halt mit. Aber wir sollten uns etwas beeilen. Mein Bus fährt gleich ab.«

DEMOPHOBIE

Wir erreichen den Bus gerade noch rechtzeitig. Ich muss immer wieder schmunzeln, wenn ich zu Tom hinblicke, der die anderen Fahrgäste finster anstarrt und allein durch seine jugendlich aggressive Art wirklich abschreckt. Vermutlich möchte keiner von ihm dumm angemacht werden und daher meiden sie uns. Tom fläzt sich breitbeinig über zwei Sitze, ganz der jugendliche Macho, als der er gerne rüberkommt. Die Maske sitzt perfekt.

»Kommst du mit dem Bullen noch klar?«, fragt er unvermittelt.

Lächelnd nicke ich. Und wie gut wir klarkommen. Aber davon erzähle ich ihm besser nichts. Einen gekränkt, eifersüchtigen Freund kann ich kaum gebrauchen. Tom würde sich glatt mit Mike anlegen. Die Vorstellung, wie die beiden sich um mich prügeln, entlockt mir ein weiteres Schmunzeln.

»Er ist ganz okay«, gebe ich ausweichend Auskunft. »Wir kommen gut miteinander aus.« Tom sieht mich forschend an, beißt sich in die Wange.

»Wenn der dir mal blöd kommt, nur weil du ein Homo bist, dann kriegt er es mit mir zu tun«, knurrt er ernsthaft, sieht mich kurz an, senkt aber sofort wieder den Blick. »Der hat ja keine Ahnung davon.«

Mühsam unterdrücke ich ein Lachen. Wie gut, das Tom nicht so viel über Mike und mich weiß. Klar, hält er Mike nach wie vor für einen Hetero. Vielleicht auch ganz gut so. Tom schafft es sehr gut, mich von allen anderen Gedanken abzulenken.

»Er hat damit kein Problem«, antworte ich wahrheitsgemäß, kann mir nicht verkneifen noch: »Ich mag ihn«, hinzuzufügen. Augenblicklich fällt ein Teil von Toms Maske. Darunter kommt ein äußerst eifersüchtig wirkender Teenager hervor.

»So eine Hete hat doch null Ahnung«, brummt er, setzt rasch seine Maske auf und starrt aus dem Fenster. Den Rest der Busfahrt schaut er finster drein, sagt nicht mehr viel. Zum Bahnhof läuft er neben mir in dem typischen Mr.-was-bin-ich-cool-Gang, der wohl auch durch seine schlabberige Hose begründet ist. Die Hände hat er, glaube ich, heute noch gar nicht aus den Taschen genommen.

Von der Bushaltestelle an fühle ich mich unwohl. So viele Menschen, die achtlos vorbei laufen, mir dabei immer wieder verdammt nahe kommen. Tom ist dichter herangekommen und ich bemerke sehr wohl, dass er jeden finster, eher drohend ansieht, der mir zu nahe kommt.

Köstlich, er nimmt das hier wirklich sehr ernst. Lustigerweise schafft er es wirklich, mir damit mehr Sicherheit zu geben.

Wir kommen an einer Gruppe anderer Jugendlicher vorbei. Vermutlich Stricher oder Junkies oder beides. Ein paar davon nicken Tom zu, scheinen ihn zu kennen. Vielleicht seine alte Szene? Ich schlucke hart, als ich die Jungs genauer ansehe. Alle ganz schön ungepflegt, teilweise zerknitterte, dreckige Kleidung, am schreckerregendsten sind allerdings ihre Gesichter. Grau, fahl und eingefallen, wirken sie so viel älter, als sie sind.

Einer löst sich aus der Gruppe, kommt auf uns zu geschlendert und schaut, von Tom zu mir und wieder zurück.

»Hey, Alter, lange nicht gesehen. Was ist das denn für einer?«, fragt er nuschelnd nach. »Ist der neu hier?« Augenblicklich beschleicht mich ein ungutes Gefühl. Auch dieser Junge ist kaum älter als Tom, doch wie auch die anderen strahlt er etwas bedrohlich Gewalttätiges aus. Diese Kids sind so am Ende, dass sie keine Grenzen mehr kennen. Diese Aura umgibt sie, wirkt gefährlich, lässt alle Menschen einen großen Bogen um sie machen.

»Mein Freund«, antwortet Tom knapp. Er ist stehen geblieben. »Hat nichts hiermit zu tun.«

Der andere nickt, sieht mich abschätzend an. Er hat vermutlich blonde Haare, aber sie sind verfilzt und ungewaschen. Die Augen bewegen sich unruhig, können anscheinend nicht wirklich etwas fokussieren. Ob er wohl auf Droge ist, frage ich mich unwillkürlich. Mein Herz klopft hart in der Brust und ich bin mir sicher, dass er meine Nervosität spürt.

»Süß«, meint er nur, schickt mir mit diesem Wort Schauder über den Rücken. Seit Adrian hasse ich es regelrecht, wenn mich jemand »süß« nennt.

Ich bin nicht süß. Mein Mund kneift sich missmutig zusammen, doch er sieht mich schon nicht mehr an. »Sehr lange nicht mehr gesehen«, meint er an Tom gewandt, der betont lässig dasteht. »Biste nicht mehr dabei oder was?«

»Sieht so aus.« Tom scheint nicht sehr auskunftsfreudig zu sein. »Bin jetzt clean.«

Der Junkie mustert ihn erstaunt, der Ausdruck verwandelt sich, wird abfällig. »Red kein Stuss, Alter. Übrigens hat Jimmy schon ein paar Mal nach dir gefragt.«

»Mir doch scheißegal!«, antwortet Tom etwas schärfer und sein ehemaliger Kumpel weicht sofort zurück. »Bin da raus. Er soll mich vergessen.«

Der andere Junge schnaubt abfällig, sein Blick wandert zurück zu mir. Ich fühle mich unbehaglich, möchte rasch weiter, traue mich aber nicht wirklich, ihr Gespräch zu unterbrechen. Blöd eigentlich. Ich bin älter als sie.

Die anderen schauen jetzt ebenfalls zu uns hinüber.

»Der könnte hier gut Geld machen. Schafft der etwa für dich an?«, fragt der Typ Tom. Ich öffne empört den Mund. Hat der sie noch alle? Für wen hält er mich? Aber Tom kommt mir zuvor.

»Red keine gequirlte Scheiße, Alter! Sag doch, ist nur mein Freund!«, schnauzt er den anderen an. »Verpiss dich bloß!« Damit geht er einfach weiter und ich zögere keine Sekunde ihm zu folgen, werfe im Vorbeigehen noch einen Blick auf die andern Junkies. Eigentlich sollten sie mir leidtun, im Moment machen sie mir jedoch vor allem Angst. Hastig schließe ich zu Tom auf. Er stampft entschlossen weiter, ich hole ihn erst auf dem Bahnsteig wieder ein.

»Nette Freunde hast du«, kommt es mir von den Lippen, die Anspannung verlässt mich nur langsam. Tom schnaubt abfällig, sieht mich nicht an.

»Sind nicht meine Freunde«, nuschelt er. »Wir steckten nur zusammen drin.« Seine Füße scharren unruhig und ich sage nichts weiter dazu. Ich kann mir nicht vorstellen, durch was für eine Hölle er gegangen ist. Aber er hat es rausgeschafft.

Auch in der S-Bahn weicht er nicht von meiner Seite. Ich will mir auch vor ihm keine weitere Schwäche erlauben. Das vorhin hat ja schon gereicht.

»Du hattest aber Recht«, erkläre ich, hoffe, dass es kein Fehler ist und ihn nicht auf falsche Gedanken bringt. »Ich bin dein Freund, Tom.«

Augenblicklich fällt seine Maske und er strahlt mich regelrecht an. Wie es ein verliebter Teenager tun würde. Vermutlich hat er es wohl doch in den falschen Hals bekommen, lässt sich jetzt nicht mehr ändern.

»Ich finde es klasse, dass du mit mir kommst.« Ich meine es auch genau so. Mit ihm ist es wesentlich leichter, als ich gedacht hätte. Zumindest bisher.

Richtung Uni wird es voller. Viele junge Leute, wie ich mit Taschen bewaffnet. Alles Erstsemester auf dem Weg zur Begrüßung im Audimax.

Tom wirkt sichtlich unsicherer. Vermutlich fühlt er sich unter den Studenten nicht mehr so wohl. Er läuft vom Dammtor aus leicht hinter mir, noch immer ziemlich nahe an mir dran. Sein Blick huscht hin und her, wenn ich mich zu ihm umdrehe und ich kann mir ein leichtes Lächeln nicht verkneifen.

Das Audimax ist noch recht leer und wir suchen uns einen Platz ziemlich weit hinten. Tom setzt sich recht gesittet neben mich, macht allerdings die ganze Zeit abschätzige Bemerkungen über die anderen Studenten, denen ich nur teilweise folge. Je mehr sich der Saal füllt, desto bedrängter fühle ich mich. Bislang sind die Sitze neben uns noch frei, was sich natürlich bald schon ändern wird. Tom wirft mir immer wieder Blicke zu und ich lächle zunehmend verkrampft zurück. Ich möchte mir vor ihm wirklich keine Blöße geben. Mann, er ist mit seinen fünfzehn Jahren so viel sicherer als ich. Mir ist es peinlich, dass ich so froh bin, dass er da ist. Ehrlich? Ohne ihn hätte ich bestimmt schon einige Probleme.

Ich zwinge mich nach unten zum Rednerpult zu schauen. Direkt neben mir nimmt ein junges Mädchen mit Kurzhaarschnitt Platz und ich atme erleichtert auf. Eine Frau macht mir weitaus weniger Probleme als ein Mann. Sie lächelt mich an, zieht aber die falschen Schlüsse aus meinem Verhalten.

»Nervös?«, erkundigt sie sich mitfühlend.

Ja, ich bin nervös, aber aus anderen Gründen, als sie annehmen würde. Ich nicke nur.

»Ich auch, aber heute ist ja nichts Wildes los. Nur die Begrüßung und Information. Die meisten Seminare fangen erst übermorgen an. Was studierst du?«

»Pädagogik«, gebe ich ihr Auskunft. »Mit Englisch und Biologie.«

»Echt?«, fragt sie überrascht, lächelt überaus zufrieden. Tom rutscht neben mir unruhig hin und her. »Ich auch Pädagogik. Das ist ja klasse.«

Tom gibt ein Grunzen von sich. Er scheint nicht sehr erbaut davon zu sein, dass sich das Mädchen für mich interessiert. Vielmehr für das, was ich studiere.

»Ich bin Lisa.« Sie reicht mir ihre Hand. An jedem Finger trägt sie einen Ring und ihre Kleidung ist ziemlich bunt.

»Alec.« Erneut kommt von Tom ein Grunzen und ich muss unwillkürlich schmunzeln. Lisas Blick gleitet zu ihm, sie sieht ihn stirnrunzelnd an.

»Du bist aber noch ganz schön jung fürs Studium, oder?«, fragt sie mit hochgezogenen Augenbrauen. Innerlich grinsend beobachte ich, wie sich Tom sofort strafft, besonders groß macht und sie böse anfunkelt.

»Alt genug, um dich flach zu legen und zu ficken, bis dir schwindlig wird«, meint er lässig, wirft mir einen kurzen Blick zu. Ah, der Macho wieder. Glaubt er, ich finde es cool, wenn er sich so benimmt? Mir ist es gerade eher peinlich.

Lisa reagiert zum Glück ganz locker auf seinen Spruch: »Lass mal, da stehe ich auf deutlich Männlicheres in meinem Bett.« Sie mustert ihn von Kopf bis Fuß und winkt ab. »Frag in zehn Jahren noch einmal nach.«

Tom entgleiten kurz die Gesichtszüge. Wütend ballt er die Hände, der Mund ist zusammengekniffen, doch Lisa beeindruckt das gar nicht. Noch immer grinst sie ihn spöttisch an. Ich fühle mich, als ob ich zwischen die Fronten eines Überraschungsangriffs geraten wäre, sehe von einem zum anderen, wäre gerne woanders, als in der direkten Schusslinie.

»Was bist du denn für eine Tusse?«, fragt Tom gedehnt nach. Erneut erntet er ein breites Lächeln von Lisa, die ihm über mich hinweg ihre Hand reicht.

»Lisa! Und wer bist du? Mister Macho?«

Unwillkürlich weiche ich in den harten Sitz zurück, erwarte durchaus, dass Tom über mich hinweg eine Attacke auf sie startet. Eigentlich sollte ich dazwischen gehen, allerdings habe ich irgendwie das Gefühl, als ob Lisa das Ganze gut im Griff hätte. Die lässt sich von Tom zumindest nicht einschüchtern.

»Tom«, rutscht es diesem heraus und ich beobachte verblüfft, wie er ihre Hand ergreift und tatsächlich schüttelt.

»Hallo Tom.« Sie lächelt ihn wieder an. »Willst du mir gleich deine Telefonnummer geben, oder soll ich in zehn Jahren noch mal nachfragen?«

Jetzt muss ich auch grinsen, denn dem Mini-Macho neben mir entgleisen schon wieder die Gesichtszüge. Er ist sogar sprachlos und weiß Gott ist er sonst ja nicht auf den Mund gefallen. Erfolglos klappt er den Mund auf und zu, zieht seine Hand fast hastig zurück, starrt Lisa schließlich mit leicht geöffnetem Mund an.

»Äh …«, will ich anfangen und die Situation retten, aber Lisa bemerkt mich gar nicht mehr.

»Du studierst hier also nicht, oder?«

Tom reißt sich sichtlich zusammen.

»Nö«, bringt er hervor, der feste, coole Unterton fehlt. »So bescheuert bin ich nicht. Bin nur wegen ihm da.« Er nickt zu mir hin und rückt mich damit wieder in Lisas Zentrum der Aufmerksamkeit. Sie sieht mich fragend an.

»Also ist er dein kleiner Bruder?« Ich verneine entschlossen. Wäre ja noch schöner.

»Nur ein Freund. Er begleitet mich heute.«

»Willst du mal reinschnuppern ins Studium?«, fragt sie, diesmal an Tom gewandt.

»Nö …«, kommt es etwas gedehnt und leicht unsicher von ihm. »Denke nicht. Ist nicht so mein Ding.« Er grinst schief, sieht dann zu mir hin. »Ich passe nur auf, dass jeder hübsch seine Griffel von ihm lässt«, setzt er hinterher.

Augenblicklich werde ich rot. Wie klingt das denn Bitteschön? Kleiner Mistkerl. Tom wie er leibt und lebt eben. Wenn Lisa jetzt nicht geschnallt hat, dass ich schwul bin, ist sie dumm und blond. Beides nehme ich ihr nicht ab.

»Er begleitet mich, weil ich leicht Schwierigkeiten mit so vielen Menschen habe«, antworte ich hastig, versuche meine Ehre zu retten.

Lisa lehnt sich zurück, wendet aber den Blick nicht von mir ab.

»So was wie eine Phobie«, informiere ich zögernd, als sie mich auch nach einer Weile noch immer unverwandt ansieht. Ich kann ihr ja kaum erklären, was wirklich mit mir los ist.

»Demophobie«, meint sie nur, mustert mich nun sichtlich neugierig.

»Was für 'n Scheiß?«, mischt sich Tom ein, der sich vorgelehnt hat und Lisa nicht aus den Augen lässt. Ob er sie wohl als Bedrohung ansieht? Es sieht so aus.

»Die Angst vor Menschenansammlungen«, erklärt sie. »Mein Bruder Ricky studiert Psychologie und ich muss dauernd was abfragen. Daher weiß ich das.« Sie lächelt erneut, sieht dabei etwas mitfühlend aus. »Dann wird das nicht ganz einfach für dich hier«, erkennt sie folgerichtig.

Damit hat sie wohl Recht, allerdings hält sich meine Angst erstaunlich in Grenzen, das liegt wohl vor allem daran, dass ich nicht ständig daran denken muss. Dafür sorgt ja schon Tom.

»Es geht«, sage ich, werde aber von weiteren Auskünften befreit, weil just in dem Moment die Begrüßung beginnt. Tom rutscht zurück und verfolgt das Ganze erstaunlich interessiert. Irgendwann nimmt er sich sogar ungefragt ein Blatt von meinem Block und beginnt sich etwas aufzuschreiben. Er nimmt den Zettel verlegen an sich, faltet ihn und steckt ihn sofort ein, ehe ich erkennen kann, was er aufgeschrieben hat. Er sagt nichts, sieht starr nach vorne.

Etwa anderthalb Stunden dauert die Begrüßung und anschließende Information. Vieles ist mir bekannt, manches neu, aber die ganze Zeit denke ich nicht daran, dass ich mit über hundert Menschen zusammen in einem Raum bin, schalte es einfach aus. Es klappt. Viel besser, als ich dachte.

Schwierig wird es erst wieder, als die Veranstaltung zu Ende ist und die ganzen Menschen hinausströmen. Ich warte gemeinsam mit Tom, bis sich der Saal leert. Zu meiner Überraschung bleibt auch Lisa noch da. Erst als der größte Teil der Studenten draußen ist, erhebe ich mich.

»Kommt ihr mit in die Mensa?«, fragt Lisa, zwinkert dabei Tom zu, der sie überrascht ansieht.

Oh je, ich fürchte, das packe ich noch nicht. Ich bin eigentlich ganz froh, das hier überstanden zu haben.

»Okay, schon kapiert ist ein bisschen zu viel. Klar.« Lisa nickt verstehend. Tom stopft sich die Hände wieder in die Taschen seiner Hose und stampft vorweg. Langsam folge ich ihm aus der Stuhlreihe heraus und auf den Flur hinaus.

»Wir können ja auch woanders was essen gehen«, bietet Lisa an, lächelt mir zu. »Da ist ein netter Bagelladen gleich hier ums Eck, da kann man das Essen auch mitnehmen.« Sie will nett sein, ich merke es genau und eigentlich ist es ja nicht schlecht, wenn ich schon jemanden kenne, der auch Pädagogik studiert. Sie lässt sich sogar von Tom nicht aus dem Konzept bringen.

»Gute Idee«, brummt unerwartet Tom. »Könnte auch was vertragen, nach so viel Gelabere.« Sieh an, er überrascht mich wieder. Also hängt es jetzt an mir? Eigentlich habe ich auch nichts dagegen.

»Okay.«

Wir betreten die Vorhalle. Ganz schön voll hier, die Studenten stehen dicht gedrängt, unterhalten sich. Mein Nacken kribbelt und in meinem Magen rumort es. Es fühlt sich an, als ob ich Gänsehaut am ganzen Körper habe. So viele Menschen. Sie sitzen nicht mehr brav auf ihren Stühlen herum. Hier bewegen sie sich unkontrolliert. Ich kann ihre Bewegungen nicht einschätzen. Sie kommen mir immer näher, tauchen überraschend von der Seite her auf, wenn sie an mir vorbei hasten. Ich komme mir immer desorientierter vor, habe Mühe, mich auf etwas anderes zu fokussieren, als ihre Bewegungen.

»Gibst du mir was aus?« Tom knufft mich in die Seite. Erschrocken sehe ich ihn an. »Ich bin nämlich völlig blank.«

Wundert es mich? Nicht wirklich, aber okay. Abermals gehen drei junge Männer dicht an mir vorbei, streifen mich beinahe. Es fällt mir immer schwerer, nicht zu fliehen, ihnen nicht auszuweichen.

»Ist doch okay?«, höre ich Toms Stimme, wie aus weiter Ferne. Alles ist etwas verschwommen geworden. Mein Herz rast, das Blut rauscht durch meinen Kopf, macht es mir schwer, ihn zu verstehen. Mühsam konzentriere ich mich darauf, was er gerade gesagt hat.

Hey, er hat mich heute hierher begleitet, also schulde ich ihm wohl etwas.

»Okay«, presse ich hervor, nicke, als wir zum Ausgang gehen. Eine Gruppe von Studenten drängt sich gleichzeitig mit uns von hinten Richtung Ausgang. Sie kommen mir so verdammt nahe.

Angstschweiß läuft mir über den Rücken. Ich bekomme kaum noch Luft, es wird immer schwerer ruhig zu bleiben, einfach nur einen Fuß vor den anderen zu setzen. Da vorne ist der Ausgang, ich muss nur noch diese zehn Meter schaffen. Dann wird es besser werden. Gleich wird es besser werden.

Menschen um mich. Überall. Vor mir, hinter mir. Sie sind um uns, drängeln heran, gleich wird einer mich berühren. Ich weiß es, ich kann die kalten Finger auf mir schon spüren. In mir baut sich ein Schrei auf, aber er passt an dem Kloß in der Kehle nicht vorbei. Kann nicht mehr denken, nichts sehen.

Ganz plötzlich sacken mir die Knie weg. Jemand hat mich angerempelt.

»Pass doch auf, du hirnloser Arsch!« Toms wütende Stimme neben mir.

Die Panik schlägt zu, umfängt mich mit kalter Starre, lässt mich alles nur noch durch einen Nebel wahrnehmen. Keuchend klappe ich zusammen, sacke zu Boden, kann rein gar nichts dagegen tun, würde mich am liebsten zusammenrollen, die Hände über dem Kopf und liegen bleiben.

Die Angst schüttelt mich, erobert meine Eingeweide, legt meinen Kreislauf lahm.

Ich vernehme Stimmen von irgendwo her. Vor meinen Augen ist nur ein Bild: Adrian, der mich mit diesem nachsichtigen Lächeln ansieht. Sein Mund formt Worte, die ich nicht hören will. Anstelle eines Schreis entringt sich mir nur ein Stöhnen, welches wie ein »Nein«, klingt. Ich will das nicht wieder. Er soll gehen, er soll verschwinden. Er soll mich endlich in Ruhe lassen.

Hilf mir Mike!

Jemand ergreift meine Hand, hält sie fest umklammert, zieht mich hoch und hält mich fest. Ich bin zu schwach, mich zu wehren. Nur langsam weicht der Nebel zurück. Mein Atem geht unglaublich schnell, ich bin kurz vor dem Hyperventilieren.

»Alec?« Es ist nicht Mike, der mich festhält. Es ist Tom.

Er sieht mich besorgt an, hat meine Hand ergriffen, umklammert meinen Arm und neben ihm steht eine überaus besorgte Lisa.

»Alles gut. Nichts passiert«, murmelt Tom. Langsam, ganz langsam beruhigt sich Herz und Atem, nehme ich wieder alles war. Ringsum sind Menschen stehen geblieben, starren mich an. Mein Gesicht fühlt sich feucht und kalt an. Ich bin bestimmt kreideweiß. Kein Wunder, wenn sie mich so anstarren, wie muss ich auch in ihren Augen wirken?

»Gibt es hier was umsonst?«, blafft Tom die Zuschauer an, die hastig weitergehen. Er zieht mich ganz hoch und hinüber zum Ausgang. Wir sind schneller draußen, als ich gedacht hätte. Die Luft tut gut, gierig atme ich sie ein. Es wird wieder besser. Die Panik kriecht zurück. Gleichmäßig atmen. Ein und aus.

»Alles okay?«, will Lisa wissen, die uns gefolgt ist.

Mein Atem geht noch immer recht schnell, aber ich bringe: »Geht gleich wieder«, hervor. Es wird besser. Adrians Augen sind bald auch weg.

»Wirklich okay, Alec?«, fragt Tom leise. Er hat meinen Arm noch immer nicht losgelassen. Da ist nichts von dem Macho von vorhin, er sieht nur noch schrecklich besorgt aus.

Ich nicke. »Geht schon wieder.« Muss gehen. Es muss immer weiter gehen. Ich muss ihn endlich aus meinem Kopf bekommen! »War halt ein bisschen viel, als die alle so plötzlich von hinten herankamen«, rechtfertige ich meinen Schwächeanfall. Jetzt ist es mir peinlich. Weniger vor Tom als viel mehr vor Lisa. Toll, dass sie mich jetzt so sehen muss, aber sie lächelt nur aufmunternd.

Noch ein paar Minuten brauche ich, mich so weit einzukriegen, dass wir weiter können. Tom geht immer neben mir, als ob er mich stützen müsste. Er ist wirklich klasse, nur wen ich mir wirklich gerade an meine Seite wünsche, ist Mike. Nur bei ihm fühle ich mich absolut sicher. Aber er ist nicht da. Ich muss hier alleine durch.

Trotzdem gehen wir zu dem Bagelladen, den Lisa empfohlen hat. Sie hat nicht zu viel versprochen. Die Bagels sind lecker, und obwohl ich keinen Hunger habe, zwinge ich mir den halben Bagel runter, unterhalte mich dabei mit Lisa. Wir gehen den Veranstaltungskalender durch und verabreden uns zu zwei Seminaren. Es beruhigt mich, wenn ich immerhin ein Gesicht kenne. Sie sagt nichts weiter zu meinem blamablen Aussetzer vorhin. Tut einfach so, als ob nichts gewesen wäre. Das macht es mir leichter.

Wir unterhalten uns über das Studium und sogar Tom wirft immer wieder Fragen ein. Vornehmlich befragt er Lisa über das Studium ihres Bruders, er scheint sich wirklich dafür zu interessieren.

Meine Gedanken gleiten ab. Ich würde jetzt zu gerne nach Hause gehen, fühle mich wie erschlagen. Stattdessen lausche ich mit halbem Ohr dem sich entwickelnden Gespräch zwischen Tom und Lisa.

Mr. Macho hat sein Gehabe nahezu völlig abgelegt und unterhält sich ganz angeregt mit meiner Mitstudentin. Ich staune und sage nichts. Es scheint ihn beeindruckt zu haben, dass sie sich nicht hat einschüchtern lassen.

Lisa gibt mir zum Abschluss noch ihre Telefonnummer und wir trennen uns. Tom läuft schweigsam neben mir her, die Hände wieder tief in seine Taschen vergraben. Die ganze Rückfahrt über ist er nicht sehr gesprächig, aber ich auch nicht. Zu sehr beschäftigt mich mein Anfall. Das hätte echt nicht sein müssen. Natürlich musste ich damit rechen. Ich kann echt nur hoffen, dass es in den Seminaren besser wird. Da wird kein Mike und auch kein Tom sein, der mit mir Händchen hält. Irgendwann muss ich es auch mal alleine schaffen.

Erst als wir von der Bushaltestelle nach Hause wandern, wende ich mich reichlich verspätet an Tom: »Danke übrigens.«

Er grunzt nur, zieht lässig die Schultern hoch. »War doch ganz okay. Gar nicht so übel da.«

Hoppla, hat es ihm wirklich gefallen? Ich sehe ihn skeptisch an.

»Blöd nur, dass man immer ein Abi für so was braucht«, meint er, starrt auf seine Füße. »Das was der Bruder von der Tussi macht, finde ich nicht so schlecht.«

»Psychologie?« Der kleine Ex-Junkie interessiert sich wirklich für ein Psychologiestudium?

»Na ja«, druckst Tom herum. »So was, was Linda macht, würde ich halt auch gerne mal können.«

Erstaunt werfe ich ihm Blicke zu. Das hätte ich von ihm nicht erwartet. Ich weiß, dass er in die Realschule geht, doch er hat viel verpasst und muss mindestens eine Klasse wiederholen. Kurz liegt mir ein sehr dummer Erwachsenenspruch auf den Lippen, wie: »Dann musst du dich aber ordentlich anstrengen.« Ich schlucke es rechtzeitig runter.

Warum eigentlich nicht? Wenn er es wirklich will, traue ich es ihm glatt zu. Hinter Tom steckt mehr, als mancher denken sollte. »Finde ich klasse.«

»Echt?«, fragt er unsicher nach. »Meinst du, ich kann so etwas?«

»Klar kannst du das. Man kann alles erreichen, wenn man es will«, antworte ich nun doch sehr vernünftig. Aber es stimmt ja. Man kann alles erreichen, wenn man es nur genügend möchte. Sogar Träume können wahr werden.

»Bis morgen am Stall.« Ich verabschiede mich von Tom an der Haustür, sehe ihm nach, als er, mit den Händen tief in den Hosentaschen, davon schlendert, das Abziehbild eines coolen Teenagers.

Ja, Träume können wahr werden. Ebenso wie Albträume. Ich schüttle jeden Gedanken an Adrian ab und gehe hoch in meine und Mikes Wohnung.

Das ist mein Traum. Das ist mein Leben.

Darin haben Albträume keinen Platz mehr.

HEISSE PIZZA

Mein Telefon klingelt. Es ist der spezielle Klingelton, den ich für Mike eingegeben habe. Der Klang erzeugt schon diese wundervolle Wärme in mir, die durch den Klang seiner Stimme noch gesteigert wird.

»Hey, Alec!« Er klingt müde. Es war ein langer Arbeitstag und es ist heiß draußen. »Hast du schon was zu Essen vorbereitet, oder soll ich uns was vom Italiener mitbringen?«

»Gerne. Ich war bislang zu faul zum Kochen.«

»Prima, dann bringe ich was mit. Pizza?«

»Ja. Gerne Hawaii für mich«, ordere ich lächelnd.

»Habe ich mir schon gedacht. Mit extra Käse!«

»Klar!«

»Okay, bin dann in etwa einer drei viertel Stunde da. Bis dann.« Er legt auf und ich lausche dem Nachhall seiner Worte.

Ich habe ihm eine SMS geschickt, gleich, nachdem ich von der Uni daheim war: »Ich habe es überlebt. Kleiner Aussetzer. Nette Kommilitonin kennengelernt. Freue mich auf dich.«

Keine zwei Minuten später bekam ich seine Antwort: »Wunderbar. Wusste, du schaffst das! Grund zur Eifersucht? Du hast von heute Morgen noch was gutzumachen! Gruß Mike«

Grund zur Eifersucht? Nun ja, ich sollte ihm wohl nichts von Tom erzählen, meinem Macho-Helden. Seufzend lehne ich mich auf dem Sofa zurück. Irgendwann werde ich Tom seine falschen Hoffnungen nehmen müssen und ihm sagen, wie Mike und ich zueinanderstehen. Es wird mir verdammt schwerfallen. Ich will ihm nicht wehtun, er ist ein guter Freund geworden, nur eben nur ein Freund. Ich fürchte, er weiß es nicht.

Ich überfliege die SMS. Was gutzumachen? Weil Mike mit einem

Ständer aus dem Haus getaumelt ist? Selbst schuld. Mir ging es ja nicht besser. Will er sich dafür rächen?

Die Vorfreude prickelt in meinen Lenden. Heißt dass, er will mit mir noch einmal Sex haben? Wenn er seine Drohung nur wahr machen würde … Ich bin mehr als bereit. Gerne würde ich auch mehr von ihm haben wollen, aber soweit ist er wohl noch nicht. Alleine die Vorstellung, wie er sich über mich schieben würde, wie es sich anfühlen würde, ihn in mir zu spüren … So anders als Adrian.

Mein Schwanz findet die Vorstellung sehr ansprechend. Ausgleichende Gerechtigkeit, denn bis Mike kommt, dauert es noch ewig. Dann werden wir gewiss auch erst was essen. Und dann?

Shit, solche Gedanken sind nicht gerade sehr hilfreich. Immerhin lenken sie mich sehr gut von allen anderen Problemen und Sorgen ab. Eins davon ist jener Unbekannte, der noch immer frei herumläuft. Im Laufe des Tages ist er zum Glück weniger bedrohlich geworden. Es ist vermutlich sehr schwer, Angst vor jemandem zu haben, der ein Phantom ist. Nicht fassbar, kein Gesicht, kein Name, praktisch keine Existenz.

In etwa einer Woche beginnt der Prozess gegen Adrian, schießt es mir ungewollt durch den Kopf. Wenn der Prozess näher rückt, werde ich mich zwangsläufig mehr mit ihm beschäftigen müssen. Mein Anwalt hat mir zwar versichert, dass ich ihm nicht gegenübertreten müsste und auch Dr. Goedhard hielt es für keine gute Idee, dass ich mich mit seinem Anblick konfrontiere. Zumindest jetzt noch nicht.

Der Gedanke, ihm wieder zu begegnen, verursacht ein unangenehmes Zittern entlang meines Rückens und trägt gut dazu bei, meine vorige Erregung deutlich abzumildern.

Mein Anwalt Herr Pieper hat mir die Illusion genommen, Adrian würde lebenslang eingesperrt werden. Maximal zwei Jahre sind zu erwarten, hat er mir nüchtern erklärt. Zwei Jahre! So lächerlich wenig, für das, was er mir angetan hat. Aber so ist das Gesetz: nur Nötigung, keine Vergewaltigung. Zudem habe ich dem ja anfangs sogar zugestimmt.

Fröstelnd schlinge ich meine Arme um mich und versuche Adrians Gesicht zu verdrängen. Rasch schließe ich die Augen, stelle mir Mikes Gesicht vor, Mikes Augen, sein jungenhaftes Lächeln, seine zögernden, unsicheren Berührungen.

Werde ich überhaupt mit Mike diese Art von Sex haben können, ohne dabei an Adrian denken zu müssen? Ohne ihn dabei zu sehen, oder zu spüren? Kann ich diese Erinnerungen irgendwann ganz abschütteln? Wie gerne würde ich nur Mike sehen, wenn ich an lustvolle Momente denke. Er wird Zeit brauchen und ob er überhaupt drauf steht? Anal ist nicht jedermanns Sache.

Der Schlüssel im Schloss reißt mich aus meinen Grübeleien. Rasch springe ich auf und gehe Mike entgegen, freudige Erwartung erfüllt mich. Es ist immer so schön, ihn wiederzusehen, wenn er nach Hause zu mir kommt.

»Hey, Kleiner!« Er nennt mich nie Süßer, obwohl ich es ihm nie gesagt habe. Für ihn bin ich »Kleiner« und damit kann ich gut leben.

Er streift sich die Schuhe ab, legt die Pizzakartons auf den Beistelltisch und kommt sofort zu mir, zieht mich völlig selbstverständlich in eine Umarmung und küsst mich, als ob er niemals etwas anderes gemacht hätte, als einen anderen Mann zu küssen.

Zwischen zwei Küssen bringe ich lächelnd hervor: »Schön, dass du wieder da bist.«

Er grinst, löst sich von mir und hebt die Kartons an. »Erst Essen?«, fragt er spitzbübisch nach und mir wird heiß. Hat er gerade an was anderes gedacht? Ich sehe ihn verblüfft an. »Man soll essen, solange es noch heiß ist …«

Mike grinst breit, hebt die Kartons an, umschlingt aber mit dem anderen Arm meine Taille und zieht mich zu sich heran. »Und was, wenn beides so heiß ist?«

Heiß? Heiß ist gar keine Bezeichnung mehr für meinen Zustand. Jedes seiner Worte explodiert in mir. Shit, die Jeans ist eindeutig zu eng geworden.

Mike lässt mich los, geht zur Küche und wirft mir über die Schulter noch einen gespielt mitleidigen Blick zu. »Die Pizza wird aber schneller kalt, ist schwerer aufzuwärmen und schmeckt dann auch nicht so gut. Also essen wir die erst.« Damit verschwindet er in der Küche.

Mistkerl! Vergleicht er mich hier echt mit einer Pizza? Fassungslos folge ich ihm in einer guten Imitation seines Ganges von heute Morgen. Dieser Mike spielt ganz schön unfaire Spiele mit mir.

»Das ist gemein«, werfe ich ihm vor, als ich mich auf den Stuhl am Küchentisch schiebe.

»Ausgleichende Gerechtigkeit.« Er zuckt nur die Schultern und schneidet die Pizza in Stücke. »Also, wie war es an der Uni? Ich will einen vollständigen Bericht haben.« Grinsend hangelt er nach dem ersten Stück Pizza. Irgendwas scharfes, mit Peperoni und Chili. Er mag es scharf.

»Vollständig?«

Mike nickt bestätigend.

»Tja, also …«, fange ich an, während ich mein erstes Stück Pizza betrachte. »Erst mal: Ich hatte Begleitung.« Mikes Augenbrauen wandern in die Höhe. »Dieser Idiot Tom hat die Schule geschwänzt, um mit mir zu gehen«, beichte ich.

»Was, der Junkie?« Mikes Grinsen ist gewichen und ich muss zugeben: Ich mag seinen leicht eifersüchtigen Blick.

»Ex-Junkie«, korrigiere ich automatisch. »Ja, er hat mich begleitet. Du wirst lachen, ich glaube, es hat ihm sogar gefallen.« Mike sieht misstrauisch zu mir herüber.

»Soso? Das Bürschchen schwänzt dafür die Schule? Das nächste Mal schnappe ich ihn mir und bringe ihn eigenhändig zurück.« Würde er glatt machen, da bin ich mir sicher. Aber wohl nicht, weil er die Schule geschwänzt hat. Lächelnd beiße ich von meiner Pizza ab, kaue genüsslich, bevor ich fortfahre: »War aber echt okay. Wir haben am Bahnhof ein paar seiner alten Kumpel getroffen. Kaputte Typen, alle. Vor allem noch alle so jung!«

Mike nickt wissend, damit hat er dauernd zu tun, hat er mir schon gesagt.

»Je jünger, desto besser können sie ihren Arsch verkaufen«, brummt er zwischen den Bissen hervor. »Das Mr. Cool es da raus geschafft hat, ist schon was Besonderes.« Das war wohl ein Kompliment für Tom, schätze ich, wenn Mike das sagt …

»Na ja, verlief eigentlich alles ganz problemlos.« Ich erzähle von meiner Begegnung mit Lisa und wie sie Tom in seine Schranken gewiesen hat.

Mike grinst. »Donnerwetter. Das ist ja mal ein Mädel.« Er hat seine Pizza schon fast aufgegessen. Wortlos schiebe ich ihm meinen Karton hin, denn ich schaffe eh nie eine ganze Pizza. Er legt den Kopf schief mit diesem: »Du-bis-eh-zu-dünn-Blick«, nimmt sich aber doch ein Stück davon.

»Erst beim Rausgehen, waren es dann doch ein bisschen viele Menschen«, gebe ich zu, verspüre sofort wieder dieses beängstigende Gefühl und seufze. »Ich hatte eine Panikattacke.«

»Scheiße.« Augenblicklich lässt Mike sein Pizzastück sinken. Mir gelingt ein Lächeln.

»Tom war ja da. Er hat mich festgehalten und rausgebracht.« Ich freue mich diebisch über Mikes Gesicht, der nicht verhehlen kann, wie wenig ihm das passt. Köstlich, wenn er so eifersüchtig ist. Mein Blick ruht auf ihm. Langsam lässt Mike erneut sein Pizzastück sinken und sein Ausdruck wird lauernd.

»So? Er hat dich gehalten?« Er legt das Pizzastück weg. Irritiert sehe ich ihn an. Ist er jetzt wirklich, echt eifersüchtig?

»Wo hat er dich denn angefasst?« Im nächsten Moment springt Mike hoch, nimmt mir das Pizzastück aus der Hand und zieht mich an sich heran. »Wo hatte er denn überall seine Hände?« Es klingt drohend, das Blitzen in seinen Augen sagt mir jedoch haargenau, dass er mich veralbert. »Hier? Oder hier?«

Seine Hände gleiten über meinen Körper, unter mein T-Shirt, streifen Brustwarzen, den Bauch. Dann legt sich eine Hand fest auf meinen Hintern. Augenblicklich ist die Hitze wieder da. Mir entkommt ein gestöhntes: »Mike …«

»Eigentlich darf dich niemand anders anfassen«, nuschelt Mike, sein Gesicht in meiner Halsbeuge vergraben, seine Zunge leckt über das empfindliche Schlüsselbein. Oha, jetzt bin ich bestimmt heiß genug zum Verzehren. Heißer, als die Pizza vorhin.

»Vielleicht sollte ich erst mal den Geruch meines Konkurrenten abwaschen?«, schlägt er vor. »Du hast bestimmt seinen Duft noch überall an dir.«

Meine Arme umfassen seinen kräftigen Körper. Tief atme ich den Geruch ein, spüre, wie sein Schritt sich an mich drängt. Okay, auch er ist heiß genug, scheint es mir. Seine Hände zerren mir gleich darauf das T-Shirt vom Körper. Es fällt achtlos auf den Küchenfußboden. Mir bleibt die schwierige Aufgabe vorbehalten, ihn seines Hemdes zu berauben, während seine Küsse und Zunge mich wahnsinnig machen. Das ist wirklich unfair!

Ich schaffe auch nur wenige Knöpfe, da umschlingt er mich schon mit kräftigen Armen, hebt mich hoch und schleppt mich zum Badezimmer. Lachend wehre ich mich halbherzig, als er die Tür mit dem Ellenbogen öffnet, ohne mich abzusetzen.

»Was soll das werden?« Atemlos versuche ich zu küssen, was ich von ihm erreichen kann und ihm wenigstens noch etwas mehr aus dem Hemd zu helfen. Ich will seine Haut spüren, seine Brust, die Haare berühren, alles an ihm spüren.

»Ich wasche dich jetzt gründlich ab, wasche alles an fremden Duftmarken ab«, verspricht er mir. Meine Hose ist so was von eng, wenn ich sie nicht gleich loswerde, muss ich vor Schmerz schreien.

Mike setzt mich ab und sofort verschaffe ich mir Erleichterung, seufze auf, als ich die Jeans hinab streife. Unterdessen hat Mike das Wasser angestellt, wendet mir den Rücken zu. Eine gute Gelegenheit ihm das Hemd von den Schultern zu streifen und mich anschließend an seinem breiten Rücken zu vergreifen. Mike lacht, als ich mich an ihn klammere, seinen Rücken mit Küssen bedecke und von hinten den Gürtel seiner Hose löse.

»Du kannst es nicht abwarten, oder?«

Idiot! Weiß er, wie sehr ich vor Verlangen nach ihm verglühe?

»Nein«, bringe ich hervor. »Ich kann nicht warten. Ich will alles von dir.«

Er dreht sich um, hilft mir mit der Hose und steht schon bald völlig nackt vor mir. Ein Anblick, der mich erst einmal innehalten lässt. Jeden Zentimeter seiner Haut, seines Körpers muss ich in mir aufnehmen.

Er ist ein absoluter Traumtyp. Sein bester Freund schläft längst nicht mehr. Mike lässt mir gerade genügend Zeit, die Inventur seines Körpers abzuschließen, als er mir auch schon die Hände fest auf die Hüften legt, einen Kuss gibt und mit einem kräftigen Ruck meine Pants hinab zieht.

»Genauso habe ich mir dich den ganzen Tag schon vorgestellt«, seufzt er zufrieden, halb vor mir kniend. »Nackt, heiß, willig!«

Jetzt muss ich grinsen. »Und was haben deine Kollegen zu deinem Dauerständer gesagt?«, necke ich ihn. Langsam erhebt er sich, seine Hände liegen wieder auf meinen Hüften, ziehen mich mit sich in die Dusche. Das Wasser rinnt angenehm warm über unsere Körper.

»Ist irgendwie keinem aufgefallen«, meint Mike, und drückt mir das Duschgel in die Hand. Fragend sehe ich ihn an. Mike lehnt seinen Oberkörper zurück gegen die Fliesen und sieht mich auffordernd an.

»Willst du mich schon wieder foltern?«, frage ich gequält, verteile dennoch brav das Gel auf seiner Brust. Folter und Wohltat zugleich.

»Ja.« Mike seufzt zufrieden, schließt tatsächlich dabei die Augen. »Langsam und genüsslich. Das habe ich mir verdient.«

Mein Schwanz pocht, mein Körper möchte mehr von ihm spüren, immerhin dürfen meine Hände über seine behaarte Brust, den Bauch fahren, seine Muskeln nachzeichnen. Vorsichtig umkreise ich seine Brustwarzen, da ist er lange nicht so empfindlich wie ich. Da ist aber diese Stelle unterhalb des Nabels, dort wo eine Linie aus dunklen Haaren zu seinem Glied hinab läuft. Jetzt kleben sie an seinem Körper. Wenn ich ihn dort berühre, spüre ich ihn schauern. Und fordernd gleitet meine Hand tiefer, umfasst seine Erektion.

Mike stöhnt wohlig auf, die Augen noch immer geschlossen. Er bleibt passiv. Ist mir gerade ganz recht, denn, so kann ich in aller Ruhe seinen Körper erforschen. Sein Schwanz fühlt sich gut an. Ich spüre das Blut unter der dünnen Haut, wie er unter meinen Liebkosungen anschwillt. Meine Finger schieben die Vorhaut nach unten, reizen die Spitze und Mike stöhnt erneut. Über uns rauscht beständig das Wasser.

»Wer foltert hier wohl wen?«, keucht er, fasst nach meinen Schultern. »Ausgleichende Gerechtigkeit«, gebe ich grinsend zurück, da presst er sich auch schon an mich, drückt mich rückwärts gegen die andere Wand. Die Fliesen in meinem Rücken sind kalt, aber das ist auch alles, was an mir kalt ist. Augenblicklich küsst er mich verlangend, reizt meine empfindliche Stelle am Schlüsselbein und eine Hand wandert zu den Brustwarzen.

Mistkerl, er hat sich also gemerkt, wo ich empfindlich bin und nutzt es sofort aus. Stöhnend ergebe ich mich seinen Berührungen. Mein Schwanz ist hart, fast schmerzhaft und ich kann nicht anders, fasse mich selbst an, will mir Erleichterung verschaffen, auch wenn ich eigentlich jeden süßen Moment auskosten will, den Mike mir gibt.

Er bemerkt, was ich tue und löst sich etwas von mir. Schelmisch grinsend umfasst er mein Handgelenk. »Tss, ist das nicht mein Job?« Seine Hand ersetzt meine. Keuchend entweicht mir die Luft, als er mich fest, kein bisschen zögernd, umfasst. Es ist eben doch was ganz anderes, wenn jemand anderes mich stimuliert.

Mein Körper bebt, ich schiebe ihm mein Becken entgegen, möchte mehr haben, verlange mehr. Meine Hand liegt um seinen Schaft. So gerne würde ich ihn in mir fühlen, diesen harten Druck, wie er in mich gleitet, mich ausfüllt. Wie er über meine Prostata gleitet und mir dieses eine geniale Gefühl gibt, was nur von dort drinnen kommen kann.

Ich dränge mich an Mike, hebe ein Bein hoch, um dichter an ihn heranzukommen.

»Du kannst auch mehr haben«, raune ich ihm ins Ohr, vergehe vor Verlangen. Ich möchte wissen, wie er sich anfühlt. Ich möchte ihn in mir spüren, jede Erinnerung an Adrian vernichten und durch ihn ersetzen, den Albtraum durch meinen gelebten Traum ersetzen. Ich ziehe seine freie Hand an meinen Hintern, an den Eingang, drücke ihn dagegen, versuche seine Finger in mich einzuführen. Augenblicklich versteift er sich, seine Hand setzt mir Widerstand entgegen.

»Alec«, flüstert er, unterbricht seine Bewegungen um meine Erektion. »Das … bringe ich nicht, Alec. Das ist …« Er lässt seine Hand immerhin in der Spalte liegen.

»Schon okay«, sage ich hastig, will nicht, dass er sich ganz zurückzieht. »Du musst ja nicht …« Aber ich wünsche es mir so, flehe ich in Gedanken. Hilf mir zu vergessen! »Finger?«, murmel ich, versuche, meine Enttäuschung zu verbergen. »Kannst du vielleicht einen Finger …?«

Er sieht mich unsicher an, zuckt die Schultern.

»Wir sind ja in einer Dusche«, rechtfertigt er sich vor sich selbst, sieht aber noch sehr zweifelnd aus.

Ich nicke heftig, das Wasser spritzt umher und tatsächlich gleitet seine Hand tiefer, tastet, sucht nach meinem Eingang. Ich wage es fast nicht zu atmen, schiebe mein Becken zurück, um meine Pobacken zu spreizen, ihm den Weg zu erleichtern. Der Zeigefinger drückt leicht gegen meinen Anus und ich bin so überreizt, dass ich selbst diese flüchtige Berührung mit einem lauten Stöhnen quittiere.

»Wow«, kommentiert Mike, seine pumpende Bewegung um meinen Schwanz ist zum Erliegen gekommen, er konzentriert sich nur auf seinen Finger. Ist mir recht, er soll nur machen. Mehr, weiter, tiefer.

Langsam drückt er sich hinein. Er wirkt erstaunt, wie leicht er durch den Muskelring dringt und in mir verschwindet. Ich kann nicht anders, bewege meine Hüfte, versuche seinen Finger in mir zu dirigieren, um jenen Punkt zu treffen.

»Tiefer«, hauche ich ekstatisch. So wird es noch nichts, ich spüre es. Wieder zögert Mike, schiebt dann entschlossen den ganzen Finger hinein. Ich winde mich unter ihm und dann … ja, da ist es! Keuchend schnappe ich nach Luft, als sein Finger meinen süßen Punkt streift. Nur flüchtig, aber so gut!

Meine Augenlider flattern, ich umklammere seine Schultern, presse mich an ihn, hoffe inständig, dass er weiß, was er tun soll, denn viel sagen, kann ich jetzt nicht mehr.

»War das deine Prostata?« Ich kann nicht mal mehr nicken, bewege mich wieder, versuche ihn noch einmal da hin zu dirigieren. Mike zieht seinen Finger jedoch aus mir. Mir entkommt ein frustrierter Laut, doch als ich die Augen aufschlage, lächelt er mich an.

»Geht wohl besser, wenn du dich umdrehst«, schlägt er vor.

Nur ganz kurz sehe ich ihn ungläubig an, dann habe ich mich auch schon bewegt, lehne mich an die Wand und strecke ihm meinen Hintern entgegen. Mike wartet gar nicht lange, ist sofort wieder in mir und beginnt wirklich zu suchen, in mir zu kreisen.

Ich keuche auf, stöhne lang gezogen und lustvoll, als er diesmal härter trifft. Mike schiebt sich noch näher heran, das Wasser rinnt von seinem Körper auf meinen. Alles in mir schreit nach Erlösung, entweder durch meinen Schwanz oder durch diese herrlichen Berührungen.

»Mike … bitte.« Stöhnen unterbricht meine Worte, doch er hat es schon begriffen. Seine Hand nimmt ihre Tätigkeit abermals auf, fährt am harten Schaft entlang, reizt die Spitze. Der Finger in mir bekommt tatsächlich ungefragt Gesellschaft.

Ich stöhne haltlos, ergebe mich ganz und gar seinen Händen. Er bereitet mir Lust, wie Adrian es getan hat, aber um meiner selbst willen. Nicht für sich, denn Mike kommt gerade eindeutig zu kurz. Nur ich werde ihn natürlich nicht daran hindern, denn ich bin kurz vorm Kommen.

»Gut so?«, fragt er doch tatsächlich, meine einzige Antwort ist ein heftiges Keuchen, als ich mich nicht mehr zurückhalten kann. Ich komme, schwanke unter der Heftigkeit, mit der meine Lust sich Bahn bricht. Die Beine drohen mir wegzusacken, sofort umfängt mich Mikes Arm, zieht mich an der Hüfte zu sich, gegen seinen harten Ständer. Er reibt sich an mir, lässt seinen Schwanz durch meine Spalte gleiten. Ich bin noch so im Orgasmus gefangen, dass ich ihm nicht behilflich sein kann.

Das Stöhnen wird lauter, er stößt ruckartig vorwärts, verstärkt den Druck. Für einen Augenblick glaube ich, er wird … Nein. Seine Hand bringt ihn zum Höhepunkt. Und ich schäme mich, für meine Passivität, doch in mir toben so viele Glückshormone, dass mein Denken verlangsamt wird.

Mike beugt sich vor, dreht mich herum und küsst mich, während er sich selbst schneller und schneller pumpt. Seine Küsse werden wild und fahrig. Mit einem leisen, überaus zufriedenen Stöhnen kommt auch er. Augenblicklich lässt er los, umklammert mich, drückt sich im Orgasmus an mich. Noch stärker, reibt sich an mir. Ich fühle ihn schaudern, heißes Sperma trifft mich am Bauch, wo es mit Wasser vermischt hinab fließt.

Wow! Wenn das seine Rache für heute Morgen war, dann sorge ich dafür, dass er jeden Morgen mit einem respektablen Ständer das Haus verlässt.

Ich schwöre es!

ELEFANTENHOCHZEIT

Wieder einmal liegt Alec schlafend neben mir. In meinem Bett, an mich gekuschelt. Sein blondes Haar duftet gut, meine Nase liegt direkt darin. Ich mag ihn halten, liebe seinen Körper an meinem, den Geruch, sein leises Atmen. Immer wieder aufs Neue.

Und ja, ich mag Sex mit ihm. Bernd wäre mehr als schockiert, wie eine ganze Menge Männer aus meinem Bekanntenkreis auch, wenn sie es wüssten. Zugegeben, es ist mir nicht leicht gefallen, als Alec wollte, dass ich meine Finger in ihn stecke. Es war ein komisches Gefühl, als ob ich etwas Verbotenes tun würde. So habe ich mich zuletzt als kleiner Junge gefühlt: Hoffentlich sieht es keiner. Wie das erste Mal, als ich mich selbst befriedigt habe. Oder beim Abistreich.

Aber wie Alec reagiert hat! Teufel auch! Sein Stöhnen war so laut und erregend. Wie sein Körper gezittert hat … Definitiv hat er es genossen. Und ich auch, ihm solche Lust zu bereiten war fantastisch. Ich mag das wirklich und es ist fast unwichtig, ob ich dabei komme, oder nicht.

Vielleicht ist es auch etwas Besonderes in meiner Beziehung zu einem anderen Mann: Ich weiß, was er mag, wie und wo es sich gut anfühlt. Natürlich hat er andere Stellen, an denen man ihn herrlich reizen kann, als ich, im Großen und Ganzen sind wir uns jedoch ähnlich. Wir haben beide einen Schwanz und Eier.

Noch immer spüre ich das harte Pochen meines Schwanzes, höre ihn wohlig stöhnen, sehe sein verzerrtes Gesicht mir halb zugewandt, spüre den Moment, als er sich um meinen Finger verengte. Zum allerersten Mal habe ich überlegt, wie es sich anfühlen könnte, wenn ich in ihm stecken würde.

Nur, dass mir dabei leider immer dieses furchtbare Bild von Adson durch den Kopf spukt. Sein Schwanz steckte in meinem Alec. Ein Bild, welches ich gerne vergessen möchte.

Ob ich es wohl endgültig aus meinem Kopf bekomme, wenn ich es ersetze? Wenn ich es bin, der in Alec eindringt, der ihm diese stöhnenden Laute mit meinem Schwanz entlockt, diese Ekstase auslöst? Wenn er auf Finger schon so genial reagiert, wie wird es erst mit meinem Schwanz sein? Der ist ja nun mal definitiv dicker und länger. Irgendwie reizt mich der Gedanke immer mehr, auch wenn in meinem Kopf noch die leise Stimme: »Pervers! Abartig!« ruft.

Wie wird sich Alec anfühlen, wenn er unter mir zu liegen kommt, wenn ich ihn wie eine Frau …? Nein, anders. Ganz anders.

Mein Blick gleitet über sein friedliches Gesicht. Er schläft tief und fest, deshalb kann ich ihn auch gerade nicht küssen, ohne dass er aufwachen würde. Ich kann ihn nur betrachten.

Tapferer Alec. Er hat es also geschafft mit der Uni und ja, ich bin sicher, er wird auch den Rest schaffen. Auch ohne diesen kleinen Pickeltypen.

Innerlich schüttle ich den Kopf. Da schwänzt Tom die Schule, um mit seinem angebeteten Alec zur Uni zu fahren, quasi in die Höhle des Löwen. Irgendwann werde ich mir den Typ krallen müssen und ihm stecken, dass er keine Chancen bei Alec hat. Wird er bestimmt nicht gut aufnehmen, fürchte ich. Erstens bin ich ein Bulle, falle somit ohnehin unter sein Antipathie-Gesetz und zweitens habe ich was gegen Junkies, wie er sehr wohl weiß.

Aber es wäre auch unfair, ihn ins Messer laufen zu lassen. Vermutlich sagt ihm Alec besser, wie es um uns steht. Der kann das bestimmt diplomatischer.

Alecs Lippen bewegen sich im Schlaf, murmeln unhörbare Worte. Er redet nicht wirklich im Schlaf. Vielleicht, wenn er schlecht träumt? Albträume hat er in meinem Arm keine. Darauf bin ich stolz.

Ob er von mir träumt? Schmunzelnd bin ich versucht, die Decke anzuheben und zu sehen, ob sein Körper zeigt, von wem er träumt, unterlasse es tunlichst. Erstens würde ich ihn womöglich wecken und zweitens wäre sein erwachter Freund ein guter Grund, unsere Nacht abzukürzen, was weder ihm noch mir zuträglich wäre, fürchte ich.

Seufzend verlagere ich mein Gewicht. Eigentlich bin ich auch müde, doch diese kostbaren Momente, wenn ich Alecs schlafendes Gesicht betrachten kann, mag ich nicht missen. Es ist unwirklich, wie ein Traum und doch möchte ich nicht draus erwachen.

Irgendwann bin ich doch eingeschlafen und es ist nicht mein Wecker, der mich sanft und zärtlich weckt. Es ist Alec, der mich küsst. Was für ein Wecker!

Wobei mir einfällt, dass ich vergessen habe, Selbigen einzuschalten. Mist!

Sofort bin ich hellwach, doch Alec drückt mich sanft zurück. »Du hast noch 10 Minuten«, flüstert er, setzt sein sanftes Wachküssen fort. »Dachte nur, es dauert ein bisschen, bis du wach wirst.«

»Mmh.« Ich genieße seine streichelnde Hand auf meiner Brust, schließe die Augen. »So möchte ich immer geweckt werden.«

»Kannst du haben«, raunt mir Alec ins Ohr, schiebt sich über mich, seine Haare an der Brust kitzeln mich. »Wenn du deinen anderen Wecker vergisst zu stellen, muss ich dich ja irgendwie wecken.«

»Schmeiß das Teil hochkant aus dem Fenster, ich bin einverstanden.« Ich seufze zufrieden. Alec lacht leise, seine Finger fahren um meinen Bauchnabel, durch die Haare im Schritt und wieder hinauf zum Hals.

»Noch fünf Minuten«, seufzt er leise. »Viel zu kurz.«

»Mmh …« Ich löse mich nur langsam aus der Bettschwere und seinen zarten Berührungen. Mit halb geschlossenen Augen greife ich nach ihm, ziehe ihn heran, rolle mich über ihn, sodass er unter mir zu liegen kommt. Ich stütze mich seitwärts neben seinem Kopf ab. Erst dann öffne ich die Augen ganz.

Alec lächelt sein wunderschönes Lächeln, sieht definitiv schon wacher aus, als ich. »Wieso bist du schon so unverschämt wach?«

Seine Augenbrauen zucken nach oben und er sieht mich verschmitzt an. »Vorteil der Jugend?« Seine Hände wandern über den Rücken und mein Gesäß. Wir sind beide nackt. Keiner von uns hatte nach unserer heißen Duschszene noch Lust, sich was anzuziehen.

»Ja, erinnere mich bloß daran.« Stöhnend vergrabe ich mein Gesicht in seiner Halsbeuge.

»Die Zeit ist abgelaufen«, flüstert er mir ins Ohr. »Wenn du jetzt nicht aufstehst, muss ich den furchtbaren Klingelton deines Weckers imitieren.«

»Jaja, schon gut«, nuschle ich ergeben. Ich hasse Aufstehen. Langsam richte ich mich auf, rolle mich von ihm herunter, werfe noch einen Blick zurück. Alec ist nackt. So wie ich ihn das erste Mal gesehen habe. Auch damals hat sein schlanker Körper mich angemacht. Das weiß ich jetzt.

Alec lächelt mich an und rekelt sich demonstrativ lasziv.

Verdammter Mistkerl! Empört werfe ich ihm mein Kopfkissen an den Kopf. »Führe mich nicht erneut in Versuchung.« Brummend stehe ich endlich auf. Als ich aus dem Bad zurückkomme, ist Alec schon aufgestanden und werkelt in der Küche herum. Er ist ein typischer Frühaufsteher. Steht auf, strahlt und alles wird gut. Oh Mann und ich bin noch immer hundemüde und würde mich so viel lieber in mein Bett kuscheln. Bevorzugt mit Alec im Arm. Seufzend ziehe ich mich an, die Pflicht ruft.

Aus der Küche zieht der Geruch von Kaffee und Brötchen heran. Alec sitzt am Frühstückstisch, über sein Vorlesungsverzeichnis gebeugt, blickt nur kurz hoch, als ich reinkomme. »Ich gehe nach der Arbeit einkaufen. Wenn dir noch was einfällt, schreibe es mir auf die Liste.«

Ich nicke, gieße mir Kaffee ein. »Wann bist du heute bei Linda fertig?«

Alec legt sein Vorlesungsverzeichnis zur Seite, zieht sich sein Müsli heran. Mein Nutellabrötchen lacht mich hämisch aus.

»Weiß nicht so genau«, antwortet Alec zwischen zwei Löffeln. »Wir weiden ein paar Pferde um und ich soll ein Pferd für einen Käufer vorreiten. Tom kommt aber heute Nachmittag dazu. Denke mal, dass er gut helfen wird.« Ich grummle vor mich hin, ernte ein amüsiertes Lächeln von Alec.

»Du solltest es ihm sagen.« Ich mustere ihn über meine Tasse hinweg. Sofort wird Alec ernst. »Das von uns«, ergänze ich unnötigerweise. Er hat es schon kapiert. Ich will nur, dass er auch versteht, was ich noch sagen will, aber auch das hat er begriffen.

»Dass wir eine Beziehung haben? Ist es okay, für dich, wenn er es weiß?«

Keinen Schimmer, ehrlich gesagt. Ich habe nicht die geringste Ahnung, wie andere darauf reagieren werden, dass ich mit einem acht Jahre jüngeren Mann zusammenlebe und mit ihm Sex habe. So genau muss ich es ja wohl auch nicht jedem sagen. Trotzdem nicke ich.

»Ist nur fair ihm gegenüber«, brumme ich. »Er soll sich keine falschen Hoffnungen machen. Du bist vergeben.« Alec lächelt überaus zufrieden. »Stimmt doch!«, füge ich hinzu und er nickt hastig.

»Ich bin vergeben«, bestätigt er, macht ein glückliches Gesicht. »Und ja, du hast Recht, ich werde es Tom sagen müssen. Hoffentlich nimmt er es gut auf.«

»Wenn mein Auto zerstochene Reifen hat, die Scheiben eingeschlagen sind und überall ›Schwuchtel‹ draufsteht, weiß ich wenigstens, wer es war.«

Alec schüttelt den Kopf. »Das würde er nicht tun, glaube ich. Ich habe nur Angst, dass er sich dann ganz zurückzieht. Er macht so tolle Fortschritte. Ich hoffe einfach, er kann auch nur mein Freund bleiben.«

Das hoffe ich auch. Alec hat ja recht, der Ex-Junkie wird jeden Halt brauchen, den er bekommen kann.

»Bring es ihm halt schonend bei«, schlage ich vor.

Alec verzieht das Gesicht. »Wie soll ich ihm das schonend beibringen? Du bist echt gut.«

»Keine Ahnung. Eben mit etwas Gefühl.« Alec schmunzelt, schüttelt den Kopf und widmet sich seinem Körnerfutter.

Nicht nur der morgendliche Weckdienst ist fantastisch, auch die Verabschiedung mit Kuss ist einzigartig und gehört zukünftig zu meinem Standard-Tag-Anfang. Das sage ich ihm auch so.

»Wie Ihr wünscht«, säuselt er übertrieben, handelt sich einen kleinen Knuff ein.

»Mach es gut heute.«

»Mach es besser.«

Mir fällt es schwer, zu gehen.

Heute ist es ruhig im Revier. Ich habe mal wieder einen Haufen Bürokram zu erledigen und der Tag schleppt sich mühsam dahin. Ich vertreibe mir die Zeit damit, ab und an eine SMS an Alec zu schicken, nur ist er wohl zu beschäftigt, hat nur auf zwei davon geantwortet.

»Na, frisch verliebt?«, ertönt neben mir die Stimme von Georg. »Georgy«, korrigiere ich in Gedanken amüsiert.

»Wie kommst du denn darauf?« Hastig stecke ich mein Handy weg.

Georg grinst wissend. »Dein Blick schweift dauernd verliebt aus dem Fenster und ich glaube, du hast bestimmt schon die zwanzigste SMS heute getippt.« Stimmt gar nicht, empöre ich mich still. Es waren nur vierzehn. Mehr oder weniger. »Wer ist denn die Glückliche?«

Missmutig verziehe ich das Gesicht. Die Glückliche? Wenn der wüsste … Ich halte brav die Klappe. »Geht dich nichts an, Georgy«, sage ich, betone seinen Spitznamen, doch er lacht nur. Seine Augen blitzen frech.

»Mach ruhig ein Geheimnis draus, aber vergiss bloß nicht, sie mitzubringen.« Ich sehe ihn verwirrt an, weiß es ist ein Fehler, wenn ich in sein Gesicht sehe, aber frage dennoch nach: »Mitbringen?«

Georg wächst noch mal fünfzig Zentimeter in die Höhe, wirkt plötzlich überaus bedrohlich. »Jetzt sag nicht, du hast meine Mail nicht gelesen?«, fragt er empört.

Ich wage es fast nicht zuzugeben, ich habe sie wirklich nicht gelesen. »Einladung« stand in der Betreffzeile und ich habe sie noch nicht aufgemacht. Rasch klicke ich mich in mein Postfach, als sich der Schatten Georgs unheilvoll näher beugt.

»Eine weitere Grillparty, oder was?«, erkundige ich mich, ducke mich unwillkürlich, als sich der Fleischberg nähert. Georg schnaubt verächtlich und ich weiß auch warum, als ich die Mail überfliege.

Ach du Scheiße!

»Hiermit möchten wir dich und deinen Partner/Partnerin ganz herzlich zu unserer Hochzeit am kommenden Samstag einladen. Wir feiern im kleinen Rahmen mit unseren Freunden. Geschenke wären nett, sind aber nicht nötig, da wir uns bereits das größte Geschenk von allen machen werden. Zeitplan und Adresse findet ihr im Anhang. Euer Georgy und Phily«

Ich schlucke hart, fühle Georgs Präsenz überdeutlich neben mir. Das Ganze ist auf rosa Hintergrund mit Wölkchen geschickt worden. Die beiden wollen … Kennen sich gerade mal drei Wochen und wollen heiraten? Eine echte Elefantenhochzeit schießt es mir plötzlich durch den Kopf, aber natürlich spreche ich es nicht aus. Bin ja nicht lebensmüde. Überhaupt … rein rechtlich können zwei Männer doch gar nicht heiraten.

»Du kommst doch?«

Hastig nicke ich. Was bleibt mir anderes übrig.

»Prima«, meint Georg zufrieden, der Schatten des Todes weicht von mir, als er sich zurücklehnt. »Bring deine Neue einfach mit. Bin sehr gespannt drauf.« Ich nicke automatisch, vor meinen Augen wandern noch weiße Wölkchen über rosa Hintergrund.

Georg erhebt sich, mein Tisch knarrt erleichtert. In der Tür dreht sich Georg noch mal um, zwinkert mir zu. »Ach ja, dein schnuckeliger Mitbewohner ist übrigens auch eingeladen, wenn er mag.« Er ist schon verschwunden, ehe er meinen aufklappenden Mund bemerken kann.

Ach du Sch… Was die wohl sagen werden, wenn ich dort mit meiner »Neuen« auftauche und die sich als eben jener »schnuckelige« Mitbewohner herausstellt? Andererseits wo wäre es passender mit Alec aufzutauchen, als auf einer Schwulenhochzeit?

Als ich abends heimkomme, ist Alec noch nicht da, es brennt noch kein Licht. Ich parke mein Auto, schnappe mir die Tasche und will gerade zum Haus gehen, als mich jemand von der Seite her anspricht: »Hey, Bulle!« Ohne mich umzudrehen, weiß ich: Es ist Tom und sein Tonfall klingt alles andere als neutral. Mir fällt ein, was Alec und ich heute Morgen besprochen haben, dass er ihm sagen soll, wie wir zueinanderstehen.

Na, klasse, scheinbar hat Tom mir deshalb hier aufgelauert. Auch wenn er nur fünfzehn ist, nehme ich ihn besser ernst. Diese Straßenkids darf man nie unterschätzen. Langsam drehe ich mich zu ihm um, spanne meinen Körper kaum merklich an.

Tom steht etwa fünf Meter entfernt. Die Hände wie immer in den Taschen vergraben, doch diesmal vermute ich ein Messer oder schlimmer noch eine Waffe darin. Man weiß nie.

»Hallo, Tom«, versuche ich es auf die freundliche Tour. »Was machst du hier?« Er schnaubt, kommt zwei Schritte näher, verharrt aber und sieht mich wütend an. Sind das Spuren von Tränen auf seinen Wangen? Schwer zu sagen, doch er hat eindeutig rot geränderte Augen. Oder ist er wieder auf Dope?

»Er hat es mir gesagt«, bringt Tom hervor. Seine Stimme schwankt ein winziges bisschen, so als ob er sich stark beherrschen müsste. »Das von dir und …« Er kommt noch etwas näher.

»Du hast doch gesagt, du wärst eine Hete!«, wirft er mir plötzlich vor. »Warum dann? Was willst du von ihm?«

Ich seufze leise, entspanne mich etwas. Natürlich bleibe ich vorsichtig, doch im Moment macht Tom eher einen traurigen und verzweifelten Eindruck, weniger bedrohlich. Wer weiß, wann das kippt.

»Ich dachte auch, ich wäre hetero«, erkläre ich leise, sehe ihn dabei genau an. »Aber ich habe mich in Alec … verliebt.«

Tom schiebt seine Unterlippe trotzig vor, zieht vernehmlich die Nase hoch.

»Blödsinn«, schnaubt er. »Du bist doch nicht heute so morgen so.«

»Ist aber so, Tom. Ich habe es auch nicht sofort kapiert, aber jetzt weiß ich es und deshalb hat es Alec dir auch gesagt. Wir sind ein Paar.« Klingt komisch aus meinem Mund, auch wenn es die Wahrheit ist. Die volle Wahrheit.

»Arschloch!« Tom funkelt mich eher trotzig als wütend an. »Alec hat was besseres als so ein Bullenschwein wie dich verdient. Nur weil du ihn zufällig da raus geholt hast …«

Ich schlucke jede ärgerliche Entgegnung runter. Dieser Teenager ist verliebt, verletzt und enttäuscht. Er hat alles Recht der Welt, auf mich wütend zu sein. Mich, der ihm seinen angehimmelten Alec weggeschnappt hat. Die Hete, die einfach so schwul geworden ist. Ich schweige, sehe ihn einfach an.

»Scheiße!«, schreit Tom. »So eine verdammte Scheiße!« Plötzlich tritt er zornig mehrfach gegen den Reifen meines Autos. Ich lasse ihn gewähren, immerhin ist es nur der Reifen. Dabei wird weder er sich verletzen, noch mein Auto Schaden nehmen. Wieder und wieder tritt er dagegen, die Wucht lässt langsam nach. Schließlich verharrt er. Noch immer hat er seine Hände nicht aus den Taschen genommen.

Armer Kerl. Er tut mir wirklich leid, wie er jetzt da steht, die Schultern vornüber gesackt, in sich zusammen gefallen, als ob ihn jede Spannung verlassen hätte.

»Alec ist immer noch dein Freund«, traue ich mich zu sagen. »Wird es immer bleiben.«

Wieder schnaubt er, zieht gleich danach die Nase hoch. »Fick dich doch. Du kannst mich mal«, zischt er, will sich abwenden, doch dann dreht er sich abrupt um. Seine grünen Augen funkeln mich wütend, durchaus gefährlich an und innerlich spanne ich mich wieder an.

»Wenn du nicht gut zu ihm bist, kannst du was erleben, Bulle«, droht er mir. »Dann steche ich dich ab. Ich schwöre es!« Ruckartig kommt seine Hand hoch und er wischt sich die Tränen weg, die jetzt unaufhaltsam über sein Gesicht rollen.

Er tut mir leid, aber was soll ich sagen? Mir will nichts einfallen.

Laut zieht Tom erneut hoch. Er dreht sich hastig um, will bestimmt nicht, dass ich sehe, wie er heult.

»Hey! Hey, Tom!«, rufe ich ihm hinterher, doch er rennt schon davon.

Mist, so gut nimmt er es wohl wirklich nicht auf. Hoffentlich macht er keinen Blödsinn. Besorgt sehe ich ihm hinterher.

Teufel auch, ich hätte es ihm ja gerne verschwiegen, aber irgendwann hätte er es bestimmt rausgekriegt und dann, wäre seine Enttäuschung nur noch größer gewesen.

Trotzdem … Armer Kerl.

Seufzend gehe ich zum Haus hinüber.

Alec kommt spät, es dämmert schon draußen. Er hat mich kaum begrüßt da erklärt er schon: »Ich habe es Tom gesagt.« Seine Augen sehen traurig aus. Seufzend setzt er sich zu mir aufs Sofa. »Er war erst etwas perplex, hat dann schnell seine coole Maske aufgesetzt und nur die Schultern gezuckt. Schien ihm nicht so viel ausgemacht zu haben. Aber er war früh verschwunden. Sonst unterhält er sich immer noch mit mir, heute war er nach dem Füttern gleich weg.«

»Er wird es schon verkraften«, meine ich lahm, verschweige, was vorhin passiert ist. Besser Alec macht sich nicht noch Gedanken um Tom. Oder gar Vorwürfe. Weder er noch ich können schließlich etwas für unsere Gefühle. Genau so wenig wie Tom.

Um abzulenken platze ich mit der anderen Neuigkeit heraus: »Georg und Phily heiraten übrigens am Samstag.«

»Was?«, fragt Alec erstaunt, sein Gesicht überzieht ein breites Grinsen. »Echt? Ach herrje, bei den beiden geht es ja wirklich sehr schnell.«

Ich nicke, lege meinen Arm um ihn, küsse ihn sanft. »Wir sind übrigens eingeladen.«

»Wir?« Er sieht mich erstaunt an.

»Wir«, bestätige ich.

»Aber die wissen doch nichts von …«, beginnt er zögernd.

»Nein. Wissen sie auch nicht. Aber sie haben mich und auch dich eingeladen.« Alec sagt nichts, kuschelt sich nur an mich. Ein paar Minuten herrscht Schweigen zwischen uns.

»Was ist? Gehen wir gemeinsam dahin?« Ich versuche jede Emotion aus meiner Stimme zu halten, allerdings möchte ich wirklich mit ihm dort hingehen. Mit meiner »Neuen«.

»Wenn du möchtest …«, beginnt er langsam, sieht mich dabei fragend an. »Eine Schwulenhochzeit?«

»Ja, ich will. Ich will mit dir da hingehen.« Alec lächelt vor sich hin, nickt.

Also gut, gehen wir da hin, gemeinsam. Als Freunde. Oder doch eher als Paar? Ich weiß es nicht. Einfach mal sehen.

UNTER HAIEN

Samstag fahren wir tatsächlich gemeinsam zur »Elefantenhochzeit«, wie ich sie die ganze Zeit nenne.

Alec hat dann immer das Gesicht verzogen, aber der Gedanke an die zwei turtelnden Giganten lässt mich einfach immer wieder grinsen.

Ich bin nervös, denn ich bin nicht wirklich sicher, als was wir dort auftreten werden. Auf jeden Fall wird Georg vergebens auf meine »Neue« warten müssen.

Bernd wird da sein und noch ein paar andere Kollegen vom Revier. Klar, das sind auch Georgs Freunde. Ein paar sind recht enge Freunde von mir und ob die damit klarkommen, dass ich jetzt ebenfalls vom anderen Ufer bin? Vielleicht reden sie dann nicht mehr mit mir, sondern nur noch über mich? Hinter meinem Rücken? Ich kenne die abfälligen Kommentare über Schwule in- und auswendig. Oft genug habe ich selbst über solche Bemerkungen und Witze gelacht. Und nun? Toll, jetzt bin ich selbst einer. Auch wenn ich nur bi bin.

Alec dürfte sich unter den anderen Schwulen wohler fühlen als ich. Sowohl Georg als auch sein Phily haben bestimmt auch so einige schwule Freunde. Daher bin ich auch am Grübeln und recht schweigsam auf der Fahrt zur angegebenen Adresse.

Andere schwule Männer … Womöglich welche, die Alec gefallen könnten? In mir ist irgendwie die Angst, dass ihm einer besser gefallen könnte, er sich bei einem echten Schwulen wohler fühlen würde.

Der Gedanke schmerzt. Besser weg damit und ab in meinen gedankliche Mülleimer. Ich werde ihn dennoch nicht ganz los. Ein Leben ohne Alec? Ich mag es mir nicht mehr vorstellen. Sein Lachen, seine Augen, die mich anstrahlen. Ganz besonders sein unschlagbarer Weckdienst. Nein, nichts davon möchte ich missen.

Bislang hatte Alec ja nur mich, doch wenn es ihm auf Dauer nicht reicht? Was, wenn er sich nach mehr sehnt, als ich ihm bieten kann? Wenn er mehr möchte? Ich kann nicht so schnell »umschalten«. Dazu passiert zu viel in meinem Kopf, wenn wir Sex haben. Ja, es ist geil, ja es ist klasse, dennoch spüre ich genau, dass er mehr von mir will.

»Du bist so still«, unterbricht er meine Gedanken und ich habe ein schlechtes Gewissen, weil er mich ertappt hat. Kann er es mir ansehen? Hoffentlich nicht.

»Nur in Gedanken«, brumme ich nichtssagend, zwinge mich ihn anzusehen und zu lächeln. »Immerhin mein erster öffentlicher Auftritt auf einer Schwulenhochzeit.«

»Meiner auch. Aber es wird wohl kaum anders sein, als auf jeder anderen, oder?«

Ich grinse schief, denke an rosa und weiße Wölkchen, Georgy und Phily und bin sicher, dass es alles andere als normal sein wird. »Nein, wohl nicht. Was sollte schon anders sein?« Alec runzelt die Stirn. Ich glaube, er hat den Sarkasmus verstanden.

Ich parke das Auto etwas entfernt vom Gasthof, wo die Feier stattfindet. Ein ländlicher, abgeschieden liegender Gasthof. Irgendwie untypisch für eine solche Hochzeit. Vermutlich möchte jedes verliebte Pärchen einen romantischen Rahmen für seine Hochzeit haben, warum also nicht auch unsere zwei Schwulen Elefanten?

Vor dem Gasthof stehen diverse Motorräder. Mein Blick gleitet routiniert darüber und ich entdecke sofort das eine oder andere unerlaubte Teil. Berufsblick, da kann ich nichts gegen machen.

Außer die Augen zu, so wie jetzt. Stattdessen sehe ich Alec an. Er schlendert neben mir, in eine enge, schwarze Jeans, hellgraues Hemd und Sakko gekleidet. Elegant sieht er darin aus. Nicht zu vornehm, nicht zu übertrieben. Er hat wirklich einen guten Geschmack. Typisch schwul, oder?

»Was ist?« Alec hat meine Musterung natürlich sofort bemerkt und zieht die Augenbrauen hoch.

»Man kann sich mit dir durchaus blicken lassen.« Lächelnd ergreife ich seine Hand. Hier ist niemand der uns sehen könnte. Hoffe ich.

»Oh, danke«, gibt er spöttisch zurück. Seine Finger verflechten sich mit meinen. »Ich gebe das Kompliment gerne zurück.«

»Hey, ich meine das absolut ernst! Du siehst wirklich gut aus.« Alec schaut mich skeptisch an, lächelt ein scheues Lächeln. Seine Hand drückt kurz und fest zu. Ich lasse ihn erst los, als ich die Tür öffnen muss.

Rosengirlanden schweben über dem Eingang. Rosa Rosen. Natürlich.

Augenblicklich sind wir mitten im Geschehen, werden sofort begrüßt.

»Mike!« Georg ... Halt, ist das wirklich Georg? Er trägt einen schwarzen Anzug mit Nadelstreifen, der ihn wie einen Türsteher in einem der vornehmen Clubs aussehen lässt. Nur seine Krawatte ist weiß. Die Haare sind streng zurück gegelt und am Knopfloch trägt er natürlich eine rosa Rose.

»Prima, dass du da bist!« Georgs Blick gleitet hinter mich und bleibt auch schon an Alec hängen.

»Hallo Alec!« Herzlich schüttelt er ihm die Hand. Ich fühle mit, als ich Alecs schmerzhaften Gesichtsausdruck sehe. Dann bin ich auch schon dran und Opfer von Georgs überschwänglicher Begrüßung, die bei mir in einer herzhaften Umarmung mit Küsschen endet. Kaum weniger schmerzhaft.

»Wie schön, dass ihr beide gekommen seid! Phily wird entzückt sein.«

»Bin ich«, ertönt es irgendwo weit über uns und synchron heben Alec und ich unsere Köpfe. Und noch höher.

Babyblaue Augen strahlen uns an. Der Rest der hünenhaften Gestalt ist in einen weißen – einen weißen – Anzug eingekleidet. Das wirkt so absurd, dass ich wirklich versucht bin, mir die Augen zu reiben. Natürlich mit rosa Rose.

»Hey, Mike!« Ich gehe beinahe in die Knie, als die schwere Pranke auf meiner Schulter landet. Ein vorsichtiger Blick darauf und ich schlucke, bin sicher, dass er mir ohne Weiteres die Schulter brechen könnte. Er müsste nur etwas die Finger bewegen. Tut er zum Glück nicht, denn nun wendet er sich Alec zu, nimmt die Hand von mir und zieht den armen Alec doch tatsächlich in eine Umarmung.

Bevor ich protestieren kann, und etwas in mir ist lebensmüde genug, genau das zu wollen, ist der Kleine in Philys Armen verschwunden, seine Füße berühren nicht mehr den Fußboden. »Hallo Sahneschnittchen!«

Unwillkürlich lausche ich auf das leise Knacken, wenn Alecs Rippen brechen, doch nicht einmal ein Schmerzenslaut kommt aus den Tiefen von Philys Anzug. Vermutlich hat Alec nicht mal genug Luft, um die Begrüßung zu erwidern.

Sahneschnittchen? Etwas in mir hebt zögernd einen Finger. Mein Selbsterhaltungstrieb ist größer, verschließt den, sich langsam öffnenden, Mund entschlossen wieder. Stattdessen bemerke ich Philys Schuhe. Wahrhaftig: weiße Lederslipper.

Tatsächlich lässt Phily Alec unbehelligt frei, auch wenn dieser benommen und schwankend auftaucht, sichtlich froh, wieder Boden unter den Füßen zu haben.

»Er heißt doch Alec«, korrigiert Georg tadelnd, wirft seinem Freund einen halb verliebten, halb verlegenen Blick zu.

»Oh ja! Also Alec.« Phily klingt nicht sehr verlegen. »Sorry, aber du bist einfach ein echtes Sahneschnittchen.« Ein dröhnendes Lachen erfüllt den ganzen Saal, lässt Wände wackeln und Gläser bedenklich klirren.

Alec verzieht gequält das Gesicht. Kann ich verstehen, aber der Name ist völlig harmlos, schadet nicht, tut nicht weh. Im Gegensatz zu zerquetschten Fingern, gebrochenen Rippen oder der Nase. Also schluckt auch er alles brav hinunter.

»Wundervoll, dass ihr zwei gekommen seid!«, freut sich Phily. »Wir waren ja so aufgeregt. Unser besonderer Tag. Und dann konnten wir uns doch einfach nicht einigen, wer von uns weiß tragen würde!«

»Weiß steht mir einfach nicht«, wirft Georg ein. »Ich habe es ihm gleich gesagt, aber er wollte es mir nicht glauben. Stundenlang haben wir anprobiert, dann hat er es endlich eingesehen.«

Da oben erklingt ein zerknirscht klingendes Geräusch, dann beugt sich Phily herunter und küsst Georg zärtlich. »Häschen, du hast ja so recht gehabt. Du bist einfach nicht unschuldig genug für Weiß.«

Neben mir gibt Alec ein komisches Geräusch von sich und ich versuche krampfhaft, mein Gesicht zu kontrollieren, sehe besser nicht zu ihm hin.

Georg sieht sich suchend um.

»Mike, hast du deine neue Flamme nicht mitgebracht?«, fragt er tadelnd und sieht mich auch so an. Meine Ohren werden rot, ich spüre es und just in dem Moment fange ich von Phily einen sehr merkwürdigen Blick auf. Ein belustigter, viel zu wissender Blick.

Mein Mund klappt auf und zu. Mir wird heiß und kalt und unwillkürlich gleitet mein Blick zu Alec, der jedoch gerade woanders hinschaut.

»Äh …«, beginne ich mit einer Ausrede. Just in dem Moment gibt Phily ein schrill quietschendes Geräusch von sich.

»Lory!«, kreischt er und entschwindet schon zu einer Gruppe von Männern in typischer Motorradkluft.

»Phily!«, kommt es ebenso schrill zurück und aus der Gruppe löst sich ein dünner, sehr großer … Mann? Na ja, ich wäre da vorsichtig. Es könnte auch eine Frau mit sehr maskulinen Gesichtszügen sein. Genau ist das unter der ganzen Schminke nicht zu erkennen.

Es hat lange, rosafarbene Haare, was definitiv für eine Frau sprechen würde. Ich meine, welcher Mann, würde mit solchen Haaren rumlaufen? Zudem, welcher Mann trägt eine rosafarbene Bikerjacke zu schwarzen Netzstrumpfhosen und schwarzen Minirock mit rosa Pumps?

»Oh, das sind Philys Kumpel aus dem Pinkalotta!«, klärt uns Georg auf, hat mich glatt vergessen, und ehe ich einschreiten kann, zerrt er auch schon Alec mit sich. »Die musst du unbedingt kennenlernen.« Ich bin mir nicht sicher, ob sich Alec gegen Georg wehren kann, also folge ich ihnen hastig.

Lory und Phily begrüßen sich gerade herzlich mit Küsschen links und rechts. Phily hat sie/ihn – was auch immer – in seine Arme gezogen, was quiekend quittiert wird.

»Phily, du böser, böser Junge. Du bist bald in festen Händen, da solltest du das nicht mehr machen«, bekommt er Schelte von Lory.

Vorsichtig und zögernd nähere ich mich der Gruppe. Neben der schwarzen Lederkluft wird es bunt. Die anderen drei sind kaum weniger schrill gekleidet, als Lory, nur drei oder vier andere davon, sind echte, typisch harte Rockertypen, wie sie in mein Weltbild eines Bikers passen. Der Rest … nun ja … ist schrill. Bunt und schrill.

Eine hat zwar eine schwarze Lederjacke und -hose an, darunter aber ein himmelblaues Rüschenteil mit Spaghettiträgern.

Transvestiten. Der Begriff ist sofort da.

Natürlich habe ich schon mal mit ihnen zu tun gehabt. Wer nicht bei meinem Job? Das sind Drag Queens.

Aber noch nie habe ich sie wirklich genau gemustert oder mich gar mit ihnen unterhalten. Irgendwie waren sie für mich nie wirklich … menschlich.

Georg hat Alec vor sich gezogen, stellt ihn gerade der Gruppe vor: »Das hier ist Alec. Schwul, jung, verdammt hübsch und noch zu vergeben, soweit ich weiß.« Georg grinst bezeichnend.

Ich kann genau sehen, wie Alec alle Farbe aus dem Gesicht weicht, als er plötzlich als Appetithappen mitten unter die Haie geworfen wird.

Entsprechend hungrige Blicke bekommt er. Mein Futterneid ist groß genug, lässt mich dichter herankommen und mich vordrängeln.

»Ah, ja und das ist Mike, mein Kollege. Eine Hete«, stellt Georg auch mich vor. Ich erstarre im Schritt vorwärts neben Alec, denn ich bekomme ziemlich bedauernde, pikierte, bestenfalls mitleidige Blicke zugeworfen. Ganz offensichtlich bin ich weitaus weniger interessant als Alec, denn augenblicklich wendet sich alles wieder ihm zu und ich finde mich unversehens aus dem Kreis hinter zwei Lederrücken gedrängt.

»Alec also?« Lory lässt seinen Namen sehr nasal auf der Zunge zergehen. Mir wird heiß und kalt, aber ich bin gerade eingeklemmt zwischen Phily und etwas anderem, ziemlich groß und bullig, was – ich schwöre es – mich gerade angeknurrt hat!

Phily begrüßt andere Gäste und die winzige entstandene Lücke nutze ich sofort und schiebe mein Bein hinein.

»Was für ein schnuckeliger Name!«, säuselt Lory, ist plötzlich entschieden zu dicht an Alec dran. Teufel auch, ein Lederrücken blockiert mir schon die freie Sicht oder vielmehr den freien Zugang zu Alec. Phily ist zwar weg, aber dafür ist schon wieder einer vor mir. Ich muss mich auf Zehenspitzen stellen, wenn ich was sehen will. Immerhin erhasche ich einen Blick auf Alecs bleiche Züge.

»So schnuckelig, wie du übrigens auch«, säuselt Lory weiter. Augenblicklich ist Alecs Blut wieder da, wo es sein sollte, wenngleich er jetzt eher knallrot wird. Lory entblößt ihre Zähne, und auch wenn es jetzt wie menschliche Zähne aussehen mag, es ist ein Raubtiergebiss! Ich weiß es. Ein Haifischgebiss!

Ich kämpfe mich unter einem Arm hindurch, doch der Eigentümer bemerkt es wohl nicht einmal.

»Ich bin Lory«, sagt er – oder sie. Ach, ich bleibe bei sie – mit näselnder Stimme, ergreift Alecs Hand und klimpert ihn mit rosafarbenen Augenwimpern an. Alec bringt keinen Ton heraus, vermutlich steht er unter Schock. Das passiert gelegentlich, wenn ein Raubtier angreift.

»Nein, was für ein entzückender, junger Mann«, kommt es jetzt von der anderen Seite. Jemand mit hellblauen Haaren, nicht so lang, wie die von Lory, dafür aber kunstvoll geflochten, schiebt sich heran, einen von den Bikertypen eingehakt und mit sich schleifend. Erneut werde ich einfach weggeschoben, habe wieder nur Rücken vor mir.

Verdammt Scheiße!

»Wo kommst du denn her, Süßer?«, fragt Nummer drei des schrillen Trios, normale Haarfarbe, dafür aber Glitzersteinchen im Gesicht und ein mit Pailletten besetztes, goldenes Top. »So etwas Niedliches, wie dich sieht man ja selten frei herumlaufen.«

Mir stockt der Atem und ich kann genau Alecs Gesicht sehen. Genau genommen kann ich es nicht mehr sehen, denn ich bin ziemlich abgedrängt worden, fühle mich gerade äußerst ausgeschlossen. Alec ist da drinnen wirklich in Gefahr. Georg ist auch schon weiter gegangen, andere begrüßen und lässt mich und Alec alleine.

»Allerliebst!«

»Entzückend, diese Augen!«

»Nein, wie süß er lächelt!«

»Und so jung!«

»So etwas Hübsches gehört ja verboten!«

»Schöner Knackarsch. Donnerwetter.«

Entschlossen schiebe ich mich unter dem Arm von Miss Himmelblau und dem Bikertypen hindurch, bevor die Haie ihre Mahlzeit beginnen. Gerade noch rechtzeitig scheint mir.

»Äh … was für eine tolle Haarfarbe«, versuche ich hilflos zumindest Lory kurzfristig von Alec abzulenken, der blass und unglücklich in ihren Fängen hängt. Die ersten Hände betatschen sein Gesicht, vielmehr sind sie gerade in seinen Haaren, durch die ihm Lory einfach so wuschelt.

Sie wendet sich mir zu, sieht mich an, als ob ich ein merkwürdiges, aber definitiv ekliges Insekt wäre. Irgendwo zwischen »interessant« und »Ich-weiß-nicht-ob-es-sticht-aber-am-besten-gleich-drauftreten«.

»So ein rosa ist aber selten«, probiere ich es ungeschickt, habe damit immerhin urplötzlich ihrer aller Aufmerksamkeit und kann Alecs erleichtertes Seufzen neben mir hören. Prima! Dafür stehe ich jetzt wohl auf der Speisekarte.

Lory sieht mich pikiert an. Wie die Anderen auch. Sogar der Biker von Miss Himmelblau wirft mir einen bösen Blick zu.

»Rosa?« Lory schnaubt abfällig. »Mann, das ist doch kein Rosa. Das ist Purplepink, das sieht doch jeder!«

Äh, Pink? Wo ist der Unterschied? Ist da überhaupt einer? Kurz gerate ich ins Grübeln. Aber es trägt wohl zu einem längeren Leben bei, wenn ich besser nicht nachfrage. In jedem Fall habe ich jetzt ihre ungeteilte Aufmerksamkeit.

Am liebsten würde ich Alec zurufen, schnell von hier zu verschwinden, sich in Sicherheit zu bringen, doch natürlich lächle ich nur verzerrt. »Oh, Verzeihung.«

Lory und Miss Himmelblau geben zeitgleich ein abfälliges »Tss!«, von sich. Ich nutze den Moment ihrer Unachtsamkeit, schnappe mir Alec und schiebe ihn einfach aus dem Gefahrenbereich.

»Ach, schau mal, Alec, da ist noch jemand, den ich dir vorstellen muss!«, behelfe ich mir lauter, als nötig und es gelingt mir tatsächlich, uns zwei unversehrt aus dem Haifischbecken zu retten. Wir stürzen beide davon, halten erst, als wir das rettende Ufer des aufgebauten Büfetts erreicht haben. Wir atmen beide erleichtert auf, sehen uns an und müssen schmunzeln.

»Mann, ich dachte schon, die verspeisen dich bei lebendigem Leib«, stoße ich grinsend hervor. Alec grinst ebenfalls.

»Ich auch«, gibt er zu. »Danke für die Rettung.«

»Völlig uneigennützig.« Ich drücke kurz, ganz kurz nur, seine Hand. Dann werde ich schon von Bernd und ein paar anderen Kollegen entdeckt und verbringe die nächste halbe Stunde mit Vorstellen und Gesprächen. Natürlich lassen die auch ein paar entsprechende Anmerkungen zu den so offensichtlich schwulen Gästen fallen, aber ich beiße mir auf die Zunge.

Alec ist dabei immer irgendwie in meiner Nähe, fürchtet wohl, dass er wieder in die Fänge des schrillen Trios gerät. Er sagt nicht viel, lächelt scheu. Bernd sieht ihn öfter seltsam schräg von der Seite an. Fürchtet der, Alec würde ihm gleich die Klamotten vom Leib reißen und ihn öffentlich ficken, oder was? Innerlich schüttle ich nur immer wieder den Kopf.

Alec wirkt schüchtern, aber er kommt ganz gut mit all den Menschen klar.

»Du hast eine Neue?«, fragt mich Bernd unversehens, als er sich wohl sicherer ist, dass ihn Alec nicht anfallen wird. Dummer Georg. Der hat gepetzt.

Zögernd nicke ich. Stimmt ja irgendwie auch. Nur fehlt da ein »r«.

Bernd boxt mich sofort in die Seite. »Na, erzähl mal? Wie alt und wie sieht sie aus? Hat sie was zu bieten? Habt ihr schon?«

Ich lächle etwas gequält, denn nun wird es langsam schwierig.

»Na ja ...«, brumme ich, beiße mir auf die Lippe, schlucke kurz. Mein Blick wandert musternd zu Alec, dann grinse ich Bernd frech an. Er will es ja so haben. »Jünger als ich. Zarte Zwanzig. Dunkelblonde, kurze, lockige Haare, wundervolle Augen und ja, da ist so einiges dran, was ich wirklich mag.«

Bernd grinst zufrieden. Wenn der wüsste …

»Und wie ist sie im Bett?«, fragt er nach, sich vertraulich zu mir herüber lehnend. Mein Grinsen wird breiter.

»Ziemlich heiß und laut«, raune ich ihm zu. »Kann nicht klagen.« Wieder grinst er süffisant und äußerst zufrieden. Er wirft einen hastigen Blick zu Alec hinüber, der etwas verloren am Büfett steht.

»Hoffentlich hast du ihn damit nicht erschreckt, wenn es bei dir so lautstark zur Sache geht«, flüstert er verschwörerisch. Männer unter sich. Ich muss wirklich fast lachen.

»Och …« Ich lächle Bernd ebenfalls verschwörerisch an, nicke zu Alec hinüber. »Weißt du … er ist auch nicht gerade leise dabei.«

Bernd sieht mich perplex an. »Du meinst …« Er bricht ab, vergewissert sich, dass Alec uns nicht doch hören kann, lehnt sich noch dichter zu mir. »Der treibt es echt mit einem Kerl in deiner Wohnung? Wie krass!«

»Nicht wahr?«, gebe ich ihm recht, amüsiere mich königlich über meine Scharade. Weiter kommen wir leider gar nicht, denn nun beginnt die offizielle Hochzeit mit der entsprechenden Musik.

Alec ist plötzlich auch wieder in meiner Nähe. Ich grinse ihn an, ziehe ein paar Mal bezeichnend die Augenbrauen hoch, doch er sieht mich natürlich nur verwundert an.

Die eigentliche Hochzeitszeremonie im Garten draußen ist dann schon eine Show für sich.

Georg steht vor der rosengeschmückten Laube mit der Standesbeamtin. Dann kommt Phily mit seinem rosengeschmückten Motorrad herein gerollt, stellt es ab und wuchtet sich hinunter.

Was für ein Paar! Neben diesem weißen Giganten wirkt Georg wirklich fast klein.

Es folgt eine rührende Ansprache, viel Geküsse, viel Geseufze und Geheule aus den Reihen des Publikums. Letzteres besonders aus der Haifischbeckenecke. Später wird viel getanzt, viel getrunken und die Stimmung ist fröhlich und ausgelassen.

Ich sitze irgendwann mit Alec ein wenig abseits, beobachte nun schon eine ganze Weile gegenüber am Tisch Georg und seinen Phily, die sich bestimmt schon seit mehr als zehn Minuten ununterbrochen, hingebungsvoll küssen. Etwas weiter weg, ihnen zeitlich dicht auf den Fersen, Miss oder auch Mister Himmelblau und sein Biker.

Auch Alec wirft immer wieder Blicke hinüber. Auf der Tanzfläche umschlingen sich mehrere Paare, neben Frau und Mann, zwei Männer und auch zwei Frauen. Ich habe Bernd ausgemacht, der in ein angeregtes Gespräch mit ein paar Frauen vertieft ist. Ob er es abartig findet, was ringsum an schwuler Liebe präsentiert wird?

Ich kann es nicht erklären, allerdings lässt mich diese harmonische Demonstration von Homo – und Heteroliebe nebeneinander Alec plötzlich intensiver ansehen. Er schaut mich überrascht an und runzelt die Stirn. Ich lächle, doch mein Ausdruck muss anders als sonst sein, denn er schaut mich erneut fragend an.

Meine Neue. Vielmehr mein Neuer.

Ja, er sieht heiß aus. Ja, ich mag ihn und ja, er ist heiß im Bett. *Ich lüge nie, Bernd.* Einen Moment zögere ich noch, dann ergreife ich einfach seine Hand, verflechte meine Finger in seine.

Er sieht mich verblüfft an. Klar, ich habe ein wenig getrunken, ein Bier, ich will nachher noch fahren. Bei Weitem nicht soviel, als dass ich nicht klar denken könnte. Bei Weitem nicht. Es gibt keine Entschuldigung.

»Mike, hier kann uns jeder dabei sehen«, flüstert Alec betreten, will mir seine Hand doch glatt wieder entziehen.

»Ja, ist mir durchaus klar.« Entschlossen halte ich seine Hand fest. »Genau deshalb. Ich habe auf dieses Versteckspiel einfach keine Lust mehr.« Mein Herz klopft laut und hart. Ich bin mir bewusst, was ich tue. Ganz klar sehe ich es vor mir. Aber es ist so, wie ich es sagte: Ich habe keine Lust mehr, jedes Mal den Blick verschämt abzuwenden, wenn ich Alec liebevoll ansehen möchte. Oder weitere Ausreden zu erfinden. Nein! Ich bin verliebt, warum sollten nicht auch die anderen davon wissen?

Ich beuge mich vor, ziehe Alecs Kopf mit der linken Hand zu mir heran und küsse ihn flüchtig auf die weichen Lippen. Prompt versteift er sich, sieht völlig perplex aus. Seine Augen bewegen sich unruhig, unsicher und fragend huscht sein Blick über mein Gesicht.

»Los, lass uns jetzt tanzen.« Ich ziehe ihn hoch.

»Jetzt? Hier? Vor allen anderen?« Alec wirkt fast entsetzt. Ich nicke nur. Ich weiß, was ich tue.

»Ja! Genau hier!«

Widerstandslos lässt er sich zur Tanzfläche mitnehmen. Uns beiden ist bewusst, wie viele Blicke uns folgen. Aus dem Haifischbecken, meine Kollegen, Bernd … Ach, es ist mir fast egal. Ihre Blicke brennen auf dem Rücken. Der alte Mike, die feige Hete, duckt sich, will sich verstecken, aber ich nicht mehr.

Auf der Tanzfläche drehen sich auch einige Paare zu uns um. Ich ziehe Alec eng an mich heran. Zögernd lässt er es sich gefallen, als ich ihm einen Arm um die Hüfte lege und wir beginnen, langsam zu tanzen. Offenbar muss er etwas überlegen, da er nicht in der führenden Rolle tanzt. Ich habe die einfach übernommen. Bloß nicht so viel nachdenken.

Über die Tanzfläche hinweg kann ich Bernds Gesicht sehen, wie er mich ungläubig anstarrt und meine Hände legen sich automatisch fest auf Alecs Hintern, drücken ihn an mich. Alec keucht kurz auf, stockt, tanzt jedoch sofort weiter.

Bernd fallen bestimmt die Augen aus dem Kopf. Den anderen Kollegen auch. Inklusive Peter, mein Vorgesetzter ist auch da. Prima. Wenn schon, denn schon.

Ja, schaut nur hin, denke ich entschlossen, lächle und küsse Alec innig, sehr leidenschaftlich mit Zunge. Das ist meine Neue. Vielmehr mein Neuer. Meine neue Liebe. Seht ruhig alle her!

»Mike?«, kommt es leise, ein wenig atemlos von Alec. »Was genau tust du gerade?«

»Ich oute mich.« Lässig zucke ich die Schultern, versuche ein verwegenes Grinsen. Lässig bin ich natürlich nur auf der Außenseite, denn wir haben jetzt volle Aufmerksamkeit. Die Haifische schauen entsetzt. Nein, ihre Blicke sind alles andere als einheitlich. Miss Himmelblau und Partner sehen verzückt aus. Lory und das goldene Top hingegen beäugen mich deutlich missbilligend.

Unsicher sieht auch Alec mich an.

»Aber wird es dir das Leben nicht unnötig schwer machen, wenn sie es wissen?«, fragt er leise nach, während wir weiter tanzen, meine Hände an seinem unteren Rücken liegend.

»Du meinst schwerer, als dauernd zu verstecken, was ich für dich empfinde? Schwerer, als ständig so zu tun, als ob wir nur befreundet wären?« Abermals küsse ich ihn, ernte erneut erstaunte Blicke. »Ich will dich küssen, wenn ich es möchte, Alec. Ich will dich anfassen können, wenn ich es möchte.« Alecs Lächeln ist so schön. Er schmiegt sich näher an mich. Mein Körper registriert es sofort.

Ich küsse ihn leidenschaftlicher, bemerke Bernds entsetzten Ausdruck. Georg schaut mich von der anderen Seite verblüfft an, hat den Dauerkuss mit seinem Liebsten unterbrochen. Nur Phily lächelt wissend, nickt mir anerkennend zu. Der Typ hat es gewusst. Ich bin mir ganz sicher. Der hat den Überblick.

Ich presse mich stärker gegen Alec. Ich spüre es warm in mir werden, meine Hose wird eng, Alec seufzt leise.

»Wie weit genau möchtest du bei deinem ersten Outing denn gehen?« Er stöhnt verhalten. Ich fühle im selben Moment, wie hart er schon ist.

»Wenn du mich hier auf der Tanzfläche nimmst, wäre das natürlich ein sehr eindrucksvolles Outing. Nur ob es klug wäre?«, raunt er mir leise ins Ohr, gefolgt von einem leisen, sehr erotischen Seufzen.

Ich grinse zufrieden.

»Nein«, flüsterte ich zurück, spüre seinen warmen Atem an meinem Ohr. »Nicht, dass ich nicht gerade wollen würde, aber ich möchte keinem deinen Anblick, nackt und heiß gönnen.« Sein Atem stockt kurz, trifft mich umso stärker, als er wieder ausatmet. Ihm ist wohl gerade auch ganz schön heiß geworden. »Das gehört alles mir. Ich teile nicht. Mit niemandem.«

»Gut!«, antwortet Alec. »Ich möchte dich auch nicht teilen.« Lächelnd schlingt er seine Arme um mich, küsst mich. Miss Himmelblau schmilzt auf ihrem Stuhl davon, so schmachtend ist ihr Blick geworden.

»Dann sollten wir uns aber bald verabschieden«, schlage ich leise vor. Wenn ich es noch nach Hause schaffen will. Irgendwie laufe ich in letzter Zeit dauernd mit einem Ständer herum. Ich sollte mich dran gewöhnen.

»Ja«, raunt Alec, seine Stimme klingt auch etwas belegt. »Gute Idee.«

Wie viele Blicke uns folgen, als ich ihn von der Tanzfläche ziehe? Keine Ahnung. Vermutlich einige und welches Gesprächsthema wir hinterlassen haben, kann ich mir auch gut denken. Es ist mir egal. Ich will jetzt nur noch ihn fühlen, seine Arme um mich, seinen Körper an meinem.

Auch Autofahren mit Ständer lerne ich so langsam. Alec ist fair oder genügend auf seine eigene Sicherheit bedacht, denn er unternimmt keinen Versuch, mein Problem zu verschlimmern. Schätze, er hat ohnehin das Gleiche.

»Danke, Mike«, meint er, wirft mir einen seiner liebevollen Blicke zu.

»Wofür?« Ich glaube, ich weiß, was er sagen will.

»Das weißt du«, behauptet er, so genau kennt er mich eben auch schon. »Du hättest es nicht tun müssen.«

Nein, hätte ich nicht. Aber ich wollte es. Ich wollte nicht mehr Verstecken spielen, nicht mehr verbergen, was ich für ihn empfinde. Sollen sie es doch alle wissen. Warum nicht?

»Ich liebe dich«, verkünde ich schlicht. »Es wird Zeit, dass es nicht nur mir klar ist, sondern auch allen anderen!«

Alec sagt nichts, lächelt nur versonnen, dann beugt er sich herüber, küsst mich auf die Wange.

Okay, ab jetzt könnte die Fahrt nach Hause doch noch etwas gefährlich werden. Ist zum Glück nicht mehr weit …

EINDEUTIG SCHWUL

Habe ich behauptet, Alec ist fair?

Er war es, bis mein Wagen zum Stillstand kam. Dann spürte ich schon seine Zunge am Ohr, die Hand auf dem Oberschenkel.

So unfair!

Es sind nur noch circa 50 Meter in unsere Wohnung! Nur 50 Meter, die echt peinlich werden können.

Mir entkommt ein leises Stöhnen und mein Mund hat schon wieder seine Lippen gefunden.

»Ich liebe dich auch, Mike«, flüstert er, als wir kurz voneinander ablassen. »Alles an dir. Du bist das Beste, was mir je passiert ist.«

»Mir passiert hier gleich auch was, wenn wir nicht sehen, dass wir reinkommen«, raune ich ihm ins Ohr.

Alec lacht leise und zufrieden. »Gut, dann haben wir gerade dasselbe Problem.« Rasch lösen wir uns voneinander und schaffen es tatsächlich zur Wohnung, ohne übereinander herzufallen. Mich verwundert selbst, dass mich der Sex mit ihm so reizt. Klar, ich habe schon immer gerne Sex gehabt. Mit ihm ist es allerdings anders, unmittelbarer viel direkter. Wir brauchen nie viel reden oder rummachen. Es geht viel schneller zur Sache. Ich mag das.

An der Wohnungstür schiebt sich Alec von hinten ganz dicht an mich heran, während ich den Schlüssel versuche ins Schloss zu bringen, obwohl meine ganzen Sinne auf ihn und auf das, was er macht, ausgerichtet sind.

Er pustet mir warmen Atem in den Nacken. Wäre nicht weiter schlimm, doch dazwischen haucht er immer wieder kleine Küsse auf meine Haut. Diese flüchtigen Berührungen kribbeln, senden mir Schauer über den Rücken in tiefere Regionen. Ich stoße die Tür weit auf, drehe mich sofort zu ihm um.

Alec grinst mich an, während ich ihn kurz aber intensiv mustere. Diese dunkelblonden, lockigen Haare, seine schönen Augen, der schlanke Körper. Ich erfasse sein Gesicht mit dem kleinen Grübchen am Kinn, einer winzigen Narbe an der linken Augenbraue, der kleine Leberfleck direkt unter dem linken Wangenknochen.

Alles mein Alec. Meine »Neue«.

Ich muss lächeln, wenn ich an all die verblüfften Gesichter denke und spontan greift mein Arm um seine Taille. Ich küsse ihn, während mein anderer Arm rasch hinuntergleitet und ihn unter den Knien hochhebt.

»Hey!«, protestiert er lachend. »Mike! Was machst du?« Ich hebe ihn höher, wende mich zur Tür und muss über mich selbst schmunzeln.

»Dich über die Schwelle tragen?«

»Mike!« Er wehrt sich lachend, windet sich in meinem Griff, ich halte ihn fest, als ich der Tür einen Schubs gebe, ihn in unsere Wohnung trage, den Flur entlang zum Schlafzimmer.

»Lass mich runter«, verlangt er lachend, bäumt sich auf und kämpft halbherzig gegen meinen Griff. Wäre doch gelacht, wenn ich ihn nicht bändigen könnte. Diese halbe Portion.

An der Tür zum Schlafzimmer versuche ich die Klinke mit dem Ellenbogen hinab zu drücken, und gleichzeitig den zappelnden Alec im Arm zu behalten. Klappt sogar irgendwie. Wir rangeln, lachen, albern herum. Im Schlafzimmer entgleitet mir Alec und rutscht zu Boden. Sofort schlinge ich meine Arme um seine Taille, hebe ihn erneut hoch.

»Mike!« Er versucht meine Arme zu lösen, stemmt sich gegen mich, bis ich ihn einfach aufs Bett werfe.

»Wie romantisch du heute bist.« Lachend schiebt er sich höher. Ich knie mich über ihn. »So liebevoll und zärtlich.«

Sofort bin ich ganz über ihm, schiebe das Sakko von den Schultern, wobei Alec mich unterstützt und öffne rasch sein Hemd. »Das auch. Alles zu seiner Zeit.« Seine Hände machen sich schon an meinem Hemd zu schaffen. Die Brust liegt frei vor mir und ich bearbeite bereits seine Brustwarzen mit meinen Lippen, meiner Zunge, entlocke ihm das erste, wohlige Stöhnen. Er ist da wirklich empfindsam. Gut so.

Trotzdem schafft er es, mir das Hemd abzustreifen und seine Hände sind auch schon an meiner Hose zu Gange. Ah, das tut gut. War ganz schön eng geworden. Na, er wird das gleiche Problem haben. Als ich kurz von seinen Brustwarzen ablasse, um mich darum zu kümmern, befreit er sich schon selbst von dem lästigen Stoff.

Ich setze mich kurz auf, nutze die Zeit, um mir Schuhe, Socken und die Hosen auszuziehen. Augenblicklich bin ich wieder über ihm, unsere nackten Körper liegen endlich aufeinander, unsere heißen Erektionen reiben sich aneinander. Das ist so erregend! Einfach geil!

Mir entkommt ein zufriedenes Stöhnen.

Alec drückt sich hoch, zieht mich mit einer Hand im Nacken ganz dicht an sich heran, küsst mich sanft und zärtlich. Dann sind seine Lippen plötzlich ganz nah an meinem Ohr. Ich kann ihn unter mir beben fühlen, sein Herz an meinem schlagen, sein Geruch ist in meiner Nase, eine Mischung aus Duschgel, dem Aftershave und testosterongeschwängertem Schweiß.

»Mike …«, flüstert er heiser. »Bitte, Mike … Ich möchte dich so gerne in mir spüren.« Ich stocke, mein Körper spannt sich ruckartig an. »Bitte …«

Erschrocken lasse ich mich seitwärts neben ihn fallen. Er meint, er möchte, dass ich ihn … Oh Mann. Der Gedanke verursacht sowohl Gänsehaut, als auch ein Ziehen in meinen Hoden. Alec möchte, dass ich ihn ficke …

Sofort beugt er sich halb über mich, küsst meine Brust, die großen Hände fahren über mich. Trotzdem fühle ich mich kalt und taub.

»Bitte, Mike. Schlaf mit mir. Hilf mir, sein Gesicht dabei zu vergessen.« Alec sieht mich flehentlich an. So hat mich definitiv noch nie jemand angesehen. Das Ziehen verstärkt sich, mein Körper findet die Vorstellung scheinbar weitaus weniger abnormal als mein Kopf.

Alecs Finger umkreisen meinen Bauchnabel, tragen nicht gerade dazu bei, dass mein Körper, vor allem meine untere Region, es sich anders überlegt.

Oh Mann!

»Ich möchte wissen, wie du dich anfühlst«, raunt Alec. Seine Stimme klingt extrem heiser, lustvoll und verlockend. »Ich möchte nur noch dich dabei sehen, nur dich spüren, ganz von dir erfüllt sein. Bitte …«

Mir wird mulmig. Mein Blick huscht immer wieder unsicher über sein wunderbares Gesicht. Seine Augen fixieren mich, ich kann alles in ihnen lesen, seine Liebe, die Leidenschaft, was er alles für mich empfindet. Er will mich. Völlig, ganz und gar.

Aber er ist keine Frau. Mein Verstand sagt es wieder und wieder. Es ist etwas anderes, mit einem Mann zu schlafen. Unnatürlich. Gänzlich unnatürlich.

Aber Alec will es so sehr. Ich spüre es genau. Ich sehe es! Ob ich das kann? In meinem Kopf ist plötzlich wieder das Bild, von Adrian, der in ihm steckte. Auch ich bekomme es nicht aus meinem Kopf. Ob es verschwindet, wenn ich ihn … nehme? Wenn ich …

Teufel auch! Ich habe Angst davor. Angst ihm wehzutun, Angst ihn so zu nehmen, wie dieses Schwein es getan hat. Ich will nicht wie Adrian sein. Der Gedanken entsetzt mich und ich richte mich ruckartig auf. Ich weiß nicht, was ich sagen, was ich jetzt tun soll. Etwas in mir will Alec den Gefallen ja tun. Etwas ist sogar neugierig darauf, wie es sein wird ihn in den … Aber mein Moralriegel ist im Weg, schiebt sich rigoros davor.

Alec streichelt meinen Rücken, küsst mich, macht mir die Entscheidung nicht leichter.

»Mike? Bitte!«, wiederholt er flehentlich.

Er lässt von mir ab und ich wende mich ihm zu. Meine Kehle ist eng, ich muss mehrfach schlucken. Alec legt sich neben mich auf den Rücken. Die Beine winkelt er an, öffnet sie vor mir, sodass ich direkt auf seinen Penis, seine runden Hoden und das rosige Loch sehen kann.

Tue ich natürlich auch. Erneut muss ich schlucken. Das ist so … Teufel! Wie soll ich bei dem Anblick noch klar denken können?

Er sieht mich mit lustverhangenen Augen eindeutig bittend an. »Mike …«

Unentschlossen schaue ich ihn an. Alec hat es schon gemacht, er weiß, wie es sich anfühlen wird. Und er hat es genossen, er hat es mir gesagt. Also kann es nicht so schlecht sein. Ich erinnere mich an meinen Finger in ihm. Wie er gestöhnt hat … Mein Schwanz quittiert die Erinnerung daran unmittelbar.

Es hat Alec wirklich gefallen. Mir auch. Zumindest wie er sich dabei bewegt und gestöhnt hat.

Ich lege mich neben ihn. Meine Hände gleiten über seinen Körper, streicheln die Seiten entlang, wandern in langen Strichen über ihn. Seine Augen lassen mich nicht los. Alec bietet sich mir an, alles von sich und ich bin einfach zu feige es anzunehmen. Oder noch zu sehr Hete.

Plötzlich kommt Alecs Hand hoch, legt sich an meine Wange, zwingt mich, ihn direkt anzusehen.

»Bitte, Mike«, bettelt er. »Bitte tue es.«

Ich kann ihm nicht widerstehen. Ich will, dass er sich gut fühlt. Es ist wichtig und gut, dass er sich wohlfühlt! Ich würde alles für ihn tun. Aber das?

Langsam streichle ich über die Innenseite seiner Beine. Alec zittert ganz leicht, feine Schauer wandern über seine Haut. Mein Blick geht tiefer. Ich richte mich halb auf, knie mich hin, betrachte ihn vor mir. Vorsichtig berühre ich ihn dort mit der Fingerspitze. Sein Loch ist rosig, fast haarlos und extrem empfindlich, wenn ich ihn antippe, zuckt er sofort. Aber auch so klein.

Alec stöhnt leise.

Wie soll mein Schwanz nur da rein passen? So ganz schmal bin ich ja schließlich nicht. Ich will ihm auf gar keinen Fall Schmerzen bereiten. Es ist so winzig, so eng, da muss ich ihm doch wehtun, wenn ich dort eindringe. Ist ja was anderes als so ein Finger, und dieser Eingang ist definitiv nicht dafür gedacht.

»Mike«, bettelt Alec wieder. Er will es … Er kommt hoch, seine Hand berührt mich erneut an der Wange. »Bitte, es ist okay. Ich möchte dich in mir spüren. Vollkommen.«

»Ich will dir nicht wehtun«, sage ich leise, unentschlossen. Mein Finger zieht Kreise um sein Loch, berührt den Damm zu seinen Hoden. Sie sind so herrlich rund und ganz glatt, fast haarlos, samtig weich. Ich mag sie, sie faszinieren mich.

Alec lächelt.

»Mach einfach ganz langsam, dann geht es«, flüstert er ermutigend. »Da ist Gleitgel in der untersten Schublade.« Überrascht sehe ich ihn an. Alec wirkt verlegen, zuckt kurz die Schultern. »Äh, auch Kondome …«

Hat er das geplant? Wollte er es so dringend? Ich denke schon. Alec möchte schon länger richtig mit mir schlafen. Und er möchte es unbedingt mit mir machen. Er will Adrian vergessen, mich dabei sehen, erleben, fühlen. Der Gedanke rinnt warm durch meine Adern. Er liebt mich, er vertraut mir so sehr. Und wenn es ihm hilft zu vergessen …

Ich greife nach der Schublade, öffne sie und tatsächlich, da liegt eine neue Tube Gleitgel und eine unangebrochene Packung Kondome.

»Hattest du damit schon was vor?«, frage ich grinsend.

Alec lächelt zurück, wirkt ein wenig schüchtern und verlegen. Schimmern seine Wangen etwas rosa?

»Nur gehofft …« Mehr sagt er nicht. Braucht er auch nicht. Alec hat also gehofft, dass er mich doch irgendwann überreden könnte ihn zu ficken.

Analverkehr. Das Wort geistert dabei unangenehm präsent durch meinen Kopf, stammt aus der gleichen Schublade wie: Schwuchtel, abartig, pervers, Arschficker, Rosettenstecher. Entschlossener schiebe ich die Schublade zu, drehe den gedanklichen Schlüssel um.

Die Packung ist schnell auf. Habe ich schließlich schon oft gemacht. Rasch habe ich das Kondom über meinen Schwanz gestreift. Noch ein bisschen pumpen und er ist steif genug. Muss er wohl auch sein, halbschlaff komme ich ganz bestimmt nicht in Alec rein.

Der Anblick, wie er vor mir liegt, törnt mich gehörig an, muss ich zugeben. Sein Schwanz liegt auf seinem Bauch, die runden Hoden direkt vor mir. Ich fahre mit den Fingerspitzen um seine Eier, gleite über den empfindlichen Damm weiter zu seiner Rosette. Alec zittert, stöhnt voller Lust.

Innerlich bebend küsse ich seinen Bauch, seinen Ständer, die Hoden. Wenn er geil wird, sind sie ganz rund, wirken so verletzlich. Ich sauge einen ein, spiele mit der Zunge an der weichen Haut. Er passt perfekt in meinen Mund.

Alec entkommt ein wundervoll tiefes Seufzen, seine Hände fahren durch meine Haare.

Jede Seite sauge ich ein, umspiele sie, genieße es, wie Alec sich dabei windet. Er hat seine Hand um seinen Schwanz gelegt, reibt sich selbst, um seine Lust zu befriedigen.

»Mike! Wenn du nicht bald was tust, komme ich so!«, keucht er. Sein Blick trifft meinen.

Okay, okay.

Bedauernd lasse ich von seinen Hoden ab. Seufzend schiebe ich mich dichter an ihn heran. Noch immer klappert es in meiner gedanklichen Schublade. Aber Alec möchte es so sehr. Also los, versuche ich es mal.

Probeweise drücke ich einen Finger hinein. Alec japst, zittert plötzlich haltlos mit den Beinen, drückt den Rücken durch, sein Becken hebt sich mir entgegen. Treffer!

»Mike …« Seine Stimme ist nur ein Stöhnen. Vorsichtig bewege ich den Finger. Es fühlt sich weich und warm an. Es ist eng um meinen Finger, aber ich spüre genau, wie Alec sich entspannt, also nehme ich den zweiten

Finger dazu. Er lässt mich eindringen und ich probiere, ob ich die Finger auseinander drücken kann.

Komisches Gefühl so in ihm zu stecken. Immerhin weiß ich ganz genau, in was ich meinen Schwanz gleich stecken will. Auch wenn er gesagt hat, dass es ihm gefällt. Es ist doch irgendwie … schmutzig und ab … Ah nee, die Schublade war doch zu. Und zum Teufel: Ich benutze ja ein Kondom.

»Mike …« Okay, okay, Kleiner! Ich öffne das Gleitgel, drücke etwas heraus und verreibe es auf dem Kondom.

Verdammt! Ich will gleich echt einen Mann ficken. Ich muss völlig verrückt geworden sein.

Alec bewegt sich unter mir, die Hände ziehen die Beine in den Kniekehlen noch höher, geben mir mehr Raum. So geil, wie er daliegt, sich mir präsentiert.

Ich ziehe meine Finger heraus, hole tief Luft und schlucke alle heterogeprägten Bedenken entschlossen hinab. Langsam setze ich an, meine Hand führt den Penis und ich drücke meine Eichel gegen das Loch. Schon die Berührung mit der Spitze lässt mich aufstöhnen. Dieser Widerstand da vorne … Oh Mann!

Für einen kurzen Moment bin ich mir sicher, dass es nicht funktionieren wird. Doch, der Druck wird weniger, ich kann langsam tiefer in ihn eindringen. Kleine Stromstöße jagen von der Spitze meines Ständers durch meinen Körper. Oh Mann, ist das ein geniales Gefühl!

Dann keucht Alec auf und verengt sich plötzlich. Sofort stoppe ich erschrocken. »Tue ich dir weh?« Mein Schwanz ist eben doch eine ganze Ecke dicker als so ein paar Finger. Vielleicht ist es ihm doch zu viel geworden? Immerhin ist dieser Adrian ja auch so …

Sofort sind die Bilder da. Ich will ihn nicht so behandeln, ihn so degradieren. Ich sollte mich zurückziehen.

»Mike! Nein, zieh ihn nicht zurück, bitte.« Alec greift nach meiner Schulter, krallt sich fest. Er keucht ganz schön heftig. »Moment! Warte … Warte … nur noch ein bisschen.« Er stößt die Luft aus. Sein Atem geht keuchend, die Beine zittern heftiger. So wie sein Schwanz. Der zuckt nach oben, so wie seine Hoden. Irre, ich spüre jedes Zucken an meinem Schwanz.

»Alec …« Ich bin plötzlich ganz und gar nicht mehr davon überzeugt, dass es eine gute Idee war. Mann, ich will wirklich Analverkehr mit ihm haben. Das ist so …

»Es tut dir doch weh«, stelle ich fest und schiebe mich zurück. Sofort greift Alecs zweite Hand nach mir, umklammert meinen Arm.

»Nein, Mike! Nicht, wenn du weiterhin so langsam machst.« Seine Stimme ist so voller Lust, klingt komisch, aber deutlich verlangend. »Ich brauche nur einen Moment … mich an dich … zu gewöhnen. Geht … gleich wieder.«

Alec lächelt mich an. Feine Schweißperlen funkeln auf seiner Stirn, verkleben die dunkelblonden Haare. Sein Duft ist intensiver geworden. Männlicher Schweiß, männliche Hormone. Ich muss grinsen: Er riecht definitiv nach heißem Sex!

»Es ist gut mit dir, Mike«, flüstert Alec. »Bitte mach weiter. Nimm mich. Schiebe ihn ganz rein. Ich liebe dich.« Diese Worte sind es, die mich weitermachen lassen, die in mir Hitze aufsteigen lassen, heiß und verzehrend.

Langsam drücke ich stärker, durchdringe den Muskelring, schiebe mich Stück für Stück in ihn. Alec hat sich zurückfallen lassen, sein Gesicht ist lust- vielleicht auch schmerzverzerrt, ich kann es nicht sagen. Dennoch öffnet er sich immer weiter, schiebt sich mir entgegen, bewegt sein Becken in kleinen, kreisenden Bewegungen.

Oh Mann, ist das eng! Ich hoffe wirklich, ich tue ihm dabei nicht weh. Ich muss ganz schön pressen, um reinzukommen. Alec scheint es immer mehr zu genießen, stöhnt lang gezogen, die Augen sind geschlossen, die Hände fahren unablässig über seine Brust, den Bauch, krallen sich ekstatisch in die Bettdecke.

Ich drücke noch stärker zu, keuche selbst immer lauter. Teufel, ist das anstrengend. Ich muss mich ganz schön beherrschen. Ein irres Gefühl. Vorne so eng und dann doch ganz anders, als bei einer Frau. Weiter, heißer. Nicht schlechter, nur … anders eben. Sehr ungewohnt.

Alec zittert stärker, der Muskel wird noch weicher, setzt mir nicht mehr so viel Widerstand entgegen. Ich komme besser hinein, noch tiefer. Heiß, ganz weich und merkwürdig, so viel mehr Platz als sonst.

Alec bewegt sich erneut unter mir. Oh je, das ist … Oh Mann! Mir fehlen die Worte, es wird nur ein lautes Stöhnen.

»Mike …« Alec stößt pfeifend die Luft aus.

»Ist es okay so?« Ich bemühe mich Worte zu finden, während mein Schwanz anschwillt, als ob er platzen wollte. »Es ist so … eng!«

»Du kannst noch tiefer«, raunt er mit heiserer Stimme, öffnet die Augen und lächelt. »Gerne noch tiefer.«

Ich schiebe mutiger nach. Verdammt, das ist wirklich gut. So etwas hätte ich niemals erwartet. Schließlich bin ich ganz drin, fühle seine Haare die Wurzel meines Schwanzes kitzeln. Mein Herz rast, der Atem fliegt.

Alecs Schwanz zuckt stärker, er windet sich hin und her, stöhnt wohlig. Probeweise bewege ich mich vor und zurück.

Oh! Teufel auch!

Es ist ein absolut berauschendes Gefühl einen anderen Mann, Alec, unter mir zu haben. Irgendwie ist er mir näher, als ich es je bei einer Frau erlebt habe. Und dann ist da noch sein Glied, was gegen meinen Bauch drückt, wenn ich mich vorbeuge, die tropfende Spitze berührt mich bei jeder Bewegung. Das kenne ich natürlich nicht so. Ich muss schmunzeln.

»Was?« Alec schaut zu mir auf. Ich schüttle den Kopf, bringe gerade kein Wort heraus, was nicht mit einem Stöhnen verbunden ist. Ich beuge mich vor, um ihn zu küssen. Abermals stöhnt er, als ich mich dabei in ihm bewege. Seine Hände streichen an meinen Seiten auf und ab.

»Darf ich mich mehr bewegen?« Ich ziehe mich ein winziges Stückchen zurück. Alecs Gesicht ist lustvoll verzerrt, die Augenlider flattern. Sein Atem geht mindestens so schnell wie meiner. »Wie soll ich mich bewegen, damit es für dich gut wird?« Sein Adamsapfel hüpft unter geröteter, schwitziger Haut auf und ab.

Ich habe echt keine Ahnung. Was gefällt ihm? Langsam, heftig, sanft oder hart?

»Probiere es«, stößt er hervor, scheint auch nicht mehr so einfach Worte herauszubringen. »Du wirst merken, wo der richtige Punkt ist. Bewege … dich einfach in mir!«

Ich komme mir wie bei meinem ersten Mal vor. Ist es ja auch, irgendwie. Mein erstes Mal. Mit einem Kerl.

Probeweise stoße ich stärker zu, ziehe meinen Schwanz langsam zurück und probiere es erneut. Alec keucht laut auf und schiebt sich mir mit der Hüfte stärker entgegen. Seine Hände krallen sich in meine Arme.

»Okay …«, sage ich zufrieden grinsend. »Frage beantwortet.« Das ist es also. Ich versuche mich erneut in die Richtung zu bewegen, drücke mich etwas anders hinein. Alec schiebt sich unter mich, dirigiert mich.

Teufel ja, ich merke, wann ich die Prostata treffe. Oh, kann er lustvoll stöhnen. Das macht mich noch mehr an. Langsam werde ich sicherer. Alecs heißer Körper streckt sich mir entgegen, bewegt sich in meinem Rhythmus. Ich gleite vor und zurück, sogar fast ganz aus ihm und stärker hinein. Ziehe Alec an der Hüfte an mich heran. Meine Hand umfasst seinen Schaft, reibt ihn, Finger umspielen seine Hoden. Ich traue mich bei ihm härter zuzustoßen als bei einer Frau. Schließlich ist er ein Kerl. So wie ich. Verrückt.

Sein Schwanz liegt gut in meiner Hand. Die weichen, runden, absolut perfekten Hoden, hüpfen bei meinen rhythmischen Stößen auf und ab. Meine eigenen Eier klatschen gegen seine Backen.

Kann er nur von dem kommen, was ich hier tue? Ich bin mir nicht sicher, doch sein Stöhnen wird immer ekstatischer. Meine Hand ist fahrig, lässt ihn immer wieder los, zu sehr bin ich auf meinen Schwanz in ihm konzentriert.

Sinnlos jetzt nachzufragen. Alec ist so in Ekstase, der bringt bestimmt kein Wort mehr hervor. Er bäumt sich mir entgegen, das Becken fest an mich gedrückt, sein Schwanz zuckt und pocht. Scheint so, als ob er kurz davor steht. Dann bin ich wohl nicht so schlecht. Lange brauche ich auch nicht mehr. Diese warme Hitze um mein Glied ist einfach genial! Wie ich seine Lust dirigieren kann, macht mich noch mehr an. Es ist unglaublich erregend ihn unter mir zu haben. Einen Mann!

Es ist einfach irre, dass sich mir ein anderer Mann so vertrauensvoll hingibt. Auf dem Rücken, nackt, die Beine gespreizt, offen und wehrlos und mich voller Vertrauen und Verlangen anschaut. Alec macht mich wahnsinnig vor Lust.

Er ist so weit. Ich merke es, kurz bevor er laut aufstöhnend kommt und es feucht wird. Das ist … unbeschreiblich. Alles wird enger, er zieht sich um mich zusammen und ich erlebe den genialsten Höhepunkt meines Lebens. Teufel auch ist das gut!

Lang gezogen stöhnend komme ich in ihm, spritze heißes Sperma tief in ihn. Die Hände krallen sich in seine Beine, versuchen Halt zu finden, dann sacke ich nach vorne, falle halb auf ihn. Augenblicklich streichen Finger durch meine Haare.

»Mike …« Es ist nur ein leises Flüstern, jeder Buchstabe so voller Liebe, dass ich meinen Kopf heben und ihn anschauen muss.

Alec lächelt. Die Haare kleben ihm feucht an der Stirn und den Wangen. Sein Gesicht ist erhitzt, doch er lächelt so zufrieden, unglaublich glücklich.

»Danke«, flüstert er.

Mir fehlen die Worte. Es gibt nichts, um zu beschreiben, was ich gerade für ihn fühle. Irgendwie funktioniert mein Verstand nicht wirklich. Zumindest gut genug, um zu merken, wie locker das Kondom geworden ist. Wenn ich jetzt so aus ihm rutsche …

Hastig greife ich nach unten, ziehe Schwanz mitsamt vollem Kondom heraus. Alec seufzt leise, klingt bedauernd. Routiniert entsorge ich das Kondom, schiebe mich zu ihm hoch. Wir rollen uns auf die Seite, er halb auf mir. Wieder und wieder fahren seine Finger zärtlich über mein Gesicht, durch die Haare.

Meine Mundwinkel erzeugen ganz von alleine ein dummdämliches Grinsen. Das war definitiv mein bestes erstes Mal. Mit einem Kerl … einem jungen Mann. Mit … meinem Alec. Okay, ich habe es endlich kapiert. Ich bin eindeutig schwul. Und ich liebe ihn.

Einen anderen Mann. Aber, hey das ist genial!

ALECS TRAUM

Mikes Gesicht, seine schwarzen Augen. Das ist, was ich sehe. Jedes Mal, wenn er in mich stößt.

Mike.

Hart, tief, mit jedem Stoß immer besser werdend. Sein Körper über mir, seine Hände, die sich in mich krallen, sein Stöhnen, sein Keuchen. Alles ist Mike.

Da ist kein Platz für Adrian. Meine Lust steigert sich immer weiter, je sicherer ich mir werde, dass dieses Gesicht nicht auftaucht, auch nicht mehr wird. Adrian ist nicht da. Es ist wirklich nur Mike, der mir dieses unglaubliche Geschenk macht. In mir ist alles voll Glückseligkeit und grenzenloser Lust.

Ich könnte schreien vor Lust, schreien vor Freude darüber, dass Mike endlich wirklich mit mir schläft. Aber mir entkommt lediglich dieses wohlige, lustvolle Stöhnen. Rasch hat er herausgefunden, wie es am besten für mich ist. Immer und immer wieder trifft er mich am richtigen Punkt. Es ist so gut!

Sein Gesicht ist angestrengt, die Augen halb geschlossen, der Unterkiefer etwas vorgeschoben und er beißt sich so sexy auf die Lippe. Wow!

Ich betrachte sein Gesicht unter flatternden Augenlidern. Ich will ihn genau sehen, wie er mich zum Höhepunkt treibt. Nur noch ihn. Ich brauche nicht mehr viel. Mein Schwanz rutscht ihm immer wieder aus der Hand.

Oh ja, genau, was ich mir gewünscht habe.

Ich spüre meinen Orgasmus kommen, der Körper bäumt sich auf, die Augen wollen sich ganz schließen. Ich zwinge mich dazu sie offen zu halten. Ich will Mikes Gesicht sehen. Er verzieht überrascht den Mund, als ich mich um ihn verenge. Ich kann meinen Körper nicht mehr kontrollieren. Meine

Hände krallen sich in Stoff, der Mund öffnet sich zu einem Schrei, der nur ein lautes, abgehackt klingendes Stöhnen wird.

Wow! Wow!

Mikes Gesichtsausdruck ist unbeschreiblich. Die Augen sind geschlossen, Finger bohren sich schmerzhaft in meine Beine, der Mund ist geöffnet und dann entkommt auch ihm ein langes, zufriedenes Stöhnen.

Ich spüre seinen Erguss in mir, fühle ihn in mir zucken, bin erfüllt von ihm, von der Lust, die er mir bereitet hat. Mike und nicht Adrian.

Nur Mike.

Keuchend falle ich zurück. Mein ganzer Körper fühlt sich unglaublich heiß an. Überall ist Schweiß mein Sperma, welches warm über den Bauch rinnt. Mike fällt auf mich, der Kopf sackt auf die Brust, während ich meine Beine langsam sinken lasse. Ich ringe nach Luft, mein Atem geht keuchend, mein Herz schlägt hart und wuchtig in meiner Brust. Ich habe keine Kraft mehr im Körper, keine Spannung, bin völlig müde und zufrieden.

»Mike …«, kommt es mir über die Lippen zwischen keuchenden Atemzügen. Welche Worte könnten ausdrücken, was ich gerade empfinde?

Ich bin so erfüllt von ihm, von dem, was er für mich getan hat, von dem, was er mir bedeutet. Liebe ist ein viel zu schwaches Wort für all das, was ich für ihn fühle.

Glückseligkeit. Das eine Wort kommt mir in den Sinn.

Ich streichle sein Gesicht. Mike schaut mich so liebevoll an. Endlich ist dieser Traum Realität geworden. Er ist mein Traum.

Ich rahme sein Gesicht zwischen meinen Händen ein, will diesen Ausdruck für immer festhalten. Mein wahr gewordener Traum.

Ich muss wie verrückt grinsen. Mike greift nach unten und entsorgt das Kondom. Es war ganz schön voll. Er wendet sich mir zu, schiebt sich hoch und greift um mich, während er sich zur Seite rollt. Ich komme halb neben und halb auf ihm zu liegen, schmiege mich sofort an ihn.

Ich kann nichts sagen. Ich kann nicht ausdrücken, wie dankbar ich ihm bin. Das muss warten, bis dieses Gefühl absoluter Glückseligkeit etwas von mir weicht. Aber das will ich ja gar nicht.

Scheinbar geht es Mike nicht anders. Wie es wohl für ihn war, das erste Mal mit einem Mann zu schlafen? Er hat so lange gezögert, ich habe den inneren Kampf in seinen Augen gesehen, war sicher, er würde es doch nicht tun.

Er hat so überrascht geschaut, als ich ihm sagte, wo Gleitgel und Kondome sind. Ich muss schlucken und presse meine Nase fester an ihn, vergrabe mein Gesicht an seiner Brust.

Vor zwei Tagen habe ich es gekauft. Ich war so verlegen, habe mich tierisch dafür geschämt, aber ich wollte es so sehr. Ich hatte gehofft, dass er es irgendwann mal, wenn wir vielleicht länger zusammen sind, tun würde. Mir haben die Hände gezittert, als ich an der Kasse stand. Ich war so nervös, wie das allererste Mal, als wir als Mutprobe unter Jungs im Supermarkt die ersten Kondome gekauft haben. Wir fanden es einfach nur cool. Dreizehn oder Vierzehn war ich da. Keiner von uns hat damals schon wirklich an Sex gedacht. Wir haben die Dinger aufgeblasen, mit Wasser befüllt und klammheimlich habe ich mir eins davon übergestreift.

Mein verschämtes Lächeln ist verborgen in Mikes Brusthaaren. Ich hatte damals wirklich so gar keine Ahnung. Mein Schwanz war nicht steif genug, um das Kondom drüberzurollen, rutschte immer wieder heraus. Ich weiß noch, dass ich ganz enttäuscht war, weil mein halbsteifer Penis das Kondom nicht ganz ausfüllte. Ich dachte, er wäre unnatürlich klein und habe mich dafür geschämt.

Mein Grinsen wird breiter und ich küsse Mikes, sich noch immer heftig hebende und senkende, Brust. Ich kann sein Herz schlagen fühlen. Hart und heftig unter mir.

Ja, Mike, ich hatte gehofft, du würdest mit mir Sex haben. Nur dafür habe ich das Gleitgel heimlich in der untersten Schublade seines Nachtisches versteckt. Die Schublade war ohnehin fast leer. Keine heimlich gebunkerten Pornohefte. Keine Ahnung, ob er überhaupt so etwas besitzt.

Meine Hände wandern über ihn. Über sein Gesicht, die Brust, die Haare. Ich will alles von ihm berühren, mich immer und immer wieder vergewissern, dass dieser Traum real ist.

Ist er. Mike hat wirklich mit mir geschlafen.

Seine Augen sind geschlossen, die Atmung beruhigt sich langsam wie auch meine. Ich spüre das leichte, vertraute Brennen am Hintern. Es ist lange her und am Anfang hat es wirklich wehgetan, als Mike in mich eingedrungen ist. Aber er war zum Glück sehr vorsichtig. Es ging viel besser als gedacht.

Träge öffnet Mike die Augen, lächelt mich an. Meine Lippen berühren seine.

»Alec …« Es klingt zufrieden. Meine Kehle ist zu eng, da passen keine Worte durch. Hände kommen hoch, umfassen mein Gesicht, legen sich warm und sanft um mich.

»Warum hat mir nie jemand vorher gesagt, wie geil das ist?«, flüstert er und zieht mich zu sich heran. Unsere Lippen vereinigen sich in einem weiteren Kuss. So schön.

»Das ist ein Schwulengeheimnis«, raune ich, muss erneut grinsen. Mike löst die Hände von meinem Gesicht, legt sie auf meinen Rücken und Gesäß.

»Schwul sein hat eindeutig was für sich«, brummt Mike. Jetzt muss ich doch lachen. Es kommt langsam, stoßweise. Ich lache. Glücklich und zufrieden.

»Oh, ja! Das hat es!«

Ich fühle mich müde, erschöpft, dennoch erfüllt von allem, was heute passiert ist. Es war ja nicht nur der Sex.

Mike hat sich geoutet. Das hat er für mich getan, dass weiß ich genau.

Ich habe die Blicke auf mir gespürt, nicht nur die seiner paar Kollegen, die da waren, auch die aller anderen. Dieser fantastische Mann hat mit mir getanzt, mich geküsst. Ich glaube, die drei Transvestiten, die mir zuvor auf die Pelle gerückt waren, waren ganz schön neidisch. Zumindest sahen sie so aus.

»Du hast mich heute schon wieder gerettet«, sage ich.

Mike zieht die Augenbrauen hoch, wirkt ziemlich schläfrig.

»Bei der Hochzeit, vor den drei ›Damen‹. Die sind mir ganz schön nahe gekommen. Ich dachte schon, ich kippe gleich um.« Lächelnd streicht er mir die Haare aus der Stirn. Wir sind total verschwitzt, das Duschen wird sich lohnen. Um uns her ist der typisch, herbe, leicht scharfe Geruch von Männerschweiß.

»Kein Raubtier darf dich fressen«, brummt Mike. »Gehört alles mir.«

»Alles deins. Wann immer du es haben willst.«

Mike schluckt hart, sieht kurz unsicher aus, dann breitet sich ein Schmunzeln im Gesicht aus. »Nach dem Erlebnis eben, will ich es bestimmt noch sehr, sehr oft haben wollen, Alec.«

Gibt es eine Steigerung von glücklich? Ich setze einfach viele Attribute davor.

»Gerne«, hauche ich, mein Körper kribbelt, wenn ich nur daran denke, dass er jetzt öfter mit mir so schlafen wird. Zufrieden kuschle ich mich an ihn.

»Du bist ein guter Lehrer«, murmelt Mike schläfrig. »Hast mich recht schnell im Schwulsein unterrichtet.«

»Du bist ein Naturtalent«, kontere ich und er lacht. Sein Körper vibriert unter mir, schüttelt mich mit seinem Lachen durch. Dann fährt seine Hand durch meine Haare und ich schaue erneut zu ihm hoch.

»Ich hätte dich vorher fragen sollen«, meint er plötzlich sehr ernst.

»Du wusstest, doch, dass ich es wollte«, antworte ich verblüfft. »Ich wollte es schon die ganze Zeit.«

Mike lächelt, zaust meine Haare. »Das meine ich nicht, sondern das Outing. Ich hätte dich vorher fragen sollen, ob es dir recht ist, wenn alle es wissen.«

Jetzt muss ich lachen. Über was er sich so alles Gedanken macht. Ab und zu denkt er einfach zu viel nach. Entschieden zu viel.

»Hey, ich war ja schon vorher ein Homo. Für mich war es nicht so etwas Besonderes. Deine Kollegen waren wohl eher geschockt, dass du mich geküsst hast.« Ich werde ernst. Ich kann nur erahnen, welches Opfer Mike gebracht hat. Ob es ihm Ärger einbringen wird? Immerhin herrscht bei den Polizisten so etwas wie ein Männlichkeitskodex, wenn er so von seiner Arbeit und den Kollegen erzählt. Wer schwul ist, ist nicht so wirklich männlich.

Außer Georg. Georg würde wohl niemand seine Männlichkeit absprechen. Niemand wäre derartig lebensmüde.

Georg und sein Philipp. Sie sind so ein tolles Paar.

»Du wirst wohl am Montag ein paar Fragen zu beantworten haben. Was wohl deine anderen Kollegen dazu sagen werden?«

»Ach, es wissen ja jetzt erst nur zwei mit denen ich direkt zusammenarbeite«, wiegelt er ab. »Georg macht es bestimmt nichts aus. Bernd … Hm okay und Peter natürlich … Drei.«

Mike streckt sich und lächelt schief. »Bernd sind die Augen aus dem Kopf gefallen. Der wird todsicher ein bisschen dran zu knabbern haben.« Ich kenne Mike gut genug, um zu merken, dass er natürlich unsicher ist, wie sein Umfeld reagieren wird.

»Vermutlich hat Bernd jetzt etwas Angst, mir zu nahe zu kommen. Ich könnte ja auf seinen Hintern starren, oder ihn begrabschen.« Abermals lacht er. »Dabei starre ich eigentlich nur auf einen Hintern. Auf deinen. Und ich fasse auch nur einen Hintern an.«

Seine Hände sind auch genau da, massieren meine Backen. Glücklich seufze ich. Ich mag diese besitzergreifenden Berührungen. Sie sind so direkt, manchmal sogar fordernd.

»Dieser Hintern gehört auch in Zukunft nur dir«, flüsterte ich begehrlich. Mike zuckt zusammen, so ein bisschen Hetero-Mike ist ja noch da. Ich werde schon dafür sorgen, dass der ganz verschwindet und er alle Bedenken ablegt.

»Ich gehöre dir.«

»Du gehörst dir selbst, Alec. Du bist niemandes Eigentum. Auch nicht meines.« Wie er das so sagt! Es ist wie eine weitere Liebeserklärung. »Aber du gehörst zu mir. Wir gehören zusammen, das weiß ich jetzt genau.« Sein Gesicht ist noch immer ganz ernst und ich spüre, dass es ihm wichtig ist, diese Worte zu sagen, die warm durch meinen Körper fließen. Das ist Glückseligkeit.

»Ich möchte mein Leben mit dir verbringen. Nur mit dir, Alec!«

Ich stutze, denn er sagt es unglaublich ernst. So wunderschöne, dunkle Augen.

»Machst du mir jetzt gleich etwa einen Heiratsantrag?«, versuche ich meine eigene, aufkommende Unsicherheit zu überspielen. Mike ist mir etwas unheimlich, wenn er dreinschaut. Er erinnert mich dann ein winziges bisschen … Quatsch.

Der Moment geht vorüber, das spitzbübische Augenfunkeln ist wieder da. Ich fühle mich sofort erleichtert. Den Mike kenne ich besser.

»Spinnst du? Mich kriegst du niemals in so einen weißen Anzug!«

Sein Lachen ist ansteckend. Die Vorstellung von Mike, in so einem weißen Teil wie Philipp es getragen hat, lässt mich laut mitlachen.

»Ich muss dich nicht heiraten, um mit dir zusammenleben zu wollen«, meint Mike, als unser Lachen verklungen ist. »Solange du bei mir leben möchtest, wäre das okay. Wenn du es nicht mehr willst …« Augenblicklich verschließe ich seine Lippen mit einem Kuss. So ein Spinner!

Ohne ihn? Ich kann mir beim besten Willen nicht mehr vorstellen, je ohne ihn zu sein! Mein Freund, mein Helfer, mein Beschützer, mein Geliebter.

Mein Traum.

»Du wirst mich nie wieder los«, verspreche ich ihm. »Du musst mich nicht ans Bett fesseln, denn ich bleibe auch so bei dir.« Ich schmunzle, bei den Worten ist er erneut erschrocken zusammengezuckt.

»Ich werde dir nie wehtun, dich nie zwingen. Das darf niemand!«

Einfach wunderschön, wenn er so etwas sagt. Glück, Liebe, was weiß ich, wie man es nennen soll, erfüllt meinen Körper, Herz und Geist.

Ich liebe ihn so sehr. Und Mike mich.

Mein wahr gewordener Traum.

Kann man schöner einschlafen? In den Armen seines Traumes?

Von einem Traum in den nächsten hinübergleiten …

FREUND ODER KUMPEL

Zum Glück ist es Sonntag und wir müssen nicht aufstehen.

Nebeneinander liegen ist auch völlig okay. Mikes warmer, kräftiger Körper an meinem. Solche Wachträume liebe ich. Dennoch wird es langsam Zeit zum Aufstehen. Es ist schon nach 9 Uhr.

»Hey, du Langschläfer. Soll ich uns Frühstück machen?« Ich stupse Mike vorsichtig an.

»Wie spät isn«, nuschelt er an mich gekuschelt, klingt noch sehr verschlafen.

»Es ist schon fast 10 Uhr!«, übertreibe ich spöttisch.

Mike gibt ein gequält klingendes Geräusch von sich.

»Alec!«, grummelt er undeutlich. »Mindestens zwei Stunden vor meiner offiziellen Aufstehzeit.« Ich muss lächeln. Mike ist wirklich ein Langschläfer. Vorsichtig rolle ich mich unter ihm hervor.

»Du kannst ja noch schlafen, dann gehe ich erst mal laufen, okay?«

»Zum Teufel, wie kann man nur immer so früh so fit sein?«, brummelt er vor sich hin, halb ins Kopfkissen hinein. »Ich werde alt. Ich stecke heißen Sex nicht mehr einfach so weg, wie du junger Hüpfer.«

Jetzt muss ich lachen und Mike öffnet vorsichtig ein Auge, um mich verschmitzt anzusehen.

»Du hattest ja auch die meiste Arbeit dabei«, flüstere ich, küsse ihn auf die Wange, was er mit einem zufriedenen Grunzen quittiert. Ich schwinge meine Beine aus dem Bett, betrachte schmunzelnd die trockenen Spuren unserer nächtlichen Aktivität an mir und bemerke gleichzeitig das Brennen an meinem Eingang. Shit, ich hatte fast vergessen, wie es sich anfühlt. Trotz Gleitgel bin ich ganz schön wund.

Mike rollt sich auf den Rücken, während ich nach meinen Shorts und der Laufhose greife. Jetzt hat er beide Augen geöffnet. »Willst du mich jetzt echt hier alleine liegen lassen? Nackt und frierend?« Er schaut vorwurfsvoll. Die Hand streicht über meinen Rücken. Wenn Mike eins kann, dann mich mit einfachen Worten heißmachen. Ich drehe mich zu ihm um.

Ja, heiß sieht er aus, wie er so da liegt. Dieser wundervolle, kräftige Körper, die dunklen Haare und ja, auch sein Penis, der unschuldig vor sich hin schlummert, alles zieht mich magisch zurück ins Bett.

Seufzend ergebe ich mich, lasse mich zurückfallen und Mike holt mich erneut in seine Arme. Er zieht mich mit dem Rücken zu sich heran. Starke Arme umschließen mich, geben mir Geborgenheit. Ich liebe ihn einfach dafür!

»Wenn du frierst, könnte ich dir ja auch einen heißen, schwarzen Kaffee bringen?«, schlage ich halbherzig vor, denn eigentlich will ich dieser schönen, warmen Umarmung nicht entfliehen.

»Mit dir im Arm ist mir warm genug«, brummt Mike, während er mir Küsse auf den Nacken drückt. »So etwas Heißes bei sich zu haben, wirkt gerade wahre Wunder.«

»Mike!« Seine Hände sind tiefer gewandert, schieben sich vorne in meine Jogginghose. »Dir wird auch gleich ganz warm werden«, verspricht er raunend. »Dafür sorge ich schon.« Muss er gar nicht, mir ist schon heiß. Oh, wow! Was seine Finger da schon wieder machen …

Mein Handy klingelt.

Mein verflixtes, unpassend klingelndes Handy.

»Shit.« Ich entziehe mich bedauernd den wundervollen Streicheleinheiten und tapse barfuß in den Flur, wo mein Handy auf dem kleinen Beistelltisch liegt. Wer ruft mich denn sonntagsfrüh an?

Auf dem Display wird Lindas Name angezeigt, und noch bevor ich mich melde, beschleicht mich ein ungutes Gefühl. Linda ruft mich nie einfach so an.

»Morgen Alec! Es tut mir leid, wenn ich dich geweckt haben sollte«, fängt sie an und ich kann an ihrer Stimme genau hören, dass etwas los ist. »Aber weißt du, Tom ist heute Morgen nicht gekommen und ich wollte fragen, ob du weißt, wo er vielleicht stecken könnte? Er geht nicht an sein Handy!«

Augenblicklich ist mir kalt. Eiskalt sogar.

Tom.

Ich habe ihm das von mir und Mike gesagt. Gestern? Vorgestern? Er hat cool getan, aber ich weiß, dass es ihn doch ganz schön getroffen hat.

»Tom ist nicht zur Arbeit gekommen?« Kalte, klamme Angst beschleicht mich. Er wird doch nicht …

»Nein, er wollte eigentlich um halb acht schon hier sein und ist meistens pünktlich. Aber ich kann ihn nicht auf seinem Handy erreichen und Zuhause ist er auch nicht.«

Zuhause heißt bei Tom ein Wohnheim für ehemalige Drogenabhängige. Dort lebt er, hat ein eigenes Zimmer. Wie in einer WG, hat er mal gesagt. Ich kann ihn noch hören: »Nur mit so beschissenen Regeln, von wegen: nicht zu spät heimkommen und diesem verfickten Putzdienst!«

Shit.

»Ich weiß es auch nicht.« Mein Hals wird enger. Hinter mir vernehme ich Geräusche. Mike ist aufgestanden, lehnt nur mit Shorts bekleidet am Türrahmen und sieht besorgt zu mir hin.

Linda stößt seufzend die Luft aus. »Blöd. Ich hatte gehofft, du weißt, wo er sein könnte. Ihr seid doch gut befreundet.« In mir brennt das schlechte Gewissen. Klar, wir sind befreundet. Er ist sogar in mich verknallt. Und ich habe ihn abserviert, weil ich mit Mike zusammen bin. Wenn er sich jetzt wegen mir was antut …

»Sind wir.« Ich fühle mich hundsmiserabel. Bitte, bitte, lass ihn sich nichts angetan haben. Das packe ich nicht. Es wäre meine Schuld. Mein Kopf dröhnt, ich habe Mühe weiter zu sprechen.

»Ich weiß leider nicht, wo er sein könnte, bei mir hat er sich nicht gemeldet«, bringe ich hervor.

Mike ist dichter gekommen, sieht wohl meinen Gesichtsausdruck, denn er steht jetzt direkt neben mir, sieht so besorgt aus, wie ich es bin.

»Gut, dann …« Linda zögert. »Wenn er sich bei dir meldet, gibst du mir Bescheid?«

»Klar. Natürlich.« Mein Herz schlägt langsam und schwer. Ich sehe Toms Gesicht vor mir, wie er mich anlächelt. Der schlaksige Typ, der seine Hände im Grunde fast nie aus den viel zu tiefen Taschen, dieser komischen Hosen nimmt. Bitte, lass ihm nichts passiert sein, bitte.

»Und Entschuldigung für die Störung«, sagt Linda noch.

»Kein Problem, tschüss.« Aber sie hat schon aufgelegt.

Langsam drehe ich mich zu Mike um. Seine dunklen Augen sehen alarmiert aus.

»Ist was mit Tom?« Ich kann nur nicken. Gerade wollen meine Beine nicht so recht, fühlen sich etwas zitterig an.

»Er ist heute Morgen nicht zur Arbeit gekommen.« Meine Stimme klingt zu hell, zu flach.

»Scheiße!« Bestürzt sieht Mike mich an. Wir denken beide das Gleiche. Ich sehe es in seinen Augen: Ein Tom, der sich was angetan hat, der sich irgendwo wieder Drogen besorgt, auf der Straße landet, auf dem Strich …

Mikes Arme sind ganz plötzlich um mich, halten, stützen mich.

»Alec«, raunt er leise. »Das heißt überhaupt nicht, dass er sich was deswegen angetan hat, okay?«

Ich nicke nur, fühle mich noch immer wie betäubt und schrecklich kalt.

Wegen mir, wegen mir, hämmert es in meinem Kopf. Weil ich es ihm gesagt habe. Shit! Ich hätte nichts sagen sollen, nett zu ihm sein, freundlich, so wie immer, dann würde er noch …

Nein! Er darf einfach nicht tot sein, er darf sich nichts angetan haben. Nicht wegen mir!

»Hör auf!« Mike presst mich an sich, dreht mich entschlossen herum und greift nach meinem Kinn. »Hör auf, dir Vorwürfe zu machen. Dafür ist es jetzt zu spät und es ist ohnehin Blödsinn! Du kannst nichts dafür, wenn der kleine Junkie durchdreht, nur weil du ihm den Laufpass gegeben hast!«

Klasse, so ganz tröstet mich das gerade nicht.

»Ich habe ihm …«, beginne ich zögernd, mag es nicht aussprechen. Es kommt mir jetzt wie ein Verbrechen vor. Ich habe ihn weggestoßen, ihn alleine gelassen. Tom hat doch keinen sonst.

»Ich hätte ihm nicht …«, versuche ich es erneut und ganz plötzlich schießen mir Tränen in die Augen.

Mike schüttelt entschieden den Kopf. »Doch! Du musstest es ihm sagen. Reinen Tisch machen. Alles andere wäre noch schlimmer gewesen!« Seine dunklen Augen bohren sich in meine, fangen mich auf. »So und jetzt hör auf mit der Vorwurfsarie, zieh dich an. Wir gehen ihn suchen!«

»Wo denn suchen?«, frage ich erstaunt. Mike schiebt mich energisch von sich.

»Na, wo man Junkies und Stricher immer findet«, brummt Mike. Er lächelt schief und fährt fort: »Na, am Bahnhof. Dort sind seine Ex-Kumpel. Wenn, dann wissen die bestimmt, wo er hin ist.«

Am Bahnhof ist es immer zugig.

Ich mag diesen Ort einfach nicht. Es stinkt nach Urin, Hundedreck und zu vielen Menschen. Vor allem Letzteres macht mir Probleme, auch wenn relativ wenig los ist. Meine Nerven liegen blank, ständig muss ich an dieses dumme Gespräch mit Tom denken. Meine Beichte, die ihn sonst wohin getrieben hat.

Wenn wir nur nicht zu spät kommen.

Mike geht direkt neben mir. Ich kann jederzeit nach ihm greifen, er kann mich jederzeit an sich ziehen, wenn mir jemand zu nahe kommt.

Ich schlucke meine Angst wieder und wieder hinab. Sie kommt dennoch wieder hoch, kriecht in mein Herz, in die Kehle, ist in meinem Kopf.

Tom.

Es ist unfair. Warum spielt ihm das Leben so übel mit? Warum hat er nicht so ein unfassbares Glück, wie ich? Warum nur muss ausgerechnet ich ihm seine Träume und Hoffnung nehmen?

»Du grübelst schon wieder drüber nach«, stellt Mike richtig fest, während wir uns durch die Menschen am Bahnhof drängen, hin zu dem Bereich mit den Schließfächern, dorthin, wo ich Toms Kumpel letztes Mal getroffen habe. »Vergiss es, du kannst jetzt eh nichts mehr machen. Pure Energieverschwendung.«

Ich verziehe das Gesicht. Er hat ja recht. Hilfreich oder sinnvoll sind meine Gedanken nicht. Aber mein Verstand ist an der Sache eh nicht beteiligt.

»Da vorne sind sie«, sage ich leise, dränge mich unwillkürlich dichter an Mike heran. »Der da mit der schwarzen Jacke hat Tom angesprochen.«

Noch bevor wir die Gruppe erreicht haben werfen sie uns Blicke zu, scheinen nervös zu werden. Mike bleibt hinter mir zurück, ich höre ihn kurz schnauben, als zwei der Truppe sich rasch verkrümeln.

Mein Hals ist eng, das Herz schlägt nervös und die Hände sind mal wieder feucht, doch ich zwinge mich, den Typ anzulächeln. Er sieht mich überaus misstrauisch an. Hektisch zieht er an einer Zigarette. Sein Blick ist unstet, huscht über mein Gesicht vor allem aber immer wieder zu Mike.

Macht der ihm etwa Angst?

»Hallo.« Ich bemerke sehr wohl, dass er eigentlich gerade woanders sein möchte und den ausgemergelten Körper fluchtbereit anspannt. »Wisst ihr vielleicht, wo Tom ist?«

Der Blick bleibt an mir hängen. Der Typ ist deutlich nervös, tanzt hin und her. Die Anderen stehen verschlossen da, starren mich, nein, eher Mike, böse an.

»Wer will das wissen?« Der Typ zieht noch hektischer an der Zigarette in seinem Mundwinkel. Dunkle Schatten liegen unter seinen Augen. Mann, der sieht echt fertig aus. So wie Tom, als wir uns anfangs kennenlernten.

Erneut muss ich hart schlucken, darum kämpfen, nicht daran zu denken, was er sich alles angetan haben könnte.

»Mein Name ist Alec und ich bin sein Freund«, bringe ich entschlossen hervor.

Der Typ schnaubt abfällig, zieht an der Zigarette und bläst mir den Rauch ins Gesicht. Ich muss mich zwingen, nicht zu husten, mich nicht abzuwenden. Der Blick des Jungen wandert jetzt unsicher zu Mike. Er verzieht den Mund.

»Der Typ ist ein Bulle! So etwas rieche ich auf fünf Meter Entfernung!« Er spuckt aus. Bei seinen Worten werden die anderen sichtlich nervöser. Ich bemerke, wie einer von ihnen seine Hand schnell in die Tasche gleiten lässt und etwas fest umklammert. Drogen? Eine Waffe? Ich versuche nicht daran zu denken.

»Scheiß Bulle«, höre ich leise geraunt von irgendeinem der anderen.

»Ja, bin ich.« Mike bewegt sich nicht. Seine ruhige, laute Stimme tut gut. »Aber nicht im Dienst und hier geht es nicht um Drogen oder was auch immer ihr so treibt.« Seine Worte tragen nicht zur allgemeinen Beruhigung bei, denn die Truppe sieht noch immer überaus ablehnend aus.

»Es geht hier um Tom«, ergänzt Mike.

Wie gut, dass er da ist, direkt hinter mir. Seine Anwesenheit gibt mir Sicherheit. Alleine hätte ich mich nicht hierher und nicht an diese kaputten Typen herangetraut.

»Tom ist verschwunden«, gebe ich dem Jungen in der schwarzen Jacke weitere Informationen. »Er kam heute Morgen nicht zur Arbeit. Wir machen uns Sorgen um ihn.«

Hektisch saugt er an seiner Zigarette, seine Hand zittert ganz leicht, die Bewegungen wirken fahrig, als er sie aus dem Mund nimmt, auf den Boden wirft und ausgiebig seine Fußspitze darauf kreisen lässt. »Keine Ahnung, Mann. Interessiert mich auch nicht. Ist nicht mein Bier. Er hat selbst gesagt, er ist draußen!«

Erneut muss ich schlucken. Klar ist ihm Tom egal. Der gehört nicht mehr dazu, hat den Ausstieg geschafft. Tom ist nicht mehr Teil ihrer Gemeinschaft. Es macht mich wütend, wie ablehnend und betont desinteressiert er dreinschaut.

»Ist es dir auch egal, wenn ihm was passiert?«, kommt es etwas härter von mir. Diese Bilder und Ahnungen, ich will sie nicht zulassen, mir nicht ausmalen, was wirklich geschehen sein könnte. Wegen mir … Nur wegen meinem Glück.

Der Junge zuckt die Schultern. Sein unruhiger Blick wandert von mir zu Mike, zu den anderen, die sich weiter dezimiert haben. Er zuckt die Achseln.

»Jeder passt hier auf sich selbst auf. Tom war nur ein Kumpel. Nun ist er eben weg.« Seine zur Schau gestellte Gleichgültigkeit prallt gegen meine Sorge, die Angst und Selbstvorwürfe und macht mich wütend.

»Eben! Tolle Einstellung«, schnauze ich ihn an, bin selbst etwas überrascht über die Heftigkeit. Er geht mir echt auf die Nerven, wie er so gleichgültig da steht, während Tom sonst was passiert sein kann. Ich mache mir Sorgen und er steht nur da, mit den Händen in der Tasche und tut einen auf Mister-geht-mich-nix-an!

»Genau deshalb ist Tom auch mein Freund. Weil es mich interessiert, was los ist, wo er ist! Ich mache mir Sorgen, wenn er nicht zur Arbeit kommt und ich ihn nicht erreichen kann. Er ist mein Freund und nicht nur mein Kumpel!«

Jetzt schaut er mich doch etwas verblüfft an. Er verzieht das Gesicht spöttisch, sieht einmal an mir hinauf und hinunter und öffnet den Mund. Dann fällt sein Blick auf Mike und er klappt ihn rasch wieder zu. Er zuckt erneut die Achseln und wendet sich einfach ab.

Shit, so komme ich hier nicht weiter. Er kann oder will mir nichts sagen. Erneut droht mich Verzweiflung zu überwältigen. Ich bebe vor Wut oder Angst um Tom, keine Ahnung.

Da ist Mikes Hand. Legt sich auf meine Schulter. Schwer, warm, sicher und beruhigend. Ich drehe mich zu ihm um, sehe in seine schwarzen Augen. Er nickt mir beruhigend zu, weiß so genau, was in mir vor sich geht. Ich bringe kein Wort mehr heraus, würde am liebsten heulen, beherrsche mich gerade eben so.

»Wenn ihr was von ihm hört, wäre es klasse, wenn ihr anruft, okay?« Mike reicht dem Typ eine Visitenkarte. »Wenn ihr ihn trefft, sagt ihm, er soll sich bei Alec melden. Das kriegst du wohl gerade noch so hin, mh?« Der Junge schnaubt verächtlich, nimmt widerwillig die Karte.

Ich muss hier weg. Diese gespielte Fassade von absoluter Gleichgültigkeit droht mich zu überwältigen. So finde ich Tom nie! Auf diese Weise kann ich ihm nie sagen, wie leid es mir tut. Wenn ich ihm nur sagen könnte, dass er trotzdem mein Freund ist und immer bleiben wird, sich nichts zwischen uns geändert hat. Wenn ich ihn nur rechtzeitig finden könnte, bevor er Dummheiten macht.

Mike ist sofort wieder neben mir, kaum wende ich mich ab. Er sagt nichts, braucht er auch nicht. Ich würde ohnehin gerade nichts Sinniges hervorbringen. Alles in mir ist dumpfe Verzweiflung.

»Lass uns zum Wohnheim fahren«, schlägt Mike vor. »Vielleicht kennen die noch jemanden oder wissen, wo er sein könnte.«

Ich nicke, fühle mich leer.

Wir gehen zurück zum Auto, durch die ganzen Menschen, die in ihre eigenen Angelegenheiten vertieft sind, denen alles egal ist. Keiner von ihnen würde Tom eine Träne hinterher weinen. Keiner würde es merken, wenn er nicht mehr da wäre.

»Hey!« Ich drehe mich um. Der Junge mit der schwarzen Jacke kommt herangeschlendert, seine Hände wie Tom tief in den Taschen vergraben. Er wirft Mike einen abschätzenden Blick zu und schluckt. In sicherer Entfernung zu Mike bleibt er stehen.

»Er hatte da einen Platz …« Er starrt mich ganz kurz mit seinen rot geränderten Augen an. »Ein altes Haus. So eine Bruchbude. Da hat er oft gepennt, wenn Jimmy sauer auf ihn war.« Er tritt nervös von einem Fuß auf den anderen. »Robert-Koch-Straße. Ganz am Ende auf der rechten Seite. Keine Ahnung, ob er da ist, aber kannst es ja mal versuchen.« Er wendet sich hastig ab.

»Danke!«, rufe ich ihm noch hinterher, doch er dreht sich nicht mehr um, ist rasch inmitten der anderen Menschen verschwunden.

Im Auto atme ich tief auf, bin erleichtert, nicht mehr von so vielen Menschen umgeben zu sein und schäme mich sofort dafür, denn ich sollte mich nicht so fühlen, wenn ich nicht weiß, was mit Tom ist.

Mike hat damit ja eigentlich auch nichts zu tun. Tom ist weg, weil ich ihn enttäuscht habe. Ich habe auch Mike gegenüber ein schlechtes

Gewissen. Es ist sein freier Tag, ich habe ihn ohnehin schon viel zu früh geweckt und nun muss er mit mir auch noch Tom suchen. Er hat ganz bestimmt was Besseres zu tun.

»Du musst das nicht tun. Ich kann ihn auch alleine weiter suchen. Wenn du mich irgendwo an einer Bushaltestelle absetzen kannst …« Weiter komme ich nicht, denn Mike wirft mir einen echt bösen Blick zu.

»Alec! Du fährst da nicht alleine hin.« Seine schwarzen Augen fixieren mich, lassen mich in meinem Sitz zurückrutschen. »Ich komme mit.« Er sagt das so entschieden, dass ich keinen Einspruch erheben kann.

Minutenlang fahren wir schweigend.

Plötzlich seufzt Mike, zieht die Luft langsam ein und stößt sie heftiger aus.

»Er war da«, murmelt er abrupt, ohne mich anzusehen, schaut geradeaus. »Tom war wütend und enttäuscht, wegen der Sache. Hat fast mein Auto demoliert.« Seine Gesichtszüge sind starr, ich kenne ihn gut genug, um das minimale Zucken um seinen Mundwinkel zu sehen. Er macht sich ebenfalls Vorwürfe.

»Er tut mir leid.« Er flüstert es leise, mehr zu sich oder zu dem abwesenden Tom. »Ich fürchte, er hat es nicht gut aufgenommen, dass ich dich ihm ausgespannt habe.«

Mike rettet sich in ein verlegenes Lächeln, doch seine Augen bleiben ernst.

Obwohl ich jetzt noch besorgter sein sollte, erfasst mich eine relative Ruhe.

»Hoffentlich hat er sich nichts angetan«, sagt Mike.

»Ja.« Mein Kopf fühlt sich leer und schwer an. »Hoffentlich kommen wir rechtzeitig.«

Mike schweigt.

ICH LIEBE DICH

Rechtzeitig, bitte lass uns nur rechtzeitig kommen bevor …

Mike sieht nur auf die Straße. Er sollte sich keine Vorwürfe machen. Es ist meine Schuld, denn in mich hat sich Tom unglücklich verliebt.

Habe ich ihn womöglich noch ermutigt? Immerhin verbindet uns einiges. Wie mit mir konnte Tom kaum mit jemandem reden. Wobei wir nie »darüber« gesprochen haben. Weder er noch ich.

Shit, ich sollte am ehesten wissen, was in Tom vor sich geht. Ich weiß, dass er sich nur bei mir getraut hat, offener zu reden, wir deshalb Freunde geworden sind, weil er und ich wissen, wie es sich anfühlt, missbraucht zu werden.

Ganz plötzlich schießt mir der Gedanke an Adrians Bruder durch den Kopf. Da draußen läuft noch immer dessen Mörder frei herum und mir kommt der absurde Gedanke, dass er und Tom sich begegnet sein könnten. Völliger Blödsinn, ich weiß, aber plötzlich ist auch bei mir die Angst wieder da. Außer Adrian gibt es da noch jemanden, den ich fürchten sollte. Einen Unbekannten.

Mikes Hand legt sich schwer auf meine. »Du tust es schon wieder. Deine Hände verraten dich. Du knetest.« Er lächelt mich an.

»Ich habe eine Scheißangst davor, dass wir ihn nicht mehr rechtzeitig finden«, bricht es heftig aus mir hervor. »Er sich womöglich was angetan hat, oder rückfällig geworden ist, oder …«

Ihn sich ein Irrer geschnappt hat, der ihn ebenso vergewaltigen und töten wird, wie … Nils Adson … oder mich. Aber das spreche ich nicht aus. Worte machen so etwas real.

»Du machst dir doch gerade eher Gedanken über den Typ, der den kleinen Adson auf dem Gewissen hat, oder?« Mike hat irgendwie einen siebten Sinn dafür. Dazu kann ich nur Nicken, denn die Angst schnürt mir die Kehle zu.

»Tom ist nicht sein Typ«, behauptet Mike, seine Hand drückt meine fest und dieser Händedruck und die Wärme schaffen es tatsächlich die Angstgespenster ein wenig zurückzudrängen.

Mike lächelt schief, seine Finger spielen mit meinen. Ich greife fest zu, verflechte meine Finger mit seinen. Es tut so gut, Halt zu haben, jemanden, dem ich total vertrauen kann.

Tom hat niemanden.

»Ich fürchte ja fast eher, dass dieser Zuhälter ihn sich geschnappt hat«, brummt Mike, mit Besorgnis in der Stimme. »Die nehmen es im Allgemeinen nicht so gut auf, wenn einer ihrer Jungs abhaut.«

»Dieser Jimmy?«

Mike nickt bedächtig, löst seine Hand nur, weil er um eine Kurve lenken muss. »Jimmy the Bean. Auch die Bohnenstange genannt. Er ist kein unbeschriebenes Blatt im Rotlichtmilieu. Ziemlich brutaler Typ. Zumindest seine Schläger. Wir haben gerade vor zwei Wochen einen seiner Jungs ins Krankenhaus gebracht, den sie halb totgeschlagen hatten, weil er versucht hat zu fliehen.«

Klasse, diese Aussicht trägt sehr zu meiner Beruhigung bei. Mir läuft es eiskalt den Rücken hinab. »Glaubst du, dass er auch Tom …« Ich wage es nicht auszusprechen und Mikes Blick bleibt auf die Straße gerichtet.

Die Gegend, durch die wir fahren, wirkt schäbig. Überall kaputte Fenster und baufällige Häuser, mit Graffiti bis zum Geht-nicht-mehr verschmiert, Abfall, verrottende Möbel auf dem Gehweg. Mich überkommt erneut ein Schaudern. In so einer Gegend ist Tom groß geworden, das hat er mir erzählt. Hochhaussiedlung, der Vater Hartz IV Empfänger und Alkoholiker, die Mutter hat sich selbst umgebracht, als er zehn war. Mit elf hat er bereits Einbrüche begangen und geriet ins Drogenmilieu. Er hatte nie wirklich eine Chance, wenn man es genau nimmt. Er hat etwas Besseres verdient.

»Da unten, das Haus muss es sein«, unterbricht Mike meine Gedanken, deutet auf ein zurückliegendes Gebäude hinter einem Bauzaun, auf dem völlig zu Recht steht: »Einsturzgefahr, nicht betreten. Lebensgefahr. Eltern haften für ihre Kinder!«

Ziemlich ironisch dieses Schild, finde ich. Auf Tom hat niemand geachtet. Niemand war für ihn da, als er Halt und Sicherheit brauchte. Und ich habe ihm das Bisschen genommen, was er je hatte. Mühsam reiße ich mich zusammen.

Mike parkt direkt vor dem Zaun. Meine Beine sind wackelig, als ich aussteige, doch Mike zögert nicht eine Sekunde. Er klettert durch das große Loch im Maschendraht und ich muss mich beeilen ihm zu folgen.

Wie sicher und zielstrebig er sich bewegt. Bewunderung steigt in mir auf, wenn ich seine kräftige Gestalt anschaue. Nichts und niemand könnte ihn verunsichern oder bedrohen.

»Der hintere Teil des Dachs ist noch intakt, also wird er eher in einem der hinteren Räume sein«, meint er, als er das Gebäude mustert. Mir wäre das nie aufgefallen. Ob man einen analytischen Blick bei der Polizei lernt?

Mike wirft mir ein Lächeln zu, geht zielstrebig in das Gebäude und durch den Flur nach hinten. Überall liegen Steine, Müll, kaputte Stühle und Glasscherben. Es stinkt furchtbar nach Urin und Erbrochenem. Mein Blick gleitet über diverse Spritzen, von denen ich leider nur zu genau weiß, was sie bedeuten.

Meine Kehle zieht sich immer enger zusammen, ich habe Mühe zu atmen. Hauptsache, ich kriege hier jetzt keine Panikattacke, diese Umgebung macht mich fertig.

Mike stoppt ab, besieht sich ebenfalls das Chaos, sein Gesicht bleibt allerdings ausdruckslos. Er sieht souverän und routiniert aus. Klar, er hat mir oft genug davon erzählt, was er auf der Arbeit alles erlebt. Vermutlich ist dieser Anblick hier gar nicht beängstigend. Nur ich stelle mich so an.

Vor uns ist ein Raum, in dem ein paar dreckige, stinkende Matratzen liegen. Haufen aus Kleidung, Flaschen, Zigarettenpackungen und natürlich jede Menge Spritzen, bilden den Rest der Einrichtung. Ich fühle mich immer beklommener, habe das Gefühl zu ersticken, in jedem Schatten sehe ich Toms leblose Gestalt.

Aber er ist nicht hier.

Mike nickt mit dem Kopf zu einem Durchgang und klettert zügig über den ganzen Müll hinweg.

»Tom?« Seine Stimme hallt merkwürdig laut in dem Raum wider. Auch in meinen Ohren. Mein Herz rast und es tut weh, Luft zu holen. Bitte, bitte, bitte!

»Tom?«, fragt Mike in den Raum hinein. Niemand antwortet.

Ich kann ihm nicht folgen. Meine Beine sind derart wackelig, dass ich das Gefühl habe zu stürzen, wenn ich mich nicht an irgendwas abstütze. Also lehne ich mich kurz an den Türrahmen, schließe die Augen, presse die Lider fest aufeinander und verdränge keuchend die Bilder eines toten Toms.

»Alles okay?«, vernehme ich Mikes besorgte Stimme von weit weg. Er ist sofort neben mir, sein Arm liegt um meine Schultern und ich blinzle entschlossen die aufkommende Panik zurück. Wie lächerlich. Warum reagiere ich dämlich hysterisch?

»Warte hier«, schlägt Mike vor. »Ich gehe nebenan schauen. Bleib einfach hier.« Entschlossen schüttle ich den Kopf. Nein, ich will nicht schwächeln. Ich will wissen, was mit Tom ist. *Also reiß dich zusammen, Alec Tyson!*

Kräftiger als gedacht, stoße ich mich vom Türrahmen ab, lächle Mike zuversichtlich an und folge ihm in den Nebenraum.

Mike stoppt im Türrahmen erneut ab.

Der Nebenraum sieht kaum anders aus, als der davor. Zwei Matratzen, ein zerfleddertes Sofa, ein kaputter Tisch mit einem Stuhl, überall leere Flaschen, Dosen, Müll und Kippen. Die Wände sind mit Graffiti beschmiert und es riecht durchdringend nach Alkohol.

»Da ist er«, sagt Mike und mein Herz bleibt stehen. Dort liegt Tom auf dem Bauch auf einer dieser Matratzen. Sein Gesicht abgewendet und bewegungslos.

Er ist tot. Wir kommen zu spät. Er hat sich den Goldenen Schuss gesetzt oder sich mit irgendeinem gottverdammten Drogencocktail den Rest gegeben.

Wegen mir! Alles wegen mir.

Tränen steigen mir in die Augen, mir ist schwindelig und übel. Er war erst fünfzehn, hatte sein ganzes Leben noch vor sich und ich musste ihm jede Hoffnung rauben, normal zu sein, zu lieben und geliebt zu werden.

Ein gequältes Geräusch entkommt meinen Lippen. Ich kann es nicht verhindern. Ich könnte schreien vor Schmerz, ob dieser Ungerechtigkeit, meines Verrats an ihm. Tom wollte nichts weiter, als jemanden, der ihn versteht, der nachempfinden kann, was er durchgemacht hat.

Mike nähert sich ihm zögernd.

Absurderweise erleichtert es mich, dass ich kein Blut entdecken kann. Tom ist still gestorben, voll bekleidet, mit einer Flasche in der Hand.

Und er stöhnt.

Dieser Laut dringt tief in mich. Er stöhnt … also ist er nicht tot. Noch nicht!

Mein Herz schlägt noch schneller als zuvor, holt all die fehlenden Pulsschläge in Rekordzeit nach. Mir ist immer noch übel, dennoch trete ich ebenfalls hastig hinzu, knie mich neben Tom.

Abermals stöhnt er und bewegt sich dabei.

»Ist er high?«, frage ich mit merkwürdig schriller Stimme nach. Er lebt! Alles andere ist fast egal, wenn wir nur rechtzeitig gekommen sind.

Mike schüttelt den Kopf und sein Blick gleitet über die Anzahl an Wodka- und Whiskeyflaschen ringsum.

»Vielleicht nur besoffen«, vermutet er, legt die Hand auf Toms Schulter und ruckelt behutsam daran.

»Tom?« Seine Stimme ist sanft geworden, so redet er auch manchmal mit mir. Sanft und beruhigend.

Tom bewegt sich, nuschelt irgendwas. Von ihm geht eine intensive Alkoholfahne aus. Der hat sich wirklich betrunken. Aber er lebt immerhin.

Er lallt unverständlich, während er sich aufrichtet, die Augen sind ganz glasig, trotzdem trifft sein Blick mich, versetzt mir einen Stoß direkt ins Herz.

»Alec?«, brabbelt er, sein unsteter Blick gleitet fort und wieder zu mir. »Bist du das?« Dann bleibt er auf Mike hängen, der schräg hinter mir steht. »Mann, was willst du hier? Scheiß Bulle.« Tom brummelt irgendwas vor sich hin. Ich greife nach seiner Schulter, versuche den Blick wieder auf mich zu lenken.

»Tom? Ich bin es, Alec!« Mühsam hebt er den Kopf. Oh Mann, der ist wirklich völlig breit.

»Alec? Was machst du denn hier?« Er zieht die Wörter undeutlich ineinander.

»Nach dir sehen, du Idiot.« Ich bin erleichtert und gleichzeitig geschockt, ihn so zu sehen, dass meine Antwort recht barsch ausfällt. »Linda hat dich heute bei der Arbeit vermisst«, füge ich freundlicher hinzu.

Tom verzieht abfällig den Mund und mir weht seine Alkoholfahne entgegen. »Scheiß drauf!« Das kommt ziemlich deutlich. »Ist doch eh alles Scheiße!« Nur mit den S-Lauten hat er so seine Schwierigkeiten. Tom will sich abwenden, sich zur Seite drehen, doch mein Griff wird fester.

»Komm, Tom«, fordere ich ihn auf. »Steh auf. Komm mit uns.«

Tom entzieht sich heftiger als erwartet, richtet sich in eine sitzende Position auf und stiert mich an. »Gehe nirgends hin. Hier ist mein Zuhause.« Er schwankt sichtlich, umklammert die Flasche in seiner Hand. »Hier gehöre ich her.«

Seine Stimme ist leise geworden, klingt so resigniert, dass es mir die Tränen in die Augen treibt. Ich bin schuld an seiner Verzweiflung.

»Tom?« Ich zwinge mich dazu, neben ihn auf der dreckigen Matratze zu knien, die Flecken hat, deren Herkunft ich niemals wissen will. »Ist es, weil ich mit Mike zusammen bin?«

Ruckartig blickt er hoch. Seine Augen schauen mich plötzlich direkt an, dann schießen ihm Tränen in die Augen.

»Alec«, haucht er, seine Hand greift nach mir, umfasst hart mein Handgelenk. Er zieht sich dichter heran. »Du bist so ein geiler Softie«, bringt er hervor. »Ich will dich noch immer flachlegen!« Er grinst plötzlich, wischt sich mit der Hand hastig übers Gesicht und lässt dabei die halb volle Flasche fallen. Sein Gesicht nähert sich und ich unterdrücke den Impuls auszuweichen, denn ich sehe die Feuchtigkeit in seinen Augen glitzern. Tom beugt sich vor, als ob er mich küssen möchte, kurz bevor seine Lippen mich berühren, stößt er die Luft aus, lacht abgehackt und starrt Mike an.

»Bullenschwein. Verdammter scheiß Bulle, verficktes Arschloch.« Fest umklammert mich seine Hand. Es tut etwas weh, dennoch bleibe ich, wo ich bin. Ich bin viel zu aufgewühlt und mein schlechtes Gewissen macht es mir gänzlich unmöglich, ihn von mir zu stoßen.

»Der hat doch gar keine Ahnung«, flüstert Tom an den Fußboden gewandt. Sein Kopf ruckt erneut hoch. Er versucht sich etwas mehr aufzurichten und fixiert erneut Mike. Plötzlich schreit er ihn an: »Du hast doch null Ahnung, wie er sich fühlt, Bulle!« Schwankend klammert er sich an mich und meine Hände halten ihn automatisch fest an den Oberarmen gepackt.

Mike sagt nichts, steht nur da und schaut auf uns hinab. Ich kann in seinen Augen lesen, weiß, wie er sich fühlt. Er lässt Tom gewähren. Lässt ihn seine Wut rauslassen, auch wenn sie ihn trifft.

»Ich wollte doch nur ein bisschen Dope, Mann!« Tom wendet den Kopf unvermittelt zu mir. »Dieser Mistkerl! Dieses gemeine Arschloch!« Sein Blick gleitet an mir hinab und er sackt immer weiter in sich zusammen.

»Er hat gesagt, ich bekomme jede Menge Dope! Immer. Wann immer ich es haben will«, erzählt er nahezu tonlos. »Dafür muss ich nur stillhalten. Einfach nur stillhalten. Da liegen und ihn machen lassen.«

Jetzt rollt eine Träne über seine Wange. Mein Hals ist abermals furchtbar eng, denn in mir sind die Bilder meiner Vergangenheit. Das Gefühl der Handschellen an meinen Gelenken, diese absolute Hilflosigkeit, ausgeliefert zu sein, wenn er mich auf den Bauch drehte und sich nahm, was er wollte.

»Arsch, Arsch! Dieser perverse Mistkerl.« Tom flucht los, während ihm die Tränen unaufhörlich übers Gesicht laufen.

»Dein Zuhälter?«, fragte Mike leise nach. »Jimmy?«

Tom nickt, lehnt seine Stirn einen kurzen Moment an meine Schulter, während er flüsternd weiter spricht: »Er hat es mir gezeigt. Er hat mit mir gemacht, was alle Kunden mit mir tun durften.«

Ganz unerwartet schlingt er die Arme um mich. Ich bin zu perplex und auch viel zu langsam, um ihn wegzudrücken. Ebenso hastig löst er sich von mir. Sein Blick sucht meinen. Noch immer laufen ihm die Tränen übers Gesicht. Nie zuvor sah er so verletzlich, so jung aus. So jung, wie er eben ist.

»Die haben ja wenigstens dafür bezahlt.« Er lacht auf, lallt kaum noch. Es ist ein abgehacktes, humorloses Lachen und der Schmerz klingt so tief darin, dass sich in mir alles zusammenzieht.

»Alle bis auf diesen Arsch«, fügt Tom ganz leise hinzu. »Der wollte es partout ohne Kondom.« Seine Hände krallen sich in meine Schultern. Es tut weh, aber ich kann mich nicht rühren. Niemals vorher hat er erzählt, was ihm passiert ist. Mike wirkt ebenso betroffen wie ich.

»Nie ohne Kondom, hat sogar Jimmy gesagt.« Tom schnieft. Er schaut über meine Schulter ins Leere. »Der Kunde wollte aber unbedingt ohne. Ich nicht. Da hat er mich geschlagen, gefesselt und dann so richtig durchgefickt!«

Tom schnieft erneut. Seiner Kehle entkommt ein merkwürdiges Geräusch. Irgendwas zwischen Lachen und Schluchzen. Ohne zu überlegen, reagiere ich, streichle über sein Haar. Verzweifelt versuche ich die Bilder von Adrian fernzuhalten; so recht gelingt es mir nicht. Eine Träne läuft über meine linke Wange. Hastig blinzle ich sie weg. Tom braucht jetzt die Hilfe, er ist alleine, völlig am Ende. Es geht um ihn, nicht um mich.

»Mann der hat mir den Schwanz so reingerammt, dass ich dachte, ich muss sterben«, würgt Tom hervor, schluchzt laut auf und verbirgt sein Gesicht an meiner Schulter. Es wird feucht an meinem Hals. Er weint jetzt wirklich.

Neben mir bewegt sich Mike, beugt sich vor und legt mir die Hand auf die Schulter. »Alec, hilf ihm hoch. Wir sollten ihn nach Hause bringen, da kann er seinen Rausch ausschlafen.« Ich kann nur nicken, Worte wollen mir nicht über die Lippen kommen. Vorsichtig drücke ich Tom von mir, rutsche zurück, um ihn mit mir hochzuziehen. Er schwankt, aber er lässt sich aufhelfen. Mike greift nach seinem Arm, versucht ihn von der anderen Seite zu stützen, doch Tom schlägt seine Hand ungeschickt weg und funkelt Mike wütend an.

»Fass mich nicht an, du scheiß Bulle!«, faucht er ihn an. »Du bist doch an allem schuld! Wenn du nicht aufgetaucht wärst …« Er bricht ab, stößt sich abrupt von mir ab und torkelt zwei Schritte zurück. Seine Hände sind zu Fäusten geballt, die er drohend gegen Mike erhebt.

»Du Arsch hast ja von nichts eine Ahnung, du wirst nie begreifen, wie er sich fühlt! Du weißt gar nichts über ihn!«, schreit er Mike an, der nicht zurückgewichen ist, nur seine Hand sinken lässt. Tom starrt auf den Fußboden, die Schultern sacken nach vorne und leiser fügt er hinzu: »Du weißt doch gar nichts … Du hast doch null Peilung davon.«

Es ist, als ob die Worte einfach von Mike abprallen würden, aber ich denke, es ist Fassade. Vielleicht kann er das auch einfach besser. In seinem Job wird ihm Derartiges öfter begegnen.

Ich tue mich schwer. Tom so zu erleben, schmerzt, berührt und verängstigt mich. Ich fühle Hilflosigkeit angesichts seiner Wut, der Verzweiflung und seines Schmerzes. Nichts ist von dem kleinen Macho geblieben. Tom ist besoffen, das wissen wir beide. Aber ihn auf diese Weise zu erleben, so an seine Grenze gebracht, ist schon hart. Zumindest für mich.

»Tom?« Mikes ruhige Stimme. »Wir bringen dich jetzt erst mal von hier weg, okay?« Er tritt auf Tom zu, der mit hängenden Schultern schwankend dasteht. Bevor ihn Mikes ausgestreckte Hand erreichen kann, schlägt er schon wild um sich. Die Hände rudern durch die Luft und er torkelt dabei nach hinten, kippt fast um. Ich will aufspringen, verhindern, dass er stürzt, aber Tom stützt sich bereits mit einer Hand an der Wand hinter ihm ab.

Mike ist stehen geblieben, wartet ab, bis sich Tom wieder gefangen hat, dann macht er erneut einen Schritt auf ihn zu.

»Fass mich ja nicht an!« Toms rot geränderte Augen funkeln Mike zornig an. »Du bist doch nur eine dämliche Hete!« Er ballt seine andere Hand zu einer Faust und schlägt wuchtig gegen die Wand. »Dich hat keiner jemals ungefragt gefickt!« Seine Faust saust wieder und wieder gegen die Wand. Er schreit, wird immer lauter: »Scheiße! Scheiße!«

Ich will zu ihm gehen, ihn davon abhalten, sich weiter wehzutun, bin wie paralysiert, kann nur zusehen. Tom lehnt die Stirn gegen die Wand, ballt beide Fäuste links und rechts daneben. Ich glaube, er hat die Augen geschlossen.

»Wenn du nichts tun kannst, nur stillliegen und hoffen, dass es gleich vorbei ist, dass der Arsch dich wenigstens nicht noch absticht.« Die Stimme ist leise, klingt fast erstickt. »Du hast keinen Schimmer, wie es ist, wenn dir so ein Oberarschloch den Schwanz da reinrammt.« Erneut schlägt er mit seinen Fäusten gegen die Wand.

»Das tut scheiße weh!«, heult Tom auf, seine Stimme schrill und laut. »Verdammt, verdammt!« Brüllend torkelt er an der Wand entlang, schlägt immer wieder mit beiden Fäusten dagegen.

Noch immer bin ich wie erstarrt, kann mich nicht bewegen, nicht rühren, ihm nicht helfen. Diesen Schmerz, diese Hilflosigkeit, seine Wut, ich kann es nachvollziehen. Nichts kann das lindern, nichts ungeschehen machen.

Blutspuren bleiben an den Wänden zurück, wo Tom sich die Knöchel aufschlägt. Er merkt es nicht. Er versucht nach einem Stuhl zu treten. Die Koordination klappt nicht, der Tritt geht ins Leere und er bricht aufheulend zusammen, schlägt die Hände vors Gesicht.

Fünfzehn. Ein halbes Kind noch, schießt es mir durch den Kopf und endlich kann ich mich bewegen, bin ich bei ihm. Ich nehme ihn einfach in den Arm, wiege ihn hin und her, während er laut heult. Wie ein Kind, welches man tief verletzt hat.

»Er tut mir weh! Alles tut so weh.« Weinend presst er sich fest an mich, schlingt seinerseits die Arme um mich. »Immer passiert es, immer macht er es wieder. Immer wenn ich schlafe!«

Tom schluchzt, sein Körper wird dabei durchgeschüttelt. Ich halte ihn fest, wiege ihn, in der Hoffnung, dass er sich beruhigt. Meine Tränen fließen, ich empfinde seinen Schmerz wie meinen. Dennoch ist, was ihm passiert ist, so wenig mit meinem Trauma vergleichbar.

»Ich bin ja da«, flüstere ich, streichle ihm über die Haare. »Dir wird nichts mehr passieren. Nie wieder, Tom. Ich bin dein Freund, werde es immer sein.«

»Alec …«, nuschelt er sehr undeutlich, das Gesicht tief vergraben. »Ich liebe dich, Alec … Ich liebe dich doch so sehr!«

BESSER DER BULLE

Der kleine Junkie heult. So etwas passiert ihm bestimmt nur, weil er total besoffen ist, sonst wäre es einfach gegen seine Ehre. Der würde sich niemals dabei erwischen lassen.

Mann, er ist ganz schön fertig. Ein Glück, dass er sich nur die relativ harmlose Droge Alkohol genehmigt hat. Ich fürchte, wenn wir ihn anders gefunden hätten, wäre mir Alec auch zusammengeklappt. Er ist zu sensibel, das kann er nicht ab. Dazu ist er einfach ein zu weicher Typ.

Auch jetzt sieht er nicht so aus, als ob er das gut wegstecken würde. Blass ist er und hat einen ernsten, besorgten Gesichtsausdruck.

Die ganze Zeit über, seit wir losgefahren sind, um Tom zu suchen, macht Alec sich schwere Vorwürfe. Ich kann mittlerweile recht gut in seinem Gesicht lesen, kenne nahezu jeden Ausdruck, so vertraut sind wir miteinander.

Nicht, dass ich mir nicht auch Sorgen um Tom gemacht habe. Ich wusste ja, dass er es nicht so gut aufgenommen hat, habe seinen Wutausbruch live miterlebt. Wahrscheinlich hätte ich den pickeligen Typen gleich aufhalten, ihn mitnehmen, mich mit ihm unterhalten sollen. Aber was hätte ich schon zu ihm sagen sollen? Hey, es tut mir leid, dass ich dir diesen Supertyp vor der Nase weggeschnappt habe, obwohl ich eigentlich nie auf Kerle stand? Es wäre schlichtweg gelogen, denn es tut mir definitiv nicht leid.

»Ich liebe dich Alec«, flüstert Tom. »Ich liebe dich doch so sehr.«

Ach du scheiße!

Der Kloß in meinem Hals geht auch bei mehrfachem Schlucken nicht ganz weg. Ja, was soll ich zu einem Tom sagen, der sich ausgerechnet in den Mann verliebt hat, der eben mich liebt? Seinen Retter. Es gibt kaum etwas, was ich sagen könnte, ohne ihm sofort und auf der Stelle das Herz zu brechen und dann tut der sich doch noch was an.

Das Leben ist eindeutig nicht fair. Nicht im Geringsten. Zufälle geschehen eben.

Alec hockt am Boden, wiegt den Junkie hin und her. Auch mir ist bewusst, dass Tom nichts weiter ist als ein Jugendlicher. Nicht der coole Macho, den er immer gibt, der über allem steht, den nichts tangiert, der alles und jeden haben kann. Kann er eben nicht. Alec ist schon vergeben. An mich.

»Ich mag dich auch sehr«, flüstert Alec, streicht Tom immer wieder über sein strubbeliges Haar. »Ich bin immer dein Freund, Tom.« Alec schaut zu mir hinüber, lächelt, seine Augen sprechen eine andere Sprache.

Ich komme näher, beuge mich zu den beiden runter. »Wir sollten ihn von hier wegbringen.« Irgendwo muss der Junkie seinen Rausch ausschlafen und am besten nicht im Wohnheim. Da kriegt er ganz bestimmt Ärger, wenn wir ihn in diesem Zustand abliefern.

Alec nickt. Ich kann sehen, wie schwer es ihm fällt, klar zu denken. Gewiss hat das, was Tom mir an den Kopf geworfen hat, auch ihn getroffen und ihm unschöne Erinnerungen ins Gedächtnis gerufen.

Schaudernd schüttle ich den Kopf. Wie kann ein Mann einem anderen nur so etwas antun? Vor allem einem Jungen wie Tom. Wie alt er dabei gewesen sein mag?

Jimmy the Bean mag sie jung im Gewerbe, das weiß ich nur zu gut. Je jünger, desto besser verdient er. Desto mehr Perverse nehmen einen seiner Jungs mit in ihr Hotelzimmer, ihr Auto oder wer weiß wohin. Jung sind sie besser beeinflussbar, leichter zu händeln, schneller abhängig von ihm und den Drogen. Und kaum jemand vermisst sie.

Mir läuft ein kalter Schauer über den Rücken. Ich erinnere mich an eine Razzia, bei der wir einen gerade mal dreizehnjährigen Jungen aus einem Bordell geholt haben. Perverse, abartige Welt, in der wir leben.

»Alec? Lass ihn uns mit nach Hause nehmen.«

Sein Kopf ruckt hoch. Eine ganze Weile sieht er mich skeptisch an. Ja, ich weiß auch nicht, ob es eine so gute Idee ist, ich sehe die Zweifel in Alecs Blick.

»Meinst du wirklich?«

Tom weint nicht mehr, hat sein Gesicht an Alecs Schulter vergraben. Vermutlich hat er einfach keine Kraft mehr.

»Hier kann und sollte er nicht bleiben.« Ich zuckte die Achseln.

Hier stinkt es, zieht und überhaupt ist alles dreckig. Wenn man besoffen oder high ist, merkt man es gewiss nicht, aber ich bin weder das eine noch das andere. Ich merke es und es widert mich an.

»Hilf ihm mal hoch.« Ich trete selbst hinzu und helfe Alec. Der kleine Junkie wehrt sich nicht, vielleicht ist er auch schon weggetreten. Das macht es uns einfacher. Einen besoffenen, halb wachen, lallenden Tom brauche ich gerade nicht. Nachher beschimpft der mich den ganzen Weg hinaus und während der Fahrt auch noch.

Ich kann ja einiges wegstecken, doch bei seinem Ausraster vorhin war es echt schwer, einfach nur dazustehen und nichts tun zu können. Ich konnte nichts für ihn tun und er hat Recht: Ich weiß nicht wie er oder Alec sich gefühlt haben. Ich kann es mir nicht mal im Ansatz vorstellen.

Schon in der Schule war ich nicht der Typ, auf dem man herumtrampelte. Ich habe mich immer behauptet. Es war nie sehr wahrscheinlich, dass mir jemand so etwas antun könnte.

Aber ich weiß, wie Alec ausgesehen hat, damals, als dieser Mistkerl ihn vergewaltigt hat. Ich habe seine Augen gesehen und ich ahne zumindest, wie furchtbar er sich gefühlt haben muss. Ganz kurz schließe ich die Augen, um das Bild zu verdrängen, doch da ist jetzt die Vorstellung dessen, was Tom als Stricher mit seinem Freier passiert ist.

Solche Erlebnisse wecken in mir immer den Wunsch, loszustürmen und den Arsch zu erwischen, der ihm das angetan hat. So wie Adson. Solche Irren gehören eingesperrt. Oder kastriert. Am besten beides.

Wie auch derjenige, der da noch frei herumläuft, der Nils Adson getötet hat. Irgendwo kann der sein und einem anderen Jungen genau so etwas antun. Irgendwann erwischen wir sie alle, irgendwann machen sie alle einen Fehler, der uns auf ihre Spur führt. Nur bis dahin wird es noch ein paar mehr Toms und Alecs geben. Noch mehr traumatisierte junge Männer, noch mehr zerstörte Leben.

Bloß nicht so viel darüber nachdenken.

Tom nuschelt Unverständliches, als ich meinen Arm unter seine Achsel schiebe und ihn mit Alec stütze, während wir hinausgehen, das Wort: »Scheiß Bulle!«, habe ich trotzdem verstanden.

Meine Lippen umspielt ein Lächeln. Wenn es für ihn einfacher ist, soll er mich ruhig verfluchen und beschimpfen, damit tut er mir nicht weh. Ich kann seine Wut nur zu gut verstehen. Die Hete, der Bulle schnappt ihm seinen geliebten Alec weg. Ja, das Leben ist unfair.

Ich hätte allerdings nicht wirklich gedacht, dass er so in Alec verschossen ist. Erste Liebe? Oh Mann, das wird echt hart für ihn werden. Tom sollte mir leidtun, so viel erlebt und dann wieder eine Enttäuschung. Ich bedaure ihn, mehr auch nicht.

Vielleicht stumpft man in meinem Job irgendwann ab, sind die Bilder fertiger Typen einfach zu normal geworden, wie sie jeden Tag am Bahnhof herumstehen, auf Kunden oder Dope wartend.

Dieser hier hat es fast geschafft. Tom war wirklich raus, hat sein Leben in den Griff bekommen. Dann zerstöre ich ihm seine heimliche Hoffnung, nehme ihm den Halt, den er sich selbst geschaffen hat. Doch, ich habe ein Gewissen. Und das meldet sich gerade laut und unüberhörbar.

»Tom?«, fragt Alec besorgt, als wir endlich das Auto erreichen und der Junkie jetzt ziemlich schlaff in unseren Armen hängt. Er bekommt keine Antwort mehr, der Junge ist weggetreten. Puls ist noch fühlbar.

»Wir legen ihn hinten rein«, schlage ich vor und erneut nickt Alec. Zum Glück ist Tom nicht schwer und wir bugsieren ihn auf die Rückbank.

»Er muss sich erst mal ausschlafen«, sage ich, als wir schon eine ganze Weile unterwegs sind. Alec sitzt in Gedanken versunken und sagt nichts. »Dann wird er einen mächtigen Kater haben. Immerhin pennt er und kotzt uns nicht das Auto voll.«

Alecs Mundwinkel zucken, sein Gesicht bleibt ernst. Bestimmt zieht er sich das alles zu, denn sein Körper ist angespannt und ich bin mir ziemlich sicher, wie er sich gerade fühlt. Schlechte Gewissen fühlen sich immer gleich an.

»Du hast ihn nicht ermutigt, noch konntest du was dafür«, wage ich eine Vermutung zu äußern. »Niemand kann was dafür, wenn man sich in den Falschen verliebt.«

Jetzt schaut Alec zu mir hin und seufzt leise.

»Du hast wohl Recht, aber ich habe Angst, dass er jetzt wirklich alles aufgibt, nur weil ich ihn nicht lieben kann. Immerhin hat er sich so gut gemacht. Hätte ich geahnt …« Er bricht ab, sein Gesicht verzieht sich schmerzhaft. »Verdammt, ich war doch nur nett und freundlich zu ihm, wieso hat er sich in mich verliebt?«

»Gute Frage.« Ich kann mir ein Schmunzeln nicht verkneifen. »Wie kann man sich nur ausgerechnet in dich verlieben?« Augenblicklich lächelt Alec zaghaft. Wenn er so schaut, möchte ich ihn nur küssen. Aber, verdammt, ich muss Auto fahren.

»Echt! Alt, hässlich, unfreundlich, überhaupt nicht sexy; ist schon schwer, sich in dich zu verlieben.«

»Mike«, antwortet er ermahnend, aber ich sehe doch, wie er sich freut.

»Also ich kann voll verstehen, wie sich Tom in dich verknallen konnte«, fahre ich fort, bemüht, ihn aus seinen düsteren Gedanken zu reißen. »Mir ging es ja nicht anders.«

Geschafft, jetzt lächelt er sein Alec-Lächeln, beugt sich zu mir herüber und küsst mich sanft auf die Wange. Zum Glück schläft mein eifersüchtiger Konkurrent hinten, sonst könnte ich mit ihm Probleme bekommen.

»Mike …« Alec streichelt mir über die Wange. »Genau aus dem Grund liebe ich dich.« Er lacht, knufft mich kurz in die Seite.

»Sind deine Ex-Freundinnen eigentlich auch immer rot geworden, wenn du ihnen solche Komplimente gemacht hast?«, fragt er spöttisch.

»Keine Ahnung«, brumme ich grinsend. Ja, er ist ein wenig rot geworden. Aber nur ein winziges bisschen. Steht ihm, er wirkt jung und nicht mehr so ernst und besorgt. »Habe es wohl nie ausprobiert. Vielleicht haben sie mich deshalb verlassen? Weil ich an ihnen nichts Gutes finden konnte?« Ich ziehe gespielt die Augenbrauen hoch. Alec schüttelt den Kopf, aber sagt nichts mehr. Mir gehen allerdings meine eigenen Worte nicht ganz aus dem Kopf.

Warum klappt es wirklich zwischen mir und Alec so gut? War ich denn schon immer schwul und habe es nur nicht gemerkt? Fand ich deshalb meine Freundinnen nicht wirklich so attraktiv wie ihn?

Es fällt mir schwer mich mit dem Gedanken anzufreunden, habe ich doch niemals anderen Jungs hinterher gesehen. Ihnen auf den Hintern gestarrt, wie Bernd es so schön sagte. Niemals! Oder?

Na ja, ich habe mich mal im Zuge meiner jugendlichen Triebbefriedigung heimlich mit einem aus der Nachbarklasse getroffen. So was macht man eben in dem Alter. So wirklich kann ich mich daran nicht erinnern. Oder will es auch nicht. War auf jeden Fall nicht das gleiche wie mit Alec. Nichts ist vergleichbar mit dieser Beziehung zu ihm.

Ich grüble noch darüber nach, als ich vor unserem Haus parke.

Es ist recht mühsam, den schnarchenden Tom die Treppe hinaufzubringen und in Alecs Zimmer. Wie die Möbelpacker: jetzt seine Arme und nun die Beine durch die Tür. Geschafft, drinnen.

Als wir Tom aufs Bett gelegt, ihm Jacke, Schuhe, Socken und die Hose ausgezogen haben, rührt er sich wieder. Alec legt ihm gerade eine Decke über, da öffnet er die Augen, blickt sich panisch um. Er beruhigt sich gleich wieder, als er Alec neben sich entdeckt.

»Alec?« Die Stimme bebt.

»Ich bin hier«, antwortet er, lächelt Tom an.

»Bleibst du bei mir?«, fragt Tom mit undeutlicher Stimme. Noch ist er betrunken, man hört es am lallenden Unterton.

Fragend sieht Alec zu mir hinüber. Was soll ich sagen? Ist bestimmt okay, wenn er noch bei ihm bleibt. Der wird in dem Zustand kaum über Alec herfallen.

Ich lächle ihm ermunternd zu, gebe mein Einverständnis.

»Ja, Tom. Ich bleibe da.« Alec setzt sich neben Tom, der sich in die Decke kuschelt.

»Gut.«

Tom wird höchstwahrscheinlich nicht lange brauchen, um einzuschlafen. Hoffe ich. Es fühlt sich komisch an, wenn Alec bei ihm sitzt. Es ist keine Eifersucht, oh nein. Irgendwie trotzdem ein merkwürdiges Gefühl, ein Kribbeln in der Bauchgegend.

Im Prinzip bin ich schon aus dem Zimmer, als ich Tom näselnde Stimme erneut höre. »Alec?«

Ich drehe mich in der Tür zum Flur um, doch Tom bemerkt mich nicht mehr, denn er sieht nur Alec an. Offensichtlich verliebt. Ich kann es in seinen glasigen Augen gut erkennen.

»Alec?« Die Stimme ist leise und klingt wesentlich nüchterner, als vorhin. »Es ist schon irgendwie okay, wenn der Bulle dich vögelt.«

Alecs Gesicht kann ich nicht sehen und er sagt auch nichts. Meine Mundwinkel zucken kurz. *Danke, für die Erlaubnis.*

»Der ist okay, obwohl er ein Bulle ist«, murmelt Tom, als ob er mit sich selbst reden würde. Tut er vielleicht auch. Betrunken weiß man nie, was man so alles sagt, oder zu wem. »Der wird dir wenigstens nicht wehtun.«

Ich kann sein pickeliges Gesicht sehen, die Augen fallen schon fast zu. Er öffnet sie noch einmal. Um seinen Mund entsteht ein freches Grinsen, welches viel mehr der Tom ist, wie wir ihn kennen.

»Weißt du … Ich hätte dich so gerne mal flachgelegt. Ich wäre echt nett zu dir. Ich kann das.« Klar, glaube ich ihm sofort. Aber mit Alec wird das nichts. Da war ich schon schneller. Ich muss heimlich grinsen.

Toms Stimme wird leise, ist jetzt fast nicht mehr zu verstehen.

»Wir hätten endlich alles vergessen können … Du und … ich.« Die Augenlider flattern, wollen ihm zufallen. »Aber besser der Bulle … Besser der, als irgendein anderer …«

Die Lider schließen sich, der Kopf sackt zur Seite. Er ist eingeschlafen.

HEIMLICHER VEREHRER

Er schläft jetzt.« Alec schließt leise die Tür hinter sich.

»Hauptsache er schnarcht nicht so laut«, brumme ich. Alec lächelt mich wissend an, weiß vermutlich ganz genau, dass ich meine eigene Unsicherheit überspiele. Er kommt näher, küsst mich und fragt: »Hast du gehört, was er noch gesagt hat?«

Ich nicke schmunzelnd.

»Also darfst du sogar mit Toms offizieller Erlaubnis …«, meint Alec zwischen weiteren Küssen. »Wenn das keine direkte Aufforderung ist?«

Ich ziehe ihn in meine Arme. »Mir schon klar. Nur solange er hier schläft, sollten wir vielleicht besser nicht …«

Alecs Gesicht drückt Enttäuschung aus. Mir ist allerdings einfach nicht wohl bei dem Gedanken, an einen betrunkenen Jugendlichen nebenan. Da kann ich nicht in Ruhe mit ihm Sex haben, wenn ich ständig damit rechnen muss, dass Tom im Türrahmen auftaucht und im schlimmsten Fall ein Messer dabei hat.

Ich habe vorhin in seinem Wohnheim angerufen und natürlich waren die nicht gerade begeistert darüber, was er sich angetan hat. Immerhin haben sie ihr Okay gegeben, dass er hier pennt. Wäre ja auch Quatsch ihn jetzt noch irgendwo anders hinzubringen. Mal sehen, ob er so aufwacht, dass wir ihn heute Abend zurückbringen können. Ich habe wenig Hoffnung, dass ich mit Alec heute noch einmal ungestört sein werde.

Morgen früh hätte Tom eigentlich Schule. Ich schätze, mit dem Kater wird das kaum gehen. Hat der ein Glück, dass Alec morgen keine Uni hat. Da kann er noch etwas Babysitter spielen.

»Stimmt auch wieder«, meint Alec seufzend. »Nachher wacht Tom noch auf und ist doch eifersüchtig.« Er lacht kurz. Natürlich ist es auch nur ein Versuch, seine Unsicherheit zu überspielen. Der kleine Junkie hat uns zwei heute ganz schön Nerven gekostet. Es ist Nachmittag und der größte Teil meines freien Tages mit Alec ist schon vorbei. Schöner Mist, es hätte noch so nett sein können.

»Los, lass uns aufs Sofa verschwinden«, schlage ich vor, bemüht noch etwas die Zeit zu genießen.

Es wird noch gemütlich, denn auch nur einfach zusammenzuliegen ist schön. Meine Hand zaust immer wieder Alecs Haar, bis er sich schließlich darüber beschwert, ich würde sie ihm alle ausreißen. Meine Hände können einfach nicht von ihm lassen, streicheln dann eben woanders weiter.

Tom rührt sich nicht. Der wird wohl wirklich bis morgen durchpennen. Vielleicht auch ganz gut so, wenn er tief und berauscht schläft, erinnert er sich bestimmt nicht mehr so genau an alles, was passiert ist. Vorhin und auch zuvor. Solche Erinnerungen sollte man ganz vergessen können. Leider klappt das nicht. Wie Alec es nie ganz vergessen wird. Und so wird es auch bei Tom sein.

Ich nicke hinüber zur geschlossenen Tür. »Hat Tom eigentlich mal Hilfe deswegen bekommen?«

Alec hebt den Kopf, der an meiner Brust ruhte, schüttelt den Kopf.

»Ich glaube, er hat es noch nie jemand anderem außer mir erzählt. Du kennst ihn doch auch schon gut genug. Dazu wäre er zu stolz. Passt nicht zu seinem sonstigen coolen Auftreten.« Er kuschelt sich wieder an mich, ich fühle sein Herz an meinem Bauch schlagen.

»Er hat es mir auch nur gesagt, weil er sich sicher war, dass mir etwas Ähnliches passiert ist. Sonst behält er es wohl für sich«, fügt Alec seufzend hinzu. »Aber er sollte deswegen wohl echt mal Hilfe bekommen.«

»Hat es dir denn geholfen? Also ich meine, deine Sitzungen mit diesem Psychodoc?« Alec schnaubt belustigt, macht er immer, wenn ich Dr. Goedhard so nenne, und wendet den Kopf, um mich von unten her anzusehen.

»Doch. Das ist schon sehr gut. Vor allem, weil ich mich jetzt nicht mehr selbst schuldig fühle. Anfangs habe ich mir dauernd eingeredet, dass es alles meine Schuld war, weil ich Adrian ja quasi dazu aufgefordert habe.«

Ein tiefes Seufzen hebt seine Brust an. »Aber wirklich geholfen hast vor allem du mir, Mike. Du warst immer da, hast mir beigestanden. Ohne dich …«

Er lässt den Satz unvollendet, sieht mich an, seine Finger verflechten sich in meine. Wärme breitet sich in mir aus, wandert vom Herzen aus tiefer.

»Du erst hast mich ihn wirklich vergessen lassen«, flüstert Alec zärtlich, malt mit seiner Hand Kreise auf meine Brust.

Bingo, jetzt ist die Wärme voll angekommen.

»Vor allem letzte Nacht«, setzt Alec noch einen drauf.

Okay, jetzt ist es mir fast schon egal, ob der kleine Junkie seinen Rausch ausschläft oder nicht. Ob er uns dabei hören wird? Vermutlich, denn weder ich noch Alec sind wirklich leise. Müssen wir sonst ja auch nie sein. Teufel auch!

»Alec!« Ich stöhne eher gequält. »Mach mich nicht so heiß auf dich, wenn ich dich gerade nicht haben kann.« Er lacht glucksend, streicht mit seiner freien Hand liebevoll über mein Gesicht.

Wieder einmal ist es das verfluchte Telefon, welches uns stört.

Seufzend rollt sich Alec von mir runter und geht in den Flur. Ganz gut so, denn ich habe da ein kleines Problem, wenn ich jetzt aufstehen und mich bewegen müsste. Scheint Linda zu sein und natürlich geht es um Tom. Alec erzählt ihr, dass wir ihn gefunden haben. Natürlich nicht, warum er sich die Kante gegeben hat.

Ich denke, Linda wird von der ganzen Sache nicht sehr angetan sein. So wie ich sie kennengelernt habe, ist sie wahrscheinlich sogar ziemlich sauer und ich höre genau, wie Alec bereits beschwichtigt. Er kann das, ist ein guter Diplomat und glaubt immer an das Beste im Menschen. Darin unterscheiden wir uns ganz schön, denn ich habe einfach schon zu viel gesehen und erlebt, um seine Nachgiebigkeit, seinen Optimismus zu verstehen, aber so ist eben Alec.

Mit einem sehr nachdenklichen Gesicht kommt er wieder ins Wohnzimmer und ich setze mich auf.

»Linda?«, frage ich überflüssigerweise nach. Er nickt, setzt sich neben mich aufs Sofa.

»Sie war nicht gerade begeistert. Tom wird sich morgen, Kater hin oder her, bei ihr entschuldigen müssen und es kann gut sein, dass sie ihn trotzdem rausschmeißt.« Alec lächelt mich traurig an. »Sie hasst nichts mehr als Alkohol in der Nähe der Pferde. Sie hatte wohl mal eine Stallhilfe, der ständig betrunken war und dann ein Pferd ungerecht behandelt hat und das kann Linda auf den Tod nicht ausstehen.«

Für einen Moment starrt Alec nur auf den Boden, dann schlägt er sich die Hände vors Gesicht. »Oh Mann! Ich hätte nie gedacht, dass es Tom in solche Schwierigkeiten bringen wird, wenn ich ihm von uns erzähle.« Er seufzt hinter den Händen hervor.

Ich schwinge meine Beine vom Sofa, rutsche an ihn heran und lege den Arm um ihn.

»Nicht du hast ihn in Schwierigkeiten gebracht, sondern er sich selbst, Alec!«, korrigiere ich ihn. »Du bist nicht dafür verantwortlich, was er daraus macht, auch wenn er in dich verknallt ist.« Alec lehnt sich an mich, nimmt die Hände wieder runter.

»Wenn er sich was angetan hätte …«, fängt er wieder an und ich presse ihn kurz fest an mich.

»Auch dann wäre es nicht deine Schuld gewesen«, sage ich bestimmt. »Willst du dich für jedes der Mädchen bei dir auf dem Reiterhof auch verantwortlich fühlen, welches dir schmachtende Blicke zuwirft?«

Jetzt sieht er mich etwas erstaunt an und runzelt die Stirn.

»Du bist eben ein Sonnyboy, dem die Herzen zufliegen. Klar, dass du da das eine oder andere brechen musst.«

»Oh Mann, Mike.« Stöhnend knufft er mich in die Seite. »Mir reicht ein unglücklich verliebter Teenager schon, an die anderen denke ich besser gar nicht!«

»Mir reicht auch der eine. Zuviel Konkurrenz will ich gar nicht haben. Der da ist zum Glück nur eine halbe Portion und derzeit sowieso außer Gefecht gesetzt.« Mein Kuss macht deutlich, dass ich einen Alleinanspruch habe und darüber nicht diskutieren werde. Alec diskutiert auch nicht, sondern küsst zurück. Zwar löst sich damit nicht mein Problem in der Hose, aber man nimmt, was man kriegen kann.

Schließlich lösen wir uns voneinander, weil Alecs Magen laut und vernehmlich knurrt.

»Okay«, seufze ich bedauernd. »Der Hunger geht wohl gerade vor. Soll ich uns was machen?«

»Gerne. Kann ich dir helfen?«

»Bestimmt. Alleine schon, wenn du mich hinreichend bedauerst.«

»Hast du echt schon wieder einen Ständer bekommen«, fragt Alec hämisch grinsend, als er meine merkwürdigen Bewegungen sieht. »Nur vom Kuscheln?«

»Du nicht?«, gebe ich zurück, mein Blick sucht, findet aber nichts Verdächtiges. Oh, wie peinlich.

»Nicht so.« Alec lacht, schlägt sich sofort die Hand auf den Mund und verschwindet hinter der Sofalehne, als ich ihm einen bösen Blick zuwerfen will.

»Rache ist süß«, verspreche ich ihm drohend, bevor ich in die Küche verschwinde. Alec kommt hinterher und ich bestrafe ihn mit dem Zwiebelschneiden, was er ohne zu Murren auch sofort übernimmt.

Unsere Gespräche drehen sich natürlich noch um den heutigen Tag, die Stricher am Bahnhof, Toms Schicksal, das Wohnheim, Toms Zukunft.

Klar, es beschäftigt Alec sehr. Egal was ich sage, er fühlt sich für Tom verantwortlich. Nur so langsam kann ich den Namen nicht mehr hören. Deshalb trete ich auch irgendwann dicht an Alec heran, ziehe ihn halb vom Stuhl, küsse ihn etwas härter und fester.

»Wenn ich den Namen jetzt noch einmal höre, werde ich wirklich eifersüchtig«, behaupte ich ernsthaft. Alec kämpft um sein Gleichgewicht, stützt sich schließlich an mir ab, um wieder auf seinen Stuhl zu kommen.

»Okay, okay.« Schmunzelnd hat er die Hände abwehrend erhoben. »Habe es schon verstanden!« Seine Lippen zucken in einem spöttischen Lächeln.

Amüsiere du dich mal gut darüber, dass ich eifersüchtig werden kann, denke ich missmutig. Aber es wirkt: Alec ändert das Thema.

Ein anderes Thema schneiden wir hingegen nicht mehr an: Am Mittwoch beginnt die Verhandlung gegen Adson, nachdem sie ständig verschoben wurde. Dieses Thema vermeiden wir heute beide gerne.

Als wir eine Stunde später vor dem Fernseher sitzen und essen, ich habe uns Gnocchi mit einer leckeren Soße gemacht, stellt Alec seinen leeren Teller ab und lächelt mich erneut an.

»Komisch, ich habe früher nie gerne ferngesehen. Aber mit dir ist es total nett.«

Ich stelle meinen Teller ebenfalls ab, um mehr Platz zu haben, ziehe ihn an mich heran.

»Hey, ich bin nett, daran liegt es wohl.«

»Ist was Wahres dran«, bestätigt Alec, kuschelt sich augenblicklich an mich.

Ja, so sehe ich auch am liebsten fern, mit ihm auf oder neben mir. Sein warmer Körper, sein typischer Geruch, seine Nähe; all das mag ich, da ist es völlig egal, was im Fernsehen läuft.

Erst eine Stunde später seufzt Alec und rappelt sich hoch. »Ich räume eben auf und muss dann noch duschen.«

»Die Küche mache ich schon, geh schon mal Duschen«, brumme ich missmutig, und erst als er an der Tür ist, füge ich ein: »Ich komme dann nach«, hinzu.

Erneut schmunzelt er, hat wohl ebenso wie ich begriffen, dass wir unter der Dusche ungestört sind. Gemeinsames Duschen hat seine Vorteile, eindeutig. Und nur einer davon ist die Wasserersparnis.

Der Geschirrspüler ist rasch eingeräumt und ich höre im Flur schon das Wasser rauschen, als ich voll Vorfreude auf dem Weg ins Badezimmer bin.

Abermals ist es ein verfluchtes Telefonklingeln, was meine, nicht ganz jugendfreien Gedanken, unterbricht.

»Hallo?«, melde ich mich etwas genervt.

»Hallo Mike!«

Es ist eine weibliche Stimme, die ich kenne. Moment … ah ja: Alecs Kommilitonin. Wir haben schon ein oder zweimal miteinander telefoniert.

»Hallo Lisa!«

»Ist Alec auch da?« Sie klingt recht ernst.

»Der duscht gerade«, entschuldige ich ihn.

»Ah, okay …«

»Soll ich ihm was ausrichten?« Vermutlich geht es um Unisachen, sie haben ein paar Vorlesungen zusammen.

»Na ja, also …«

Sie druckst etwas herum und nun bin ich ziemlich sicher, dass es nicht um etwas im Zusammenhang mit der Uni geht.

»Moment …«, meint sie hastig, »ich reiche dich mal kurz weiter.«

Im Hintergrund sind undeutlich Stimmen zu hören.

»Ist nur Mike, Alecs Mitbewohner«, kann ich verstehen und ein undeutliches Brummen. Lisa redet auf jemanden ein, dann ist da auch schon eine andere, unbekannte Stimme am Telefon. Diese Stimme kenne ich ganz bestimmt noch nicht. Daran würde ich mich todsicher erinnern, denn sie klingt überaus nasal, überaus … schwul.

»Hey Mike!«, meldet sich der Unbekannte. »Ich bin Ricky, Lisas Bruder.«

Aha, der, der Psychologie studiert. Alec hat ihn ein paar Mal erwähnt, aber nicht, dass er …

»Hallo Ricky!«, begrüße ich ihn möglichst neutral.

»Also, eigentlich wollte ich ja mit Alec sprechen.« Soviel hatte ich mir schon gedacht.

»Der duscht«, antworte ich knapp. Was der Typ wohl von Alec will? Der klingt ja so was von schwul. Ist er ganz bestimmt auch. Noch ein heimlicher Verehrer? Aber Alec hat von ihm nie viel erzählt. Warum wohl nicht?

»Oh, na ja …, weil … also …« Ricky druckst weiter herum. Der hat wohl nicht damit gerechnet, dass er Alecs Freund am Telefon haben würde, oder? Tja, Pech gehabt. Schwülstige Liebeserklärungen kann er sich jetzt wohl sparen.

»Na ja …«, fährt Rick mit seiner nasalen Stimme fort. »Also heute Morgen war Alecs Freund hier, der Tom …«

Okay, jetzt hat er meine volle Aufmerksamkeit.

»Er hörte sich ziemlich fertig an und ich hatte gerade blöderweise keine Zeit.« Rickys schlechtes Gewissen höre ich durchs Telefon hindurch. »Also … Tom war ja schon ein paar Mal hier …« Ricky bricht ab, wohl unsicher, was er mir sagen soll.

»Also Tom kommt halt ab und an mal vorbei. Also da, wo ich arbeite, in der Beratungsstelle«, gibt Ricky zu, als ob es etwas Verbotenes wäre. »Er hat mich über mein Studium ausgequetscht und so.«

Jetzt macht Ricky eine Pause und ich höre irgendwo Lisa im Hintergrund.

»Ja! Ja, also er war halt heute hier und war wohl ziemlich down und da wollte ich mal nachfragen, ob Alec seine Nummer hat, weil ich …«, sprudelt es jetzt schneller hervor. »Na ja … Tom schien irgendwie Probleme zu haben und …«

Ricky ringt nach Worten, ich runzle belustigt die Stirn. Na da schau an …

»Er ist jetzt hier«, sage ich beschwichtigend. »Wir haben Tom heute Nachmittag betrunken gefunden und jetzt schläft er hier seinen Rausch aus.«

»Oh …?«, seufzt Ricky erleichtert durchs Telefon, er sagt ein paar undeutliche Worte, wohl an Lisa gewandt.

»Ah! Oh, gut … Dann …«, kommt es dann stockend. »Ja, dann …« Er bricht erneut ab. Da kommt noch mehr, der will mir doch noch was sagen.

»Also war doch was nicht in Ordnung?«, fragt Ricky schließlich zögernd nach.

»Er hat Liebeskummer.« Das ist ja auch die Erklärung.

»Oh?«, vernehme ich Rickys etwas erstaunte Stimme. Ist da ein anderer Unterton bei? »Echt?«

Abermals tuschelt er mit Lisa. »Ja! Na ja, er … kann mich jederzeit anrufen, wenn … also wenn er wen zum Reden braucht?« Ricky lässt den Satz in ein Fragezeichen auslaufen.

»Okay, werde ich ihm ausrichten. Wenn er wieder aufwacht.«

»Ah okay.« Ricky klingt etwas unsicher. »Also … sonst geht es ihm aber gut, oder?« Jetzt klingt er wirklich sehr besorgt. Aha, denke ich mir, das ist eine sehr interessante Entwicklung.

»Es geht ihm doch gut?«, fragt Ricky hastig nach, als ich nicht sofort antworte. Schiebt der jetzt Panik? Klingt so.

»Alles okay«, beruhige ich ihn sofort, meine Lippen zucken verdächtig. Sieht er aber zum Glück nicht. »Er schläft nur seinen Rausch aus.«

»Gut!«, antwortet Ricky deutlich erleichtert. »Also, gut, dass es ihm gut geht. Also …« Wieder macht er eine Pause, scheint nach Worten zu suchen.

»Also, er … er soll mich mal anrufen, wenn … wenn es ihm besser geht.« Ricky gibt mir seine Nummer. Lächelnd schreibe ich sie auf, belustigt über sein Gestottere.

»Also dann … Tschüss und … Gruß an Alec.«

»Tschüss.« Ich lege grinsend auf. Alec werde ich grüßen, ganz bestimmt. Aber von diesem interessanten Gespräch werde ich ihm erst später erzählen, lenkt ihn sonst viel zu sehr davon ab, was ich mit ihm tun möchte.

Oh Mann, klang der Ricky schwul … Sorry, aber wirklich. Ich glaube, Tom hat einen Verehrer.

AUF MANN GEEICHT

Wir liegen brav und ziemlich heteromäßig nebeneinander im Ehebett.

Alec ist mit irgendwelchen Unterlagen für sein Studium beschäftigt und ich mit einem Buch. Ich lese nicht wirklich, denn eigentlich bin ich noch in Gedanken in der Dusche und dem, was wir dort getan haben: Wasser sparen.

Wir waren leise genug, um auf gar keinen Fall Tom zu wecken.

Nun liegen wir hier, wie ein Ehepaar. Mit dem Unterschied, dass wir beide Männer sind und anstelle eines züchtigen Schlafanzugs und Nachthemds nur Shorts anhaben. Ob ich es will oder nicht, mein Blick hängt schon länger an Alecs Gesicht und Oberkörper, bis er es bemerkt, seine Papiere senkt und mich beinahe böse ansieht.

»An was auch immer du gerade gedacht hast, Mike …« Er hebt drohend eine Faust. »Vergiss es! Solange Tom nebenan schläft, lasse ich dich nicht wieder näher als zwanzig Zentimeter an mich heran!« Jetzt grinst er unverschämt. Ich lege betont langsam mein Buch zur Seite, ziehe die Decke hoch und werfe ihm noch einen vernichtenden Blick zu.

»Selbst Schuld«, brumme ich, tue so, als ob ich schlafen wollte. »Schlaf gut!«

Meine Rechnung geht augenblicklich auf. Alec stößt ein bedauernd klingendes Seufzen aus. Es raschelt, als er die Papiere zur Seite legt, das Licht löscht und sich nur wenige Sekunden danach an meinen Rücken schmiegt.

»Zwanzig Zentimeter also?«, spöttle ich, drehe mich aber nicht um.

»Habe ja nicht gesagt, dass ich dir nicht nahe kommen darf.« Er schiebt eine Hand unter meinem Arm hindurch und auf meinen Bauch. Mittlerweile ist seine Nähe ganz normal für mich.

»Vorhin hat übrigens der Bruder von Lisa angerufen und sich nach Tom erkundigt.« Wäre mir beinahe entfallen. »Klang so, als ob die Zwei sich schon ganz gut kennen würden und Tom ihn öfter besucht.«

»Rick? Er hat nach Tom gefragt?«

Ich nicke grinsend. Alec kann es allerhöchstens spüren, es ist zu dunkel im Schlafzimmer, um viel zu sehen.

»Rick hat mir erzählt, dass Tom in der Drogenberatungsstelle vorbeigekommen ist und sich mit ihm übers Studium unterhalten hat. Ich wusste nicht, dass Tom öfter hingeht.« Alec kuschelt sich dichter heran. Heizkosten werde ich mit ihm auch sparen können. Mir ist warm genug.

»Rick arbeitet ehrenamtlich in der Drogenberatungsstelle. Da hat er wohl auch seinen Zivildienst abgeleistet«, erklärt Alec.

»Was ist das so für ein Typ?«, frage ich scheinheilig nach. Alec weiß schon, worauf ich hinaus will, denn er klatscht mir kurz seine Hand auf den Bauch.

»Ja, er ist schwul! Und nein, er ist kein Grund eifersüchtig zu werden.«

Er lacht leise, direkt an meinem Rücken. Das kitzelt und ich brumme vor mich hin. Von wegen eifersüchtig. So schlimm bin ich ja nun auch nicht, dass ich in jedem schwulen Kerl gleich Konkurrenz sehen würde. Oder etwa doch?

»Rick ist …« Alec ringt nach Worten, »etwas gewöhnungsbedürftig.«

»Inwiefern?«

»Warst du schon mal auf einer Loveparade?«

»Klar! Was meinst du, wer da aufpasst, dass die Idioten sich nicht alle umbringen, sich zu Tode saufen oder prügeln? Wer schleppt Schnapsleichen und highe Jugendliche zum nächsten Sanitäter? Immer wir, die dummen Bullen!«

Erneut lachend klatscht mir Alec auf den Bauch.

»Hey! Gleich spreche ich eine Sperrzone um mich aus oder verklage dich wegen Körperverletzung!«

»Du bist nicht im Dienst«, meint er frech. »Aber dann kennst du die Paradiesvögel da ja.«

»Ja, klar. Je schriller und auffälliger, desto besser. Und Feiern bis zum Umfallen.«

»Rick ist so einer, nur eben auch im normalen Leben«, stellt Alec fest.

»Was? Läuft der etwa im rosa Fummel rum, mit Glitzersteinchen,

Federboa um den Hals und Straußenfedern am Arsch? Oder in Minipants im Tarnmuster und Springerstiefeln mit Bunnyohren?«

So etwas läuft da zuhauf rum. Im Prinzip wohl männlich, sicher sein kann sich da keiner mehr. Wir wissen es meist auch nur durch den Perso, wenn sie denn einen dabei haben.

Alec kichert abermals. »Nicht ganz so schlimm, aber rosa ist definitiv seine bevorzugte Farbe! Und er ist verdammt stolz darauf, schwul zu sein.«

»Welcher Mann zieht freiwillig Rosa an? Das wird einem schließlich schon in der Prägephase nach der Geburt aberzogen. Da eicht man Männer auf Himmelblau. Der Grund, warum ich jetzt aus Prinzip kein hellblaues Hemd oder anderes Kleidungsstück in der Farbe besitze!«

»Zyniker«, brummelt Alec in meinem Rücken. »Und außerdem stimmt es nicht, denn du hast zwei überaus himmelblaue Unterhosen!«

Klugscheißer! Vor dem bleibt doch nichts verborgen. Kurzerhand rolle ich mich herum, presse ihn unter mir in die Matratze, indem ich meine Arme über seiner Brust verschränke.

»Mike!«, ertönt es empört gedämpft unter mir. »Du bist schwer!«

Ich kann Alecs Gesicht nur erahnen, seine Hände zerren an meinen Armen.

»Wer durchwühlt denn da meine Unterhosenschublade?«

»Nicht die Schublade!«, protestiert er und ich lasse ihm etwas Luft. »Im Wäschekorb, du Spinner. Meine waren es nämlich nicht!«

Shit! Klar, getrennte Wäsche machen wir auch nicht mehr.

»Und wenn du dich herausreden willst, dass die ein Geschenk von deiner Ex-Freundin waren, dann lass dir gesagt sein, dass eine Frau kaum jemals solche Liebestöter für ihren Freund kaufen würde!«, behauptet Alec.

Trotz des dämmerigen Lichts kann ich sein breites Grinsen erkennen. Na, warte!

»Ertappt!«, murmle ich. Alec versucht tatsächlich etwas zu seiner Verteidigung zu sagen, bevor ich ihn bis zum absoluten Stillschweigen küsse. »Jeder Mann hat ein dunkles Geheimnis und dieses bleibt unter uns.«

»Okay!« Alec schnappt nach Luft. »Gnade!« Die gewähre ich ihm natürlich nicht so schnell. Ersticken durch Küssen? Geht das? Interessante Todesursache. Nur wie soll ich meine Unschuld beweisen? Also lasse ich doch von ihm ab.

»Ich verrate es ja keinem!«, schwört er schließlich, keuchend. »Lass mich am Leben!«

Ich lächel. Wehe er tut es!

Als er langsam wieder zu Atem kommt, rolle ich mich endlich von ihm herunter und wir liegen nebeneinander. Okay, meine Hand bleibt auf seinem Bauch liegen, denn ich mag es, wie es sich anfühlt, wenn er sie beim Ein- und Ausatmen anhebt.

»Dann ist bei Rick auf jeden Fall in der Prägephase was verkehrt gelaufen«, fährt Alec leise fort. »Der mag nämlich Rosa total gerne.« Er schnaubt belustigt. »Als ich wegen des Referats das letzte Mal bei Lisa war, hat er uns selbst gebackenen Kuchen gebracht und er hatte wirklich – ohne Scheiß – eine rosa Hose und ein weißes Rüschenhemd an!«

Alec lacht verhalten. »Wohlgemerkt, eine sehr enge, rosafarbene Hose!«

Ich kann es mir nur zu gut vorstellen.

»Ricky ist klasse, ein echter Paradiesvogel«, bemerkt Alec irgendwann leise, doch so langsam wird er doch müde. Ich höre es an seinem Atemgeräusch und meine Hand wird immer langsamer angehoben.

Drüben in Alecs Zimmer ist alles ruhig. Der Junkie schläft tief und fest. Hoffentlich geht es ihm morgen nicht allzu schlecht.

Falsch! Es soll ihm schlecht gehen, richtig dreckig. So schlecht, dass er denselben Scheiß so schnell nicht wieder macht. Aber er tut mir doch leid.

Ob er jemanden finden kann, der ihm Alec ersetzt? Denn den gebe ich ganz gewiss nie wieder her. Dazu liebe ich ihn zu sehr.

Neben mir ist Alecs Atem ruhig und gleichmäßig geworden. Schätze mal, er schläft tief und fest. Ich drehe leicht den Kopf, um ihn in dem wenigen Licht zu betrachten. Ich kann nicht wirklich viel sehen. Ich kann erahnen, wie er da liegt, den Mund ein winziges bisschen geöffnet, das Gesicht entspannt, die Haare, die ihm in die Stirn fallen.

Mein Herz zieht sich plötzlich zusammen, wenn ich daran denke, dass ich ihn womöglich nicht immer bei mir haben kann, er sich vielleicht irgendwann doch in einen anderen verlieben könnte. Jemand, der vielleicht doch besser zu ihm passt, der mehr weiß, wie er mit seiner Sexualität oder mit ihm umgehen muss.

Vielleicht ist das hier nur eine Phase, die Alec braucht, um Adson zu vergessen? Wenn er sein Trauma so weit überwunden hat, dass er anderen

Männern lockerer gegenübertreten kann, wird er dann noch bleiben? Bei mir, dem Pseudoschwulen?

Und so absurd der Gedanke gerade ist, ein wenig kann ich gerade verstehen, wie dieser Adson sich gefühlt haben muss, in seiner kranken Fantasie, als er Alec an das Bett gefesselt hat, nur damit ihn dieser nicht verlässt.

Seufzend betrachte ich Alecs Gesicht und in meinem Hals ist ein dicker Kloß. Es gibt nichts, kein echtes Band, keine Fessel, um ihn ewig an mich zu binden. Nichts! Keine Garantie, dass er bei mir bleibt, dass das, was wir füreinander empfinden, von Dauer ist. Jeder Tag mit ihm ist kostbar, weil er einzigartig bleiben könnte.

Was wohl wirklich in Adson vorgegangen ist, als er Alec angekettet hat, um ihn bei sich zu halten? Sein Sexspielzeug, immer willig immer parat für ihn.

Dabei war Alec auch in ihn verliebt. Auch der Gedanke schmerzt. Er wäre bei Adrian geblieben, wenn er es vielleicht gesagt hätte, ihn nur gebeten hätte. Offenbar hat dieser Psycho ihm nicht genug vertraut. Ich hingegen werde mit der Unsicherheit leben müssen, dass ich ihn eines Tages verlieren könnte.

Meine Gedanken wandern weiter. Es wird nicht leicht werden für Alec, wenn die Verhandlungen losgehen. Der Kerl hat verdammt gute Beziehungen und sehr gute Anwälte. Noch nie ist ein Fall so schnell zur Verhandlung gekommen, da hat Adrians Geld und Einfluss ganz gewiss die Finger im Spiel gehabt.

Mir wird mulmig und ich werde wütend, wenn ich daran denke.

Adson hat Beziehungen in Kreisen, die entscheidend auf unser Rechtssystem Einfluss haben und das ist ein überaus erschreckender Gedanke. So wie der Maulwurf, den wir noch immer nicht identifiziert haben. Einer aus unserem Revier. Aber wer? Wer würde sich schmieren lassen und Infos herausgeben?

Ein Zeuge bezüglich des Betrugsfalls ist uns schon abgesprungen, aber die Beweislast ist immer noch drückend genug, auch wenn die Adrian bei Weitem nicht genug Gefängniszeit einbringt. Die Vergewaltigung, Nötigung und Freiheitsberaubung schon eher.

Teufel auch, wieso hat er so viel Kohle und kann sich diese Rechtsverdreher leisten? Das Leben ist ein unfairer Sumpf.

Alec wird mich brauchen in dieser Zeit. Er wird im eigentlichen Prozess Adrian gegenübertreten müssen. Davor fürchtet er sich entsetzlich, ich weiß es, auch wenn er es nie gesagt hat. Aber diesem Mistkerl in die Augen zu sehen, zu wissen, was er ihm angetan hat, jedes Detail vor Augen zu haben, muss die Hölle sein. Ich werde für ihn da sein, ihm helfen müssen. Sein Freund und Helfer.

Teufel, ich bin schon wieder am Grübeln. So finde ich gewiss keinen Schlaf. Und morgen kann ich mich im Revier auf was gefasst machen: Spießrutenlaufen!

Ob Bernd es den anderen Kollegen brühwarm erzählen wird, oder schon getan hat? Mike steht auf Kerle. Mike ist schwul, liebt andere Männer. Der fickt Ärsche und lutscht Schwänze, toll! Ich bin nicht Georg, eine wandelnde Schrankwand.

Dabei stehe ich nur auf einen Einzigen, nur weiß Bernd das ja nicht. Ich kann sie schon hören, die bissigen Kommentare, das Gerede hinter meinem Rücken und plötzlich bin ich mir gar nicht mehr so sicher, ob mein Outing eine tolle Idee gewesen ist.

Doch, war es, denn ich liebe Alec und immer weiter zu verbergen, was ich für ihn empfinde, wäre wie das Vertuschen eines Kapitalverbrechens. Zumindest für mich. Irgendwann wäre es eh herausgekommen. Ich sehe schon ihre Gesichter vor mir. Arnaud, Sam, Bernd, Fabian, Sabine, mein Vorgesetzter Peter, alle, mit denen ich meistens zusammenarbeite.

Arnauds pikiertes Gesicht habe ich genau vor Augen. Der wird mir nichts ins Gesicht sagen, eher hinter meinem Rücken lästern. Und Sam? Mit ihm habe ich meistens Dienst, wir sind Partner und ein gutes Team. Wie wird er es aufnehmen? Bernds Reaktion kann ich mir denken, unsere Freundschaft hat sich damit wohl erledigt. Und Fabian? Keine Ahnung, der wird es vermutlich gelassen aufnehmen. Er ist neu bei uns und irgendwie traue ich ihm recht viel Toleranz zu.

Sabine? Wie reagiert eine Frau darauf, wenn sie erfährt, dass ihr Kollege vom anderen Ufer ist? Alle anderen Kollegen sind mir im Grunde egal, denn mit denen bin ich bei weitem nicht so viel zusammen, aber bei Peter kann ich die Reaktion überhaupt nicht einschätzen, dazu kenne ich ihn zu wenig. Was, wenn er mir in Zukunft Probleme macht? Wie soll ich damit umgehen?

Oh Mann, was habe ich mir da bloß eingebrockt?

Wenn ich morgen früh das Haus verlasse, begebe ich mich auf eine spiegelglatte Eisfläche voll unbekannter Gefahren.

Irgendwann bin ich wohl inmitten der ganzen Grübelei eingeschlafen, erholsam war mein Schlaf ganz bestimmt nicht. Entsprechend fühlt sich mein Kopf an, als mein Alec-Wecker mich sanft wach küsst. Dieses Versprechen hat er wahr gemacht. Noch so etwas, auf das ich nicht mehr verzichten möchte. Seine warmen Lippen, diese Zärtlichkeiten, seine streichelnden Hände. Was für ein exklusiver Weckdienst.

»Bist du wach genug?«

Ich brumme meine Zustimmung.

»Gut. Dann schaue ich mal nach Tom, okay?«

Mein Brummen wird eindeutig unwirscher. Alec verpasst mir einen Nasenstüber und erhebt sich auch schon, beraubt mich seiner Nähe. Unwillig drehe ich mich noch einmal um, rolle mich schließlich seufzend aus dem Bett.

Als ich aus dem Badezimmer komme, ist Alec schon in der Küche.

»Er schläft noch.« Alec stellt mir die Tasse Kaffee hin und mein Nutellabrötchen, setzt sich mit seinem Müsli mir gegenüber.

»Du wirst ihn irgendwann aufwecken müssen«, meine ich zwischen Kaffee und meinem Brötchen.

»Ja, ich denke auch. Ich hoffe, ihm wird nicht zu schlecht sein. Ich habe schon Aspirin parat gelegt. Ihm wird der Schädel bestimmt ganz schön dröhnen.« Ein winziges Lächeln umspielt seine Lippen.

Wir werden von einem Poltern unterbrochen. Schätze, Tom ist wach. Klingt so, als ob er aus dem Bett gefallen wäre.

Alec ist schon aufgesprungen und eilt zum Zimmer. Ich folge etwas langsamer.

Tom taumelt aus der Tür in den Flur und sieht ganz schön grün im Gesicht aus. Alec erfasst sofort die bedrohliche Situation, öffnet die Badezimmertür und tritt hastig zur Seite, als Tom an ihm vorbei stürmt, sich die Hand auf den Mund presst. Würgende Geräusche und ich muss unwillkürlich mitleidig lächeln.

Armer Kerl, aber es geschieht ihm doch recht.

Alec folgt ihm ins Bad und ich gehe lieber in die Küche zurück, da wäre ich jetzt wohl fehl am Platz. Außerdem will ich noch was essen und Tom kotzen zu sehen wirkt sich nicht unbedingt positiv auf meinen Appetit aus.

Eine ganze Weile später kommen beide in die Küche. Tom hat meinen Bademantel an, sieht überaus blass und schlecht aus. Hoffentlich packt er es und wir müssen ihn nicht doch noch ins Krankenhaus fahren. Alkoholvergiftung wäre durchaus möglich.

»Morgen Tom«, begrüße ich ihn betont freundlich, versuche nicht zu laut zu sprechen und lächle ihn an. Er nuschelt irgendwas, könnte: »Guten Morgen!« aber auch: »Halt doch die Klappe!«, sein und sackt auf Alecs Stuhl zusammen, starrt entgeistert auf die Müslischüssel. Für einen Moment sieht es so aus, als ob er sich gleich wieder übergeben wird.

»Was ist denn das für ein Fraß?« Er stochert mit dem Löffel überaus misstrauisch darin herum.

Alec kommt mit einem Glas Wasser und Aspirin an den Tisch, zieht die Schüssel zu sich heran und nimmt ebenfalls Platz.

»Mein Frühstück.« Er schiebt Tom das Glas hin. »Dein Frühstück.«

Tom sieht ihn irritiert an, nimmt das Glas und entleert es in großen Zügen, anschließend schüttelt er sich.

»Bäh, wie ekelig! Ein Glas Wodka wäre jetzt besser.« Ganz offensichtlich ist er bemüht, wieder in seine Cooler-Macho Rolle zu schlüpfen. Keine Chance Kleiner, die Maske ist gestern gefallen, nur vermutlich erinnert er sich nicht ganz daran.

»Den hast du leider schon komplett ausgetrunken«, bemerke ich trocken, ernte einen bösen, vielleicht auch etwas respektvollen Blick. Bilde ich mir ein.

»Im Wohnheim wissen sie Bescheid«, informiere ich Tom gnadenlos, ernte einen säuerlichen Blick. »Ich habe da schon angerufen. Alec ist auch noch etwas hier, aber ich muss gleich los.«

»Gut!« Tom zwinkert Alec verschwörerisch zu und entlockt mir damit doch ein breites Grinsen. So verdammt schlecht geht es ihm also nicht.

»Linda hat sich Sorgen um dich gemacht.« Alec erreicht sofort einen ganz anderen Gesichtsausdruck bei dem kleinen Macho: schuldbewusst und betreten.

»Und wir auch«, ergänzt Alec, schafft es Tom ein Lächeln zu schenken. So ein Lächeln gehört eigentlich nur mir. Keinem sonst. Ich sage nichts, verkneife mir eine dumme Bemerkung und bemühe mich um ein neutrales Gesicht.

»Wir haben dich überall gesucht, nachdem Linda hier angerufen hat, dass du nicht zur Arbeit gekommen bist.« Bei Alec klingt es nicht mal vorwurfsvoll, nur besorgt. Wie macht er das nur?

»Gestern hat sogar Rick angerufen und nach dir gefragt«, setzt Alec noch einen drauf und nun lächelt Tom doch ein bisschen. Ganz versteckt, nur die Mundwinkel zucken.

»Hat er?« Er klingt so betont desinteressiert, dass es ihm keiner abnimmt. Zumindest ich nicht.

»Wir waren erst am Bahnhof und einer deiner Kumpels hat uns den Tipp gegeben, wo wir dich finden könnten.« Jetzt hat er Toms ganze Aufmerksamkeit.

Ich kaue auf den letzten Bissen meines Brötchens und spüle es mit Kaffee runter.

»Bin ein bisschen abgesackt«, murmelt Tom undeutlich, dreht das Glas in den Händen und sieht weder mich noch Alec direkt an.

Bisschen? Ich will den Mund schon öffnen, um etwas zu sagen, aber Alec ist schneller: »Ich hatte schon Angst, du tust dir was an. Du hast mir einen Riesenschrecken eingejagt!« Toms Kopf ruckt hoch. Er starrt Alec mit einem so sehnsuchtsvollen Blick an, dass ich mich wegwünsche. Ich bin ein Störfaktor, sollte gar nicht da sein. Aber ich bin da. Und dieser süße Typ da ist mein Freund. Meiner!

Alec ist viel zu gut in so etwas, er legt Tom die Hand auf die Schulter, drückt kurz und seine wundervollen Augen sagen es noch deutlicher, als seine Worte: »Tom ich bin immer dein Freund und bleibe es, egal was zwischen mir und Mike ist, okay?«

Toms Augen glitzern gefährlich feucht, er blinzelt die Tränen gekonnt weg. Hat er wohl Übung drin.

»Du kannst immer zu uns kommen, wenn was ist«, toppt Alec noch und mir bleibt gar nichts anderes übrig als zu nicken. Irgendjemanden muss der kleine Pickeltyp ja haben.

»Du kannst gleich mal kalt duschen. Das tut dir bestimmt gut.«

Tom blickt Alec spöttisch an, darunter liegt jedoch deutliche Traurigkeit.

»Mit dir?«, fragt er hoffnungsvoll, schiebt seine Zunge bezeichnend in die Wange und wirft mir dabei einen Blick zu, der wohl abfällig sein soll.

»Ach nee, dann ist dein Freund ja eifersüchtig«, fügt er schnaubend hinzu, taxiert mich genau.

»Ja, wäre er«, bestätige ich, blicke ihn übertrieben böse an. »Rasend eifersüchtig sogar. Der könnte dich dann unangespitzt in den Boden rammen!« Soll er es ruhig glauben und seine Hände hübsch von Alec lassen.

Tom stutzt, schaut von mir zu Alec, der nur die Schultern zuckt und lächelt, zu mir zurück. »Scheiße, was mache ich dann eigentlich hier? Voll das schnuckelige Liebespärchen, oder was? Nachher erwische ich euch noch beim Ficken! Bäh, das muss ich ja nicht sehen!« Er lehnt sich in seinem Stuhl zurück, guckt herausfordernd von einem zum anderen.

Ich will auch nicht, dass er das sieht.

»Du warst gestern etwas betrunken«, meint Alec auf seine unnachahmlich diplomatische Art und Weise. »Da haben wir dich erst einmal hier untergebracht.«

Augenblicklich sieht Tom schuldbewusst aus. Ob er sich daran erinnert, was er gestern alles gesagt hat? Wohl eher nicht.

»Tut dir der Kopf noch weh?«, fragt Alec besorgt nach und sofort wird Toms Gesicht weicher und er lächelt ihn an. Aber dann wird er auch schon wieder zu Macho-Tom.

»Geht so. Wenn du dein komisches Zeug schnell aufisst, kommt mir vielleicht nicht gleich wieder alles hoch.«

»Bin dabei. Willst du denn auch was essen?«

»Bist du bescheuert? Ich kotze dir gleich alles wieder vor die Füße.«

»Besser nicht«, pflichte ich ihm bei. »Erhol dich erst mal von deinem Vollrausch.« Tom brummt, sagt aber nichts weiter.

Wir beenden unser Frühstück recht schweigsam. Ich stehe auf, räume meine Sachen in den Geschirrspüler. Alec ist auch aufgestanden, kommt mit mir in den Flur für unseren Abschiedskuss. Unser tägliches Ritual und wir werden es auch nicht wegen des Junkies ausfallen lassen. Wäre ja noch schöner.

Als ich Alec im Arm halte, ihn noch einmal während des Kusses fest an mich presse, fällt mein Blick auf Tom, der verloren im Türrahmen der Küche steht und uns zusieht. Sein Gesicht schaut wirklich traurig aus, aber als er bemerkt, dass ich zu ihm hinsehe, verdreht er die Augen.

Auch Alec hat ihn bemerkt, löst sich fast erschrocken von mir.

»Denkt ihr, ich habe noch nie knutschende Kerle gesehen?«, spöttelt Tom, in seinen Augen ist der Schmerz zu lesen, straft seine lockeren Worte Lügen.

»Komm schon damit klar. Gibt doch genug andere …« Er verschwindet brummelnd in der Küche.

Wir sehen ihm hinterher und Alec drückt einmal kurz meine Hand.

Mehr muss er auch nicht sagen.

FREUNDSCHAFTSCAPPUCCINO

Ich mag keine Montage.

Vor allem keine, an denen ich nicht weiß, wie meine Kollegen auf mich reagieren werden. Auf den geouteten, schwulen Kollegen unter ihnen.

Ich sitze noch einige Minuten in meinem Auto auf dem Parkplatz. Eigentlich macht mir nichts wirklich Angst, aber ich hasse es, wenn ich unsicher bin.

Wenn ich meinen Job mache, dann kann ich ruhig sein, weiß genau, was zu tun ist, wie ich meinen Gegner und die Situation einzuschätzen habe. Hier und heute weiß ich gar nichts. Ich habe nie gelernt mit Verachtung umzugehen. Homophobie, sagt man wohl dazu, nur hatte das Wort für mich bislang nie einen Bezug zu meinem Leben.

Seufzend steige ich aus. Ich bin recht früh dran, denke es ist besser, wenn ich die meisten auf mich zukommen lasse, als dass ich ins Revier komme, wenn schon alle da sind. Hoffe ich.

Der Erste, der mich begrüßt ist Sam und der ist wie immer, hebt die Hand, mümmelt noch an seinem Brötchen. Vielleicht weiß er es noch nicht. Bernd ist noch nicht da, sein Auto stand nicht draußen auf dem Parkplatz.

»Hey! Moinmoin, Mike. Schönes Wochenende gehabt?« Sam hat einen Prospekt von Mercedes vor sich liegen, blättert darin herum.

»Moinmoin«, rutscht es mir ein wenig barscher heraus, als sonst. Sam ist wie immer, aber was habe ich denn auch erwartet? »Ja, war schön.«

Woran ich dabei denke, braucht er nicht zu wissen. Vermutlich findet er den Gedanken an einen schlanken, nackten Männerkörper, der sich stöhnend an die Duschwand lehnt, während ich ihn verwöhne nicht so »schön« wie ich.

Augenblicklich muss ich schmunzeln. Schwungvoll nehme ich auf meinem Stuhl Platz.

»Sieht man, du siehst gut erholt aus. Wie war Georgs Hochzeit? Hast du Spaß mit deiner Liebsten gehabt?« Er wartet keine Antwort ab, fährt sofort fort: »Mann, bei mir war die Hölle los: Verwandtenbesuch! Das war ein Lärm!« Sam stöhnt betont, während er sich über die Augen fährt: »Nicht eine ruhige Minute habe ich gehabt, überall steckten die zwei Jungs meiner Schwester ihre neugierigen Nasen rein. Die wären mir auch aufs Klo nachgerannt, wenn ich die Tür nicht abgeschlossen hätte.«

Sam verdreht die Augen, verschüttet dabei beinahe seinen Kaffee. Er bekommt immer welchen von seiner Frau in einer Thermoskanne mit. Alec wäre auch so der Typ dafür. Prompt ärgere ich mich über mich selbst, dass ich ihn mit Sams Frau vergleiche. Ist er nicht. Er ist ein Mann. Aber der fürsorgliche Typ ist er auch.

»Fehlte nur noch, dass sie abends zur unpassendsten Zeit in unser Schlafzimmer reingekommen wären. Mann, die hätten bestimmt um eine Anschauungsstunde in praktischer Fortpflanzung gebeten«, fügt Sam grummelnd hinzu, entlockt mir ein weiteres Lächeln. »Ja, grins du nur schadenfroh. Beinahe wären sie wirklich reingeplatzt und ich habe mich drei ganze Nächte zurückhalten müssen.«

Sam stößt ein überaus glaubhaftes, gequältes Stöhnen aus. Ich bin abgelenkt, weil just in dem Moment Bernd hereinkommt, kurz zu uns herüber schaut, ausdruckslos nickt und Richtung Kaffeeautomat verschwindet.

»Na, der hatte wohl kein so gutes Wochenende«, bemerkt Sam. »War er auch auf der Hochzeit?«

Ich nicke, schweige lieber, ignoriere mein Herz, welches verräterisch laut schlägt und allen damit petzen möchte: Seht her! Ich bin schwul! Ich knutsche und treibe es mit einem anderen Mann und ihr werdet es gleich live von Bernd erfahren. Er war dabei. Er war Zeuge, wie Mike, euer unbekannter Kollege, einen anderen Mann geknutscht und am Hintern betatscht hat.

Ich beiße die Zähne zusammen, tue so, als ob ich ein paar Akten von links nach rechts sortiere und überhaupt nicht darauf achte, wann und ob Bernd vorbeikommt. Sam runzelt die Stirn, sagt nichts, vielleicht versucht er auch den Rest seines Brötchens herunterzuschlucken.

Peter kommt rein, nickt uns zu und verschwindet ebenfalls zum Kaffeeautomaten. Mir rutscht das Herz in die Hose, als er kurz darauf auf uns zukommt. Direkt vor mir setzt er einen Becher ab und lächelt mich schief an.

Misstrauisch blicke ich hoch. Seine Mundwinkel zucken und er sieht so aus, als ob ihn etwas bedrücken würde. Tut es wohl auch.

»Moin, Mike. Können wir kurz in meinem Büro reden?«

Wusste ich es doch! Klar, dass noch was kommen würde. Langsam nicke ich, bemüht den Kaffeebecher zu fixieren, den ich mir automatisch greife, während ich aufstehe.

Ich ernte einen überaus fragenden Blick von Sam, dann folge ich Peter hinüber ins Büro. Ich fühle mich wie auf dem Weg zum Schafott. Oder eher zum Pranger?

Egal, bringe ich es eben hinter mich. Immerhin stellt er sich nicht mitten in den Raum und verkündet es allen öffentlich. Wahrscheinlich will er mir dezent die Freundschaft kündigen, mir sagen, ich soll mich zukünftig von ihm und anderen Hintern fernhalten.

Meine Mundwinkel zucken bei der Vorstellung, wie Bernd darauf achten wird, mir nie seinen Hintern auffordernd entgegenzustrecken. Ich könnte ja auf komische Gedanken kommen.

Mann, ich bin schwul. Ist eben so. Kann ich auch nichts für, kein Grund, hier so einen Aufstand zu machen, nur weil er mich beim Knutschen mit meinem Freund gesehen hat.

»Nimm Platz!«, fordert mich Peter in seinem Büro auf. In mir baut sich ziemlich viel Wut auf. Er hat überhaupt kein Recht, über mich zu urteilen, über etwas, was ihn überhaupt gar nichts angeht. Mische ich mich in sein Liebesleben oder das eines anderen Kollegen? Hab ich Bernd je gesagt, wie moralisch verwerflich es ist, von einem Bett ins nächste zu hüpfen? Nein! Also sollen sie mich bloß in Ruhe lassen!

»Ich stehe lieber, kann mir gut denken, was du sagen willst!«, knurre ich recht unfreundlich. Mann, ich habe darauf keine Lust. Dieses zivilisierte Getue.

Er soll mir gleich ins Gesicht sagen, wie pervers er mich findet, dass es ihn anwidert, wenn ich einen Mann küsse, ja sogar intim werde. Los, bringen wir es hinter uns, beenden unsere fünfjährige Freundschaft deswegen und ich habe wieder meine Ruhe. Oder zumindest den ersten Teil der Hexenjagd hinter mir. Klare Verhältnisse.

»Mann! Mike!«, schnauzt Peter mich unerwartet an, verdreht genervt die Augen. »Was soll das?«

Ich starre ihn lediglich finster an, nippe an meinem Cappuccino nur, damit er nicht merkt, wie nervös ich bin. Scheiße, sogar meine Hände zittern ganz leicht. Passiert mir sonst nie.

»Was soll was?«, gebe ich zurück. »Du hast mich doch Samstag auf der Party mit meinem schwulen Mitbewohner tanzen und knutschen gesehen!«

Peter nickt, trinkt einen großen Schluck von seinem Kaffee und ich nutze den Moment, indem er nichts antworten kann, und gehe einfach in die Offensive: »Okay, jetzt weißt du, dass ich schwul bin. Ja, ich lebe nicht nur mit ihm zusammen, wir sind auch ein Paar. Ich starre nicht nur auf seinen Hintern, ich ficke ihn auch. Alles klar? Dann kann ich ja wohl wieder gehen!«

Ich wende mich ab, habe keine Nerven für eine weitere Diskussion. In mir kocht es, hätte nie gedacht, dass ich mal in eine solche Situation kommen würde. Wenn er mich so nicht akzeptieren kann, dann eben nicht!

»Mike!« Offenbar hat er seinen Kaffee schneller als erwartet heruntergeschluckt. Hoffentlich hat er sich dabei verbrannt. Nein, hat er nicht, denn seine Stimme funktioniert hervorragend.

»Mike, hör mir doch mal zu, du Hornochse!«, zischt Peter, gerade als ich zur Tür raus will. Er ist so laut geworden, dass Arnaud, der gerade hereinkommt, erstaunt zu uns rüber sieht.

Okay, ich bleibe in der Tür stehen, mustere Peter kühl.

»Mach die Tür bitte zu und setze dich.« Leider ist er mein Vorgesetzter. Mürrisch folge ich den Anordnungen.

»Ich … wir … Bernd und ich …« Peter schaut mich nicht direkt an. »Okay, ich habe auch blöde Bemerkungen über deinen … Mitbewohner«, er würgt an dem Wort, ich kann es sehen, »deinen … Freund gemacht, die vielleicht nicht … angebracht waren.«

Verblüfft starre ich ihn an. Was wird das hier? Will er sich wirklich gerade für etwas entschuldigen?

»Es tut mir leid«, sagt er prompt. »Ich habe das Ganze wohl falsch … eingeschätzt, glaube ich.« Peter dreht den Kaffeebecher in den Fingern hin und her. »Ich wusste nicht, dass du und er …«, abermals fällt es ihm schwer, weiterzusprechen, »dass ihr so zusammen seid.«

Meine Augenbrauen wandern nach oben. Ich spüre es, aber mein Herz wummert noch immer so hart, will meinen Körper noch nicht von Alarmstufe Zwei auf Null runter fahren. So einfach kann ich hier kaum herauskommen, oder doch?

»So?«, ist alles, was ich Geistreiches herausbringe. Der Cappuccino ist ganz schön heiß. Ich nehme ihn in die andere Hand, bevor ich mir die Finger verbrenne.

»Also, ich habe da eigentlich echt nichts gegen, Mike«, fährt Peter fort. »Es ist nur … ungewohnt. Ich hätte nie gedacht, dass in meiner Abteilung jemand …«

Ah, »schwul« kann er noch nicht aussprechen. Bin ich ja auch nicht.

»Bi«, helfe ich ihm aus. »Ich bin bisexuell. Das wolltest du doch sagen, oder?«

»Äh … ja!« Peter nimmt noch einen großen Schluck Kaffee und ich entspanne mich endlich etwas.

»Ich meine, bei Georg, da weiß es ja jeder. Ist auch okay so. Das war was anderes«, versucht Peter mit hilflos zuckenden Schultern zu erklären. »Aber du? Du bist so …« Er druckst herum. »So normal eben! Herrgottnochmal, mir fällt kein besseres Wort dafür ein. Ich hätte einfach nie gedacht, dass du dich eher für einen anderen Mann interessieren könntest, du hattest immer Freundinnen.« Peter holt tief Luft und sieht mich an. »Gib mir einfach ein bisschen Zeit, mich dran zu gewöhnen, ja?«

»Was heißt das?« Noch immer schwingt Misstrauen in meiner Stimme mit. Peter verhält sich anders, als ich es gedacht hätte.

»Das heißt, dass es mir eigentlich egal ist, du Idiot!«, schnauzt er mich an. »Es ist mir egal, ob du schwul bist oder was auch immer und ob du mit einem Typ zusammen bist, okay?« Er holt nochmals tief Luft. »Mir ist es aber nicht egal, was aus unserer Freundschaft wird, kapiert? Ich möchte dich weiterhin als Freund und du bist ein sehr guter Kollege. Ich möchte nicht, dass deine … sexuelle Orientierung zum Problem auf dem Revier wird. Nicht, wenn ich es verhindern kann.«

Nun schaltet mein Körper endgültig auf Friedenstufe zurück und endlich hört auch dieses blödsinnige Zittern meiner Finger auf. Mein Mund verzieht sich zu einem vorsichtigen Lächeln. Ja, ich habe es kapiert. Dafür schlucke ich sogar den Hornochsen und Idioten kommentarlos.

»Wenn du damit klarkommst, habe ich auch kein Problem mit dir.«

»Immerhin bist du also wieder in festen Händen, wie es scheint?« Endlich lässt Peter die Luft ganz raus, grinst mich an.

Noch einen Schluck, kurze Denkpause für mich.

»Ja. Wir sind fest zusammen.« Es fällt mir immer leichter, diese Tatsache auszusprechen.

»Ich fand es schon toll, wie du dich um ihn gekümmert hast, dass da mehr läuft, hätte ich mir allerdings nie träumen lassen«, meint Peter kopfschüttelnd.

»Ich auch nicht«, antworte ich ehrlich. »Aber ist eben so passiert.«

»Dieser … Alec ist auch ein echt Netter«, erklärt Peter versöhnlich. »Er ist charmant und sieht sehr gut aus. Da hast du einen guten Fang gemacht.« Schmeichelt er mir jetzt? Auch wenn ich es durchschaue, seine Worte über meinen Alec gehen runter wie Öl.

»Ist er denn mittlerweile einigermaßen drüber hinweg, was ihm passiert ist? Bernd hat erzählt, dass er ihn aus Versehen mit seinen Handschellen geschockt hätte. Kriegt er sich mittlerweile besser ein? Er ist doch in Therapie, oder?«, fragt Peter, bemüht eine lockere Konversation zu führen.

Klingt, als ob Alec einen an der Klatsche hätte. Eigentlich will ich gar nicht so viel darüber sprechen. Allerdings hat Peter akzeptiert, dass ich vom anderen Ufer bin, und redet noch mit mir. Sogar in freundlichen Worten. Und er hat mir quasi seinen Schutz im Revier angeboten. Das ist viel mehr, als ich erwarten konnte.

»Ist er. Ab und an hat er noch Albträume und Panikattacken, vor allem wenn es zu viel Menschen sind. Ansonsten packt er es ganz gut. Alec studiert Pädagogik und arbeitet in einem Stall mit Hippotherapie«, erzähle ich stolz.

Peter nickt, lächelt und wir unterhalten uns tatsächlich noch ein paar Minuten ganz locker, bis Arnaud hereinkommt, ein paar Akten hinlegt.

»Moinmoin, Arnaud.« Er wirft mir einen kurzen, undefinierbaren Blick zu.

»Hey!«, grüßt er knapp zurück. Okay, der hatte wohl kein so gutes Wochenende. Wobei mir auffällt, dass ich über ihn eigentlich gar nichts weiß. Hat er eine Freundin? Kinder? Ich glaube nicht.

Arnaud ist kurz angebunden und auch gleich wieder draußen.

»Hat der Probleme zu Hause?«, fragt mich Peter, dem Arnauds dürftige Begrüßung auch nicht entgangen ist.

»Keine Ahnung. Bei dem steige ich nie durch, wie er gerade drauf ist.« Und ehrlich gesagt interessiert es mich auch kein bisschen.

Peter erzählt von der restlichen Party, die Alec und ich verpasst haben. Mit Bedauern höre ich, dass ich nicht in den Genuss gekommen bin, zwei angetrunkene Schwule, nämlich Georg und Phily zu erleben, die einen Walzer tanzen, bei dem Phily seinen Georg so schwungvoll herum geschleudert hat, dass dieser ausrutschte, haltlos auf dem Bauch über das ganze Parkett schlitterte und krachend inmitten von Stühlen, Tischen und dem restlichen Büfett zum Halten kam.

Muss ein toller Anblick gewesen sein und Peter kommt aus dem Lachen gar nicht mehr heraus. Es ist fast wie immer, wenn wir uns unterhalten. Nur ein winziger, angespannter Unterton. Gut, er braucht Zeit, ich kann es verstehen.

Als wir unseren Kaffee ausgetrunken haben, gehe ich endlich wieder an meinen Tisch zurück, doch viel Zeit, um mich an irgendwelchen unerfreulichen Papierkram zu machen, habe ich nicht, denn Sam winkt mir zu.

»Einsatz, Mike! Richte dich nicht häuslich ein. Ein Ladendieb in der Einkaufspassage. Los komm schon, schwing deinen Arsch hoch!« Seufzend werfe ich den leeren Becher in den Müll und folge ihm zum Wagen.

Als wir unterwegs sind, fragt Sam natürlich nach, was Peter denn von mir wollte.

»Was Privates.« Ich ernte einen überraschten Blick unter deutlich hochgezogenen Augenbrauen, erkläre nichts weiter und Sam fragt nicht nach.

Ich glaube nicht, dass es eine gute Idee ist, ihm davon zu erzählen. Wenn Bernd es nicht weitererzählt hat, werde ich es auch nicht tun. Warum sollte ich es auch an die große Glocke hängen, schließlich geht es ja nur mich und Alec was an.

»Muss ja dramatisch gewesen sein, denn Arnaud hat die ganze Zeit rumgestanden und sich mit den Akten nicht herein getraut«, brummt Sam. »Vielleicht hatte der Angst euch bei was zu stören.«

Teufel auch! Hat Arnaud womöglich was von dem Gespräch mitbekommen? War er deshalb so kurz angebunden? Würde er es weitererzählen?

Gute Frage. Ich mag ihn nicht sonderlich, dennoch war er immer freundlich. Er kann schließlich nichts dafür, dass ich seine Art nicht leiden kann.

»Hat der eigentlich eine Familie?« Sam kennt eigentlich jeden im Revier gut. Zumindest jeden, der Frau und Familie hat.

»Arnaud? Nein. Ich glaube, der hat derzeit nicht mal eine Freundin.« Sam grinst plötzlich.

»Fabian meinte neulich, dass er ihn in Privatklamotten drüben am Straßenstrich gesehen hat, wie er sich mit einer der Damen unterhalten hat. Vielleicht hat er sich auch getäuscht«, erzählt Sam mit verschwörerischer Stimme. »Nachts kann man Gesichter nicht immer gut unterscheiden. Und selbst wenn, ist es ja sein Ding.«

Ich nicke. Ja, ist es.

Arnaud darf da ebenso ein kleines Geheimnis haben wie ich.

Warum auch nicht.

THERAPIEGESPRÄCHE

Mit dem Fahrrad?«

Misstrauisch beäugt Tom mein Zweitrad, welches ich ihm hingestellt habe.

»Mit dem Rad, ja!«, bestätige ich unsere heutige Art der Fortbewegung. »Mit dem Bus dauert es eine halbe Stunde länger, ist umständlicher und die meisten Leute stehen nicht auf den intensiven Stallgeruch neben sich.«

Tom nähert sich dem Fahrrad, als ob es ihn gleich beißen wollte.

»Sag bloß, du bist noch nie Fahrrad gefahren?«

»Klar doch. Als ich etwa acht war und noch mit Lego gespielt habe«, brummt Tom unwirsch. »Aus dem Kinderkram bin ich längst raus.«

»Da wäre ich mir nicht sicher«, kann ich mir nicht verkneifen, lächle ihn an, als er mich empört ansieht. »Komm schon. Die Bewegung wird dir gut tun und den Alkohol schneller abbauen.«

Tom brummt noch etwas, nimmt sich wenigstens das Rad und schiebt es neben mir zur Straße. Ich werfe ihm immer wieder Blicke zu, hoffe wirklich, er ist fit genug, aber ich halte es tatsächlich für eine gute Idee, wenn er gleich heute Morgen mit zum Stall kommt und sich bei Linda entschuldigt.

Ob sie ihm den Ausrutscher verzeihen wird? Ganz sicher bin ich mir nicht, deshalb ist es gewiss gut, wenn ich dabei bin. Das bin ich Tom schuldig.

Etwas besser scheint es ihm nach der Dusche zu gehen. Sein Kopf wird noch brummen und wirklich gut sieht er nicht aus, noch immer blass.

Dieser kleine Mistkerl kam doch vorhin nach der Dusche, nackt in mein Zimmer gelatscht, grinste mich an und meinte, jetzt wo mein eifersüchtiger Freund weg sei, könnten wir ja endlich ungestört zur Sache kommen. Ich habe ihm seine Klamotten – meine Klamotten, denn seine sind in der Waschmaschine – vor die Füße geworfen und bin in die Küche gegangen.

Ich war eigentlich nicht wütend, es nervt mich nur, wenn er versucht cool zu tun, ich aber genau weiß, dass es alles nur Maske ist. Ich kenne ihn gut genug. Ich habe ihn gestern erlebt und ich habe mir solche Sorgen um ihn gemacht. Ich mag es einfach nicht, wenn er jetzt so tut, als ob alles in bester Ordnung wäre.

Hat er wohl auch gemerkt, denn Tom kam kurz danach in die Küche, vollständig angezogen und hat mich kleinlaut um Entschuldigung gebeten. Ich habe nur genickt. Thema erledigt.

Tom hat sich gesetzt, ein paar Minuten lang geschwiegen und mich dann total überrascht, als er mir erklärte, dass er sich noch niemals in jemand verliebt hätte und ich eben der Erste wäre und wie unfair das Leben sei, dass wir zwei uns nicht früher getroffen hätten.

Ich habe die Tränen in seinen Augen gesehen, er hat sie zurückgehalten, es wirklich geschafft relativ ruhig zu bleiben, nur seine Hände hatte er zu Fäusten geballt und gegeneinander gepresst.

»Ich bin immer dein Freund«, habe ich ihm noch einmal versichert. »Du kannst immer zu mir kommen, oder mich anrufen, wenn du Probleme hast.«

Tom hat genickt und leise gesagt: »Das weiß ich, Alec. Danke.«

Er hat wirklich »Danke« gesagt und ich glaube, er hat es auch so gemeint.

Nun schwingt er sich tatsächlich auf das Fahrrad. »Wo müssen wir denn lang?« Ich deute ihm die Richtung an. Wir radeln eine ganze Weile schweigend nebeneinander und ich atme tief die frische Luft ein. Ich hoffe, es tut seinem Kopf auch gut, hilft ihm, die Kopfschmerzen zu vertreiben und den Rest Alkohol loszuwerden.

Ich hatte noch nie einen Kater, ich kann mich nicht ganz in ihn hineinversetzen, mir tut diese kühle Morgenluft immer gut, ob beim Laufen oder beim Radfahren.

»Geht es deinem Kopf besser?«

»Wird schon. Sind nur noch Hundert Zwerge mit Hämmern da drin, nicht mehr Tausend«, nuschelt Tom.

Ich werfe einen Blick zu ihm. Feine Schweißperlen stehen glänzend auf seiner Stirn und ist er noch etwas blasser geworden?

»Wenn du eine Pause brauchst, sagt Bescheid.« Nicht dass er mir im Park zusammenklappt.

»Brauche ich nicht«, gibt er schnippisch zurück, ganz der Tom, wie ich ihn kenne. »Dieses technische Wunderwerk aus Rost braucht eben nur einen starken Mann zum bedienen.« Er grinst breit, ich schmunzle.

»Na dann hat es ja der Richtige bekommen, ein echter Kerl«, spöttle ich, er nickt bestätigend.

Es sind wenig Leute unterwegs. Ich mag diese ruhige Morgenstimmung mit dem Hauch von Nebel und Feuchtigkeit in der Luft. Wir durchqueren den Park und radeln an der Landstraße entlang. Wäldchen wechseln sich mit den ersten Weiden ab. Kühe grasen im taufeuchten Gras. Es riecht nach Erde und Heu. Um diese Tageszeit sind die Düfte intensiver. Alles ist ruhig, die Geräusche klingen gedämpfter. Wunderschön.

»Ist der eigentlich gut im Bett?«, unterbricht Tom prompt meine romantische Stimmung und ich brauche einen Moment, um widerwillig zu antworten:

»Es geht dich nichts an, aber ja, ist er!«

Tom brummt unwirsch.

Ich starre stur geradeaus. *Klasse, du hast mir gerade meine entspannte Laune verdorben.* Ärgerlich trete ich fester in die Pedale, überhole ihn. Am liebsten würde ich ihm davon radeln, nur kennt er sich hier ja nicht aus, nachher geht er mir noch verloren. Also lasse ich mich widerwillig zurückfallen.

Tom wirft mir einen Blick zu, und als er sich sicher ist, dass ich nicht wirklich böse auf ihn bin, schaut er mich offen an.

»Musst du dabei …«, es fällt ihm offenbar schwer, »nicht immer daran denken?«

Ich zucke zusammen, verstehe sofort, was er meint. Klar, das bedrückt ihn so sehr, wie es mich verunsichert hat. Kann man je wieder Sex haben, ohne jedes Mal daran zu denken? Ich schon. Zumindest mit Mike. Vermutlich auch nur mit Mike. Mit jemand anderem will ich es ja auch gar nicht. Niemals wieder.

»Nein. Am Anfang kamen die Bilder ab und an hoch, aber es ist anders mit jemandem den man liebt.«

Tom nickt verstehend und überrascht mich: »Ist das wegen dieser Psychoscheiße, die du mitgemacht hast?«, fragt er nach, bringt mich damit zum Schmunzeln.

»Du meinst wegen der psychologischen Therapie?«, korrigiere ich. Er brummt zustimmend. »Bestimmt. Das hat mir gut geholfen, damit fertig zu werden.«

»Ist das nicht schwer mit einem anderen Kerl, einem Psychodoc über so was zu quatschen?«

»Doch, am Anfang war es extrem schwer. Ich wollte nicht so gerne vor einem anderen Mann offenlegen, was Adrian mir alles angetan hat. Es war mir zu peinlich. Aber es wurde irgendwann auch besser, weil es einfach gut war, darüber zu reden und zu begreifen, dass es nicht meine Schuld war, was er mir angetan hat.« Abermals brummt Tom zustimmend.

Ich wage einen Vorstoß. »Hast du jemals darüber mit jemandem geredet?« Augenblicklich schüttelt Tom den Kopf, presst sich im nächsten Moment die Hand an den offenbar schmerzenden Kopf.

»Scheiße, Mann! Sollte ich nicht tun!« Er stöhnt, kippt fast vom Rad. Hastig legt er beide Hände ans Lenkrad und kommt wieder auf Kurs. Besorgt blicke ich zu ihm hinüber, aber er scheint sich jetzt im Griff zu haben.

»Vielleicht wäre es ganz gut, wenn du mal mit jemandem darüber reden könntest?«, versuche ich es.

»Ich rede ja mit dir drüber«, kontert er abwehrend. »Reicht doch!«

»Ich dachte eher an jemanden, der dir helfen kann.« Tom zieht sich sofort zurück, funkelt mich böse an.

»Bin ich vielleicht so ein Psycho wie du, der bei jedem Menschenknäuel gleich zusammenklappt?«, schnappt er zurück. Ich schlucke hart, denn auch wenn ich weiß, dass er es nicht so meint, tut es weh.

Tom hat es auch gemerkt. »Sorry, kannst du ja nichts für. Bist eben ein Softie.« Er schweigt, bis wir in die Straße zum Stall einbiegen. »Aber ich will nicht mit so einem alten Knacker reden, der eh davon keine echte Ahnung hat. Was weiß der schon, wie man sich fühlt?«

»Dr. Goedhard hat nie behauptet, dass er weiß, wie ich mich fühle. Er hat zugehört und mir gezeigt, wie ich das Trauma überwinden kann.«

»Mh.« Tom wirkt nachdenklich, verblüfft mich erneut: »Ich … könnte ja mal mit Ricky reden. Der hat bestimmt Ahnung. Studiert den Quatsch ja immerhin.«

Jetzt muss ich lächeln und Tom bekommt es mit, dreht sich zu mir um und funkelt mich mit seinem »tödlichen« Blick an.

»Grins nicht so blöd!«, schnauzt er mich an. »Der ist ein bisschen plemplem im Oberstübchen, was seine Klamotten angeht, aber sonst voll okay, klar?«

»Habe ich was gesagt?« Ich kann mir ein weiteres Grinsen nicht verkneifen. Tom tritt heftiger in die Pedale und ich erreiche ihn erst, als er am Stall abbremst und abspringt.

»Rick wäre bestimmt ganz gut dafür«, wage ich zu behaupten, nicht ganz überzeugt. Vielleicht besser als ich, denn ich kann Tom nicht helfen. Wir schieben die Fahrräder in den Ständer vorm Reiterstübchen und werden schon von dem Gebrummel der zwei Braunen begrüßt, die ihre offenen Stallfenster zum morgendlichen Sonnenbad nutzen.

»Und er mag dich.« Ich weiß, ich, begebe mich auf ganz dünnes Eis, ernte ein abfälliges Schnauben von Tom.

»Klar, der ist so was von stockschwul, der nimmt alles, was zwei Beine und einen Schwanz hat«, behauptet Tom, doch seine Stimme klingt bei Weitem nicht so hart, wie seine Worte.

»Dann passt ihr ja prima zusammen«, kann ich mir nicht verkneifen und nun schaut mich Tom empört an. Ich sehe an seinen Augen, dass ich ihn getroffen habe, versuche es hastig abzumildern: »Solange du nicht irgendwann in rosa Reithosen rumläufst …«

Das empörte Schnauben von Tom macht Pony Jumbo Konkurrenz. »Bin ich irre oder was? Niemals!« Tom will noch was sagen, doch in dem Moment tritt uns Linda aus dem Stall entgegen und ihr Gesichtsausdruck bringt ihn augenblicklich zum Schweigen. Betreten sieht er ihr entgegen. Ich fühle mich sofort versucht, jeden Vorwurf abzumildern, denn ihr Gesicht ist hart.

»Guten Morgen, Alec.« Sie wirkt kühl, ihr Blick bleibt an Tom hängen, dessen Schultern nach vorne gefallen sind und der mit den Schuhen den Sand hin und her schiebt. »Wir beide sollten am besten gleich mal in meinem Büro miteinander reden.« Mich beschleicht kein gutes Gefühl. Tom auch nicht, denn sein Gesicht verzieht sich trotzig. Linda sieht ihn ruhig an und ich kann genau erkennen, wie Tom das Blickduell verliert und kaum merklich nickt.

Er scharrt noch stärker mit den Füßen im Sand. Ich bin versucht, seine Hand zu nehmen, Linda zu bitten, ihn nicht zu feuern. Tom merkt es an meiner Haltung.

»Darf … darf Alec mitkommen?«, fragt er hoffnungsvoll, lässt den Blick von mir zu Linda hin und her schweifen.

»Wozu?« Linda wirft mir einen Blick zu, der in mir jeden Widerspruch auslöscht. Oh je, sie ist wirklich sauer.

»Ich …«, beginne ich trotzdem tapfer, will retten, was zu retten ist. Linda unterbricht mich: »Du bist alt genug, alleine Verantwortung für dein Handeln zu tragen, Thomas.«

Woher weiß sie, dass er eigentlich Thomas heißt? Er hat es mir irgendwann mal nebenbei gesagt. Er hasst den Namen, bevorzugt die Abkürzung. Thomas-Jordan Junior Bachman. Wer nennt sein Kind auch so? Ich bin mir ganz sicher, dass er es Linda nicht gesagt hat.

Entsprechend erschrocken schaut er sie an.

»Alec, es wäre schön, wenn du dir heute den Minimax schnappst und ordentlich arbeitest«, schlägt Linda an mich gewandt fort. »Der hat mir Freitag und gestern zwei Kinder runtergebockt, ich glaube, der braucht mehr Auslastung. Du kannst ihn gerne mit ins Gelände nehmen.«

Automatisch nicke ich, werfe noch einen Blick zu Tom, der aber nicht hochschaut. Linda geht zum Büro vorweg und Tom folgt ihr schleppenden Schrittes.

Ich sehe ihnen nach, nagende Schuldgefühle im Bauch, weil ich Tom alleine lassen muss, wo ich mit verantwortlich für seinen Absturz bin. Linda hat ja Recht: Irgendwann muss er Verantwortung für sich selbst übernehmen. Nur wenn sie ihn rausschmeißt, dann stürzt er womöglich ganz ab. Ich weiß, wie viel ihm die Arbeit hier bedeutet. Nicht nur wegen der Pferde.

Klar, er mag die großen, sanftmütigen Tiere sehr gerne, vertraut ihnen. Ich glaube, er ist jedoch vor allem gerne hier, weil ihn niemand als Ex-Junkie, den abgestürzten Drogenabhängigen sieht, sondern als ein wichtiges Rädchen im Stallbetrieb. Hier hat er eine Position, kennt jedes Pferd mit Namen, weiß, wer was zu fressen bekommt, wie er jedes Tier zu handhaben hat. Die Pferde nehmen ihn, wie er ist, durchschauen seine Maske gnadenlos, doch vor ihnen muss er ja auch nichts verbergen.

Oft genug bin ich leise weitergegangen, wenn ich ihn in ein Zwiegespräch mit einem der Pferde in der Box gesehen habe. Ich weiß nur zu genau, wie das helfen kann, was für ein wundervolles Gefühl es ist, wenn dir das Pferd seine weichen Nüstern an den Hals legt und verständnisvoll schnaubt. Sie strahlen Ruhe aus, Sicherheit, Akzeptanz, alles, was Tom braucht und nie hatte.

Seufzend mache ich mich auf den Weg ans andere Ende des Stalls, um Minimax zu holen. Der freche Halbblüter schlägt gerne mal über die Stränge und ich bezweifle ehrlich, dass er auf Dauer als Schulpferd was taugt. Er ist acht, übermütig und nutzt Schwächen des Reiters gnadenlos aus. Vermutlich wird ihn Linda bald an einen Reiter verkaufen, der seinem Temperament und Laufwillen mehr gerecht wird.

Mich lässt er sein Temperament auch gleich fühlen. Beim Putzen ist er noch artig, obwohl ich abgelenkt bin und ständig zum Büro hinüber sehe. Ich habe ihn extra so angebunden, dass ich beobachten kann, wann Tom wieder auftaucht, aber weder er noch Linda kommen heraus. Ich bin ganz schön nervös, und als ich sattle, tanzt Minimax hin und her, bis ich ihn nachdrücklich ermahne.

Noch immer sind sie nicht wieder aufgetaucht und ich setze mir schweren Herzens den Helm auf, sitze auf und lenke den Fuchs Richtung Gelände. So werde ich es natürlich erst erfahren, wenn ich wiederkomme.

Kurz danach habe ich ganz anderes zu tun, als an Tom zu denken, denn der freche Halbblüter testet mich heute richtig aus, fordert meine ganze Aufmerksamkeit, wenn ich nicht bei einer seiner: »Oh! Ein Geist im Gebüsch! Schnell weg!«-Aktionen danebensitzen will. So massiv hat er meine Sattelfestigkeit noch nie getestet.

Erst nach etwa zwanzig Minuten wildem Hin- und Hergespringe über den Feldweg fängt er an, vorwärts zu traben und nach weiteren zehn Minuten ist er endlich in einem ruhigen, gleichmäßigen Bewegungsablauf und entspannt sich fühlbar. Er schnaubt ab und wird lockerer.

Auch für meinen Kopf sind die gleichmäßigen Bewegungen nur gut. Als ich ihn einen schönen, langen Waldweg entlang galoppieren lasse, sind alle Gedanken an Tom, an sein verkorkstes Leben, meine Vergangenheit, die Probleme, den Prozess, weg. Ich genieße den Wind im Gesicht, den rhythmischen Galopp, das An- und Abspannen der kräftigen Muskeln unter mir.

Etwa eine Stunde später komme ich zurück zum Hof, blicke neugierig zum Büro, aber natürlich kann ich von außen nicht sehen, ob Tom noch drin sitzt oder ob er im Stall ist. Immerhin steht das Fahrrad noch da. Wenn ihn Linda gefeuert hat, wäre er wohl auch eher mit dem Bus abgehauen.

Ich sattle Minimax ab, versorge und bringe ihn auf die Koppel, wo seine anderen Pferdekumpel schon die Nasen im Gras haben. Tom sehe ich nirgends, ebenso wenig Linda.

Ich hole mir das nächste Pferd, versuche in meine Routine zu kommen, wenngleich die Gedanken bei Tom sind. Nun werde ich zusehend nervöser.

Irgendwann läuft mir Kathi, eine von Lindas Praktikantinnen, über den Weg und ich frage, wo Linda denn ist.

»Linda?« Sie streicht sich eine dunkle Strähne aus dem Gesicht und stützt sich auf die Mistforke. »Die ist vor etwa einer halben Stunde in die Stadt gefahren.«

»Echt?« Wo ist dann Tom? Hat sie ihn gefeuert und er ist alleine losgefahren, ohne mir Bescheid zu geben? Hastig blicke ich auf mein Handy, da ist keine SMS oder ein Anruf. Haut der wirklich einfach ab? Ja, würde er wohl tun.

Shit!

»Und Tom?«, erkundige ich mich vorsichtig, habe kein gutes Gefühl dabei.

Kathi schaut auf, kippt ein paar Pferdeäpfel auf die Schubkarre. »Ach der? Na, der ist mitgefahren.«

»Er ist mit Linda mitgefahren?« Warum hat sie ihn mitgenommen? Ist noch mehr vorgefallen? Diese Ungewissheit macht mich ganz kribbelig, ich kann nur warten, bis Linda wiederkommt oder Tom mich anruft.

Also arbeite ich weiter, vergesse wenigstens auf dem Pferderücken mir Sorgen zu machen und lausche auf das Geräusch von Lindas Geländewagen.

Sie kommt erst nach drei Stunden wieder auf den Hof gefahren. Vorsichtig schiele ich um den respektablen Hintern des Haflingers Max hervor, den ich gerade satteln will, und staune nicht schlecht, als aus der anderen Tür Tom aussteigt. Ich kann sein Gesicht nicht sehen, versuche es dennoch und trete um das Pferd herum.

Tom hilft Linda, ein paar Kartons und zwei Reisetaschen auszuladen und ins Haus zu bringen. Sie hat ihn wohl doch nicht rausgeschmissen, vermute ich erleichtert. Ich muss ihn mir gleich mal schnappen, wenn ich mit dem Pferd fertig bin.

Tom kommt heran, als ich den dicken Haflinger nach einer halben Stunde Arbeit im Schritt ausschnauben lasse, lehnt sich lässig an den Zaun des Reitplatzes und grinst mich selbstgefällig an.

»Alles klar?«, frage ich, vor lauter Neugierde bis zum Platzen gespannt. »Was hat sie gesagt?«

Tom lächelt wissend und will mich wohl bewusst foltern, denn er zuckt nur lässig die Schultern, wartet, bis ich abgestiegen bin und mit Max im Schlepptau zum Ausgang komme.

»Ganz viel hat sie gesagt.«

»Aber du darfst weiterhin hier arbeiten?«, erkundige ich mich atemlos.

Tom nickt, grinst unverschämt breit.

»Na los, nun spucks schon aus!« Ich halte es kaum aus vor Spannung.

»Na ja«, beginnt er gedehnt. »Wir waren eben im Wohnheim.«

Shit. Hat Linda denen erzählt, was passiert ist? Wenn, dann wird Tom gewaltig Ärger bekommen, die machen keinen Unterschied zwischen der Droge Alkohol und anderen.

»Nee, nicht was du denkst«, wiegelt Tom aber auch gleich ab, meinen Ausdruck richtig deutend. »Wir haben meine Sachen geholt.«

»Was?« Jetzt stehe ich voll auf dem Schlauch.

Er feixt. Ich sehe genau, wie er es genießt, mich hinzuhalten. Meine Spannung wächst weiter. Was hat das zu bedeuten?

Tom nickt eifrig, lächelt dann so glücklich, wie ich es nur höchst selten bei ihm gesehen habe. »Linda lässt mich hier wohnen.« Es soll bemüht beiläufig klingen, seine blitzenden Augen und das freudestrahlende Lächeln, entlarven seine wahren Gefühle. »Ich darf ab jetzt hier bei ihr wohnen!«

ALEC-THERAPIE

Besser?«

Alec hält mich eng umschlungen. Seine Haut fühlt sich kalt an und ich spüre noch immer das leichte Zittern und schnelle Schlagen seines Herzens. Nicht mehr so schlimm wie vorhin.

»Es geht schon wieder«, sagt er recht leise, behält die Augen geschlossen.

Es ist dunkel im Zimmer, nur der Schein der Straßenlaterne draußen erhellt den Raum. Ich kann sein Gesicht erkennen, aber nur, weil es mir mittlerweile schon so vertraut ist. Die Uhrzeit hingegen kann ich nicht sehen, denn dann müsste ich mich vorbeugen. Ich will ihn nicht stören.

Er klammert nicht mehr ganz so stark, sein Griff hat sich gelockert. In meinen Ohren hallen hingegen noch seine Schreie nach, dieses angstvolle: »Nein! Nein!«

Furchtbar.

Ich kann nur erahnen, welcher Albtraum ihn heimgesucht hat, als er plötzlich mitten in der Nacht neben mir anfing zu schreien und um sich zu schlagen. Ich musste ihn an den Oberarmen festhalten, bis er endlich die Augen aufschlug und mich erkannte. Mann, er hat so stark hyperventiliert, dass ich echt schon dachte, er dreht völlig durch. Die Augen waren riesig weit aufgerissen, wirkten so verschreckt, wie damals in der Dusche.

Ich habe lange nicht mehr daran denken müssen. Hilflos konnte ich ihn nur festhalten, den Körper nach unten drücken, bis er mich endlich erkannt hat und sich beruhigte.

Ich streiche über seine Stirn, die noch immer feucht von kaltem Schweiß ist. Wenn er diese Träume hat, wirkt er so verängstigt wie ein kleiner Junge. Verdammte Albträume! Er hat schon lange keinen mehr gehabt, aber nach dieser beschissenen Verhandlung gestern, kein Wunder!

Vermutlich hat er von Adrian geträumt, wovon sonst? Wer würde das nicht.

Wie Alec ausgesehen hat, als er davon erfahren hat! Leichenblass.

Gestern am frühen Abend kam der Anruf von seinem Anwalt. Ich war in der Küche, habe uns Lasagne gemacht, als das Telefon klingelte. Keine Ahnung warum, aber ich wusste, dass es nichts Gutes bedeuten konnte. Klar, wir beide haben den ganzen Tag lang nur an diesen Haftprüfungstermin gedacht. Alec war die ganze Zeit schon in gedrückter Stimmung, wirkte fahrig und abwesend.

Ich hatte es schon insgeheim befürchtet, denn egal wie involviert ich persönlich in diese Sache bin, mir ist schon klar, wie es bei dem Termin ablaufen würde.

Ich konnte Alec im Flur stehen sehen, sein schmales Gesicht so ernst. Kurz zuvor haben wir noch gescherzt, uns über Tom unterhalten, der sich bereits nach dem ersten Tag schon bei Alec über Lindas strenge Regeln im Haushalt beschwert hat.

Der kleine Mister Macho hat wohl gedacht, er schiebt eine ruhige Kugel, nur weil sich mal jemand wirklich um ihn kümmert. Aber da hat er sich offenbar getäuscht, denn so, wie ich diese Frau kennengelernt habe, hat die ihn voll im Griff. Sie ist nicht umsonst Sozialpädagogin und weiß, wie sie mit solchen Jugendlichen umgehen muss. Sonst hätte man ihr bestimmt auch nicht gestattet, Tom zu sich zu nehmen. Ihre Referenzen sind gewiss ebenso gut und überzeugend wie sie selbst.

Für Tom ist es besser so, raus aus dem Heim. Das kann ihm wirklich nur gut tun. Der kleine Scheißer hat so ein verdammtes Glück, nicht aus dem Programm geflogen zu sein. Bestimmt hatte Linda da auch ihre Finger im Spiel. Laut Alec haben weder sie noch Tom etwas darüber verlauten lassen. Ich hoffe nur, Tom macht das Beste daraus.

Bei diesem Gespräch hat Alec noch gelacht. Sein jungenhaftes, helles Lachen. Dann unterbrach uns das Telefonklingeln und er wusste ebenso wie ich, wer es sein würde. Stocksteif stand er am Telefon, die Schultern seltsam verkrampft. Alec hat gelauscht, genickt, mehrfach »Ja. Ja, ich verstehe«, gesagt. »Danke« und sich verabschiedet.

Als er aufgelegt hat und zu mir in die Küche kam, beinahe schwankte, wusste ich, wie es gelaufen ist. Genügend Leumundszeugen, gewitzte Anwälte, Adrian hinterlegt seinen Ausweis, bekommt Meldeauflagen und frei ist er. So läuft es eben. Adrian ist ja kein Mörder. Ziemlich harmlos, doch nur ein Vergewaltiger. Er hat Alec nur eingesperrt und vergewaltigt, damit gilt er nicht als weitere Bedrohung für andere Menschen.

Für Alec schon.

Der Gedanke, dass sein Peiniger frei herumläuft, macht ihm schwer zu schaffen, wie mir sein Albtraum gerade bewiesen hat. Auch wenn er gestern noch versucht hat, tapfer zu sein, sich nicht seine Ängste anmerken zu lassen.

Ich drücke ihn stärker an mich, streiche ihm über die Haare.

Verflucht sollen sie alle sein! Ich bin wütend, weil ich live erlebe, was diese Entscheidung aus Alec macht, wie es ihn beeinflusst, sein mühsam aufgebautes Leben zu zerstören droht. Ich werde es einfach nicht zulassen. Ich bin da. Sein Freund, sein Lebensgefährte. Ich werde immer für ihn da sein.

»Frierst du? Deine Haut fühlt sich ganz kalt an.«

»Musst du mich eben besser wärmen.« Er scheint sich langsam wieder zu fangen. Alec öffnet die Augen und lächelt, in seinen Zügen sitzt noch der Schreck des Albtraums. Teufel, ich hasse diese Angst in seinem Blick, will sie nicht mehr sehen müssen.

»Ich gebe mir Mühe«, antworte ich, dann leiser, nach einer Pause: »Willst du darüber reden?« Alec seufzt, kuschelt sich stärker an mich.

»Eigentlich nicht, aber es ist wohl nur fair, wenn ich dich so unsanft aufwecke, dass du die Horrorstorys kennst, die mir den Schlaf rauben.« Sein Grinsen misslingt. Er versucht stark zu sein, ist es aber einfach nicht. Tapferer Alec, tief in seinem Innern ist er total unsicher, versucht es nur niemanden merken zu lassen. Sogar mich nicht. Dabei finde ich es nicht schlimm, ich mag ihn so, wie er ist.

»Kann mir zumindest denken, wer die Hauptrolle drin spielt.« Ich ziehe die Bettdecke höher, damit er nicht friert, wenn der kalte Schweiß trocknet, stopfe sie um seinen schlanken Körper. Alec entspannt sich.

»Adrian«, stelle ich völlig unnötig fest, nur um es ihm leichter zu machen. Alec nickt und seufzt. »Klar. Wer sonst.«

»Freddy Krüger käme auch infrage«, bemerke ich zynisch. Alec schaut mich lächelnd an.

»Den Film habe ich mir wohlweislich nie angesehen. Ich weiß schon, warum. Bei dem wüsste ich wenigstens, dass er nur erfunden ist.«

Klar! Nicht wie Adrian. Der ist real. Ob der auch versuchen wird, wiederzukommen? Er wäre ganz schön dumm, es zu probieren.

Abermals seufzt Alec, ich spüre seine Hände fester an meine Seiten drücken. Ich mag seine Nähe. Ich mag unsere Vertrautheit miteinander. Verliebt, verlobt, verheiratet. Ich muss lächeln. Ersteres reicht doch völlig aus.

»Ein Traum eben. Er hat keinen echten Anfang.« Alec beginnt zögernd. »Meistens bin ich in einem Raum ohne Fenster. Manchmal mit, manchmal auch ohne jede Tür, aber immer ohne jede Fluchtmöglichkeit.«

Er schluckt, zieht die Luft durch die Nase ein und atmet seufzend aus. »Meistens mit Handschellen an ein verfluchtes Bett gefesselt, manchmal auch erst, wenn er reinkommt.« Er macht eine Pause.

Ob es wirklich so gut ist, wenn er es mir erzählt und dabei alles noch einmal erleidet? Doch, darüber reden hilft immer. Das macht er in der Therapie ja auch. Aber sein Therapeut hat davon wenigstens Ahnung. Ich kann ihm nur zuhören und ihn halten.

»Wie das in Träumen eben so ist. Er ist irgendwann einfach da, wenn ich mich umdrehe, wenn ich versuche zu entkommen. Ist stets da, schaut mich an. Ich sehe vor allem seine Augen ständig vor mir. Wie er mich anlächelt, und höre seine Stimme, wie er mich ›Süßer‹ nennt. Alles so liebevoll, so zärtlich.« Alec schaudert. »Aber ich weiß auch, was er gleich tun wird, ich weiß, dass ich ihm nie entkommen kann, dass er immer schneller ist, wenn ich versuche zu fliehen, dass die Türen abgeschlossen sind, wenn ich daran rüttle. Immer ist er da, greift nach mir, zieht mich an sich. Ich spüre ihn überall, als ob er mich umklammern würde.«

Meine Hand greift nach seiner, drückt sie. Vielleicht gebe ich ihm so ein wenig Kraft.

»In meinen Träumen tut es immer entsetzlich weh, wenn er mich nur anfasst, aber vor allem, wenn er in mich eindringt.« Alecs leise Stimme droht zu kippen.

Ich will diese Traumbilder gar nicht sehen, es sind seine Schrecken, sie gehören zu ihm. Wohl oder übel muss ich sie ebenso ertragen wie er. Wenn es dann wenigstens für ihn leichter wird …

Alec schnaubt leise. »Komisch, oder? In echt war er eigentlich immer recht vorsichtig. Bis auf … Mein Unterbewusstsein scheint es anders zu sehen.«

Ich weiß nicht, was ich sagen soll, denn vor meinen Augen läuft immer mein persönlicher Horrorfilm ab, jenes eine Mal, als ich dabei war. Da war dieser Mistkerl alles andere als zärtlich.

Ich beuge mich vor, hebe sein Kinn an und küsse ihn, meine persönliche Therapie gegen die Bilder im Kopf. Ich ersetze sie immer mit seinem Gesicht, seinen Augen, dem Gefühl weicher Lippen. Klappt meistens ganz gut. Meine persönliche Alec-Therapie.

»Was meinst du, Mike? Ist Adrian noch immer so von mir besessen, dass er … noch einmal … womöglich wieder kommt?« Seine Augen blicken mich fragend an. Ich hasse den Ausdruck in ihnen. Nein, vielmehr hasse ich den Mann, der dafür verantwortlich ist.

Mein Hals wird eng. Was soll ich darauf antworten? Diesmal würde ich ihn erschießen, wenn er es wirklich noch einmal versuchen sollte. Ganz bestimmt!

Ist Adrian so auf Alec fixiert, dass er es abermals riskieren würde? Was treibt ihn an, was geht in ihm vor? Vielmehr, was hat ihn damals angetrieben? Reine sexuelle Befriedigung hätte er wesentlich einfacher haben können. Warum Alec?

Ich habe keine Antworten darauf. Ich kenne diesen Mann nicht, ich weiß nicht, was in seinem kranken Kopf vor sich geht. Ich weiß nur, dass es dieses Foto von seinem Bruder gibt und … Teufel noch einmal, da ist ein Zusammenhang zu seinem Verhalten. Was er mit Alec gemacht hat und seinem toten Bruder. Nur komme ich einfach nicht drauf und bislang haben wir auch im Revier nichts herausgefunden, alle Spuren verliefen im Sand.

»Ich glaube nicht«, antworte ich trotzdem zuversichtlich. »So dumm ist der nicht und seine Anwälte werden ihm schon klar machen, dass er sich hübsch weit weg von dir aufhalten sollte, wenn er nicht noch viel länger eingebuchtet werden will.«

»Mein Anwalt meinte, dass er irgendwas zwischen 3 bis 10 Jahren dafür bekommen wird.«

»Ja, wird so sein.« Ich sage ihm lieber nicht, dass ich fürchte, ein Teil davon wird dann als Bewährungsstrafe ausgesetzt werden. Warum soll er sich unnötige Sorgen machen? Hauptsache, er vergisst Adrian und alles, was mit ihm zusammenhängt. Dies ist sein neues Leben, unser gemeinsames Leben.

Ohne diese Geschichte hätten wir uns gar nicht erst kennengelernt. Ich hätte irgendwann eine Frau gefunden, vielleicht Kinder bekommen und er wäre vermutlich mit einem schwulen Mitstudenten in eine WG gezogen. Vielleicht so ein flippiger Typ, wie dieser Ricky.

Oh nein, Alec hat mehr Geschmack.

Der Typ stand gestern vor unserer Tür. Ich habe ihn ganz bestimmt zwei Minuten lang fassungslos angestarrt. Ja, hallo? So oft lerne ich keinen geschminkten Mann kennen.

Ricky. Ich wusste sofort, dass er es sein muss, noch ehe er sich vorstellte oder Alec hinzukam. Er hatte eine grasgrüne enge Hose, mit lilafarbenen Sandalen an und dazu ein schwarzes, ebenso enges Top, mit lilafarbenen Applikationen, unter dem man die Brustwarzenpiercings genau sehen konnte. Eine gewaltige Welle irgendeines süßlichen Parfüms wehte mir entgegen. Grüner Lidschatten, schwarz umrandete Augen, glitzernde Ohrringe. Wenigstens hatte er keinen Lippenstift drauf.

»Hey!«, hat er gesagt mit dieser näselnden Stimme, mir gleich die Hand entgegengestreckt und ich habe sie automatisch ergriffen. »Ich bin Ricky, starker Mann. Du musst der tolle Mike sein? Sind vielleicht Alec oder Tom da?«

Eine schmale Hand, fast an jedem Finger einen Ring, aber ein fester Händedruck. Seine grünen Augen musterten mich geradeheraus. So etwas mag ich an einem Mann. Ein direkter Blick. Ricky wirkt vielleicht weiblich in den schrillen Klamotten und mit der Schminke, aber nicht weibisch.

»Äh. Alec ist da, ja.« Da kam dieser auch schon aus dem Wohnzimmer und begrüßte Ricky. Wir haben uns in die Küche gesetzt, Ricky mit übergeschlagenen Beinen. Ich konnte während des Gespräches kaum meine Augen von seinen immer aktiven Händen lassen. Schmale, lange Finger und er gestikuliert damit wie ein Dirigent.

Komischer Typ. Stockschwul. Aber sympathisch. Vermutlich hat mich nur der Kontrast so schockiert. Seine schrille Aufmachung und die selbstbewusste Art schienen so gar nicht zusammenzupassen, dieser Typ weiß wer und was er ist. Ein stolzer Schwuler.

Nun muss ich doch etwas schmunzeln und Alec bemerkt es sofort.

»Was? An was hast du gedacht?« Er kennt mich schon zu gut.

»Irgendwie an Rick.« Alec kichert leise.

»Der ist hinter Tom her, eindeutig.«

Oh ja, der kleine Mister Macho hat einen Verehrer und Ricky schien es mir ziemlich ernst zu meinen, als er schließlich abgerauscht ist und Tom noch einen Besuch abstatten wollte.

»Da muss Tom wohl in Zukunft ganz schön auf seinen Hintern aufpassen«, rutscht es mir heraus. Alec kichert wieder.

»Meinst du? Ich habe keine Ahnung, wer bei den beiden das Sagen hätte. Aber ich schätze, Tom wird nicht so schnell aus seiner Machorolle ausbrechen wollen.«

»Wie gut, dass es bei uns zweien so klar ist, wer der Herr im Haus ist.« Prompt verspüre ich einen kurzen Schmerz. Alec beißt mich doch glatt in meine Brustwarze.

»Aua! Das tut doch weh!«

»Ich mag starke Männer, die nicht wehleidig sind. Echte Kerle, die ihren Mann stehen können«, spöttelt Alec. Ich grummle vor mich hin. Er macht es wieder gut, denn seine feuchte Zunge leckt über die malträtierte Brustwarze. Okay, das ist Entschuldigung genug.

Meine Gedanken schweifen ab, wenn wir hier so vertraut miteinander liegen, Zärtlichkeiten austauschen. Noch immer finde ich Sex mit ihm aufregend und anders. Ob er auch gerne mal oben liegen möchte, schießt es mir durch den Kopf? Bislang hat er nie so etwas gesagt. Ehrlich gesagt kann ich es mir auch nicht anders herum vorstellen. Aber er ist ein Mann wie ich. Irgendwann überwinde ich vielleicht auch diese Hürde in meinem Kopf. Wir haben Zeit, denn ich will noch ganz lange mit ihm zusammen sein und auch Sex mit ihm haben. Wenn ich ihn damals nicht aus diesem Haus gerettet hätte, wäre mein Leben wahrhaftig anders verlaufen.

Mein zufriedenes Lächeln fällt ihm sofort auf.

»Und woran denkst du jetzt? Schmutzige, sündige Gedanken? Los, erzähl sie mir! All deine wilden Fantasien!«

Ich bin ehrlich. »Daran, dass wir uns nie getroffen hätten, wenn dir das nicht passiert wäre.« Mein Gesicht ist ernst geworden, aber Alecs Lächeln bleibt. Seine Finger spielen mit meinen.

»Das wäre sehr schade. Dann würde mir eine ganze Menge entgehen.«

»Zum Beispiel?«

»Toller Sex mit dir?« Jetzt muss ich lächeln. Oh ja, das würde ich auch vermissen. Obwohl, ich es ja sonst nie ausprobiert hätte. Wüsste also gar nicht, was mir entgangen wäre.

»Deine leckeren italienischen Gerichte. Deine starken Arme. Wie du mich hältst, wenn ich Nervenbündel aus einem Albtraum aufwache …«

Ich antworte nicht, ziehe ihn höher, bis sein Kopf an meinem lehnt, und nutze die Nähe für Küsse auf weiche Lippen.

»Ich würde auch eine ganze Menge vermissen.« Ich spüre mein Herz schneller schlagen. Ich bin nicht gut in so etwas. Alec sagt mir dauernd, wie sehr er mich liebt, aber mir fällt es schwer. Schon immer.

Dieses Mal sind tatsächlich Worte in meinem Kopf, die sich aussprechen lassen: »Deinen sexy Körper zum Beispiel, mit dem ich so viel aufregend Neues anstellen kann.« Ich lege den Kopf schief. »Zusammen Duschen. Dein schönes Lachen, deine Augen. Deine Nähe. So neben dir zu liegen, zum Beispiel. Mit dir Actionfilme anzusehen, ohne diskutieren zu müssen, wie realistisch oder nicht sie sind!«

Alecs Gesicht strahlt, er küsst mich, stupst mich an. »Das ist wahre Liebe unter Männern. Nur Männer verstehen Männer.«

»Wie wahr.« Ich seufze, werde langsam müde. Ein paar Stunden bleiben uns noch. Alec hat die Augen auch schon wieder geschlossen. Nun wird ihn hoffentlich kein weiterer Albtraum heimsuchen. Ich kann nur hoffen, dass diese Ängste sich bald in Nichts auflösen werden. Bis zur Hauptverhandlung kann es noch dauern, bis er Adrian wirklich gegenübertreten muss. Das wird bestimmt noch viel härter werden. Er wird stark sein müssen, um das alles zu überstehen.

»Alec?«

Ob er schon schläft? Nein, denn er nuschelt an meinem Hals: »Was?«

»Wir stehen es gemeinsam durch, ja? Weder lasse ich zu, dass er dir wieder zu nahe kommt, noch dass er dir dein weiteres Leben versaut, klar?«

»Klar«, sagt er undeutlich, dann ganz leise, fast schon schlafend hinterher: »Ich liebe dich auch, Mike.«

»Ich dich auch«, flüstere ich müde, aber vermutlich schläft er schon.

DIE NERVEN SPIELEN MIT

Es geht, muss irgendwie gehen.

Die ersten drei Tage waren die schlimmsten. Ich habe mich nicht mal aus dem Haus getraut, so sehr ich es auch wollte. Jeden Morgen habe ich mich zwingen wollen, vor die Tür zu treten. Jedes Mal bin ich zitternd wie ein erbärmliches Häufchen Elend, an der Tür nach draußen gescheitert und wieder die Treppen zur Wohnung zurück gerannt. Meine Füße und Beine haben mir nicht mehr gehorcht, ich hatte jede Kontrolle über meinen Körper verloren. Panik übermannte mich.

Ich habe mich so für meine Schwäche geschämt, aber es ging einfach nicht. Am dritten Tag schaffte ich es auch nur, als Mike heimkam und mit mir kam: Vor die Tür, die Straße entlang, zum Park hinüber, zur ersten Parkbank und dann wieder zurück. Sein Arm lag um meine Schultern und er »beschützte« mich.

Ich rede mir ein, dass Adrian ganz gewiss nicht wieder auftauchen wird. In meinem Kopf sitzt die Angst jedoch viel zu tief. Jede Nacht diese entsetzlichen Träume. Zum Glück ist Mike da, wenn ich aufwache, und hält mich.

Langsam hebe ich den Blick vom Waschbecken zum Spiegel. Mein Gesicht ist viel zu blass und dunkle Ringe liegen unter meinen Augen. Die Haare sind ganz verstrubbelt und ohnehin schon viel zu lang. Ich sollte mal wieder zum Friseur gehen. Mike mag es, wenn ich sie kürzer trage.

Das bin also ich: Alec Tyson. Ich starre mich an und hasse diesen armseligen Kerl im Spiegel. Ein Loser. Ein erbärmlicher Feigling.

Seufzend streiche ich über das stoppelige Kinn.

Da draußen laufen tausend andere Vergewaltigungsopfer herum und müssen weiterhin mit ihrem Leben klarkommen. Hunderte davon, die nicht wissen, ob ihnen ihr Peiniger erneut auflauern wird. Sie alle leben ihr Leben weiter, warum also bin ich nur so eine jämmerliche Figur?

»Lass dir Zeit«, höre ich Mike sagen. »Natürlich hast du Angst, wer hätte die nicht. Aber er wird nicht wiederkommen.«

So gerne würde ich ihm glauben. In diesem, meinem neuen Leben, hat Adrian und die Furcht keinen Platz. Ich möchte nicht mit dieser Angst weiterleben. Ich will mein neues Leben genießen. Mit Mike, mit meinen neuen Freunden, dem Job, den Pferden, dem Studium. Nichts davon will ich je wieder aufgeben müssen. Schon gar nicht wegen ihm.

Entschlossen greife ich nach dem Rasierer. *Reiß dich endlich mal zusammen, Alec. Du wirst heute zur Arbeit fahren, wie sonst auch. Du wirst dein Leben ganz normal weiterleben und schon bald wird Adrian für einige Zeit eingesperrt sein.* Lange genug, um mir die Chance zu geben, ihn zu vergessen.

Wütend starre ich mein Spiegelbild an. *Du hast mir einmal mein Leben zerstört, Adrian! Noch einmal wird es dir nicht gelingen. Dieses Leben gehört ganz mir und ich werde damit machen, was ich will. Du besitzt weder meinen Körper noch mich!*

»Alec?«, vernehme ich Mikes verschlafene Stimme durch die Tür. »Alles okay?«

»Ja«, antworte ich schnell. Mike ist aus der Nachtschicht gekommen, ich dachte, er schläft noch. Leider hat er mich wohl aufstehen gehört, auch wenn ich sehr leise war. »Ich mache mich gerade fertig.«

Die Tür geht auf und Mike schaut zu mir herein. Oh Mann, sieht er müde aus. Seine schwarzen Augen sind noch nicht mal ganz auf und das Gesicht ist ganz verquollen. Muss eine harte Nacht gewesen sein. Augenblicklich ist mein schlechtes Gewissen voll aktiv.

»Habe ich dich etwa geweckt? Es tut mir leid.«

»Schon gut«, nuschelt er, kommt zu mir. Er legt mir die Arme von hinten um die Brust und ich lehne mich gegen ihn. Diese Arme haben so viel Kraft, geben mir Sicherheit, wenn er mich hält.

»Du willst wirklich heute zur Arbeit?« Er schaut mich im Spiegel an. Ich nicke.

»Ich kann mich nicht ewig verstecken«, sage ich entschlossener, als ich mich fühle. »Linda hatte nichts dagegen, dass ich mir zwei Tage freigenommen habe, aber sie braucht mich.«

Mike drückt mich kurz an sich. »Soll ich dich fahren?«

Prompt wird mir warm ums Herz. Mike ist wundervoll, wie konnte ich nur so viel Glück mit ihm haben? Er hat gerade mal zwei Stunden geschlafen, ist völlig fertig und trotzdem will er mich zur Arbeit fahren. Natürlich wäre es so viel leichter, wenn er mich fahren würde und wenn er dabei ist. Ich denke, am Stall würde ich mich seltsamerweise sicherer fühlen. Dennoch protestiere ich: »Mike! Du Spinner hast kaum geschlafen. Du solltest besser schnell wieder ins Bett zurück. Du siehst ganz schön groggy aus.«

»Ich sehe beschissen aus«, meint er lächelnd zu unseren Spiegelbildern. »Wie eine wandelnde Leiche. Du bist wie immer viel zu nett und diplomatisch, Alec.«

»Wenn sogar du es sagst, muss ja was Wahres dran sein.«

»Ich fahre dich trotzdem. Ich kann auch später noch schlafen. Morgen habe ich frei.« Er legt das Kinn auf meine Schulter und reibt die Wange an meiner. »Aber ich nehme dich nur mit, wenn ich mich auch mit dir sehen lassen kann«, brummt er, als die Bewegung kratzende Geräusche macht. »Einer von uns beiden muss ja wenigstens vorzeigbar sein.«

»Sehr witzig!« Ich hebe entschuldigend den Rasierer. »Ich war vielleicht gerade dabei, bevor mich ein gewisser, schlaftrunkener Polizist hinterrücks überfallen hat.«

Mike grinst selbstgefällig, die Hände streicheln über meinen Bauch. »Dann störe ich dich besser nicht mehr und mache uns derweil schon mal Frühstück.« Die Arme lösen sich von mir und hinterlassen ein kaltes Gefühl, trotz der Wärme im Badezimmer. Mike geht bereits zur Tür, als ich den Rasierer einschalte und ansetze.

»Für mich brauchst du ni…« Weiter komme ich nicht.

»Du wirst heute frühstücken, Alec! Und wenn ich dich festbinden und selbst füttern muss!«, droht Mike mir. »Wenn du noch dünner wirst, verschwindest du ganz und gar, also wirst du endlich was Anständiges und nicht nur dein komisches Vogelfutter essen!« Damit rauscht er auch schon hinaus, bevor ich was entgegnen kann.

Ich muss lächeln. Mike kann überaus direkt und dominant sein. Ich mag das. Achselzuckend wende ich mich dem Spiegel zu und versuche mich so herzurichten, dass die kleineren Mädchen auf dem Hof nicht schreiend vor mir davonlaufen werden.

Die Fahrt zum Hof mit Mike fällt mir leicht. Die letzten beiden Tage bin ich noch bei jedem großen, schwarzen Auto zusammengezuckt und schob Panik. Blödsinn, ich weiß, dennoch konnte ich es nicht steuern.

Auch heute zittern die Hände, kneten und mein Herz pocht so laut und hart, als ob es herausspringen möchte. Hoffentlich wird es am Hof besser. Da kann ich mir keine Panikattacke erlauben, schon gar nicht, wenn ich mit den Pferden arbeite.

»Wird es gehen?«, fragt mich Mike auch, als wir ankommen.

»Es muss gehen«, presse ich hervor, beuge mich zu ihm und küsse ihn. Hier kann uns keiner sehen, es sind Büsche dazwischen. Es muss nicht jeder wissen, dass wir ein Paar sind. Ich fürchte ein paar der Mädels wären arg enttäuscht, dass dieser gut aussehende, nette Polizist, der mich immer mal wieder abholt, mehr als nur ein Freund ist. Ich sehe ja, welche Blicke sie ihm zuwerfen. Es macht mich schon stolz zu wissen, dass er mich liebt, obwohl er jede Frau haben könnte.

»Ich hole dich nachher ab, und wenn du Probleme hast oder auch nur reden willst, rufst du mich an, okay?«

»Mach ich«, versichere ich. Mir liegt ein flapsiger Spruch auf den Lippen, den ich runter schlucke, weil er mich so ernst ansieht.

»Du schaffst das schon. Ich weiß, wie stark du bist, Alec.« Ich verziehe mein Gesicht zu einem gequälten Grinsen. Mike ist toll. Ich fühle mich alles andere als stark, seine hohe Meinung von mir in allen Ehren.

Ich winke ihm nach, wende mich seufzend um. Prompt taucht Toms Kopf aus einer der Boxen auf. Der ist ja schon früh im Gange.

»Hey! Hattest du etwa schon wieder eine Polizeieskorte?« Er stützt sich auf die Mistforke. »Glaubt der Bulle noch immer, ich lege dich heimlich flach und er muss kontrollieren?«

»Falls du es vergessen haben solltest«, kontere ich gelassen mit einem winzig scharfen Unterton, »er ist mein Freund, und wenn einer mich flachlegt, dann nur er, klar?«

Toms Ausdruck ist wirklich klasse. Ganz kurz entgleiten ihm verblüfft die Züge, dann breitet sich ein Grinsen auf seinem Gesicht aus. »Schon kapiert. Aber träumen wird man ja noch dürfen.« Damit verschwindet er in der Box und ich setze meinen Weg zur Sattelkammer fort.

Linda legt mir immer eine Liste der Pferde hin, die ich arbeiten soll, sowie der Arbeiten und Stunden, die anliegen.

Es ist, wie ich gehofft hatte: Im Stall, auf dem Hof, verfliegt meine Angst. Ich fühle mich sicher, so als ob Adrian nie in diese Idylle aus strohgefüllten Boxen, grünen Weiden, Pferden, dem Geruch von Heu und

Leder eindringen könnte. Dies ist meine Welt, die irgendwie außerhalb seiner Reichweite existiert. Zumindest bilde ich es mir ein.

Der Tag verfliegt und ich vergesse tatsächlich meine Angst schon in den ersten Stunden. Als ich in der warmen Sonne mit meinem Pferd einen Waldweg hinunter trabe, muss ich daran denken, wie es wäre, wenn Adrian plötzlich auftauchen würde, in seinem edlen Anzug mit diesem selbstgefälligen Lächeln im Gesicht.

Der Gedanke verursacht ein Grinsen, denn immerhin wäre ich zu Pferde schnell weg. Adrian würde nie im Leben zu Fuß oder mit dem Auto hinter mir herkommen.

Es ist niemand da. Im Wald ist es ruhig und einsam und plötzlich steigt das Lachen in mir auf. Laut lache ich in den blauen Himmel hinein. Es ist befreiend und kindisch und tut gut.

Mike sieht deutlich besser aus, als er mich abends abholt. »Habe auch den ganzen Tag nur geschlafen«, gibt er auf mein Kompliment hin zu. Er hat sich an eine leere Box gelehnt. Er hat ein bisschen Respekt vor den Pferden und wartet, bis ich zu Ende gefegt habe. »Damit bleibt jetzt wohl alle Hausarbeit an dir hängen.«

»Das denkst auch nur du! Wir machen es eben später gemeinsam.«

Mike seufzt, verdreht gespielt die Augen. »Mann, manchmal wäre mir ein liebes, hausfrauliches Weiblein, die immer ganz brav macht, was ich ihr sage, lieber.«

»So?«, frage ich gedehnt, während ich den Rest Stroh in eine leere Box fege.

Mike sieht sich schnell um, ist mit zwei Schritten bei mir, zieht mich an sich und küsst mich flüchtig.

»Aber nur manchmal«, flüstert er, lässt mich ebenso schnell wieder los, bevor jemand unerwartet um die Ecke kommt.

»Was machen wir heute Abend?« Ich stelle den Besen ab, schnappe meinen Rucksack und wir gehen die Stallgasse hinab. »Hast du schon irgendwas geplant?«

»Davor oder danach?« Mikes schwarze Augen leuchten schelmisch.

Ehe ich antworten kann, ertönt vor uns eine laute, genervt klingende Stimme: »Mann, Rick, du Idiot! Nun komm schon zurück!«

Wir betreten gerade rechtzeitig den Hof, um Tom zu sehen, der sich aus seinem Zimmerfenster lehnt. Ricky läuft mit trippelnden Schritten vom Haus zum Parkplatz. Rickys hellgrüne, enge Hose, weiße Halbstiefel und die weiße Bluse mit Rüschen sind unverkennbar. Niemand sonst trägt solche Kleidung. Zumindest niemand, der männlich ist.

Vom Haus her ertönt ein genervtes Geräusch und Tom schlägt sein Fenster krachend zu. Verblüfft bleibe ich stehen und auch Mike schaut überrascht zu Ricky hinüber. Just in dem Moment entdeckt er uns, wendet prompt ab und kommt auf uns zugestöckelt, anders kann ich seinen Gang nicht beschreiben. Liegt vermutlich an den recht hohen Absätzen seiner Stiefel. Himmel, wie kann man darauf überhaupt laufen? Vor allem über das Kopfsteinpflaster.

Ricks Gesicht sieht etwas derangiert aus. Er ist geschminkt, wie eigentlich immer. Schwarzer Kajal um die Augen, ab und an auch Lidschatten. Jetzt gerade ist alles etwas verlaufen und er wischt sich hastig übers Gesicht. Hat er etwa geweint?

Augenblicklich trete ich auf ihn zu. So etwas spricht mich immer an. Alecs Helfersyndrom sagt Mike dazu, so bin ich eben. Ich kann keine Tränen sehen und schon gar nicht bei einem Kerl. »Rick? Was ist los?«

»Ach, Alec!« Schniefend bleibt er vor uns stehen, verlagert sein Gewicht von einem Bein aufs andere und weiß offenbar nicht so recht, wohin mit seinen Händen, denn er verwischt sich den Kajal noch weiter. Dann versucht er sich gerade hinzustellen, und anscheinend stolz zu wirken.

»Schön euch hier zu sehen.« Sein Mund verzerrt sich immer wieder zu einer traurigen Grimasse.

»Was ist passiert?«, frage ich vorsichtig nach. Mike ist wortlos neben mich getreten, sieht Ricky so pikiert an, wie immer.

»Ach …« Ricky blinzelt und versucht weitere Tränen zurückzuhalten. »Eigentlich nichts Wichtiges.« Seine Augen sagen etwas anderes und so sehe ich ihn auch fragend an.

»Nun ja. Ich …« Er kämpft mit den Tränen. Ich bin peinlich berührt. Einen Mann heulend zu erleben, ist mir unangenehm.

»Ich wollte doch nur mit ihm ins Kino gehen. Nur so, einfach mal was zusammen unternehmen.« Eine dicke Träne rinnt ihm über die Wange und übers Kinn. Er schwankt, knickt immer wieder in der Hüfte ein und versucht sich aufzurichten, wirkt dabei ganz schön hilflos. Ich bin versucht, ihn in den Arm zu nehmen.

»Aber, der da«, Ricky nickt schwungvoll zum Haus hin, kommt dabei fast aus dem Gleichgewicht. »Hat nur gesagt, ich soll ihm nicht dauernd auf die Nerven gehen.« Rickys Hände fahren an der engen Hose hoch und runter. Sie ist bestimmt zu eng, sonst hätte er seine Hände schon in die Taschen geschoben. So suchen sie vergebens nach Halt. Er wirkt wie ein Häufchen Elend.

Mike kämpft, ich nehme es aus den Augenwinkeln wahr. Seine Mundwinkel wollen sich partout zu einem Grinsen verziehen und so ganz kann ich es ihm nicht verdenken. Ricky ist eine perfekte Dramaqueen. Ich habe mich besser im Griff, mache ein entsprechend betroffenes Gesicht.

Tom hat Ricky also eine Abfuhr erteilt? Ich kann es mir lebhaft vorstellen.

»Dabei wollte ich doch nur …« Rick schnieft erneut und automatisch krame ich in meinem Rucksack nach den Taschentüchern. »Danke.« Er schnaubt ins Taschentuch, wischt sich hastig eine weitere Träne fort. »Ich meine, ich …«

»Mann, Rick!«, ertönt neben uns Toms genervte Stimme. Er kommt herangeschlendert, die Hände tief in seine Buggyhose vergraben. »Was soll der Scheiß hier?«

Ricky strafft sich, zieht einmal hoch und wendet sich mit einem bemüht hochmütigen Ausdruck zu Tom um.

»Du hast es schon deutlich genug gesagt«, sagt er mit recht hoher, beinahe kippender Stimme. »Ich habe es kapiert. Ich gehe dir nicht mehr auf die Nerven. Ich gehe schon.«

»Mann!« Tom schnaubt laut. »Du bist echt voll der Dramatiker. Ich habe doch nur gesagt, dass du manchmal echt nervst!«

»Du hast gesagt, ich gehe dir auf die Nerven, also werde ich einfach gehen und dich in Ruhe lassen!«, gibt Rick bemüht stolz, aber mit immer wieder zwischendurch weinerlich anklingender Stimme von sich. Mein Blick wandert von einem zum anderen. Tom, der noch immer mit seinen Händen in der Hose dasteht und Ricky wütend anstarrt und Ricky, der mit den hohen Hacken auf dem Kopfsteinpflaster hin und her kippt, das Taschentuch in seiner Faust ballt.

»Ich habe es kapiert, Tom. Schon klar. Ich verschwinde. Ich werde dich nie wieder belästigen.«

Nun kippt seine Stimme abermals. Er wirkt, als ob er gleich wieder losheulen wollte, und dreht sich prompt zu uns um. »Tschüss ihr zwei und danke.« Würdevoll versucht er davonzustöckeln, was ihm auf dem Boden und mit den Stiefeln gründlich misslingt.

»Oh Mann!« Tom schnaubt erneut genervt, wirft uns einen Blick zu, unschlüssig, ob er Ricky hinterher laufen soll. »Mann, Rick, nun warte doch!«, ruft er ihm hinterher und setzt sich in Bewegung.

Mikes Mundwinkel zucken noch immer verdächtig. Ich werfe ihm einen warnenden Blick zu. Wenn er jetzt loslacht, verletzt er die Gefühle der beiden ganz bestimmt.

Tom eilt Ricky hinterher und wir folgen mit etwas Abstand zum Parkplatz. Ricky tritt an sein Auto heran, eine knallgrüne Ente mit einer großen Regenbogenflagge auf dem Dach. Tom hat ihn erreicht, nimmt endlich eine seiner Hände aus den Taschen und greift nach Rickys Arm. Er ist etwas größer als dieser und dreht ihn zu sich herum.

»Nun hör schon auf zu flennen, Mann. Das ist voll dämlich!« Rickys Mund verzieht sich, er schiebt die Lippen schmollend vor und blickt Tom gekränkt an.

»So? Ich bin also dämlich in deinen Augen? Gut, ich muss mich ja auch nicht mit dir abgeben, nicht?«, meint er sehr zickig. »Wenn ich dir zu dumm bin …«

»So hab ich das ja gar nicht gemeint.« Tom ist mit der Situation offensichtlich überfordert. Das entlockt mir ein feines Lächeln. »Ich wollte doch nur …« Tom bricht ab. Dem kleinen Mister Macho gehen wohl die Worte aus.

Ricky schaut ihn herausfordernd an. »Was wolltest du denn? Ich habe dich lediglich gefragt, ob du mit mir ins Kino gehen willst! Nichts weiter. Du hättest ›Ja‹ sagen können!«

»Aber …«, versucht Tom, wird aber von Ricky unterbrochen:

»Es wäre einfach nett gewesen, mit dir ins Kino zu gehen!« Er schnieft nun wieder. »Aber wenn du mich so wenig leiden kannst …«

»Stimmt doch gar nicht!«, wendet Tom sofort patzig ein. »Ich wollte doch nur sagen …«

»Dass ich dich nicht nerven soll? Gut! Werde ich hiermit auch nicht tun. Ich verschwinde aus deinem Leben, okay? Ich bin einfach weg. Ist doch ganz egal, was ich fühle. Völlig egal. Ich will dir ganz bestimmt nicht auf die Nerven gehen, oh nein!« Ricky dreht sich zum Auto um, stützt sich auf dem Dach ab. Er weint.

Ich habe einen Kloß im Hals und kann nicht anders, trete zu den beiden.

»Kannst du nicht …«, beginne ich leise, an Tom gewandt. »Geh doch mit ihm aus. Wenigstens ein Mal.«

Tom verdreht genervt die Augen. »Wollte ich ja! Ich habe doch nur gesagt … Ach vergiss es doch!« Er will sich zum Haus abwenden.

Ricky gibt nun seinerseits ein schnaubendes Geräusch von sich. »Vergessen? Was? Dann eben nicht. Alec würde bestimmt mit mir ins Kino gehen, nicht wahr?« Überrascht starre ich ihn an.

»Ich …« Aber Ricky hat sich schon voll aufgerichtet und funkelt Tom böse an. »Ich wette, er und Mike würden sogar sehr gerne mit mir ins Kino gehen!«

»Äh …«, macht Mike hinter mir, aber wir haben beide gar keine Chance zu protestieren, denn Ricky redet sich in Fahrt.

»Dann gehe ich eben mit den beiden! Du wirst schon sehen! Ich habe es gar nicht nötig, dich zu fragen. Andere gehen liebend gerne mit mir«, behauptet Ricky und mir wird mulmig. Hilfeflehend schaue ich zu Mike, der leider gerade auch geplättet aussieht.

»Nicht wahr? Alec kommt mit mir und Mike auch!«, sagt Ricky so voll Überzeugung, dass mein Widerspruch auf halbem Weg im Hals stecken bleibt. Was soll ich darauf sagen? Ricky bemerkt meinen überrumpelten Blick und seine Augen nehmen einen verzweifelten Ausdruck an.

»Oder? Ihr habt doch heute noch nichts vor?«, fragt er mit so flehender Stimme, dass mein »Doch« nicht über meine Lippen will. Ich will ganz bestimmt nicht ins Kino gehen. Ich hatte mich auf einen ruhigen Abend mit Mike eingestellt, nicht einen vollen Kinosaal, Gedränge, viele Menschen und einen derart öffentlichen Ort, aber Rickys Augen bohren sich in meine.

Verdammt, wieso weiß der so genau, dass ich die Schwachstelle hier bin?

»Alec?«, hakt er mit beinahe wimmernder Stimme nach und mein blöder Kopf nickt automatisch, die Lippen bringen ein leises: »Ja«, hervor. Sofort sehe ich zu Mike hinüber, der seine Augen verdreht.

Rickys verschmiertes Gesicht erhellt sich. Er strahlt regelrecht und sieht triumphierend zu Tom hin, der merklich in sich zusammengesackt ist. »Siehst du? Ich habe es gar nicht nötig, dich zu fragen! Ich gehe einfach mit Mike und Alec!«

»Äh«, macht Mike noch einmal. Vielleicht will er uns noch daraus retten. Nur wenn er jetzt absagt, bricht Ricky heulend zusammen. Rasch fasse ich nach Mikes Arm, drücke ihn kurz.

»Klar!«, bringe ich betont fröhlich heraus, schiebe alle Gedanken an den Kinobesuch und mit was für Ängsten er verbunden ist, entschlossen von mir. »Klar gehen wir mit dir ins Kino!«

Mike sieht mich resigniert an, aber er ist so super und nickt ebenfalls ergeben.

Tom stößt schnaubend die Luft aus und schaut mich wütend an. Ich zucke fast unmerklich die Schultern.

»Schon verstanden!«, brummt Tom. »Dann komme ich eben auch mit!«

»Oh, du musst ja nicht«, meint Ricky recht hochnäsig. »Wenn du genervt bist, bleib lieber da.«

»Ich komme mit, okay?«, schnauzt Tom ihn an. »Dann gehen wir eben alle.«

Rickys Grinsen ist viel zu strahlend. Ganz bestimmt verglühen wir alle darin …

WÄRE DIE WELT SO …

Na dann los!« Ricky klatscht in die Hände und wirft Tom einen äußerst triumphierenden Blick zu.

»Jetzt gleich?«, bringe ich überrumpelt hervor. Ricky nickt und lächelt mich an. »Aber ich muss noch duschen«, wende ich ein wenig zaghaft ein. Ich rieche nach Pferd und Stall, kein Duft, den jeder mag. Ich habe vorhin nur meine Reithose ausgezogen und bin in Jeans geschlüpft. Vermutlich habe ich sogar noch Heu in den Haaren.

Rick lächelt süffisant, schaut aber nicht mich, sondern Mike an, als er mir antwortet: »Glaub mir, Süßer! Dein Mike steht bestimmt mehr darauf, wenn er dich pur riechen kann, als irgendein Duschdas!« Lachend klatscht er erneut entzückt in die Hände, wirft Mike einen wissenden Blick zu. Dessen betroffenes Gesicht spricht Bände.

So, Rickys Vermutung war also ein Volltreffer? Nun muss ich mir ein Lachen verkneifen. Steht er echt darauf?

Tom schaut böse drein, als Rick uns kurzerhand auf die Autos verteilt und mich zu sich heranzieht.

»Tom fährt besser mit Mike, der nervt ihn bestimmt nicht so wie ich«, meint Ricky bissig, als er mir auch schon den Rucksack abnimmt, ihn kurzerhand Mike in die Hände drückt und mich durch die offene Beifahrertür in sein Auto schiebt. Ich werfe noch einen flehenden Blick zu Mike.

Mikes und Toms Gesichter geben sich gerade nicht viel, sie sehen beide recht finster und unglücklich aus. Aber keiner von uns Dreien wagt es, Ricky zu widersprechen.

»Schnall dich schon an! Worauf wartest du?« Rick startet auch schon. Direkt vor meiner Nase baumeln ein Traumfänger und zwei Glitzerketten, die mich während der Fahrt regelrecht hypnotisieren, obwohl ich mich immerhin ab und an umsehen kann, ob Mike uns noch folgt.

Klugerweise hat Ricky nicht gesagt, wohin er will. Mir wird ein wenig mulmig und ich hebe sogar an, Ricky zu sagen, dass ich mich unter so vielen Menschen nicht wohlfühle und eventuell Probleme bekomme. Während der gesamten Fahrt plappert er jedoch ohne Unterlass, lässt mir gar keine Chance mich unwohl zu fühlen oder Gedanken anzustellen, wo Adrian mir auflauern könnte. Ich muss höllisch aufpassen, denn Ricky erwartet tatsächlich echte Antworten von mir, wenn er sich über Toms unmögliches Verhalten auslässt. Wann immer meine Gedanken abschweifen und ich nur mit einem »Mh« oder »Ja« antworte, bohrt er so lange nach, bis ich etwas Sinnvolles geantwortet habe.

Als er auf dem Parkplatz vor dem Kino anhält wird mit erst wirklich klar, auf was ich mich unnötigerweise eingelassen habe. Ricky bemerkt, wie ich im Sitz zusammensacke, und blickt mich überrascht an.

»Stimmt ja, du leidest an Demophobie!« Er schlägt sich mit der Hand vor die Stirn. »Daran habe ich gar nicht mehr gedacht, ich Egoist! Lisa hat es mir doch gesagt! Oh, es tut mir so leid, Alec! Ich hätte dich gar nicht herschleppen sollen.« Ricky macht ein äußerst zerknirschtes Gesicht und hat dabei viel Ähnlichkeit mit einem kleinen, hilflosen Welpen. Natürlich bis auf das schrille Outfit.

»Ist schon okay«, bringe ich einigermaßen tapfer hervor, die Hände sind bereits feucht. »Ich komme schon damit klar.« Muss ich. Andere schaffen es auch.

Kaum steige ich aus dem Wagen, ist zu meinem Glück Mike auch schon da. Wenn ich neben ihm stehe, verfliegt meine Angst sofort.

»Alles klar?«, flüstert er. Ricky hat die Ohren eines Luchses, denn er horcht sofort auf.

»Ich bin so ein Rindvieh, dass ich daran nicht mehr gedacht habe!« Tom sieht so aus, als ob er es bestätigen will. Er starrt Ricky finster an und wirft mir besorgte Blicke zu, doch als er den Mund öffnet, schüttle ich vage den Kopf.

»Du musst natürlich nicht, wenn es dir Probleme macht«, sagt Ricky zerknirscht. »Ich könnte es voll verstehen!«

Sie schauen mich jetzt alle so mitleidig an und irgendwie möchte ich keinen Rückzieher mehr machen. Ich straffe mich, schluckte einmal hart und nicke entschlossen. »Nein, ich zieh das jetzt durch!«

Klingt überzeugter als ich mich fühle. Ich will nicht immer schwach wirken. Weder vor Mike noch vor Tom oder Ricky. Mann, ich muss da jetzt endlich durch und die Wahrscheinlichkeit, dass mich Adrian hier, bei einem völlig unerwarteten Kinobesuch findet, ist so etwas von lächerlich gering, dass ich mich selbst auslachen könnte.

Mike greift nach meiner Hand, als wir zum Eingang gehen. Es ist zum Glück nur ein kleines Kino. Scheinbar laufen hier keine großen, bekannten Filme, denn die Titel sagen mir alle rein gar nichts.

Rick lässt uns im Eingangsbereich stehen, wirft mir und Mike noch eine Kusshand zu. »Ich gehe mich mal eben frisch machen, bin gleich wieder da ihr zwei Hübschen.«

Tom macht ein abfälliges Geräusch, was wie: »Der hat es auch nötig!« klingt, sieht ihm aber irgendwie doch ein wenig traurig nach.

»Zieht hier voll die Show ab, diese Dramaqueen!«, schimpft er, kaum ist Ricky außer Hörweite. »Nur weil ich gesagt habe, ich weiß nicht, ob ich heute Lust habe. Ich wäre schon mit ihm gegangen, aber dann hat er mich voll gelöchert, warum denn nicht und so, bis ich gesagt habe: Mann, du nervst echt, Alter!«, sprudelt es plötzlich aus ihm hervor, den Blick noch immer auf die zufallende Tür der Herrentoilette gerichtet. »So eine Mimose! Das hat er mir irgendwie voll übel genommen. Scheiße, Mann!« Tom hat die Hände tief in die Taschen geschoben, dreht sich um und mustert missmutig die Filmplakate.

»Keine Ahnung, was das für ein dämlicher Film ist, aber Ricky meinte, der wäre voll geil und ich müsste ihn unbedingt mit ihm ansehen. Wenn der nur wieder fummeln will, hätten wir es auch bei mir machen können!« Wütend schnaubt er, wirft Mike einen finsteren Blick zu und dann wandert sein Blick wieder zur Toilette.

Ich horche auf. Mir war schon klar, dass Ricky ein besonderes Interesse an Tom hat. Wie oft die Zwei schon zusammen waren oder gar, was genau zwischen ihnen läuft, darüber weiß ich nichts, weil Tom mir davon bisher nichts erzählt hat.

»Nun kommen wir eben alle in den zweifelhaften Genuss«, meint Mike mit seiner unnachahmlichen Art von trockenem Humor und schaut sich ebenfalls achselzuckend die Plakate an.

»Aber Ricky freut sich wirklich darüber, dass wir mit ihm gegangen sind«, wende ich vorsichtig ein, ernte von beiden nur ein mitleidiges Lächeln und ein Schulterzucken. Okay, sie haben ja Recht, es ist meine Schuld, weil ich mal wieder nicht »Nein« sagen konnte. Mein Schuldbewusstsein überlagert immerhin gerade das Unwohlsein und so lange Mike so nahe ist, fühle ich mich ohnehin sicher genug. Noch sind hier kaum Menschen.

Ricky braucht eine ganze Weile, bis er wieder heranrauscht und perfekt geschminkt ist. »So, da bin ich wieder in voller Schönheit! Dann wollen wir mal, Mädels! Folgt mir! Ich führe euch heute ins Reich der Träume! Näher ans schwule Männerparadies kommt ihr nie wieder!«

Mike verzieht keine Wimper, nur sein Mund zuckt, als Rick sich schwungvoll abwendet. Rasch greife ich Mikes Hand und er geht ganz dicht neben mir. Tom schaut Ricky ein paar Mal merkwürdig von der Seite an, als wir zum Tresen gehen. Abfällig ist sein Blick auf jeden Fall nicht mehr, eher … bewundernd?

Vermutlich interpretiere ich zu viel hinein, aber schlecht sieht Ricky nun wirklich nicht aus. Er hat eine gute Figur und ist recht attraktiv, wenn man über sein schrilles Aussehen hinweg sieht. Zugegeben, ein wenig übertrieben, aber irgendwie steht ihm das. Der dunkle Kajal lässt seine Augen größer und ausdrucksvoller aussehen. Er hat wirklich schöne Augen. Nur ob der grüne Lidschatten wirklich sein musste? Damit sieht er doch sehr … weiblich aus.

Oh Shit, er hat am Augenwinkel sogar kleine Glitzersteinchen aufgeklebt. Ach herrje!

»Ich lade euch natürlich ein!«, verkündet Ricky, wedelt freudestrahlend mit vier Karten wie mit einem Fächer. »Ihr werdet es lieben, meine Süßen!«

»Was schauen wir denn? Hier laufen irgendwie gar keine Actionfilme, oder?« Tom erntet nur einen mitleidigen Blick von Ricky.

»Süßer, was du hier sehen wirst, wird dich einfach umhauen!«, verspricht Ricky, ergreift Tom am Arm, hakt sich unter und zieht ihn einfach hinter sich her in Richtung Kinosaal.

»Ich bin immer nahe bei dir«, flüstert mir Mike zu. Ich schaffe es, ihn anzulächeln. Es geht wirklich. Auf dem Weg zu unseren Plätzen erkenne ich, dass außer uns gerade mal eine Handvoll weitere Zuschauer da sind. Das alles wirkt eher beruhigend auf mich. Nur lässt es nichts Gutes im Bezug auf den zu erwartenden Film erahnen.

Mike muss so etwas Ähnliches gedacht haben, denn er raunt mir von hinten ins Ohr, als wir Rick und Tom in unsere leere Reihe folgen: »Herr der Ringe wird es heute gewiss nicht werden!« Ich muss grinsen, nehme neben Tom Platz und Mike setzt sich links von mir hin. Ich bin ja froh, dass er das alles mitmacht. Immerhin habe ich ihn nicht gefragt, ob es ihm recht ist. Ich muss mir echt angewöhnen, mich nicht mehr überrumpeln zu lassen. Schon wegen Mike. Das hier ist nicht seine Welt.

»Solange es kein Freddy Krüger ist«, raune ich Mike zu. »Mir reichen meine bisherigen Albträume schon.« Mike lächelt und drückt kurz wortlos meine Hand.

»Oh ihr werdet es so lieben!«, behauptet Ricky, zieht das i in die Länge. »Der Film ist so schnuckelig und genau das Richtige für uns. So romantisch!« Ich kann sehen, wie er Tom einen derart schmachtenden Blick zu wirft, dass selbst mir dabei warm wird. Aber Tom starrt stur geradeaus und hat es wohl nicht einmal bemerkt. Rickys Gesichtszüge entgleiten ihm auch prompt und es nützt wohl auch nichts, dass ich ihn entschuldigend anlächle und die Schulter zucke. Tom ist eben keiner der feinfühligen Sorte. Daran wird sich Ricky gewöhnen müssen.

Ricky zieht daraufhin recht laut die Nase hoch, setzt sich betont aufrecht hin und schlägt die Beine über.

»Oh Mann, Rick!« Tom stöhnt leise neben mir. »Musst du immer so extrem schwul tun?«

Autsch! Ein gutes Gefühl für Rickys Stimmung hat Tom nun wirklich nicht. Feinfühligkeit gleich null. Mike neben mir kichert verhalten in seine Hand, dann ist alles ruhig und er schaut wieder ernst drein.

Ricky hingegen beugt sich erstaunlich gelassen zu Tom herüber, legt ihm seine rechte Hand sehr weit oben auf den Oberschenkel und flüstert ihm zu: »Ich bin schwul, Tommy. Nur falls es dir noch nicht aufgefallen ist!« Ich sehe genau, wie seine Hand noch ein paar Zentimeter weiter nach oben wandert und Tom sich ganz plötzlich gerader hinsetzt und Ricky perplex anschaut.

Meine Hand kommt jetzt auch automatisch hoch, unterbindet hastig ein glucksendes Lachen. Zu unser aller Glück verdunkelt sich der Saal auch schon und der Vorspann beginnt.

Ich lausche viel zu sehr auf die Geräusche neben mir, um an etwas anderes zu denken. Plötzlich schiebt sich eine Hand von links auf mein Knie. Mike. Schmunzelnd greife ich danach, verflechte meine Finger mit seinen. So fühle ich mich auf jeden Fall sicher und geborgen.

»Was ist das denn?« Toms gedehnte Stimme hallt durch den ganzen Kinosaal. »So ein blöder Bollywoodfilm?« Empörtes Schnauben weiter vorne ist zu hören und ein sehr helles Kichern von Ricky.

»Nein, mein Süßer. Das ist: ›Wäre die Welt mein‹. Einer der schönsten schwulen Filme überhaupt.« Ein zufriedener Laut folgt aus der Dunkelheit.

»Oh«, seufzt es hingegen links neben mir fast unhörbar und ich ahne, dass Mike tiefer in den Sitz rutscht. Ich muss wahrhaftig ein lautes Lachen unterdrücken. Klasse!

Diese Kinogeschichte nimmt einen so lustigen Verlauf, dass ich mich wohlzufühlen beginne und all meine Sorgen und Ängste weit weg zu rücken scheinen.

Ein Abend mit Ricky vertreibt Kummer und Sorgen!

»Scheiße!«, durchbricht dagegen Tom wenig taktvoll die Stille, schweigt jedoch und folgt offenbar doch der Handlung.

Es ist wirklich ein schöner Film. Rick hat nicht zu wenig versprochen. Der Film passt zu Rick wie Faust auf Auge. Bald schon versinke ich in den schönen Bildern und der romantischen, lustigen Handlung.

Gestört werde ich dabei nur von einem leisen aber scharfen: »Nimm deine Grabbel da weg, Rick!«, rechts von mir und einem unmittelbar folgenden enttäuschten Seufzen.

Wenig später wird Mikes Hand schlaff und ich schiele im Dunklen seitwärts. Tatsächlich, er ist eingeschlafen. Er hat einen harten Dienst hinter sich und viel zu wenig Schlaf bekommen. Liebevoll betrachte ich sein, von der Kinoleinwand, beleuchtetes Gesicht.

Kurz danach höre ich von rechts leise: »Rick! Lass es!«, und abermals einen tiefen, bedauernden Seufzer. Ich lächle vor mich hin. Tom scheint von Rickys Annäherungsversuchen nicht erbaut. Offenbar lässt Ricky es danach auch sein, denn ich höre nichts mehr von ihnen und kann ganz und gar der Handlung folgen.

Irgendwann seufzt auch Tom neben mir leise auf. Aha, der Film zeigt seine Wirkung. Mir zumindest wird ganz warm ums Herz. Tom seufzt abermals und murmelt: »Ist okay, mach weiter.«

Sieh an.

Ich schmunzle in mich hinein. Minuten später höre ich ihn abermals: »Ri…« Tom unterbricht sich und klingt dabei ein wenig abgewürgt, daher wende ich vorsichtig den Kopf. Ricky hat sich über ihn gebeugt und sein linker Arm liegt um Toms Schultern. Anscheinend sprechen sie leise miteinander und ich wende hastig den Blick ab. Ich will nicht stören. Vielleicht kommen die Zwei sich ja doch etwas näher. Wenn Ricky Tom mehr Zeit lässt und ihn nicht immer bedrängt. Vielleicht kann Tom auch jemand anders lieben lernen.

Der Film nimmt mich schnell gefangen und ich halte Mikes Hand. Ich bin mit meinen Freunden in einem Kino! Keine Gefahr, niemand, der mich bedroht. Die Situation ist herrlich normal und einfach schön. So wie der Film.

Als der Abspann läuft, bleibe ich noch etwas verzückt sitzen, wische rasch ein paar peinliche Tränen weg und wende mich dann erst zur Seite, um Mike sanft anzustoßen. Verschlafen öffnet er die Augen und blinzelt in das heller werdende Licht. »Schon vorbei?«

»Ja.« Ich lächle nachsichtig. »Du hast echt was verpasst.«

»So?«, murmelt er nur, richtet sich auf und gähnt. Er sieht sich um, dann grinst er plötzlich ganz breit und schaut hinter mich. »Scheint mir auch so. Den Hauptteil!«

Was meint er? Mir fällt der Unterkiefer runter. Neben mir liegen sich Tom und Ricky in den Armen und küssen sich so innig, dass sie alles um sich her vergessen haben.

»Muss ja ein umwerfend zauberhafter Film gewesen sein«, brummt Mike, ich kann den gerührten Unterton hören. Die beiden geben ein tolles Bild ab. Wer hätte das gedacht? So schnell kann es gehen: Eben zicken sie sich noch an und dann … küssen sie sich. Ich kann den Blick kaum abwenden.

Andere Zuschauer auch nicht, denn auf dem Weg nach draußen, bleiben viele stehen und schauen zu Tom und Ricky, die sich so zärtlich küssen, dass man glatt neidisch werden könnte.

»Ich glaube, wir sind hier jetzt überflüssig«, flüstert mir Mike schmunzelnd zu und zieht mich mit hoch.

»Meinst du, wir können sie einfach so hier lassen?«

»Die kommen doch gerade sehr gut miteinander klar«, meint Mike lächelnd. »Ich denke mal, Tom fährt lieber mit Rick nach Hause.« Ich werfe noch einen Blick zurück und folge Mike.

Wir arbeiten uns durch den kleinen Menschenauflauf, die verzückt dastehen und seufzend den beiden Küssenden zusehen. Noch ganz gefangen in der Stimmung des Films, der seinen Zauber offenbar auch außerhalb der Leinwand entfalten konnte, komme ich eng an Mike gedrängt nach draußen. Schweigend fahren wir heim.

Mir gehen tausend Gedanken durch den Kopf: Ob Tom sich wirklich auf eine Beziehung mit Ricky einlassen kann, ob der weiß, wie es um Tom bestellt ist und ihm helfen kann? Ich mache mir echt Sorgen. Kann Ricky mit Toms oft rüpelhafter Art klarkommen, ohne dass er ihn ständig verletzt? Ich habe keine Ahnung, ob Tom nicht Rickys Eigenheiten irgendwann auf die Nerven gehen werden. So vieles, was ihre erste Annäherung zerstören könnte.

»Du machst dir schon wieder anderer Leute Sorgen«, erkennt Mike folgerichtig.

»Ich weiß«, gebe ich seufzend zu. Ich kann nicht anders. »Ob das gut geht zwischen den beiden?«

Mike lacht nur achselzuckend. »Sie werden sich dauernd anzicken, sich sehr laut streiten, heftig anschreien und dann bestimmt wieder versöhnen. Bei den beiden wird es ganz bestimmt niemals langweilig werden. Ich bin mir sicher, dass du noch ganz oft den Versöhner spielen musst.«

»Ich?«

»Alec, klar! Wenn Tom Probleme hat, kommt er zu dir. Wenn Rick Probleme mit Tom hat, wird er auch zu dir kommen. Du steckst da tief drin, wenn ich mich nicht täusche.«

»Na, klasse!« Ich stöhne ergeben. Er hat Recht und mir liegt ja auch was an den beiden. Tom hätte es verdient, jemanden zu bekommen, der ihn wirklich liebt und den er lieben kann. Warum sollte er nicht auch so viel Glück haben wie ich?

URLAUBSTRÄUME

Alec?«

Verschlafen blinzle ich. Es ist Samstagmorgen. Viel zu früh am Morgen, finde ich, es ist ja noch nicht mal richtig hell. Ich lausche halb wach auf Geräusche. Habe ich nicht eben die Tür zuklappen gehört? Bestimmt ist Alec schon vom Laufen zurück.

Stöhnend drehe ich mich auf die andere Seite. Wer um Himmels willen ist so verrückt, zu dieser Stunde schon joggen zu gehen? Nur mein Kleiner!

»Bin wieder da!«, ruft er kurz danach aus dem Flur. »Ich dusche jetzt und dann gibt es Frühstück. Du hast also in etwa eine halbe Stunde, deinen wundervollen Hintern aus dem Bett und an den Küchentisch zu schwingen.«

Grummelnd ziehe ich die Bettdecke höher. Lass mich einfach schlafen. Ich habe doch gar nichts gehört … Da kann ich gar nicht frühstücken kommen, er muss schon persönlich erscheinen, um mich zu wecken, und bis dahin schlafe ich einfach weiter und ignoriere ihn.

Nützt nichts. Kurz danach steckt Alec seinen Kopf durch die Schlafzimmertür. Ich erkenne es, weil ich ein Auge träge geöffnet habe, als ich seine Schritte hörte.

Sein Gesicht ist rot und sieht erhitzt aus. Die Haare feucht und strubbelig. Vermutlich ist es draußen noch nebelig. Definitiv unmögliches Wetter und viel zu früh, um joggen zu gehen!

»Wenn du dann noch schläfst, komme ich und kitzle dich durch!«, droht er mir schmunzelnd.

»Wagst du eh nicht«, gebe ich nuschelnd in das Kopfkissen zurück und schließe seufzend die Augen. Eine halbe Stunde! Das ist seelische Grausamkeit.

Erschrocken zucke ich zusammen, als sich plötzlich kalte Finger unter meine mollig warme Bettdecke schieben und mich an der empfindlichen Seite kitzeln.

Teufel auch! Wagt er doch!

»Alec!« Keuchend drehe ich mich herum und packe seine Hände. Ganz kühl fühlen sie sich an. Es ist Dezember und sehr kalt draußen. Noch ein Grund, warum vernünftige Männer im warmen Bett bleiben.

Alec lacht verschmitzt auf. Ich ziehe ihn mit einem heftigen Ruck zu mir aufs Bett. Er fällt auf mich, und ehe er sich wehren kann, habe ich ihn in eine feste Umarmung gezogen, presse ihn gegen mich und vergrabe das Gesicht in seinen Haaren.

»Deine Reflexe sind einfach zu gut trainiert«, beschwert er sich und schmiegt sich prompt an mich.

Uwah, eisig! Er riecht wie frisch gelüftete Wäsche, nur so ist er mir viel zu kalt. Rasch schiebe ich ihn von mir. »Du bist eiskalt!« Ich hangel nach der Bettdecke und will sie über mich ziehen, diesmal ist Alec schneller und zieht sie mir weg. Wie kann er morgens nur so grausam zu mir sein?

»Los aufstehen, du Faulbär!« Er schiebt seine kalte Hand von hinten an meinen Beinen entlang unter die Shorts direkt an mein Gesäß. Schaudernd zucke ich zusammen und keuche auf.

Kältefolter ist das! Da friert mir gleich was Wesentliches ab. Das würde er ganz gewiss bedauern.

Bevor ich den Kälteschock überwunden habe und ihn schnappen kann, springt Alec auch schon zurück und macht sich lachend mit der Bettdecke aus dem Staub. Stöhnend falle ich auf mein viel zu schnell kalt werdendes Bett zurück und verfluche das Schicksal, welches mich mit einem verteufelten Frühaufsteher verkuppelt hat.

Ohne schützende Decke wird es schnell ungemütlich. Ich schwinge meine müden Beine und den noch müderen Körper aus dem Bett und schlurfe in den Flur. Wenn ich mich weder in die Decke noch an seinen warmen Körper kuscheln kann, mag ich auch nicht mehr im Bett herumliegen.

Das Wasser rauscht nicht mehr und kurz überlege ich, ob ich nicht schnell warm und wach werde, wenn ich mich unter diesen Wasserstrahl stelle und an seinen noch heißeren Körper schmiegen kann. Leider bin ich dafür doch noch nicht wach genug.

In der Küche hat dieser hyperaktive Frühaufsteher schon den Tisch gedeckt, die Kaffeemaschine angestellt und Brötchen in den Ofen geschoben. Was soll ich denn jetzt noch machen?

Ich stehe ein wenig unschlüssig herum. Zu meinem Glück hat die Kaffeemaschine ein Einsehen mit mir und macht mich mit entsprechenden Geräuschen darauf aufmerksam, dass sie mir eine Tasse heißen Kaffee zur Verfügung stellen würde.

Alec kommt kurz danach herein, schon in Jeans und T-Shirt gekleidet.

Ich hasse diesen jugendlichen Sonnenschein. Zumindest einen Sekundenbruchteil, bis er mir einen sanften, alles entschädigenden Kuss auf die Wange haucht und mir sein Duft, diese typische Mischung aus Aftershave, Duschgel und eben ihm, in die Nase steigt.

»Morgen, Mike«, flüstert er mir ins Ohr und meine Lippen haben automatisch seine gefunden. Wie magnetisch werden sie von seinen angezogen. Ganz von alleine. Ich bin machtlos dagegen.

Meine Begrüßung fällt länger aus, begleitet von einem Arm, der sich um seine Hüfte schlingt und ihn an mich drückt. Es fällt mir immer schwer, die Hände bei mir zu behalten, wenn er in meiner Nähe ist. Habe ich meine Freundinnen eigentlich auch immer so betatscht? Ich kann mich nicht mehr wirklich daran erinnern.

Keine von denen hatte so einen knackigen Hintern, feste Muskeln, fühlte sich so … Nun ja, männlich an. Ich muss schmunzeln und löse unseren Kuss.

»Alles gut?«

Alec nickt und lächelt zufrieden. »Ging tadellos. Es wird immer einfacher, mit jedem Tag fühle ich mich sicherer.«

Seit mehr als drei Monaten ist Adrian draußen und Alec hat seine Sicherheit beinahe vollständig zurückgewonnen. Immerhin dafür war Rick gut, auch wenn ich mich jetzt noch darüber wundere, dass Alec sich auf diesen verrückten Kinobesuch eingelassen hat. Alec ist einfach zu gutmütig, dauernd will er helfen. Was vor allem Rick schamlos ausnutzt. Wann immer es zwischen ihm und Tom kracht, also etwa zweimal wöchentlich, ruft er Alec an, heult ihm mindestens eine Stunde am Telefon was vor. Dann versöhnt er sich mit Mister Macho und ruft kurz danach an, um Alec lang und breit davon zu erzählen. In etwa ebenso lange.

Manchmal erwischt er auch mich am Telefon. Was ihn nicht daran hindert, das Gleiche mit mir abzuziehen. Und irgendwie kann ich ihn dann auch nicht einfach abwürgen. Zumindest nicht unter einer halben Stunde.

Aber immerhin nur eine halbe Stunde! Ich bin also härter als Alec. Eindeutig.

»Manchmal habe ich das Gefühl, ich würde beobachtet, aber Dr. Goedhard sagt, das wäre ganz normal«, meint Alec achselzuckend. Er setzt sich mir gegenüber an den Tisch und kippt sich sein Müsli, dieses verfluchte, kalorienlose Vogelfutter, in eine Schüssel.

Ich mustere Alecs entspanntes Gesicht. Vermutlich ist es ganz normal, denn auch mir ergeht es ab und an so. Dann glaube ich, jemanden gerade hinter einer Ecke verschwinden zu sehen, wenn ich aus dem Haus komme, oder einen mir folgenden Wagen auszumachen. Jedes Mal war es nur Einbildung. Schätze mal, ich würde es schon merken, wenn uns wirklich jemand ausspioniert. Warum sollte Adrian das tun? Was würde es ihm bringen?

In einem Monat ist die Verhandlung. Er wäre schön blöd, sich vorher noch irgendwas zu Schulden kommen zu lassen. Der Typ ist durchtrieben und ganz gewiss nicht dumm. Sonst wäre er nie so erfolgreich geworden. Die ganze Betrugssache dümpelt vor sich hin. Wir kommen nicht weiter und vermutlich wird daraus nie eine Anklage werden, denn wir können ihm einfach zu wenig nachweisen. Das wurmt vor allem Bernd, der für den Fall verantwortlich ist.

Unser Verhältnis hat sich fast normalisiert. Klar, ein wenig ist er auf Abstand gegangen und vermutlich achtet er ganz genau darauf, dass ich keine schwulen Blicke auf seinen Hintern werfen kann. Im Großen und Ganzen kommt er gut mit mir klar. So wie alle anderen auf dem Revier auch. Ein paar wissen es, die meisten nicht. Ich hänge es nicht an die große Glocke.

Georg und sein Phily sind gerade zwei Wochen in die Flitterwochen gefahren. Phily hatte viel zu tun und vor Weihnachten wollte er sich noch einmal erholen können.

Unwillkürlich muss ich schmunzeln, während ich mir Nutella aufs Brötchen streiche.

Phily ist Blumenhändler und hat einen gut laufenden Blumenladen am Hauptbahnhof. Ausgerechnet dieser Riese mit seinen großen Pranken. Ich versuche mir immer vorzustellen, wie er Rosen zu einem Strauß zusammenstellt, ohne sie dabei zu zerquetschen.

Zwei Wochen sind sie in Italien mit ihren Motorrädern unterwegs. Wir haben schon drei Postkarten bekommen und sie sind gerade mal eine Woche weg.

Ich überlege, wohin Alec und ich vielleicht in den Urlaub fahren könnten. Ich muss mir meinen Urlaub in seine Semesterferien legen. Irgendwohin, wo es warm ist und wir ungestört sind. Warmes Wasser, ein einsamer Strand; mir würde viel einfallen, was wir dort tun könnten. Außer uns braun braten zu lassen.

»Hast du Lust, nach Weihnachten mit mir irgendwohin zu fahren, wo es gemütlicher und wärmer, als in Deutschland ist?«

Alec blickt hoch und schenkt mir sein wundervolles Lächeln. »Aber klar. Ich fahre mit dir, wohin immer du willst, Mike. Nach Weihnachten ist gut, da habe ich keine Uni und Linda hat auch nicht so viel zu tun, da kann ich bestimmt mal freinehmen.«

»Worauf hättest du denn Lust?« Der Gedanke, mit ihm irgendwo alleine zu sein, lässt meinen Unterleib reagieren. Meine Fantasie spielt verrückt, wenn ich ihn mir nackt in den Wellen eines Ozeans vorstelle … »Wie wäre es, irgendwo ans Mittelmeer?«

Alec wirft mir einen langen Blick zu. »Würde ich ja gerne …« Seine Augen wirken einen Hauch trauriger. »Aber das werde ich mir nicht leisten können. Es sei denn, du trampst mit mir, übernachtest im Zelt und bist mit einem trockenen Brötchen und kaltem Wasser morgens zufrieden.«

Ich verdrehe die Augen, greife über den Tisch und wuschel ihm durch sein feuchtes Haar. »Idiot!«, sage ich zärtlich. »Ich lade dich natürlich ein! Ich bin doch der gut verdienende Beamte.«

Alecs Blick verändert sich nicht. Teufel, er ist doch jetzt nicht zu stolz, das anzunehmen, oder? Dann macht er mir meine ganzen Pläne kaputt. Hastig füge ich hinzu: »Du kannst mich in Naturalien bezahlen!«

Jetzt zucken seine Mundwinkel und er beginnt zu grinsen.

»So?«, fragt er gedehnt nach. »Dachtest du an was Bestimmtes?«

»Ja!«, antworte ich ebenso gedehnt. »Habe gehört, dass spezieller Service vor Ort teuer sein kann. Also nehme ich mir lieber was von Zuhause mit. Ich vertrage doch fremde, exotische Genüsse bestimmt nicht gut.« Ich liebe es, wie er einen ganz leichten Rotschimmer bekommt, wie seine Augen blitzen und er mich lüstern ansieht. Meine Fantasien werden immer konkreter.

»Mike, du bist echt furchtbar. Ich sehe genau, dass du an was ganz Unanständiges denkst. Dann zuckt deine linke Augenbraue hoch!«

Teufel noch eins! Echt? Alec lacht los, aber er hat recht: Wie er sich heiß auf einem Laken am Strand räkelt … eine einsame Bucht. Alec nackt, wie er aus dem Meer auf mich zukommt … Alec, der sich an mich kuschelt, während wir – ach wie romantisch – den Sonnenuntergang ansehen. Ach herrje, jetzt spinne ich wirklich!

»Griechenland? Spanien? Afrika?«, schlage ich vor, um ihn und mich abzulenken. »Mallorca kriegst du mich nicht hin!«

Alec schüttelt den Kopf. »Nein, dahin würde ich auch nicht wollen. Ansonsten ist es mir völlig egal. Ich lass mich gerne überraschen. Auch von allem anderen, was du dir so vorstellst.« Er hat mich echt durchschaut. Manchmal ist der Kleine mir echt unheimlich.

Gerade beuge ich mich zu ihm hinüber, will ihm ein paar meiner Fantasien ins Ohr flüstern, da klingelt das verfluchte Telefon.

Ich verdrehe die Augen. »Wenn es Rick ist, sag ihm, er erspart sich und uns viel Ärger, wenn er sich von Tom trennt und nach einem anderen Freund Ausschau hält!« Alec wirft mir einen tadelnden Blick zu und ist schon im Flur verschwunden. Ich widme mich meinem Brötchen. Das kann dauern.

Offenbar ist es aber nicht Rick, denn ich höre Alecs Stimme näher kommen: »Ich bin nur sein Mitbewohner. Moment, er ist in der Küche, ich kann Sie weiterreichen.« Bestimmt Bernd.

»Mike hier.« Es ist meine Mutter. Au, verdammt ja! Dezember! Das jährliche Familientreffen.

»Hast du es vergessen, Mike?«

»Äh, nein«, behaupte ich lahm, sie kennt mich schon viel zu lange. Ich vergesse es immer!

»Morgen um drei und sei diesmal pünktlich«, ermahnt sie mit einem tadelnden Unterton, der genetisch bedingt explizit bei ihren Nachkommen wirken muss, denn augenblicklich habe ich ein schlechtes Gewissen. Am zweiten Advent machen wir immer einen auf Familie. Dann treffe ich mich mit meinen Eltern und meiner Schwester zum Mittagessen, Kaffeetrinken und Abendessen. Dafür sind wir dann Weihnachten entschuldigt.

»Joana kommt alleine, Jochen ist natürlich mal wieder auf Geschäftsreise.« Ich vernehme genau ihre Vermutung durchs Telefon. Jochen ist ständig auf Geschäftsreise und vermutlich ist es ganz normal, dass eine Mutter besorgt ist, ob ihre Tochter nicht betrogen wird. Bei Jochen kann ich ihre Bedenken verstehen. Der Typ ist ein Lackaffe. Aber wenn er die Wahl meiner Schwester ist, bitteschön.

»Bringst du denn diesmal deine Freundin mit? Dann decke ich für sie mit.«

Mir fällt spontan kein guter Spruch ein. Ob es einen Ratgeber: »Wie sage ich meinen Eltern, dass ich schwul bin?« gibt? Darin sollte man pfiffige Sprüche sammeln. Es wäre ein Bestseller.

»Nein. Aber ich komme selbstverständlich pünktlich«, antworte ich zögernd und schaue zu Alec hinüber. Natürlich sollte ich ihn vorher eigentlich fragen, aber ich bin sicher, er würde »Ja« sagen. »Ich bringe eventuell einen Freund mit, wenn es okay ist?«

Ich höre, wie meine Mutter stutzt. »Natürlich Schatz. Das ist kein Problem.«

Alec schaut mich fragend an, hat sein Müsli aufgegessen und schenkt sich Kaffee ein. Ich habe ihn verführt, auf die dunkle Seite des Kaffees, weg von plörigem Tee.

»Ich bringe dir auch Blumen mit. Diesmal denke ich dran«, versichere ich. Letztes Mal war sie beleidigt. Da hat sie mich erst knapp zwei Stunden vorher angerufen. Woher sollte ich da noch Blumen bekommen?

Ich verabschiede mich schmunzelnd. Ich fühle mich etwas erheitert, wenn ich mir die überraschten Gesichter vorstelle. Vermutlich bin ich verrückt und lebensmüde.

Ich hole tief Luft, als ich das Telefon auf den Tisch lege und Alec ansehe, nur um die Luft langsam entweichen zu lassen.

»Nun ist es so weit.« Verblüfft hebt er die Augenbrauen und sein Ausdruck ist unsicher. Ich habe ihm nicht viel von meinen Eltern erzählt. Unser Verhältnis ist eigentlich okay, nicht übermäßig herzlich. Nun ja, ich bin eben erwachsen und lebe mein eigenes Leben. Ein etwas gefährliches Leben.

»Morgen bin ich bei meinen Eltern zum traditionellen Vor-Weihnachtsessen eingeladen. Meine Schwester wird auch kommen. Ohne ihren Freund.« Noch immer abwartend sieht mich Alec an.

»Und ich würde ihnen gerne endlich meinen Freund vorstellen. Es wird wohl Zeit, dass sie dich kennenlernen.«

Um seine Lippen spielt ein ganz feines Lächeln, jagt mir warme Schauer über den Rücken, lässt meinen Unterleib reagieren und kurbelt die Fantasien bezüglich unseres nächsten Urlaubs noch einmal gehörig an.

»Gerne.« Alec lächelt glücklich.

Eine ganz einsame, romantische Bucht? Vielleicht in Italien …

ELTERNBESUCH

Hör auf damit!«

»Aufhören?« Er schaut mich irritiert an. »Womit? Was ist los?«

So ein Unschuldslamm. Weiß er echt nicht, wie seine liebevollen Blicke auf mich wirken?

»Mich so anzusehen«, brumme ich scheinbar genervt. »Dabei kann ich mich nicht konzentrieren. Dabei muss ich daran denken, was ich heute Abend alles mit dir anstellen werde. Oder in unserem Urlaub.«

Helles Lachen füllt den Wagen und ganz kurz traue ich ihm zu, uns beide in einen schweren Verkehrsunfall zu verwickeln, sollte er mich küssen oder seine Hände auf meinen Oberschenkel legen. Lebensmüde ist Alec allerdings nicht.

Ich überhole einen LKW und schere wieder ein. Im Rückspiegel ärgere ich mich über einen dieser Idioten, der den LKW ebenfalls rücksichtslos vor einem von hinten heranrauschenden roten Audi überholen muss.

Als ob der Fahrer diese paar Sekunden nicht hätte warten können! Zumal er nun wieder irgendwo hinter uns fährt und nicht überholt. Manche Autofahrer sind echt dämlich. Da muss jeder LKW schon aus Prinzip überholt werden. Vielleicht ist das machomäßig Pflicht?

»Ich schaue nur noch brav auf die Straße, halte meine Hände bei mir und meine verruchten Gedanken ebenso«, verspricht Alec zynisch. »Ich will ja einen guten Eindruck bei deinen Eltern hinterlassen.«

Das wird er ganz bestimmt. Er ist doch der Schwiegermuttertraum schlechthin, sein gutes Aussehen, seine charmante, zuvorkommende Art. Meine Mutter wird Alec sicher mögen. Zumindest so lange, bis ich erklären werde, was er mir bedeutet.

Verstohlen werfe ich ihm einen Blick zu. Schick sieht er aus: Eine gut sitzende Jeans – die stehen ihm immer, kein Wunder, bei den schlanken

Läuferbeinen – ein schlichtes blaues Hemd und darunter einen dunkleren Rollkragenpullover, betonen seine Figur. Alec sieht wie der typische Student aus: adrett, artig, liebenswert. Ja, meine Mutter und vermutlich auch meine Schwester, werden begeistert sein. Joana hoffentlich nicht zu sehr.

Meine Eltern wohnen nur eine Stunde Fahrt entfernt. Eigentlich dicht genug, sie öfter zu besuchen. Darin bin ich nicht gut. Ich mag Pflichtbesuche einfach nicht. Wenn ich sie sehen will, fahre ich schon hin und wenn nicht, dann eben nicht. Meiner Mutter ist allerdings unser Weihnachtstreffen absolut heilig.

Ob meine Schwester Joana es auch als Pflichttermin ansieht? Soweit ich weiß, besucht sie meine Eltern öfter, obwohl sie wesentlich länger fährt. Meine Mutter reibt es mir bei jeder Gelegenheit unter die Nase. Aber hey: Sie ist schließlich die brave Tochter, von ihr erwartet man so ein Verhalten. Immer artig, immer lieb. Gut verheiratet, und eigentlich fehlt nur noch das Enkelkind, damit meine Mutter restlos glücklich ist.

Damit werde ich nun ja auch nicht mehr dienen können. Wenn ich ehrlich bin, bekümmert es mich nicht sonderlich. Ich mag Kinder. Andere Leute Kinder. Zu denen kann ich nett sein, ihnen Süßigkeiten schenken und bin sie nach ein paar Stunden wieder los. Praktisch und unkompliziert.

Joana will gerne Kinder. Keine Ahnung, warum es noch nicht geklappt hat. Mit Jochen ist sie bereits seit zwei Jahren verheiratet. Im Grunde kommt sie meistens alleine zu unseren Familientreffen: das Weihnachtstreffen, Vaters und Mutters Geburtstag und Ostern.

Dieses Jahr habe ich Jochen noch gar nicht getroffen …

Bin gespannt, was Joana zu Alec sagen wird, wenn sie das von uns erfährt.

Plötzlich sind die Bedenken doch da, obwohl ich sie bislang erfolgreich zurückgeschoben habe. Aber ich möchte auch mit meiner Familie nicht jahrelang Verstecken spielen. Und ich gehe mal davon aus, dass Alec und ich schon noch ein paar Jahre zusammenbleiben werden. Doch, dessen bin ich mir eigentlich schon recht sicher. Zumindest, wenn es nach mir geht.

Wir bleiben beide noch einen Moment sitzen, als ich vor dem Haus anhalte und den Motor ausmache. Auch Alec weiß, dass es nicht einfach für uns werden wird. Synchron holen wir beide Luft und nun muss ich doch lächeln.

»Auf in den Kampf?«

»Schlimmer, als mit meiner Mutter kann es nicht werden«, meint er achselzuckend und den tief sitzenden Schmerz in seinen Augen kann ich gut wahrnehmen, obwohl er sich hastig nach hinten beugt und den Blumenstrauß von der Rückbank fischt.

Meiner Mutter traue ich nicht zu, dass sie mich verstoßen wird, nur weil ich seit Neuestem einen Mann liebe. Bei meinem Vater hingegen wäre ich mir nicht ganz so sicher. Der ist immer so korrekt, der typische Beamte halt.

»Stehen wir es gemeinsam durch.« Dieses Mal habe ich am meisten zu verlieren. Alec nickt mir zu, zückt den Blumenstrauß, den er natürlich besorgt hat, wie eine Waffe und wir steigen aus.

Erst als ich die Klingel drücke, mich über das kindisch kitschige »Willkommen«-Schild mit dem pausbäckigen Hündchen ärgere – meine Mutter hat ein Faible für solch geschmacklosen Kram – merke ich, dass mein Pulsschlag sich beschleunigt. Alec hat seine freie Hand an die Hosennaht gelegt, die Finger lang gestreckt und tut entspannt.

»Bislang haben sie meines Wissens nach noch nie jemanden gefressen.« Ich versuche, meine Nervosität zu überspielen, ernte ein gequältes Lächeln von Alec. Noch nicht …

Die Tür schwingt auf und es ist Joana, die uns begrüßt. Sie ist zwei Jahre älter, hat dunkle, braune Haare, die sie in einer ansprechenden Frisur gestuft trägt. Ihre braunen Augen verschwinden leider ein wenig hinter der schwarz umrandeten Brille, die ihr etwas Lehrerhaftes gibt und sie viel zu alt macht. Habe ich ihr schon mal gesagt, aber sie mag es so. Dabei ist sie Innenarchitektin, sollte doch wissen, wie sie damit wirkt.

Sie trägt eine helle Hose und darüber eine dunkelgraue, kleidähnliche Strickjacke, die in der Taille gerafft ist und die cremefarbene Bluse nur teilweise verdeckt. Das Tuch, was sie um den Hals trägt, passt farblich exakt dazu. Joana hat Geschmack, muss man ihr lassen. Mit ihrer Figur kann sie sich ebenfalls durchaus sehen lassen.

An diesen Lackaffen Jochen ist sie wirklich verschwendet, ich kenne genug Kerle, die sich gerne mit ihr treffen würden. Okay, vielen von denen habe ich schon früher beigebracht, dass ein »Nein« von Joana auch »Nein« heißt. Wozu hat man einen Bruder!

»Hallo Brüderchen!« Sie fällt mir um den Hals. Halbherzig gebe ich ihre Umarmung zurück. Fast ist es mir ein wenig peinlich, aber wir zwei haben wirklich ein gutes Verhältnis zueinander.

»Mutter hat schon gesagt, dass du jemanden mitbringst.« Sie wirft Alec einen wohlwollenden, für meinen Geschmack etwas zu freundlichen Blick zu. Teufel auch, er sieht einfach zu gut aus. Eigentlich darf er gar nicht frei herumlaufen.

»Das ist Alec Tyson«, stelle ich ihn vor, der sein schönes Lächeln zeigt, bei dem wohl jedes Frauenherz schmelzen würde. Zu meinem Glück ist er ja schwul.

»Mein Freund.« Neutral und unverbindlich. Soll sie sich noch keinen Kopf machen, das werden meine Eltern gleich schon genügend. Gelogen habe ich ja auch nicht. Nicht wirklich.

»Hallo!« Joana schüttelt auch schon Alecs Hand. »Freut mich, Sie kennenzulernen! Ich bin Joana und ich bin sicher Mike hat schon alles über mich gepetzt.« Sie wirft mir einen zuckersüßen Blick zu und ich verziehe das Gesicht. So viel habe ich Alec noch nicht von meiner Familie erzählt. Nur das Wichtigste eben. Alles andere wird er schon selbst feststellen.

»Freut mich Sie kennenzulernen.« Alec ist höflich, fast steif. Joana grinst, versucht immerhin nicht mit Alec zu flirten.

»Joana, wenn ich dich Alec nennen darf«, bietet sie ihm prompt an, misst ihn nun doch ein wenig genauer.

Alec lächelt zurück und nickt seine Zustimmung. So ein bisschen schüchtern ist er, Joana stört es nicht. Wir folgen ihr in die heimatliche Höhle der Löwen. Rasch schnappe ich Alec die Blumen aus der Hand. Nachher glaubt meine Mutter noch, ich hätte es doch vergessen. Bin ich mal schnell der brave Sohn.

Tief Luft holen und los. Ich vermeide jeden Blick auf Alec, hoffe einfach, es wird auch für ihn nicht zu unangenehm werden.

»Mike!« Meine Mutter kommt aus der Küche und umarmt mich sofort, wirft dabei über die Schulter schon einen Blick auf Alec, den unbekannten Gast. »Ungewohnt pünktlich. Wie schön, dass ich das noch erlebe!« Ich verziehe das Gesicht zu einem gequälten Grinsen. Verzückt betrachtet sie die Blumen.

»Die sind aber wirklich schön. Mit Astern? Wundervoll, die halten sich schön lange!«

»Ja, extra deswegen«, nuschel ich, werfe Alec einen verlegenen Blick zu. Weiß der Himmel wie diese bunten Dinger heißen, sie gefallen ihr ganz offensichtlich und Alec bekommt einen weiteren Pluspunkt. Er kann die richtigen Blumen für meine Mutter aussuchen!

Ich lege mir die im Geiste bereitgehaltenen Worte auf die Zunge und hole Luft.

»Kommt gleich mit ins Wohnzimmer, dein Vater wird sich freuen dich und unseren Gast begrüßen zu dürfen«, ergreift meine Mutter schon das Wort, noch ehe ich dazu ansetzen kann, Alec vorzustellen. Sie zieht mich am Arm mit sich ins Wohnzimmer und Alec folgt gezwungenermaßen.

Als Kind war das einer meiner liebsten Räume, denn er war groß, grenzte an den Garten und enthielt die für mich wichtigsten Dinge: Fernseher und Telefon. Zudem bot er direkten Zugang zu allen Annehmlichkeiten der Küche und die rasche Flucht in die Freiheit bei gewissen Verfehlungen durch den Garten.

Ganz bestimmt war ich nicht der allerliebste Sohn. Nein, nicht immer.

»Hallo, Mike!« Mein Vater erhebt sich aus seinem angestammten Sessel. Der war schon immer heilig. Außer meinem Vater und dem Kater Ferdinand, sowie seinem jetzigen Nachfolger Oskar, durfte darin niemand sitzen.

Mein Vater ist alt geworden. Der Gedanke ist da, als ich sein ernstes, lächelndes Gesicht wahrnehme und er sich aus dem Sessel stemmt. Schütteres Haar kann die beginnende Glatze nicht mehr verbergen. Wobei die randlose Brille ihm steht, die hatte er letztes Mal noch nicht. Seine grauen Augen mustern mich und Alec interessiert. Er trägt ein weinrot und beige gestreiftes Hemd und eine schwarze Cordhose.

Er war Schaffner und immer korrekt, wie man es von einem Beamten erwarten durfte. Er hat sich damals sehr gefreut, als ich mich für das Studium der Kriminologie angemeldet hatte und noch viel mehr, dass ich auch ein braver Beamter geworden bin. Ich glaube, ich war genau der Sohn, den er haben wollte.

Meistens. Bis heute.

»Hallo, Vater.« Ich schüttle seine Hand. Dann trete ich zur Seite, werfe einen Blick reihum und lasse Alec neben mich treten. Sein Lächeln wirkt ein wenig künstlich, zumindest auf mich, der ihn genau kennt.

»Mutter, Vater«, beginne ich steif, deute auf ihn. »Das ist … Alec.«

Meine Mutter setzt ein strahlendes Lächeln auf. Ich hatte Recht, Alec passt genau in ihr Beuteschema. So ein netter, junger Mann. Wie ich sie kenne, wird sie recht schnell versuchen, ihn mit Joana zu verkuppeln, denn sie kann Jochen nicht leiden. Außerdem möchte sie endlich Enkelkinder.

Mein Vater schüttelt Alecs Hand, nickt ihm zu und wirkt nur mäßig interessiert. Joana hat schon auf dem Sofa Platz genommen und schaut erwartungsvoll zu ihnen hoch.

»Oh wie nett, Sie kennenzulernen«, begrüßt meine Mutter ihn nun, schüttelt höchst erfreut seine Hand. »Mike hat mir gar nichts von Ihnen erzählt. Sind Sie etwa ein Kollege von ihm? Vom Revier?«

Da ist es. Mein Stichwort. Die Situation, in der ich es sagen muss. Nun wird es ernst.

Hastig hole ich noch einmal Luft. So einfach wird es nicht werden, wie ich dachte, denn so recht wollen die Worte nicht heraus. Dabei habe ich sie wieder und wieder in meinem Kopf hin und her bewegt, in Gedanken ausgesprochen, hier ist es viel schwerer.

»Nein, Mutter, Alec ist Student.« Ich kann kaum ihren neugierig freundlichen Blick ertragen, fürchte den Moment, wo er sich verändern wird. Es hilft nichts. Ich habe mich noch nie gedrückt, wenn ich was ausgefressen habe. Ich konnte immer zu ihr oder meinem Vater kommen. Klar, gab es dann auch mal böse Worte, aber ich habe vor ihnen keine Geheimnisse. Auch dieses Mal nicht.

»Wir leben zusammen.« Ich fixiere der Einfachheit halber meine Mutter. Sie stutzt, ohne ihr Lächeln zu verändern, begreift es noch nicht. Ist auch gar nicht so einfach zu erklären.

»Ach, als Student ist es bestimmt nicht einfach, eine günstige Wohnung zu bekommen, ich verstehe schon!« Sie hat Mitleid für den armen, mittellosen Studenten Alec im Blick. Vermutlich packt sie in Gedanken schon ein Carepaket.

»Das ist aber nett, dass du ihn bei dir wohnen lässt, Mike.«

Joana wirft mir einen komischen Blick zu und ich bin sicher, sie weiß bereits, was ich damit gesagt habe. Komisch, irgendwie habe ich so das Gefühl, sie ist nicht besonders überrascht. Hat sie was geahnt?

»Aber Mike war schon immer sehr hilfsbereit«, erklärt meine Mutter gleich danach, strahlt Alec an, der sich unwohl fühlt, aber nicht selbst was sagen will. Wahrscheinlich überlegt er, wie er es besonders lieb und nett verpacken kann. Typisch Alec.

»Was sagt denn deine Freundin dazu?« Meine Mutter macht mich kurzfristig mundtot. Alec sieht betreten zur Seite. Jetzt wäre es selbst für ihn schwer, alles noch gerade zu biegen. Aber versuchen würde er es. Ja, würde er.

Ich hole noch einmal tief Luft und spätestens jetzt habe ich ihrer aller Aufmerksamkeit. »Mutter, Alec ist mein Lebensgefährte. Wir leben zusammen. Wir sind ein Paar.«

Sie sieht mich unsicher lächelnd an, begreift noch immer nicht. Mein Vater schon. Völlig verblüfft sieht er mich an.

»Du meinst …« Er bricht ab, schaut mich seltsam ungläubig an, ganz vielleicht hat er sich doch verhört. Hat er nicht.

»Ja! Ich habe keine Freundin, ich habe einen Freund. Mein Lebensgefährte ist ein Mann. Alec!«

Jetzt muss sich meine Mutter setzen. Fassungslos schaut sie von mir zu Alec und wieder zurück. Gerade hat ihre heile, kuschelige, oft zu kitschige Welt einen Knacks bekommen.

Alec sieht aus, als ob er sich sehr unbehaglich fühlt und am liebsten verschwinden würde. Ich bin versucht, ihn am Arm festzuhalten.

Meine Schwester Joana bricht als Erste das Schweigen. Sie steht auf, umarmt mich spontan. »Oh Mike, ich freue mich ja so für dich!« Sie verblüfft mich mit ihrem strahlenden Lächeln, aus dem echte, tief empfundene Freude spricht. Dann umarmt sie auch Alec, beinahe noch ein wenig herzlicher. »Und auch für dich Alec. Ich freue mich so sehr für euch!«

Mir fallen die ersten Steine vom Herzen. Eine so lockere Aufnahme hätte ich bei ihr gar nicht vermutet.

»Was bedeutet das nun?«, fragt mein Vater irritiert nach. Ich glaube, er hat es schon kapiert, nur so recht will er es nicht glauben. Sein Vorzeigesohn hat einen Knacks, ist ein Homo, schwul. Sein braver, strebsamer Sohn.

»Oh Mann, Papa. Er ist schwul. Das heißt es!« Joana bringt es auf den Punkt. »Er und Alec sind schwul und leben zusammen.«

Ficken tun wir auch, liegt es mir auf den Lippen. Schnell schlucke ich alles hinunter. Die Details will niemand wissen.

»Schwul? Du meinst er …?«

Aber Joana unterbricht ihn resolut, verdreht dabei ein wenig die Augen, als ob es völlig offensichtlich ist und er nur zu dumm, es zu kapieren. »Er steht nicht auf Frauen, er steht auf Männer. Mike ist eben schwul.«

»Bi«, ergänze ich hastig, als ob ich mich doch noch rechtfertigen müsste. Hetero-Mike lebt noch in mir, ganz versteckt.

Mein Vater schweigt, meine Mutter schaut immer noch entgeistert aus.

»Aber du … hast doch immer so nette Freundinnen gehabt? Wieso nur? Du hattest doch immer nur Frauen …«

Ich zucke die Schultern. Als ob ich es erklären könnte. Mit Alec ist es eben anders. Meine Mutter wirkt bestürzt und ein wenig kann ich sie verstehen. Wahrscheinlich sieht sie all ihre Träume bezüglich Enkelkinder meinerseits schwinden. Babys in rosa Rüschenkleidern, eine stolze Oma mit Kinderwagen. Ebenso eine kirchliche Hochzeit, Hochzeitstorte, Brautkleid und der ganze Quatsch. Aus der Traum von einer netten Schwiegertochter. Nur ein weiterer Schwiegersohn.

Aber mal ehrlich: Bei diesem Prachtexemplar von Schwiegersohn sollte sie sich nicht beschweren. Alec wird ihr nie in den Haushalt reinreden oder ihr erzählen, wie man eine bessere Lasagne macht, wie meine letzte Ex. Oh Mann, die hat meine Mutter gehasst und sie hat viel schneller als ich erkannt, dass wir nicht zusammenpassten. Alec würde vermutlich höflich um das Rezept bitten.

Sie starrt Alec konsterniert an, schüttelt erneut den Kopf. »Was hat Ihre Mutter denn dazu gesagt?«

Alec zuckt zusammen.

»Sie redet nicht mehr mit mir. Wir haben keinen Kontakt zueinander, seit ich es ihr gesagt habe«, gibt er leise zu. »Sie hat mir erklärt, dass sie mich nicht mehr als ihren Sohn ansieht.«

Betretenes Schweigen breitet sich aus. Seine leisen Worte wirken in dem vertrauten Wohnzimmer viel härter. Meine Mutter schaut ihn regelrecht geschockt an und selbst mein Vater runzelt die Stirn, denn Alecs Enttäuschung, sein Schmerz ist in seinen Worten so genau zu hören.

»Aber sie ist doch ihre Mutter? Wie kann sie so etwas nur sagen?« Meine Mutter wirkt völlig fassungslos. Alec zuckt entschuldigend die Schultern. Ich würde ihn gerne in den Arm nehmen, doch außer Joana würde diese Geste wohl keiner toll finden.

Meine Mutter springt plötzlich auf, ergreift Alecs Hand und drückt sie fest.

»Alec, auch wenn es mir sehr schwer fällt, zu begreifen, ja zu akzeptieren, was Sie und meinen Sohn miteinander verbindet, trotzdem würde ich so etwas niemals zu ihm sagen. Niemals! Er ist doch noch immer mein Sohn!«

Sie lächelt mich und dann ihn an. Ihr Blick wandert kurz zu meinem Vater, der noch immer sehr perplex dreinschaut. Er wird Zeit brauchen, es zu verarbeiten, ganz bestimmt.

»Und Sie sind ja irgendwie nun auch so etwas, wie mein Sohn«, fügt meine tolle, liebevolle, geniale und verständnisvolle Mutter lächelnd hinzu.

Alec steht kurz vor dem Heulen und ich fühle mich kaum besser. Ich trete heran, umarme meine Mutter, küsse Alec auf die Wange. Nur auf die Wange.

Meine Mutter schaut noch etwas pikiert aus, aber dann seufzt sie.

»Ich mache dann mal das Essen fertig.« Und sie flüchtet in ihre Küche.

MÄNNER SIND SCHWEINE

Irgendwie wusste ich es!« Joanas Stimme ist triumphierend.

Argwöhnisch sehe ich sie an. Wir decken den Tisch im Esszimmer ab. Alec ist mit meiner Mutter in der Küche verschwunden. Keine Ahnung, was er ihr beim Nachtisch helfen soll, wahrscheinlich will sie ihn nur besser kennenlernen. Hoffe ich.

»Was? Wieso?«

»Erinnerst du dich, als du mit diesem Jürgen zusammen warst, so mit Vierzehn oder Fünfzehn?« Sie zwinkert mir zu. »Ich glaube, du warst heimlich in ihn verliebt!«

Ich runzle die Stirn und versuche mich zu erinnern. »Jürgen? Der immer von Joeys Band verprügelt wurde?« Ich gewinne etwas Zeit zum Nachdenken. Stimmt, sie kannte ihn. Er kam ab und an mit nach Hause. Wir haben öfter Hausaufgaben zusammen gemacht. Ein echtes Mathegenie. Wenn er meine Hausaufgaben machte, stimmten die Lösungen immer. Mh ja, er war nett. Und irgendwie zog er immer allen Ärger auf sich. Klein, ein bisschen zu schmächtig, grüne Augen und schwarze Haare. Der typische Loser.

Joana nickt zustimmend, stapelt drei weitere Teller aufeinander. Mein Vater ist kurz raus, eine rauchen gegangen. Ich glaube, ihn hat meine Eröffnung ein wenig mitgenommen, denn er ist seither überaus schweigsam, antwortet nur, wenn er direkt angesprochen wird, und vermeidet jeden Blickkontakt mit mir oder gar Alec.

»Du hast ihn überall rausgehauen. Mehr als einmal«, erinnert mich meine Schwester. »Ihr wart nie wirklich ganz eng befreundet, aber ich hatte damals schon so ein komisches Gefühl, dass du ihn mehr als andere Jungs oder gar Mädchen mochtest.«

Kritisch schaue ich sie an. Wie will sie das denn bemerkt haben? Kann mich nicht so wirklich dran erinnern. Jürgen war doch nur ein Freund.

Doch, dann ist plötzlich die Erinnerung wieder da: Jürgen, mit den blauen Flecken, weil die anderen ihm aufgelauert haben. Meine Faust, die schmerzte und die aufgeplatzten Knöchel. Der Hinnerk ging mir danach aus dem Weg und hat auch Jürgen in Ruhe gelassen, noch eine gebrochene Nase wollte der nicht riskieren. Und ich bekam ziemlich Ärger deswegen.

Jürgen … Ein blasses Gesicht, graugrüne Augen, die mich dankbar ansehen. In der Schule waren wir danach in jeder Pause zusammen. Stimmt. Da waren doch diese Gespräche …

Bevor ich mein erstes Mal mit einem Mädchen hatte. Oh ich erinnere mich: Wir haben uns gegenseitig einen runtergeholt. Hinter der Sporthalle. Mehr war da nicht. Triebbefriedigung, jugendliches Ausprobieren. Jürgen ist zwei Monate danach mit seinen Eltern weggezogen. Ich habe nie wieder was von ihm gehört.

Grübelnd folge ich Joana in die Küche. War ich damals schon schwul? Aber ich fand Jürgen nie auf die Weise interessant oder gar anziehend wie Alec. Damals bin ich auch gar nicht auf die Idee gekommen, dass diese sexuellen Spielereien schwules Verhalten sein könnten. Es war Spaß, ein Geheimnis, was nur wir beide geteilt haben. Nicht anders als das Gruppenwichsen im Zeltlager oder das Ausspionieren der Mädchen unter der Dusche, bei dem ich ganze zweimal erwischt worden bin.

Alec hilft mir mit dem dreckigen Geschirr. Meine Mutter mag ihn. Geahnt habe ich es, sie bestätigt es mir mit jedem Blick, den sie ihm zuwirft. Oder mir. Oder uns.

»Mike nimmst du schon mal die Schüsseln? Und Alec, nimm du bitte die Glasschüssel. Mike lässt so etwas immer gerne fallen.«

Ich verdrehe die Augen.

»Einmal«, brumme ich. »Es war nur einmal und eben eine wilde Party.« Den grünen Wackelpudding, der überall im Wohnzimmer verteilt lag, den wird mir meine Mutter niemals verzeihen.

Ein strenger Blick trifft mich und ich schweige lieber. Zu meinem Glück weiß meine Mutter nicht alles darüber. Es war eine tolle Party, viel Alkohol und sie hätte gar nichts davon mitbekommen, wenn mir dieser dumme Unfall mit dem Wackelpudding nicht passiert wäre. Alle Spuren konnte ich hinterher beseitigen, nur der Verbleib ihrer kostbaren Glasschüssel ließ sich nicht schlüssig aufklären, zumal sie verdächtige Glassplitter und grüne Puddingreste unter dem Fernsehtisch gefunden hatte. Gut, die Wahrheit war etwas anders, die Version die ich wohl oder übel von mir geben musste, hat sie jedoch geschluckt.

Wie viel Wodka in dem Wackelpudding war, hat sie nie herausgefunden. Und die neue Schüssel ist viel schöner. Hat mich mein damals ganzes monatliches Taschengeld gekostet und sie benutzt sie noch immer.

Wissend lächelnd trägt Alec die große Glasschüssel mit der Welfenspeise an mir vorbei, erntet dafür einen bösen Blick von mir. Meine Mutter hat gepetzt. Ich sehe es ganz genau und Alec denkt sich ganz bestimmt schon so seinen Teil dazu.

»Vielen Dank, Alec.« Lächelnd nimmt sie ihm die Schüssel ab und stellt sie auf den Tisch.

Alecs schlichte Eröffnung, dass seine Mutter ihn wegen des Outings verstoßen hat, hat bei ihr mütterliche Urinstinkte geweckt.

Armer Alec. Nun steckt er voll im mütterlichen Verwöhnprogramm.

»Du solltest nicht so viel Süßes essen, Mike. Das bekommt dir nicht.« Meine Mutter nimmt mir einfach den Löffel aus der Hand, gibt Alec gleich darauf einen großen Nachschlag, der heftig protestiert, während meine Bitte rigoros abgelehnt wird. Joana grinst wissend. Immerhin ernte ich von Alec ein Schulterzucken und einen mitleidigen Blick. Mein Vater sagt gar nichts, isst schweigend seine Schüssel leer. Dafür redet meine Mutter umso mehr.

Nach dem Essen holt sie ihre gefürchteten Fotoalben heraus und unterzieht Alec einer: »Ach, war er nicht ein süßer Junge!«- Fotofolter. Jugendbilder. Leider ist es mir nie gelungen, sie rechtzeitig verschwinden zu lassen.

Ich muss schon sagen: Alec hält sich bislang tapfer. Mir bleibt nur der stille Part und die Hoffnung, dass er nicht zu viel Peinlichkeiten in diesem Album zu sehen bekommt. Meine Hoffnung schwindet je länger die beiden mit den Köpfen zusammen darin hängen und je breiter er grinst.

Auch während des anschließenden Kaffeetrinkens mit dem himmlischen Kirsch-Sahne-Torten-Wunder bemuttert sie ihn nach Strich und Faden. Mein Vater hingegen wirft ihm jetzt immer wieder verstohlen Blicke zu. Ebenso mir. Er sagt weiterhin nichts, erst als Joana und Alec meiner Mutter beim Raustragen des Geschirrs und dem anschließenden Abwasch in der Küche helfen, sitzen wir einen Moment alleine zusammen.

Augenblicklich wird mir mulmig. Mein Vater kann überaus streng gucken und ich wage kaum, den Blick zu heben, will gar nicht so genau hören, was er womöglich zu sagen hat. Er sagt auch gar nicht viel.

»Bist du glücklich mit ihm?« Er reicht mir ein Glas Schlehenlikör. Keine Anschuldigungen, keine abfälligen Worte, kein: »Wie kannst du nur!«

Ich nicke. Wie soll ich auch mit Worten erklären, was ich für Alec empfinde, wie es ist, mit ihm zusammen zu sein, ihn jeden Tag zu erleben, sein Lachen, seine schönen Augen, seine zärtlichen Berührungen. Mein Vater würde es eh nicht verstehen. Denke ich. Wobei … Liebe ist überall dieselbe und meine Mutter liebt er definitiv.

»Sehr«, sage ich nach vier Schlucken und lasse anschließend das Schweigen sich ausbreiten. Mein Vater seufzt, streicht sich durch die spärlichen Haare. Er wirkt alt und zerbrechlich. Immer war er stark, ein Vorbild und dann eröffnet ihm sein Vorzeigesohn auch noch, dass er einen Mann liebt. Klasse.

Vorsichtig schiele ich zu ihm hinüber.

Abermals seufzt mein Vater und schüttelt den Kopf.

»Es fällt mir unglaublich schwer, mir eine solche Partnerschaft vorzustellen. Aber ich sehe ja, wie er dich anschaut und du ihn.« Erneut streicht er sich durch die Haare und seine Hand mit dem Glas zittert ganz leicht. »Ich bin wohl zu alt, so etwas zu begreifen«, gibt er resignierend zu und lächelt mich an. »Aber wenn es dich glücklich macht, muss ich es wohl akzeptieren.«

Mein Hals ist eng und ich fühle mich versucht, ihn zu umarmen. Zärtlichkeiten unter uns waren noch nie üblich, dafür war immer meine Mutter da. Streng getrennte Geschlechterrollen. Von ihm gab es immer nur einen anerkennenden Schlag auf die Schulter oder einen strafenden aufs Gesäß. Wobei das nur selten vorgekommen ist. Seine Blicke reichten meistens.

»Heutzutage verändert sich alles viel zu schnell«, fährt mein Vater seufzend fort, den Blick aus dem Fenster gerichtet. »Da kommt meine Generation nicht mehr mit. Früher hat man so etwas nicht gehabt. Aber heute ist es wohl üblich.«

Ich sage nichts dazu, lasse ihn einfach in dem Glauben. Soll er sinnieren wie schön und einfach es früher war. Er wird bestimmt einige Zeit brauchen, um meine Liebe zu Alec zu verstehen. Solange er es akzeptiert, ist es okay.

Später gehen wir spazieren. Joana hat sich bei mir eingehakt. Mein Vater ist nicht mitgekommen, er ist nicht mehr so gut zu Fuß. Wir sind den anderen voraus, weil meine Mutter Alec mit Beschlag belegt hat und ihm ständig irgendwelche Weihnachtsdeko in den anderen Vorgärten zeigt.

Armer Alec. Ich habe heute Abend was gutzumachen.

»Er ist wirklich nett.« Joana wirft über die Schulter einen Blick auf Alec. »Und er sieht toll aus.« Brummend stimme ich ihr zu. Seufzend kuschelt sie sich an mich und umfasst meinen Arm stärker.

»Ich freue mich so für dich«, raunt sie leise. »Du hast es verdient. Es muss schön sein, von jemandem so geliebt zu werden.« Augenblicklich horche ich auf, da ist so ein besonderer Tonfall in ihrer Stimme. Rasch lockert sie den Griff und schiebt sich mit der freien Hand die Brille hoch.

»Jochen hat mich verlassen.« Sie schaut auf ihre Füße und lacht unecht auf, ihr Griff wird fester. »Genau genommen habe ich ihn vor die Tür gesetzt. Nachdem er es mit der Letzten sogar in unserem Bett getrieben hat.«

Teufel auch! Also hatte meine Mutter doch recht. Weiblicher Instinkt? Hat sie Jochen schon als das Arschloch erkannt, was er ist? So ein verfluchter Mistkerl.

»Scheiße!«, rutscht es mir raus. Wut kocht in mir hoch. Wenn ich den Mistkerl erwische! Vögelt also fröhlich hinter dem Rücken meiner Schwester herum. »Ich hoffe, du hast ihm noch einen Tritt dahin verpasst, wo es ihm besonders weh tut?«

Joana kuschelt sich an mich und ich fasse nach ihrer Hand, drücke sie fest. Für so etwas habe ich einfach kein Verständnis. Dieser Idiot.

Sie lacht verhalten, lustig klingt es nicht.

»So nahe hat er mich nicht mehr an sich rankommen lassen«, meint sie achselzuckend. Ihre Hand zittert ganz leicht.

Teufel auch, ich bin nicht gut im Trösten. Was sagt man zu einer Frau, deren Mann sie betrogen hat?

»Hast du es Mutter schon gesagt?«, erkundige ich mich leise und sie schaut mich an. Hat sie nicht, ich sehe es sofort.

»Sie wird sagen: Siehste wohl, ich habe es dir schon gesagt, dieser Jochen ist nichts für dich. Und sie hat ja recht. Ich wollte es nur nie sehen, hatte immer gehofft, es wäre das letzte Mal.« Sie schnaubt. »War es natürlich nicht. Immer nur, bis das nächste weibliche Wesen aufgetaucht ist.«

Wütend tritt sie nach einem kleinen Stein. »Bin ich denn so hässlich, dass er immer Ersatz brauchte?«

»Natürlich nicht. Jochen ist ein blinder Mistkerl, wenn er nicht sieht, was er an dir hat und du solltest froh sein, dass du ihn los geworden bist.« Der soll mir unterkommen, ich würde ihm ein paar Takte erzählen.

Joana seufzt erneut und wir drehen uns schweigend um, warten auf Alec und meine Mutter, die etwa hundert Meter hinter uns vor einem kitschigen Weihnachtselch stehen geblieben sind.

»Er ist echt süß«, meint Joana. Okay, als Frau darf sie ihn wohl so nennen. Ist er ja auch. »Ich würde ihn gut festhalten, er scheint mir genau richtig für dich zu sein, Mike«, fügt sie lächelnd hinzu. »Er könnte mir auch gefallen …«

»Vergiss es!«, rutscht es mir heraus, viel zu hastig, viel zu dumm. Mann, Alec ist schwul!

Joana lacht über mich, boxt mich in die Seite. »Keine Panik, Brüderchen, behalte deinen Alec für dich, wenn Mama ihn überhaupt je aus ihren Fängen lässt.«

Verlegen sehe ich zu ihnen hinüber. Alec lacht, wirft den Kopf zurück und seine Haare fallen nach hinten. Ich mag ihn anzusehen und zu wissen, dass er zu mir gehört. Neben mir seufzt Joana und prompt habe ich ein schlechtes Gewissen. Ich habe so viel Glück und sie steht vor dem Scherbenhaufen ihrer Ehe. Unfair.

»Hast du einen guten Anwalt? Ich kann dir jemanden besorgen. Ich kenne da ein paar Gute. Dieser Arsch kommt mir nicht so leicht davon.«

Sie beugt sich vor und küsst mich schwesterlich auf die Wange. »Mike, du bist klasse. Ja, ich werde die Scheidung einreichen. Bislang habe ich es vor mir hergeschoben. Ich will noch nicht, dass Mama davon erfährt, okay? Papa weiß es schon«, gibt sie zu. Überrascht sehe ich sie an. Entschuldigend lächelt sie.

»Ich habe es ihm letzte Woche schon gesagt. Mit irgendwem musste ich reden, sonst wäre ich verrückt geworden«, bricht es aus ihr hervor.

»Du hättest auch bei mir anrufen können.« Klinge ich beleidigt? Dumm. Joana weiß schon, wem sie was sagt.

»Mike, du bist okay. Das nächste Mal, wenn mein Mann mich mit einer Sechzehnjährigen betrügt, rufe ich nachts um 2 heulend bei dir an, versprochen.« Mein Gesichtsausdruck spricht Bände. Wieso gibt es so arschige Männer?

»Sechzehn?«

Joana nickt mit schmerzerfülltem Ausdruck. »Die Tochter einer Kundin. Er hat sie auf der Eröffnung ihres neuen Ladens kennengelernt, den ich eingerichtet habe. Drei Tage später habe ich sie Zuhause im Bett erwischt.«

»Scheiße!« Ich mochte Jochen noch nie, aber gerade beginne ich ihn zu hassen.

Joana verzieht das Gesicht. »Was ich gehört habe, ist sie schwanger und er mit ihr zusammengezogen!« Sie lacht unecht.

Ein kalter Schauer läuft mir über den Rücken. Ich weiß, wie gerne Joana Kinder haben wollte. Immer sah sie traurig aus, wenn Mutter danach fragte und jetzt so etwas.

»Das ist so unfair.« Sie sieht mich mit schmerzerfüllten Augen an. »Zu mir hat er immer gesagt, er will keine Kinder. Hat mich ständig vertröstet und nun schwängert er dieses Mädchen und schon zieht er zu ihr.« Das Leben ist unfair und Männer sind Schweine. Zumindest einige. Dieser Mann zumindest.

Spontan nehme ich sie in den Arm, sie bebt, aber sie wird nicht weinen. Nicht Joana. Sie war immer stark und sie wird es auch diesmal sein.

»Ich besorge dir einen guten Anwalt. Und ich bin dabei, wenn der ihn fertigmacht!«

»Danke«, flüstert sie in meine Jacke, lässt mich los, als Alec und meine Mutter herankommen.

»Mike, du hast mir gar nicht gesagt, dass Alec mit Pferden arbeitet!«, wirft mir meine Mutter vor. Verblüfft sehe ich sie an. Wann soll ich das denn gemacht haben? Immerhin belegt sie ihn, seitdem ich ihn vorgestellt habe, jede Sekunde mit Beschlag.

»Dann gehen wir jetzt hinüber zu den Weiden da hinten. Da stehen ein paar ganz süße Ponys. Ich bin sicher, Alec möchte sie sehen!«

Alec sieht zwar nicht wirklich so aus, als ob er noch mehr Pferde sehen möchte, als bei der Arbeit, zudem dämmert es schon, doch er lächelt ergeben, lässt sich mitschleifen und wir folgen ebenso ergeben mit etwas Abstand.

»Ich wünsche mir, dass ihr beide immer glücklich seid«, sagt Joana an meiner Seite. »Alec ist so ein fröhlicher, junger Mann. Ihr passt toll zusammen und ich wette, ihr habt auch genügend Spaß miteinander«, fügt sie augenzwinkernd hinzu.

Meine Wangen brennen. Wenn sie wüsste … Meine Fantasie läuft schon wieder auf Hochtouren.

»Wie hast du ihn denn kennengelernt?« Klar, dass das kommen musste, auch dafür habe ich meine Antwort schon geübt: »Hey, ich habe ihn nackt, an ein Bett gefesselt gefunden und mich in ihn verknallt, ihn vor einem Psychopathen gerettet und seitdem sind wir eben zusammen.« Aber gut, die zensierte Version gilt doch auch, oder?

»Bei Ermittlungen. Wir sind uns bei einer Betrugsfallsache begegnet. Ganz zufällig. Und da er gerade auf der Suche nach einer neuen Wohnung war, habe ich ihn bei mir untergebracht. Na ja und dabei …«

Klingt ganz überzeugend. Zumindest in meinen Ohren. In Joanas auch, denn sie nickt.

Es wird, zu unserem Glück, rasch dunkel, was meine Mutter nun doch dazu bewegt, endlich den Rückweg anzutreten. Zuhause wartet dann noch das Abendbrot auf uns und erst gegen 21 Uhr können wir uns endlich verabschieden. Meine Mutter ringt klugerweise Alec das Versprechen ab, am zweiten Weihnachtsfeiertag zum Essen zu kommen. Was soll ich dazu noch sagen? Ganz klar, sie hat Alec ins Herz geschlossen und fest im Griff. Ich muss dringend mal mit ihm reden, was die Bedeutung von »Nein« ist.

Mein Vater schüttelt Alecs Hand zum Abschied.

»Ich wünsche Ihnen alles Gute«, ringt er sich ab, schafft es, ihm dabei direkt in die Augen zu blicken, »Ihnen und Mike.«

Alec nickt und lächelt erfreut. Das ist schon viel für meinen Vater und ich glaube, Alec hat es auch erkannt. Aus der Umarmung meiner Mutter kann ich mich kaum lösen, ebenso ergeht es Alec. Joana kommt mit zum Auto, verabschiedet sich dort mit einer herzlichen Umarmung von uns beiden.

»Es ist schön, euch zwei zu sehen.« Sie hält unser beider Hände noch einen Moment fest.

»Alles Gute.« Ich drücke sie noch einmal an mich und versichere ihr: »Ich kümmere mich um die Sache.« Sie nickt dankbar. Als wir im Auto sitzen, beugt sie sich vor, sieht von mir zu Alec und zurück.

»Nichts und niemand sollte euch jemals auseinander bringen. Schwört ihr mir das?« Niemand! Natürlich nicht.

Spöttisch nicke ich ihr zu, Alecs Nicken kommt nicht ganz so schnell. Denkt er an Adrian? Der ist bald schon eingesperrt. Der wird uns nichts anhaben können.

Nie wieder. Worüber macht er sich Sorgen?

FEHLER DER VERGANGENHEIT

Alec ist schweigsam auf der Rückfahrt. Nachwirkung mütterlicher Überdosierung vermute ich mal. Nach jahrelangem Entzug ist die volle Dosis etwas schwer zu verkraften.

Große Erleichterung macht sich in mir breit. Sie haben es akzeptiert. Unglaublich, unfassbar. Ihr Sohn ist schwul geworden und sie haben es hingenommen. Okay, Vaters Blicke waren nicht ganz so freundlich wie die meiner Mutter. Vielleicht denkt er, Alec hätte mich verführt. Keine Ahnung. Wichtig ist mir nur, dass sie ihn nicht total ablehnen und davon gehe ich nicht mehr aus.

Eigentlich habe ich mit meiner Familie ganz schön Glück. Bürgerlich und doch relativ offen. Sie werden es nicht im Dorf herumtratschen, dass ihr Sohn mit einem Mann zusammenlebt. Sie werden es einfach verschweigen. Familiengeheimnisse.

Ich bin auch sicher, dass sie meinem Großvater nichts davon erzählen werden. Er würde eh nichts mehr mitbekommen, denn er hat seit Jahren Alzheimer. Es ist ein Wunder, wenn er jemanden von uns erkennt.

»Du hast eine tolle Familie.« Alec seufzt neben mir. »Weißt du das?«

»Ja, sie sind ganz okay.«

»Mehr als okay. Deine Mutter ist so lieb und was sie mir da alles von dir erzählt hat …« Er lacht glucksend auf.

Oha, nun werde ich aufmerksamer. Da gibt es vieles, was sie ihm besser nicht erzählen sollte. Bevor ich nachfragen kann, prustet Alec auch schon los: »Hast du echt bei den Mädchenduschen gespannt?«

Verdammt! Ich wusste es.

Finster starre ich auf die Autobahn. Mein Schweigen ist Geständnis genug. Leider belässt Alec es nicht dabei.

»Also du hast dich in der Mädchendusche in eine Toilettenkabine eingeschlossen, gewartet, bis die alle zum Duschen kamen und dann über den Rand geschielt?«, resümiert er im Wesentlichen die damaligen Anschuldigungen, kichert dabei blöde los. Er hat so ein Glück, dass meine Verteidigungsstrategien eingeschränkt durch die Verkehrssicherheit sind.

»So in etwa«, gebe ich mürrisch zurück. Diese Episode aus meinem Leben ist nicht unbedingt das, was ich ihm erzählt hätte. Mehr so von den Prügeleien, die ich gewonnen habe oder den halsbrecherischen Fahrradrennen durch die Kieskuhle …

»Also hast du da gestanden, hast beim Anblick der nackten Mädels einen Steifen gekriegt, natürlich das Übergewicht bekommen und bist von der Toilette abgerutscht?«, vermutet er belustigt.

»Nein!« So war es nicht. Nicht ganz.

Alec lacht schon wieder, schlägt sich aufs Knie vor Schadenfreude. Na warte!

»Ich bin einfach so abgerutscht«, erkläre ich zähneknirschend. »Ich habe mich zu weit vorgebeugt und dann bin ich halt abgestürzt und dabei ziemlich hart aufgekommen.«

»Sieben Stiche«, bestätigt Alec nickend, seine Informationsquelle zitierend. »Fünf Tage Krankenhaus, Armbruch und eine fette Gehirnerschütterung. Und du mochtest den roten Wackelpudding im Krankenhaus nicht. Nur den grünen.«

Wunderbar! Weiß der ein Detail aus meinem Jugendleben noch nicht?

»Ja. Gottes gerechte Strafe.«

»Wer hat das denn gesagt?« Jetzt lacht Alec ganz laut auf, schüttelt sich.

»Mein damaliger Sportlehrer. Der war auch Religionslehrer. Er hat mir erklärt, wie Gott sündige Gedanken straft. Vor allen Mitschülern, bei jeder sich bietenden Gelegenheit.«

Oh ja, das war echt peinlich. Vor allem, weil die Mädchen alle gekichert haben, wann immer sie mich mit dem Gipsarm gesehen haben. Wobei … später wollten plötzlich drei von ihnen mit mir zusammen Hausaufgaben machen. Nur meine Mutter hat es nicht erlaubt. Dumm gelaufen.

Alec schüttelt ungläubig den Kopf. »Und so was als Pädagoge?«

Ich zucke nur die Schultern. Die meisten werden nicht Lehrer, weil sie Kinder so lieben, sondern sie ihre geliebten Studienfächer nur auf diese Weise kombinieren können.

Plötzlich muss ich lachen, gerade als ich von der Autobahn abbiege.

»Was ist daran komisch?«, fragt Alec irritiert.

»Vielleicht hatte der ja Recht. Vielleicht war das so ein traumatisches Erlebnis, dass ich schwul geworden bin?«

Alec schaut ernst, doch seine Mundwinkel zucken. »Dann danke ich Gott dafür«, meint er theatralisch. »Danke Gott, dass du mir diesen wundervollen, sexy Mann gegeben hast! Danke, dass er schwul geworden ist!« Er tut so, als ob er mit gefalteten Händen gen Himmel blickt.

»Na toll, nun weißt du von all meinen Jugendsünden und ich weiß gar nichts Peinliches von dir«, beschwere ich mich, während ich mich durch den Stadtverkehr schlängle. »Hast du braver Kerl etwa auch mal gespannt?«

»Ich hatte es zum Glück etwas leichter«, erklärt Alec süffisant grinsend. »Die standen beim Duschen nach dem Training ja immer alle um mich herum. Meine Fantasie lief gerne auf Hochtouren. Leider war mir die gute Anregung dann auch anzumerken, also habe ich immer irgendwo in einer Ecke geduscht und versucht, es zu verbergen. Richtig peinlich wurde es, als einer auf die Idee kam, wir sollten mal alle zusammen wichsen. So als Wettkampf, wer als Erster kommen würde.« Nun gluckst er verhalten. »Du kannst dir wohl denken, wer das war oder?«

Kann ich. Muss ja dann so etwas wie ein Live-Porno gewesen sein. Schnellschuss. Armer Alec.

Endlich erreiche ich unsere Straße. Gleich sind wir Zuhause. Ich muss schon sagen, die Vorstellung, wie Alec in dieser Reihe steht und sich selbst einen runterholt, finde ich anregend.

»Ich spanne heute lieber in unserer Dusche. Mal sehen, was ich da zu sehen bekomme … Da soll immer so ein toller, umwerfend gut aussehender Typ duschen. Habe ich zumindest gehört.«

»So? Hast du? Gerüchten soll man keinen Glauben schenken.«

»Na ich bin Polizist und werde der Sache mal auf den Grund gehen müssen.« Oh ja, es wird bestimmt eine tolle Nacht werden.

Wir albern weiter auf dem Weg in die Wohnung herum. Alec balanciert die Schüsseln und ein Tablett mit Essensresten und Köstlichkeiten, die meine Mutter uns eingepackt hat, während ich den Schlüssel heraushole. In einem waren meine Mutter und ich uns absolut einig: Alec ist zu dünn. Meine Mutter war offenbar wild entschlossen, dem abzuhelfen.

Ich schaue zu ihm hinüber, der ein wenig schwankt unter der Last. Hoffentlich fällt ihm nichts runter. Ich nehme ihm besser gleich was ab, wenn ich diesen dummen Schlüssel endlich rein bekomme. Komisch, warum hakt der denn?

Stirnrunzelnd schaue ich hinab. Sonst geht der immer glatt rein, heute will er nicht. Ich beuge mich hinab und mustere das Schloss.

Was zum Teufel …? Scharf ziehe ich die Luft ein.

Da sind Kratzspuren dran! Jemand hat versucht, die Tür aufzubekommen.

»Was ist denn? Beeil dich ein bisschen Mike, mir rutscht gleich der Kuchen raus.« Geschickt verbiegt Alec den Körper.

Ich setze Prioritäten, fasse zu und befreie ihn von ein paar Sachen, die ich dann jedoch auf den Boden stelle. Nun mustert er mich fragend. Ich hole tief Luft.

Verdammt, ich weiß ganz genau, wie er gleich schauen wird.

»Stelle es einfach ab.« Mein ernstes Gesicht sagt ihm schon, dass etwas nicht in Ordnung ist. »Der Schlüssel klemmt. Da sind Spuren am Schloss. Einbruchsspuren.«

»Was?«, haucht er entsetzt und wird kreidebleich. Klar, wir beide denken nur an eines: Adrian.

Alec schwankt und ich ziehe ihn sofort zu mir heran. Er zittert am ganzen Leib, presst die Augen fest aufeinander und krallt sich in meine Schultern.

»Adrian.«

»Nicht zwangsläufig. Es ist Adventszeit. Zur Weihnachtszeit wird allgemein mehr eingebrochen. Es kann ganz anders gewesen sein.« Mit einer Hand hangel ich schon das Telefon heraus und rufe im Revier an. Die Jungs sind bald hier und solange werden wir nichts weiter machen, als hier stehen bleiben.

Ich spüre Alecs Furcht direkt an mir. Würde Adrian hier einbrechen? Wozu? Was sollte das bringen?

»Ich hatte dauernd das Gefühl, dass ich verfolgt werde«, flüstert Alec, hat noch immer die Augen geschlossen. »Er wartet nur darauf, dass er mich wieder bekommen kann …« Seine Stimme bricht, verhallt im leeren Treppenhaus. Und mir fällt nichts Sinnvolles ein.

Natürlich, auch ich hatte hin und wieder das Gefühl, jemand würde uns folgen, kann jedoch ebenso gut Einbildung gewesen sein. Wir sind ja beide vorbelastet.

Nur mir eröffnet sich der Sinn auch nicht. Warum sollte Adrian uns verfolgen, oder gar beschatten lassen? Was würde er sich davon versprechen? Wenn er sich wirklich Alec schnappen wollte, hätte er ganz bestimmt genügend Gelegenheiten gehabt.

Zudem steht er selbst unter Beobachtung, muss sich regelmäßig melden und ist ohne Personalausweis. Ich halte Adrian für irre, für pervers, aber eins ganz bestimmt nicht: für dumm.

»Vermutlich ist es ein ganz einfacher Einbruchsversuch«, erkläre ich mechanisch, versuche Alec wie mich zu beruhigen. »Kann alles Zufall sein.« Alec sagt nichts mehr, auch als die Kollegen kommen. Teufel auch, Arnaud ist einer davon. Ausgerechnet der. Und ich stehe hier mit Alec im Arm.

Arnaud stutzt, als er mich sieht, schaut pikiert zu Alec hin, nickt dann aber grüßend. Der andere Kollege, Josef grüßt ebenfalls, wundert sich vielleicht etwas, dass ich mit einem jungen Mann im Arm dastehe, umringt von Essensschüsseln.

»Was ist passiert?« Ich lasse Alec los, um es ihnen zu zeigen. Alec sagt nichts, während sie mich befragen, sich das Schloss ansehen. Auch nicht, als ich aufschließe. Bleich lehnt er an der Wand. Die Kollegen werfen ihm fragende Blicke zu, aber er bemerkt es nicht einmal.

Ich öffne zögernd die Tür, erwarte alles, Chaos, Zerstörung. Nichts dergleichen. Im Flur ist alles unverändert.

Da liegen Alecs Laufschuhe wild durcheinander, die Jacken hängen an der Garderobe, das Telefon liegt auf seinem Tisch. Nichts scheint anders als sonst.

Alec folgt mir dicht auf, während wir die Wohnung inspizieren. Nirgends ist etwas verändert worden, nichts scheint zu fehlen. Alecs Laptop ist noch in seinem Arbeitszimmer, ebenso ist meine Playstation noch da.

»Scheint so, als ob der Einbrecher es nicht geschafft hat, das Schloss zu knacken«, meint Josef achselzuckend. »Aber du solltest vorsichtshalber alle deine Sachen in Ruhe durchgehen.« Er wirft Alec einen undeutbaren Blick zu. »Und die von deinem Freund.«

Ich fange einen Blick von Arnaud auf, der Alec nicht gerade freundlich anschaut. Ob er schon gehört hat, dass sein Kollege Mike eine Schwuchtel ist? Im Moment ist es mir ganz egal. Nur Alec nicht, der aussieht wie eine wandelnde Leiche.

»Sind deine Nachbarn Zuhause?« Arnaud wendet hastig den Blick ab.

»Nein, die sind in den Skiurlaub gefahren.« Das Haus hat nur diese zwei Wohnungen. Ich kenne das Pärchen unter uns kaum, nur hat mich der Mann gebeten, während ihres Urlaubs die Zeitungen aus dem Briefkasten zu nehmen. Die haben mindestens fünf Zeitschriftenabos. Da stapeln sich bereits einige in meinem Flur.

»Ich gehe mal runter, schau nach, was da los ist«, bietet Arnaud an und ist schnell verschwunden. Alec geht in die Küche und setzt die Kaffeemaschine in Gang. »Willst du so lange einen Kaffee haben?«, frage ich Josef, der augenblicklich zustimmend lächelt.

»Gern.« Er folgt mir in die Küche. »Lebt ihr eigentlich schon lange zusammen?«

»Ein paar Monate schon«, nuschle ich undeutlich, gehe rasch hinaus, um die Schüsseln und den Kuchen zu holen. Josef sitzt am Tisch, hält seine Kaffeetasse in der Hand und lächelt mich an, als ich wieder reinkomme.

»Finde ich ja klasse, dass du so offen dazu stehst. Ich glaube, im Revier sind auch ein paar andere, nur würde es keiner zugeben. Mich stört es nicht. Jeder soll doch auf seine Art glücklich werden.«

Ich brumme zustimmend, setze mich zu ihm. Über meine sexuelle Orientierung möchte ich mich wirklich nicht unterhalten, ich möchte mich um Alec kümmern, der sich an seine Kaffeetasse klammert.

Arnaud kommt herein. »Ganze Arbeit. Da unten haben sie es auch versucht, das Schloss sogar rausgestemmt. Ob und was fehlt, kann ich nicht sagen, aber offenbar waren die nur hinter Kleinigkeiten her, den Fernseher, Hi-Fi-Anlage und dergleichen sind noch da.«

Blöd, aber ich bin gerade sehr erleichtert darüber. Also wohl doch ein normaler Einbruch.

Alec nippt an seinem Kaffee. Ich biete Arnaud auch eine Tasse an, nur schüttelt der den Kopf und ermahnt auch sogleich Josef: »Komm, wir sollten wieder los. Mike, du kannst ja morgen alles fertig machen.« Ich nicke zustimmend, bemerke erneut einen misstrauischen Blick von ihm zu Alec. Leiden kann der meinen Alec offenbar nicht. Vielleicht ist es ihm auch nur zuwider, mit zwei Schwulen zusammen zu sein.

»Bis dann, Mike!«, verabschiedet sich Josef und weg sind sie.

Alec steht wie erstarrt da, gegen die Arbeitsplatte gelehnt, schaut auf einen imaginären Punkt auf dem Fußboden. Langsam stehe ich auf, nehme ihm die Tasse aus der Hand und schlinge meine Arme ganz fest um ihn. Zittern tut er nicht mehr.

»Nur ein normaler Einbruchsversuch«, sage ich beschwichtigend. Ich möchte ihm so gerne die Angst nehmen. Teufel noch eins, ich würde gerade alles tun, um ihm diese verdammte Angst zu nehmen.

»Das würde ich so gerne glauben, Mike.« Nun zittert er doch wieder, legt seine Arme um mich, und presst sich an mich. Sein Duft ist in meiner Nase, ich schiebe sie noch tiefer in die dunkelblonden Haare, sauge den Geruch in mich auf.

Mein wundervoller Alec. Niemand darf dir solche Angst machen, nie wieder.

»Hört es denn nie auf? Hört diese verfluchte Angst denn niemals auf?«

Ich weiß nicht, was ich ihm sagen soll. Hört es auf? Kann er jemals vergessen? Nein, wird er nie.

»Manchmal …«, flüstert Alec kaum noch hörbar, »manchmal wünschte ich mir, er wäre tot.« Ich zucke zusammen, erinnere mich nur zu genau: Das Gefühl der Waffe in der Hand, wie ich sie auf ihn gerichtet habe, dieser überraschte Gesichtsausdruck, dieses widerliche Geräusch, als er aus Alec glitt … Ich hätte nur abdrücken müssen, nur einmal vergessen, was ich bin, nur einmal dem Gefühl von Hass folgen, dann müsste Alec keine Angst mehr haben. Er wäre sicher, könnte frei leben, überall hingehen, würde nie wieder zitternd an mich gedrängt stehen. Ich hätte nur abdrücken müssen …

Nein!

»Er wird seine gerechte Strafe bekommen. Und du wirst lernen, mit deiner Angst zu leben. Ich werde dir helfen. Wir schaffen das!«

BODYGUARD

Adrian war hier! In unserer Wohnung, in Mikes und meinem privaten Leben.

Dieser Gedanke hat sich fest in meinem Hirn eingenistet und will einfach nicht weichen, so sehr ich ihn auch zu widerlegen versuche.

Warum sollte Adrian, oder jemand den er beauftragt hat, die andere Wohnung aufbrechen? Wieso sollte er so etwas Dummes tun? Um den Einbruch bei uns zu vertuschen? Aber warum sollte er denn überhaupt versuchen, hier einzubrechen?

Wieder und wieder kreisen meine Gedanken darum.

Neben mir höre ich Mike leise schnarchen. Er schläft schon längst tief und fest. Ganz dicht liegt er hinter mir und sein warmer Atem streicht über meinen Nacken. Eigentlich sollte es mich beruhigen, er ist so nah bei mir. Dennoch läuft in meinem Kopf diese Dauerschleife. Adrian, Adrian, Adrian!

Dieser verdammte Typ bestimmt mein ganzes Leben! Wieso musste ich mit ihm gehen, wieso haben mich seine schönen Worte, seine Zärtlichkeit so in den Bann gezogen, dass ich mich nicht lösen konnte, dass ich nicht gemerkt habe, was abläuft? Ich hätte jederzeit gehen können. Bis zu jenem verhängnisvollen Moment, als er mich angekettet hat, hätte ich stets fliehen können.

Diese dumme Sehnsucht nach Liebe, nach Nähe, nach Erfüllung. Ich war so unglaublich dumm. Und nun bezahle ich dafür. Jeden Tag. Jede Stunde, in der ich seine Rückkehr fürchte. Adrian bestimmt mein Leben selbst jetzt noch.

Wütend auf mich, balle ich die Fäuste.

Ich halte den Atem an, lausche auf das gleichmäßige Geräusch, spüre den warmen Körper hinter mir. Wie ich es liebe Mikes Atem zu lauschen. Es ist so beruhigend.

Ein normaler Einbruch hat Mike gesagt. Eine günstige Gelegenheit, weil wir und unsere Nachbarn weg waren. Weihnachtszeit wäre immer eine gute Einbruchszeit, ich will ihm glauben. Doch da sind diese Momente, dieses Gefühl beobachtet zu werden. Jemand der sich etwas zu hastig weg dreht, wenn ich mich umschaue, Schatten, die ich in Eingängen wahrnehme, ein Auto, welches zweimal an mir vorbei fährt. So langsam werde ich echt paranoid.

Verdammt! Ich kann einfach nicht so weiter leben, in ständiger Furcht vor ihm. Wenn ich jogge, kann er mich schnappen, wenn ich abends heimkomme, wann immer ich alleine bin, könnte er mich holen kommen. So viele Gelegenheiten, so viele Möglichkeiten, ich kann mich nicht effektiv schützen. Was nutzt mir ein Pfefferspray, wenn er mich hinterrücks überfällt?

Fatalistisch gedacht kommt er oder er kommt eben nicht, ich kann eh nichts dagegen tun. Leider kein beruhigender Gedanke, dennoch ich sollte mich mal daran gewöhnen. Mike kann mich auch nicht schützen. Nicht, wenn Adrian mich wirklich wiederbekommen möchte.

Mich durchfährt es kalt, wenn ich an Adrians Ausdruck von Gier und ja, leider wohl auch Liebe denken muss. Was sieht dieser Mann nur in mir? Weshalb war er derart hinter mir her? So viele verdammte Fragen, auf die es keine Antwort gibt. Mein Zittern verstärkt sich. Ich werde ihm bald gegenübertreten, ihm in die Augen sehen müssen.

Mikes Atem verändert sich, er wacht auf. Ob er was gemerkt hat? Unverzüglich rückt er dichter an mich heran.

»Du schläfst nicht«, nuschelt er schlaftrunken. »Denkst du immer noch daran?«

Ich nicke. Sehen wird er es zwar nicht, aber spüren. »Seit vorhin kann ich an nichts anderes mehr denken.« Ich kuschle mich an ihn. Warum kann ich nicht einfach hier liegen bleiben und die Welt draußen macht was sie will ohne mich?

»Glaubst du wirklich, dass ich es mir nur einbilde, verfolgt zu werden?«, frage ich in die Dunkelheit hinein. Mike gibt ein undeutlich grunzendes Geräusch von sich.

»Ich weiß es nicht. Ab und an hatte ich auch mal so ein Gefühl, doch ich habe nie etwas wirklich Verdächtiges bemerkt und eigentlich sollte mir das auffallen, oder?«

»Stimmt! Du Polizist, du. Dir sollte es auffallen.« Wahrscheinlich bilden wir es uns wirklich nur ein. Mike würde eine Beschattung doch bemerken. Also ist da vermutlich nichts dran. Dumme Zufälle, mehr nicht.

Bestimmt schließe ich die Augen. Mikes vertrauter Duft ist in meiner Nase und seine Wärme greift beruhigend auf mich über.

»Alec?«, kommt es nach einer Weile von ihm, als ich endlich auch ein wenig müder werde.

»Hm?«, antworte ich schläfrig.

»Du gehst ab morgen nicht mehr alleine joggen.« Also macht er sich doch Sorgen. »Ich gehe mit dir. Ich jogge mit dir. Sollte ich eh mal wieder tun, ich werde langsam etwas fett.«

Nun muss ich schmunzeln. Der Gedanke, mit Mike zusammen joggen zu gehen, ist einfach zu schön.

»Du bist nicht fett. Du bist gut so, wie du bist.«

»Trotzdem gehe ich ab morgen mit dir joggen.« Mike bleibt bei seinem Vorhaben.

»Gut, dann morgen früh.« Ich freue mich ehrlich darüber. Mir wird ganz warm ums Herz bei dem Gedanken, mit meinem eigenen Bodyguard durch den Park zu laufen. Der Anblick seines perfekten Körpers, sein Schweißgeruch in meiner Nase, wie seine Arme und sein Oberkörper vor Schweiß glänzen werden … Ach er wird so toll aussehen. Diese Gedanken vertreiben erfolgreich alle anderen.

»Alec? Wir joggen aber nicht schon um sechs Uhr.«

»Dann eben um sieben Uhr«, nuschle ich zustimmend ins Kopfkissen. Mike seufzt theatralisch auf. Träge zucken meine Mundwinkel.

»Neun Uhr?«, kommt es kurz danach hoffnungsvoll von ihm. Halb im Schlaf verziehe ich die Mundwinkel spöttisch. Mein süßer Langschläfer. Nun gut.

»Acht Uhr«, gebe ich mein letztes Angebot ab. Hinter mir stöhnt er gedämpft, flucht so leise, dass ich es nicht verstehe, murmelt dann ergeben: »Gut, acht Uhr dann.«

Mike ist tapfer, muss ich ihm lassen.

Schon im zweiten Anlauf kam er aus dem Bett, nachdem ich drohend in sein Ohr geflüstert habe, einen nassen Lappen zu holen. Die Augen hat er aber erst später geöffnet, erst als wir draußen waren. Er tat mir schon ein wenig leid.

Wir waren nur eine Stunde unterwegs und Mike hat kein einziges Mal angefragt, ob wir ein Stückchen gehen oder ob wir die Strecke verkürzen könnten. Mein Mister Tough Guy. Viel hat er eh nicht gesagt.

Lächelnd blicke ich zu ihm zurück, der etwas hinter mir läuft. Wir sind fast Zuhause, ich will nur noch eben Brötchen holen.

»Den Rest der Strecke gehen wir dann. Zum Abkühlen«, schlage ich vor, als er schwer atmend vor dem Bäcker ankommt.

Toll sieht er aus, in der dunklen Jogginghose und dem grauen T-Shirt. Von wegen fett. Er hat einen gut trainierten Körper und auch eine solide Grundlagenausdauer, auch wenn er nicht regelmäßig joggt. Muss er in seinem Job auch haben.

»Reichen uns sechs Brötchen?« Mike nickt, die Hände in die Hüften gestemmt. Ich verschwinde in der Bäckerei. Kurz danach bin ich schon wieder bei ihm und wir marschieren nebeneinander nach Hause.

Es ging heute mit dem Laufen wirklich leicht mit Mike zusammen. Ich habe die ganze Zeit dabei kaum an Adrian oder an den gestrigen Einbruch gedacht. Letztendlich hat ja auch nicht alles und jedes mit Adrian zu tun. Heute hatte auch keiner von uns das Gefühl, beobachtet zu werden, alles war ganz normal.

Etwas puderzuckerartiger Schnee ist in der Nacht gefallen. Es ist zu kalt. Winter ist nicht meine Jahreszeit.

»Oh Mann, ich bin einfach zu lange raus.« Mike stöhnt müde, als wir endlich wieder Zuhause sind, wo ihn keiner sieht. Ich glaube, darauf legt er schon Wert, dass kein anderer, außer mir, ihn schwach erlebt. »Morgen werde ich bestimmt einen fetten Muskelkater haben.«

Lächelnd gebe ich ihm einen Kuss. »Ich werde an dich denken und in Gedanken ganz furchtbar mitleiden«, verspreche ich ihm schmunzelnd. »Es wird mit jedem Mal leichter und einfacher werden.«

Mike verdreht die Augen, schlurft ins Badezimmer. Ich blicke ihm bewundernd nach. In der Laufkleidung kommt sein kräftiger Oberkörper sehr gut zur Geltung. Und auch sein Hintern sieht nicht übel aus, lässt mich mal wieder auf dumme Gedanken kommen. Meine Hände jetzt unter den Bund schieben, diese festen Backen entlangtasten …

Ich reiße mich hastig zusammen und bringe die Brötchen in die Küche. Dann fange ich schon mal an den Tisch zu decken. Hoffentlich braucht Mike nicht so lange, ich will ja auch noch duschen. Danach können wir gemütlich frühstücken. Mikes Mutter hat uns selbst gemachte Marmelade mitgegeben.

Er hat ganz schön Glück mit seiner Mutter. Ich mag sie sehr und ich denke, sie hat mich auch ein wenig ins Herz geschlossen. Zumindest lehnt sie mich nicht ab. Wir werden sie einfach öfter besuchen fahren, dann kann sie sich besser an unsere Partnerschaft gewöhnen.

Die Kaffeemaschine gibt leise, glucksende Geräusche von sich, da höre ich plötzlich Mikes Stimme aus dem Flur: »Alec?« Ich stehe auf und trete an die Tür.

Hat er was vergessen? Da steht er im Eingang zum Badezimmer. Völlig nackt, wie Gott ihn schuf. Mir fällt bei dem Anblick seines Adoniskörpers die Kinnlade herunter. Wow, er sieht so toll aus.

»Kommst du endlich auch duschen? Ich warte schon auf dich!«

»Äh, klar! Ja, sofort«, stottere ich freudig überrascht. Mein Körper reagiert ebenso begeistert auf ihn, vor allem mein Unterleib. Mike scheint sein Wassereinsparprogramm noch immer sehr ernst zu nehmen.

»Hast du noch nicht genug geschwitzt?«, frage ich ihn schelmisch, als er mich hastig zu sich ins Badezimmer holt und die Tür hinter uns zu macht. Es ist mollig warm hier drinnen und mein Herz schlägt erwartungsvoll.

»Erst die Arbeit, dann das Vergnügen.« Er beginnt bereits mir das T-Shirt auszuziehen. Heute hat er es aber eilig, mich nackt zu bekommen.

Mit Küssen hält er sich auch nicht lange auf, zieht mich mit zur Dusche, kaum dass ich aus meiner Hose gekommen bin.

»Hey! Warum so eilig?«, will ich empört lachend wissen. Mit einem Ruck zieht er mir die Unterhose aus.

»Ich wollte dich gestern schon haben.« Entschuldigend küsst er mich auf Hals und Brust. »War nur kein wirklich geeigneter Moment, nach diesem Einbruch, also holen wir es jetzt nach. Eheliche Pflichten eben.«

Jetzt muss ich laut lachen. Mike küsst meinen Bauch, geht tiefer. Gut so. Noch ein wenig weiter, ja … Klasse!

»Eheliche Pflichten?«, bringe ich keuchend hervor, Mike hat eindeutig sein Ziel erreicht. Eine Hand massiert meine Hoden, Mund und Zunge bleiben auch nicht untätig. »Moment, wann habe ich den Part mit der Hochzeit verpasst?«, entkommt es mir stöhnend.

»Gar nicht.« Mike entlässt mich nur ganz kurz aus seinem Mund. Frustriert schaue ich ihn an. Er grinst und seine Zunge verwöhnt mich gleich darauf weiter.

Wow, er kann das echt gut! Stöhnend kralle ich mich in seine Schultern.

»Den Part haben wir einfach übersprungen. Was dich aber nicht von deinen Pflichten entbindet. Wenn ich schon in aller Herrgottsfrühe aufstehen muss, dann will ich die zusätzliche Zeit auch sinnvoll nutzen.«

»Tust du ja schon!« Als er seine Zunge an der Unterseite des Schaftes auf und abgleiten lässt, entkommt mir ein Seufzen. Leider lässt er auch schon wieder von mir ab, küsst sich jedoch hoch. Seine Arme umschlingen mich und ich klammere mich an ihn, presse meinen heißen Schwanz fest an seinen Bauch. Ich mag es, wenn ich beinahe in ihn kriechen kann, die Wärme und Geborgenheit bekomme, die ich immer vermisst habe.

»Ich will aber noch mehr«, raunt er mir ins Ohr.

Kann er haben. Kein Problem. »Immer!«, entwischt es mir gierig und ich knete seinerseits den festen Hintern. Hoffentlich haben wir hier noch Kondome rumliegen. Gleitgel ist im Schlafzimmer, nur werde ich ganz bestimmt nicht mehr dahin rennen, nicht wenn Mike seinen wundervollen Körper so an mir reibt. Und in der Dusche wird es schon ohne gehen.

»Duschen?« Ich dränge Mike rückwärts dahin. Gierig küsse ich seinen Hals, beiße spielerisch hinein, entlocke ihm damit leise, stöhnende Laute. Ich weiß, wie gut ich ihn damit stimulieren kann. Er mag es besonders am Hals und am Schlüsselbein, da ist er herrlich empfindlich.

»Ah, Mike!« Er hat den Gegenangriff gestartet. Er weiß ebenso um meine erogenen Zonen, seine Lippen bearbeiten gnadenlos die Brustwarzen. »Mach langsamer!«, keuche ich höchst erregt.

»Kann ich nicht«, nuschelt er zwischen den Lippen um meine Brustwarze hervor. »Ich kann mich bei deinem heißen Anblick einfach nicht beherrschen.«

Irgendwie sind wir in die Dusche gekommen, keine Ahnung wie. Gleich darauf rauscht auch schon das Wasser über meinen erhitzten, verschwitzten Körper und Mikes Hände sind plötzlich überall auf mir. Oh wie ich das liebe!

Meine rechte Hand sucht seine Körpermitte, findet schnell den freudig wippenden Ständer und nun keucht Mike auf, als ich ihn ebenfalls zu verwöhnen beginne. Ehrlicherweise erregt es mich ebenso, seinen Penis zu berühren, wie von ihm stimuliert zu werden. Überhaupt diesen tollen Mann intim anfassen zu dürfen, ist ein Privileg.

»Kondom!« Mike greift fahrig hinter sich. Jetzt muss ich kichern. Dieser Mistkerl hat also schon vorgesorgt, das Kondom bereits in der Seifenschale deponiert.

Schmunzelnd nehme ich es ihm aus der Hand, gleite küssend an der Brust abwärts und arbeite mich über seine straffen Bauchmuskeln tiefer. Von wegen fett. Die meisten Männer würden ihn um seinen festen Bauch beneiden.

Mike hat den Kopf an die Wand zurückgelehnt, die Augen geschlossen, den Mund wohlig verzogen. Doch anstelle des Kondoms nehme ich seinen Schwanz in mich auf, so tief es geht, kitzle ihn mit meiner Zunge. Mikes Hand fährt in meine Haare, krallt sich hinein, streicht hindurch, krallt abermals, im selben Rhythmus, wie ich seinen Schaft auf und abgleite.

»Alec!«, stöhnt er lustvoll. »Mach schon!« Aber klar doch.

Rasch streife ich ihm das Kondom über und benutze noch einmal meine Hände. Definitiv ist er steif genug. Mein Loch zuckt bereits erwartungsfreudig. Ich liebe es, ihn in mir zu spüren, kann es kaum erwarten, den süßen Schmerz des ersten Eindringens zu spüren.

Mike ergreift abermals die Initiative, drängt mich gegen die Wand und schiebt mit dem Knie meine Beine auseinander.

»Warte!« Ich schiebe ihn etwas von mir und drehe mich um, stütze mich an der Wand ab und schiebe ihm meinen Hintern hin. »So ist es leichter für dich.«

Mikes Gesicht verändert sich schlagartig. Erschrocken, ja wütend schaut er mich an. Irritiert drehe ich mich halb zu ihm um, während das Wasser warm über meinen und seinen Körper rinnt. Was hat er denn?

»Nein, Alec!« Mike schüttelt so heftig den Kopf, dass die Wassertropfen umherspritzen. »So möchte ich es nicht mit dir machen!« Verwirrt sehe ich ihn an.

»Warum nicht?« Habe ich was falsch gemacht?

Mike legt seine Hände abrupt um mein Gesicht, rahmt es ein und zieht mich ganz dicht an sich heran. Sekundenlang betrachtet er mich mit einem unglaublich intensiven Blick, dann presst er mir einen harten Kuss auf den Mund und löst sich im selben Moment wieder.

»Ich will immer dein Gesicht dabei sehen«, flüstert er eindringlich, nahezu beschwörend. »Ich will erleben, wie du es vor Lust verzerrst, deine halb geschlossenen Augen, den leicht geöffneten Mund. Ich will dich stöhnen hören, ich will mitbekommen, wie du bei jedem Stoß reagierst. Ich möchte dich nicht wie irgendein Tier von hinten begatten.«

Oh, das war mehr als deutlich! Mein Herz zerspringt vor Freude, jagt mir winzige, glühende Splitter durch den erhitzten Körper. »Mike, ich liebe dich«, klingt jedoch viel zu kitschig, viel zu nichtssagend. Mein glückliches Gesicht muss ihm genügen.

»Ich möchte dich auch dabei sehen, ich …«, den Rest erstickt Mike mit einem wilden, atemberaubenden Kuss. Im nächsten Moment hat er mich auch schon gegen die Duschwand gedrückt. Die Hände streichen an der Innenseite der Oberschenkel entlang, drücken sie auseinander, wandern hinten zu meinem Gesäß. Begeistert keuche ich auf, als er meine Backen hart umfasst und auseinanderzieht. Er setzt an, führt seinen Ständer mit einer Hand an den Eingang.

Ich fühle den bekannten Druck, das feine Brennen, wenn er den Muskel langsam dehnt. Mike lässt sich Zeit, damit ich mich entspannen kann. Tief hole ich Luft und entlasse sie in einem zufriedenen Stöhnen, während er sich weiter in mich schiebt. Ohne Gleitgel brennt es stärker, ist zunächst unangenehm. Reflexartig ziehe ich die Beine an, halte mich mit den Händen an seinem Oberkörper fest und umklammere ihn mit den Beinen.

Mike keucht überrascht auf, stützt mich dennoch sofort, drückt meinen Rücken gegen die Wand, seine Hände liegen jetzt wieder an meinem Hintern.

»Alec!« Er stöhnt tief auf, als er mit einem Rutsch ganz in mich gleitet. »Du machst mich fertig!« Ich kann nichts sagen, bin von ihm erfüllt, jeder Nerv entzündet, alles nur noch Fühlen, wilde Lust.

Er beginnt sich zu bewegen. Mein Stöhnen gleicht lusterfüllten Schreien. In der Duschkabine wird unser gemeinsames Stöhnen und Keuchen lauter, hallt von den Wänden wider, erfüllt unsere ganze kleine Welt aus Leidenschaft und Begehren.

Mikes rhythmische Stöße streifen die Prostata, lassen mich abgehackt keuchen, wenn erneut eine dieser irren Lustwellen durch meinen Körper jagt. Meine Hand greift nach dem Schwanz, der zwischen uns eingeklemmt ist und ich beginne mich mit Mikes Stößen zu pumpen. Doch das wundervoll elektrisierende Gefühl in mir ist es, was mich kommen lässt.

Mein Kopf fällt nach hinten gegen die Wand, schlägt hart dagegen. Es stört mich nicht, denn mein Körper zuckt vor Ekstase. Auch Mike braucht nicht sehr lange, bis er sich laut aufstöhnend ergießt.

Wow, immer wieder ist es wunderschön. Niemals werde ich von diesem Mann genug haben.

MISTER WHO

»Also, was ist los?«

Ich seufze verstohlen, nachdem Tom nun schon zigmal recht laut murrend mit der Schubkarre an mir vorbei gefahren ist. Ich putze Mister Who, einen dicken Welshpony Wallach. Sein dichtes braunes Winterfell lässt ihn wie einen Teddybären wirken. Ein netter, kleiner Kerl, zwar ab und an etwas frech, aber er macht dennoch einen guten Job.

Tom stellt die leere Karre etwas zu schwungvoll ab. Gerade noch so erwischt er sie, bevor sie laut klappernd umkippt und Mister Who, der die Karre ohnehin schon sehr misstrauisch beäugt, einen Herzinfarkt bekommt.

»Tom!«, entkommt es mir vorwurfsvoll. Im Umgang mit den Pferden haben Wutausbrüche nichts zu suchen. Augenblicklich verändert sich Toms mürrischer Ausdruck und wird schuldbewusst.

»Sorry.« Frustriert stößt er hervor: »Aber Mann! Ich darf bei ihr einfach gar nichts mehr.«

Ah ja. Das Problem heißt also Linda. Dann hat er wohl mal wieder eine ihrer Regeln missachtet und nun ist er sauer, weil sie ihm dafür was aufgebrummt hat. Irgendwann sollte er lernen, dass jedes unerwünschte Verhalten eine unangenehme Konsequenz nach sich zieht. Grundsatz der Pädagogik.

»Was hast du denn gemacht?«, frage ich vorsichtig nach, klopfe den Striegel an der Wand aus. Draußen vor dem Stall schneit es schon wieder.

»Gar nichts!«, gibt Tom unwirsch zurück.

Natürlich nicht, Tom macht nie was falsch.

»Ich wollte doch nur mit Ricky heute Abend ein bisschen losziehen«, sagt er verschnupft und seine Körperhaltung drückt schlechtes Gewissen aus. Soviel also zu »gar nichts«.

Okay, Linda hat ganz gewiss nichts gegen Toms und Rickys Beziehung. Wer bei Rickys Anblick nicht sofort drauf kommt, dass er schwul ist, der ist blind und blöd. Linda ahnt gewiss, dass zwischen den beiden was läuft. Ich bin auch sicher, dass sie ziemlich genau weiß, was die beiden abends in Toms Zimmer so treiben. Soweit ich weiß, hat sie damit auch kein Problem.

Hatte sie zumindest nicht mit den beiden lesbischen Mädchen aus dem Suchtprogramm, die wir vor einem Monat hier hatten. Folglich liegt die Ursache für ein Verbot ihrerseits ganz woanders.

»Hast du sie denn verärgert?«, erkundige ich mich diplomatisch. Tom schnaubt empört auf, verdreht die Augen und stopft sich in einer so typischen Tom-Geste die Hände in die Hosentaschen, dass ich schmunzeln muss.

»Habe ich nicht! Mann, ich wollte doch nur ein bisschen mit Ricky Spaß haben. Wir wollten in so einen Club gehen. Ein bisschen abfeiern eben.«

»Club?« Entschlossen schiebe ich meine negativen Assoziationen mit dem Wort in eine verstaubte Ecke.

»Einen Schwulenclub eben. So ein Insiderteil eben, das Gaytronic. Voll geiler Schuppen sagt Ricky. Da tanzen auch ein paar von seinen Freunden und er wollte mich halt mal dahin einladen.« Abermals schnaubt Tom wütend, kickt mit dem Fuß gegen die Boxentür. »Aber sie hat einfach ›Nein‹ gesagt.«

Mir entkommt ein kaum hörbarer Seufzer.

Verrückt oder? Ich fühle mich erleichtert, dass er nicht in jenen Club gehen wird, der mir zum Verhängnis geworden ist, wo ich Adrian über den Weg laufen musste. Blauäugig, naiv und liebeshungrig, wie ich damals war.

Skeptisch blicke ich Tom an. Letzte Woche ist er sechzehn geworden. Soweit ich mich erinnere, durfte man in den Club ohnehin erst ab achtzehn.

»Da hättest du eh nicht hinein gedurft.« Eins muss ich ihm lassen: Im Augenverdrehen ist Tom große Klasse und offenbar hält er mich gerade mal wieder für ein wenig dumm. Oder zu erwachsen, was ziemlich das Gleiche ist.

»Mann, Alec«, stöhnt er daher auch genervt. »Da wäre ich schon reingekommen. Ich sehe ja schließlich nicht aus wie so ein minderjähriger Milchbubi.« Ich füge in Gedanken, sein typisches »So wie du!« hinzu.

»Es hat schon seine Gründe, warum du da erst mit achtzehn rein darfst und Ricky sollte es eigentlich auch besser wissen«, kontere ich nur mäßig verärgert. Ich kenne Tom und seine Sprüche einfach schon zu gut. Seit er mit Ricky zusammen ist, ist es zwar besser geworden, ab und an hängt er mir gegenüber allerdings noch den coolen Macho raus.

Tom zuckt die Schultern. »Wir waren schon in so etwas drin«, erklärt er breit grinsend. »Okay, nur so eine Schwulenbar in der Innenstadt, das ›Pinkalotta‹. Wir waren mit Lisa, deren Freund und zwei anderen aus Rickys Kurs da. Tolle Musik. War voll lustig, jede Menge schräger Vögel. Dagegen ist Ricky echt langweilig und der hatte schon sein lila Rüschendingsbums an.«

Mister Who schnaubt neben mir sehr passend und ich muss schmunzeln. Oh ja, Rickys »lila Rüschendingsbums« kenne ich auch schon. Zum Fasching würde man so etwas aus Jux anziehen, Ricky jedoch trägt die Bluse selbstbewusst.

»Eine Schwulenbar?« Tom lächelt versonnen.

»Ja, war voll geil. Da treffen sich jede Menge so abgedrehte Typen. Manche voll als Frau gestylt, richtig geschminkt und so. Viel mehr als Ricky. Jede Menge Transen eben.« Tom nimmt eine Hand aus der Tasche, zieht den Handschuh aus und streicht sich durch sein kurzes Haar. »Letztes Mal war da doch echt so ein Typ, der Ricky einfach angetatscht hat, obwohl ich direkt danebenstand!«, empört er sich, ganz in der Rolle des erzürnten Liebhabers.

Ich verstecke schnell mein verräterisches Grinsen in Mister Whos dichter Mähne. Tom ist einfach zu köstlich, wenn er sich aufbaut wie Arnold Schwarzenegger persönlich. Hasta la Vista.

Wobei er schon ein wenig beeindruckend ausschaut. Ganz und gar nicht wie sechzehn. Wer ihn nicht gut kennt, würde sich nicht mit ihm anlegen.

»Der Blödmann konnte doch seine schleimigen Griffel nicht bei sich lassen, hat einfach meinen Ricky angequatscht und ihm die Hand auf den Arsch gelegt!«

Mister Who dreht sich irritiert zu mir um, als ich sein dichtes Winterfell zum Ersticken eines aufkommenden Lachens missbrauche. So, so? Sein Ricky?

»Da bin ich zu ihm hin und hab ihm ein paar Takte erzählt. Von wegen, dass er seine Griffel mal besser bei sich behält, wenn er von mir keine in die Fresse bekommen will«, berichtet Tom sichtlich stolz. »Der gehört mir, habe ich ihm gesagt! Niemandem sonst!«

Ich tauche langsam wieder aus Mister Whos Mähne auf. Bildlich kann ich mir Tom vorstellen, wie der sich Zorn sprühend vor dem verblüfften Typen aufgebaut hat und seinen Anspruch auf Rickys Hintern klar gemacht hat. »Und dann?«

Hoffentlich hat Tom keine Schlägerei angefangen. Zuzutrauen wäre es ihm. Ob das der Grund ist, warum ihn Linda heute nicht losziehen lassen will?

Ein noch breiteres Grinsen erscheint auf Toms Gesicht. »Na was schon? Der Kerl ist natürlich feige abgezogen.«

»Einfach so?« Wobei … man legt sich mit einem Typ wie Tom nicht unbedingt an. Er strahlt immer noch eine gewisse Aggressivität aus.

Tom nickt eifrig. »Und Ricky hat voll losgeheult.«

»Was? Wieso das denn?«

Toms Grinsen reicht jetzt weit über seine Ohren hinaus.

»Mann, der hat sich gar nicht wieder eingekriegt. Er hat dauernd gestammelt, dass das voll süß war und noch nie jemand seinen Arsch so beschützt hätte, sich noch nie jemand für ihn eingesetzt hätte und das wäre so toll und er liebt mich und ich wäre so ein starker Typ und er hätte voll Glück mit mir zusammen zu sein und so einen Quatsch eben«, sprudelt Tom achselzuckend hervor.

Selbstgefälliger kleiner Bastard.

»So?«, erwidere ich daher gedehnt, kann jedoch mein Lachen kaum noch verbergen. Ricky ist völlig in Tom verknallt. Er himmelt ihn geradezu an. Er mag zwar älter sein, was ihn nicht daran hindert sich Tom gegenüber wie ein verliebter Teenager aufzuführen. Und dann beschützt Mister Macho Rickys Hintern vor Übergriffen? Klar war Ricky aus dem Häuschen vor Glück.

»Tja, der weiß mich eben zu würdigen«, kann sich Tom nicht verkneifen, wirft mir einen jener Blicke zu, die mir klarmachen sollen, dass ich so ein Glück auch hätte haben können, wenn ich nicht mit dem ›dummen Bullen‹ zusammen wäre.

»Weiß er!«, kontere ich und nehme Tom damit den Wind aus den Segeln.

»Aber heute Abend will sie mich nicht mit ihm gehen lassen. Dabei hätte ich schon drauf geachtet, dass ich spätestens um 2 Uhr wieder da bin«, erklärt er. »So ein bisschen was Trinken, Tanzen und das Ficken hinterher dauert ja auch nicht ewig.« Glucksend lacht Tom auf, als er mein konsterniertes Gesicht sieht. Er liebt es mich zu schocken. Ich weiß es ganz genau.

»Mann, Alec! Manchmal bist du so ein Spießer. Dein Bulle vögelt dich doch bestimmt andauernd, so geil, wie der dich immer anschaut. Der legt dich doch bei jeder Gelegenheit gleich flach. Sei froh, dass der es noch kann. In seinem Alter wird er es bald schwer haben, es dir noch anständig zu besorgen. Länger als fünf Minuten dauert es doch bestimmt nie, dann kann der schon nicht mehr. Oder nimmt er schon Viagra?« Tom lacht bei meinem empörten Ausdruck spöttisch auf, sieht mich herausfordernd an.

Spießer? Okay, dann bin ich eben ein Spießer, denn ich werde bei seinen Worten rot. Ich mag nicht offen darüber reden und schon gar nicht mit Tom. Zudem mag ich es nicht, wenn er so über meinen Mike redet.

»Mein Liebesleben geht dich absolut nichts an«, gebe ich bissig zurück. »Aber sei dir sicher, dass ich dabei voll auf meine Kosten komme.«

Betroffen starrt mich Tom an.

Eins muss man ihm lassen, er weiß auch, wann er zu weit gegangen ist.

Eine ganze Weile schweigen wir. Ich putze einfach Mister Who weiter, der es offenbar genießt, dass er meine ungeteilte Aufmerksamkeit hat. Ich werfe ihm den Longiergurt über, beachte Tom nicht weiter. Der hat sich nicht von der Stelle gerührt.

»Schon okay. Meinte es ja nicht so«, gibt Tom schließlich zerknirscht von sich und fügt sehr leise hinzu: »Hauptsache, du bist glücklich mit ihm.« Er seufzt jedoch gleich darauf laut und theatralisch auf. »Auf jeden Fall kann ich Ricky heute nicht flachlegen. Alles nur, weil sie gestern unbedingt mein Zimmer inspizieren musste.«

Aha, nun werde ich hellhörig. »Dann hat sie wohl auch was gefunden, oder?« Missmutig verzieht Tom das Gesicht, beißt sich dabei auf die Unterlippe.

»Nur eine alte Packung Zigaretten. Dabei rauche ich echt nicht mehr. Ehrlich!« Ich sehe ihn weiter an, denn ich bin mir sicher, dass eine Packung Zigaretten kein Grund für ein Ausgehverbot ist.

Ist sie auch nicht.

»Na ja, und eben eine halbe Flasche Tequila«, murmelt Tom schuldbewusst. »Die hatte ich glatt vergessen. Hätte sie gesagt, dass sie mein Zimmer inspizieren will, hätte ich die ja auch rechtzeitig weggeschafft. Konnte ich ja nicht ahnen.«

Oh je. Klar, da war Linda ganz bestimmt sauer. Seit Toms Absturz achtet sie peinlich genau darauf, dass er die Finger vom Alkohol lässt.

»Selbst schuld«, kontere ich mitleidlos. »Sie hat dir doch klar gesagt: Keinen Tropfen Alkohol mehr!«

Tom verdreht gekonnt die Augen. »Ja ja!«, gibt er mürrisch zurück. »Ich habe das schon im Griff. Ich trinke nie so viel, dass ich besoffen bin. Und wenn ich mit Ricky weg bin, dann passt der auch schon auf.«

»Deshalb hat sie dir also verboten heute loszuziehen?« Nun kommen wir zum eigentlichen Grund seiner schlechten Laune zurück.

Zwei Mädchen kommen mit Fahrrädern auf den Hof gefahren, winken uns zu und verschwinden kichernd in Richtung des überdachten Reitplatzes, wo Linda gerade unterrichtet.

»Ja!«, kommt es unwirsch von Tom, als sie außer Hörweite sind und er schimpft: »Sie hat sogar mit Ricky telefoniert und will jetzt, dass ich eine Therapie deswegen anfange.«

Gute Idee. Zwar denke ich schon, dass Tom keinen Rückfall erleiden wird, allerdings trägt er seine Ängste noch immer in sich. Er hat bislang ganz bestimmt mit niemand anderem über sein Trauma gesprochen. Vielleicht mit Ricky, sicher wäre ich mir da aber nicht.

»Sehr gut.« Tom quittiert es mit einem abfälligen Schnauben.

»Blödsinn. Aber Ricky hat ihr natürlich gleich Recht gegeben und für Montag einfach einen Termin für mich ausgemacht.« Prima, also ziehen Linda und Ricky an einem Strang. Das kann nur zu Toms Besten sein.

»Ich finde es gut!« Ich mache mich bei Tom bewusst unbeliebt.

»Mann, Alec! Wenn ich darüber quatschen wollte, dann hätte ich es Ricky schon erzählt. Ich will nicht mit so einem blöden Arsch von Psychodoc reden müssen.« Nun wirkt Tom alles andere als selbstsicher oder gar selbstgefällig. Gerade ist er ein unsicherer Sechzehnjähriger, der Angst hat, dass jemand hinter seine perfekte Fassade schauen könnte. Mir kommt spontan eine Idee.

»Frag doch Ricky, ob er mitkommt?«

Tom zieht verblüfft die Augenbrauen hoch. »Meinst du, der würde das machen?«

»Klar. Mann, Tom, er liebt dich, er würde alles für dich tun.« Jetzt lächelt Tom ganz leicht, beinahe scheu. Er tritt näher an mich heran.

»Aber wenn er das von mir erfährt … Meinst du, er mag mich dann auch noch?« Er flüstert fast. »Was, wenn er dann nicht mehr mit mir zusammen sein will, wenn er erfährt, dass ich ein Stricher bin?«

Also das ist seine größte Sorge. Ich verstehe ihn ja so gut.

»Rick liebt dich wirklich, Tom«, gebe ich ebenso leise zurück. »Er wird dich immer lieben, auch wenn er weiß, was du alles durchgemacht hast.«

»Wird er sich dann nicht vor mit ekeln? Mann, ich habe es bestimmt mit hundert fremden Kerlen getrieben. Jede Menge alte Säcke haben mich gefickt oder sich von mir einen blasen lassen. Der wird mich doch nie wieder anfassen wollen, wenn er davon erfährt.« Schniefend zieht Tom die Nase hoch. Tränen glitzern in seinen Augen.

»Wird er doch«, versichere ich ihm, hoffe einfach, dass ich Ricky richtig einschätze. »Er ahnt ganz bestimmt, was du alles erlebt hast. Mensch, der ist doch nicht dumm. Der weiß, wie es als Junkie abläuft. Wenn es zwischen euch gut funktionieren soll, sollte er alles wissen, Tom.«

Skeptisch sieht er mich an. Ich erkenne die Furcht in seinen Augen, kann sie so gut verstehen, ihm nachfühlen, wie er sich in diesem schmutzigen, benutzten Körper sieht. Als ob es nicht der eigene Körper wäre, als ob ihn sich jemand einfach genommen und zu seinem Eigentum gemacht hätte. Oh ja, ich kann es ihm nachfühlen.

Wie habe ich meinen eigenen, schwachen Körper gehasst! Diese verfluchte Lust, die Adrian mir bereitet hat, wenn er mich benutzt hat. Dieses widerliche Gefühl wie mein Körper wieder und wieder auf ihn reagiert hat, sich vor ihm prostituierte, als ob er nicht meinem Willen unterliegen würde. Noch jetzt kommt der Ekel in mir hoch, wenn ich daran denke, wie er meinen Körper versklavt hat, um seine Lust an ihm zu befriedigen.

»Mike liebt mich auch, wie ich bin.« Diesmal verzieht Tom nicht das Gesicht, als Mikes Name fällt. »Ricky liebt dich sehr, Tom, und er wird ganz bestimmt mit dir kommen und für dich da sein, wenn du ihn brauchst.«

Er nickt kaum merklich, grübelt offenbar über meine Worte nach. Bevor er jedoch etwas antworten kann, höre ich Lindas laute, leicht genervt klingende Stimme vom Reitplatz: »Alec? Wie lange brauchst du noch? Ich brauche dich hier langsam mal!«

»Komme schon!«, rufe ich zurück, zwinkere Tom zu, der beim Klang von Lindas Stimme hastig seine Schubkarre ergriffen hat und nach draußen, durch den Schnee zum anderen Stall stampft.

Schnell schnappe ich Mister Whos Strick und eile mit ihm zum Reitplatz, um Linda mit den nächsten Reitschülern zu helfen.

MIKES ERSTES MAL

Heute ist ein besonders schöner Tag.

Ich habe frei und Alec auch. Der Duft von frisch gebackenen Plätzchen zieht durch die Wohnung und ich liege faul auf der Couch und höre Musik. Alec bäckt in der Küche. Schon seit mindestens einer Stunde.

Heute waren wir morgens joggen und ich muss zugeben, es macht mir mittlerweile wieder Spaß. Noch mehr Zeit, die ich mit Alec verbringen kann. Meinem Körper tut es nur gut und unser gemeinsames Duschen danach gefällt mir auch sehr.

Wohlig strecke ich mich aus. So gefällt mir das Leben.

In einer Woche ist Weihnachten und im neuen Jahr fahre ich mit Alec endlich eine Woche in Urlaub. Noch haben wir uns nicht recht geeinigt wohin, denn meine romantischen Pläne werden leider ein wenig vom Winter durchkreuzt. Auf Skiurlaub haben wir beide keine Lust. Schnee haben wir hier schließlich auch. Alec stöhnt schon immer, dass es alles auf dem Hof erschweren würde und die Wasserleitungen eingefroren sind.

Schmunzelnd muss ich an Georg und Phil denken, die so von ihren Flitterwochen in Italien geschwärmt haben, als sie uns neulich besuchten. Georg hatte morgens schon das halbe Revier mit seinen Urlaubsfotos terrorisiert, bis Peter uns alle auseinandergetrieben und gemeint hat, dass wir uns mal besser um unsere eigentliche Arbeit kümmern sollten.

Sam hat gegrinst und mir zugeflüstert, dass der nur neidisch sei, weil ihn seine Freundin nach nur zwei Wochen verlassen hat. Ich habe dazu nichts gesagt. Sam hat mich jedoch ganz erwartungsvoll angesehen, als ob er von mir eine ganz bestimmte Reaktion erwarten würde, wenn das Thema auf unser schwules Traumpärchen kommt, im Revier nur ›die Turtels‹ genannt. Keine Ahnung, welche Reaktion er erhofft hat. Weil ich eben auch schwul bin?

Er weiß mittlerweile, dass ich mit einem Mann zusammenlebe, sogar mit wem. Ab und an fragt er mich mal ein paar Sachen, meistens vermeiden wir jedoch das Thema tunlichst.

Ein paar Witze über mich und meinen geretteten Geliebten kursieren inzwischen im Revier. Ich weiß es, versuche es zu ignorieren, trotzdem nervt es mich. Sam macht wenigstens keine blöden Bemerkungen. Wir fahren oft genug zusammen Streife und verstehen uns gut, deshalb unterlässt er es wohl. Keine Ahnung, wie er wirklich dazu steht.

Arnaud hingegen wird immer komischer. Als Georg von seinem tollen Urlaub erzählt hat, ist er einfach aus dem Raum gegangen. Mit mir redet er nur noch das Nötigste.

Komischer Kauz. Ich mag ihn eh nicht. Wenn er was gegen Homosexuelle hat, soll er es mir direkt ins Gesicht sagen. Georg gegenüber wird er es sich natürlich nicht trauen.

Wegen des versuchten Einbruchs gibt es keine neuen Erkenntnisse. Offenbar haben die Täter in der anderen Wohnung zwar Geld mitgehen lassen, bei uns war aber alles unversehrt. Vielleicht sind sie auch gar nicht erst hereingekommen. Fingerabdrücke gab es keine und gesehen hat auch keiner etwas.

Mir wäre ja fast lieber, die hätten meine Playstation mitgehen lassen, dann wüsste ich genau, dass es nur ein Einbruch war. So bleibt der leise Verdacht, es könnte auch Adrian gewesen sein.

Georg hat mich für ziemlich verrückt erklärt, als ich ihn gefragt habe, ob wir meine Wohnung nach Mikros absuchen könnten. Dennoch hat er es mit mir zusammen gemacht. Nichts.

Trotzdem bleibt dieser dumme Verdacht im Hinterkopf. Alec hat hinterher auch nicht wirklich erleichtert dreingeschaut, selbst als ihn Phil umarmt und gemeint hat, es wäre doch alles in Ordnung. Danach hat er erleichtert ausgesehen, jedoch wohl eher, weil er Phil gesund entkommen ist.

Mit Joana habe ich gestern telefoniert. Sie ist gut drauf, kommt langsam über Jochen hinweg. Weihnachten will sie es endlich Mutter sagen.

Ich seufze. Sie tut mir so leid, ist ganz alleine. Immerhin ruft sie nun an, wenn sie mal reden muss. Sie ist da zum Glück auch nicht so anstrengend wie Rick.

Alec hat mir erzählt, dass Tom endlich psychologisch betreut wird und Rick ihn begleiten darf. So ein schräger Vogel Rick auch ist, ich bewundere ihn irgendwie. Er scheint es mit Tom sehr ernst zu meinen, obwohl der noch so jung ist.

Weihnachten wird Tom mit Ricks und Lisas Eltern verbringen, sein erstes echtes Weihnachtsfamilienfest seit Langem hat Alec schmunzelnd gemeint. Wir haben gemeinsam für die beiden Weihnachtsgeschenke eingekauft. Alec war von meiner Idee, Rick ein rosa Negligé zu schenken, komischerweise nicht so begeistert, dabei bin ich sicher, Rick hätte sich drüber gefreut.

Stattdessen haben wir ihm die CD eines Musikers geschenkt, von dem er wohl mal Tom vorgeschwärmt hat und über den Alec davon gehört hat.

Tom hingegen haben wir einen MP3 Player besorgt. Seinen Letzten hat eins der Pferde auf dem Hof gekillt, als er ihn in einer Futterkrippe hat liegen lassen. Linda war mehr darum besorgt, dass das Pferd dabei etwas verschluckt haben könnte, als darum, dass der arme Tom ohne Musik im Ohr seinen Stalldienst machen musste.

Meine CD ist zu Ende und ich rapple mich seufzend auf, schiebe eine neue ein und lausche auf die Geräusche in der Küche.

»Brauchst du noch lange?«, rufe ich sehnsüchtig in den Flur hinein. Ich würde ihn gerne wieder bei mir haben. Mit oder ohne Plätzchen.

»Ich stecke noch mittendrin«, höre ich Alecs Stimme gedämpft aus der Küche. »Rolle gerade den Mürbeteig aus. So ein bisschen dauert es noch.«

Alleine ist es blöd. Also schlendere hinüber in die Küche. Alec sieht sofort hoch, als ich eintrete, und lächelt mich an. Er trägt eine Schürze und knetet mit beiden Händen den Teig. Die Ärmel seines Hemdes sind hochgerollt und die sehnigen Unterarme voll Mehl. Sogar im Gesicht hat er Spuren davon.

»Kommst du gut voran?« Ich trete auf ihn zu und streiche ihm die Mehlspur aus dem Gesicht. Alec legt den Kopf schräg und schaut mich belustigt an.

»Dauert es dir zu lange?«

Nickend hebe ich sein Kinn an und küsse ihn ganz sanft. Er riecht und schmeckt nach Zimt. Viel besser als jedes Plätzchen.

»Du könntest inzwischen schon einkaufen fahren und mir noch Puderzucker und gemahlene Mandeln mitbringen«, schlägt er vor. »Milch ist alle und Brot brauchen wir auch wieder.« Ach, Teufel ja. Einkaufen wollte ich noch.

»Mutter wird uns ohnehin das ganze Auto mit Kuchen, Plätzchen und anderen Dingen vollladen, wenn wir am zweiten Weihnachtstag da sind«, prophezeie ich und füge seufzend hinzu: »Sie ruft jetzt dauernd an, um nachzufragen, ob du auch ordentlich isst und wie es dir geht.« Alec schmunzelt. Ich mag es so sehr, wenn sein jungenhaftes Gesicht dabei erstrahlt. Mein kleiner Sonnenschein.

»Du wirst mich nur noch ins Auto rollen können, wenn wir wegfahren«, meint er lächelnd, klatscht den Teig schwungvoll auf den bemehlten Küchentisch und wirbelt eine große Mehlwolke auf. Hustend weiche ich zurück. »Deine Mutter will mich mästen, bis ich dick und rund bin.«

»Ich trage dich hinein«, raune ich ihm ins Ohr, und als sich der mehlige Nebel lichtet, trete ich hinter ihn und streiche ihm die Haare zurück, küsse seinen Nacken. Ich mag es so sehr, ihn zu berühren.

Alec lehnt den Kopf leicht nach vorne, genießt meine Zärtlichkeiten. Gerade kann er sich auch nicht wehren mit den Händen im Mürbeteig. Meine hingegen wandern an seinen Seiten hinab und ich spüre, wie er schaudert.

»Mach keine unanständigen Sachen, die du hinterher bereuen würdest«, warnt er mich seufzend, lehnt sich jedoch gegen mich, genießt die Küsse auf seinem Hals, die Hände an seinen Hüften.

»Bereuen?«

Alec kichert, dreht sich halb zu mir um. »Dies werden absolut jugendfreie Plätzchen. Da kommen nur Sachen hinein, die da auch hineingehören.« Ich stutze, muss mit ihm lachen. Nein, so weit würde ich es nicht kommen lassen. Ich will die Dinger ja auch essen.

Ohnehin werden wir gerade mal wieder von einem Telefonanruf gestört.

Irgendwann fliegt das Ding raus.

Seufzend schlurfe ich hinaus, weil Alec entschuldigend die Hände mit dem klebrigen Teig hochhebt. Bestimmt meine Mutter, die sich mit ihm über Plätzchenrezepte austauschen will. Mit meinen Freundinnen hat sie nie so viel telefoniert. Ich vermute mal, es ist ein gutes Zeichen.

»Berger.« Ich streiche etwas Mehl von meiner Hand. Vermutlich habe ich jetzt einen dezenten Grauschleier auf mir.

»Guten Tag«, meldet sich eine männliche Stimme mit einem mir unbekannten Akzent. »Ist Alec Tyson vielleicht zu sprechen?« Ich runzle die Stirn. Wann immer hier jemand anruft, den ich nicht kenne, ist Misstrauen in mir. Gar nicht nur Eifersucht, ein generelles Misstrauen. Wahrscheinlich sind wir beide besonders seit dem Einbruch leicht paranoid geworden.

»Wer ist denn da? Kann ich was ausrichten?« Für einen Moment herrscht Stille in der Leitung.

»Sind Sie Alecs Mitbe... sein Lebensgefährte?« Alarmiert horche ich auf.

»Ich bin Mike Berger«, antworte ich steif und klinge bestimmt sehr abweisend. Wer zum Teufel ist das?

Erneut schweigt der Anrufer einen Moment, ich ahne, wie er überlegt. »Sehr erfreut. Ich bin Vincent Tyson. Alecs Bruder.« Oh. Also der ausgewanderte Bruder?

»Freut mich auch«, erkläre ich gleich ein wenig freundlicher. »Alec backt gerade Plätzchen.«

Von Vincent kommt ein kurzes, schnaubendes Lachen. »Okay, na dann ist er ja gerade nicht abkömmlich, oder?«

»Ich kann ihn mal fragen«, schlage ich vor, will mich schon auf den Weg machen.

»Es freut mich aber auch sehr, Ihre Bekanntschaft zu machen«, erklärt Vincent. »Alec hat mir ein wenig von Ihnen erzählt und ich möchte mich gerne endlich mal persönlich bei Ihnen bedanken, was Sie alles für ihn getan haben, Herr Berger.« Ich zögere, bleibe mit dem Telefon am Ohr im Flur stehen.

»Ohne Sie hätte Alec das alles nicht geschafft. Er verdankt Ihnen sehr viel. Dafür gebührt Ihnen auch mein Dank«, fährt Vincent höflich fort. Er seufzt tief auf. »Alec hat da wirklich ganz schön was mitgemacht. Wenn er Sie nicht gehabt hätte, wer weiß, was dieser Mann ihm noch alles angetan hätte.« Er macht eine Pause und mir will nicht recht was Sinnvolles einfallen.

»Alec hat es nie leicht gehabt. Unsere Mutter war nicht sehr glücklich, als sie von seiner Neigung erfahren hat und ich war schon nicht mehr in Deutschland. Er hätte nie in diesen Club gehen sollen.« Abermals seufzt er.

Nicht glücklich ist eine höfliche Untertreibung, denke ich, aber nun gut. Vincent hat ja ein besseres Verhältnis zu Alecs Mutter.

»Jedenfalls freut es mich sehr, dass sich nun alles für ihn zum Guten gewandt hat und Sie und er so glücklich miteinander geworden sind, Herr Berger.«

»Mike«, rutscht es mir spontan heraus. »Sagen Sie einfach Mike.« Vincent lacht und dieses Lachen kenne ich, es klingt sehr wie das von Alec.

»Okay, Mike. Ich bin Vincent. Ich würde mich wirklich freuen, wenn wir uns mal persönlich begegnen würden.«

Alec schaut aus der Küche heraus und ich winke ihn gleich heran. »Moment, Vincent. Ich gebe gleich mal weiter.« Alec schaut mich freudig überrascht an.

»Dein Bruder«, erkläre ich ihm lächelnd, sehe auf seine bemehlten Hände. »Kleinen Moment noch, er muss sich erst mal von dem Teig befreien.«

»Oh. Na gut, ich warte den Moment.«

Alec ist schon wieder in der Küche verschwunden und ich höre das Wasser rauschen. Erst jetzt fällt mir ein, dass Vincent in Venezuela wohnt. Hat Alec das nicht erzählt? »Soll er zurückrufen?«, schlage ich zögernd vor. So ein Gespräch kann doch recht teuer werden.

»Schon gut«, beschwichtigt Vincent mich. »So selten, wie ich mich mal bei Alec melde, kann ich auch den Moment noch warten.«

Da ist Alec auch schon fertig, nimmt mir das Telefon aus der Hand und küsst mich sanft auf die Wange.

»Kannst du vielleicht schon mal ausstechen?«, fragt er mit einem Augenaufschlag, begrüßt gleich darauf seinen Bruder und verschwindet mit dem Telefon in sein Arbeitszimmer. Verstimmt schaue ich auf den ausgerollten Teig, aus dem Alec schon ein paar Sterne ausgestochen hat, und mache mich brummend ans Werk.

Das war also sein älterer Bruder. Klang ja soweit ganz nett. Etwas steif. Aber immerhin hat er wohl kein Problem damit, dass Alec und ich zusammenleben.

Als ich den Teig verarbeitet habe, stehe ich unschlüssig herum. Alec telefoniert immer noch und ich schnappe mir daher mein Portemonnaie und beschließe endlich einkaufen zu fahren.

Der Duft der Plätzchen zieht schon durchs Treppenhaus, als ich eine Stunde später wiederkomme. Alec öffnet freudestrahlend die Tür. Hastig zieht er mich in die Wohnung und nimmt mir die Einkaufstüten ab.

»Hast du mich so vermisst?«

»Dich und den Puderzucker.« Er küsst mich stürmisch, bevor ich mich beschweren kann. Kann es sein, dass er ein wenig übermütig drauf ist?

»Hey, langsam, lass mich erst mal die Einkäufe verstauen. Was ist denn los, Alec?« Er ist richtig aufgedreht.

»Stell es einfach ab!« Er packt die Tüte, die er mir abgenommen hat, einfach vor den Kühlschrank, nimmt mir auch die andere ab und stellt sie daneben. Dann ist er schon wieder bei mir, umarmt mich, küsst mich. Ich kann mich kaum erwehren.

»Solche Sehnsucht nach mir?« Alec lässt kurz von mir ab, wirft einen Blick auf seine Plätzchen und schaltet den Ofen ab.

»Die müssen eh noch abkühlen.« Er deutet meinen hungrigen Blick richtig. Seine gute Laune ist irgendwie ansteckend, auch wenn ich jetzt gerne eins der Plätzchen probieren würde. »Mike, ich weiß jetzt, wohin wir in den Urlaub fahren!«

»So? Wohin denn? Wollten wir nicht nach Italien?«

»Ich habe eine viel bessere Idee«, antwortet er triumphierend, küsst mich sehr innig und plötzlich finde ich mich mit ihm in ein Zungenduell verstrickt.

Teufel noch eins, kann er küssen! Mir wird heiß.

Wenn ich auf die Plätzchen noch warten muss, dann nehme ich eben ihn vorweg. Er schmeckt noch immer nach Zimt und Zucker. Wunderbar. Wer will schon Plätzchen haben, wenn er so was Süßes wie Alec haben kann?

»Venezuela!«, stößt Alec hervor, knöpft mir bereits das Hemd auf. Offenbar macht Backen auch ihn hungrig. Und heiß.

Meine Hände helfen ihm auch schon aus der dummen Schürze. »Wir besuchen meinen Bruder.«

»Vincent? In Venezuela?« Alec nickt eifrig. Seine Finger bleiben nicht untätig. Mir wird immer wärmer und mein Hunger steigt. Mann, der Kleine kann mich so schnell heißmachen.

»Vince hat mir zu Weihnachten zwei Flugtickets nach Venezuela geschenkt und uns eine Woche zu sich eingeladen!«

»Wow!«, entkommt es mir, als seine geschickten Finger mich durch den Stoff hindurch berühren. »Gibt es da einen Strand?« Ich will ihn nackt, im Wasser liegend. Oh ja, genau so.

»Ja«, raunt er mir ins Ohr, beißt spielerisch hinein und seine Finger schieben sich in die Shorts.

»Na dann habe ich rein gar nichts dagegen!«, keuche ich, zerre ihm endlich das Hemd vom Oberkörper.

»Ich weiß nur nicht, ob es da einsam genug ist«, fährt Alec verschmitzt grinsend fort. »Dein Stöhnen dabei könnte zu viele Neugierige anlocken.«

Frecher Kerl! Na warte!

Alec keucht überrascht auf, als ich ihn am Hosenbund packe und rasch aus der Hose auspacke. Gutes Training für Weihnachten. Alles, was Gürtel und Knöpfe hat, kann ich schnell auspacken.

»Ist dir das romantisch genug?«, fragt er atemlos. Meine Hände schiebe ich hinten in seine Pants, umfasse die festen runden Backen.

»Wann?« Sonne, ein Strand und Alec, besser kann es nicht werden.

Er wird ernst und ich schiebe ihn etwas von mir, mustere ihn. Er lächelt ein wenig schief. »Ich dachte nach …«, es fällt ihm schwer, es auszusprechen, »nach dem Prozess?«

Vielleicht echt eine gute Idee. Danach wird er Erholung gebrauchen können. Was wäre da besser als ein Land weit weg von hier, weg von den ganzen Verfolgungsgefühlen, dem Stress, den diese Verhandlung für ihn bedeuten wird.

»Gute Idee.« Bedächtig nicke ich.

Alecs Mund verzieht sich zu einem Lächeln, die Augen bleiben ernst. Ich mag es nicht. Eben war er noch überschwänglich, nun sehe ich diese verfluchte Angst darin. Also küsse ich ihn, verschlinge meine Zunge mit seiner, küsse ihn um den Verstand, bis er nur noch an mich denkt und an das, was wir miteinander tun werden.

»Willst du schon für unsere Strandvorführung üben?«

Grinsend schiebe ich ihn von mir, hake die Hände in seine Pants und versuche sie schnell nach unten zu streifen.

Teufel, die hängt fest. Klar, er hat schon einen respektablen Ständer.

»Das muss ich noch öfter üben«, meine ich schelmisch.

»Ich auch.« Er versucht seinerseits mich von den Shorts zu befreien und plötzlich albern wir herum, bestrebt dem jeweils anderen seine Unterwäsche rasch auszuziehen.

Alec windet sich lachend seitwärts heraus und versucht aus der Küche zu flüchten. Hastig greife ich nach der Taille, verfehle sie jedoch. Er hat aber nicht damit gerechnet, dass ich ihn am Bund seiner Pants packe und festhalte, die dabei wenigstens über seinen knackigen Hintern rutscht.

Glucksend lachend stürzt er zu Boden und ich bin gleich darauf über ihm, versuche des Stückchen Stoffs habhaft zu werden, welches mich noch von dem perfekten Anblick trennt.

»Mike!«, empört er sich, während wir miteinander durch den Flur rollen. Alec ist wendig. Und er versucht weiterhin, mir meine Shorts zu entreißen. Knurrend quittiere ich seinen Versuch.

Es macht Spaß mit ihm zu kämpfen. Auch ein Vorteil, dass er keine Frau ist, die würde mir diese grobe Behandlung übel nehmen. Alec kämpft mit den gleichen Waffen.

Nützt ihm nichts, ich drehe ihn kurzerhand auf den Bauch und küsse seinen knuffigen Hintern. Er keucht überrascht auf, bleibt liegen und für einen Moment bin ich unvorsichtig, da hat er sich auch schon unter mir hervor gezogen, entkommt mir und springt lachend auf.

»Fang mich doch, wenn du kannst!« Übermütig flüchtet er sich ins Schlafzimmer. Brummelnd springe ich auf und eile hinterher, muss mich erst einmal von den lästigen Shorts befreien.

Na warte, der kann gleich was erleben.

Vor mir erreicht Alec unser Bett, springt nackt, wie er ist, drauf und schnappt sich die Decke. Er wickelt sich schnell darin ein, sodass er ganz darin verschwindet. Nur ein paar dunkelblonde Haare gucken noch raus.

Glaubt er etwa, ich hole ihn da nicht ebenso leicht raus? Noch ein Alec-Paket zum Auspacken. Also los. Lachend schnappe ich ihn mir und beginne ihn durch die Decke hindurch zu kitzeln. Bald schon gluckst es gedämpft und er windet sich unter mir hin und her. Endlich habe ich ihn aus der Decke gerollt und er liegt vor mir.

Oh Mann, bin ich geil auf ihn! Es ist mir fast unheimlich, wie stark ich ihn begehre.

Alec liegt kurz still, grinst mich breit und zufrieden an. Er schlingt seine Arme um meinen Hals und beginnt mich schon wieder zu küssen.

Schlawiner! Meint er so entkommt er seiner Strafe?

»Ich lege dich erst einmal übers Knie«, drohe ich ihm, schnappe ihn und lege ihn passend hin. Ah, verdammt ist das gut! Unsere Lenden reiben direkt aneinander. Alec dreht sich hin und her, verstärkt dadurch die Reibung. Ich lasse meine Hand spielerisch auf seinen blanken Hintern fahren.

»Mike! Hör auf!«, protestiert er kichernd. Ich halte ihn einfach fest. Strafe muss sein. Meine Hand gleitet schon tiefer, hin zu seinem empfindlichen Eingang. Ob er wieder so wundervoll stöhnen wird, wenn ich seine Prostata reize?

»Mike!« Rasch dreht Alec sich um und sitzt gleich darauf auf meinem Schoß.

Oh Mann, ist das klasse! Er ist so heiß und ich koche vor Verlangen nach ihm. Alecs Hand ist zwischen uns, pumpt unsere Schwänze. Er drückt mich zurück, bis ich unter ihm zu liegen komme. Was für eine ungewohnte Position!

Alec scheint es hingegen zu gefallen, denn er beugt sich vor, leckt über meinen Hals, zieht küssend Kreise über die Brust tiefer.

Oha, heiß! So verwöhnt hat er mich auch noch nicht. Mir gefällt es. Ich liege hier zwar etwas passiv, dennoch, soll er bloß nicht damit aufhören.

»Soll ich dich mal reiten?«, raunt mir Alec ins Ohr, als er sich weiter vorbeugt und mein Penis zwischen seine Backen gleitet. Verdammt, er weiß echt, wie er mich anmachen kann. Mein Schwanz pocht so hart, dass ich nur noch in ihm verschwinden, seine herrliche Enge spüren, ihn ganz ausfüllen möchte. Jetzt!

»Gibst du mir ein Kondom?«, keuche ich gerade noch so ein wenig bei Verstand hervor, sehe ihn lustverhangen an. Alec zögert, schaut mich merkwürdig nachdenklich an.

»Mike?« Er unterbricht kurz unser Liebesspiel. Nervös leckt er sich über die Lippen. Ich drehe hier gleich durch, wenn er nicht weiter macht. »Hast du dich eigentlich mal testen lassen?«

Verblüfft starre ich ihn an. Wie kommt er denn ausgerechnet jetzt darauf?

»Du meinst Aids? Ja, habe ich. Meine Ex hat drauf bestanden. Aber ich habe es eh nie ohne Kondom gemacht. Bei keiner.« Will er etwa …?

»Nie? Bei keiner von ihnen?«

Vehement schüttle ich den Kopf. »Nein!«

Alec leckt sich erneut in einer erotischen Geste über die rot geküssten Lippen. Er beugt sich ganz nahe über mich, sieht mir direkt in die Augen. »Dann … ich bin getestet und völlig gesund.«

Jetzt muss ich doch mehrfach hart schlucken. »Möchtest du es ohne machen?« Seine wunderschönen Augen fixieren mich, ich kann all seine Wünsche, alle Sehnsüchte darin erkennen. Wir werden ganz pur miteinander schlafen.

Die Hete Mike gibt es nicht mehr, denn niemand protestiert, niemand findet es eklig. Da ist nur eine ganz besondere Vorfreude, als ob etwas ganz besonderes passieren würde.

Alec beugt sich zum Gleitgel hinüber, das offen auf unserem Nachtisch steht. »Ja. Ich möchte dich ganz echt spüren.«

Ohne jedes störende Gummi. Kein Fremdkörper mehr zwischen uns. Ich verstehe, was er meint. Völliges Vertrauen. Wir sind beide gesund. Keiner schläft mit jemand anderem, wir vertrauen einander, wir können ohne jede Vorsichtsmaßnahme einfach miteinander schlafen.

Ich lege den Kopf schief, meine Mundwinkel zucken und scheiße ja, ich bin nervös. »Wird dann mein erstes Mal.«

»Genieße es«, raunt Alec und ich keuche auf, als er das verdammt kalte Zeug auf meinem Schwanz verteilt. »Heute wirst du passiv sein und ich darf dich verwöhnen.« Seine Tonlage törnt mich extrem an.

»Alec!« Was dauert das so lange? Klar, er muss sich noch dehnen, aber Himmel bin ich scharf auf ihn.

»Gleich, gleich.« Er schiebt sich über mich und dirigiert meinen Ständer an den Eingang. Ich greife nach seinen Hüften, will ihn schieben, aber er lacht auf, löst meine Hände. Verrückt! Ich komme mir wirklich hilflos vor. So etwas habe ich noch nie erlebt.

Leise keucht Alec, als er sich über mich schiebt und es wird heiß um mich. Stöhnend entkommt mir wieder und wieder sein Name, bis er mich ganz in sich aufgenommen hat.

Nichts ist zwischen uns. Keinen Gedanken muss ich daran verschwenden, das lästige Gummi hinterher rechtzeitig abzustreifen und siedend heiß durchfährt mich der Gedanke, dass ich mich nun beim Orgasmus direkt in ihn ergießen werde.

Alec atmet tief ein und aus, hat seine Augen geschlossen. Meine Hände verselbstständigen sich, wandern über seinen perfekten Körper. Alles meins. Dieser ganze wundervolle Körper, alles, was Alec ist, gehört zu mir. Wir sind unglaublich eng miteinander verbunden.

Als er sich zu bewegen beginnt, ist es wie ein Schock. Mein Körper glüht. Lustvolle Schauer jagen durch alle Nervenbahnen und ich komme so schnell, dass ich mich schämen müsste. Alec pumpt sich, treibt sich mit seinen Bewegungen auf mir und der Hand selbst zum Höhepunkt. Ich spüre, wie er mich ganz eng umschließt, und stöhne synchron mit ihm auf. Ich greife nach ihm, ziehe ihn auf mich und genieße das erschöpfte, erfüllte Gefühl.

Noch immer stecke ich in ihm. Ganz tief in ihm ist mein Samen. Minutenlang liegen wird schwer atmend da, bis mein Penis schlaff wird und aus ihm gleitet.

Oh Mann, ich bin in ihm gekommen! Bei einer Frau wäre es ein Grund zur Panik, bei ihm ist es einfach nur ein geniales Gefühl.

»Das war …«, bringe ich stammelnd hervor, kann es noch immer nicht ganz fassen.

»Schön?«, fragt Alec lächelnd nach.

»Überwältigend«, fällt mir ein, dann muss ich lachen. Ich fühle mich ganz seltsam. »Jetzt habe ich dich geschwängert!« Ich pruste los. Alec grinst, zuckt scheinbar resignierend die Schultern.

»Dann wirst du das Baby nachts füttern und Windeln wechseln müssen!«, kontert er kichernd. Wir lachen beide laut los.

Meine Finger fahren durch sein Haar, über den Rücken. So wunderschön! Er ist absolut fantastisch.

»Hätte ich nicht gedacht, wie geil es ist. Ich war noch nie so wenig aktiv.«

»Hey, der passive Pakt ist immer noch meiner«, meint er schmunzelnd, rollt sich von mir herunter und liegt glücklich lächelnd neben mir.

Ich richte mich halb auf. Seine Worte wandern durch meinen Kopf. Stimmt, ich habe nie mal angenommen, dass er …

Heftig schlucke ich.

»Hast du nie das Bedürfnis, dass du …, nun ja … Du bist ja auch ein Mann. Und dabei irgendwie in der weiblichen Rolle.« Alec schaut mich ernst an.

»Bin ich. Ich habe noch nicht darüber nachgedacht. Macht es mich zum Mann, wenn ich meinen Penis irgendwo hineinstecken kann?«, fragt er plötzlich nachdenklich, zuckt gleich darauf die Schultern und fügt lächelnd hinzu: »Mir gefällt es so herum sehr gut.«

Abermals muss ich schlucken. Solche verqueren Gedanken hätte ich mir früher nie gemacht. Verrückt, aber es beschäftigt mich. Mich interessiert, wie Alec sich dabei fühlt, wie er es empfindet und ob er nicht mal …

»Würdest du denn anders … wollen?«, quetsche ich durch meine enge Kehle, meine bebenden Lippen hervor. Teufel auch! Ich habe ihn das nicht wirklich gerade gefragt? Bin ich völlig irre?

Scheint Alec auch zu denken, so wie er mich anstarrt. Er richtet sich auf die Ellenbogen auf, schaut mich lange durchdringend an.

»Mike? Denkst du darüber nach, dass ich dich …?« Ich unterbreche ihn hastig. Verdammt, ich bin verrückt, nicht ganz da, hormonell verwirrt oder so.

»Nein! Nicht so wirklich. Ich habe nur ein schlechtes Gewissen, weil ich dich nie danach gefragt habe.«

Alec lächelt. Immer wieder würde ich mich in ihn verlieben, wenn er mich so ansieht. Dieser zärtliche Ausdruck in seinen Augen …

»Es ist okay so.« Er küsst mich zur Bestätigung. »Ich mag es, wenn du tief in mir bist. Es ist, als ob wir ganz besonders eng verbunden wären, wenn ich spüre, wie ich dir mit meinem Körper Lust bereiten kann. Und wenn du so stöhnst und dich in mir bewegst … ich mag es einfach.«

»Wenn du …, also wenn du jemals …« Muss Mike der Homo sein, der das sagt. Den kenne ich noch nicht so genau. Seine Worte sind mir etwas fremd.

»Mike, wenn du irgendwann mal so weit bist, dann würde ich auch überlegen, ob ich es andersherum haben möchte«, unterbricht mich Alec, haucht mir einen federleichten Kuss auf die fremden Lippen. »Bis dahin bleibe ich dabei.«

Erleichterung durchfährt mich. Sie gehört eindeutig noch zu Mike, dem Feigling, der alten Hete.

VOR DEN AUGEN DES GESETZES

Süßer«, flüstert er leise, die Stimme sanft, streichelt mich, wie seine Hände. »Mein süßer Alec.«

Er hält meinen Blick gefangen. Die Hände fahren innen an den Beinen hoch. Ich spüre ihre Kälte und schaudere. Mein Körper reagiert wie immer, sendet Blut in den Unterleib, als seine Finger mich dort berühren.

»Süßer Alec.«

Ich presse die Augenlider zusammen, versuche dem Blick zu entkommen, seine Hände zu ignorieren, nicht wahrzunehmen, wie eine Hand meine Hoden umfasst, kalte Finger sie kneten. Die andere streicht an meinem Schwanz auf und ab, schiebt die Vorhaut zurück, berührt die Eichel …

Mir ist entsetzlich kalt und übel. Ich friere. Innen wie Außen.

Ich ekle mich so sehr. Vor ihm, vor den Berührungen, vor mir selbst, vor diesem Körper.

»Alec?«

Mach, dass er geht. Lass ihn aufhören, lass ihn verschwinden. Ich will es nicht, ich will es nie mehr erleben.

Die Ketten klirren. Ein schrecklich vertrautes Geräusch. Wie sein Duft, wie das Gefühl seines Körpers auf meinem. Die Hand umfasst mein Kinn, zwingt mich ihn anzusehen. Ich will diese Augen nicht mehr sehen, presse die Augenlider noch fester aufeinander. Sie verfolgen mich, sind immer noch da, starren mich an. Die ganze Zeit. Halten mich gefangen.

»Alec?«

Eine leise Stimme. Nicht seine. Eine andere. Tiefer, unsicherer. Ich … das ist die Stimme des Staatsanwalts. Herr Fautra.

»Alles in Ordnung?« Ich schlage die Augen auf.

Nein, nichts ist in Ordnung. Ich blicke direkt in Adrians Augen.

Er starrt mich an, die ganze Zeit, nie wendet er den Blick ab, seit ich hereingekommen bin. Ich zittere noch stärker, meine Hände krallen sich ineinander, die Finger umschlingen sich. Kann nicht mehr atmen, nicht denken, nicht sprechen. Seine Augen halten mich gefangen, wie er meinen Körper gefangen hat.

Hatte.

»Alec?« Drängender dieses Mal. Ich schlucke und werde mir bewusst, dass alle im Gerichtssaal mich anstarren.

»Herr Tyson, bitte bestätigen Sie ihre Personalien?«, fragt eine weibliche Stimme, die Stimme der Richterin. Ich habe nicht einmal gehört, was sie zuvor verlesen hat. Seit ich den Raum betreten habe und Adrian mich fixiert, kann ich nicht mehr klar denken.

Stumm nicke ich. Mir ist übel, furchtbar kalt. Ich will hier weg, ihn nicht anschauen müssen, nicht in seine Augen sehen müssen, denen ich immer wieder begegne, egal wohin ich schaue, egal wie sehr ich versuche, ihn zu ignorieren.

Diese Augen lassen alles wieder lebendig werden, ziehen mich zurück auf das Bett, in den ewig gleich warmen Raum, ketten mich an, versklaven mich, meinen Körper, meine Seele.

»Alec?« Der Anwalt sieht mich sehr besorgt an. »Sie müssen antworten«, raunt er mir zu, lächelt auffordernd. In seinen Augen spiegelt sich Unruhe wider.

Ich kann das nicht. Ich kann nicht mehr. Diese Augen … sie verfolgen jede meiner Bewegungen. Ich fühle mich so hilflos, ihm total ausgeliefert. Wie damals.

Hart schlucke ich, versuche mich auf einen Punkt auf dem Fußboden zu konzentrieren. Nicht hinsehen, nicht hochschauen, nicht wieder in seine Augen sehen.

»Ja«, flüstere ich mühsam und viel zu leise. »Das bin ich.«

»Gut.« Die Richterin fährt fort und noch immer ruhen seine Augen auf mir.

Ich spüre es. Sie brennen sich durch die Haut, ganz tief in mich. Ich fühle mich entblößt, er kann durch meine Kleidung sehen. Ich stehe nackt vor ihm. Er weiß, wie ich aussehe, kennt jede Narbe, jedes Muttermal. Er weiß, wo ich besonders empfindlich reagiere, wie ich stöhne, wie er mich am besten erregen kann. Er kennt jedes intime Detail von mir.

Seine Hände. Ich spüre sie überall auf mir, kann die Handschellen fühlen, das Metall, welches in meine Haut schneidet, ihn in mir. Adrians Stimme raunt mir ins Ohr: »Niemals! Ich lasse dich nicht gehen, Alec. Du gehörst zu mir.« Mein Herz rast, der Kopf schmerzt, die Finger sind so ineinander verkrampft, dass ich sie nie wieder lösen kann.

Bitte, ich will das nicht. Ich kann das nicht. Nicht wieder.

Wann immer ich den Blick hebe, schaut er mich an. Liebevoll, besorgt, zärtlich, so verdammt zärtlich. Ich kann einfach nicht mehr, möchte fliehen, kann diesen Ausdruck nicht mehr ertragen.

Meine Haut fühlt sich feucht und seltsam fremd an, das Hemd klamm, sogar mein Sakko ist nass vom Schweiß und ich rieche meine eigene Angst.

Stimmen rauschen an mir vorbei. Fragen über Fragen. Herr Fautra hat mir erklärt, wie es abläuft, doch ich kann mich nicht mehr daran erinnern. Das Denken ist blockiert.

Da läuft sie ab, die übliche Prozedur. Ich bekomme es nicht mit, verkrampfe mich immer mehr in meiner Angst.

Das Herz rast mit kleinen, harten, schmerzhaften Schlägen und vor meinen Augen tanzen bunte, flirrende Punkte. In den Ohren rauscht es und ich höre dauernd nur seine Stimme mir ins Ohr raunen. »Du gehörst mir, Alec. Immer. Ewig.«

»Herr Tyson, geht es Ihnen nicht gut?« Die laute, weibliche Stimme, reißt mich heraus.

Nein, mir geht es beschissen. Ich übergebe mich gleich, alles in mir zieht sich zusammen. Ich habe eine Scheißangst vor diesen Augen. Vor ihm.

Taumelnd komme ich hoch.

»Mir ist schlecht …«, kriege ich gerade noch so heraus, dann wird mir schwarz vor Augen, alles flackert. Gerade noch so eben sehe ich, wie Adrian aufspringt, höre Mikes und Adrians gleichzeitigen entsetzten Ruf: »Alec!«, dann sacke ich zu Boden.

Alles dreht sich. Kalter Schweiß bedeckt mein Gesicht. Ich will sterben, vergessen, nie wieder diese Augen sehen müssen. Bitte lass mich endlich gehen.

Mike ist da. Mike zieht mich hoch. Mikes Geruch, Mikes Arme, die mich halten. Adrians Augen sind weg, da sind nur noch Mikes. Beinahe schwarz.

Wundervolle Augen. Ich will nur noch diese Augen sehen müssen.

Ich klammere mich an ihn. »Mike!« Er zieht mich ganz dicht an sich.

»Ich kann das nicht«, flüsterte ich ihm verzweifelt zu. Das Gesicht des Staatsanwalts ist über mich gebeugt. Er schaut mich besorgt an. Ich höre Stimmen, verstehe jedoch kein Wort. Mike ist da, nur das zählt.

Herr Fautra steht auf, ich vernehme den besorgten Tonfall. Er erklärt. Dann sind da zwei Sanitäter.

Nein! Nicht wieder! Mike, nein!

Ich wimmere, klammere mich an ihn, will das nicht wieder durchmachen müssen.

Mike sagt etwas zu ihnen, sie nicken verstehend und weichen zurück. Er greift unter mich, stützt mich, zieht mich hoch und bringt mich raus, weg von diesen Augen. Weg von Adrian.

Dessen Blick streift mich, Besorgnis darin, dann schweift er zu Mike und ich zucke erschrocken zusammen, als ich den abgrundtiefen Hass erkenne. So viel Hass!

Hastig presse ich die Augen zu. Draußen legt Mike mich auf eine Bank, die Beine hoch und da sind wieder die Sanitäter. Ich tue mich schwer damit zu verstehen, was sie sagen. Vor meinen Augen tanzen graue Schlieren und mir ist noch immer entsetzlich kalt.

Pause, verstehe ich. Kreislauf. Es ist nur sein Kreislauf.

»Natürlich«, vernehme ich Mikes wütende Stimme. »Er hat panische Angst vor diesem Typ.«

Einer der Sanitäter befestigt eine Manschette an meinem Arm. Handschellen, Fesseln, schießt es mir durch den Kopf, doch mein Verstand beruhigt mich, sagt: *Nur Blutdruckmessung. Mike ist doch da. Dir kann nichts passieren. Nicht, wenn er da ist.*

Ich blinzle. Langsam klärt sich die Szene. Dr. Goedhard und Herr Fautra schauen mich besorgt an.

»Kannst du mich hören, Alec?«, fragt Dr. Goedhard und ich nicke zögernd. »Es ist nur dein Kreislauf. Du hast eine Panikattacke und dich verkrampft. Dein Kreislauf ist zusammengebrochen. Aber es ist alles gut. Mike ist hier. Alles ist jetzt gut. Du bist in Sicherheit.« Die übliche Litanei. Beruhigend soll sie sein. Ist sie auch, irgendwie. Viel wirkungsvoller ist jedoch Mike, der mich im Arm hält und seine Nähe. Er lächelt, doch ich sehe die Sorge in den Augen.

Ich klammere mich an ihn, ziehe mich zu ihm hoch. Tief vergrabe ich das Gesicht an seiner Brust, wühle mich regelrecht in sein Hemd hinein, schließe die Augen. Ich benehme mich lächerlich, ich weiß es, aber gerade kann ich nicht anders. Ich möchte mich in Mike verkriechen, ganz tief und nie wieder hervorkommen. Wie ein ängstliches Kind unter der Bettdecke.

»Ich kann es nicht«, flüstere ich in Mikes Hemd, atme tief seinen Geruch ein, spüre die Wärme auf meinen kalten Körper übergehen. Die Sanitäter werkeln an mir herum. Ich spüre den Einstich einer Spritze. Sollen sie. Mike ist da, mir kann nichts passieren.

»Ich kann es nicht ertragen, wie er mich ansieht«, bringe ich hervor und presse sofort die Augen wieder zu, weil ich abermals seine Augen sehen kann.

»Süßer Alec …«

Mike schnaubt wütend, seine Stimme klingt erregt: »Dieser Mistkerl starrt ihn die ganze Zeit an. Der verunsichert Alec total!«

»Ich weiß«, seufzt der Staatsanwalt bedauernd, »leider kann ich es ihm kaum verbieten.« Sie diskutieren. Ich öffne die Augen wieder. Es wird besser. Das Schwindelgefühl ist weg.

Herr Fautra beugt sich zu mir hinab. »Alec, du musst da leider durch, so leid es mir tut. Wir brauchen deine Zeugenaussage.«

»Scheiße!«, flucht Mike sehr laut und unwillkürlich muss ich lächeln. Dr. Goedhard schmunzelt ebenfalls, wirft Mike einen belustigten Blick zu. Fehlt nur noch, dass dieser mit dem Fuß aufstampft.

Langsam geht es mir wirklich besser. Selbst das Gefühl, mich übergeben zu müssen, weicht allmählich. Und diese innere Kälte.

Der Sanitäter nickt mir aufmunternd zu. Ich bin wirklich ziemlich peinlich, liege in Mikes Armen wie ein ohnmächtiges Mädchen und benehme mich wie ein ängstliches Karnickel beim Anblick des Fuchses. Noch einmal schlucke ich und richte mich entschlossen auf.

Ich bin doch nicht so schwach. Ich muss da jetzt durch. Es wird nicht anders gehen. Es war immer klar, dass ich mich Adrian stellen muss. Ihm und damit meinen ganzen Ängsten. Dr. Goedhard hat es mir gesagt. Wieder und wieder. Wir haben so viel darüber gesprochen. Theoretisch wusste ich, was ich tun sollte, wie ich mich verhalten muss. Doch dann war alles weg, als ich hereinkam und Adrians Blick mich traf.

Schaudernd zucke ich zusammen. Mike sieht mich sofort wieder besorgt an.

Wird es jetzt jedes Mal so sein, wenn ich Adrian im Prozess begegne? Verflucht, ich will endlich keine Angst mehr haben müssen. So geht es nicht weiter.

»Schau woanders hin«, rät mir der Anwalt, als ich mich aufsetze.

»Schau zu Mike«, schlägt Dr. Goedhard vor. »Schau auf den Boden, ignoriere ihn komplett. Sage dir immer wieder, er kann dir nichts tun, du bist in Sicherheit, Alec.«

»Ich werde es versuchen«, bringe ich hervor. Meine Stimme zittert ganz leicht und ich probiere zu lächeln.

»Du kannst es schaffen«, brummt Mike, küsst mich verstohlen, als er mir hoch hilft. Wackelig fühlen sich meine Beine noch an, doch mit jedem Schritt wird es besser. Mike ist da, stützt mich. Ich behalte den Blick zu Boden gesenkt, als ich den Saal betrete. Gegen das Zittern bin ich jedoch machtlos.

»Können wir fortfahren?« Ich hebe den Blick zur Richterin. Herr Fautra nickt und Mike lässt mich los, ist weg. Ohne ihn ist es zu kalt. Mühsam konzentriere ich mich darauf, zu dem Stuhl zu gelangen und mich zu setzen.

Er sieht mich an. Ich weiß es, ich spüre es, doch ich schaue nicht hoch, starre stur geradeaus. Mein Herzschlag ist viel zu laut.

»Ich verstehe schon, dass es Sie etwas mitnimmt«, meint die Richterin mitfühlend zu mir. Eine ältere Frau mit kurzen grauen Haaren und einer unvorteilhaften Brille. »Wenn es Ihnen schlechter geht, sagen Sie Bescheid.«

Ich nicke verkrampft, versuche sie anzulächeln. Alles, nur nicht zu ihm hinsehen. Den Tisch ansehen, den Fußboden, den Aktenordner. Ich kann leider nicht zu Mike hinsehen, denn dann müsste ich an ihm vorbei blicken.

Stur ignoriere ich Adrian, blicke nicht mehr in diese Richtung und fühle doch die brennenden Blicke unablässig. Sehnsüchtig wünsche ich mir Mikes Nähe zurück.

So viele Fragen. Mit ihnen kommen die Erinnerungen hoch. Jede Einzelne. Von jenem Moment an, als Adrian das erste Mal auf mich zu kam. Seine Gestalt in dem flackernden Licht, das charmante Lächeln, die unglaublich wundervolle Erkenntnis, dass sich dieser attraktive Mann wirklich für mich interessiert. Meine geheimsten Wünsche hat er verkörpert, alles, was ich wollte. Geliebt zu werden, berührt zu werden.

Geliebt und nicht versklavt.

»Herr Tyson ist es nicht so, dass mein Mandant Sie mehrfach nach Ihrem Einverständnis gefragt hat?«, fragt Adrians Anwalt. »Sie hätten jederzeit gehen können. Sie hätten es nur sagen brauchen. Stimmt es nicht, dass Sie freiwillig blieben?«

Tonnenschwer lastet diese Schuld auf mir. Ich höre seine Worte: »Es ist also okay, wenn ich dich fessel?« Der lauernde Tonfall, und ich Idiot habe es nicht bemerkt, hielt es für ein Spiel. *Dummer, naiver Alec.* Ich habe »Ja« gesagt. Ich weiß es noch.

»Ich lasse dich nie mehr gehen.«

Aufhören, schreit alles in mir, die Erinnerungen kann ich nicht aufhalten. Es ist viel schlimmer, als in jeder Therapiesitzung, denn ich weiß, dass Adrian mir gegenübersitzt, er, der mir all das angetan hat. Er kennt mich so genau. Ich höre seine Stimme, in meinem Kopf und hier: »Du gehörst mir.«

Ja, ich bin freiwillig mitgegangen, ja, ich habe mein Einverständnis gegeben. Aber doch nur weil ich nicht wusste, was er damit genau meinte, dass er mich wirklich nicht wieder freigeben wollte.

Wieder und wieder fragt mich sein Anwalt, wieder und wieder sage ich, dass ich nicht wollte, dass er mich fesselt, mich ankettet, dass ich mein Einverständnis dazu nicht gegeben habe.

»Mein Mandant hat eine besondere sexuelle Vorliebe und hat Herrn Tyson auch von vornherein darauf hingewiesen. Es war Herrn Tyson durchaus klar, dass mein Mandant ihn in einer sklavenähnlichen Beziehung halten wollte. So etwas ist heutzutage nicht ungewöhnlich, und mein Mandant hat ja auch dafür gesorgt, dass Herr Tyson gut versorgt wurde, sich ganz besonders gut um ihn gekümmert, was eben zu einer solchen Beziehung auch dazugehört«, führt der Anwalt aus. »Er hat ihm keine Gewalt angetan. Er war stets bemüht, Herrn Tyson alles zu geben, was dieser sich wünschte.«

Ich presse die Fäuste zusammen, die Augen fest zu, als die Erinnerungen mich übermannen: diese Hilflosigkeit. Die Schmerzen in den tauben Beinen, die Angst, was mir dieser fremd gewordene Mann antun könnte. Keine Gewalt? Er hat mich unter Drogen gesetzt, an die Wand gekettet.

Stockend erzähle ich davon. Von den Schmerzen, der Fassungslosigkeit, meiner Erleichterung, wenn er mich endlich befreite, durchleide alles erneut.

Mein Blick frisst sich am Tisch der Richterin fest.

»Ja, natürlich«, wiegelt Adrians Anwalt ab. »In einer Master/Slave Beziehung erzieht der Master seinen Sklaven zum Gehorsam. In vielen solcher Beziehungen wird der Sklave dazu sogar geschlagen. Herr Tyson ist bei meinem Mandanten stets sehr gut behandelt worden, weil dieser solche Strafen verabscheut. Nur eine härtere Lektion war nötig und gehörte zu ihrem Spiel. Herr Tyson hat dabei ja keinen körperlichen Schaden davongetragen.«

Nein. Meinen Körper wollte Adrian ja auch nicht verletzen. Der gehörte ihm. Verletzt hätte dieser ihm nicht so viel Lust bereiten können. Aber meine Seele, mein Innersten, das hat er verletzt. Immer und immer wieder.

Mein Herz rast, die Hände sind feucht und langsam entsteht, neben der Angst, ein neues Gefühl: fassungslose Wut.

Lügen. Dieser Mann dort verdreht alles, lässt mich als dummen, unerfahrenen Jungen dastehen, der sich Hals über Kopf und wissentlich in eine Master/Slave-Beziehung gestürzt hat. Der es genau so wollte, dem Adrian noch einen Gefallen getan hat. Nie, niemals habe ich so etwas gewollt!

Ich fühle mich leer, total ausgehöhlt. Die äußere Hülle funktioniert irgendwie, aber ich bin irgendwo ganz weit drinnen und kauere mich zusammen, will nichts mehr hören, nichts mehr sehen, nicht mehr daran zurück denken müssen.

Endlich darf ich mich nach hinten setzen zu Mike.

»Gut gemacht«, raunt er mir zu, drückt unauffällig meine Hand. Ich bin so froh, ihn bei mir zu haben. Es war fast genau so schrecklich, draußen warten zu müssen, während er drinnen seine Aussage zum Einsatz machte.

Dr. Goedhard wird nun befragt, deutet immer wieder auf mich. Er berichtet, dass bei wiederholten Vergewaltigungen das Opfer sich irgendwann passiv in sein Schicksal ergibt, wenn man, wie Adrian mich, in eine ausweglose Situation, wie eine Versklavung bringt. Er erklärt das Stockholmsyndrom, redet ruhig, verwendet viele Fachausdrücke, die mir nur etwas sagen, weil ich all das schon weiß. Er hat es mir erklärt, um mich erkennen zu lassen, warum ich mich schuldig fühlte, warum Adrian mir all das antun konnte.

Dr. Goedhard schildert meine Ängste, das Trauma, berichtet von den Problemen, die ich seither habe.

Prompt hält Adrians Anwalt dagegen. Er führt aus, wie ehrenvoll Adrian doch ist, wo er sich überall engagiert, dass er trotz schwieriger Kindheit sich nie etwas hat zu Schulden kommen lassen, sein Geld ständig für irgendwelche Organisationen spendet.

Ich mag nicht zuhören.

Ich alleine weiß, wer Adrian wirklich ist, möchte ich dazwischen rufen. Ich weiß, was er mir angetan hat, zu was er fähig ist. Mir schießen abrupt die Gedanken an seinen Bruder durch den Kopf. Dieser tote Bruder, der mir ähnlich sieht und etwas Gleichartiges durchgemacht hat, wie ich, bevor ihn jemand getötet hat. Natürlich spielt all dies hier keine Rolle. Ebenso wenig, wie die anderen Ermittlungen gegen Adrian. Sie wurden längst eingestellt. Ihm war nichts zu beweisen. Hier geht es nur noch um meine Gefangenschaft und die Vergewaltigungen.

Adrians Anwalt ist sehr redegewandt, muss man ihm lassen. Bestimmt ist er sein Geld wert und davon hat Adrian ja nun wirklich genug. Gerade sagt er erneut, was für ein achtbares Mitglied unserer Gesellschaft Herr Adson ist und dass seine sexuelle Neigung kein Grund sein dürfe, ihn vorschnell zu verurteilen.

Er wirft mir doch glatt Schauspielerei vor und ich höre ungläubig zu, wie er sich abfällig spöttisch über mich auslässt: »Herr Tyson ist als Student der Hamburger Universität im Fachbereich Pädagogik eingetragen. Es erscheint mir doch sehr unglaubwürdig, wenn er, wie behauptet, Angstzustände hat und uns diese auch perfekt vorspielt, dass er damit studieren könnte. Gemeinhin muss er dabei mit vielen Menschen zusammenkommen, was der Behauptung, er leide an einem Vergewaltigungstrauma, gänzlich widersprechen würde.«

Empörung ist auch so ein neues Gefühl und verdrängt die Angst immer weiter.

Hat dieser Mann eine Ahnung, was es mich gekostet hat, wieder ins Leben zurückzufinden? Hat er einen Schimmer davon, was ich durchgemacht habe?

Ich möchte ihn anschreien. Kann er sich auch nur im Entferntesten vorstellen, wie es sich anfühlt, wenn ihn ein anderer Mann gegen seinen Willen nimmt? Wie erniedrigend, entwürdigend, schmerzhaft es ist? Ob irgendeiner hier eine Vorstellung hat, wie schwer es noch immer ist, zu wissen, dass Adrian mich jederzeit wieder holen kann? Dass ich keinen Schritt vor die Tür machen kann, ohne in jedem Schatten Gefahr lauern zu sehen?

Meine Hände zittern so stark, dass ich sie ineinander verflechte. Tief Luft holen, ruhig atmen, immer ruhig atmen. Mike würde wohl gerne seinen Arm um mich legen, lässt es aber doch bleiben. Ich kann es verstehen.

Dennoch sehne ich mich danach, mich an ihn zu pressen, das Gesicht an ihn zu drücken und alles auszuschalten.

Dr. Goedhard erklärt mit ebenso ruhigen, sachlichen Worten, berichtet von Therapien, von Fortschritten, ich kann kaum noch zuhören. Mir ist schon wieder kotzübel. Mein Blick sucht nun doch Mike, der mich aufmunternd anlächelt. Meine Lippen wollen ein »Hilf mir!« formulieren, wie damals, als Adrian wieder kam. Doch dann wird Mike abermals aufgerufen und mein Blick hängt fortan nur noch an ihm, an seiner starken Gestalt, die so viel Sicherheit und Souveränität ausstrahlt. Wie selbstbewusst er nach vorne tritt und es wagt, Adrian direkt anzusehen.

Mike erzählt, wie er mich und Adrian in der Wohnung vorgefunden hat. Berichtet emotionslos und professionell, wie er reagiert hat, Adrian aufgefordert hat, von mir abzulassen, ihn mit Handschellen gefesselt, seine Kollegen verständigt, Dr. Goedhard angerufen hat. Es klingt so nüchtern, als ob er einen Bericht verlesen würde. Nur ich weiß, dass ihn diese Szenen verfolgen, sein persönliches Trauma sind, der Grund, warum er mich nicht von hinten nehmen möchte.

Der Gedanke erzeugt endlich Erleichterung und ein winziges Lächeln. Dabei streift mein Blick doch aus Versehen Adrian, doch der sieht mich tatsächlich nicht an. Er schaut auf Mike. Entsetzlich hasserfüllt ist sein Blick. So habe ich Adrian noch nie gesehen. Es ist richtiggehend verzerrt, wirkt unheimlich, dämonisch, kaum noch menschlich auf mich. Abgrundtiefer Hass. Auf Mike? Was weiß er von mir und Mike?

Verblüfft schaue ich Adrian an. Er wendet den Kopf, hat bereits wieder die gleichgültige Maske aufgesetzt und schaut mich prüfend an. Und zum ersten Mal halte ich seinem Blick stand, weiche nicht aus. Mein Herz schlägt so schmerzhaft, dass ich mir an die Brust greifen möchte, die Hände zittern unkontrolliert und ich kann gar nicht so schnell schlucken, wie sich bitterer Speichel in meinem Mund bildet. Dennoch schaue ich ihn unverwandt an und er ist es, der schließlich den Blick abwendet, hin zur Richterin.

Ich weiß nicht mehr, wie ich nach diesen endlosen Stunden aus dem Gericht gekommen bin, weder wann noch wie. Nur dass Mike jetzt neben mir ist, seinen Arm um mich gelegt hat, irgendwas mit dem Anwalt bespricht. Ich fühle mich müde, unglaublich erschöpft. Ich will die Augen schließen und vergessen finden.

»Guter Auftakt«, meint Herr Fautra, nickt mir anerkennend zu. »Alecs Aussage war sehr gut. Ebenso Ihre. Die Zeugenaussage eines Polizisten hat immer viel Gewicht. Zumal Ihre Aussage zu dem Vorfall schon vor dem Beginn Ihrer Beziehung zu Alec entstanden ist.« Er wirft mir einen Blick zu, ordnet mich aber offenbar als derzeit nicht ansprechbar ein, und damit hat er durchaus recht.

»Natürlich wird Adsons Anwalt versuchen, die Glaubwürdigkeit Ihrer Aussage diesbezüglich anzuzweifeln, weil sie mittlerweile eine sexuelle Beziehung zu Alec pflegen«, fährt Herr Fautra fort. »Das wird noch unschön werden, glauben Sie mir. Dennoch sind Sie Polizist und er wird sich schwer tun, Sie in Misskredit zu bringen.«

Mike nickt, ich spüre jedoch an dem Druck um meine Schultern, dass es ihm nicht behagt. Herr Fautra wendet sich mir zu, lächelt zuversichtlich. »Er wird seine gerechte Strafe bekommen. Dafür sorge ich schon.« Auch ich kann nur nicken. Gerade ist es mir völlig egal. Ich will nur noch heim.

Dann bin ich endlich im Auto, schließe erleichtert die Augen und möchte nichts mehr sehen, nichts mehr fühlen. Mike sagt nichts, bis wir zu Hause sind. Er öffnet mir die Tür und zieht mich am Arm hoch und an sich. Sofort schlinge ich meine Arme um ihn, presse mich endlich gegen ihn.

»Kannst du laufen?« Oh je, wie schwach muss ich auf ihn wirken?

»Würdest du mich sonst etwa hoch tragen?«, gebe ich leise zurück und schaue zu ihm auf. Mike lächelt.

»Aber klar doch!«

Ich glaube es ihm. Aber nun ist es mir doch peinlich. »Ich gehe lieber.« Ich löse mich von ihm. So müde … Mike geleitet mich, stützt mich oben an der Treppe, als ich stolpere. Jede Kraft weicht aus mir, je näher ich unserer Wohnung komme.

»Ich will nur ins Bett«, flüsterte ich. »Ich will schlafen, ich will ihn endlich vergessen, seine Augen vergessen.«

Mike brummt etwas und ich lehne meinen Kopf an seine Schulter, während er die Tür aufschließt.

»Komm, Alec.« Ich höre ihn irgendwo, kann kaum noch die Augen offen halten. »Ich komme mit dir.«

»Heute kann ich dir aber nicht viel bieten«, murmle ich lächelnd. Heute will ich nur schlafen.

Mike hilft beim Entkleiden wie bei einem kleinen Kind. Er legt mich ins Bett, deckt mich fürsorglich zu und setzt sich neben mich. »Soll ich dir noch was bringen?« Ich öffne die Augen. Schwarze Augen. So wundervolle schwarze Augen.

»Ja«, flüstere ich sehnsüchtig, greife nach seiner Hand und drücke sie.

»Was?«

»Dich! Ich will nur dich bei mir haben.«

»Ihre Bestellung kommt sofort.« Schmunzelnd küsst er mich auf die Stirn. »Ich räume nur eben noch schnell unsere Spülmaschine aus, okay?«

»Okay.« Ich schließe die Augen und bekomme nicht mehr mit, ob er wirklich nur die Maschine ausgeräumt hat.

Süßer Alec …

Albträume lassen mich diese Nacht ständig schreiend hochfahren. Panisch schlage ich um mich, wenn ich die Augen sehe, die Stimme höre und die Hände auf mir sind. Jedes Mal hält Mike mich, hält meinen zitternden Körper an sich gepresst, murmelt besänftigende Worte, streichelt, bis mein rasendes Herz sich beruhigt hat, der Atem ruhiger wird. Ich will nicht erneut einschlafen, mein Körper ist jedoch zu erschöpft, ich kann es nicht kontrollieren.

Die endlose Zeit des Prozesses ist die reinste Hölle.

Ich weiß nicht, wie ich es letztlich überstanden habe. Jeder Tag davon, jeder Termin, zu dem ich muss, ist Folter. Als letztendlich das Urteil gesprochen wird, nehme ich es nur am Rande wahr, ich bin nur erleichtert, dass es endlich vorbei ist.

Mike sitzt neben mir, drückt ganz fest meine Hand, als das Urteil verlesen wird. Er schnaubt empört. Ich fühle … gar nichts.

Mein Blick wandert zu Adrian, dessen Anwalt auf ihn einredet, doch Adrian schaut nur mich an. Wie immer, wie jeden dieser gottverdammten Tage. Wir schauen uns an und endlich habe ich keine Angst vor ihm. Ich empfinde gar nichts für diesen Mann, weder Furcht noch irgendetwas. Total abgestumpft.

Adrian wird abgeführt, doch die ganze Zeit behält er mich im Blick, bis er den Saal verlassen hat. Ich lese das Versprechen, einen Schwur in seinen Augen, spüre es eiskalt meine Wirbelsäule hinabrinnen, höre die stummen Worte im Kopf. Dennoch kann ich den Blick nicht abwenden, bis die Tür hinter ihm zufällt.

»Ich lasse dich nicht gehen, Alec. Nie wieder.«

»Vier Jahre!« Mike schimpft wütend vor sich hin, mir ist es so egal. Es ist schlussendlich vorbei. Adrian ist eingesperrt. Nur das zählt gerade für mich.

»Bitte Mike, lass uns gehen, ja?«, frage ich erschöpft.

»Natürlich, Alec«, antwortet Mike erschrocken. Wir verabschieden uns und gehen zum Parkplatz. Es ist noch kalt. Ein paar Schneeflocken tanzen in der Luft. Es riecht nach frischer Wäsche, Streusalz und Abgasen. Ein Hauch Wärme in der Luft, das Versprechen von baldigem Tauwetter.

Im Auto lehne ich den Kopf zurück, schließe die Augen und atme tief aus. In mir ist nur ein Gedanke: endlich frei. Ich werde es nicht weiter durchleiden müssen.

»Weißt du, es ist mir eigentlich egal, wie viel er letztlich bekommen hat«, sage ich irgendwann, öffne die Augen und lächle Mike an. »Es sind vier Jahre, in denen ich meine Angst überwinden kann. Vier Jahre Schonfrist.«

Betroffen schaut Mike mich an und doch sehe ich in seinen Augen, dass er das Gleiche denkt, auch wenn er mir versichert: »Der kommt nicht wieder. Der wird es nie wieder wagen.«

Wie gerne möchte ich ihm glauben.

»Ich habe seine Augen gesehen, Mike«, erkläre ich seufzend, höre die Worte raunend in meinem Kopf, doch seltsamerweise habe ich keine Angst. »Ich habe es in ihnen gesehen. Er wird wiederkommen. Er will diesen Körper besitzen. Ich bin sein Eigentum.«

GROSSE VERSÖHNUNG

Mike, bringst du noch ein Bier mit?« Georg hebt seine leere Flasche hoch.

»Klar.« Ich schaue in die Runde. »Noch jemand einen Wunsch?«

»Ist noch was von der tollen Pizza da, Mikey?«, ertönt Philys Stimme irgendwo aus dem Halbdunkel.

Mikey …

Ich mag keine Koseform meines Namens, der nach einer Comicfigur klingt. Normalerweise würde ich mir das verbitten. Nur dieses Mal müsste ich dazu einen Mann von zwei Meter Größe und der Breite einer Schrankwand darum bitten.

Eigentlich habe ich damit auch kein Problem, denn Phily ist im Prinzip harmlos. Nur dann schaut er mich mit diesen babyblauen Augen ganz bestimmt verwundert und gekränkt an und ich bringe wieder kein Wort heraus.

Teufel auch! Ich kann Alec vor mir sehen, wie er grinst. Zum Glück ist es viel zu dunkel im Wohnzimmer.

Phily mag es, allem und jedem einen Kosenamen zu geben. Alec ist ab und an noch ein ›Sahneschnittchen‹, meistens jedoch nur ›Alec‹ oder ›Kleiner‹. Er hat Glück gehabt, das kann man nicht so gut verniedlichen. Den Kosenamen ›Süßer‹ hat Phily schnell aufgegeben, als er merkte, wie Alec darauf reagierte.

Phily sieht vielleicht aus wie ein Troll aus einem Roman von Terry Pratchett, doch er ist durchaus feinfühlig genug, so etwas zu bemerken.

»Bringst du mir auch noch was mit?«, fragt mein ›Sahneschnittchen‹ und lächelt. Ich kann es nur deshalb sehen, weil er neben dem Licht am Diaprojektor sitzt. Wir schauen Urlaubsdias an wie spießige Heteros. Den

Projektor haben allerdings Phily und Georg mitgebracht. Ebenso mindestens eintausend Dias ihrer letzten Urlaubsreisen.

»Mache ich.« Ich flüchte in die Küche. Hier riecht es nach frischer Pizza, Bier und Alecs Nachtisch. Irgendwas mit Kirschen. Warm und Lecker. So etwas kann er einfach.

Ich hole die restliche Pizza aus dem Ofen, wo sie warm gestellt wurde, packe zwei Teller voll, klemme mir noch zwei Flaschen Bier unter den Arm und wage mich wieder in das dunkle Wohnzimmer. Alec kommt mir entgegen, nimmt mir die Teller ab.

»Danke.« Er küsst mich auf die Wange. Ich brumme irgendwas und lasse mich mit meinem Bier in den Sessel fallen, zucke zusammen, als Phily gleich darauf ein schrilles Quietschen von sich gibt: »Schau nur Georgy, das war, als du diesen hässlichen Sonnenbrand auf deinem schnuckeligen Hintern hattest und ich dich eingecremt habe.«

Ich sehe vorsichtshalber nicht hin. Es gibt so ein paar Bilder, die muss ich mir nicht antun. Da denke ich lieber an einen anderen Hintern, den ich auch vor gar nicht so langer Zeit eingecremt habe. Oh ja, sehr liebevoll. Er war zwar nicht verbrannt, aber schön war er trotzdem. So schön fest und rund und …

»Phily, mach mal Schluss damit«, unterbricht mich Georg in meinen angenehmen Gedanken. »Lass uns mal Mikes und Alecs Fotos anschauen. Diese Dias habe ich schon hundert Mal gesehen.«

»Okay«, ertönte es ein wenig zerknirscht aus der Dunkelheit und nur kurz danach ist der Projektor aus und das Licht wieder an. Ich blinzle ebenso wie Alec, auf den mein Blick als erstes fällt.

Wo war ich eben gedanklich? Ach ja, sein runder Hintern, meine Hand darauf, die langsam tiefer glitt, dass schwarze Wasser, Wärme und dieser seltsame Strand.

»Mike? Gibst du mir mal das Fotoalbum rüber?« Seufzend beuge ich mich vor, schnappe mir eins der Alben und reiche es Alec. Phily setzt sich neben mich aufs Sofa und ich höre es unter ihm ächzen und protestieren. Für solche Gewichte ist es definitiv nicht ausgelegt.

Phily strahlt mich an, greift über mich hinweg und schnappt sich gleich darauf ein Stück Pizza. In seinen Pranken sieht es nach nichts aus. Wie gut, dass ich zwei Bleche gebacken habe. Phily vertilgt schon eins alleine. Hoffentlich lässt er uns noch was von dem Nachtisch. Ich mustere ihn verstohlen.

Heute trägt er ein hellgelbes Hemd, was seine muskulösen Arme schier sprengen wollen. Wenn er sich bewegt, höre ich den Stoff bedrohlich knirschen. Wahrscheinlich traut es sich schlicht vor lauter Respekt nicht zu reißen. Vorne ist es halb offen und man kann seine muskulöse, behaarte Brust und ein Goldkettchen mit den ineinander verschlungenen Buchstaben G und P erkennen.

»Wie heißt der Ort, wo ihr da wart?«, erkundigt sich Georg neugierig bei Alec.

»Canaima. Es ist ein Naturpark. Der höchste Wasserfall der Welt, der Angel Fall ist da und es gibt da diese Tepuis, uralte Hochplateaus. Dieses Haus dort«, er zeigt auf ein Foto und eine leichte Spur von Stolz schwingt in der Stimme mit, »gehört meinem Bruder Vincent. Er wohnt und arbeitet dort.«

Supernetter Bruder übrigens. Er hatte uns zu sich eingeladen. Zwei Woche waren wir dort. Wunderschön war es und nach diesem elendigen Prozess auch genau das Richtige, damit Alec sich erholen konnte.

Teufel noch eins, er war gegen Ende nur noch Haut und Knochen, hat kaum noch was gegessen, immer bleich und sah so aus, als ob er jeden Moment einfach zusammenklappen würde.

Ist er aber nicht. Er hat es durchgestanden. Mein tapferer Alec.

Trotzdem hatte er die Wochen danach noch dauernd Albträume, ist oft schreiend und um sich schlagend aufgewacht. Adrians Augen haben ihn verfolgt und ich kann es gut verstehen. Wie Adrian mich angesehen hat … Wenn er gekonnt hätte, hätte er mich getötet, ich konnte es in seinen Augen sehen. Pure Mordlust.

Adson ist gefährlich. Als ich ihn live erlebt habe, beobachten konnte, wie er seinen Blick keinen Moment von Alec gelassen hat, da konnte ich nachvollziehen, wie sich dieser gefühlt haben muss. Dieser Mann ist von Alec nahezu besessen.

Am ersten Tag des Prozesses, als Alec der Kreislauf versagt hat, da ist er so schnell aufgesprungen wie ich und war fast vor mir bei Alec, wenn ihn sein Anwalt nicht zurückgehalten hätte. Er war ebenso besorgt wie ich um Alec, oh ja, ich habe es durchaus bemerkt.

Wie er ihn angesehen hat, mit dieser Sehnsucht und diesem Verlangen im Blick … Das war mehr als Liebe, das ist extreme, fanatische Besessenheit!

Innerlich schaudere ich.

Nun ist er endlich weggesperrt.

»Was ist das denn? Schwarzes Wasser?«, fragt Georg erstaunt nach.

»Ja. Der Rio Carrao ist ein Schwarzwasserfluss«, erklärt Alec und lächelt wissend zu mir hinüber. Ob er auch daran denkt, was wir dort getan haben, in dieser kleinen Bucht, abgelegen genug, dass uns keiner stören konnte?

Irgendwo rauschte einer der vielen Wasserfälle im Hintergrund und wir waren ganz alleine. Er sah so großartig aus, schlank, nackt, braun gebrannt, nur dieses schwarze, dunkle, an den Rändern rötlichorange Wasser auf seiner Haut, welches ihn nur stellenweise bedeckte. Es war wunderbar warm, roch nach Erde und fremden Kräutern.

Wir lagen im Wasser, direkt am Strand und ich habe seinen Körper gestreichelt, ihn überall berührt, meine Hände über ihn gleiten lassen, über die weiche Haut, nur knapp von diesem Wasser bedeckt wie ein dünner Stoff. Er hat so fabelhaft gestöhnt und sich gewunden. Sein erregtes Glied stand natürlich bald schon aus dem Wasser hervor. Hat wirklich nicht sehr lange gedauert.

Ich habe mich auf ihn gelegt, ihn in diesen weichen, irgendwie seltsam rosafarbenen Sand gedrückt, mich an ihm gerieben, bis er nur noch gekeucht, mich angefleht hat, ihn endlich zu nehmen. Ich habe ihm den Gefallen natürlich getan.

Ohne Kondom. Noch immer erscheint es mir ein wenig anrüchig, wenn ich so in ihn eindringe, doch der Gedanke verfliegt sofort, wenn seine heiße Enge mich umschließt. Es ist unmittelbarer, zeugt von unserem Vertrauen ineinander, unserer Treue zueinander. Und wir kommen viel schneller zur Sache.

Diese Geräusche, mit denen das Wasser leise um uns schwappte, sein Keuchen, seine Hände, die sich in meinen Rücken krallten, die Beine, die mich umschlangen.

Wenn er sie hochhebt, anwinkelt oder auf meine Schultern legt, kann ich ganz tief in ihn eindringen, so tief, wie es nur irgend geht.

Sein harter Schwanz zwischen uns wurde eingeklemmt und er stieß bei jeder meiner Bewegungen dieses leise, zufriedene Stöhnen aus, was mich so erregt, dass ich kaum noch klar denken kann. Dieses Mal kam ich sogar vor ihm und er wirklich nur von meiner analen Stimulation, verengte sich dabei noch einmal so herrlich um mich, dass ich das Gefühl hatte, schreien zu müssen vor schierer Lust. Habe ich auch getan, glaube ich.

»Woran denkst du denn gerade, Mikey?«, murmelt Phily neben mir belustigt und schaut auf mich herunter. Genau genommen schaut er auf meinen Schritt beziehungsweise auf die deutliche Beule. Verdammt!

Phily beugt sich den Meter zu mir hinab und raunt mir zu: »Muss ja ein fantastischer Urlaub gewesen sein.«

»Ja«, würge ich hervor, richte mich hastig auf. Scheiße, ist mir das peinlich. Da fantasiere ich von mir und Alec am Strand und kriege dabei einen Ständer.

Phily gluckst, hat aber genug Anstand, nichts weiter zu sagen, schnappt sich stattdessen ein weiteres Stück Pizza und schaut in ein anderes Album.

Der Teller ist schon wieder leer. Georg ist zum Glück mit Alec in ein Gespräch vertieft, lässt sich von ihm bereits die Adresse von Vincent geben. Ich bin sicher, dass diese abgelegene Bucht in der Lagune von Canaima im nächsten Urlaub der beiden vorkommen wird. Die Bilder dazu will ich mir lieber nicht vorstellen.

Wobei …

Wer von ihnen liegt wohl unten? Oder wechseln sie ab?

Seltsamer Gedanke, doch immer häufiger überlege ich mir, ob Alec es nicht auch mal andersherum machen möchte. Ich bin eigentlich noch nicht so weit, kann es mir einfach nicht vorstellen, doch so, wie er dabei immer abgeht, kann es ja nicht schlecht sein.

»Wollten Ricky und Tommy nicht auch heute kommen?«, fragt mich Phily unvermittelt. Ich zucke die Schultern.

»Eigentlich schon. Eingeladen haben wir sie. Aber da läuft es gerade nicht so gut.« Phily nickt wissend und schweigt, blättert weiter in dem Album.

Nein, gemeinsam kommen Tom und Rick ganz bestimmt nicht, wir bleiben heute wohl nur zu viert. Nichts mit unserem neuen Sechser Schwulenteam. Ich muss grinsen.

Wir waren vor etwas über einer Woche das erste Mal mit Rick und Tom zusammen in dieser Schwulenbar. Irgendwie habe ich mich dazu überreden lassen, keine Ahnung, was mich da geritten hat. Vermutlich konnte Alec es mal wieder keinem abschlagen und natürlich bin ich mitgegangen. Auf jeden Fall saßen wir dann alle dort auf pinkfarbenen Sesseln, zwischen pinkfarbenen Wänden, haben pinkfarbene Cocktails geschlürft und dann kamen doch Phily und sein Georg herein, haben uns natürlich sofort bemerkt und setzten sich zu uns.

Phily und Rick haben sich bald schon ernsthaft und sehr angeregt über passende Farben, modische und gut sitzende Unterwäsche unterhalten.

Tom hat sich mit Georg und Phily auch sofort gut verstanden, war von den beiden imposanten Giganten erwartungsgemäß begeistert und hat dauernd Spitzen gegen mich abgeschossen. Aber daran bin ich schon gewöhnt. Er ist erträglicher geworden, seit er mit Rick zusammen ist. Es war ein toller Abend.

Da war Ricks und Toms Welt ja auch noch in Ordnung.

Seit einigen Tagen redet Tom kein Wort mehr mit Rick. Ich kann ihn irgendwie verstehen.

Alec hat mir alles erzählt, weil er natürlich mal wieder erst von Rick, dann von Tom, dann wieder von Rick und ich glaube, zwischendurch auch mal von Lisa angerufen wurde.

Rick war auf einer feuchtfröhlichen Studentenfete und hat sich wohl etwas zu voll laufen lassen, ist auf jeden Fall ungewollt mit einem anderen Typen im Bett gelandet. Ehrlicherweise hat Rick es wenigstens gleich gebeichtet. Nun ja, eigentlich hat er erst einmal Alec angerufen, dem eine Stunde lang am Telefon was vorgeheult, wie leid es ihm tut und dass er nicht ganz beieinander war und er doch Tom nie betrügen würde und es wäre ja nur einmal passiert und so weiter.

Irgendwann ist sogar Alec energischer geworden und hat ihm klipp und klar gesagt, er solle Tom anrufen und es ihm sagen.

Was Rick wohl auch getan hat, denn bald danach rief ein am Boden zerstörter Tom an. Den hatte erst ich am Apparat, wo er schniefend und schimpfend nach Alec gefragt hat. Ich habe ihn wortlos weitergereicht.

Oh Mann, ich wusste gar nicht, was für moderne Schimpfworte es so gibt. Wobei ich nur ein paar davon wirklich verstanden habe. Irgendwie hat es bei mir gedanklich immer: »Beep« gemacht.

Das Gespräch dauerte ebenfalls eine Stunde und Alec hat eigentlich keinen Satz zu Ende sprechen können. Irgendwann hat er Tom nur noch zugehört, mich angesehen und hilflos die Achseln gezuckt. Ich wollte ihm schon vorschlagen, zwischenzeitlich mit mir was anderes zu tun, bis Tom sich fertig ausgeheult hat, nur leider schien er sich dafür nicht begeistern zu können.

Irgendwann war Tom dann doch mal fertig und Alec meinte, er solle es sich nicht so zuziehen, Rick würde es bereuen und es wäre keine böse

Absicht gewesen, sie sollten ein wenig Zeit verstreichen lassen, sich zusammensetzen und darüber reden. Das Schimpfwort, mit dem Tom Rick daraufhin bedacht hat, kannte ich sogar. Auf jeden Fall wollte er diesen so Bezeichneten nie wieder sehen.

Tja, natürlich dauerte es nicht lange, bis das Telefon abermals klingelte. Obwohl ich wusste, dass es Rick ist und Alec schon empfohlen hatte, er solle lieber nicht rangehen, wenn er heute noch was schaffen wolle, tat er es natürlich doch. Und musste Rick zuhören, der sich bei ihm ausheulte, wobei er Tom mit nicht ganz so fantasievollen Namen belegte.

Seither redet Tom nicht mehr mit Rick. Alec hatte Befürchtungen, dass er deswegen Probleme in seiner Ausbildung oder in der Schule bekommen würde, aber Tom ist vermutlich mittlerweile so stabil, dass es keinen Rückfall gab.

Seit April macht er eine Ausbildung zum Pferdewirt bei Linda. Zwischen Linda und Tom läuft es klasse und in seiner Therapie macht er scheinbar auch gute Fortschritte, wobei mir Alec davon nicht so viel erzählt. Geht mich ja auch nichts an.

»Mike nackt im Wasserfall!«, jauchzt Georg auf und kurzfristig bekomme ich Panik, denn diese Bilder sind überaus privat. Zumindest die meisten davon wären nicht jugendfrei. Zu meinem Glück ist auch Alec nicht so dumm und hat nur die in das Fotoalbum geklebt, die man auch vorzeigen kann.

»Schnuckelig«, kommentiert Phily anerkennend, klopft mir auf die Schulter. »Geiler Arsch!«

»Phily, da müssen wir unbedingt auch mal hin«, meint Georg verträumt. »Was man da alles anstellen könnte …« Jetzt grinse ich breit. Och, da kann man so einiges …

Alec wirft mir ebenfalls einen Blick zu, der mir genau sagt, dass er auch daran denkt, wie ich versucht habe, Tarzan zu imitieren. Nur ohne Lendenschurz. Und mein Schrei war auch nicht wirklich filmreif. Alec hingegen mit so ein paar Blättern am Körper sah sehr gut aus. Ach ja …

»Muss ein supertoller Urlaub gewesen sein, so wie Mike gerade grinst«, erkennt Georg schmunzelnd.

»War es«, bestätigt Alec. »Und Vincent und Mike haben sich auch prima verstanden.«

Stimmt. Sein Bruder ist echt okay. Er hat eine nette Frau, eine gebürtige Venezolanerin und arbeitet in diesem Naturpark. Er ist studierter Geologe.

Vincent ist sechs Jahre älter als Alec, hat dieselben dunkelblonden Haare und die Nase, seine Augen sind jedoch ganz anders. Auch ist er ein ganz anderer Typ, selbstbewusst, groß, schlank. Wir haben uns viel und lange unterhalten. Er war sehr an meiner Arbeit interessiert und ich glaube, er kommt mittlerweile auch ganz gut damit klar, dass Alec schwul ist und ich sein Lebensgefährte. Die ersten Tage war er noch etwas reserviert und wir haben es tunlichst vermieden, über diese ganze Adriansache und den Prozess zu reden. Hätte Alec bestimmt auch nicht verkraftet.

Mit Vincent habe ich dann später alleine darüber gesprochen, denn er wollte schon wissen, was Alec passiert ist, der darüber wohl nicht viel geredet hat. Nun ich habe ihm auch nur die groben Ereignisse geschildert. Mehr wäre Alec sicher nicht recht gewesen.

Von Vincent habe ich hingegen etwas mehr über Alecs Mutter erfahren und darüber, wie er aufgewachsen ist. Alec war offensichtlich nicht eingeplant gewesen. Seine Mutter wollte nur ein Kind und die zweite Schwangerschaft kam beruflich zu einem ungünstigen Zeitpunkt für sie. Vielleicht hat sie ihn daher ihre Ablehnung auch spüren lassen. Zudem lief wohl zwischen ihr und ihrem Mann nicht alles ideal.

Sein Vater hingegen hat Alec scheinbar vergöttert und versucht auszugleichen, was sie Alec an Liebe nicht geben konnte. Er hat ihn vor allem beim Reitsport gefördert.

Vincent erzählt es nüchtern, recht emotionslos dennoch höre ich auch einen winzigen Ton von Bedauern. Muss auch für ihn nicht leicht gewesen sein.

Nach dem Unfalltod des Vaters änderte sich für Alec alles schlagartig. Sein Pferd wurde verkauft und die ganze Welt brach zusammen. Vieles, was er mir über sich erzählt hat, macht jetzt Sinn, vor allem aber seine tiefe Sehnsucht nach Anerkennung, Liebe und Geborgenheit.

Georg lacht plötzlich auf und ich weiß, dass sie jetzt bei den Bildern unserer Paddeltour angelangt sind. Die Fotos, auf welchen wir beinahe gekentert sind, weil Alec mich fürs Foto unbedingt küssen wollte. Es war sehr wackelig in diesem schmalen Boot. Die Fotos sind daher verwackelt, dennoch hat Alec sie eingeklebt. Auf einem ist auch eine tolle Kussszene drauf.

Ich beuge mich vor, will gerade etwas zu meiner Verteidigung hervorbringen, als es an der Tür klingelt.

Überrascht sehen wir auf und Alec will schon aufspringen. Dabei sitze ich näher am Flur und bedeute ihm, dass ich gehen werde. Vielleicht kommt Rick ja doch. Oder Tom.

Ja, es ist Tom, der die Treppe hoch geschlurft kommt und mir ein schiefes Grinsen zu wirft. »Hallo, Bulle.«

»Hallo, Tom.« Mir liegt eine spöttische Bemerkung auf der Zunge, doch ich schlucke sie rasch hinab. Mann, er sieht echt schlecht aus.

»Habt ihr schon angefangen?«

»Ja. Georg und Phily sind schon seit zwei Stunden da.«

Tom brummt, hängt seine Jacke auf, zieht brav seine Schuhe aus und folgt mir ins Wohnzimmer, wo er sofort von Phily und Georg herzlich begrüßt wird. Alec nickt ihm lächelnd zu und ich biete ihm ein Bier an, was er aber ablehnt.

»Lieber eine Cola«, meint er, schaut mich abschätzend an. Ich nicke ihm anerkennend zu und besorge ihm aus der Küche ein Glas und den Rest der Pizza. Er ist ungewöhnlich still, schaut sich artig die Fotos von unserem Urlaub an und macht nicht einmal eine blöde Bemerkung bei dem lächerlichen Foto von mir in Alecs viel zu kleinen Shorts. Ihm geht es echt schlecht.

Keiner von uns spricht natürlich das Thema an.

Nach unseren zwei Fotoalben sind wieder Georg und Phily dran. Gerade schauen wir einen echt lustigen Film von Phily und Georgs Motorradtour, als es abermals klingelt. Alec schaut zu Tom hin und der setzt augenblicklich eine finstere Miene auf. Klar, wir denken alle, dass es Rick ist.

»Ich schau mal, wer es ist«, biete ich an, ernte betroffene Blicke von allen Vieren.

Natürlich ist es Rick. In einer einfachen Jeans und einem unauffälligen T-Shirt mit einem »I'm proud to be gay – kiss my ass!« Aufdruck. Wenn das T-Shirt nicht wäre, die glitzernden Ohrringe und der dunkle Kajal, hätte ich ihn kaum wiedererkannt, so normal schaut er aus. So … männlich.

»Hallo Rick!«

»Hallo Mike. Ist er da?« Ich nicke bedächtig. Ricks Gesicht verzieht sich schuldbewusst und für einen Moment sieht es so aus, als ob er gleich wieder gehen wollte. Oh nein, so nicht!

Kurz entschlossen ziehe ich ihn hinein. Der haut nicht ab. »Im Wohnzimmer. Na los!« Ich gebe ihm einen entsprechenden Schubs.

Zögernd geht er voraus und benötigt noch zwei weitere Stöße, bis er schließlich im Wohnzimmer steht und seine Hand schüchtern hebt. »Hey.«

Sein Blick geht sofort zu Tom, der sich demonstrativ abwendet. Rick sackt in sich zusammen.

»Ricky, mein Hübscher!«, dröhnt Philys Stimme durch den Raum und ich schiebe ihn einfach zu diesem auf die Couch und lasse mich auf den Fußboden fallen.

Tom sitzt rechts von Phily, Rick links von ihm mit übergeschlagenen Beinen, vermeidet jeden Blick in Toms Richtung. Ich betrachte mein Arrangement zufrieden. Damit dürften größere Verletzungen ausgeschlossen sein, denke ich. Terrorbekämpfung mit Phily als neutrale Pufferzone dazwischen. Könnte klappen.

»Super, dass du auch kommen konntest«, versucht sich Alec in seiner unnachahmlichen Diplomatie und fragt freundlich nach: »Willst du ein Bier?«

Noch ehe Rick antworten kann, schnaubt Tom sehr laut und verächtlich. »Gib ihm lieber gleich eine Wodkaflasche, dann kann er sich wieder betrinken und vögeln gehen!« Er bleibt sicher hinter Phily versteckt.

Rick zuckt zusammen, senkt den Kopf und wird bestimmt gleich losheulen.

»Nur eine Cola«, wispert er mit brüchiger Stimme.

Ich setze mich neben Alec, da kann ich sie besser im Blick behalten. So ganz sicher bin ich mir gerade nicht, dass es heute ohne Tote abgeht. Phily schaut von links nach rechts und wieder zurück, als ich Rick ein Glas Cola hinschiebe.

»Wie ist deine Klausur denn heute gelaufen?«, erkundigt sich Alec in einem neuen Versuch entspannte Konversation zu betreiben, während alle ziemlich betreten dreinschauen.

»Habe es vergeigt«, sagt Rick sehr leise, starrt nur auf sein Glas oder seine Schuhspitzen.

Turnschuhe. Wann habe ich ihn mal in Turnschuhen gesehen? Noch nie. Muss ihm echt schlecht gehen.

»Gibt ja nicht viel, was der hinkriegt«, zischt Tom böse und Rick sackt noch mehr in sich zusammen. Gleich heult er los, ich kann es in seinen Augen glitzern sehen.

Phily offenbar auch, denn er legt plötzlich seinen gewaltigen Arm um Rick und drückt ihn dicht an sich.

»Er ist verletzt«, brummt er mit einer seltsam beruhigend klingenden Teddybärstimme. »Er meint es nicht so.«

Jetzt kullern Rick doch Tränen über das Gesicht. Er setzt sich normal hin und schlägt dann doch die Beine wieder über, offenbar nervös, wischt sich hastig seine Tränen weg.

»Na, na«, brummt Phily weiter, streicht Rick sehr zärtlich mit einem riesigen Fingern die Tränen aus dem Gesicht. »Wer wird denn gleich weinen.« Nun heult Rick erst richtig los. Oh Mann, das versetzt sogar mir einen Stich. Ein Kerl der heult. Gut, es ist Rick. Trotzdem …

Georg, Alec und ich sehen uns betroffen an, doch Tom schnaubt nur verächtlich. »Der zieht schon wieder so eine dämliche Show ab. Voll ätzend, Mann! Heult wie ein Mädchen. Der ist so peinlich!« Wütend springt er auf. »Ich hau ab, den muss ich mir nicht antun.« Er will hinausstürmen und fällt beinahe hin, als ihn Philys Hand fest am Oberarm packt.

»Du bleibst hier!« Philys Stimme hat einen bärigen Klang. Allerdings klingt er nun eher nach einem wütenden, hungrigen Grizzlybär.

Wütend schaut Tom Phily sekundenlang selbstmörderisch an, doch ein paar Gehirnzellen funktionieren offenkundig noch, denn er setzt sich tatsächlich wieder hin, verschränkt die Arme vor dem Körper und sieht finster drein.

Nicht so finster hingegen wie Phily, der sich nun über ihn beugt.

»Entschuldige dich dafür«, verlangt er doch glatt von Tom, dem alles aus dem Gesicht fällt.

»Nein!«, sagt dieser trotzig. »Ich rede mit dem da nie wieder!« Rick schluchzt lauter, vergräbt sein Gesicht in Philys breiter Seite.

Phily hingegen gibt ein grunzendes, gefährliches Geräusch von sich, was mich, wenn ich es in einem undurchdringlichen Dschungel hören sollte, zu einer abrupten Flucht verleiten würde.

»Du entschuldigst dich bei Ricky!« Phily schaut drohend auf Tom hinunter.

Mutig ist der kleine Macho ja, denn er starrt finster zurück. Doch dann packt ihn eine von Philys Pranken im Genick und zieht ihn zu sich heran.

»Hey!«, bringt Tom erschrocken hervor, dann hat ihn Phily auf seine Augenhöhe gezogen. Was nichts anderes bedeutete, als dass Tom ziemlich in der Luft hängt.

Ich muss mir ein Lachen verkneifen und auch Alecs Mund zuckt verdächtig. Nur Georg schaut ernst drein.

»Entschuldige dich!«, brummt der Grizzlybär gefährlich. Tom ist ja vielleicht mutig, jedoch ganz gewiss nicht dumm und er hängt an seinem jungen Leben. »Er ist doch fremdficken gewesen! Der Arsch!« Tom zappelt heftiger in Philys Griff.

»Oh«, macht Phily nur, schaut strafend auf Rick hinab, der noch heftiger heult, irgendwas von: »War besoffen … habe es ihm doch sofort erzählt … Es tut mir so schrecklich leid! Kommt nie wieder vor … liebe ihn doch«, brabbelt. Von zahlreichen Schluchzern unterbrochen.

Erneut grunzt Phily und wendet sich an Tom.

»Ricky hat sich also bei dir entschuldigt, oder?«

Tom kämpft um sein Gleichgewicht und blickt Phily trotzig an, nickt dann aber. »Gut. Wirst du es noch einmal tun, Ricky?«, fragt Phily leiser nach. Rick richtet sich auf, schüttelt so heftig den Kopf, dass seine Ohrringe hin und her wackeln wie ein glitzernder Wirbel.

»Nein! Nie! Ich liebe dich doch, Tom!«, bringt er gequält hervor. »Es war nur ein Ausrutscher! Total dämlich und ich … ich wollte dich nie betrügen, ich wollte dich nie … verlieren.«

»Pfft!« Tom will sich abwenden, kann er nur nicht, weil er noch immer in Philys Griff hängt. Für den ist die Sache offenbar klar.

»Ricky liebt dich Tommy. Es tut ihm leid, er hat sich entschuldigt. Also wirst du dich jetzt auch entschuldigen.« Toms Mund klappt lebensmüde auf, verschließt sich jedoch sofort, als Phily seine babyblauen Augen verengt. Ich könnte schwören, sie sprühen Funken.

Tom macht ein missmutiges Geräusch.

»Entschuldige«, bringt er undeutlich zwischen den Zähnen hervor. Rick unterbricht augenblicklich sein Weinen und linst ungläubig um Philys Masse herum.

»Sag, dass du ihn auch liebst!«, verlangt der Inquisitor Phily von Tom, der ihm nur noch einen unsicheren Blick zu wirft.

»Ja, ist so«, brummelt Tom undeutlich. Alec macht ein ersticktes Geräusch, verbirgt seinen verräterischen Mund hastig hinter dem Colaglas. Tom wirft auch ihm einen finsteren Blick zu.

»Ich bin sicher, du kannst das besser«, äußert Phily sein Missfallen und Tom verdreht genervt die Augen. Ricks Gesicht hat sich hingegen aufgehellt und er zieht die Nase hoch, schaut seinerseits Tom erwartungsvoll an.

»Tommy, du kannst das noch viel besser.«

Aus meinem Mund will unbedingt auch ein Lachen und ich kann es nur knapp unterdrücken. Sogar Georg grinst.

Philys Knurren würde jeden irren Pitbull in die Flucht schlagen und sogar Tom zuckt zusammen, schaut nun doch zu Rick, der schwer schluckt und ihn so hoffnungsvoll anschaut, dass sogar ich Tom einen kräftigen Schubs geben möchte.

»Ja, schon gut, Mann«, murmelt Tom. »Es tut mir leid, Ricky.« Rick blinzelt, kämpft weiterhin mit den Tränen und sein Mund zuckt zwischen einem Lächeln und Weinen hin und her. So ein wenig lächerlich sieht er schon aus, aber so ist eben Rick. Er rutscht von der Couch und kniet vor Tom.

»Du … du verzeihst mir? Oh, Tommy, ich … wollte dir nie wehtun. Ich liebe dich doch so sehr, du bist alles für mich.« Nun schluchzt er wieder auf und Tom greift tatsächlich nach seinem Gesicht, rahmt es ein.

»Ich liebe dich auch, du dummer Kerl!«, stößt er hervor. »Niemand darf dich anfassen, niemand dir wehtun. Du gehörst zu mir, du bist …« Er schluckt seinen Machostolz hinunter. »Du bist auch alles für mich.«

Rick schlingt augenblicklich die Arme um ihn und sie heulen beide.

Phily schnieft ebenfalls auf, Georg schaut sehr verzückt und Alec sieht so aus, als ob er auch gleich mit heulen würde. Und ja, es ist irgendwie schon sehr rührend.

Zum Glück merkt keiner, wie ich mir schnell eine Träne aus dem Augenwinkel wische. Muss ja keiner sehen. Leider knufft mich Alec prompt in die Seite. Verflixt, er hat es natürlich gesehen, lächelt mich verschwörerisch an.

»Große Versöhnung«, murmle ich, versuche spöttisch zu klingen, treffe den Ton jedoch nicht ganz. Es klingt eher erleichtert. Alles ist wieder gut. Vorerst.

Mal sehen, ob es so bleibt und wenn ja, wie lange.

RÜCKBLICKEND

Warme Sonnenstrahlen kitzeln mich in der Nase und ich drehe müde den Kopf. Prima, es ist erst 9 Uhr.

Seufzend schließe ich die Augen, öffne sie dann doch erneut und drehe mich in die andere Richtung.

Alec liegt noch neben mir, mit dem Rücken zu mir.

Ich sehe von ihm nur seine dunkelblonden Haare. Sie sind ganz verstrubbelt und darunter kann ich ein wenig vom Nacken erkennen. Ganz feine Härchen hat er da. Wenn ich mit meiner Hand darüber streiche, fühlt es sich beinahe samtartig an und er macht dann so wohlige Geräusche.

Es hat sich in all den Jahren nicht geändert, egal wie oft ich ihn küsse oder streichle oder Sex mit ihm habe, es ist jedes Mal wieder aufs Neue wunderbar, wird nie langweilig.

»Musst du heute gar nicht zur Arbeit?«, frage ich leise. Sein Atem verrät mir, dass er nicht mehr schläft. Es ist ja auch schon zwei Stunden später, als er sonst aufsteht. Er grummelt, dreht sich jedoch nicht um. Dafür rolle ich ganz herum und meine Hand wird zwanghaft von dem bisschen blanker Haut angezogen, meine Fingerspitzen streichen zärtlich darüber.

»Und du, musst du heute nicht zur Arbeit?«, nuschelt Alec seinerseits.

»Heute doch nicht«, antworte ich zärtlich. Ja ich kann so was: zärtlich mit ihm reden. Mike der Homo kann das. »Heute habe ich keinen Dienst.« Alec brummt leise, dennoch klingt es erleichtert und dankbar.

Nein, heute werde ich nicht arbeiten, denn heute habe ich mir freigenommen. Für ihn.

Heute ist ein besonderer Tag. Heute kommt Adrian wieder frei. Und ich will bei Alec sein. Ich werde den ganzen Tag bei ihm sein.

Wir beide wussten, dass dieser Tag kommen wird.

Eigentlich kommt Alec mittlerweile gut klar. Angstzustände hat er nur noch sehr selten und Albträume eigentlich auch fast gar keine mehr.

Nur letzte Nacht. Okay. Aber da war ich ja da. Ich bin immer da, wenn er mich braucht. Ich habe ihn im Arm gehalten. Ich liebe es, wenn er sich dann ganz dicht an mich schmiegt. Eigentlich war ich nie der kuschelige Typ, nur mit ihm ist es anders.

Ich mag es, wenn er seine Nase an mich drückt, seinen warmen Körper, der für mich nach wie vor nichts von seiner Faszination verloren hat. Dann sind wir ganz eng verbunden, dann kann nichts und niemand uns etwas anhaben.

Gedankenverloren streiche ich durch seine Haare. Er riecht so gut, er fühlt sich so gut an.

Ich kann gut verstehen, was Adrian an ihm so angezogen hat. Alec hat eine besondere Art, die es einem leicht macht, ihn zu verunsichern und dann ist er einfach zu niedlich, wirkt schwach und fast hilflos. Man möchte ihn beschützen, vor allem abschirmen, ihn ganz für sich haben.

Er ist ein Mann, er kann durchaus kämpfen, kommt mit seinem Leben klar, dennoch ist da immer noch ein winziger Teil dieses unsicheren Jungen, der sich nach Zärtlichkeiten sehnt, der beschützt werden möchte, den man halten und vor allem Schlechten dieser Welt bewahren möchte.

So wie Adrian es auch getan hat.

Diese Fixierung auf Alec ist zum größten Teil in seiner Verlustangst dem Bruder gegenüber begründet. Alec hat ihn an seinen Bruder erinnert, der so plötzlich aus seinem Leben verschwand, ihn alleine gelassen hat. Zumindest haben diese psychologischen Gutachter das gesagt, die sein gewissenloser Anwalt aufgefahren hat.

Sensibles Kind, traumatisiert von der Scheidung seiner Eltern, der Trennung von seinem jüngeren Bruder, auf den er auch sexuell fixiert war. Verwirrt von der Entdeckung der eigenen Homosexualität und so weiter. Ich habe jedes Wort davon gehört. Teufel ja, jede Menge gute Gründe!

Jeder Massenmörder hat ebenso seine Gründe, deshalb buchte ich ihn trotzdem ein, wenn er eine Gefahr für andere darstellt.

Nur Adrian ist kein Mörder. Nur ein Vergewaltiger.

Adrian hat Alec doch vor allem versklavt, weil er ihn begehrt hat, weil er dessen Körper kontrollieren wollte. Klar, wohl auch, weil er Angst hatte, ihn zu verlieren, wie seinen Bruder.

Diese Angst habe ich nicht. Nicht mehr. Ich liebe Alec und bin mir auch seiner Liebe ganz sicher.

Alec ist es ein wenig peinlich, ich weiß es, aber ich fühle mich ihm gegenüber noch immer in der Beschützerrolle. Ich bin der dominante Typ in unserer Beziehung, wie Phil so treffend, mit untrüglichem Gespür für den falschen Moment, neulich auf meiner Geburtstagsfeier laut verkündet hat.

Ich stand verblüfft da und kam mir vor, wie ein Dominus mit Lederpeitsche.

Tom hat mich recht finster angeschaut und Rick hat gelacht, ihm auf den Rücken geklopft und gemeint, es wäre doch schön, wenn in einer Beziehung so klar wäre, wer wen toppen darf und man nicht diskutieren müsse. Daraufhin ist Tom knallrot angelaufen und selbst Bernd fand die Vorstellung wohl amüsant, denn er hat breit gegrinst.

Die anderen Heteros waren ein wenig pikiert, haben betreten geschwiegen. Joana und ihr neuer Freund nicht, die fanden es wohl okay. Netter Kerl, den sie sich da angelacht hat.

Alec hat auch nur laut gelacht und verschmitzt gemeint, ich würde darin einen sehr guten Job machen, er wäre der Letzte, der sich darüber beschweren würde.

Dass wir es auch schon mal andersherum versucht haben, braucht keiner von ihnen zu wissen. Ich glaube, ich habe mich ziemlich dämlich dabei angestellt, es war freilich auch ein zu seltsames Gefühl. Irgendwo zwischen Demütigung und ja klar, auch Erregung.

Einerseits war ich aufgeregt wie ein Teenager, andererseits hatte ich beinahe panische Angst davor, mich in eine unterlegene Rolle zu begeben.

Alec war klasse, hat alles getan, um es für uns beide angenehm werden zu lassen, sich Zeit gelassen, mich ausreichend gedehnt, mir erklärt, was er tut. Alleine seine Finger in mir waren schon ein Schock, auch wenn er meine Prostata gereizt hat und es sich zugegebenermaßen toll anfühlte. Aber der Rest?

Ich wollte nicht recht glauben, dass es ihm gefällt, wenn ich so etwas mit ihm mache. Alec hat es jedoch immer wieder bestätigt, gemeint, es täte nur am Anfang etwas weh, wie ein Brennen, ein wenig seltsam, bis man sich entspannt hätte.

Unendlich vorsichtig hat er es folglich gemacht, doch ich habe mich nur immer mehr verkrampft und wir haben dann doch abgebrochen. Ich kam mir danach so schäbig vor. Wie kann ich von ihm verlangen, mich in ihn eindringen zu lassen, wenn ich kaum seine Finger in mir ertragen kann?

Alec hat hingegen nur gelächelt, sein typisches, schönes Alec-Lächeln und mir versichert, dass es ihm egal sei, er den Sex mit mir genau so lieben würde und wir nichts ändern müssten, nur weil ich deswegen ein schlechtes Gewissen hätte.

Klugschnacker. Er weiß immer so genau, wie ich mich fühle. Manchmal ist es mir unheimlich wie genau er mich durchschaut. Kein anderer Mensch kann das. Nicht einmal meine Mutter. Ich würde es auch bei keinem anderen wollen. Zwischen uns herrscht absolutes Vertrauen. Vor Alec kann und darf ich auch mal Schwächen zeigen.

So wie ich um seine weiß. Er fühlt sich bei mir geborgen, braucht mich wie ich ihn. Aber anders als Adrian damals nutze ich ihn nicht aus. Er ist freiwillig bei mir. Weil er es möchte. Weil er mich noch immer so innig liebt. Und ich ihn. Das ist etwas, was Adrian nie haben konnte, nie erfahren wird. Alec ist kein Eigentum, niemand, den man besitzen kann. Er ist einfach er.

Seufzend genießt er meine morgendlichen Streicheleinheiten.

»Ich bleibe heute einfach im Bett«, sagt er leise resignierend. »Ich will nicht aufstehen.«

Hör ihn dir an! Mein Frühaufsteher, der mich beinahe jeden Tag vor Sonnenaufgang mit aus dem Bett schmeißt, damit wir gemeinsam Joggengehen. Der mir mit kaltem Wasser, Liebes- oder wahlweise Kuchenentzug droht, wenn ich nicht sofort aufstehe. Heute will er das Bett nicht verlassen.

Ich kann ihn verstehen.

Alec war schon nicht gut drauf, an dem Tag, als klar wurde, dass Adrian nach nur drei lächerlichen Jahren raus kommen könnte. Er war nicht dabei, konnte es nicht über sich bringen, ihn abermals zu sehen. Aber ich bin hingefahren, ich wollte dabei sein.

Drei Jahre hat der Mistkerl Adson gesessen, sich mustergültig betragen, offensichtlich Reue gezeigt und verdammt, ja, er hat diesen guten Anwalt, genügend Geld und offenbar jede Menge Beziehungen. Nach drei Jahren auf Bewährung raus!

Ich habe es gehört und vor Wut gezittert, wie dieser arrogante Mistkerl da stand, in seinem maßgeschneiderten Anzug, die Haare top gestylt, mit seinem teuren Anwalt daneben, der sein Gewissen schon beim ersten Staatsexamen abgegeben haben muss.

Da stand der Mann, der meinen Alec gefangen und missbraucht hat, und wurde freigelassen. Und ich konnte nichts tun, als unser Rechtssystem zu verfluchen, das einen Vergewaltiger begnadigt, nur weil er keinen Mord begangen hat, weil er keine exzessive Gewalt angewendet hat. Nein, gewiss nicht körperlich. Nur seelisch. Aber was wissen diese fremden Menschen schon davon, wie sich mein Alec fühlt?

Alec hat keinen Ton dazu gesagt, als ich heimkam, vor Wut schäumend, wieder und wieder geflucht habe, meinen Zorn heraus posaunt habe. Er hat sich schweigend umgezogen, obwohl er frei hatte, mir einen Kuss gegeben und ist in den Stall gefahren. Zu den Pferden. Dort fährt er immer hin, wenn er alleine sein will oder wenn er aufgewühlt ist.

Auch die wenigen Male, wenn wir uns mal gestritten haben, was zum Glück nicht oft vorkommt. Dann flüchtet er sich immer zu den Pferden.

Ich fuhr später hinterher, als ich mich etwas beruhigt hatte. Da war er schon draußen im Gelände unterwegs, ist stundenlang mit dem Pferd ausgeritten. Ich stand ein bisschen begossen auf dem Hof herum, unschlüssig, was ich tun sollte.

Tom hat ausnahmsweise Mal nicht irgendwelche dummen Sprüche abgelassen, nur gemeint, ich solle mich doch so lange ins Reiterstübchen setzen und warten, Alec würde bald wieder kommen. Was blieb mir anderes übrig?

Also habe ich dort auf ihn gewartet. Auf der Bank, im Sonnenschein vor dem Reiterstübchen mit einem Kaffee in der Hand, habe mich mit Linda unterhalten, die mir erzählt hat, dass sie Tom fest anstellen wird, sobald er seine Lehre abgeschlossen hat.

Diese Frau ist erstaunlich. Vor einem Jahr hat sie Alec ebenfalls einen festen Job angeboten, als er mit dem Studium fertig war. Er wollte es mir gar nicht erzählen, denn natürlich kann er bei ihr nicht sehr viel verdienen und er wollte nicht, dass ich immer den größten Teil unseres Lebensunterhalts bezahle.

Es war damals unser erster Streit, denn dieser Sturkopf wollte partout nicht einsehen, dass ich es gut finden würde, wenn er einen Job macht, der ihm vor allem gefällt, auch wenn er dafür nicht ein Mordsgehalt bekommt.

Alec hat mir vorgeworfen, was ich schon für ihn getan hätte und er könne nicht dauernd alles von mir annehmen. Richtig wütend ist er geworden, hat mich angeschrien, er hätte das gar nicht verdient, ich hätte schon viel zu viel für ihn getan und es wäre mal an ihm, etwas zurückzuzahlen.

Verblüfft habe ich ihn einfach ein bisschen reden lassen. Ein wütender Alec mit hochrotem Kopf und funkelnden Augen. Es war merkwürdig, ihn so zu erleben, so aufgebracht. Musste aber wohl mal raus. Hinterher hat er sich schnell beruhigt, wir mussten plötzlich beide lachen und ich habe ihn an mich gezogen und ihn nur geküsst.

»Ich möchte, dass du glücklich bist«, habe ich gesagt. »Denn dann bin ich es auch. Also nimm den Job an. Du lebst hier und jetzt. Du bist gut darin, kannst mit Pferden und Kindern arbeiten. Diese Arbeit gefällt dir, also mach sie.« Alec hat genickt, mich mit seinen schönen blauen Augen angestrahlt und mir dann endlich zugestimmt.

Nun arbeitet er hauptberuflich bei Linda. Kein leichter Job. Bei jedem Wetter. Für Alec dennoch genau richtig. Findet Linda auch.

Bei unserem Gespräch, als ich auf Alecs Rückkehr gewartet habe, hat Linda mir erzählt, wie glücklich sie wäre, Alec zu haben, wie gut er mit den Pferden und den Kindern arbeiten könne.

Jedes Lob schmeichelte auch mir. Bis dahin wusste Linda wohl nicht, wie wir zueinanderstehen. Wenigstens nicht offiziell, geahnt hat sie es natürlich schon, dessen bin ich sicher. Sie hat nur gemeint, ich solle gut auf Alec aufpassen, einen solchen Menschen würde man nur selten finden, er wäre ein kostbares Juwel unter den schlichten Kieselsteinen. Recht hat sie.

Linda ist eine zurückgezogene Frau, wirkt oft hart. Bei ihren Worten habe ich jedoch gemerkt, was sie für Alec fühlt, dass er für sie so etwas wie ein Sohn geworden ist. Wie auch Tom.

Als Alec endlich vom Ausritt auf den Hof kam, sah er mich sitzen. Er hat mich angelächelt, zunächst sein Pferd versorgt und kam dann zu mir. Ich stand auf, unsicher, was ich sagen sollte, Alec jedoch zog mich zu sich heran, schlang seine Arme um mich und küsste mich lange und intensiv, vor den ganzen anwesenden, überaus verblüfften und teilweise sehr neidisch dreinschauenden Mädchen.

Ihre Blicke! Ging runter wie Öl! Das war echt eine Show! Ich war stolz wie Oskar, wenngleich Alec wohl gerade reihenweise Mädchenherzen brach und süße Träume sich endgültig auflösten. Ich konnte hingegen nur selbstgefällig grinsen.

Sorry, Mädels, dieser süße Typ hier ist bereits vergeben. Keine Chance!

In etwa vier Jahre sind wir nun schon ein Paar. Und ich kann nicht sagen, dass ich irgendwas bereue. Mit Alec zusammen zu sein, macht mein Leben erst komplett. Ich habe nicht gewusst, was mir vorher gefehlt hat, aber seit er da ist, ist alles besser.

Jetzt puste ich ihm vorsichtig den warmen Atem in den Nacken, lasse die Hand über seine Schulter wandern. »Wenn du eh nicht aufstehen willst, weiß ich was Besseres im Bett anzufangen«, flüstere ich ihm ins Ohr, spüre begeistert, wie er schaudert und konkretisiere: »Mit dir anzufangen.«

Gezielt schiebe ich meine Hand unter die Bettdecke, über seinen kräftigen Rücken hinab und ertaste die langen Beine. Alec seufzt zufrieden. Rasch bin ich da, wo er es am liebsten hat, streichle zwischen seinen Beinen hindurch die weichen Hoden. Die ziehen mich total an. Kann ich nichts gegen machen.

»Mike!« Alec schnauft prompt, versucht sich zu mir herumzudrehen. Gut, so kann ich meine Hand noch viel besser um ihn schließen. Belustigt und empört schaut er mich an. Das vertreibt die Sorge in seinen Augen. Ich erkenne sie am Rande noch schwach präsent. Sie hat jeden Tag zugenommen, den wir uns diesem Datum näherten.

»Elendiger Lüstling. Ich dachte, ich hätte dir schon alles übers Schwulsein beigebracht? Hast du nicht mal genug oder brauchst du schon wieder eine Nachhilfestunde?«

Süffisant grinse ich. »Das ist schon so lange her. Moment, lass mich überlegen? Vorgestern? Seither bin ich etwas … aus der Übung.«

»Scheint mir auch so«, brummt er ergeben, legt sich entspannt auf den Rücken. »Du solltest mit deiner Hand ruhig etwas höher gehen.« Zufrieden beuge ich mich über ihn, lasse meine Finger von den Hoden zu seinem erwachten Penis wandern. »So in etwa?«

So weich, so samtige Haut. Mich erregt es jedes Mal wieder, ihn anzufassen. Es hat nichts von seiner Faszination verloren. Und gerade wird es ihn auch gut ablenken. Mich auch.

»Schon ganz gut so.« Er räkelt sich wohlig und schließt genießerisch die Augen. »Ein bisschen fester bitte. Ja so …!« Alec stöhnt, meine Hand umfasst den Schaft, der Daumen reibt die Eichel.

»Meinst du, ich brauche noch mehr Nachhilfe?«, erkundige ich mich spöttisch.

Alec stöhnt lauter, wirft den Kopf hin und her, während ich ihn härter pumpe. Ich greife zwischen meine Beine, sein Anblick mit ekstatisch verzogenem Gesicht, stimuliert mich enorm.

»Du machst das schon ganz gut«, bringt Alec hervor, krallt die Hände in das Laken. »Also für einen bekehrten Hetero!« Ich muss glucksend lachen.

»Vielleicht mache ich bald meine Doktorarbeit und bin dann endlich ein anerkannter Homosexueller?«

»Gib dir noch etwas mehr Mühe!«, japst er zwischen Keuchen und erneutem Stöhnen hervor. Sein Wunsch ist mir Befehl und so liegen wir beide schon bald darauf heftig atmend nebeneinander, halten uns umschlungen und genießen das Abebben des Orgasmus'.

Ich mag ihn so gerne ansehen. Jeden Tag neu. Sein Körper ist schlank und hat flache Muskeln. Längst ist er nicht mehr zu dünn.

Meine Mutter sorgt immer dafür, dass er genug zu essen bekommt, wenn wir bei ihnen sind. Auch das Reiten tut ihm gut. Er hat einen starken Rücken und sein Bauch ein nahezu perfektes Sixpack. Ich mag ja vor allem seine langen, kräftigen Beine. Vor allem wenn er sie beim Sex um mich schlingt. Oh ja!

Ab und an schaue ich ihm zu, wenn er bei Linda mit den Pferden arbeitet. Ich beobachte ihn gerne. Alec sieht klasse aus, wenn er mit den großen Tieren arbeitet. Er macht eine elegante Figur auf dem Pferd.

Wie konzentriert er dann ist. Es sieht oft so aus, als ob er sich telepathisch mit ihnen verständigen würde.

Ich gebe ja zu, dass mir die Pferde immer noch etwas unheimlich sind, irgendwie jedoch auch faszinierend. Riesig und dennoch unglaublich sanftmütig. So ein wenig wie Phily.

Alec ist viel im Stall. Mittlerweile bin ich auch öfter da, wenn ich frei habe und er arbeiten muss. Die Leute da sind ganz okay. Überwiegend junge Mädels und Frauen.

Alec und ich haben nach unserem ersten öffentlichen Kuss nie mehr einen Hehl daraus gemacht, dass wir ein Paar sind. Obwohl sie jedem von uns abwechselnd schmachtende Blicke zuwerfen, haben sie wohl erkannt, dass sie keine Chance haben, und lassen uns überwiegend in Ruhe.

Mein Blick geht grübelnd an die halb vertäfelte Zimmerdecke. Nächstes Wochenende, wenn ich frei habe, muss ich wohl mal endlich weitermachen.

Dieses alte Haus ist eine ständige Baustelle. Als wir es gekauft haben, hätte ich nie geglaubt, wie viel Arbeit es machen würde, bis es wirklich zu unserem Zuhause wird.

Der Umzug war besonders für Alec gut. Nach dieser Einbruchsgeschichte war er immer ein wenig verunsichert in der alten Wohnung. Seit wir aufs Land gezogen sind, ist dieses Gefühl beobachtet zu werden fast weg. Wir sind da anscheinend beide einfach ein wenig paranoid, ganz legt es sich wohl nie mehr.

Es ist eine nette, ländliche Wohngegend. Ich muss zwar länger zur Arbeit fahren, dafür ist es herrlich ruhig und dieses kleine Haus ist ganz und gar unser Reich. Sogar einen Garten haben wir, in dem Alec Kräuter und Blumen angepflanzt hat. Da gibt es eine schöne, kuschelige Ecke, wo wir ganz ungestört sind. Unsere kleine Idylle.

Seufzend schließe ich die Augen. Alles könnte so perfekt sein …

Nur heute kommt Adrian wieder raus. Heute wird er als freier Mann das Gefängnis verlassen.

Abermals seufzend ziehe ich Alec dichter an mich heran, der eingedöst ist.

Manchmal denke ich noch immer, ich hätte den Mistkerl damals einfach abknallen sollen. Problem auf ewig gelöst. Warum bin ich auch nur einer von den guten Polizisten?

Ich stecke nicht in dem perversen Kerl drin, weiß nicht, wie er sich verhalten wird. Vielleicht hat er sich in diesen Jahren verändert, wurde »therapiert«. Auch ich habe die Blicke damals im Gerichtssaal gesehen. Nur das war vor drei Jahren. Da kann viel passieren. Hoffen wir es einfach mal.

»Alec?« Nein, wirklich schlafen tut er nicht mehr. »Ich stehe jetzt auf, mache uns Frühstück und bringe es dir ans Bett, okay? Dann verbringen wir eben gemeinsam diesen Tag im Bett.« Nun schlägt er die Augen auf, lächelt mich an und seine Hand liegt plötzlich in meinem Nacken, zieht mich zu sich hinab. Blaue Augen, in denen ich mich ganz verlieren kann.

»Ich liebe dich, Mike.«

Damit hat er sein Schicksal besiegelt. Das Frühstück kann noch warten. So ein Tag im Bett kann sehr entspannend sein.

ROMANTISCHER ABEND

Tag zehn.

Unglaublich, es ist erst der zehnte Tag, an dem Adrian wieder frei ist und ich bin dennoch mit dem Fahrrad zur Arbeit gefahren. Und natürlich ist auch heute nichts passiert.

Ich wische mir erleichtert den Schweiß von der Stirn. Rasch parke ich mein Fahrrad im Ständer am Hof, atme tief durch. Meine Mundwinkel erreichen ganz bestimmt meine Ohren. Tiefe, wohltuende Erleichterung durchfährt mich und ein wahnsinniges Glücksgefühl. Ich habe es tatsächlich geschafft!

»Überstanden und ich lebe immer noch!«, tippe ich als SMS an Mike. »Ich bin stolz auf mich. Sehe dich leider erst spät. Vermisse dich. Dein Alec.« Mike hat heute Streifendienst, ist bis abends auf der Arbeit und wird meine SMS irgendwann zwischendurch lesen können. Wahrscheinlich schläft er noch ganz tief, denn es ist gerade mal 5:30 Uhr.

Seufzend packe ich das Handy in meine Jackentasche. Zu gerne hätte ich jetzt seine Stimme gehört. Wenigstens kann ich mich heute Nacht wieder an ihn kuscheln.

Es ist noch ziemlich kühl, tagsüber wird es jedoch wieder sehr warm werden. Wir haben Juni und der Sommer will jetzt schon ein echter Hochsommer werden. Summend gehe ich durch den leeren Stall zur Sattelkammer, um mir den Sattel für mein erstes Pferd zu holen.

Die Pferde sind alle draußen auf den Sommerkoppeln, und wenn es später so richtig heiß wird, sind alle träge und genervt von Fliegen und den Bremsen. Deshalb reite ich früh so viele wie möglich, solange es noch halbwegs erträglich ist. Nachmittags habe ich dann jede Menge Unterricht auf dem staubigen Platz zu geben.

Der Tag fängt toll an, finde ich. Nun kann ich also wieder alleine herkommen. Noch ein weiterer Schritt. Jeden Tag wird es besser. Obschon Adrian irgendwo herumläuft.

Die Tage davor hat mich Mike gefahren oder ich war mit dem Bus unterwegs. Zu groß war die Furcht, Adrian würde mich alleine abpassen. Heute war die Angst auch latent da, ich bekomme sie jedoch immer besser in den Griff.

Viermal hat mich sogar Tom letzte Woche abgeholt, stolz wie Oskar, weil er mit Lindas Auto fahren durfte. Ricky ist mit seiner heiß geliebten Regenbogenente vorsichtiger und besteht darauf, dass Tom als Anfänger nur mit ihm zusammen fährt. Schmunzelnd muss ich daran denken, dass Tom ein viel sicherer Fahrer ist als Ricky.

Erwachsen ist er geworden, unser kleiner Mister Macho Tom. Dieses frühere Gehabe hat er fast ganz abgelegt. Dabei ist er noch mehr gewachsen, überragt mich nun deutlich, ist breitschultriger und kräftiger, sieht nicht länger wie ein schlaksiger Junge aus, sondern wie ein imposanter, erwachsener Mann. Da erinnert nicht mehr viel an den pickeligen Ex-Junkie.

Seit Neuestem lässt er sich sogar einen Drei-Tage-Bart stehen. Er sieht damit recht attraktiv aus und vor allem Ricky ist total begeistert. Ich sage es lieber nicht so laut, Mike ist manchmal eifersüchtig.

Tom hat sich toll entwickelt. Seit zwei Monaten lebt er mit Ricky zusammen, der mit dem Studium fast zeitgleich mit mir fertig wurde. Obwohl er sechs Jahre älter als Tom ist, passt es bei den beiden einfach. Ab und an fliegen mal die Fetzen, beileibe aber nicht mehr so wie früher.

Die Therapie hat Tom sehr gut getan, er hat seine Aggressivität in den Griff bekommen. Viel mehr jedoch hat seine Liebe zu Ricky und dessen Liebe zu ihm bewirkt. Nach diesem einen Fremdgehen ist so etwas nie wieder passiert.

Ricky arbeitet in einer Art Streetworkerprogramm, welches die Junkies am Bahnhof unterstützen soll, die aus ihrem Umfeld ausbrechen wollen. Linda, folglich auch ich und Tom, arbeiten eng mit diesem neuen Projekt zusammen. Neben einem Anlaufpunkt im Offenen Haus und Einzelgesprächen haben wir einmal in der Woche einen Termin bei uns auf dem Hof und führen die Junkies an die Arbeit mit den Pferden heran. Sie lernen auf ein Pferd einzugehen, es im Longierzirkel dazu zu bringen, zu vertrauen und ihnen zu folgen.

Es gehört große Beherrschung der eigenen Körpersprache dazu und sie müssen sich selbst gut zurücknehmen. Die Pferde vertrauen ihnen nur, wenn sie sich dieses Vertrauens auch würdig erweisen. Die Biester sind ja schlau, wenn einer nur viel hermacht, in sich aber unsicher ist, sie entlarven ihn wenig diplomatisch, indem sie einfach weggehen.

Es macht extrem viel Spaß und ist überaus anstrengend, denn diese Jugendlichen sind oft noch drogensüchtig und stecken tief in der Szene fest. Tom findet meist eher einen Zugang zu ihnen, ist mit mehreren davon sogar befreundet. Sie treffen sich öfter im Offenen Haus, wo sie immer hin können, wenn sie Probleme haben oder nicht auf der Straße schlafen wollen.

Diese Kids vertrauen Tom, reden sogar am liebsten nur mit ihm, weil er mal einer der ihren war. Er macht das echt gut. Für sie ist er ein Vorbild. Jemand, der es wirklich geschafft hat.

Viele von ihnen gehen auf den Strich und in einzelnen Gesprächen ist auch mal der Name von Toms ehemaligem Zuhälter, Jimmy the Bean, gefallen. Nach wie vor ist das ein mächtiger Mann auf dem Kiez. Und gefürchtet.

Mike meinte neulich recht besorgt, Tom sollte besser nicht zu nahe an diesen Mann herankommen, der könnte sich daran erinnern, dass er noch eine Rechnung mit seinem ehemaligen Stricher offen hat.

Tom hat nur abfällig die Achseln gezuckt, als ich ihm von Mikes Warnung erzählt habe und gemeint, er wäre schon sein Leben lang vor solchen Problemen davongelaufen, jetzt würde er eben einfach warten, ob sie ihn einholen oder nicht. Niemand würde ihn davon abhalten, diesen Jungs zu helfen.

Ich beneide ihn um seine Coolness. Ich wünschte, ich wäre nur halb so mutig.

Manchmal schäme ich mich für mein paranoides Verhalten und die ständige Verfolgungsangst. Die Angst ist zwar besser geworden in den letzten Jahren, geblieben ist mir jedoch die Erinnerung an das unausgesprochene Versprechen, die Drohung in Adrians Augen. Wenn ich nachts aus einem Albtraum hochfahre, dann sind es immer diese Augen, der ungesagte Schwur, der mich peinigt.

Ich habe gelernt, damit umzugehen. Diese Jahre Normalität haben mich stärker gemacht, dessen bin ich mir ganz sicher. Stärker und vor allem sicherer. Sonst wäre ich heute auch nicht in der Lage gewesen, alleine herzukommen.

Ich schnappe mir ein trockenes Stückchen Brot und mache mich auf den Weg zur Koppel, um mein erstes Pferd zu holen. Obwohl Tom heute offiziell frei hat, ist er vermutlich später wieder im Offenen Haus oder am Bahnhof und spricht dort mit den Junkies. Er nimmt das sehr ernst, für ihn fast eine Mission.

Seufzend wandere ich durch die Koppeln. Ein paar Frühaufsteher von Grillen zirpen bereits. Es ist viel zu trocken, hat seit drei Wochen nicht geregnet. Staub wirbelt auf und ich fühle die Sonne bereits warm auf meinen Rücken brennen.

Mike hat ab morgen endlich zwei Tage am Stück frei. Wie gerne würde ich mit ihm zu einem schönen Platz am See fahren und faul mit ihm in der Sonne liegen, aber leider muss ich dieses Wochenende arbeiten. Linda fährt heute los, muss irgendwo in Hessen zwei Pferde abholen und konnte mir deshalb nicht freigeben. Zwei Praktikanten arbeiten gerade noch mit, aber jemand, der sie beaufsichtigen kann, muss hier sein. Also ich.

Am Koppelzaun pfeife ich einmal und spähe hinüber zu der Baumgruppe, wo die dichte Staubwolke mir zeigt, dass die Gruppe der Pferde dicht beisammensteht, sich gegenseitig die Fliegen weg wedelt und sich von meinem Pfiff herzlich wenig beeindrucken lässt. Ich kann den Schimmel Benny, mit den ich arbeiten möchte, genau vor mir sehen. Wie er den großen Kopf hebt, mir einen missmutigen Blick zuwirft und telepathisch zu verstehen gibt: Wenn du was von mir willst, dann schiebe deinen Hintern besser hierher, ich verlasse ganz bestimmt nicht unnötig diesen Schattenplatz, nur weil du pfeifst.

Tja, dann muss ich dich eben holen.

Die Pferde halten gut zusammen, keiner bewegt sich auch nur ein Stück zu mir her. *Faule Bande.*

Ich mag meinen Job ja, nur manchmal verfluche ich, dass er mir und Mike so wenig gemeinsame Zeit gönnt. Sein Schichtdienst und meine Arbeitszeiten machen jeden freien Moment kostbar.

Bei Mike hat sich zum Glück nicht viel verändert, obwohl spätestens nach dem Prozess, der leider auch durch die Medien lief, alle auf seinem Revier wussten, dass er mit einem Mann zusammenlebt und schwul ist.

Vorgestern hat er mir erzählt, dass nur sein Kollege Arnaud, ihm gegenüber immer noch ein wenig seltsam ist. Mike hat gemeint, dreimal schon wäre er hereingekommen und Arnaud hätte sein Telefongespräch hastig abgebrochen. Allgemein wäre er nicht sicher, ob der nicht irgendwelche Probleme mit ihm hat, weil er sich oft kurz angebunden, beinahe unfreundlich benehmen würde und er würde den Raum oft genug fluchtartig verlassen, wenn er mit Mike alleine ist.

Mike meinte schulterzuckend, er könne den Typ auch nicht leiden, es wäre nicht schade darum. In seinen Augen erkannte ich aber schon, dass er unter diesem homophoben Gehabe leidet. Zum Glück kommen die anderen damit klar und auch sein Kollege, mit dem er am meisten zusammen unterwegs ist, Sam, hat es sehr desinteressiert abgetan. Blöde Sprüche kassiert Mike dennoch genug.

Ich ja auch. Aber eher von den Mädchen, die seufzend meinen, wie schade, dass ausgerechnet so jemand wie ich schwul ist. Tut mir ja auch leid für sie, aber keine von denen könnte es auch nur im Entferntesten mit meinem Mike aufnehmen.

»Halt! Stehen geblieben!«, ermahne ich Benny, als ich die Gruppe der Pferde erreicht habe und er nun doch meint, den Ort der Handlung klammheimlich verlassen zu müssen. Ich erwische ihn gerade noch so am Halfter, bevor er hinter dem breiten Rücken von Mister Who verschwinden kann. Der wiederum sieht offensichtlich erleichtert aus, weil es ihn nicht trifft.

Lachend drohe ich ihm: »Du bist als nächstes dran, Dickerchen, freue dich nicht zu früh!« Besonders beeindruckt ist er nicht. Nur interessiert, weil Benny natürlich das Stückchen Brot bekommt und er nicht.

»Du bekommst später auch eins, wenn du dich brav einfangen lässt«, verspreche ich Mister Who. Ob er sich daran erinnern wird?

Benny zeigt mir sein Missfallen sehr deutlich, lässt sich regelrecht zurück schleifen. Es tut mir ja auch leid, dass es so warm ist. »Nur eine halbe Stunde Arbeit«, versichere ich ihm beim Putzen. »Wenn du dich ordentlich anstrengst, darfst du auch schnell wieder zu deinen Kumpels raus.« Sein Schnauben klingt eher resignierend als zustimmend.

Wir beide geraten anschließend bei der Arbeit auf dem Platz ganz schön ins Schwitzen. Okay, ich mehr als er, denn ich muss wirklich jeden Tritt heraustreiben, so faul ist er. Leider macht auch Mister Who es mir danach nicht viel leichter und mir rinnt der Schweiß bald schon den Rücken hinab. Mit dem dritten Pferd gehe ich in den Wald, wobei uns dort die Bremsen bereits auffressen.

Heute ist jede Bewegung anstrengend, folglich haben auch meine Reitschüler am Nachmittag nicht so wirklich viel Lust und die Pferde schleichen durch den Staub. Es knirscht zwischen meinen Zähnen und ich habe bestimmt schon lustige Schweiß- und Schmutzränder im Gesicht.

Gegen 16 Uhr erreicht mich endlich eine SMS von Mike: »Mein kleiner Held! Wir feiern heute Abend gebührend in der Badewanne. Ich bringe den Sekt mit. Mike.« Ich lese sie zweimal grinsend durch. So? Er hat also vor, dieses Ereignis gebührend zu feiern? Wie schön, dass unser Häuschen im Grünen diese große Badewanne besitzt, denn Mike legt noch immer viel Wert auf das Wassersparprogramm.

Kurz gönne ich mir den Moment, mir auszumalen, was ich alles mit ihm in der Badewanne anstellen kann, wie ich seinen Rücken schrubben, diese kräftigen Muskeln mit den Fingern entlang fahren, über seine Schultern wandern werde, da reißt mich eine Schülerin schon aus meinen erotischen Fantasien, fragt, ob ich ihr beim Hufe auskratzen helfen kann und ich bin wieder im Hier und Jetzt.

Linda meldet sich zwischendurch ebenfalls, schafft es heute erst spät heimzukommen. Nun gut, Jenny, die eine Praktikantin wohnt eh gerade auf dem Hof, die wird heute alles abschließen und auf Linda warten.

Es ist 19:30 Uhr, als ich mit dem letzten Unterricht fertig bin, Jenny und Magdalena beim Füttern helfe und endlich müde und erledigt Feierabend machen kann.

Noch immer ist es sehr warm, als ich heim radle. Mann, ich freue mich wirklich auf eine Dusche und die werde ich schon vor unserem gemeinsamen Bad nehmen, denn so, wie ich gerade aussehe und stinke, fasst Mike mich bestimmt nicht an. Obwohl … er mag meinen Schweißgeruch ja.

Lächelnd schließe ich auf, bin in Gedanken schon ganz in unser Abendprogramm versunken. Erst mal gehe ich duschen, dann werde ich uns einen leckeren Nachtisch machen, den ich Mike in der Wanne kredenzen kann. Bevorzugt, wenn ich auf ihm sitze und ihn damit füttern kann.

Das kalte Wasser tut so gut, erfrischt mich wie der Gedanke daran, dass Mike in ein paar Stunden kommen wird. Wahrscheinlich wird er es kitschig finden, aber ich gönne mir den Spaß und drapiere nach dem Duschen noch ein paar Kerzen im Badezimmer und lege vorsichtshalber auch das Gleitgel parat.

Ich kenne meinen Mike gut genug. Der Anblick meines nackten Körpers führt immer irgendwie zu Sex. Geht mir bei ihm nicht anders. Dieser Mann ist die wandelnde Verführung. In all der Zeit, die wir zusammen sind, finde ich ihn noch immer so begehrenswert wie am ersten Tag.

Ganz am Anfang hatte ich befürchtet, ich fände ihn vor allem deshalb so toll, weil er eben mein Retter gewesen ist. Ich kann mich noch sehr gut an sein verblüfftes Gesicht erinnern, damals in Adrians Villa, als er mich nackt und an das Bett gekettet vorfand. Wie sich sein Schreck sofort in Besorgnis verwandelte, diese schwarzen Augen, die mich so intensiv musterten, mir endlich Befreiung versprachen.

Sie haben es gehalten. Wann immer ich an Adrian denken muss, führe ich mir dieses Bild vor Augen: Mike, der mich in mehr als einer Hinsicht befreit hat.

Glücklich lächelnd werfe ich mich auf die Couch und schaue durch die großen Glastüren hinaus in unseren kleinen Garten.

Ich habe ein wundervolles Leben und einen wundervollen Mann. Dazu seine lieben Eltern. Selbst sein Vater, der mir gegenüber am Anfang sehr reserviert war, taut immer mehr auf. Mikes Schwester ist ohnehin die Wucht und meinen Bruder Vincent besuchen wir mindestens einmal im Jahr. Oh ja, ich beschwere mich nicht. Alles hat sich zum Guten gewendet!

Vor mir auf dem Couchtisch blinkt das Handy. Vielleicht eine SMS von Mike.

Es ist eine SMS. Allerdings ist sie nicht von Mike. Von Tom.

»Muss dich dringend sprechen. Komm ins ›Pinkalotta‹ und warte dort auf mich. Stecke in Schwierigkeiten. Bitte kein Wort zu Rick oder Mike.«

Mein Herz setzt kurz aus. Sofort muss ich an Toms ehemaligen Zuhälter denken. Hat der ihn erwischt?

Rasch sehe ich auf die Uhr am Fernseher. Es ist 20:42. Mike kommt frühestens in einer Stunde heim.

Warum soll ich ihm nichts sagen? Hat Tom Angst, Mike würde sich in was einmischen, nur weil er Polizist ist? Vermutlich.

Trotzdem … Ich schreibe Mike: »Habe eine SMS bekommen. Tom braucht mich. Bin noch einmal weg. Bis später. Alec.« Diesmal geht es nicht um das Schlichten eines Streits zwischen Tom und Rick.

Seufzend ziehe ich mir Schuhe und eine dünne Jacke an. So viel zu meinem gemütlich romantischen Abend mit Mike. Doch wenn Tom meine Hilfe braucht … Für mich wäre er auch sofort da. Hoffentlich ist es nichts wirklich Schlimmes.

Die ganze Zeit im Bus mache ich mir Gedanken darüber, was passiert sein könnte. Vielleicht sollte ich vorsichtshalber doch Mike anrufen? Aber ich weiß ja nicht mal, was los ist. Wenn ich nun gar nicht helfen kann?

Zwischendurch versuche ich Tom anzurufen, sein Handy ist jedoch leider ausgeschaltet. Shit!

Ein seltsam mulmiges, ungutes Gefühl überkommt mich. Warum will er mich in der Bar treffen? Welche Gründe mag er dafür haben?

Natürlich, weil da genügend andere Menschen sind, schießt es mir durch den Kopf, trägt auch zu meiner Beruhigung bei. Aber was ist ihm nur passiert? Hat es was mit den Junkies zu tun? Ist er seinem ehemaligen Zuhälter auf die Füße getreten?

Mein Kopf schwirrt vor Fragen. Hoffentlich kann ich Tom überhaupt helfen. Wenn es Ärger gibt, wäre doch Mike der bessere Ansprechpartner. Oder hat er Angst, Mike würde in Schwierigkeiten geraten? Hat Tom gar was Illegales getan?

Mein Herz klopft laut, als ich auf das »Pinkalotta« zugehe. Diese Bar ist ein bisschen ausgeflippt, dort treffen sich viele Schwule. Es ist eine richtige Szenebar. Wir selbst waren mit Tom und Rick sowie unseren beiden Giganten ein paar Mal dort. Ist schon ein wenig her. Allein bin ich noch nie hier gewesen. Alleine gehe ich ohnehin selten irgendwo hin. Schon gar nicht in eine Schwulenbar.

Die Bar ist heute Abend erstaunlich leer. Tom kann ich jedoch nirgends entdecken. Also kommt er wohl noch.

An den pinkfarbenen Tischen sitzen ein paar Transvestiten, unterhalten sich angeregt oder knutschen herum, an der Bar ist es hingegen ganz leer. Also steuere ich lieber da hin, da kann ich wenigstens sehen, wer reinkommt.

Hoffentlich kommt Tom bald.

»Hallo, mein Hübscher!«, begrüßt mich der Barkeeper. »Was darf es denn Besonderes für dich sein?«

»Nur eine Cola bitte.« Ich bin den abschätzenden Blick schon gewöhnt und ignoriere ihn geflissentlich.

»Kommt sofort«, sagt er und macht sich emsig ans Werk.

Verstohlen mustere ich ihn. Letztes Mal war der noch nicht da, er wäre mir aufgefallen. Er ist schon etwas älter. Das Haar lichtet sich an Stirn und

Schläfen. Seine Gestalt ist gedrungen und wirkt ein wenig korpulent in den engen Jeans und dem unkleidsamen weißen Netzshirt, was viel zu viel von seiner behaarten Brust offenbart. Brr, nicht gerade ein sehr erotischer Anblick.

Ich weiß nicht warum, aber er ist mir auf Anhieb unsympathisch. Das wird auch nicht besser, als er mir schwungvoll das Glas hinstellt, als ob er mir einen exklusiven Cocktail präsentieren würde und mich dabei anlächelt. »Bitteschön, extra für dich gemixt. So was Heißes, wie du braucht noch etwas Eis rein, oder?«

Och je, der versucht jetzt nicht, mich anzumachen? So was fehlt mir noch.

»Alles okay so.« Ich ziehe das Glas aus seiner Reichweite.

»Ganz alleine hier?« Er zieht bezeichnend die Augenbrauen hoch. »Das sollte sich doch ganz schnell ändern lassen.« Nervös schaue ich ihn an, flüchte mich hinter mein Colaglas und trinke in großen Schlucken. Seine kleinen, grünen Augen mustern mich lüstern, als ich wieder absetze. Ich mag es nicht, wenn mich jemand anbaggert und dieser Mann hier wäre nie im Leben mein Typ. Nein, danke!

»Ich warte nur auf einen Freund.« Ich versuche gleichgültig zu klingen, merke, wie meine Hände sich um das Glas verkrampfen, und entspanne sie bewusst wieder. Warum bin ich nur so unruhig? Der Typ ist doch harmlos. Klar versucht der bei mir zu landen. Ich bin der klassische Twinktyp, und irgendwie scheint daher jeder Schwule zu denken, ich würde mich gerne flachlegen lassen. Wenn Mike dabei ist, kommt mir nie einer zu nahe.

Aber der ist nicht da. Heute bin ich ganz alleine.

»Der Glückliche«, seufzt der Barkeeper, bleibt einfach, wo er ist, nämlich mir direkt gegenüber. Viel zu nahe für meinen Geschmack. Und vor allem lässt er mich nicht aus den Augen. Mundgeruch hat er auch noch.

Was erwartet er denn nun von mir? Deutlicher ging es doch kaum, oder? Unsicher blicke ich ihn an.

»Sieht ja nach einer unvergesslichen Nacht für dich aus, hm?«, sagt er, blinzelt mich verschwörerisch an.

Hastig trinke ich von der Cola. Denkt der echt, ich will mich aufreißen lassen? Hat der immer noch nicht kapiert, dass ich nichts von ihm will?

Wo bleibt nur Tom? Diese Situation macht mich nervös und ich fühle mich überaus unwohl. Ein sonderbar flaues Gefühl macht sich im Magen breit und ich fühle mich ein wenig seltsam schwebend.

»Du siehst aber auch echt zu süß aus«, meint der Barkeeper, ohne mich aus den Augen zu lassen. Wie ich dieses Wort hasse!

»Ich bin ganz bestimmt nicht ›süß‹!«, gebe ich ärgerlich zurück. Der Barkeeper zuckt nur mit den Schultern und verzieht den Mund spöttisch.

»Ich finde dich auch süß und heiß.« Er wirft mir sehr anzügliche Blicke zu und fügt bedauernd seufzend hinzu: »Du bist bestimmt sehr gut im Bett.«

»Das geht dich nichts an!«, zische ich. Wütend funkle ich ihn an. Die Worte kommen ein wenig zu langsam, etwas schleppend von meinen Lippen. Dieser Mundgeruch ist so eklig und ich drehe mich demonstrativ einfach um, vielleicht lässt der Typ mich dann ja in Ruhe.

Komisch. Ich fühle mich wirklich sehr merkwürdig. Irgendwie bewege ich mich zu langsam. Fast wie in Zeitlupe.

Mein Blick gleitet suchend durch den viel zu pinken Raum. Warum wollte sich Tom nur ausgerechnet hier mit mir treffen? Was hat das zu bedeuten? Er weiß doch, wie unsicher ich mich alleine fühle. Warum musste er mich hierher bestellen? Warum nicht bei ihm oder im Offenen Haus? Irgendwie ist das so untypisch für Tom. Warum hat er mich nicht einfach angerufen?

»Hein! Schieb endlich mal deinen Arsch hierher, verdammt!«, ruft plötzlich einer der Kellner den Barkeeper zu sich und ich stoße erleichtert die Luft aus, als er mit einem bedauernden Blick auf mich entschwindet.

Wieder nippe ich an meiner Cola. Ich fühle mich noch immer ein wenig befremdlich, obwohl der Typ nun weg ist. Meine Demophobie habe ich mittlerweile eigentlich gut im Griff, aber hier und heute, ist mir dennoch ein wenig schwindelig. Dabei sind es gar nicht so viele Menschen und keiner kommt mir zu nahe.

Also warum fühle ich mich so komisch? Da ist ganz bestimmt kein Alkohol in der Cola, das würde ich doch schmecken.

Noch immer kein Tom zu sehen. So langsam werde ich echt nervös. Ich trinke jetzt die Cola aus, und wenn er dann noch nicht gekommen ist, rufe ich Mike an. Das Ganze behagt mir überhaupt nicht. Ich fühle mich so sonderbar … Ist mir schlecht? Mein Magen fühlt sich wirklich komisch an. Der Raum schwankt ganz leicht, die Farben verschwimmen an den Rändern. Verblüfft blinzle ich. Es wird nicht besser. Eher schlechter.

Rasch stelle ich das Glas auf dem Tresen ab. Es kippt um. Meine Hand zittert. Ich kralle sie fest in die Kante des Stuhls, halte mich daran fest, während die Welt stärker zu schwanken beginnt.

Tom … wollte mich … treffen. Er braucht meine Hilfe. Die Gedanken drehen sich immer wieder darum. Mir ist total schlecht, alles verschwimmt, wirkt unwirklich, die Geräusche sind plötzlich gedämpft. Jemand greift nach meinem Arm, hält mich fest, als ich vom Stuhl zu kippen drohe.

Wo ist Tom? Ich muss ihn anrufen. Mike anrufen. Mike …

Alles dreht sich, wirbelt um mich herum. Bunte, pinke Farben tanzen vor meinen Augen. Wer hält mich eigentlich fest? Ich werde herumgedreht, komme schwankend auf die Beine. Wortfetzen. Lachen. Der Geruch nach Zwiebeln. Um mich ein seltsamer Nebel.

Der Barkeeper grinst mich an. Aber er ist es nicht, der mich auffängt, als ich taumelnd versuche einen Schritt zu machen und zu Boden stürze.

Ein vertrauter, nicht mal unangenehmer Geruch, ein verschwommenes Gesicht. Ich kenne es irgendwo her.

»Hallo Alec«, vernehme ich die Stimme wie durch Watte. Der Nebel verschlingt mich. Ich will schreien, doch kein Ton kommt von den tauben, unbeweglichen Lippen.

Ich falle immer tiefer hinab. In totale Dunkelheit.

PRINZENRAUB

Im Flur und im Wohnzimmer brennt Licht, als ich in der Auffahrt parke.

Ob Alec schon daheim ist? Es war nicht beabsichtigt, dass ich so spät komme. Sam hat mich noch mit irgendwelchen angeblich ganz wichtigen Berichten aufgehalten, die unbedingt fertig werden sollten. Blöder Papierkram. Wahrscheinlich wollte er die nächsten zwei Tage, wenn ich nicht da bin, auch nichts damit zu tun haben. Zudem fliegen er und seine Frau nächste Woche nach Hawaii, ein dreiwöchiger Urlaub im Luxushotel. Dafür muss er lange gespart haben und kennt derzeit nur ein Thema.

22:41 Uhr. Puh, es ist noch immer ziemlich warm, die Wärme hält sich in der Luft. Die Grillen sind heute ganz schön aktiv im Garten. Ich höre sie nachts sogar bis in unser Schlafzimmer hoch. Dabei hat der Sommer gerade erst begonnen. Rosenduft liegt schwer in der Luft und da ist auch der Geruch von irgendwelchen Kräutern.

Meine Gedanken wandern zur Arbeit zurück, vielmehr zu Arnaud, der heute schon wieder so merkwürdig war. Er hat telefoniert, und als ich hereinkam ganz eilig gesagt: »Geht klar, alles wie besprochen. Ich kümmere mich darum«, und aufgelegt, als ob ich ihn bei etwas Verbotenem ertappt hätte.

Geht mich ja nichts an, was der so treibt. Er ist auch gleich darauf aus dem Raum gestürzt, als ob ich eine ansteckende Krankheit hätte.

So ein Idiot. Wenn er ein Problem mit mir hat, soll er das direkt klären. Ich hasse dieses Gehabe.

»Kümmere dich nicht um den«, hat Sam nur gemeint. »Mit dem kommt hier ohnehin kaum einer gut klar!« Brummend habe ich ihm zugestimmt. Arnaud ist ein undurchsichtiger Typ. Im Revier gehen die Gerüchte um, er soll sich öfter am Bahnhof herumtreiben und dort Stricher oder Huren aufreißen. Wenn es ihn glücklich macht. Was geht es mich an?

Ich mag diese Gerüchte nicht, will gar nicht wirklich wissen, was alles hinter meinem Rücken geredet wird. Mike, der eingefleischte hetero Bulle, der tapfere Retter eines armen schwulen Prinzen, verliebt sich prompt in diesen, wird schnell mal schwul und sie lebten bis in alle Ewigkeit glücklich auf seinem Schloss zusammen.

Ich muss schmunzeln, denn im Wesentlichen trifft es ja zu.

Als ich die Haustür aufschließe, rufe ich daher auch nach meinem Prinzen: »Alec?«

Keine Antwort. Also ist er doch noch nicht da. Schade. Leichte Enttäuschung macht sich breit.

Alecs SMS hat mich erreicht, als ich gerade heimfahren wollte.

Tom also wieder mal. Mann, der soll mit Rick gefälligst eine Partnerschaftsberatung machen, anstatt dauernd den viel zu gutmütigen Alec für ihre Ehekrisen einzuspannen. Rick ist doch der studierte Psychologe.

Ärgerlich ziehe ich meine Sachen aus. Ich hatte mich so sehr auf einen entspannten Abend mit Alec gefreut. Nun treibt er sich bei Tom und Rick herum und ich bin ganz alleine. Dabei muss Alec die nächsten zwei Tage arbeiten und kann nicht bei mir sein. Wenigstens diesen Abend wollte ich mit ihm so richtig genießen.

Missmutig stapfe ich in die Küche und tausche die Flasche Sekt gegen ein Bier aus dem Kühlschrank. Da steht eine Schüssel mit irgendeiner Creme drin. Alec hat also einen Nachtisch gemacht. Sehr fürsorglich, mein Prinz. Nun gut, wenn er noch nicht da ist, kann ich doch bestimmt schon mal ein wenig davon kosten …

Schnell hole ich mir einen Löffel und eine Schüssel und teste, mit ein wenig schlechtem Gewissen, was er da Leckeres fabriziert hat. Vanille, Sahne, irgend so etwas. Wie immer köstlich und jede Sünde wert. So wie er. Aber Alec ist nicht hier.

Wenigstens stillt dieser Süßkram meinen ersten Hunger. Einsam bin ich dennoch. Wann er wohl heimkommt? Ich hatte mir den gemeinsamen Abend so schön ausgemalt, in unserem gemütlichen Badezimmer, in der Badewanne. Alec, nur mit etwas Schaum bedeckt, wie ich ihm den Rücken waschen werde. Ja, auch den Rücken.

Mein nächster Weg führt mich ins Badezimmer und ich muss schmunzeln. Kerzen und Teelichter hat mein Kleiner dort schon aufgebaut. Alec hat eine etwas romantische Ader. Offenbar freut er sich so wie ich auf unser privates Abendprogramm. Nur warum treibt er sich dann noch bei Tom herum? So schlimm kann es doch nicht sein, wahlweise Tom oder Rick zu trösten, festzustellen, dass es mal wieder nur ein dummes Missverständnis war und zu mir heimzukehren.

Seufzend schnappe ich mir noch eine Schüssel von dem Vanille-Lecker-Wasauchimmer und lege mich damit ins Wohnzimmer auf die Couch vor den Fernseher. Die Türen zum Garten stehen auf und dank des Mückennetzes werfe ich diesen dummen, schwarzen, surrenden Minihubschraubern nur mitleidige Blicke zu, wenn sie verzweifelt versuchen, durch die engen Maschen in unser heiliges, absolut mückenfreies Wohnzimmer zu gelangen.

Hier darf keiner eindringen.

Irgendwann ist die Schüssel mit dem Vanillezeugs leer. Also die Große, die aus dem Kühlschrank. Eine Kleine habe ich noch drin stehen gelassen, damit Alec auch noch was von seinem Nachtisch hat. Wobei … wenn er mich noch länger warten lässt, esse ich die aus lauter Frust auch noch auf. Wo bleibt er nur?

Sieht schlecht aus, mit unserem Abend, wenn er nicht bald kommt. Es ist schon nach 0:30 Uhr und er muss morgen wieder früh los.

Mann, so lange kann es doch nun wirklich nicht dauern, oder? So langsam werde ich sauer. Tom weiß haargenau, dass Alec arbeiten muss. So ein wenig Rücksicht könnten die beiden ja auch auf ihn und mich nehmen.

Unruhig wandere ich durch die Wohnung. Wenigstens melden könnte sich Alec ja mal. Sorry, dauert heute länger, die Ehekrise zu überwinden. Aber kein Anruf, keine Nachricht.

Ärgerlich schnappe ich mir mein Handy und rufe ihn an. Es klingelt und klingelt, aber er geht nicht ran. Verdammt, womit ist er denn gerade beschäftigt, dass er nicht mal eben an sein Handy gehen kann? Ist eine kurze Nachricht, eine kurze Erklärung denn zu viel verlangt?

Erneut geht mein Blick zur Uhr. Ab 1 Uhr fahren kaum noch Busse zu uns raus. Alec hat zwar einen Führerschein, er fährt meistens jedoch öffentlich oder mit dem Fahrrad.

Es wird immer später. Wenn ihn Rick oder Tom nicht heimfahren, muss ich ihn mitten in der Nacht abholen. Dann sollte er sich aber gefälligst mal melden!

Es passt irgendwie so gar nicht zu ihm, dass er nicht mal anruft oder mir eine SMS schickt. Macht er doch sonst immer. Er weiß doch, dass ich mir Sorgen machen werde.

Noch unruhiger wandere ich durch das ganze Haus, grüble vor mich hin. Übernachtet er bei Tom? Macht er sonst doch nie. Habe ich ihn etwa verärgert? War irgendwas? Nein, denn dann hätte er mit mir geredet. Wir reden immer sofort über jede Sache. Warum sollte er dann auch diese Sache mit der SMS von Tom erfinden? Nein, er wird schon zu ihm gefahren sein.

Oder ist bei Tom und Rick was Schlimmeres passiert? Hatte einer von ihnen einen Unfall? Meldet er sich deshalb nicht bei mir? Quatsch. Alecs erster Anruf wäre dann bei mir.

Oder ist ihm selbst etwa was passiert?

Der Gedanke lässt mich abrupt abstoppen, jagt einen eisigen Schauer über meinen Rücken. Wenn Alec etwas passiert ist, dann würde er sich natürlich nicht bei mir melden … können. Kalte Furcht greift nach mir, presst mein Herz schmerzhaft zusammen.

Hastig rufe ich abermals seine Nummer auf, doch nun ist er gar nicht mehr erreichbar. »Scheiße!«, fluche ich laut, suche rasch Ricks Festnetznummer heraus. Es ist schon längst nach 1 Uhr, klar hole ich die jetzt aus dem Bett, aber wenn Alec wirklich was passiert ist? Vielleicht sitzen sie ja wirklich nur zusammen und machen Gruppenheulen, aber wenn nicht …

Es dauert viel zu lange, bis endlich Ricks verschlafene Stimme zu hören ist. Also habe ich ihn aus dem Bett geholt.

Komisch, so klingt er gar nicht so schwul, schießt es mir völlig unpassend durch den Kopf. »Sorry, wegen der Störung! Hier ist Mike. Rick, ist Alec noch bei euch?« Ich höre in meiner Stimme selbst den hellen, angstvollen Unterton. *Sag ja, sag, er sitzt mit Tom zusammen in der Küche. Bitte.*

»Alec?«, kommt es verschlafen nuschelnd. Ich kann Rick überlegen sehen. *Mach schneller, du bist doch sonst nicht so schwer von Begriff!*

»War der heute hier?«, fragt Rick nach gefühlten Jahrhunderten verblüfft, lässt mein Panikbarometer in den roten Alarmbereich ausschlagen. Verdammt!

Mühsam beherrsche ich meine Stimme, während mein ganzer Körper zu zittern beginnt. *Ruhig, Mike. Nerven behalten. Langsam, eins nach dem anderen.*

»Alec wollte heute Abend zu Tom, hat er mir gesimst. Seither ist er nicht wieder heimgekommen«, bringe ich halbwegs ruhig und sachlich hervor, wobei der letzte Teil mir wie ein Echo durch den Kopf hallt. Alec ist nicht wieder heimgekommen. Mein Alec.

»Davon weiß ich gar nichts«, antwortete Rick langsam, beinahe schleppend, als ob er über jede Silbe, jedes Wort nachdenken würde. Ich würde ihn am liebsten durch das Telefon zerren und schütteln. »Da müsste ich Tom fragen, aber der schläft.«

»Dann weck ihn gefälligst auf!« Ich klinge viel zu unbeherrscht.

Aber wenn Alec was passiert ist? Adrian ist wieder frei …

Für Sekunden setzen Herzschlag und Atmung aus. Adrian! Gefühlte minus 40 Grad berühren meinen Rücken, versetzen mir einen Kälteschock. Ich fühle mich wie betäubt, kann kaum noch denken oder atmen.

Scheiße, scheiße, scheiße!

Ruckartig setzt die Atmung ein und das Herz rast los.

»Rick, wecke ihn sofort auf! Schmeiß ihn von mir aus mit Gewalt aus dem Bett. Alec ist nicht hier, ist nicht nach Hause gekommen und ich mache mir Sorgen.« Die Hände zittern, meine Beine wollen hinausrennen und etwas unternehmen, um Alec zu finden. Ich will ihn in meinen Armen haben, wissen, dass er okay ist.

Adrian … Diese Augen, diese Drohung darin. Ich habe sie gesehen und verstanden.

»Schon gut. Mache ich«, sagt ein beträchtlich wacherer Rick. Stunden vergehen, bis ich endlich Toms Stimme höre, der im Gegensatz zu seinem Freund sehr wacher und entsprechend besorgter klingt: »Mike? Alec war heute nicht hier. Ich war bis 20 Uhr im Offenen Haus. Hat er dir gesagt, er wollte hierher kommen?«

»Er hat mir geschrieben, dass er noch einmal zu dir geht. Du hast ihm doch heute eine SMS geschickt?« In mir heulen sämtliche Alarmsirenen Adrians Namen.

»Ich? Nein. Mein Handy wurde mir doch gestern geklaut. Ich habe ihm ganz bestimmt keine SMS geschickt!«

»Scheiße!« Die Erkenntnis schlägt wie ein schwerer Hammer zu. Ich muss mich an die Wand lehnen, so weich werden meine Knie. Mein Instinkt, der kriminalistische Spürsinn, sagt mir, dass nur Adrian dahinter stecken kann. Er muss es gewesen sein, er hat Alec weggelockt, ihn sich geholt. Es war alles geplant! Er hat meinen Alec!

Wie durch eine Wattewolke höre ich Tom dumpf an meinem Ohr.

»Mike? Bist du noch dran?« Seine Stimme ist ein entsetztes Flüstern: »Denkst du, der Perverse hat ihn wieder?« Ja! Das klingt alles zu seltsam, dahinter kann nur Adrian stecken. Eine SMS von Tom. Von dessen Handy. Einem Handy, was diesem geklaut worden ist.

»Weißt du …«, bringe ich stockend hervor, in meinem Kopf rasen die Gedanken, mischen sich mit Szenarien dessen, was Alec durchmachen wird, wenn ihn Adrian erwischt hat, Plänen und Vorwürfen. Ich muss jetzt klar denken, vernünftig analysieren.

»Weißt du, wer dir das Handy geklaut haben könnte?« Eine schwache Hoffnung. Ich brauche einen Anhaltspunkt, irgendetwas.

Tom überlegt. »Ich ahne zumindest, wer es gewesen sein könnte«, meint er, klingt dann plötzlich sehr grimmig und entschlossen: »Aber ich kriege es raus!« Im Hintergrund höre ich den aufgeregten Rick, doch ich kann ihn nicht verstehen.

»Mike? Ich bin unterwegs. Ich nehme Rickys Handy mit. Ich melde mich bei dir, sobald ich was weiß!« Tom hat schon aufgelegt, bevor ich reagieren kann.

Wohin ist er unterwegs? Was hat er vor?

Minutenlang halte ich das Telefon in der verkrampften Hand. Mein Kopf ist plötzlich wie leer gefegt. Da ist nur dieses Bild, wie Adrian über Alec hockt, Alecs verzerrtes Gesicht, diese Geräusche, dieses entsetzliche Gefühl, dass dieser Mann meinem Alec wehgetan hat. Ich bin wie paralysiert, kann mich nicht bewegen. Immer wieder hallt es durch meinen Kopf: Adrian hat Alec.

Der Gedanke wird zur absoluten Gewissheit. Dieser Mann hat ihn in eine Falle gelockt. Nur wohin? Wo ist Alec jetzt?

Keine Ahnung, wie lange ich an der Wand hocke, unfähig aufzustehen, irgendetwas zu unternehmen. Wohin könnte Alec gegangen sein? Wohin hat Adrian ihn gelockt?

Langsam, ganz langsam beginne ich zu überlegen.

Alecs Handy ist aus. Anhand dessen kann man ihn nicht mehr orten. War er auf dem Weg zu Toms und Ricks Wohnung? Hat ihn Adrian dabei abgefangen?

Wohin würde ihn dieser Mistkerl entführen? Bestimmt nicht wieder in seine Villa. So dumm ist Adrian nicht. Teufel auch, der Typ ist sogar sehr schlau.

Mike, reiß dich mal zusammen, denke, überlege gut! Was ist zu tun?

Was macht man, wenn der Freund verschwunden ist? Bei der Polizei anrufen, ihn als vermisst erklären. Ja, klar, nur ist er gerade mal ein paar Stunden überfällig. Niemand wird da die Pferde scheu machen beziehungsweise eine große Suchaktion starten. *Würdest du ja auch nicht.*

Wenn es nicht um Alec ginge.

Alles in mir schreit geradezu danach, aktiv zu werden, raus zu laufen und ihn zu suchen. Nur verdammt noch einmal, wo anfangen?

Wer hat heute eigentlich Dienst? Tobias? Nein, Arnaud. Den will ich nicht anrufen, der lacht mich aus. Bestenfalls bekomme ich hinterher noch eine Dienstaufsichtsbeschwerde, weil ich wegen eines persönlichen Problems so einen Wirbel mache.

Okay, trotzdem, ich könnte ins Revier fahren. Persönlich wäre es ja was anderes, nicht so offiziell und … Ach, scheiß doch auf irgendwelche Beschwerden. Adrian hat meinen Alec. Je schneller ich den Mistkerl finde, desto besser.

Entschlossen rappel ich mich hoch, schnappe mir eine Jacke und das Handy und bin bald darauf schon unterwegs zum Revier. Ich hasse es, passiv zu sein. Ich kann im Grunde gar nichts machen. Ich werde den Kollegen sagen, was ich befürchte. Es schadet nicht, wenn sie ein wenig aufmerksamer Streife fahren, wenn sie wissen, dass irgendwo Alec gefangen gehalten wird.

Bei der Vorstellung wird mir übel vor Angst.

Irgendwo hat dieser irre Psychopath Alec eingesperrt, wird ihm womöglich Schlimmes antun. Das Bild des toten Bruders kommt mir in den Sinn. Nein, möchte ich schreien, nicht mein Alec! Nicht er!

Auf dem Parkplatz umklammere ich sekundenlang fest das Lenkrad, versuche mich bestmöglich zu sammeln. Ich darf den Kollegen gegenüber nicht so panisch auftreten, wie ich mich gerade fühle.

Zügig gehe ich hinüber. Erwartungsgemäß schaut mich Arnaud überaus verblüfft an. »Was machst du denn hier. Hast du was Wichtiges vergessen?«

»Nein.« Ich hole erst einmal tief Luft.

Ich kann ihn nicht leiden. Er mich auch nicht, aber gerade eben ist das völlig nebensächlich.

»Mein Freund, mein Lebensgefährte, ist verschwunden«, bringe ich hervor. Arnauds Augenbrauen wandern erstaunt hoch und ich finde, er schaut ein wenig angeekelt drein. »Ist mir egal, was du davon hältst, dass ich schwul bin und mit einem Mann zusammenlebe«, würge ich gleich jedes weitere Wort ab. »Aber er ist heute mit einer gefälschten SMS weggelockt worden und ich bin mir sicher, dass der Typ, der ihn damals schon gefangen gehalten hat, ihn sich geschnappt hat!«

Arnaud schaut mich an wie ein UFO, bringt keinen Ton hervor. Ich starre herausfordernd zurück. Mann, selbst er muss doch merken, dass ich vor Sorge fast durchdrehe. Ich erzähle ihm hier doch keinen Scheiß!

»Mike? Was machst du denn hier?«, ertönt hinter mir eine sehr erstaunte Stimme. Sabine, meine Kollegin. Sie tritt neben mich, schaut verwundert von mir zu Arnaud und zurück.

Ich wende mich ihr zu, ignoriere Arnaud, der mich noch immer so anstarrt, als ob ich ihm erzählt hätte, es wären Außerirdische gelandet.

»Alec, mein Lebensgefährte, ist heute mit einer gefälschten SMS von einem geklauten Handy seines Freundes irgendwohin gelockt worden und seither verschwunden.« Im Gegensatz zu Arnaud schaut sie betroffen, nickt verstehend.

»Wie lange ist er schon weg?«, fragt sie routiniert. Klar! Oh Mann, ich kenne die ganze Prozedur, ich weiß, dass es noch nicht lange genug ist. Ich weiß es!

»Seit etwa vier Stunden«, antworte ich dennoch wahrheitsgemäß und ich hasse es, wie Arnaud nun beinahe schon triumphierend lächelt. Es sind nur vier Stunden, aber verdammt, wo kann ihn Adrian in der Zeit schon überall hingeschleppt, was ihm angetan haben!

»Das ist …«, beginnt Arnaud auch steif.

»Noch nicht sehr lange, ich weiß!«, unterbreche ich ihn augenblicklich. »Das weiß ich ganz genauso, Arnaud. Aber er ist wegen einer SMS aus dem Haus gegangen, die eben nicht von seinem Freund kommen konnte, weil dessen Handy ihm zuvor gestohlen worden ist.«

»Wurde der Diebstahl schon gemeldet?«, fragt er mich doch glatt und ich muss echt an mich halten, ihm nicht die Faust in sein verdammtes Gesicht zu schlagen.

»Ich denke nein«, antworte ich mühsam beherrscht, werde von Sabine unterbrochen. »Wenn er erst vier Stunden vermisst wird, können wir noch nicht viel tun, Mike.« Sie klingt ein wenig nachsichtig.

»Adrian Adson, der Mann, der ihn vier Monate lang gefangen gehalten hat, ist seit zehn Tagen wieder auf freiem Fuß.« Ist ihnen nicht klar, was das bedeutet?

Anscheinend nicht.

»Und du glaubst, der hat sich deinen … Freund«, Arnaud würgt sichtlich an dem Wort, »abermals geschnappt?«

»Ja.« Ich schaue ihn und Sabine ernst an. Mann, ich bin es, Mike! Der immer ruhig und besonnen ist, der bei jedem Einsatz den Überblick behält. Sehen sie nicht, wie ernst ich es meine?

Sabine nickt immerhin verstehend. »Im Moment können wir noch nichts tun. Am besten fährst du nach Hause und wartest ab, ob er nicht morgen wieder da ist. Vielleicht ist ja alles nur ein Irrtum und klärt sich.«

Es ist kein Irrtum! Alec ist in Gefahr! Ich möchte es brüllen, ihnen ins Gesicht schreien, weiß leider nur zu genau, dass es nichts bringt. Mann, wie oft habe ich selbst mit Menschen umgehen müssen, die panisch vor Angst waren, völlig aufgelöst, weil sie jemand vermissten oder glaubten, etwas wäre passiert. Ich sollte sie verstehen.

»Kannst du ihn mir beschreiben?«, kommt es unerwartet von Arnaud und er zückt einen Stift, wirft Sabine einen unsicheren Blick zu und leckt sich zögernd über die Lippen. »Ich kann seine Beschreibung doch mal an die Kollegen weitergeben. Vielleicht hat ihn jemand gesehen? Schaden tut es ja nicht.«

Ich starre ihn bestimmt minutenlang fassungslos an, rattere dann hastig eine Beschreibung herunter. Teufel auch! Ich weiß ja nicht mal, was er anhat. Höchstwahrscheinlich eine Jeans. Er trägt immer Jeans.

Arnaud schreibt sich alles sorgfältig auf und Sabine schaut zu, nickt mir dann zu und drückt mich kurz am Arm.

»Geh nach Hause, Mike. Schlaf und schau, ob er nicht morgen auftaucht«, rät sie mir, ist schlau genug, aus dem Raum zu verschwinden, bevor ich ihr einen finsteren Blick zuwerfen kann.

Auch Arnaud schaut ihr nach, dann wendet er sich mir zu, sagt verschwörerisch: »Wenn ich Zeit habe, schaue ich mal, wo der Adson inzwischen gemeldet ist, okay?«

Habe ich mich doch in ihm getäuscht? Ich schäme mich ganz kurz, denn von Arnaud hätte ich diese Hilfe nicht wirklich erwartet. Stumm nicke ich.

»Gib mir Bescheid, wenn du was hörst oder herausfindest«, brumme ich und bringe tatsächlich ein: »Danke!«, hervor.

Arnaud brummt zurück und ich gehe langsam hinaus zu meinem Auto.

Es ist beinahe 3 Uhr. Alles ist ruhig. Man hört nur wenige Autos fahren. Es ist dunkel und immer noch recht warm. Nur mir ist eiskalt, ich friere, schlinge die Arme um mich und lehne mich mit dem Rücken ans Auto und starre in den Himmel. Der Mond ist halb voll, gibt nur wenig Licht ab. Viel zu wenig, als dass irgendjemand mich hier stehen sehen könnte. Niemand wird die silbrig feuchte Spur sehen, die mir über die Wangen läuft. Es wäre mir auch egal.

Alec … wo bist du?

SPURENSUCHE

Ich fahre nach Hause. In unser Zuhause.

Es ist still, dunkel und einsam. Jeder Raum ist leer ohne ihn, egal wie oft ich rastlos von einem Zimmer ins andere gehe. Überall erinnern mich Dinge an Alec. Tausend Erinnerungen. Ein Geruch, sein Lachen, wie er sich die Haare zurückstreicht, mich von unten verschmitzt anschaut, jeder dieser kostbaren Momente wühlt sich wie mit scharfen Messern in meine Eingeweide, lässt nur die eine Wahrheit zurück: Alec ist weg.

Im Badezimmer riecht es besonders nach ihm. Seine Arbeitskleidung liegt im Wäschekorb, bereit zum Waschen. Es duftete nach Pferd, Schweiß, Heu, Erde und … Morgen müsste er arbeiten …

Ich betrachte die Kerzen, die er für uns aufgestellt und auf mich gewartet hat. Wir wollten heute Abend feiern, dass zehn läppische Tage lang nichts passiert ist. Was für eine Ironie!

Nun ist er weg. Adrian hat ihn sich geschnappt.

Und ich kann nichts tun, bin zur Untätigkeit verdammt, kann nur warten, warten, warten! Ich hasse es.

Wütend fege ich die Kerzen zu Boden, will sie nicht sehen, nicht daran erinnert werden, dass ich ihn nicht davor schützen konnte. Heftig knalle ich die Badezimmertür zu. Etwas fällt zu Boden, ich höre es splittern. Es ist mir egal. In mir ist alles aufgewühlt, voll fassungsloser Wut ohne irgendein Ventil.

Meine verdammten, dummen Sprüche, von wegen: Der kommt nicht wieder.

Lügen! Fette Lügen, die ihn in Sicherheit wiegen sollten, Alec die Angst nehmen und ihn direkt in Adrians Falle haben laufen lassen. Wie konnte ich nur so dämlich sein?

Im Wohnzimmer bleibe ich stehen. Die Mücken surren, prallen immer wieder gegen das Mückennetz, diese Barriere zwischen ihnen und dem Licht. Unser Haus liegt ruhig, ländlich, in einer Gegend, wo man es sich leisten kann, eine Tür aufstehen zu lassen. Diese dünne Holzrahmenkonstruktion mit dem Netz hält niemanden ernstlich ab. Nur diese Blutsauger.

Ich stehe davor, starre blicklos hinaus in den Garten unseres Hauses. Leere im Kopf, Schmerz im Herzen.

Meine Hände krallen sich in das Gewebe. Ich fühle es unter meinen Fingern, spüre den Netzstoff reißen, balle die Fäuste darum, zerre es herunter. Ich möchte schreien, um mich schlagen, bin so unglaublich hilflos und wütend. Das Holz splittert, gibt unter meinen Fußtritten nach und ich taumle in den dunklen Garten hinaus, das Gewebe in der Hand.

Kein Schutz. Ich konnte ihn nicht schützen. Nichts, gar nichts konnte ich tun. Nun schwärmen sie in unser Haus, erobern jeden Winkel, schwirren in Scharen um jede Lichtquelle, suchen nach Blut und Leben. Finden werden sie nichts, denn es ist niemand mehr da.

Achtlos lasse ich den schwarzen Stoff fallen, wandere ruhelos durch den Garten. Mein Kopf ist schwer und tausend Gedanken jagen darin umher, doch keiner, der mir weiterhilft, nichts was ich, verdammt noch einmal, tun kann.

Diese Rosen … Alec hat sie gepflanzt. Im Frühling. Es waren Containerrosen aus dem Supermarkt. Sie sahen erbärmlich aus und waren runtergesetzt, weil wohl keiner mehr daran geglaubt hat, dass sie was werden könnten. Wegwerfware eben. Alec wollte sie haben. Er hat immer mit allem und jedem Mitleid.

Nun blühen sie, verbreiten ihren Duft dankbar überall im Garten.

Dort unter der Grasdecke lauern Tulpen, die Alec für das nächste Frühjahr versteckt hat. Hinten am Haus, in der sonnigsten Ecke, wachsen Basilikum, Thymian und Rosmarin.

»Für unsere italienischen Abende«, hat er lächelnd gemeint, sich dabei den Schweiß von der Stirn gewischt, als er sie eingebuddelt hat.

Alec hat diesen Garten geschaffen, eine kleine Idylle nur für uns. Alles hier erinnert an ihn, trägt seinen Stempel. Ohne ihn, ist es leer. Ohne ihn, ist auch mein Leben leer. Alec ist mein Leben. Es geht nicht ohne ihn.

Ein seltsam, hoher, wimmernder Laut kommt mir über die Lippen. Meine Beine geben unter mir nach und ich falle auf die Knie. Der Rasen ist weich und feucht. Er müsste gemäht werden. Die Nässe dringt durch den Stoff meiner Jeans. Die Luft ist voll von sommerlichen Gerüchen und leisen, nächtlichen Geräuschen. Die Hände krallen sich ins Haar, umfassen, umklammern den leeren und doch so übervollen Kopf und ich kauere mich zusammen.

Alec … Was kann ich tun, was kann ich machen, um dich wiederzufinden? Ich muss dich finden, ich muss. Ich habe versprochen, dich zu schützen. Ich kann nicht ohne dich. Nie wieder.

Ich weiß, dass ich flenne. Ich heule wie ein kleines Kind. Die Tränen rinnen mir nur so übers Gesicht. So lange habe ich nicht mehr geweint, aber nun kann ich es nicht zurückhalten. Die Selbstvorwürfe, die Angst, die Verzweiflung lässt die Tränen immer stärker laufen, nimmt mir die Sicht, lässt mich hilflos schluchzen, zieht mir die Kehle zusammen, sodass ich kaum Luft bekomme. Es schmerzt so tief in mir.

Zum ersten Mal in meinem Leben weiß ich nicht weiter. Ich weiß gar nichts mehr. Kein Plan, keine Idee, alles ist blockiert von der Panik, was Adrian meinem Alec, antun wird, der lauernden Furcht, ihn nie wieder zu sehen.

Oh, Alec …

Es dauert, aber irgendwann versiegen die Tränen, irgendwann ist mein Gesicht wieder trocken. Unangenehm dringt die Feuchtigkeit durch die Kleidung und ich rapple mich mühsam hoch, gehe schwankend zurück ins Haus. Mechanisch ziehe ich mich um, schnappe mir die Autoschlüssel und mein Handy. Kein Anruf.

Ich kann hier nicht bleiben, ich muss etwas tun, sonst drehe ich noch durch. Also fahre ich ziellos durch die Nacht. Fahre hinaus zum Pferdehof, parke in der Dunkelheit davor und stiere auf die dunklen Weiden.

Hier arbeitet Alec, hier hat er sich wohlgefühlt, dieser Job war für ihn wichtig, die Pferde waren ein Teil von Alecs Leben.

Ich will keinen stören, drehe um und fahre zurück, weiter in die Stadt. Ich habe kein rechtes Ziel, fahre von einem Ort zum anderen, überall dort hin, wo er mal gewesen ist. Am Gaytronic vorbei, an der Universität. In jede Straße schaue ich, überall suche ich nach seinen dunkelblonden Haaren, der schlanken Figur, hoffe verzweifelt, ihn irgendwo zu entdecken. Es ist nach 5 Uhr, alles schläft oder geht gerade schlafen.

Am Pinkalotta fahre ich vorbei, alles dunkel, nirgends eine Spur von Alec, zum Bahnhof. Ich stelle mein Auto ab, laufe suchend durch die große Halle. Es sind nur wenig Menschen hier, von Toms Junkies ist nichts zu sehen. Alle irgendwo.

Kein Alec. Nirgends.

Jetzt weiß ich, was Mutlosigkeit bedeutet. Mich verlässt mein Mut, die Zuversicht, meine Zielstrebigkeit. Sie machen immer mehr der Verzweiflung Platz. Was soll ich nur tun? Wo noch nach ihm suchen?

Mein Blick fällt auf ein Schild. Ein Blumenladen, der bereits hell erleuchtet ist. Blumen kauft jeder. Selbst so früh morgens. Dann erst erkenne ich, welcher Laden es ist: Philys »Red Roses«. Ich war schon mal hier, habe Blumen für meine Mutter gekauft. Zu ihrem letzten Geburtstag. Alec hat mich daran erinnert. Er hat immer an so etwas gedacht.

Meine Füße marschieren von alleine dort hin und ich finde mich plötzlich im Innern, rieche den intensiven Duft von Dutzend Blumen. Unschlüssig bleibe ich stehen.

»Mike?« Philys dröhnende Stimme lässt mich zusammenzucken. Was will ich eigentlich hier? Zu spät, er hat mich schon entdeckt. Philys Gesicht wirkt erstaunt, während er aus dem Bereich hinter der Theke hervorkommt. Er sieht seltsam aus in dieser langen, grünen Schürze und dem kurzärmeligen, karierten Hemd. In seinen Pranken liegen ein paar Nelken und man hat sofort Sorge, er könnte sie zerdrücken. Nun legt er sie vorsichtig ab und kommt auf mich zu. Sein gutmütiges Gesicht mit den babyblauen Augen sieht besorgt aus.

»Was ist passiert?«

Ich kann nicht sprechen. Nicht ohne tränenreiche Begleitung. Hilflos zucke ich die Schultern, bringe gerade mal ein schwaches: »Alec«, hervor. Augenblicklich fahren Philys hellblonde Augenbrauen alarmiert nach oben und er greift nach meinem Arm, umklammert ihn schmerzhaft fest.

»Was ist mit Alec?«, stößt er hervor, greift im nächsten Moment auch nach meinem anderen Arm. Kein Entkommen.

»Weg«, kommt es mir sehr hell über die Lippen. »Er ist weg. Adrian hat ihn …« Weiter komme ich nicht, denn Phily reißt mich an sich, presst mich fest gegen sich.

»Scheiße!«, dröhnt es über mir. Kräftige, baumstammartige Arme schlingen sich um mich und so absurd es gerade ist, fühle ich mich in seiner erdrückenden Umarmung geborgen, für den Moment. Leider öffnen sich auch wieder die Schleusen. Peinlich. Ich kann es nicht verhindern, will vor dem anderen Mann nicht schwach erscheinen.

Minutenlang stehen wir so da, dann drückt mich Phil energisch von sich, geht an mir vorbei und macht die Tür zu. Direkt vor der Nase eines perplexen und gleich darauf sehr empörten Kunden im edlen Anzug, dreht er das Schild auf »Geschlossen« und ist wieder neben mir.

»Komm.« Er zieht mich mit sich nach hinten. Dort ist ein kleiner Raum mit Tisch und einer winzigen Küche. Überall liegen Blumen und Grünzeug, auf dem Tisch, auf dem Boden.

Phily fegt grüne Stängelstücke von einem Holzstuhl, drückt mich darauf und nimmt mir gegenüber Platz. »Was ist passiert?«

Stockend berichte ich, schaffe es, ruhig und sachlich zu werden, mich ganz langsam einzukriegen. Zu meinem Glück ist es nur Phily, der mich in so einem Moment sieht. Irgendwie ist der Gedanke beruhigend. Georg ist für sechs Monate im Ausland und ich habe Phily in der ganzen Zeit nur etwa viermal getroffen. Umso dankbarer bin ich, dass er nun zuhört, nickt und einfach nur da ist.

»Ich weiß nicht, wo er sein könnte«, schließe ich meinen Bericht ab. Verzweiflung überkommt mich erneut. »Was kann ich nur tun? Meine Kollegen werden erst aktiv, wenn er länger weg ist. Er könnte ja noch wiederkommen.« Ich mache ein abfällig schnaubendes Geräusch. Ich kenne die Sprüche, weiß selbst, wie oft Vermisste wieder auftauchen. Nur ein Ehekrach, ein Missverständnis. Bei jedem anderen, nicht hierbei.

»Ich weiß einfach, dass Adrian ihn hat. Diese SMS war gefälscht. Er hat ihn damit irgendwohin gelockt. Es war eine Falle. Aber für die Kollegen besteht kein ausreichender Verdacht gegen Adrian. Niemand wird etwas unternehmen, solange es keine klare Verbindung gibt und die gibt es nicht.« Erstaunlich. Nüchtern und sachlich kann ich es sagen.

Unschuldig bis zum Beweis des Gegenteils. Nein, niemand wird nur auf meinen Verdacht hin, Adrians Villa durchsuchen oder ihn überprüfen. Er hat seine Strafe abgesessen, kann sich frei bewegen. Er hat noch Bewährung, aber auch damit ist er unschuldig, bis ich ihn überführe. Zu spät für Alec. Viel zu spät.

Phil nickt, drückt meine Hand fest. »So lange können wir nicht warten. Wir werden ihn suchen. Hast du ein Foto von ihm?« Überrascht blicke ich auf.

»Klar. Zuhause«, antworte ich überrumpelt.

»Gut. Dann fährst du jetzt nach Hause und suchst ein aktuelles Foto von Alec. Ich rufe Ricky an, der hat einen Computer, kann mit einem

Grafikprogramm umgehen und hat einen Kopierer. Wir machen ein Suchplakat und hängen es überall auf. Irgendjemand muss ihn gesehen haben!«

Ich starre Phily noch immer dumm an, seine Idee sickert nur verzögert in mein betäubtes Bewusstsein. Dann nicke ich, stehe mechanisch auf oder vielleicht zieht er mich auch hoch und schiebt mich zur Tür.

»Ich mache den Laden heute dicht und werde in der Szene und bei meinen Motorradkumpels rumfragen.« Phily gibt mir einen Schubs hinaus, sein Handy dabei schon am Ohr. Ich höre noch, wie er: »Moinmoin, Rickylein«, mit einer sehr hellen Stimme ins Telefon zwitschert. »Sorry, Süßer für die Störung am frühen Morgen, aber du musst was für Mike und mich tun …«, dann schließt sich die Glastür hinter mir und ich stehe perplex direkt vor drei Kunden, die mich beinahe feindselig ansehen.

Rasch wende ich mich um und mache mich auf den Weg nach Hause. Philys entschlossenes Handeln färbt auch auf mich ab. Endlich kann ich agieren. Ich werde ein Foto heraussuchen, es Rick vorbeibringen und es zum Revier mitnehmen. Vielleicht hat Arnaud inzwischen was herausgefunden, vielleicht hat bereits einer der Kollegen was bemerkt. Irgendwas.

Adrian ist auf Bewährung, muss sich also melden. Wenn er sich abgesetzt hat, finde ich es heraus. Ich werde zu seiner Villa fahren und sie beobachten. Notfalls folge ich ihm, wo auch immer er hingeht. Wo er ist, wird auch Alec sein.

Ich muss nicht zu Rick fahren, denn der sitzt schon vor meiner Haustür, als ich die Auffahrt hochfahre. Er sieht müde aus, trägt eine schwarzgraue Jeans und ein ganz einfarbiges T-Shirt. Er sagt keinen Ton, drückt mich nur kurz an sich. Er riecht nicht so parfümiert wie sonst. Nur der Kajal sitzt.

Wortlos folgt er mir ins Haus, wartet, bis ich aus unserem Venezuela-Album ein Foto von Alec herausgesucht habe. Lächelnd schaut Alec in die Kamera, die Haare wirken heller als sonst, seine Haut dunkler, aber die blauen Augen leuchten so wie immer. Er hat die Hand gehoben, winkt mir zu. Das ist eins der Fotos, die wir auf unserer Paddeltour gemacht haben.

Stumm reiche ich es an Rick, der einen Blick darauf wirft und nickt. »Damit geht es. Tom ist unterwegs, hat sich noch nicht bei mir gemeldet. Er wollte sich die drei Junkies zur Brust nehmen, die er im Verdacht hat, sein Handy geklaut zu haben. Er hätte da sonst keine Sache daraus gemacht. Dachte, sie hätten es gestohlen, weil sie Geld bräuchten, aber dass einer von denen es im Auftrag klaut, daran hat keiner von uns gedacht.« Rick seufzt, legt mir plötzlich den Arm um die Schultern. »Dieser Typ ist gerissen.« Seine Stimme klingt heute kaum näselnd. Gerade kommt er mir sehr erwachsen und sehr männlich vor. »Aber wir finden ihn. Wir finden deinen Alec.«

Stumm nicke ich und wir verabschieden uns. »Ich melde mich. Wenn du zuerst was von Tom hörst, sagst du mir Bescheid?«, fragt er, als er in seine Regenbogenente einsteigt. »Ich bin dann später bei Phily erreichbar.«

»Ja, mache ich.« Ich schaue ihm nach.

Phily, Tom und Rick. Gute Freunde sind sie. Sie werden mir helfen.

Ich gehe zurück ins Haus, schmiere mir hastig ein Brot und will gerade wieder los, da sehe ich, dass der Anrufbeantworter blinkt. Hastig drücke ich die Taste. Da ist ein Anruf in Abwesenheit drauf. Eine unterdrückte Nummer. Mit klopfendem Herzen rufe ich die Nachricht ab.

»Hallo Mike, hier ist Arnaud Biebermann vom Revier. Ich konnte dich leider nicht erreichen. Habe da was Interessantes rausgefunden. Schau mal auf deinen Schreibtisch. Ich komme leider erst gegen 16 Uhr wieder ins Revier, dann erzähle ich dir aber persönlich mehr. Schönen Gruß.«

Verblüfft starre ich auf das blinkende Licht und fühle mich abrupt grottenschlecht. Arnaud mag ja ein komischer Vogel sein, bestimmt ein wenig homophob. Offenbar habe ich ihn jedoch gehörig unterschätzt. Er hat also etwas herausgefunden? Was? Am liebsten möchte ich ihn sofort anrufen, nur leider weiß ich nicht mal, wo er wohnt.

Mit einem weiteren Foto von Alec mache ich mich eilig auf ins Revier, bin gespannt, was ich dort finden werde. Es tut gut, endlich aktiv werden zu können und hier erinnert mich ohnehin alles zu sehr an Alec und an meine Hilflosigkeit.

Bernd begrüßt mich erstaunt, weil ich an meinem freien Tag auftauche, hört mir jedoch ausgesprochen aufmerksam zu und verspricht, alles zu tun, was in seiner Macht liegt. Fabian nimmt das Foto, kopiert es, wirft mir mitleidige oder auch nur verständnisvolle Blicke zu. Ich frage nach Arnaud, ernte einen fragenden Blick von Bernd.

»Arnaud? Der hat erst heute Abend eigentlich Dienst. Aber er hat sich ohnehin vor einer Stunde krankgemeldet.«

Ich zucke überrascht zusammen. »Krank?« Hat er nicht gesagt, er trifft mich heute im Revier? Und nun ist er krank?

»Keine Ahnung«, meint Bernd achselzuckend. »Seine Stimme klang ein wenig merkwürdig. Vielleicht ist er erkältet.«

Ich runzle die Stirn. Eigenartig. Irgendwie sehr sonderbar.

Arnaud wollte was auf meinen Schreibtisch legen, also gehe ich hinüber ins Büro. Sam ist natürlich schon da, macht irgendwelchen Papierkram und schaut mich sehr überrascht an. »Mike? Hast du nicht heute frei?«

Hastig wischt er verlegen Brotkrümel von seinem Tisch. Ich erkläre ihm, was los ist und er schaut mich betroffen an, nickt bedächtig, als ich erzähle, was wir unternommen haben. Dabei durchsuche ich meinen Schreibtisch, da ist jedoch nichts. Kein Zettel, keine Nachricht.

»Arnaud wollte mir was geben, hast du hier einen Zettel gesehen?«, frage ich Sam, der gerade den Rest seines Brötchens verzehrt und erst einmal schlucken muss, bevor er mir antwortet.

»Arnaud? Nein, der war nicht hier drin.« Er nimmt einen tiefen Schluck Kaffee aus seinem Thermoskannendeckel. »Zumindest nicht, seit ich vor zwei Stunden reingekommen bin und da lag auch nichts, alles so, wie du es gestern hinterlassen hast.« Er grinst schief, spielt auf mein übliches Chaos an.

Noch einmal durchsuche ich alles. Nichts.

»Seltsam, Arnaud hat mich angerufen und mir gesagt, er hätte was herausgefunden und mir auf den Schreibtisch gelegt.« Sam schaut mich stirnrunzelnd an, fragt betont ungläubig: »Arnaud?«

Ich nicke bestätigend. »Ja, er wollte herausfinden, wo Adson stecken könnte.«

»Vielleicht hat er es vergessen? Oder doch mitgenommen?«

Irgendwas ist hier verdammt komisch. Schwer lasse ich mich auf den Stuhl fallen, stütze mich mit den Unterarmen auf dem Schreibtisch ab. »Hier stimmt was nicht, Sam. Arnaud hat sich vorhin krankgemeldet, obwohl er mich heute hier treffen wollte. Dann legt er mir was auf den Schreibtisch, das verschwindet. Sam, wer war heute noch alles im Büro?«

Verblüfft lässt er seine Tasse sinken, schaut mich bestürzt an. »Was meinst du damit, Mike? Arnaud hatte vor ein paar Stunden Feierabend. Seither kann jeder von uns hier drin gewesen sein und was meinst du, er hat sich krankgemeldet? Er war doch kerngesund, als ich ihn rausgehen gesehen habe. Wir sind uns auf dem Parkplatz begegnet. Er hatte es nur ein wenig eilig.« Nachdenklich legt er den Kopf schief, scheint genau wie ich darüber nachzugrübeln.

Leise, aber hartnäckig schrillt in mir eine Alarmglocke, wird dabei immer lauter.

Seit jenem Vorfall in der Wohnung aus dem Zeugenschutzprogramm haben wir nicht herausgefunden, wer Adrian den Tipp gegeben hat. Hat Arnaud womöglich was damit zu tun? Warum meldet der sich ganz plötzlich krank? Ist er selbst der Maulwurf? Aber warum sollte er mir dann was hinterlegen? Oder war es nur eine Farce? Was weiß er?

»Da ist eindeutig was faul.« Sam packt entschlossen die Thermoskanne weg. »Komm, wir fahren zu Arnaud. Ich weiß, wo der wohnt, habe ihn da mal abgesetzt. Vielleicht hat er eine Antwort.«

Gleich darauf sind wir mit dem Streifenwagen unterwegs. Ich bin froh, dass Sam die Sache ernst nimmt. Vielleicht hat Arnaud wirklich eine Spur, vielleicht kann er uns mehr sagen. Zwischendrin rufe ich Tom auf Ricks Handy an, aber der geht nicht ran. Keine Ahnung, wo er steckt. Ich hoffe einfach mal, er wird sich melden.

Arnaud wohnt in der Innenstadt, in der Nähe des Kiezes. Ein Mehrfamilienhaus, typischer deutscher Mittelstand. Sam parkt unweit des Eingangs.

»Der lebt alleine, soweit ich weiß«, meint er, als wir hinübergehen, und fügt grinsend hinzu: »Treibt sich oft drüben auf der Roten Meile herum.« Zumindest sagen es die Gerüchte. Wer weiß schon, was davon stimmt.

Mein Herz klopft schon wieder zu stark, aber hier bin ich in meinem Element. Solche Untersuchungen sind Routine, und wenn Arnaud eine Spur zu Alecs Verbleib hat, werde ich sie finden.

Sam klingelt. Mehrfach. Doch Arnaud öffnet nicht. Wir sehen uns beide ernst an. Dann klingelt Sam entschlossen bei einem anderen Namen, erklärt, wer wir sind und prompt summt die Tür. Eine alte Frau mit dünnem, grauem Haar steht in ihrer Wohnungstür, gekleidet in eine weiß-rot karierte Kittelschürze. Ihre blassen grauen Augen mustern uns misstrauisch aus dem verhärmten Gesicht.

»Biebermann wohnt im dritten Stock«, sagt sie leicht krächzend, erkundigt sich gleich darauf neugierig: »Ist der nicht ein Kollege von Ihnen?« Sam nickt, bedankt sich und wir sind schon auf dem Weg nach oben.

An der linken Tür steht ein Schild mit der fetten Aufschrift: Demirez, also muss es die andere sein. Da steht gar kein Schild. Eine abgenutzte Matte liegt vor der Tür und diese ist einen kleinen Spalt offen. Ich sehe es im selben Augenblick wie Sam, der sich sofort strafft und mich zur Seite schiebt.

Er tritt seitwärts neben die Tür, drückt sie vorsichtig mit dem Fuß weiter auf. Mein Herz schlägt ruhig und bedächtig. Routine. In mir ist jene Ruhe, die mich immer bei solchen Einsätzen befällt. Man weiß dabei nie, was sich hinter einer solchen Tür verbirgt. Ein gewalttätiger Ehemann, ein higher, unberechenbarer Drogensüchtiger, eine hysterische Frau; man weiß es erst, wenn man drin ist und die Situation erfasst hat. Oder ein Messer im Bauch.

»Arnaud?« Sam schiebt die Tür mit dem Fuß ganz auf. »Hallo?«

Keine Antwort. Kein gutes Zeichen.

Sam nickt mir zu, und auch wenn ich in Zivil bin, folge ich ihm, bleibe aber etwas zurück. Er hat als Einziger eine Waffe.

Der Flur ist leer, keine umgestürzten Möbel, alles sieht ordentlich aus. Postkarten sind an eine Pinnwand gepinnt, an der Garderobe hängen Jacken.

Sam geht weiter, schaut vorsichtig in jeden Raum. Küche, Wohnzimmer, Schlafzimmer, alles leer und unberührt. Arnaud ist ein ordentlicher Mensch, alles wirkt sehr aufgeräumt und beinahe steril, unpersönlich.

Es bleibt nur noch ein Raum und der muss das Badezimmer sein. Sam wirft mir einen bezeichnenden Blick zu. Irgendwie ahne ich, was uns darin erwarten wird, schlucke hart, als Sam die Tür öffnet und mir auch sofort der typisch metallische Blutgeruch entgegenschlägt.

»Verdammte, Scheiße!« Sam stockt im Schritt. Ganz blass ist er geworden.

Blut. Im Wasser, auf den Fliesen. Viel Blut. Zu viel Blut.

Arnaud liegt in der Wanne, unbekleidet, die Augen offen, blicklos gegen die Decke gerichtet. Lange, rote Schnitte sind an seinen Unterarmen. Wenn er so schneidet, verblutet er sehr schnell. Noch bevor ich herantrete und den Puls fühle, weiß ich schon, dass wir zu spät kommen.

»Er ist tot«, stelle ich nüchtern fest, doch in meinem Kopf rasen die Gedanken. Sam ist auf den Flur zurückgetreten, ich höre ihn einen Krankenwagen rufen, die Kollegen verständigen.

Routiniert gleitet mein Blick über den blassen Körper. Das meiste wird von dem roten Wasser bedeckt und ich bewege ihn nicht. Das sollen die Kollegen machen. Auf den ersten Blick offenbar keine Fremdeinwirkung. Keine Würgemale, keine Fesseln, nichts. Arnaud hat anscheinend wirklich Selbstmord begangen.

Nur … warum? Was hat er gewusst, was hat ihn dazu getrieben?

»Ich warte unten an der Tür auf die Kollegen«, meint Sam in meinem Rücken, ist schon verschwunden, bevor ich was sagen kann. Offenbar erschüttert ihn Arnauds Tod mehr als erwartet. Grübelnd schaue ich mich im Badezimmer um.

Warum bringt der sich um? Wie passt dieses Puzzlespiel zusammen?

Es passt nicht. Irgendwas passt absolut nicht ins Bild.

Es dauert noch, bis die Kollegen kommen und so inspiziere ich die Wohnung genauer. Im Schlafzimmer steht eine Schranktür offen und ich stutze, schiebe sie weiter auf.

Fotos hängen daran. Viele Fotos von Arnaud mit nackten jungen Frauen. Manche in eindeutigen Positionen. Das eine oder andere Gesicht kommt mir bekannt vor. Ja, die eine kenne ich. Eine bekannte Hure. Vermutlich all diese Frauen, mit denen er sich vergnügt hat. Sein Geheimnis. Aber was hat ihn in den Selbstmord getrieben? Viele Männer bezahlen für Sex. Daran ist nichts Ungewöhnliches.

In dem Schrank liegt auch ein brauner Umschlag, mitten auf den akkurat gefalteten Hemden. Ich muss mich vorbeugen, kann aber über Kopf nicht lesen, was darauf steht. Entschlossen nehme ich mir eine Krawatte, die auf einem Bügel hängt. Damit bedecke ich meine Finger und ziehe den Umschlag zu mir heran.

Er fühlt sich dick an. So etwas habe ich ebenfalls schon oft genug gesehen und ich muss gar nicht hineinsehen, um zu wissen, dass er Geld enthält. Sehr viel Geld sogar.

»Danke für die Info und gute Zusammenarbeit«, steht da drauf. »Alles hat nach Plan geklappt. Gute Arbeit.« Langsam lasse ich den Umschlag sinken.

Also doch. Diese geschriebenen Worte schaffen in mir Gewissheit. Fast jeden Tag habe ich ihn gesehen und dachte so oft, er benimmt sich merkwürdig. Wie oft hat er scheinbar gelauscht, so hastig Telefonate abgebrochen, wenn ich hereinkam. Warum bin ich nicht eher drauf gekommen? War ich denn so blind?

»Mike? Die Kollegen sind jetzt da.« Sam tritt in den Raum. Wortlos reiche ich ihm den Umschlag und die Krawatte. Sam liest, öffnet den Umschlag und zischt: »Heilige Scheiße! Hier sind in etwa 20.000 Euro drin.«

»Ist Arnaud etwa …«, fängt er stockend an, schaut ungläubig aus. Klar, er will es auch nicht wahrhaben. Wie konnten wir nur alle so blind sein? All die Jahre über.

Arnaud war also der Maulwurf. Er hat damals Alecs Versteck verraten, er war schuld, dass Adrian ihn gefunden und vergewaltigt hat. Die ganze Zeit war er es.

Wie viel hat ihm dieser Arsch noch bezahlt? Wie viel Blutgeld hat er bekommen? Scheinbar genug, um alles zu verraten, für das wir eintreten.

Und nun hat Adrian Alec und Arnaud, meine einzige Verbindung zu ihm, hat sich schnell genug umgebracht. Was sollte die ganze Scharade vorher? Dieses Puzzle passt nicht ganz zusammen.

Just in dem Moment klingelt mein Handy und reißt mich aus den Grübeleien.

Tom mit Rickys Handy: »Mike? Ich habe da eine Info für dich. Einer der Junkies hat geredet. Er ist tatsächlich beauftragt worden, mein Handy zu klauen und hat dafür sogar 500 Euro bekommen. Ich habe eine Beschreibung des Typs. Und gerade eben habe ich mit Ricky telefoniert. Eine von Philys Transen-Freunden hat vermutlich Alec gesehen.« Abrupt rast mein Herz los. Nur die Erwähnung seines Namens reicht, um meine Knie zum Wackeln zu bringen.

»Wann? Wo?«, stoße ich hervor, eisige und heiße Schauer rasen gleichzeitig über mein Rückgrat.

»Gestern Abend. Im Pinkalotta.«

DIE GANZE WAHRHEIT UND WEITERE LÜGEN

Helligkeit.

Weiße, alles durchdringende, schmerzende Helligkeit.

Licht. Sehr helles, künstliches Licht. Da sind Neonröhren über mir.

Blinzelnd versuche ich die Augen zu öffnen, sie an das unangenehme Licht zu gewöhnen. Ich fühle mich seltsam, irgendwie schwebend, losgelöst von meinem Körper.

Wo bin ich?

Es ist weich unter mir, fühlt sich wie eine Matratze, ein Bett an.

Wie bin ich hierher gekommen? Mühsam wende ich den Blick, schließe die Augen gequält. Mein Kopf ist seltsam leer, die Augen brennen, hinter der Stirn pocht ein feiner, sehr durchdringender Schmerz.

Habe ich was getrunken? Alkohol? Ich kann mich nicht erinnern, ich trinke doch nie. Fühlt sich so etwa ein Kater an? Was ist denn nur passiert, ich kann mich an rein gar nichts erinnern, da ist alles schwarz.

Das Letzte, woran ich mich erinnere, sind Kerzen. Ich habe Kerzen aufgestellt. Ein warmer Raum. Weiße Fliesen an den Wänden, der Geruch von Rosen in der Luft. Ich habe mich auf irgendwas gefreut. Und dann?

Mein Kopf dröhnt. Ich will mich nicht erneut bewegen, es fühlt sich sonderbar an. Die Glieder seltsam schwer, als ob ich sie nicht bewegen könnte und irgendwie verdreht. Ich liege halb auf meinem linken Arm, der über mir ausgestreckt ist und er schmerzt. Ist er mir eingeschlafen?

Stöhnend öffne ich erneut die Augen, versuche den Kopf zu heben. Wenn da nur nicht dieses blendende Licht wäre. Kann es nicht mal jemand ausmachen? Ist hier überhaupt jemand? Bin ich vielleicht in einem Krankenhaus?

Dieses Licht ist viel zu grell. Die Wand vor mir eine schlichte, weiß gestrichene Betonwand, die Kälte ausstrahlt. Ist dies ein Krankenzimmer? Aber wie bin ich hierher gekommen, was ist mit mir?

Ich fröstle, die Haut fühlt sich klamm und feucht an. Bin ich etwa nackt? Offenbar ja, diese Kälte kriecht über die Haut, berührt mich wie ein feiner Windhauch.

Vorsichtig gewöhne ich die Augen an das Licht. Wieso ist da nichts, ich muss mich doch an irgendwas erinnern?

Mike. Ich wollte auf Mike warten. Wir wollten … irgendwas zusammen machen, wenn er heimkommt.

Vorsichtig versuche ich mich zu bewegen. Mein linker Arm fühlt sich taub an, kälter als der andere, lässt sich kaum bewegen. Er ist wirklich eingeschlafen, ich fühle das Prickeln. Stöhnend versuche ich mich herumzurollen. Etwas zerrt jedoch am linken Handgelenk und gleichzeitig höre ich ein entsetzliches, nur zu vertrautes Geräusch.

Das kann nicht wahr sein! Bestimmt täusche ich mich.

Es klingt wie … das Klirren einer Kette!

Nein!

Ruckartig versuche ich mich aufzusetzen und wimmere erschrocken auf. Grelle Blitze lodern abrupt vor meinen Augen und das Pochen im Kopf scheint das Knochengefängnis meines Schädels sprengen zu wollen. Aufkeuchend sacke ich zurück, presse die Augenlider fest aufeinander. Ein Albtraum, dies kann nur ein Albtraum sein.

Vorsichtig, kurz vor einer echten Panik, bewege ich mein linkes Handgelenk.

Nein! Ich habe mich nicht verhört, da ist etwas um mein linkes Handgelenk, der vertraute, nur zu bekannte Druck von Metall. Eine Handschelle. Das Klirren der Kette würde ich jederzeit wiedererkennen.

Nein! Dies kann nicht real sein. Das kann nicht passieren! Bitte, nein!

Keuchend hole ich Luft, spüre die Panikattacke heranrollen.

Bleib ruhig. Ganz ruhig, atme langsam, ein und aus, Alec. Ganz ruhig, überlegen, alles langsam. Es kann eine Täuschung, eine Halluzination sein. Vielleicht habe ich Fieber, bilde mir das nur ein?

Hastig blinzle ich die Schlieren vor den Augen weg, versuche mich ganz darauf zu konzentrieren, meinen restlichen Körper zu fühlen, zu sehen, wo ich bin.

Langsam richte ich mich erneut auf und öffne entschlossen die Augen, starre auf das, was mein Handgelenk umklammert. Es ist wirklich eine Handschelle. Daran ist eine Kette, die in einen massiven Ring endet, der in der Wand eingelassen ist.

Kein Albtraum. Es ist real. Ich bin wieder angekettet.

Adrian!

Panik überkommt mich, überrollt mich wie eine kalte Welle, raubt mir Atem und Verstand, lässt mich völlig irrational wild an der Kette zerren. Wimmernd vor Angst versuche ich loszukommen, reiße daran, versuche mich ruckartig zu befreien, zerre an der Kette, die sich in meine Finger gräbt. Der Schmerz verstärkt sich, die Kante des harten Metalls schneidet durch die dünne Haut in den Knochen am Daumen. Keuchend vor Schmerz und Angst gebe ich schließlich eine Ewigkeit später auf.

Blut sickert aus einer Wunde an meinem Gelenk, fällt wie in Zeitlupe vor meinen Augen auf das weiße Lacken.

»Nein! Oh nein!«, wispere ich bebend. Ich träume doch nur. Ich müsste mich doch erinnern, wissen, wie ich hierher gekommen bin, was passiert ist. Da muss doch irgendwas sein.

Mir wird schwindelig und übel. Fest presse ich die Augenlider zusammen, kämpfe gegen den Brechreiz und krümme mich auf dem Bett zusammen. Die rechte Hand fest um das vor Schmerzen pochende, malträtierte Handgelenk gelegt.

Es darf einfach nicht wahr sein. Ich war doch in Sicherheit. Ich war bei Mike, alles war gut und nun wache ich in diesem Albtraum auf. Wo ist Mike? Wo ist er?

»Mike!« Ich wimmere seinen Namen. Ich möchte ihn spüren, seine Arme, sein Gesicht, seine Augen sehen. *Bitte, Mike, sag mir, dass es lediglich ein weiterer Albtraum ist, ich sicher in deinen Armen aufwachen werde. Mike!*

Ich habe auf ihn gewartet. Dann kam diese SMS. Die Bar. Ich war im Pinkalotta. Ich wollte Tom treffen. Da habe ich auf Tom gewartet.

An mehr kann ich mich nicht erinnern, der Rest ist schwarz.

Adrian!

Wie hat er mich erwischen können?

Ruckartig komme ich hoch, blicke mich hektisch im Raum um. Aber ich bin alleine. Da ist niemand.

Der Raum ist klein, wie eine Gefängniszelle, keine Fenster, nur eine graue Stahltür, ein Tisch, zwei Stühle. Über einem liegen meine Sachen. Ein Nachtschrank und darauf eine Flasche Mineralwasser, ein Becher und eine Tube … Gleitgel?

Das ist nicht wahr, oder?

Adrian, schießt es mir erneut durch den Kopf. Natürlich.

Ängstlich schweift mein Blick durch den Raum, sucht verzweifelt nach einem Hinweis, dass ich nicht wirklich in seiner Gewalt bin.

Wie bin ich hergekommen? Wie hat er mich hierher gebracht? Ich kann mich verflixt noch einmal an gar nichts erinnern. Der Gedanke macht mich wahnsinnig.

Mein Atem geht schnell und flach und der Körper fühlt sich so merkwürdig an, als ob ich geschwitzt hätte und nun langsam abkühlen würde. Ich versuche mich ganz aufzusetzen, bemüht, das Klirren der Kette auszuschalten, die erneute Panik zu kontrollieren.

Ich kann das.

Langsam atmen, einatmen, ausatmen, langsam, ruhig, ganz bewusst.

Der linke Arm prickelt, wird von tausend feinen Nadeln durchbohrt, während das Blut langsam zurückkehrt. Wie lange habe ich so gelegen? Er fühlt sich ganz taub an.

Der pochende Schmerz hinter der Stirn wird nur zögernd besser. Ich habe Durst, mein Mund ist trocken, die Zunge fühlt sich taub und pelzig an.

Adrian muss mich aus der Bar entführt haben, hierher gebracht und entkleidet haben.

Hat er mir was getan? Bin ich irgendwo verletzt?

Verunsichert schaue ich an mir hinab, begutachte meinen nackten Körper, der sich so fremd anfühlt.

Da ist nur ein feines Brennen. Ich kenne dieses Gefühl viel zu gut.

Noch schneller geht mein Atem, das Herz rast stolpernd los.

Hat mich etwa … Hat Adrian …?

Ich war ausgeknockt, total weggetreten, keine Ahnung wie und vor allem wie lange. Und ich bin nackt.

Abrupt lege ich mich auf die Seite, versuche mein wild schlagendes Herz und die stark zitternden Hände in den Griff zu bekommen. Ich ahne die Wahrheit, noch bevor meine Fingerspitzen den Eingang berühren und ich zusammenzucke.

Ein sehr vertrautes Brennen. Selbst mit Gleitgel ist es danach meistens so. Ein wenig wund und … klebrig.

Begreifen sickert tröpfchenweise in meinen schmerzenden Kopf und umnebelten Verstand, während ich vor Panik fast hyperventiliere. Die absolute Erkenntnis erschlägt mich mit plötzlicher Wucht: Sein Sperma klebt an mir, ist in mir, überall an mir.

Gottverdammt! Ich hatte Sex und kann mich nicht mal daran erinnern.

Hat er wirklich Hand an mich gelegt, während ich bewusst- und hilflos war?

Der Verdacht bewirkt eine seltsame Veränderung der Gefühle. Keine Angst, vielmehr ein unfassbarer Ekel steigt in mir hoch. Die Furcht wird schlagartig verdrängt durch anschwellende, heiße, gefährliche Wut.

Dieser perverse Schweinehund! Er hat es gewagt, mit mir zu schlafen, während ich mich nicht wehren konnte. Er hat mich mit irgendwas betäubt und hatte nichts Besseres zu tun, als über mich herzufallen? Dieser Mann ist so gotterbärmlich krank.

Kalte, mörderische Wut macht mich rasend vor Zorn. Das kann er nicht mit mir machen! Ich werde nicht wieder sein Gefangener sein. Ich möchte schreien, es ihm ins Gesicht brüllen.

Abermals zerre ich an der Kette. Die Handschelle liegt ziemlich locker. Hilflos ziehe ich daran, versuche meine Hand zu befreien und weiß selbst, dass es völlig sinnlos ist. Ich bin gefangen, ein Sexsklave, an dem er sich vergehen kann, wie ihm der Sinn steht.

Die Angst kehrt schlagartig zurück. Die Vorstellung wieder eingesperrt zu sein, vor mich hinzuvegetieren ohne Aussicht auf Rettung, macht mich irre.

Heftiger zerre ich an meiner Fessel. Ich muss hier raus.

Noch während ich an der Kette reiße, höre ich hinter mir die Tür und drehe mich hastig um. Für Sekunden stockt mein Atem, setzt das Herz aus, bleibt die Welt stehen.

Er ist es.

Adrian. Da steht er vor mir.

Mein schlimmster Albtraum. Jetzt wird er wahr.

Lähmende Kälte macht sich in mir breit, betäubt meinen Körper, rinnt jede Nervenbahn entlang, wispert mit tausend feinen Stimmen seinen Namen.

Diese braunen Augen, diese schrecklichen Augen, die ich so fürchte, die mich seit Jahren verfolgen. In echt, kein Traum, grausame Realität.

Minutenlang, stundenlang, starrt Adrian mich an.

Ich kann nicht denken, nicht fühlen, nicht atmen. Es ist wie damals im Gerichtssaal. Seine Augen bannen mich, fixieren mich, machen mich bewegungsunfähig, schutzlos zu seinem Opfer.

»Alec …« Er lächelt sanft. Diese melodische, weiche Stimme, die mich einlullen, beruhigen soll, die mich verführt hat. Sie ist eine Lüge!

Adrian macht einen Schritt auf mich zu und ich weiche sofort zurück. Die Angst hüllt meinen Körper in Apathie, macht mich völlig wehrlos.

»Ich habe dich so vermisst, Alec.« Er kommt einen weiteren Schritt auf mich zu.

Ruckartig ziehe ich die Beine an, weiche bis an die kalte Wand zurück. Ich will nicht, dass er näher kommt oder mich berührt. Ganz klein kauere ich mich zusammen, so weit weg vor ihm, wie es irgend geht.

Adrian bleibt stehen, sieht mich beinahe traurig an, macht immerhin keine Anstalten, noch näher zu kommen.

Er ist älter geworden. Seine Haare sind anders, das Gesicht ist härter geworden, kantiger. Er trägt ein weißes Hemd, eine schwarze Hose, alles makellos. Er sieht adrett und so harmlos aus, wie bei unserer ersten Begegnung. Ein überaus attraktiver Mann. Jeden würde er täuschen.

Mich nicht mehr. Ich kenne sein wahres Gesicht.

Stumm starre ich ihn an, bin unfähig etwas zu sagen, kann nicht aufhören zu zittern.

»Es wird alles gut werden«, sagt er leise, in jenem Tonfall, den er oft mir gegenüber anwendet. Wie mit einem kleinen, verängstigten Jungen. Der ich ja auch gerade bin. »Du brauchst keine Angst mehr haben, hier findet er dich nicht. Niemand findet dich. Du bist in Sicherheit.« Adrian setzt sich auf die Bettkante und seine Hand greift nach meinem Gesicht.

Ich will nicht, dass er mich berührt, ich will das nie wieder. Angstvoll weiche ich noch weiter zurück.

Das panisch schlagende Herz will meine Brust sprengen. Kalter Schweiß klebt am ganzen Körper. Wie sein Sperma, wie die Spuren, die er an mir hinterlassen hat. Und dann ist die Wut wieder da. Ganz abrupt und übergangslos. Kraftvoll schlage ich seine Hand weg.

»Fass mich nicht an!«, stoße ich keuchend hervor. »Wage es nicht, mich noch einmal anzufassen!«

Adrian sieht mich verblüfft an und in mir kocht der Zorn unkontrolliert hoch. »Hast du es genossen? War es schön? Du perverser Mistkerl!« Meine Stimme zittert noch, wird mit jedem Wort lauter und sicherer. In mir bricht ein Orkan los, rast wie ein Feuersturm durch die Adern und ich schreie ihn außer mir vor Wut an: »Hat es dich angetörnt, mich zu nehmen? Betäubt und völlig wehrlos? Ist dir dabei so richtig einer abgegangen?«

Sichtlich betroffen zuckt er zusammen, schaut mich bestürzt an.

»Was bist du nur für ein Mensch, Adrian? Wie konntest du mir das antun? Du bist so krank! Und ich hasse dich. Ich hasse dich! Ich hasse dich!« Die Stimme überschlägt sich, ist seltsam hell.

Adrian ist aufgestanden, vor mir zurückgewichen, steht vor dem Bett und schaut mich ungläubig an. Die Schultern sind nach vorne gesackt, er wirkt fast ein wenig schuldbewusst. Oder bilde ich es mir nur ein? Nein, er leckt sich nervös die Lippen.

»Es …«, beginnt er, als ich gierig nach Luft schnappe, meine schmerzende Lunge wieder mit Sauerstoff füllen muss. »Es tut mir leid … ich wollte nicht … Ich wollte dir nicht wehtun, süßer Alec! Ich …«

Abrupt wendet er sich ab, zieht sich einen Stuhl heran und setzt sich, schaut mich besorgt und ja, ängstlich an.

»So lange her. Ich habe mich so schrecklich nach dir verzehrt. Ich konnte nicht anders, als ich dich endlich wieder in meinen Armen hatte. Ich musste dich spüren, deinen wunderschönen Körper. All die Jahre, jeden einzelnen Tag, habe ich dich vermisst. Zu wissen, dass du nicht mir gehörst, dass du dort draußen bist, immer in Gefahr …« Adrian bricht ab, senkt den Kopf und vergräbt das Gesicht plötzlich in den Händen.

»Ich wollte dich schützen. Er sollte dich nicht finden. Niemand darf dich finden, niemand dir wehtun.« Er betet es herunter, wohl mehr an sich, als an mich gewandt. »Nicht wie … Nils.« Er flüstert den Namen mit schmerzerfüllter Stimme.

»Ich bin nicht Nils.« Meine Stimme klingt unsicher, hat wieder den zittrigen Unterton, alle Wut ist verpufft. »Ich bin nicht dein Bruder, Adrian.«

»Nein«, antwortet er mechanisch, scheint nicht ganz da zu sein. Den Blick noch immer starr auf den Boden gerichtet, nimmt er die Hände runter, faltet sie im Schoss. »Du bist nicht Nils.« Sekundenlang schweigt er, massiert sich die Schläfe. »Es war meine Schuld. Alles meine Schuld!« Adrian holt tief Luft und hebt den Blick.

»Ich war wie erschlagen, als ich dich zum ersten Mal sah. Dieses flackernde Licht; es hat dich beleuchtet, dich aus dieser Masse herausgefiltert. Ein Zeichen! Ich dachte erst, er wäre zurückgekehrt, endlich wieder bei mir. Es war so ein Schock!«

Ich kann nichts sagen. Mein Hals brennt noch vom Schreien, ich kann nur zuhören. Ist das wirklich Adrian? Diesen Mann kenne ich nicht, habe ihn nie so erlebt. Er wirkt verzweifelt, regelrecht gebrochen. Ganz anders, als der Mann, der mich umgarnt, verführt, versklavt und vergewaltigt hat.

Dann hebt Adrian den Kopf, schaut mich direkt an und lächelt. »Aber deine Augen sind anders, Alec. So blau. Nils hatte keine blauen Augen. Sie waren grün. Ganz hellgrün. Und wunderschön. Immer hat er mich damit so liebevoll angesehen. Wir gehörten zusammen. Niemand durfte uns trennen. Wir wussten das. Sie haben es nicht verstanden.« Adrians Worte sind leise, traurig, senden mir Schauder über den Rücken. Er wendet den Blick ab, wirkt mutlos, in sich zusammengesackt.

»Du bist nicht Nils, Alec. Weil Nils tot ist. Ich habe ihn gesehen. Er ist tot, weil ich nicht genügend auf ihn aufgepasst habe, weil ich ihn ausgeliefert habe.« Adrian seufzt, schluckt mehrfach hart. »Ich alleine bin Schuld an seinem Tod. Wenn ich nicht gewesen wäre, hätte Rainer Nils nie etwas getan.« Erneut holt er Luft, lässt sie langsam entweichen.

»Er wollte mich vom ersten Moment an ganz für sich. Ich habe es nicht verstanden, nicht mal zugehört, wenn er mir davon erzählt hat. Ich war so verliebt in ihn, ich wollte nicht wissen, was er mit den anderen tat«, bringt Adrian stockend hervor. Entsetzt lausche ich, verstehe nur die Hälfte, begreife nur, dass er von dem Tod seines Bruders gewusst haben muss. Aber von wem redet er jetzt?

»Billige Stricher, hat er sie genannt, wertloses Frischfleisch. Sie verdienen nichts anderes, nur dazu sind sie da, immer wieder gefickt zu werden.« Adrians Stimme klingt abfällig. »Er hat darüber gelacht, wie entsetzt ich war, als er mich mitgenommen hat. Vergnüge dich mit diesem hier, Adrian, hat Rainer gesagt. Nimm ihn dir, dazu ist sein Körper da, du sollst es lernen, es macht Spaß. Ich wollte es nicht tun, aber er … er hat mich ausgelacht, gemeint, wenn ich ihn wirklich lieben würde, dann würde ich es ihm zuliebe tun.«

Mein Kopf schwirrt, ich wage kaum zuzuhören, die Bilder in meinem Kopf sind so entsetzlich. Ist es wahr, verstehe ich ihn richtig? Ich muss hart schlucken, meine enge, raue Kehle brennt und mir ist übel.

»Ich habe es getan. Für ihn. Weil ich ihn liebte, weil er es so wollte. Rainer war der erste, der mich wirklich liebte. Er hat mir alles gezeigt. Doch danach bin ich vor ihm weggelaufen. Vor ihm!« Lauter, erregter ist Adrians Stimme geworden und er zittert vor Aufregung. Noch nie habe ich ihn so aufgewühlt gesehen. Meine Angst wächst. Es klingt so ungeheuerlich, was er da erzählt.

»Er hat mir nachgerufen, dass er mich finden wird, ich mich nicht verstecken kann. Nirgends. Er wird dafür sorgen, dass ich nur ihn lieben werde«, stößt Adrian hervor, springt auf und wandert durch den Raum. Seine Hände sind zu Fäusten geballt. »Er war schrecklich eifersüchtig. Von Anfang an. Und er wusste von Nils. Ich selbst habe es ihm gesagt, was er mir bedeutet und er wusste, wie er mir wehtun kann. Er hat mir gedroht. Nur ich habe ihm nicht geglaubt, dabei wusste ich doch, zu was er fähig ist.«

Adrian ist stehen geblieben, schlägt mit der rechten Faust hart gegen die kahle Wand. »Ich hätte besser auf Nils aufpassen sollen. Ich hätte da sein sollen, ihn beschützen müssen. Er würde noch leben, wenn ich es gekonnt hätte. Ich kam zu spät.«

Seine Stimme bricht, wird leiser, beinahe weinerlich. Atemlos lausche ich, kann mich noch immer nicht rühren. Die Geschichte, die Bilder, die in meinem Kopf entstehen sind so schrecklich.

»Nils war schon tot. Er hat mit ihm getan, was er mit all jenen Jungen gemacht hat und am Ende hat er ihn getötet.« Adrian heult wütend auf, dreht sich herum und ist so rasch über mir, dass ich vor Schreck aufkeuche und die Augen panisch zupresse, die Hände schützend erhoben.

»Nils hat mich so vorwurfsvoll angesehen. Seine Augen waren ganz weit aufgerissen. Hellgrün! Wunderschön, alles an ihm war wunderschön«, flüstert Adrian mit einer seltsam irren, beschwörenden Stimme. Finger berühren mich, streichen mir kalt über die Wange.

Mir entringt sich ein leises Wimmern, ich bin wie paralysiert vor Angst. Was wird er mir gleich antun?

»Er hat mich angestarrt, alles stand in seinen toten Augen. Alles deine Schuld, Adrian. Du hast mich im Stich gelassen. Du hast zugelassen, dass man uns trennt und nun hast du mich auf dem Gewissen. Alles, was er mir angetan hat, daran bist nur du Schuld. Nur du alleine!«

Zärtlich fahren Adrians Finger über mein Gesicht. Ich wage es nicht, die Augen zu öffnen, kann gar nichts tun, lausche der Stimme, dieser verfluchten, sanften Stimme, nehme seinen Geruch überdeutlich wahr. So vertraut, als ob er nie weg gewesen wäre. Wie früher. Als ob all die Jahre nur ein Traum gewesen wären und dies hier immer schon meine Realität.

»Ich konnte es nicht länger ertragen, Alec«, raunt Adrian eindringlich. »Seine Augen durften mich nicht mehr ansehen, ich konnte es nicht ertragen. Ich musste etwas tun. Es ging ganz leicht. Alles voller Blut, so viel Blut. Es lief über seine Wangen, über den weichen Mund, seine schönen Lippen, auf den Hals. So schrecklich viel Blut! Er wird mich nicht mehr ansehen. Nie wieder. Und ich habe ihm versprochen, dass ich ihn rächen werde.« Die Finger berühren meine Lippen, wandern über die Wangen, meine geschlossenen Lider. Adrians Finger hinterlassen das Gefühl einer klebrig warmen Spur, beinahe fühle ich das Blut, wie es über mein Gesicht rinnt. Grauen schüttelt mich, während die Hand mich fortwährend streichelt. Er ist mir so nahe.

Ich sehe Adrian genau vor mir, über die Leiche seines Bruders gebeugt, wie er ihm die Augen nimmt, sie mit einem Messer herausschneidet. Angstvoll wimmere ich, drücke mich noch stärker in die Ecke, öffne die Augen ganz weit und sehe ihn furchtsam an.

»Bitte …« Ich spüre warme Tränen über die Wange laufen. Worum bitte ich ihn eigentlich? Um mein Leben? Ich weiß es nicht.

»Schsch«, macht Adrian beruhigend. Lächelnd fährt er mir durchs Haar, liebevoll und zärtlich, streichelt mich wie ein verängstigtes Tier. »Er wird dir nichts tun können, mein Süßer.« Er küsst mich auf die zusammengepressten Lippen. »Rainer wird niemandem mehr etwas tun können, nie wieder. Ich habe ihn gejagt und ihn bezahlen lassen, für das, was er Nils angetan hat. Er hat gelitten. Lange. Und um seinen Tod gebettelt.«

Adrian lacht auf. Ein leises, grauenvolles Lachen, welches die Furcht wie ein scharfes Messer tief in meine Eingeweide treibt, mich haltlos zittern lässt.

Bitte, ich möchte weg, möchte fliehen. Ich will nicht, dass er mich anfasst, ich will nicht mehr. Bitte, hör endlich auf, ich will es nicht hören. Ganz fest presse ich die Augen zu, möchte mir die Ohren zuhalten. Adrian ist viel zu nahe und ich will nicht sterben.

»Niemand wird dir je etwas tun können, mein süßer, wunderschöner Alec. Dafür werde ich sorgen. Ich passe immer gut auf dich auf. Dir wird nichts geschehen«, raunt Adrian mir zu, küsst mich auf die Wange. »Du gehörst zu mir. Niemand wird uns trennen können. Nie wieder.« Abermals küsst er mich, hebt mein Kinn sanft an, streichelt mich mit der anderen Hand unablässig.

»Sieh mich an, Alec.« Mir will ein Schluchzen entkommen. Ich will ihn nicht anschauen, nicht die kranke Liebe in den Augen sehen, seine Besessenheit, den lauernden Wahnsinn in den Augen eines Mörders.

»Schau mich an!« Der Druck um mein Kinn wird härter, fordernder und ich öffne gequält die Augen, schaue ihn mit unstetem Blick an. Ich kann das entsetzliche Zittern einfach nicht mehr kontrollieren. Ich bin so erbärmlich hilflos.

»So faszinierende Augen«, flüstert Adrian liebevoll. »Du bist wunderschön, mein Alec. Niemand wird dich mir je wegnehmen können.« Noch einmal küsst er mich, legt die Hand in meinen Nacken und drückt mich an sich, bettet meinen Kopf an sich und ich kann nichts tun. Mein Körper verkrampft sich, ich will den Kopf abwenden. Ich will ihm nicht so nahe kommen. Doch da lässt er tatsächlich auch schon von mir ab. Nachsichtig schaut er mich an.

»Du brauchst keine Angst vor mir zu haben. Ich werde dir nichts tun. Ich liebe dich so sehr, mein Alec.« Er lächelt erneut verständnisvoll. »Die ganzen Jahre habe ich gut auf dich aufgepasst. Ich wusste immer, was du tust, was du studierst, wo du arbeitest, mit wem du befreundet bist. Jeden Schritt habe ich bewacht, du warst nie alleine. Ich wusste immer, wo du bist.«

Erschrocken japse ich nach Luft. Stimmt das? Habe ich mich nicht getäuscht? Ich erinnere mich gut an das Gefühl, ständig beobachtet zu werden, diese vielen Momente, wo ich jemanden aus dem Augenwinkel zu sehen glaubte. War da wirklich jemand, der mir folgte, mich ausspionierte?

Dann … Der Gedanke lässt meinen Magen zu Eis erstarren. Adrian hat todsicher nicht nur mich, sondern auch Mike beobachtet. Was ist mit Mike? Wo ist er?

»Du hast uns beobachtet?«, bringe ich bestürzt hervor. Adrians Gesicht verhärtet sich augenblicklich. Er nickt, greift erneut nach meinem Kinn. Ich muss ihm gezwungenermaßen in die Augen sehen. Der Griff ist so hart wie seine Stimme: »Ja, natürlich, Alec. Ich weiß von dem Polizisten. Ich habe es zugelassen, denn wer könnte dich in meiner Abwesenheit besser schützen?«

Jedes Wort brennt sich in meine Seele. Zugelassen? Bedeutet das, er hätte Mike jederzeit aus dem Weg räumen können? Aber Mike lebt. Noch.

Das Entsetzen in meinem Gesicht muss nur zu gut zu erkennen sein. Adrians Blick ist erfüllt von jenem Hass, den ich im Gerichtssaal schon einmal gesehen habe.

»Ich habe genau bemerkt, wie er dich angeschaut hat. Diese gierigen, lüsternen Blicke, und ich musste es dennoch geschehen lassen. All die Jahre hat er dich beschmutzt. Es tut mir leid, es ging nicht anders.« Adrian schnaubt abfällig. »Aber ich werde nicht zulassen, dass er dir je wieder zu nahe kommt. Ich werde ihn töten, wenn er versuchen sollte, dich mir zu nehmen. So wie jeden anderen.«

Seine Worte sind wie ein Schlag ins Gesicht. Der Schwur eines Mörders und Wahnsinnigen.

Wie betäubt starre ich ihn an. Minutenlang.

Adrian meint, was er sagt. Er würde Mike ohne zu zögern töten. Er hat bereits getötet …

»Schlaf jetzt noch ein wenig, mein Süßer«, meint Adrian, plötzlich mit veränderter Stimme, streichelt über meine Lippen. »Du musst dich etwas erholen. Wir haben noch so viel vor, es wird eine lange Reise.« Er steht auf und geht entschlossen zur Tür.

Er will Mike töten.

Der Gedanke wirbelt durch meinen Kopf, durchbricht die Barriere meiner Angst und hinterlässt eine merkwürdig fatalistische Ruhe.

Kurz bevor Adrian den Raum verlässt, hebe ich den Kopf.

»Du wirst mich fesseln und knebeln müssen«, bringe ich hervor, meine Stimme wird rasch sicherer. Adrian dreht sich um, sieht mich nachdenklich an. »Du wirst mich zwingen müssen. Jedes Mal«, erkläre ich mit Nachdruck. »Ich werde dir nichts freiwillig geben, Adrian. Du wirst dir alles mit Gewalt nehmen müssen. Dieses Mal werde ich mich gegen dich wehren.«

Er schaut mich an, das Gesicht starr, eine unbewegliche Maske.

»Ist das wirklich was du willst?«

Ich sehe es in seinem Gesicht zucken. »Alec …« Er kommt zurück, die Hände entschuldigend erhoben. Da ist diese Wut in mir. Leiser, bedächtiger als vorher, jedoch bin ich kaum weniger entschlossen. Was habe ich schon zu verlieren? Ich bin nicht mehr der ängstliche, naive Junge, den er damals einfach einfangen konnte.

»Du wirst mich betäuben müssen, wie du es schon gerade getan hast. Oder ich werde um mich schlagen und schreien. Ich werde nie wieder ergeben liegen und dich gewähren lassen, während du meinen Körper benutzt!« Meine Stimme wird immer lauter. »Du willst mich besitzen, meinen Körper benutzen? Nur zu mach es, nimm ihn dir. Doch mich kannst du nicht haben. Niemals werde ich dir gehören, Adrian.«

Er runzelt die Stirn, betrachtet mich irritiert. Diesen Alec kennt er nicht. Ich bin nicht mehr sein Opfer. Zu lange schon hat er mein Leben bestimmt, hatte ich Angst vor ihm. Nie mehr!

Ich drücke mich von der Wand ab, rutsche vom Bett und stelle mich aufrecht hin, soweit es diese verfluchte Kette zulässt.

»Du kannst mich nicht besitzen, Adrian. Mich nicht. Ich gehöre weder dir noch sonst irgendjemand. Nur mir selbst!«, schleudere ich ihm entgegen. »Ich will nicht von dir beschützt werden. Ich liebe dich nicht einmal!« Seltsam hallen meine Worte in dem kleinen Raum wider.

»Was tust du, Alec?« Adrian klingt mühsam beherrscht und ich bemerke sehr wohl den drohenden Unterton darin. »So solltest du nicht mit mir reden, mein Süßer.«

Ich schlucke, für Sekundenbruchteile flammt die Angst auf, will mich zurück an die Wand drängen, will, dass ich mich auf dem Bett zusammenkauere, nur ertrage, hoffe, erdulde.

Nein! Das habe ich lange genug getan!

»Ich kann und ich tue es«, antworte ich ruhig, unterbinde das Beben meines Körpers. Weniger Angst, eher Aufregung, die mich nun zittern lässt. »Ich hätte es damals schon tun sollen.« Ich schaue ihn gerade heraus an.

Adrians Gesicht ist unverändert, nur an der Stirn bildet sich eine senkrechte Falte, die Augenbrauen ziehen sich unmerklich zusammen.

»Adrian, ich hatte mich mal in dich verliebt«, gebe ich hart schluckend zu »Ich wäre freiwillig bei dir geblieben, wenn du mich darum gebeten hättest. Du hättest alles von mir haben können. Nie zuvor war jemand so liebevoll zu mir. Ich hätte alles für dich getan. Doch du musstest es zerstören, du musstest mich mit Gewalt an dich binden, mich zu deinem Eigentum machen.«

Er mustert mich argwöhnischer, hat sich weiter von der Tür abgewandt, starrt mich mit seinen undurchdringlichen Augen an.

»Stattdessen hast du mich geschlagen, angekettet, mich wieder und wieder zum Sex gezwungen.« Die Worte erzeugen wahrhaftig Bestürzung in seinem Gesicht.

Adrian macht einen Schritt auf mich zu, als ob er nach mir greifen wollte. »Alec …«

Abwehrend hebe ich die Hände, presse kurz die Lippen fest aufeinander. »Ich bin nicht dein Eigentum. Niemals! Weder damals, noch heute. Auch wenn du mich ankettest und erneut vergewaltigst!«

Das trifft ihn.

»Nein!«, stößt Adrian erschrocken aus, kommt weiter auf mich zu, die Hände ausgestreckt, dennoch wagt er es nicht, mich anzufassen. »Alec, das würde ich doch nicht tun. Ich will dir nicht wehtun. Ich tue nichts, was du nicht willst.«

Glaubt er wirklich daran? In mir ist eine seltsame Heiterkeit. Ein abgehacktes Lachen entkommt mir und abermals schüttle ich den Kopf, als er nach mir greifen will. Tatsächlich lässt er die Hände sinken.

»Das hast du doch schon.« Ich lege all die Verachtung, den Ekel, die ohnmächtige Wut in diese Worte. Aufgestaut in all den Jahren, tief in mir eingeschlossen. Endlich kann ich es ihm ins Gesicht sagen: »Du hast mich vergewaltigt, Adrian! Wieder und wieder.«

»Nein!« Entsetzt schüttelt er den Kopf. »Ich habe es nicht gewollt. Das wollte ich nicht, Alec! Ich war doch zärtlich zu dir. Ich war immer gut zu dir. Du wolltest es, du hast es selbst gesagt. Du wolltest, dass ich dich berühre, dir zeige, was du fühlen kannst. Du wolltest es.« Fast klingt es wie eine Litanei. Vielleicht glaubt er daran, vielleicht werden die Worte für ihn wahr, wenn er sie oft genug wiederholt. Dabei sind sie nichts weiter als eine Lüge.

Dieser Mann widert mich an. Wie konnte ich jemals etwas an ihm finden? Was hat mich an ihm fasziniert?

»Denkst du wirklich, ich wollte, dass du mich ankettest, über vier Monate einsperrst, mir all meine Freiheit nimmst, mein ganzes Leben versaust? Hast du wirklich geglaubt, das wollte ich?« Entschlossen schüttle ich den Kopf und stoße ein verächtliches Schnauben aus. »Nein, Adrian. Ich wollte das nie!«

Er hört mir zu. Zum ersten Mal.

»Denkst du wirklich, ich möchte mit dir Sex haben, nach all dem, was du mir angetan hast?«, frage ich lauernd. Erneut zuckt Adrian zusammen, öffnet den Mund, doch ich schreie ihn an: »Nein! Ich möchte es nicht. Nie mehr! Hörst du? Lass mich endlich in Ruhe. Du hast mir mein Leben genug versaut. Lass mich endlich gehen!«

Als ob ich ihn geschlagen hätte, weicht Adrian vor mir zurück. Er schluckt, sein Adamsapfel hüpft auf und ab.

»So etwas will ich nicht von dir hören, Alec!« Er lächelt unsicher, fährt sich durch die Haare und schüttelt den Kopf. »Du weißt ja nicht, was du da sagst. Das sind noch die Nachwirkungen von den Tropfen. Es tut mir leid deswegen. Wir gehören zusammen. Du liebst mich, mein Süßer. Mein Herz gehört dir, wie du mir gehörst.« Das Lächeln wird breiter, siegessicher und er kommt näher, will nach meiner Hand greifen, doch ich entziehe sie ihm.

»Ich hasse dich, Adrian«, sage ich ihm ins Gesicht, direkt in sein verdammtes Gesicht, schaue direkt in die Augen. »Ich hasse dich, für alles, was du mir angetan hast.« Ich mache eine Pause, hole tief Luft. »Und mein Herz gehört längst einem anderen und daran wirst du nie etwas ändern können.«

Ich habe die Genugtuung, sein perfektes Gesicht entgeistert zu sehen. Wut und Hass verzerren es. Adrians Hand kommt viel zu schnell hoch, trifft mich mit voller Wucht und gänzlich unvorbereitet mitten im Gesicht. Der Schmerz explodiert in der Wange, lässt mich haltlos nach hinten taumeln und aufs Bett fallen.

Scheiße tut das weh! Für einen Moment bin ich benommen.

Adrian beugt sich über mich, drückt mich an meinen Schultern hart in die Matratze. Sein Griff ist grob.

»Sei sehr vorsichtig, was du sagst, Alec«, presst er mühsam beherrscht hervor. Der Wahnsinn lodert in seinen Augen und in mir zieht sich alles furchtsam zusammen. Die Wut, mein plötzlicher Mut verpufft abrupt. Dieser Mann ist unberechenbar. Wie konnte ich so dumm sein, ihn derartig zu provozieren?

Meine Wange brennt höllisch, der Kopf dröhnt, doch ich wage es nicht, mich zu bewegen.

»Du gehörst alleine mir«, zischt Adrian ganz dicht vor meinem Gesicht, nähert sich weiter und will mich küssen. Hastig wende ich den Kopf. Augenblicklich lässt Adrian von mir ab, steht auf und schaut auf mich hinunter.

»Schlaf«, befiehlt er, holt tief Luft. »Morgen werden wir nach Hause fahren. Ich bringe dich heim. Dort, wo uns niemand erreichen kann.«

Sein Blick wandert über meinen nackten Körper, nimmt jeden Zentimeter wieder in Besitz.

Ich bin sein Eigentum. Voll und ganz. Töricht etwas anderes zu glauben.

»Er wird dich niemals finden. Dafür werde ich sorgen.« Adrians Worte machen mir viel mehr Angst, als sein Schlag es getan hat. Meint er Mike? Will er ihm etwas antun?

Wortlos geht Adrian hinaus, löscht das Licht. Die Tür fällt ins Schloss, nimmt alles Licht mit sich, lässt mich in völliger Dunkelheit zurück. Und Verzweiflung.

Wenn er Mike was antut … Nein!

Ich muss hier raus. Ich muss fliehen, muss Mike warnen.

Adrian darf ihm nichts tun.

NUR EIN BISSCHEN SPASS

Im Pinkalotta?

Toms Worte hallen in meinem leeren Kopf wider.

Alec war dort! Ich bin sogar daran vorbeigefahren, noch vor ein paar Stunden. Mir ist schlecht, mein Magen dreht sich um, wenn ich daran denke, dass ich ihm so nahe war …

»Mike? Hast du mich verstanden?«, fragt Tom ein wenig ungeduldig.

»Ja, habe ich. Ich fahre gleich rüber«, antworte ich hastig. Ich hätte es verhindern können …

»Mach das. Ich forsche hier noch ein bisschen weiter. Mal sehen, was ich noch herausfinde. Aber du kannst deine Bullenfreunde mal ein bisschen antreten, dass die in die Hufe kommen und ihren Job machen.«

»Ja«, kommt es mechanisch von meinen Lippen, doch meine Gedanken sind ganz woanders, kreisen darum, dass ich Alec womöglich nur ganz knapp verpasst habe, dass ich ganz vielleicht sogar rechtzeitig hätte da sein können …

Quatsch! Ich war Stunden zu spät.

Er ist schon viel zu lange in Adrians Gewalt. Was er ihm schon alles angetan haben kann? Ich will da gar nicht dran denken, sonst drehe ich noch durch.

»Gibst du mir Bescheid, wenn du was Neues weißt?« Tom klingt sehr besorgt und schlagartig wird mir klar, dass nicht nur ich mir Sorgen mache.

»Mache ich, Tom. Ich rufe dich an.«

Tom schnaubt allerdings geringschätzig. »Besser nicht. Ich stelle das Handy gleich eh auf lautlos. Könnte sonst ein bisschen gefährlich werden, je nachdem wo du mich gerade erwischst. Schick mir eine SMS und ich rufe zurück, okay?«

»Tom? Wo bist du gerade?« Wo zur Hölle treibt der sich rum? Tom setzt sich seit Neuestem intensiv für die Stricher ein. Ein Großteil davon arbeitet für Jimmy the Bean, der auch sein ehemaliger Zuhälter war. Wenn er dem in die Quere kommt …

»Quasi in der alten Heimat.« Tom lacht glucksend. »Fühle mich hier fast wieder wohl. Ist echt schon eine Weile her. Der angenehme Geruch nach Kotze hat sich kaum verändert. Ah! Heimatduft!« Er macht ein angewidertes Geräusch und lacht abermals.

»Tom, mach nichts, was dich in Schwierigkeiten bringt, hörst du?« Fehlt noch, dass ihm auch was passiert. Der soll sich da schön raushalten. »Bleib von Jimmy weg. Mach einen ganz großen Bogen um den.«

Abermals lacht Tom. »Ist ein bisschen zu spät dazu«, meint er betont cool. So ein verdammter Idiot! »Hey, ich passe schon auf, dass mein kostbarer Arsch unversehrt rauskommt. Sonst wäre mein Ricky doch ziemlich angesäuert.«

Sein Lachen nervt mich. Dummer, leichtsinniger Macho. Er weiß gar nicht, wie gefährlich es für ihn werden kann. Gedankenlesen kann er zudem auch.

»Mann, Mike! Ich kann schon auf mich aufpassen.« Er klingt gewohnt genervt.

Wenn er das sagt. Sicher bin ich mir da nicht. Nur gerade muss ich Alec finden. Das ist wichtiger.

»Sei vorsichtig, Tom«, ermahne ich ihn, vernehme sein zustimmendes Brummen und dann hat er auch schon aufgelegt. Hoffentlich macht er keine dummen Sachen. Ich will ihn nicht irgendwo aus dem Hafenbecken oder der Elbe fischen müssen. So wie den gerade mal fünfzehn Jahre alten Jungen vor drei Wochen. Kopfschuss, direkt in die Stirn. Das war auch mal einer von Jimmys Jungs.

»Probleme?«, erkundigt sich Sam, mustert mich ernst. Ich höre die Kollegen hinter uns ihren Job machen, den Notarzt, wie er seine Sanitäter runterschickt, einen Leichenwagen ordert.

»Ein Freund von mir hat herausgefunden, dass Alec gestern Abend drüben in der Transenbar, im Pinkalotta war.« Sams Augenbrauen wandern überrascht nach oben und er sieht ein wenig erschrocken aus. Entsetzt es ihn, sich vorzustellen, dass ein Mann in so eine Bar geht?

»Was wollte dein Freund denn da?« Sam überspielt seine Gemütsregung, wirkt dennoch peinlich berührt. Klar, ist nicht seine Welt.

»Keine Ahnung, aber ganz bestimmt war er nicht da, weil er jemand aufreißen wollte«, unterbinde ich jeden seltsamen Gedankengang. »Das muss in dieser SMS drin gestanden haben, die er bekommen hat. Alec kommt nicht gut mit größeren Menschenmengen klar. Er würde nie alleine freiwillig an so einen Ort gehen. Nur wenn ihn dieser Adson mit irgendetwas hingelockt hat.«

Sam kaut nachdenklich auf seiner Unterlippe herum. Einer der Kollegen, Jusuf heißt er, schaut zur Tür herein und unterbricht unser Gespräch: »Hey, Mike, hast du nicht heute eigentlich frei?« Er mustert mich, ich bin ja in Zivil.

»Was Privates.« Wird gerade mein Standardspruch.

Sam erklärt knapp, warum wir hergekommen sind, wie wir Arnaud vorgefunden haben, und reicht Jusuf den Umschlag, der ihn entgegennimmt, kurz hineinschaut und schockiert schluckt.

»Schöne Scheiße! Schande, dass einer von uns Schmiergeld annimmt. Hätte ich dem Arnaud nie zugetraut.«

»Noch ist ja nichts bewiesen,« wirft Sam ein, erntet von Jusuf ein Augenverdrehen.

»Wir werden sehen. Ihr gebt eure Aussagen später zu Protokoll?« Jusuf seufzt übertrieben. »Na, toll, dann räumen wir mal die Sauerei weg.« Er geht zum Badezimmer.

Seltsam, aber aus irgendeinem Grund stört es mich, dass er so abfällig über Arnaud redet. Weiß Gott, ich war nie mit ihm befreundet und der Gedanke, dass er meinen Alec an Adrian verraten hat, macht mich sauer. Nur warum gestern diese unerwartete Hilfsbereitschaft? Völlig unnötig. So wie sein Anruf. Was sollte das eigentlich? Irgendetwas …

Sam reißt mich aus den Grübeleien. »Soll ich dich rüberfahren, Mike? Jetzt geht es hierbei immerhin auch um einen Polizistenmord«, fragt er nach, fügt gleich darauf hinzu: »Wohl eher um Selbstmord.«

Ich nicke und gehe voraus.

Unten im Hausflur steht immer noch die Frau in der Kittelschürze, schaut überaus interessiert zu, wie die Kollegen und Sanitäter rein und raus eilen.

Tolles Unterhaltungsprogramm. Eine echte Live-Show. Tod im dritten Stock. Ich hasse sensationsgeile Menschen.

»Ist er tot?« Sie wackelt uns sogar hinterher. »Selbstmord? Aber das war so ein netter Mann. Er hat mir immer die Einkäufe reingetragen und letzte

Woche meinen Wasserhahn repariert, obwohl der Vermieter das machen muss. Das war gar nicht so der Mensch, der sich umbringt«, brabbelt sie drauflos.

Ich will hier raus, ich will ins Pinkalotta, ich will herausfinden, was mit Alec ist. Es interessiert mich einen Scheißdreck, was für eine Art Mensch Arnaud war. Er hat Alec verraten. Und ich muss meinen Kleinen aus Adrians Klauen befreien, deshalb werfe ich ihr einen finsteren Blick zu.

»Wir müssen noch herausfinden, ob es Selbstmord war«, erläutert Sam hingegen geduldig, bleibt professionell freundlich. Er kann das gut, ein erfahrener Polizeibeamter. In drei Jahren hat er es hinter sich, da wird er pensioniert.

»Die Kollegen werden Sie sicherlich gleich noch mit ein paar Fragen belästigen«, fährt er fort. »Es wäre sehr nett von Ihnen, wenn Sie sich dafür bereithalten würden.« Frau Kittelschürze nickt eifrig, strahlt widerlich über das ganze Gesicht. Ja, prima! Sie steht im Mittelpunkt eines Verbrechens. Offenbar für manche Leute ein echtes Highlight in ihrem erbärmlichen Leben.

Schweigend fahren wir zum Pinkalotta. Jeder hängt seinen Gedanken nach. Wenn ein Kollege getötet wird, ist es immer ein Schock. Wenn einer Selbstmord verübt, fühle ich mich zumindest noch stärker betroffen. Da arbeitet man jahrelang mit jemand zusammen und weiß doch gar nichts von ihm.

Hatte Arnaud Probleme? Hat er gespielt oder waren seine Bordellbesuche zu kostspielig? Was hat ihn dazu gebracht, sich schmieren zu lassen? Mann, er war immerhin Polizist.

»Keiner von uns hat ihn richtig gekannt«, sage ich in die Stille hinein. Sam schaut fragend. »Arnaud. Ich habe im Grunde nichts von ihm gewusst. Wie ist er da wohl reingeraten?«

Lange sagt Sam nichts, dann seufzt er tief. »Wie schon? Vermutlich Geldsorgen. Irgendwas lief schief und dann hat ihm halt jemand Geld angeboten. Vielleicht hat er gar nicht gewusst, wozu die Infos waren?«

»Aber er war Polizist, verdammt!« Für mich unvorstellbar meine beruflichen Ideale zu verraten. Wobei … Stand ich nicht auch mal davor?

Damals, als Adrian Alec vor meinen Augen vergewaltigt hat, da hat sich mein Finger um den Abzug gekrallt, da war ich kurz davor abzudrücken. Für einen winzigen Moment wollte ich ihn töten. Und habe ich es nicht auch später manches Mal bereut? Auch jetzt noch.

Wenn ich nur einmal alles über Bord geworfen hätte, nur ein einziges Mal nicht der perfekte, brave, gute Polizist gewesen wäre, dann wäre Alec jetzt frei, in Sicherheit und ich würde nicht vor Sorge um ihn vergehen.

Nur ein Mal …

Ahnt Sam etwa meine Gedanken oder stehen sie auf meiner Stirn tätowiert? »Hast du nicht auch schon mal daran gedacht? Wenn du das ganze Geld siehst, bei den Razzien? Wenn du weißt, was der Kram wert ist, den wir beschlagnahmen. Denkst du nicht auch daran, was wäre, wenn du in diesem verdammten Drogensumpf nur einmal so handeln könntest, wie du wolltest, dir die Kerle schnappen, bevor sie was anrichten, nicht erst, wenn wir die Kinderleichen einsammeln?« Sam schnauft empört. Er war dabei, als die Leiche von dem Jungen geborgen wurde.

Langsam nicke ich. Ich glaube, jeder von uns hat mit dem Gedanken gespielt. Ein Mal ganz bestimmt.

»Ich habe schon daran gedacht«, gibt Sam zu. »Mehr als einmal sogar.«

»Aber du hast es eben nicht getan! Die meisten von uns tun es nicht, widerstehen der Versuchung. Wir sind immerhin die Guten. Und wir machen unseren Job. Wir geben immer unser Bestes.«

Sam sagt nichts mehr, bis wir vor dem Pinkalotta halten. Arnauds Tod scheint ihm nahe zu gehen.

Die Bar ist geschlossen, drinnen wuselt allerdings jemand herum, also klopfe ich energisch gegen die Glastür. Der Typ wischt den Fußboden, schaut sehr misstrauisch hoch. Sams Uniform lässt ihn dann doch wohl recht langsam herangeschlendert kommen.

»Wir haben zu.« Steht ja auch auf dem Schild.

»Polizei«, antwortet Sam ebenso überflüssig. »Wir müssen Ihnen ein paar Fragen stellen.« Der Typ hat lange, blonde Haare, die er in einem Pferdeschwanz trägt, ist gekleidet wie ein Hippie in Shorts und Hawaiihemd und lässt uns nur widerwillig herein.

»Was ist denn los?«, erkundigt er sich, kaum hat sich die Tür hinter uns geschlossen. Er sieht ein wenig müde aus. Ich zeige ihm die Fotografie von Alec und frage: »Haben Sie diesen Mann gestern Abend hier gesehen? Etwa gegen 22 Uhr?«

Er wirft einen interessierten Blick auf das Foto und unglaublicherweise nickt er sofort, erhöht damit meinen Herzschlag um 100 Schläge. Erneut fühlen sich meine Knie weich an. Er hat ihn gesehen, Alec war hier. Ich fühle mich seltsam erleichtert. Endlich ein Ansatzpunkt.

»Ja, der war gestern da. Hat an der Bar was getrunken. Ich habe ihn kurz zwischendurch gesehen.« Er schaut von mir zu Sam und zurück. »Da kann ihnen Hein mehr zu sagen, der war hinter der Bar. Sie haben Glück, der ist noch nicht weg. Moment, ich hole ihn!«

Der Hippietyp stellt seinen Wischmopp ab und geht weiter nach hinten und brüllt in die Küche hinein: »Hein, komm mal nach vorne, da sind ein paar Typen, die was von dir wissen wollen!« Zurück kommt ein unwilliges Brummen und kurz danach erscheint ein ebenso müde aussehender Mann, in etwa Vierzig, mit schütterem Haar. Sein Gesicht wirkt aufgequollen und er starrt Sams Uniform überaus erschrocken an. Mich nimmt er derweil kaum wahr.

»Was ist denn los?« Mein Polizistensinn schlägt laut Alarm. Der Typ ist nervös, kommt nur sehr zögernd näher und bleibt in sicherer Entfernung stehen. Tierisch nervös ist er sogar. Die Hände flattern und entweder hat er gestern zu viel gebechert oder er hat ein verdammt schlechtes Gewissen. In mir entsteht leise beginnender Ärger. Wenn er was damit zu tun hat, was Alec passiert ist, dann gnade ihm Gott.

»Sie sind …?« Auch Sam dürfte kaum entgangen sein, dass dieser Typ sich wie ein ertappter Ladendieb verhält.

»Heinrich Bohlsen.« Der Typ leckt sich fahrig über die Lippen und wirkt sehr blass. »Was wollen Sie denn von mir?« Sein Kollege tritt hinzu, bleibt aber ein wenig zurück. Klar, der hat damit nichts mehr zu tun.

Ich zeige Heinrich das Foto von Alec und beobachte ihn ganz genau. Bingo, er zuckt ertappt zusammen, schluckt mehrfach nervös.

Ganz ruhig jetzt Mike. Alec war hier, dieser Typ hat ihn gesehen und er hat was zu verbergen. Diese Spur ist heiß.

»Haben Sie diesen jungen Mann gestern Abend hier an der Bar bedient?«, fragt Sam an meiner Stelle, während ich noch Luft hole, versuche, ruhig und sachlich zu bleiben. Und vor allem nachzudenken.

Heinrich zögert, starrt abermals auf das Foto und schüttelt dann viel zu hastig den Kopf. »Keine Ahnung. Hier kommen viele Typen rein, da kann ich mir ja nicht jeden merken.« Er zuckt die Achseln, kann den Blick dabei nicht von dem Foto lösen.

Ein Bild, in unserem Garten aufgenommen. Alec lächelt überaus charmant. Sein dunkelblondes Haar leuchtet in der Sonne. Es ist eines der Lieblingsfotos meiner Mutter, hängt gerahmt bei ihr im Wohnzimmer. Das typische Bild eines sympathischen Schwiegermuttertraums. Was Alec ja auch ist.

Heinrich schluckt erneut hart, schaut zu mir hoch. Vermutlich spiegelt mein Gesicht den leise kochenden Ärger wider. »Reden wir nicht drumherum. Sie haben ihn gesehen. Ihr Kollege hat uns bereits gesagt, dass er hier war und Sie ihn bedient haben. Also, was ist passiert? Hat er sich hier mit jemandem getroffen?«

Heinrich wird zusehends zappeliger, seine Hände wandern an der Jeans auf und ab und er wirft dem Hippietyp einen unsicheren Blick zu. Beste Freunde sind die nicht.

»Okay«, gibt er zögernd und gedehnt zu. »Er war hier. Gestern Abend. Hat eine Cola getrunken.«

»War er alleine?« Ich bin Sam dankbar, denn ich fürchte, ich explodiere bald, wenn der Typ nicht gleich mit der Sprache rausrückt. Mann, er weiß, was mit Alec passiert ist!

»Ja. Er hat auf einen Freund gewartet. Der kam nicht, also ist er wieder gegangen.« Der Hippietyp schaut Heinrich verblüfft an und ich wende mich ihm sofort zu.

»Stimmt das?« Der Blondschopf wirft Heinrich einen vorwurfsvollen Blick zu und schüttelt den Kopf.

»Nein«, sagt er entschlossen, fängt sich von Heinrich einen erschrockenen Blick ein. »Ich habe ihn an der Bar gesehen. Hein hat mit ihm geredet. Dann kam so ein großer, geil aussehender Typ in teurem Outfit rein und hat ihn angesprochen. Der Süße ist mit ihm raus. War wohl ein bisschen angetrunken, denke ich mal, denn der geile Typ hat ihn gestützt. Sah so aus, als ob er sein Freund wäre.«

»Scheiße!« Ich habe laut geflucht, ich merke es, weil mich alle anstarren. Das kann nur Adrian gewesen sein. Er war hier! Er hat sich meinen Alec persönlich geschnappt.

»Hat er sich nicht gewehrt?«, erkundigt sich Sam ruhig, der ja auch keinen inneren Orkan an entsetzten, wütenden Gefühlen bändigen muss. Der Hippietyp schüttelt den Kopf, schiebt die Unterlippe vor. »Nein, er ist einfach so mitgegangen. Wirkte halt ein bisschen weggetreten, so wie er den Typ angesehen hat.«

Sam nickt wissend und auch ich weiß, was hier passiert ist. Ein Schwall eiskalten Wassers über meinen Kopf hätte keine schlimmere Wirkung auf mich haben können. Verfluchte Scheiße, dieser perverse Mistkerl!

»GHB.« Sam nickt verständnisvoll seufzend und erntet einen fragenden Blick von dem Blondzopf, während Heinrich betreten zu Boden schaut. »Gamma-Hydroxybuttersäure. Besser bekannt als K.O.-Tropfen.«

Nun zuckt Heinrich so deutlich zusammen, dass ich ihn prompt hart am Arm packe. Er keucht erschrocken auf, starrt mich entsetzt an. Der Hippietyp zieht ebenfalls scharf die Luft ein und schaut gleichfalls zu Heinrich hin.

»Hast du ihm die etwa in sein Glas gegeben?« Ich muss mich extrem beherrschen. Am liebsten würde ich diesen miesen Kerl schütteln, bis er endlich mit der Wahrheit herausrückt.

»War doch nur ganz wenig!«, stößt Heinrich hastig hervor. Ich kann seinen verdammten Schweiß riechen. Er stinkt nach Angst. »Nur ein paar Tropfen. Gar nicht viel.«

Sam grunzt und Blondschopf blickt Heinrich angewidert an. Ich bin sprachlos.

K.O.Tropfen! Damit hat er ihn also betäubt. Ein bisschen von dem Teufelszeug in den Drink und Alec folgt ihm willenlos überall hin. Völlig unauffällig. Die typische Vergewaltigungsdroge.

Teufel auch! Augenblicklich sind wieder diese Bilder in meinem Kopf.

Dieses verfluchte Zeugs macht das Opfer völlig gefügig. Es bekommt nicht mal mit, was passiert, kann sich hinterher an nichts erinnern. Adrians perfekte Falle und Alec ist direkt hineingetappt!

Der Mann windet sich in meinem harten Griff, er setzt ein Grinsen auf, blickt um Verständnis heischend vom einen zum anderen.

»Hey, Mann! Der Typ hat mir einen 500 Euro Schein gegeben, damit ich sie ihm ins Glas mache! War ja nicht viel. Mann, der wollte doch nur etwas Spaß haben. Der Kleine war einfach echt zum Anbeißen sexy. Wer würde es ihm verdenken? War doch nur ein bisschen Spaß.«

Etwas explodiert in mir. Ich kann mich nicht mehr kontrollieren. Das ist zu viel. Zum ersten Mal in meiner Karriere als Polizist verliere ich die Beherrschung.

Ich stoße den Mann hart zurück gegen den Tisch, packe ihn zornentbrannt am Hemd und drücke ihn fest auf die Tischplatte.

»Du verfluchter Mistkerl! Das letzte Mal, als dieser Perverse auch nur ein bisschen Spaß haben wollte, hat er ihn vier Monate lang nackt an ein Bett gefesselt und ihn täglich vergewaltigt! Ist es das, was ihr Schwulen so unter Spaß versteht, ja? Du bist total krank, so erbärmlich!«

Zu Tode verängstigt schaut er mich an, die Hände abwehrend erhoben.

Jämmerlicher Wurm! Ich möchte ihn schlagen, ihm dieses Grinsen von eben aus dem Gesicht prügeln! Dieser Mistkerl hat meinen Alec unter Drogen gesetzt, für lächerliche 500 Euro!

»Mike.« Sams leise Stimme, seine Hand liegt auf meinem Arm, hält meine Faust davon ab, diesem Mann ins Gesicht zu krachen. Wutschnaubend stoße ich ihn zurück, rieche es im selben Augenblick. Der Typ hat sich glatt vor Angst in die Hose gepisst.

Nun rappelt er sich langsam hoch, schaut mich jedoch noch immer furchtsam an. Seine Jeans hat sich im Schritt dunkel verfärbt.

»Mann, das konnte ich ja nicht ahnen.« Er wirft mir einen unterwürfigen Blick zu. »Der Typ kam eine Stunde vorher rein und hat einen Cocktail getrunken. Mann, der hat mit einem Hunderter bezahlt! Dann hat er gefragt, ob ich Lust hätte, mir was zu verdienen und mir das Zeugs gegeben. Er hat mir den Jungen beschrieben. Ich sollte dem Süßen nur was davon in den Drink tun. Ich konnte doch nicht ahnen …«

Mein wütend verzerrtes Gesicht und die geballte Faust bringt ihn zum Schweigen. Er kommt mir viel zu nahe. Er stinkt. Er widert mich so an.

Erbärmlicher, mieser Kerl.

»Hat der Mann gesagt, wo er ihn hinbringt? Hat er vielleicht seinen Namen genannt?«, fährt Sam souverän fort.

»Nein!« Hastig wendet Hein sich nun an Sam. »Er hat nicht viel gesagt, nur dass der Kleine voll auf ihn steht und nur ein wenig überzeugt werden müsse. Er würde gut für ihn sorgen.« Er lacht bemüht auf. »Mann, der fuhr voll auf den Twinky ab. Der war aber auch echt Zucker.«

Ich kann nicht mehr, drehe mich um und balle meine Fäuste ganz fest zusammen. Wenn Sam mich nicht abhält, schlage ich diesen elendigen Kerl zu Brei. Ich muss hier raus.

Hinter mir höre ich Sam Heinrich und den anderen Typ befragen. Ich brauche frische Luft, einen klaren Kopf, muss wieder zur Besinnung kommen.

Auf der Straße renne ich auf und ab. Ich muss nachdenken. Ich habe wirklich die Beherrschung verloren. Scheiße! Ich dreh hier noch völlig durch vor lauter Angst um Alec.

Und dieser Mistkerl hat ihn Adrian ans Messer geliefert. Mich durchläuft ein Zittern, ich bin aufgewühlt wie nie zuvor und ich muss irgendwas tun. Stattdessen laufe ich bis ans Ende der Straße und zurück, grüble erfolglos, was ich als Nächstes tun kann.

Ich muss herausbekommen, wo Adrian steckt, wo er Alec gefangen hält. Ich muss herausfinden, was für Immobilien er noch außer der Villa besitzt. Ein anderes Haus, eine Wohnung, was auch immer. Was Arnaud eigentlich ermitteln wollte. Oder zumindest behauptet hat. Er hätte doch auch gar nichts sagen müssen. Warum diese Nachricht auf meinem Anrufbeantworter?

Teufel noch eins! Ich will keine weiteren Fragen, ich will endlich Antworten.

Ich will meinen Alec zurück.

Unversehrt.

GUTE PARTNERSCHAFT

Sam kommt aus der Bar und sieht sich suchend nach mir um. Ich lehne mit verschränkten Armen am Streifenwagen. Langsam kommt er auf mich zu, sein Gesicht ernst.

Ich weiß nicht, was ich sagen soll. Es gibt keine Entschuldigung für mein Verhalten. So etwas darf mir nicht passieren. Selbst wenn ich nicht im Einsatz bin. Selbst, wenn ich schier wahnsinnig vor Sorge bin. Ich bin Polizist, verdammt!

»Die Beschreibung des Mannes, der ihm das Geld gegeben hat, würde auf Adson passen«, meint Sam nachdenklich, als er das Auto aufschließt.

Ach was? Hat er etwa noch Zweifel gehabt? Mein abfälliges Schnauben ist Antwort genug, denke ich. Er geht nicht drauf ein.

Stattdessen schnappt er sich das Funkgerät, meldet sich im Revier und erklärt, wo wir sind und was passiert ist. Ruhig, sachlich, professionell.

Na klar, es geht ja auch nicht um jemanden, den er liebt, seine Frau, seine Kinder.

Würde er ruhig bleiben können, wenn seine Frau entführt worden wäre?

Vermutlich ja. Sam ist Profi. Ich neide ihm seine Gelassenheit. Dieser Vorfall entlarvt und beschämt mich, zeigt, wie schwach ich im Grunde bin. Etwas, was ich sonst allerhöchsten Alec sehen lasse. Es ist mir unangenehm.

»Okay.« Sam taucht aus dem Wagen auf. »Die schicken gleich ein paar Kollegen, die werden den Herrn Bohlsen mit aufs Revier nehmen und ausführlich befragen. Ich bezweifle, dass sie mehr rausbekommen werden. Der wusste leider nicht, wohin der Adson deinen Freund gebracht haben könnte.« Er macht eine Pause, schaut mich dabei mitleidig an, wie mir scheint.

»Peter meinte, wir sollen beide zurück ins Revier kommen und die Kollegen ihre Arbeit machen lassen.« So vorsichtig, wie er das sagt, ist mir klar, dass er ihm zumindest nebenbei gesteckt hat, dass ich ausgerastet bin. War ja auch voll daneben.

Trotzdem … Wenn ich nur an den Kerl denke, kommt mir schon wieder die Galle hoch. Nur ein bisschen Spaß … Wütend balle ich die Faust und hole tief Luft. *Beherrsche dich, Mike!*

»Lass uns zurückfahren«, drängt Sam stärker. »Ein Streifenwagen ist auch schon zu Adsons Villa unterwegs, die werden da mal nachfragen. Ohne Durchsuchungsbefehl können die zwar nichts tun und dazu besteht noch nicht genügend Tatverdacht, Peter hat jedoch versprochen, dass er sich darum kümmert.«

Wütend schnaubend stoße ich die Luft aus. Nicht genügend Tatverdacht? Wollen die abwarten, bis wir Alecs Leiche finden? Ist das dann Beweis genug?

Verdammt! Ich muss irgendwas unternehmen. Ich will ihn nicht verlieren.

Sam tritt dichter an mich heran, legt mir plötzlich die Hand fest auf die Schulter. Ich starre ihn wütend an.

»Du kannst hier jetzt nichts tun, Mike.« Sein Blick trifft, durchbohrt mich. Ich spüre sein Mitleid, die Besorgnis. Sie ist ehrlich und natürlich hat er Recht.

Ich bin krank vor Sorge, nicht mehr zurechnungsfähig und ganz bestimmt der Falsche, um aus diesem Kerl verwertbare Informationen über Alecs Verbleib zu bekommen. Vor allem, wenn er die Befragung überleben soll.

Ich kann nichts tun. Gar nichts. Diese einfache Tatsache macht mich fertig.

Energisch stoße ich mich ab und steige ins Auto. »Dann lass uns eben zurückfahren. Ich muss herausfinden, wo Adrian sein könnte, was Arnaud gewusst hat und das kann ich am besten im Revier!«

Wir fahren zurück.

Da draußen bewegt sich die Welt einfach weiter, nimmt alles seinen Lauf. Und Alec? Wie mag es ihm gehen, was muss er durchmachen? Wo steckt er? Denkt er vielleicht an mich? Hofft er, ich werde kommen und ihn retten? Kann ich es schaffen, kann ich mein Versprechen an ihn wahr machen? Ich habe bereits versagt, ich konnte ihn nicht schützen. Zum zweiten Mal schon nicht!

Lügner. Versager. All deine tollen Worte, und nun ist Alec doch wieder in der Gewalt dieses perversen Mistkerls.

Sams Handy klingelt und er fährt brav an die Seite. Er sieht ein wenig überrascht aus. Seine Frau hat ihn noch nie angerufen, wenn wir im Einsatz sind. Andererseits hat er heute eigentlich einen Bürotag. Oder es ist was Schlimmes passiert? Ich kann nicht umhin, zuzuhören, als er das Gespräch annimmt.

»Ja?«, meldet sich Sam nach einem Blick auf das Display. Sieht nicht so aus, als ob es seine Frau wäre, oder sie haben gerade einen Ehekrach, so sachlich, wie er sich meldet. Er lauscht, das Gesicht ausdruckslos. »Ja. Okay.« Er schluckt und fügt hinzu: »Ich kümmere mich darum.«

Vielleicht ist es auch Peter, der ihm noch was persönlich sagen will, und ich ärgere mich prompt. Natürlich. Übers Funkgerät würde ich es mithören, so kann er Sam besser instruieren, was er mit mir machen soll.

Mann, ich muss da echt eine miese Figur abgegeben haben. Hoffentlich hat das keine weiteren Konsequenzen für mich.

Völlig verrückt! Da schwebt mein Alec in Lebensgefahr und ich mache mir Sorgen um meine Karriere. Ich bin echt ein dämlicher Hund! Ärgerlich balle ich die Faust.

Sam schaltet das Handy aus und steckt es ein und ich kann mir ein sarkastisches: »Was Wichtiges?«, nicht verkneifen. Ohne mich anzusehen, fährt er los, fädelt sich in den Verkehr ein und antwortet erst verzögert: »Nur was Privates.«

Ah so! Also doch Peter. Soll Sam mich gleich in die Klapsmühle bringen? Oh Mann, ich spüre so viel Wut in mir, wie nie zuvor und weiß, dass ich sie kaum beherrschen kann. Sie wächst mit jeder Minute, jeder Sekunde, die ich im Ungewissen verbringe.

Aber ich sage nichts. Schlucke die Wut hinunter. Ich muss mich beherrschen, muss einen Schritt nach dem anderen machen, sonst finde ich Alec nie wieder. Es nutzt keinem, wenn ich ausraste.

Auf dem Revier herrscht bedrückte Stimmung. Klar, wir haben einen Kollegen verloren, und auch wenn Arnaud nicht gerade beliebt war, so sitzt der Schock doch tief.

Betroffene Gesichter überall, Getuschel, Gerede. Ich sage nichts dazu. Auch auf Peters: »Es tut mir leid, Mike. Wir tun, was wir können, um alles aufzuklären und um ihn zu finden«, gehe ich gar nicht erst großartig ein. Stattdessen verschwinde ich schnell zu meinem Platz, durchwühle noch einmal, ebenso erfolglos, den Schreibtisch unter Sams mitleidigen Blicken, der eine Weile nach mir herankommt. Bestimmt hat er sich mit Peter über mich beraten. Sollen sie. Mir doch egal. Für mich zählt nur, Alec wiederzufinden.

Ohne mit Sam ein Wort zu wechseln, gehe ich hinüber zu Arnauds Schreibtisch. Ich weiß nicht warum, aber mir geht sein Anruf nicht aus dem Kopf. Keine Ahnung, was ich zu finden hoffe, gerade klammere ich mich einfach an jeden Strohhalm.

Wahrhaftig, da liegen Adrians Akten, der ganze Betrugsfall, direkt auf Arnauds Schreibtisch. Angesehen hat er sie sich also.

Wozu? Wollte er Spuren verwischen, Hinweise vernichten? Was hat Arnaud damit gemacht?

Der Schreck durchfährt mich urplötzlich. Wenn ich Pech habe, hat er all jene Informationen vernichtet, die ich brauche, um Adrians Versteck herauszufinden.

Seufzend, mit wenig Hoffnung mache ich mich ans Werk, bete, hoffe, dass Arnaud nicht gründlich genug war, ich noch was finden kann, einen winzigen Anhaltspunkt, irgendwas, was mich zu Alec führen wird.

Schon viel zu lange ist er in Adrians Gewalt. Furcht zieht mein Herz zusammen, wann immer ich an Alec denken muss. Ich sehe Alecs Foto in unserem Garten, halte mich daran fest, um nicht an jene andere, hartnäckige Szene in meinem Kopf zu denken, als Adrian das letzte Mal zurückkam.

Nur nicht daran denken. Erinnere dich an dieses typische Alec-Lächeln. Die blitzenden Augen, diese wunderschönen, küssenswerten Lippen.

Ich weiß noch genau seine Worte, weiß, wie ich ihn aufgefordert habe, mal kurz mit dem Buddeln in der Erde aufzuhören, für das Foto zu lächeln: »Wenn ich dich mit dem Fotoapparat sehe, muss ich immer schmunzeln, denn ich weiß noch genau, wie du in Venezuela damit über Bord gegangen bist und mit aller Macht versucht hast, wild strampelnd, die Kamera aus dem Wasser herauszuhalten.«

Dann hat Alec gelacht und ich habe abgedrückt. Wieder und wieder, um sein schönes Gesicht festzuhalten, jenen Ausdruck auf ewig in mein Gehirn und auf den Film zu bannen. Alec …

Wird es alles sein, was ich in Zukunft von ihm haben werde? Fotos,

Erinnerungen? Ein Leben ohne Alec … Meine Augen brennen. Mir ist kalt, wenn ich auch nur daran zu denken wage, dass ich ihn womöglich nie wieder in meine Arme schließen kann, nie wieder sein Haar zausen darf, ihn nie wieder küssen …

Reiß dich zusammen, Mike! Du musst ihn nur schnell genug finden. Irgendwo muss es eine Spur geben.

Seite um Seite arbeite ich mich durch die Unterlagen, da brummt plötzlich mein Handy. Hastig ziehe ich es hervor. Ricks Nummer. Tom. Meine Finger zittern, als ich das Handy öffne. Ich bete, um eine gute Nachricht, irgendwas, was mir jetzt weiterhilft.

Toms Stimme ist leise. Viele, sehr laute Hintergrundgeräusche, er ist schwer zu verstehen: »Mike! Hab was für dich … redete … einen Kunden … Fuhr ein teures, schwarzes Auto … Anzug. Er hat ihn damals vom Bahnhof … irgendwohin … unten am Hafen … Lagerhalle …«

Verflucht, da sind zu viele Nebengeräusche.

»Tom? Wo bist du, ich verstehe dich kaum. Es ist zu laut«, stoße ich hervor, lausche angestrengt, will kein Wort verpassen.

»Moment«, kommt es zurück, dauert eine Weile, dann werden die Geräusche weniger. Ich kann Tom besser verstehen, als er sich endlich wieder meldet: »Ich habe da gerade eine heiße Sache gehört. Einer meiner Jungs hat erzählt, dass er vor knapp vier Jahren mal von einem Freier in einem ziemlich teuren schwarzen Auto mitgenommen worden ist. Zu so ner alten Lagerhalle, irgendwo am Hafen.

Er wusste nicht mehr genau wo, aber der Typ hat behauptet, die würde ihm selbst gehören. Da war sogar ein Raum mit einem Bett drin. Aber Mike, halt dich fest, der Kunde wollte dabei partout nicht sein Gesicht sehen. Er durfte sich nur auf den Bauch legen und musste das Gesicht in einem Kissen verstecken. Und als der Typ gekommen ist, hat er wohl so was wie ›Alec‹, gestöhnt. Jordan war sich da ganz sicher.

Er konnte sich gut an den Typ erinnern, weil der sehr gut aussah, teuer gekleidet war und nur ihn haben wollte. Alle anderen hat er abgelehnt und ihm extra einen Hunderter mehr bezahlt, weil Jordan eben dunkelblonde Haare hat. Da stehe ich drauf, hat der Kunde gesagt und Mike …?« Tom macht eine dezente Pause und seine Stimme wird eindringlicher: »Jordan sieht Alec ein wenig ähnlich …«

Mir stockt der Atem.

»Danke, Tom! Du hast echt was gut bei mir.« Ich unterdrücke mühsam die aufdringlichen Bilder eines Körpers mit dunkelblonden Haaren, tief in ein Kissen gedrückt.

»Quatsch nicht blöd rum, Bulle!« Tom schnaubt. »Alec ist auch mein Freund.«

Beinahe muss ich lächeln, konzentriere mich lieber auf die neuen Infos. Eine Lagerhalle also? Am Hafen. Da sind Tausende.

»Ich werde rausfinden, ob Adrian eine Lagerhalle gemietet hat, oder ihm was gehört.«

»Das war leider bislang alles«, fügt Tom hinzu. »Ich habe hier auch ein wenig zu viel Staub aufgewirbelt und muss mich langsam vom Acker machen.« Die Geräusche werden lauter. Er muss irgendwo sein, wo viel los ist. Vielleicht am Bahnhof. Da, wo ihm nicht so leicht was passieren kann. Kluger Kopf.

»Mike, sag mir Bescheid, wenn du weißt, wo das ist, dann komme ich hin.«

Dummer Junge! Der spinnt doch.

»Tom? Dies ist kein Hollywoodfilm. Du hältst dich da fein raus. Fahr zu Rick oder besser noch zu Phily!« Schweigen in der Leitung. »Tom? Hast du mich verstanden? Schwörst du mir, dich da rauszuhalten?«

Tom flucht. Eine Reihe von jenen Schimpfwörtern, die ich nur teilweise kenne. »Hast du sie noch alle, Bulle? Was redest du für einen Scheiß?«

»Tom! Schwörst du mir, dass du dich da raushältst?«, wiederhole ich. Ich meine es ernst. Ich will ihn nicht da haben. Keine Ahnung, was der für Blödsinn anstellt. Ich bin schon schlimm genug, da kann ich ganz bestimmt keinen Mister Machoman gebrauchen, wo es um Alecs Leben geht!

»Ja, Mann! Ja!«, schreit Tom aufgebracht ins Telefon. »Ich habe es verstanden! Scheiße, Mann!« Es wird still, er hat aufgelegt.

Ich kann seine Wut verstehen. Trotzdem soll er sich besser raushalten. Er hat schon genug getan.

»Neue Infos?«

Ich schrecke hoch, noch ganz in Gedanken an Tom, der wie Rambo ohne Stirnband losjagt, um Alec irgendwo rauszuholen. Sam steht im Türrahmen und hat mein Gespräch wohl mitbekommen.

Ich nicke und erzähle ihm, was Tom herausgefunden hat. Sam nickt anerkennend und grinst plötzlich verschmitzt. »Hey, will der Typ nicht bei uns anfangen? Scheint einen guten Job zu machen!« Ich verziehe nur das Gesicht.

So ein Draufgänger wie Tom wäre nicht der beste Polizist, denke ich, so unbedacht, wie der manchmal handelt. Sam kennt ihn ja nicht so gut wie ich.

Sam wirft einen Blick auf die Akten. »Der Adson-Fall?« Er wartet mein Nicken gar nicht ab, sondern schnappt sich einen Ordner. »Dann wollen wir mal rausfinden, wo der stecken könnte.« Dankbar blicke ich ihn an. Sam ist echt okay.

»Ich habe es!«, unterbreche ich bald danach unsere Recherche. »Das könnte es sein, schau!« Ich zeige Sam, was ich gefunden habe: Eine kleine Lagerhalle, die einer Unterfirma von Adrians Imperium gehört. Wir haben sie damals erfolglos durchsucht. Der Hund war einfach zu raffiniert für uns, wir konnten nichts finden, was ihn belastet hätte.

Sam nickt bedächtig, sieht sehr nachdenklich aus. »Stimmt, das könnte es sein. Aber Mike, wir können da nicht einfach so rein.« Ich schnaube abfällig. Ich weiß schon, keine ausreichenden Beweise. Kein Durchsuchungsbefehl. Scheiß drauf!

Rasch stehe ich auf und bin schon halb zur Tür raus, als Sam ebenfalls aufspringt. »Willst du da jetzt hin?«

»Was denkst du denn? Natürlich! Denkst du, ich warte, bis die Kavallerie ihre Rösser endlich gesattelt hat und lautstark zum Angriff bläst? Wenn wir da mit der ganzen Mannschaft auftauchen, ist Alec schneller tot, als wir schauen können. Ich werde unter gar keinen Umständen riskieren, dass ihm etwas passiert, Sam!«

Sekundenlang schaut er mich mit großen Augen an. Ich sehe es förmlich hinter seiner Stirn rattern. Er hadert mit sich.

Wem gilt seine Loyalität? Wir sind schon lange Partner. Vielleicht wird er aber auch gleich zu Peter rennen. Vielleicht werden sie versuchen, mich davon abzuhalten. Mir ist es völlig egal, was sie von mir denken werden, mir ist auch ganz egal, was aus dem Job, aus meiner Zukunft wird. Für mich gibt es keine ohne meinen Alec.

»Okay …« Sam wirkt unentschlossen. »Wenn du unbedingt Ärger bekommen willst …« Er gibt sich einen sichtlichen Ruck. »Dann komme ich mit, Mike. Du gehst da nicht alleine hin.«

Gerade könnte ich ihm um den Hals fallen. Andererseits … Vielleicht will er auch verhindern, dass ich wieder Unfug mache? Hat er Peter versprochen, mich im Auge zu behalten? Egal. Ich will da jetzt hin.

»Dann los!« Ich bin schon auf dem Weg. Ich bin ganz nahe dran. Wenn Adrian Alec dort gefangen hält, kann ich ihn entweder mit Sam befreien oder Verstärkung rufen, wenn wir sicher sind, dass er dort ist. Ich kann endlich was tun!

Natürlich rennen wir auf dem Weg hinaus, direkt in Peters Arme. Mann, sieht der misstrauisch aus. Steht auf meiner Stirn etwa so deutlich tätowiert: Durchgeknallter, verliebter, unberechenbarer Polizist läuft Amok und stürmt vermuteten Aufenthaltsort seines Liebhabers?

Was soll ich sagen, wenn er fragt, wo wir hin wollen? Ich kann und werde nicht lügen.

Sam schnallt schneller. »Ich bringe Mike nach Hause.«

Ich wusste gar nicht, dass Sam lügen kann, hätte ich ihm nicht zugetraut. Es klingt absolut glaubwürdig. Sogar Peter nimmt es ihm ab, sein Blick wird sofort weich und verständnisvoll.

»Gute Idee. Mike, du kannst eh nichts hierbei tun. Geh nach Hause, ruhe dich ein wenig aus. Wir informieren dich, sobald wir einen Hinweis haben.« Aufmunternd klopft er mir auf die Schulter. »Wir finden ihn!«

Prompt meldet sich mein schlechtes Gewissen und ich bin versucht, ihm zu sagen, was ich weiß. Nur würde er mich dann ganz gewiss davon abhalten, zu der Lagerhalle zu fahren. Wie ich Peter kenne, und ich kenne ihn lange genug, würde er mich glatt irgendwo einsperren, um mich da rauszuhalten. Ganz bestimmt. Vor allem, nachdem ihm Sam ja berichtet hat, was in der Bar passiert ist.

Ich brumme Unverständliches und folge Sam hinaus. Es behagt mir überhaupt nicht, diesen Weg zu gehen. Viel lieber würde ich den offiziellen Weg gehen, nur war mir noch nie so klar, dass wir dann zu spät kommen werden und dieses Mal darf es kein ›zu spät‹ geben.

Sam kann meine Gedanken wohl abermals lesen: »Sobald wir einen Hinweis finden, dass der Adson deinen Freund dort gefangen hält, geben wir Bernd aber Bescheid und lassen die den Rest machen, okay?« Ich nicke stumm, als wir vom Hof fahren, und füge viel zu spät hinzu: »Danke.« Brummend stimmt mir Sam zu.

Ich weiß zu schätzen, was er für mich tut. Auch ihm kann es Ärger einbringen. Jede Menge sogar.

Die Fahrt dauert nicht sehr lange, mit jedem Meter hingegen werde ich nervöser. Ich war schon mal bei einer Geiselnahme dabei. So ein Idiot, der ein kleines Schuhgeschäft überfallen und die Verkäuferinnen als Geiseln genommen hatte. Wir haben alles abgesichert und letztlich hat er aufgegeben. Nur dabei ging es ja nicht um jemanden, den ich kannte. Den ich liebe.

Jetzt überlege ich mir, was ich tun kann, wie die Örtlichkeiten sein werden. In meinem Kopf entstehen Pläne, Szenarien, wie ich unbemerkt in die Halle gelangen kann, Alec finden und vor allem: wie ich Adrian ausschalten kann. Oder eher wie Sam es kann. Ich bin schließlich noch immer in Zivil und unbewaffnet. Verflucht!

»Warum ist dieser Adson eigentlich so hinter dem Jungen her?«, fragt Sam mich plötzlich. »Ich meine, der hat doch deswegen schon gesessen und jede Menge Ärger gehabt. Wieso schnappt er ihn sich trotzdem noch einmal? Wieso ist er ihm so wichtig, wieso riskiert er so viel? Warum das Ganze?«

»Adrian ist krank, völlig auf Alec fixiert. Ein Psycho halt.« Ist mir doch egal, warum er es macht. Er hat Alecs Leben zerstört und macht es abermals.

»Er ist komplett von ihm besessen und hält ihn für sein persönliches Eigentum. Dieser Mann denkt wohl, er kann sich alles und jeden kaufen«, füge ich zornig hinzu. »Teure Anwälte, schnelle Autos, jeden Luxus. Der Mann hat alles. Nur Alec kann er nicht besitzen.«

»Geld hat der wirklich.« Sam seufzt und fügt resignierend hinzu: »Und Einfluss. Ich möchte gar nicht wissen, wen er noch alles geschmiert hat. Und alles wegen dieses Jungen.«

»Hast du nicht gesehen, wie er ihn angesehen hat, in der Verhandlung? Du warst doch da, als du deine Aussage gemacht hast«, antworte ich ihm hitzig. War er denn blind? Das hat doch jeder gesehen. »Dieser Kerl hat Alec mit den Augen verschlungen, nie den Blick von ihm genommen. Der hat irgendein Trauma wegen seines Bruders, der nun mal leider Alec sehr ähnlich gesehen hat. Deshalb dreht er so durch. Der würde alles tun, um Alec wieder zu versklaven.«

Bedächtig nickt Sam. »Verstehe ich irgendwie. Dennoch, so viel Aufwand … so ein hohes Risiko.« Er macht eine Pause, seufzt tief. »Und Arnauds Tod … Das ganze Geld … Alles nur wegen …« Er starrt gedankenverloren auf die Straße und ich weiß nicht, was in ihm vor sich geht.

Bestimmt kann er nicht nachvollziehen, was so toll an Alec ist. Wie sollte er auch. Alec ist ein Mann und Sam ist nicht schwul.

»Alec ist was ganz Besonderes«, sage ich leise. Wie soll ich ihm erklären, wie es ist, wenn Alec mich anlächelt, wie es sich anfühlt, mit ihm im Arm aufzuwachen, ihn zu riechen, ihn zu berühren. Keine Ahnung, ob es bei seiner Frau auch so ist. Ich habe nie nachgefragt. Eigentlich weiß ich nicht viel über Sams Privatleben. So viel erzählt er davon nicht.

»Alec bedeutet mir alles«, gebe ich plötzlich zu. »Ich liebe ihn über alles und ich möchte nie mehr ohne ihn sein.«

Noch einmal wirft mir Sam einen Blick zu, den ich nicht ganz deuten kann. Noch nie habe ich so offen über meine Liebe zu Alec geredet. Er sagt nichts, schweigt, bis wir außer Sicht der fraglichen Lagerhalle anhalten. Wenn wir uns der Halle zu Fuß nähern, müssen wir jetzt höllisch aufpassen, dass uns keiner von da sieht. Ringsum sind allerdings genug Gebäude, die uns Deckung geben werden.

Mein Herz rast, meine Hände sind so feucht, dass ich gerade eh keine Waffe halten könnte. Nur gut, dass Sam dabei ist.

Los, auf geht es. Je schneller wir da reinkommen, desto besser.

»Mike!« Sam ruft mich zurück, als ich aussteige. »Warte auf mich, ja?« Brummend nicke ich. Er soll sich gefälligst beeilen!

Er folgt mir hinüber zu einer Gebäudeecke, von der aus man die Halle gut sehen kann. Es ist ein recht kleines Gebäude mit einem großen, geschlossenen Rolltor. Links davon sind eine Tür und ein kleines Fenster. Das Büro, vermute ich. An der Längsseite hat die Halle keine Fenster und ringsum sieht alles sehr ruhig aus. Ich gebe Sam ein Zeichen und wir bewegen uns im Schatten des Gebäudes daneben nach hinten zum Hof.

Mir stockt der Atem, kaum kommt der Innenhof mit seiner Laderampe in Sicht. Dort steht wahrhaftig ein schwarzer Mercedes. C-Klasse.

Adrian ist hier. Ich bin mir ganz sicher. Der hat nur solche Autos. Schwarz, exklusiv und sehr teuer.

Adrian ist hier. Und Alec folglich auch. Irgendwo da drin ist mein Alec.

»Kannst du das Kennzeichen erkennen?«, flüstert Sam hinter mir und ich höre, wie er einen Block zückt, sich das Auto bereits aufschreibt. Ich spähe vorsichtig hinüber und diktiere es ihm. »Okay«, antwortet Sam, seufzt ganz leise sehr tief. Nun gibt es ja wohl fast keinen Zweifel mehr.

»Bleib hier, Mike! Rühre dich ja nicht von der Stelle«, sagt Sam dann in verändertem Tonfall entschlossen. »Ich gehe zum Wagen zurück, überprüfe das Kennzeichen und gebe im Revier Bescheid. Du bleibst hier.«

Werde ich. Ich nicke. Ich bleibe, werde warten, auch wenn in mir alles danach schreit, reinzustürmen. Ich werde warten, bis Sam wieder da ist. Dann werde ich reingehen und Alec rausholen. Bevor das Einsatzkommando heranrauscht und Adrian in Panik gerät. Wenn es nur eine geringe Chance gibt, dass Alec noch lebt, dann werde ich sie nutzen.

»Mach ja keine Dummheiten«, ermahnt Sam mich, ganz dicht hinter mir raunend. »Ich bin gleich wieder da.« Ich sehe ihm über die Schulter nach, wie er sich hastig zurückbewegt.

Beeil dich, alter Mann, knurre ich in Gedanken. Mach schnell. Dort ist Alec, und wenn ich Glück habe, lebt er noch.

Vor mir flirrt die Luft in der Hitze und träger Staub liegt in der Luft. Ich schwitze, gleichzeitig ist mir kalt. Hastig blinzle ich, wische mir mit der Hand die Schweißtropfen von der Stirn. Entfernt hört man die Geräusche des Hafens, LKWs rollen mit ihrer Ladung hin und her, Container werden verladen, Kräne laufen ratternd hin und her. Hier ist alles verdammt ruhig, wirkt wie ausgestorben.

Niemand würde Alecs Schreie hören …

Ich hasse es zu warten.

Hinter mir endlich ein Geräusch, ich drehe mich halb um. Es ist Sam, der zurückkommt. Und im gleichen Moment höre ich vor mir eine Tür aufgehen, wende hastig den Kopf und drücke mich tiefer in den Schatten.

Wahrhaftig, es ist Adrian. Vornehm gekleidet, noch immer so adrett und edel. Er ist es. Dort steht er vor mir, wendet den Blick auch prompt direkt zu mir und …

Scheiße! Er kommt direkt auf mich zu. Hat er mich entdeckt? Woher weiß er, dass ich hier bin? Von dort dürfte er mich gar nicht sehen.

»Sam!«, stoße ich leise warnend aus, will mich zu ihm umdrehen, da presst sich etwas fest auf meinen Mund, eine Hand verdreht meinen linken Arm hart nach hinten. Ein widerlich septischer Geruch und Geschmack ist in meinem Mund, in meiner Nase, dringt ätzend in die Lunge. Ich will husten, würgen. Panik erfasst mich.

Chloroform! Ich kenne den Geruch, ich kenne die Wirkung.

Sam? Nicht … Verdammt!

Ich trete, schlage um mich. Vergebens. Jemand hält mich unbarmherzig fest, bis ich schwächer werde. Meine Bewegungen werden fahrig und kraftlos. Nebel in meinem Kopf, vor den Augen. Die Luft flirrt nicht mehr nur vor Hitze, Farben, Formen verschwimmen. Bis auf das Bild eines Mannes, der auf mich zukommt.

Hass im Blick. So viel Hass. Und Triumph.

Dann wird es dunkler, ruhig, ganz schwarz.

FLUCHT UM JEDEN PREIS

Mike!

Er ist in Gefahr, ich spüre es, ich weiß es. So wie Adrian gerade ausgesehen hat … Er wird ihn töten!

Ich muss hier raus. Ich muss zu Mike.

Heftig zerre ich an der Kette. Vielleicht kann ich den Ring in der Wand lockern, eventuell gibt er irgendwann nach. In wilder, sinnloser Panik reiße ich daran, immer stärker, immer kopfloser.

Schweiß bedeckt meinen Körper und ich bin kaum noch in der Lage, klar zu denken. Die Angst um Mike spült alles fort. Wie verrückt ziehe ich an der Fessel. Die Kanten der Handschelle schneiden in die Haut ein, und doch kann ich nicht aufhören, zerre wie ein wildes, rasendes Tier in einer Falle daran. Was ich ja auch bin. Gerade fühle ich mich nicht anders, gefangen in einer Falle, aus der es kein Entkommen gibt.

Meine Hand brennt, der Schmerz nimmt zu. Ich kann nicht mehr. Sacke auf dem Bett zusammen, ziehe die Beine an und rolle mich ganz eng ein. Wimmernd kommt mir Mikes Name von den Lippen.

Ich muss zu ihm, ich muss. Egal wie.

Ich lausche meinem hektischen Atem, dem rasenden Herzen, spüre das scharfe Pochen am Handgelenk, das Brennen der wunden Haut und des Schlages in meinem Gesicht. Noch immer fühlt sich meine Wange ganz taub an. Adrian hat richtig fest zugeschlagen.

Ich sehe sein Gesicht vor mir, diese Wut in seinen Augen. So hat er mich nie zuvor geschlagen. Bislang habe ich von ihm niemals direkte Gewalt erfahren.

Ich habe ihn aber auch nie zuvor so provoziert.

Früher, da habe ich gar nichts gesagt. Nur ertragen. Ich war unfähig, mich gegen ihn zu wehren. Wie erstarrt, habe alles erduldet. Welcher

Teufel hat mich geritten, ihn dieses Mal herauszufordern? Ich muss lebensmüde gewesen sein.

Mit so viel Wucht hat er zugeschlagen. Noch immer jagen mir kalte Schauer über den Körper. Diese Wut, dieser lodernde Wahnsinn in seinen Augen.

Ich presse die Lider zusammen, wünsche mir so sehr, ich wäre nicht hier, nicht ihm ausgeliefert.

Dieser Adrian ist anders, total wahnsinnig. Ja, Adrian ist geisteskrank. Aber anders, als ich bislang dachte. Er hält mich nicht für seinen toten Bruder, glaubt nicht, ich wäre wiedergeboren oder zurückgekehrt. Er weiß ganz genau, wer ich bin. Dennoch hat er all seine krankhaften Besitzansprüche auf Nils direkt eins zu eins auf mich übertragen. Nun bin ich das Objekt seiner fanatischen Begierde. Und alles nur, weil ich seinem Bruder ähnlich sehe.

Wäre ich ihm doch nur nie begegnet. Hätte ich mich doch nur nicht auf ihn eingelassen.

Du bist sein Eigentum, wispert diese hartnäckige Stimme in mir, die schon früher jeden Widerstand erstickt hat. Du bist nichts weiter, als sein Spielzeug. *Du hast gar keine Chance gegen ihn. Er besitzt deinen Körper, deine Seele, dein Leben. Er verfügt über dich. Du kannst dich nicht gegen ihn wehren. Er wird dich schlagen, dir wehtun. Er könnte dich töten. Besser du gibst gleich auf, du hast keine Chance gegen ihn.*

Verzweiflung kriecht kalt und lähmend durch meinen Körper. Die Tränen brennen in den Augen.

Keine Chance. Kein Entkommen. Auf ewig sein.

Nur langsam beruhigt sich mein Atem, mein Herzschlag, schwindet der Schmerz und damit klärt sich auch der Verstand. Da ist ein Gedanke, beherrscht hartnäckig mein ganzes Denken, überlagert immer stärker das taube Gefühl der Verzweiflung: Ich muss hier rauskommen und zu Mike.

Wenn Adrian mich dabei tötet, soll er doch. Alles ist besser, als mein restliches Leben, sein willenloses Sexspielzeug zu sein. In ständiger Furcht vor ihm und dem, was er mir antun wird. Das will ich auf gar keinen Fall. Lieber sterbe ich.

Erneut versuche ich an der Kette zu ziehen.

Erfolglos. So wird es nichts!

Im Dunkeln taste ich mich zum Kopfende des Bettes vor, dieses verfluchte Klirren der Kette ignorierend, und hangel mich daran entlang bis zum Ring. Die Wand ist aus solidem Beton. Meine Finger ertasten den Ring darin. Er ist an einer Platte befestigt, die mit vier dicken Schrauben in der Wand eingelassen wurde. Ich kenne solche Anbinderinge aus dem Stall.

Leider weiß ich auch nur zu gut, dass sie einem ausgewachsenen, über 600 kg schweren Pferd, widerstehen können. Keine Chance, dass ich diesen Ring mit meiner geringen Kraft gelockert kriege.

Es muss einen anderen Weg geben. Ich kann nicht einfach tatenlos warten, was passieren wird.

Erneut versuche ich meine Hand aus der Handschelle zu bekommen. Warum habe ich nicht ein bisschen schmalere Hände, sie ist doch schon so locker. Offenbar hat Adrian sie diesmal sehr weit angelegt. Wollte er verhindern, dass sie mich verletzt?

In den ersten Wochen meiner damaligen Gefangenschaft habe ich mir die Handgelenke blutig gescheuert und er hat sie mir danach sorgfältig verbunden, sich mehrfach dafür entschuldigt, dass er die Handschellen zu eng angelegt hat.

Danach lagen die Schellen immer so locker an wie diese hier. Aber ich habe nie versucht, mich daraus zu befreien. Irgendwie war ich damals viel zu apathisch.

Nicht dieses Mal.

Verflucht, da muss meine Hand doch irgendwie herauszubekommen sein. Ich drehe sie hin und her, probiere es in Dutzend Variationen. Es muss einfach gehen.

Es klappt nicht. Egal, wie sehr ich daran zerre, egal, wie schmal ich meine Hand mache, den Daumen anpresse, es funktioniert nicht, immer fehlt ein wenig, bleibt das Metall am Daumen hängen. Nur ein winziges bisschen.

Ich spucke auf die Hand, hoffe, dass es feucht genug wird, dass ich herausschlüpfen kann. Wie bei einem festsitzenden Ring. Es fehlt doch nur dieses eine Stückchen. Bitte lass es mir glücken. So locker saßen die Handschellen noch nie, ich komme da fast raus.

So wird es nichts. Es will mir einfach nicht gelingen.

Tränen laufen beständig über mein Gesicht. Erneute Verzweiflung macht sich in mir breit. Ich bin hilflos gefangen und Adrian wird Mike wer weiß was antun. Ich kann ihn nicht mal warnen. Ich kann gar nichts tun.

Ein lautes, gequält verzweifeltes Stöhnen entkommt mir. Es ist mir egal, ob Adrian mich hört. Soll er doch. Ich will hier raus. Ich will zu Mike. Ich will in mein Leben zurück.

Wenn ich wenigstens etwas hätte, mit dem ich ansetzen könnte, einen Hebel, irgendetwas, mit dem ich die Handschelle aufbiegen könnte.

Moment, lag da nicht eine Tube Gleitgel auf dem Nachttisch?

Adrian hat es offenbar benutzt, als er mich bewusstlos vergewaltigt hat. Noch immer schaudere ich vor Ekel und Entsetzen, wenn ich daran denke, wie ich hier gelegen habe und er sich an mir vergangen hat. Verrückt: Dazu hat er zwar Gleitgel benutzt, ein Kondom natürlich nicht.

Er wollte mir bestimmt wieder einmal nicht wehtun. Nein, will er ja nie.

Ein Spielzeug macht man ja auch nicht absichtlich kaputt. Der Gedanke ist getränkt von Zynismus, die Erinnerung an die schmerzhafte Ohrfeige hingegen noch zu präsent.

Etwas hat sich zwischen uns geändert. Dieses Mal muss ich mit viel mehr rechnen, dieses Mal ist Adrian gefährlicher, unberechenbarer geworden. Noch ein Grund von hier zu entkommen.

Vorsichtig taste ich, erfühle den Tisch neben dem Bett, bekomme als erstes die Flasche Mineralwasser zu fassen, ertaste dann den Becher. Vorsichtig jetzt, nur nichts hinunter schmeißen. Endlich erwischen meine Finger die Tube.

Keine Ahnung, ob es funktioniert, ich muss es einfach versuchen.

Das kühle Gel brennt auf der wunden Haut und ich hole zischend Luft. Verdammt, tut das weh! Ich muss mir bei dem wilden Herumgezerre, bereits offene Wunden zugezogen haben.

Egal, ich muss da jetzt durch. Irgendwann wird der Schmerz schon nachlassen. Es sind nur Nervenimpulse, sage ich mir, der Schmerz tötet nicht.

Wenn ich den Daumen jetzt ganz flach ran presse … Noch einmal schmiere ich Gleitgel auf und unter die Handschelle. Etwas davon tropft auf meine Beine, ich spüre es kalt daran hinab laufen und mir wird meine Nacktheit erneut bewusst. Mein Hemd und die Hose liegen da drüben auf dem Stuhl. Wie viel wohler würde ich mich darin fühlen. Nur, erst einmal muss ich hier wegkommen.

So, nun ist alles schön rutschig. Jetzt langsam versuchen die Hand herauszuziehen.

Es geht nicht. Noch immer stecke ich am Daumen fest.

Stärker ziehen. *Los, Alec, drehe das Handgelenk mehr, du musst deine Hand befreien.*

Plötzlich scheint es zu gehen. Ein kleines, ein sehr kleines Stück. Der Druck nimmt zu.

Scheiße, das tut weh! Hektisch atme ich ein und aus und drehe weiter.

Es tut weh! Es tut sogar höllisch weh.

Mühsam unterdrücke ich mein Aufkeuchen, presse die Lippen fest aufeinander, um jeden Laut zu unterdrücken. Ganz langsam ziehe ich stärker, drehe immer wieder die Hand. Oh Mann, tut das weh!

Ja, ich komme weiter, kann die Handschelle tatsächlich am Daumen höher schieben.

Der Schmerz schießt den Arm hoch. Mir ist übel. Schweiß tropft mir von der Stirn. Mein Atem geht stoßweise. Der Schmerz ist kaum noch zu ertragen, dennoch stemme ich mich kurz entschlossen mit den nackten Füßen an der Wand ab, hänge mich mit dem ganzen Gewicht in diese verfluchte widerspenstige Handschelle.

Der Schmerz rast lodernd durch meinen Körper, schreit danach aufzuhören. Es tut so weh!

Weiter, weiter!

Eventuell bricht einfach der Knochen, vielleicht gibt der Daumen irgendwann nach, lässt sich auskugeln, ganz egal, ich muss hier raus.

Der peinigende Schmerz lässt mich erneut aufkeuchen. Ich möchte laut schreien in purer Agonie, wimmere, kann die Schmerzlaute nicht länger unterdrücken. Ich kann nur hoffen, dass Adrian mich nicht hört, nicht jetzt gerade kommt. Es zerreißt mich, doch ich rutsche Millimeter für Millimeter weiter durch die Handschelle.

Jetzt ist mir speiübel. Das Blut rauscht heiß in den Ohren. Ich kann nicht mehr. Schwarze Schlieren tanzen vor den Augen, nehmen mir die Sicht, möchten mich einlullen. *Nur nicht ohnmächtig werden, Alec. Nicht jetzt, noch ein bisschen, noch ein bisschen.*

Shit, ich halte es nicht aus. Meine Hand brennt, mein Arm ist taub vor Schmerz und mein Körper schreit in purer Agonie. Ich muss … ich muss …

Plötzlich … Es knackt.

Seltsam laut und ein starker, grell aufflammender Schmerz jagt durch meine Hand. Gerade rechtzeitig beiße ich mir fest in die Faust, um einen gequälten Aufschrei zu unterdrücken. Kurzfristig wird mir wirklich schwarz vor Augen und ich sacke zitternd aufs Bett. Dieser Schmerz!

Minutenlang kann ich nur daliegen und nach Atem ringen, hoffen, dass das Brennen, das Pochen, die ganze Pein endlich nachlässt und ich mich irgendwann wieder bewegen kann. Mir ist entsetzlich schlecht, alles schmerzt, meine Hand, mein Arm, mein Gesicht, alles. Blut oder Gel tropft vom Handgelenk, doch der furchtbare Druck ist weg.

Vorsichtig bewege ich die Hand, verbeiße mir einen weiteren, entsetzten Schmerzlaut. Ich kann den Daumen nicht bewegen. Aber die Handschelle ist weg, oder?

Ich wage kaum danach zu tasten. Ja! Tatsächlich. Ich bin raus, da ist nichts mehr um mein wundes Handgelenk. Wirklich, wahrhaftig, ich bin frei.

Mein Atem geht hektisch. Ganz langsam richte ich mich auf. Meine linke Hand schmerzt bei jeder Bewegung, fühlt sich kalt und feucht und gleichzeitig glühend heiß an. Langsam komme ich hoch, kämpfe tapfer gegen den Schwindel und die Übelkeit an.

Raus hier, jetzt muss ich noch aus diesem Raum kommen.

Ich schaffe es, meine Beine über den Bettrand zu schwingen, taste mit den Füßen nach dem Fußboden und drücke mich mit der gesunden Hand hoch. Die linke Hand kann ich nicht mehr benutzen, jede Bewegung jagt heiß glühend durch die Nervenbahnen. Bestimmt habe ich mir den Daumen gebrochen.

Ich erinnere mich an Erzählungen von Füchsen, die sich ein Bein abgebissen haben, um aus einer Falle zu entkommen. Ja, nun weiß ich, wie es sich anfühlt.

Quatsch, Alec, es ist nur ein Daumen. Und gerade zählt nur, dass du hier rauskommst. Zu Mike.

Sekundenlang bleibe ich stehen, versuche mich zu sammeln, jedes Schwindelgefühl zu verdrängen. Schon wieder pocht mein Herz so stark, jagt Adrenalin durch den Körper. Ich bin noch nicht in Sicherheit. Noch längst nicht.

Also los. Tief hole ich Luft, dann taste ich mich vorsichtig durch den Raum vorwärts.

Irgendwo über dem Stuhl dahinten lagen meine Sachen. Mit ausgestreckter rechter Hand taste ich mich am Tisch entlang. Da, meine rechte Hand greift in den Stoff meines Hemdes.

Oh Mann, es ist echt schwierig, sich mit einer Hand anzuziehen. Die verletzte Hand brennt noch immer wie verrückt. Als ich den Ärmel darüberziehe, entkommt mir prompt ein schmerzhaft wimmernder Laut.

Endlich bin ich drin. Die Knöpfe lasse ich auf, versuche irgendwie in meine Jeans zu kommen. Die Unterwäsche ist mir egal, ich brauche nur irgendetwas an meinem Körper. Ich ertrage es nicht länger, nackt zu sein.

Als ich endlich in der Jeans bin, ist es ein unglaublich fantastisches Gefühl von Sicherheit. Völliger Blödsinn, ich weiß, dennoch fühle ich mich nun wohler. Da ist sogar noch meine Brieftasche in der Hosentasche.

Die Schuhe finde ich im Dunkeln hingegen nicht. Ebenso wenig wie mein Handy. Es wäre ja auch zu schön gewesen, wenn Adrian es übersehen hätte. So viel Glück habe ich nicht.

Hoffentlich hat er noch nichts bemerkt. Aber wenn er meine Schmerzlaute gehört hat, wäre er doch schon längst hier, oder? Was, wenn er jetzt hereinkommt und mich so vorfindet? Ich bin völlig wehrlos und kann nur noch eine Hand benutzen. Er würde mich sofort überwältigen.

Die Angst greift mit ihren klammen Fingern nach mir und presst mein Herz zu einem kleinen, schmerzenden Ball zusammen. Ich brauche unbedingt irgendwas, um mich gegen ihn zu wehren, ihn zu überwältigen, wenn er das nächste Mal kommt.

Suchend gleitet mein Blick durch den dunklen Raum. Einzig durch einen Spalt unter der Tür kommt Licht herein. Ich kann nicht viel erkennen, doch mir fällt die Mineralwasserflasche auf.

Genau! Die kann ich vielleicht verwenden. Wenn ich ihn überrasche, wenn ich sie ihm über den Kopf schlage, dann schaffe ich es möglicherweise raus, bevor er zu sich kommt. Nur so kann ich eventuell von hier entkommen.

Mit klopfendem Herzen greife ich nach der Flasche. Das kalte Glas, das harte Material fühlt sich seltsam beruhigend in der rechten Hand an. Wenigstens etwas. Meine nutzlose linke Hand halte ich vor meinen Körper gepresst und gehe zurück zur Tür. Hat Adrian sie abgeschlossen? Werde ich es hören, wenn er aufschließt?

Probeweise drücke ich die Klinke mit der Flasche in der Hand hinunter.

Was ist das denn? Ich könnte laut jubeln. Gott, oder wer auch immer, muss mich lieben, denn die Tür ist auf. Adrian hat gar nicht abgeschlossen.

Vielleicht war er eben viel zu wütend und hat es vergessen? Egal, dies ist meine Chance zu entkommen. Eine Zweite werde ich kaum haben.

Langsam, Millimeter für Millimeter öffne ich die Tür. So laut, wie mein Herzschlag gerade in meinen Ohren wummert, muss ich sehr vorsichtig sein, sonst höre ich nicht, wenn Adrian zurückkommt.

Ich spähe hinaus in den Gang.

Kahle, graue Betonwände. Dies ist kein Wohngebäude. Es ist viel zu kalt, zu unpersönlich. Es wirkt wie eine Art Keller, vielleicht auch Lagerräume. Bin ich überhaupt noch in Hamburg? Ich kann es nur hoffen.

Der Gang wird von Neonröhren in kaltes, grelles Licht getaucht.

Wohin nun? Links runter sind zwei weitere Türen, rechts von mir drei und der Gang endet in beiden Richtungen ebenfalls mit einer Tür. Diese sind massive Eingangstüren. Welche von ihnen führt mich nach draußen, oder führen womöglich beide nur in einen weiteren Raum? Ich darf jetzt keinen Fehler machen.

Entschlossen trete ich auf den Gang hinaus. Wenn Adrian jetzt kommt, bleibt mir nur die Flucht und Hoffnung, schnell genug zu sein.

Die Flasche umklammere ich ganz fest am Hals, nur sind meine Finger so klebrig feucht, dass sie mir dauernd runterrutscht. Ich atme ganz flach, alle Sinne angespannt. Langsam bewege ich mich vorwärts, nach links, die Tür ist näher. Ich rechne jederzeit damit, dass eine der anderen Türen aufgeht und Adrian herauskommt. Irgendwo muss er ja sein.

Meine nackten Füße machen leise, platschende Geräusche auf dem kalten Boden. Viel zu laut! Hoffentlich hört Adrian nichts. Die linke Hand pocht jetzt wie verrückt. Die Schmerzen nehmen nicht ab. Der Daumen fühlt sich heiß und geschwollen an. Besser nicht darüber nachdenken.

Kurz vor der Tür stoppe ich abrupt ab, denn ich vernehme Geräusche. Da ist Motorenlärm. Ein Auto fährt herein und so wie es klingt, ist dahinter ein sehr großer Raum. Möglicherweise eine Lagerhalle? Eine Werkstatt? Auf jeden Fall sollte ich nicht dort hineingehen, denn offenbar ist Adrian oder jemand anderes drinnen.

Hinter mir höre ich plötzlich Stimmen und erstarre. Hastig wende ich mich ab und drücke mich an die Wand zurück. Die eine ist Adrians Stimme. Eindeutig. Mir gefriert das Blut in den Adern und meine Beine sind plötzlich so wackelig, dass ich mich an der Wand abstützen muss, um nicht zu stürzen. Jetzt kann ich nur hoffen, dass die andere Tür offen ist.

Beinahe fällt mir die Flasche aus den schwitzigen Fingern. Wenn sie zu Boden fällt und klirrend zerbricht … Gerade so eben fange ich sie ab, hole mehrfach hektisch Luft. Was für ein klägliches Bild ich abgeben muss, bewaffnet mit einer Flasche Mineralwasser. Ganz toll!

Hinter mir sind die Stimmen lauter geworden. Eine andere Stimme, laut, sehr erregt. Ich kann einzelne Worte, verstehen, als die Stimme des Sprechers immer lauter wird.

»... war nie der Plan. Damit wollte ich nichts zu tun haben!«

Dann folgt Adrians Stimme, ruhiger, ich verstehe daher auch nicht alles. Vielleicht bewegt er sich auch. »... immer angenommen und sich nie darüber beschwert ... Konsequenzen tragen ...«

»Ich wusste nicht, wo das alles noch hinführen würde!«, schreit der andere plötzlich. Er ist der Tür verdammt nahe gekommen. Der Raum muss sehr groß sein, denn seine Stimme hallt wider, wirkt seltsam unecht. Für einen Moment kommt sie mir bekannt vor, aber das Echo verzerrt sie. »Es ging doch nur darum, die Beweise verschwinden zu lassen, zu verhindern, dass man Sie wegen der anderen Sache drankriegt. Mit der Entführung wollte ich nie etwas zu tun haben. Ich habe Sie nur mit Informationen beliefert. Das war der Deal. Und nun stecke ich mit in der ganzen Scheiße.«

Ich atme ganz flach, fixiere die Tür. Der Mann redet von mir, ich bin mir sicher. Adrian hat einen Komplizen, der ihm geholfen hat. Ich sollte verschwinden, solange ich noch kann, dennoch lausche ich mit angehaltenem Atem.

Adrian antwortet ruhiger, ich kann nichts verstehen. Ganz anders, der andere Mann. Er ist wirklich verärgert: »Ist mir egal. Ich bin ab sofort raus. Sein Tod hätte nicht sein müssen. Ich will damit nichts mehr zu tun haben, egal, was Sie mir bezahlen. Zwei Tote sind zu viel. Ich kann das nicht. Das war nie Teil unseres Deals. Ich bin doch kein Mörder.«

Kälte rinnt über meinen Rücken, lässt mich zittern. Tote? Wer? Bitte nicht Mike. Bitte nicht!

Wenn Adrian Mike ... Ich kann, ich darf nicht daran denken. Nein!

Ich muss hier weg. Wenn die fertig sind, kommen sie in den Gang und werden mich sofort entdecken.

Der Gedanke löst endlich die Starre und ich bewege mich rasch zur anderen Tür, weg von den Stimmen. Bedächtig und sehr vorsichtig drücke ich die Klinke hinab, lausche immer nach hinten. Sie reden noch, ich kann aber nichts davon verstehen.

Auch diese Tür ist offen. Ich kann mein Glück kaum fassen. Irgendjemand da oben mag mich. Ganz langsam, damit sie nur ja kein Geräusch verursacht, öffne ich sie.

Tatsächlich, sie führt nach draußen. Schwein gehabt.

Vor mir liegt ein gepflasterter Hof, dahinter ein offenes Metalltor. Ich bin in einem Industriegebiet. Die Geräusche von großen Maschinen dringen zu mir.

Ein dumpfer Knall hinter mir lässt mich zusammenzucken und ich weiß, obwohl ich es nie zuvor gehört habe, dass es ein Schuss gewesen sein muss.

Ich schaffe es gerade noch, die Flasche abzustellen, dann renne ich auch schon los. Scheiß drauf, ob Adrian das Zufallen der Tür hören wird. Weg hier!

Vor mir ist eine Straße, da sind Geräusche von Autos, irgendwo sind Menschen, wenn ich die erreiche, bin ich in Sicherheit.

Meine Füße klatschen auf den rauen Boden, während ich über den Hof, hinaus auf die Straße und blind nach links renne, dort wo ich die Geräusche höre.

In meinem Kopf sind nur zwei Gedanken, beherrschen mich ganz und gar: Ich muss Mike anrufen. Ich muss ihn warnen. Und: Es wurde gerade jemand erschossen. Ob es Adrian oder der andere war, keine Ahnung, es ist mir auch egal. Vielleicht hat Adrian seinen Komplizen erschossen. Vielleicht hat der ihn erschossen?

Der Mann hat gesagt, es gab bereits zwei Tote. Wen? Meinte er Nils Adson? Wen sonst? Mike? Ich muss ein Telefon finden, ich muss ihn anrufen. Ich muss wissen, dass es ihm gut geht.

Ich biege um die Ecke und stoppe abrupt ab. Vor mir steht ein Streifenwagen. Direkt an der Seite geparkt. Nur ist niemand darin. Dennoch renne ich hinüber, sehe mich suchend um. Niemand zu sehen.

Wenn hier Polizisten sind, dann sind sie mit was anderem beschäftigt und ich kann nicht hier bleiben, bis sie zurückkommen. Wenn Adrian mich verfolgt, wird er mich sonst gleich finden. Also renne ich weiter.

Meine linke Hand pocht bei jedem Tritt und bald schon spüre ich meine Füße auf dem harten Asphalt schmerzen. Sie zwingen mich dazu, langsamer zu machen. Die Straße ist noch immer leer, doch da vorne öffnet sie sich auf eine größere und da sind endlich auch Menschen.

Hastig blicke ich mich um. Adrian ist nirgends zu sehen. Auch kein schwarzes Auto. Nichts. Ich bin vorerst in Sicherheit.

Schwer atmend bleibe ich einen Moment stehen, kassiere den pikierten Blick eines vorbeifahrenden Autofahrers. Ich muss echt klasse aussehen, barfuß, mit offenem Hemd und die blutige, wunde Hand fest gegen den Körper gepresst. Hier sind Autofahrer, Männer, die arbeiten, LKWs be- oder entladen, und obwohl ich weiß, dass ich sicherer wäre, wenn ich zu ihnen gehen, wenn ich jemanden um Hilfe bitten würde, ist da wieder diese dämliche Angst, die es verhindert.

Wem kann ich trauen, wer gehört vielleicht zu Adrian? Er hat gesagt, er hat mich beobachten lassen. Vielleicht gehört jemand davon zu ihm, bringt mich sofort wieder zurück?

Der Gedanke jagt mir eine Gänsehaut über den Rücken. Ich weiche den Menschen aus. Die Panik lauert in mir, kurz unter der Oberfläche und doch darf ich ihr nicht nachgeben.

Ich muss ein Telefon finden und Mike anrufen. Er wird mich hier herausholen. Mike wird kommen. Ein Telefon, irgendwo muss es doch ein Telefon geben.

Ewig lange irre ich durch die Gegend, bis ich endlich ein Münztelefon finde. Mühsam schaffe ich es, mit einer Hand meine Brieftasche und das Geld herauszuholen. Zum Glück ist es kein Kartentelefon. Sonst hätte ich echt ein Problem.

Ich werfe jede Menge Geld ein, alles, was ich zu fassen bekomme, ganz egal. Hauptsache, das Gespräch wird nicht unterbrochen. Ich muss Mike warnen, ihm sagen, wo ich bin …

Zum Teufel, wo bin ich eigentlich? Irgendwo am Hafen, vermute ich. Wahrscheinlich wirklich noch in Hamburg. Während ich Mikes Handynummer eintippe, halte ich Ausschau nach einem Straßenschild, nach einem Hinweis, wo ich bin. Da ist eine Firma mir gegenüber. Eine Spedition. Das wird genügen müssen.

Meine Finger zittern, der Hörer rutscht mir um ein Haar von der Schulter, ich klemme ihn fester mit dem Kinn ein. Es geht nicht anders, mit der linken Hand kann ich ihn nicht festhalten, die ist zu glitschig vom Gel und schmerzt höllisch, als ich versuche, es an der Hose abzuwischen. Ich werfe kurz einen Blick darauf. Der Daumen wirkt seltsam verschoben. Ausgekugelt, wohl eher gebrochen. Schmerzen tut er genügend. Schöne Scheiße.

Es klingelt. Einmal, zweimal, dreimal. Jede Pause dazwischen zieht sich in die Länge.

Bitte geh ran, bitte geh ran.

Ein viertes Mal. Bitte, Mike, ich brauche dich. Bitte geh ran!

Fünf Mal.

Mike hat keine Mailbox an seinem Handy. Was soll ich nur tun, wenn er nicht ran geht? Ist er zu Hause? Kann ich ihn dort anrufen? Wo wird er sonst sein?

Es knackt und er nimmt endlich ab.

Mein Herz macht so einen Freudensprung, dass es mir aus der Brust zu springen droht. Endlich bin ich in Sicherheit.

»Mike? Oh, Mike!« Ich weiß kaum, was ich sagen soll und sprudle hervor: »Mike, ich bin geflohen. Ich bin irgendwo am Hafen. Bitte, du musst mich hier abholen. Adrian ist hier noch irgendwo und er …«

»Hallo Alec«, unterbricht mich eine bekannte Stimme. Nicht Mikes, definitiv nicht seine Stimme. Plötzlich ist alles still um mich, als ob die Welt stehen bleiben würde.

Mein Mund öffnet sich, doch kein Ton kommt heraus. Kaltes Entsetzen packt mich. Das darf nicht wahr sein.

Dies ist doch Mikes Handy! Wie kann …

»Hallo, mein Süßer.« Adrian klingt belustigt, darunter schwingt ein gefährlich bösartiger Ton mit.

Leer. Taub. Kalt.

Ich kann nichts fühlen, nichts denken. Nur auf seine Atemzüge lauschen.

Mikes Handy. Dann hat Adrian … Mike.

»Hier ist jemand, den du sprechen wolltest.« Adrians Stimme ist eiskalt. Vor meinen Augen verschwimmt alles, die Angst schnürt mir schmerzhaft die Luft ab. Ich stolpere einen Schritt vorwärts, kann mich nicht auf den Beinen halten. Alle Kraft ist weg. Ich sacke in die Knie, den Hörer fest umklammert. Meine Lippen beben so stark, dass ich kaum ein Wort hervorbringe: »Mike?«

Es darf nicht wahr sein. Bitte nicht. Ich war doch in Sicherheit. Nicht Mike …

»Alec!« Mikes Stimme, panisch, voller Furcht. »Hau ab, Alec! Hau ganz schnell ab! Geh zum nächsten Revier. Bring dich in Si…!« Er bricht schmerzhaft aufkeuchend ab. Etwas fällt zu Boden und ich umklammere erschrocken den Hörer.

»Mike!«

Dumpfe Geräusche. Jemand stöhnt gequält auf. Nein! Bitte, nein!

»Mike!«, schreie ich ins Telefon. »Mike!«

Abermals so ein dumpfes Geräusch. Was tut er ihm an?

Sekundenlang ist nichts zu hören, dann höre ich hektischen Atem.

»Komm einfach wieder zurück, Alec.«

»Adrian bitte …« Brennend heiße Tränen laufen über meine Wangen. »Bitte, tu ihm nichts.« Nicht Mike. »Ich … ich …« Ich zitterte zu sehr, lasse beinahe den Hörer fallen. Er darf Mike nichts tun.

»Komm wieder zu mir, Alec«, fordert Adrian gelassen. »Du weißt, wo du mich findest. Und ihn. Komm zurück. Sofort!« Es knackt und er hat aufgelegt.

Der Hörer rutscht mir aus der Hand, baumelt an dem silbernen Kabel vor mir.

Adrian hat Mike.

Ich kann mich nicht bewegen, alles ist taub, vor Schreck erstarrt.

Was soll ich nur tun? Wie konnte er Mike erwischen? Eben konnte ich fliehen, gerade bin ich ihm entkommen und nun hat er Mike?

»Komm zurück. Sofort!« Adrians Drohung war klar. Er hat Mike geschlagen, ihn womöglich verletzt. Ich muss zurück. So schnell wie möglich.

Taumelnd komme ich hoch. Eine Frau, die vorbei geht, schaut mich erschrocken an. »Kann ich Ihnen helfen? Sind Sie verletzt?«

Ich kann nicht antworten, schüttle nur den Kopf. Niemand kann jetzt noch helfen. Ich muss zurück, verhindern, dass Adrian Mike etwas antut. Zurück zu ihm … Zurück in seine Gewalt.

Ich kann kaum etwas sehen, bekomme nichts um mich herum mit, kann kaum geradeaus gehen. Dennoch stehe ich vor dem Lagerhaus, vor der Tür, durch die ich eben noch entkommen bin.

Da steht die Flasche und ganz kurz überlege ich ernsthaft, ob ich sie mitnehmen soll. Aber für was? Als Waffe? Nutzlos, lächerlich. Was soll ich damit gegen Adrian ausrichten? Er hat eine Waffe. Er hat jemanden erschossen. Ich kann nicht gegen ihn kämpfen.

Wenn er Mike …

Bitte lass Mike am Leben sein.

Jeder Schritt fällt mir schwer. Mein Körper wiegt Tonnen, als ich die Tür öffne, den Gang vor mir sehe. Die Tür am anderen Ende steht offen und ich gehe darauf zu. Es ist ruhig dahinter. Ich höre nichts.

Ist Adrian noch da? Und Mike? Wo hat er Mike?

Zögernd betrete ich die Lagerhalle. Vor mir steht ein schwarzer Mercedes. Weiter hinten andere Autos. Alles schwarze Nobelkarossen. Adrians andere Spielzeuge.

Ich kann kaum atmen, kaum schlucken, meine Augen brennen.

Wo ist er, wo ist Mike?

Ein Geräusch. Adrian tritt zwischen den Autos hervor und schaut mich lächelnd an. »Alec.« Sein Blick huscht über mich, bleibt an der verletzten Hand hängen und er wirkt besorgt. Ich kann nur dastehen und ihn anstarren. Ich fühle mich völlig leer. Ausgebrannt, wie eine Puppe, völlig willenlos. Ein Tier, was man zur Schlachtbank zurückführt.

»Komm zu mir.« Ich sehe die Waffe in seiner Hand und schlucke schwer.

»Adrian …, bitte …« Viel zu leise. Hat er Mike damit getötet? Mein Blick irrt durch die Halle, ich kann ihn nirgends entdecken.

Adrian kommt zwei Schritte auf mich zu. »Komm zu mir, Alec.« Sein Blick wird härter, wie seine Stimme schärfer: »Sofort!«

Schwankend nähere ich mich. Meine Fußsohlen brennen, die Knie drohen nachzugeben.

»Wo ist er?«, flüstere ich. Jedes Wort schmerzt, ich habe solche Angst.

Adrian wartet, bis ich vor ihm stehe. Er mustert mich von Kopf bis Fuß, lässt seinen Blick lange über mich schweifen. Dann tritt er vor, nimmt mich vorsichtig in den Arm, küsst mich und zieht mich an sich.

»Mein süßer Alec, das war sehr böse von dir«, raunt er in mein Haar. Ich kann nichts anderes tun, als alles über mich ergehen zu lassen.

»Bitte … Adrian, tu ihm nichts.« Zitterig, schwach klingt meine Stimme, jeder Kraft beraubt. Ich kann nicht mehr. In mir zerbricht alles, zerstört meinen Willen. Ich werde alles tun, wenn er nur Mike laufen lässt.

Adrian nimmt mein Gesicht in seine Hände. Ich spüre das Metall der Waffe an der Schläfe und zucke zusammen.

»Bitte …«, hauche ich, fühle, wie Tränen mein Gesicht benetzen. »Bitte Adrian, lass ihn frei. Du hast mich. Bitte lass ihn gehen.«

Er sieht mich an, küsst meine bebenden Lippen. »Wir werden jetzt verreisen Alec.« In seinen Augen lodert dieser Wahnsinn. Ich sehe ihn. Er war immer dort. Wie konnte ich ihn jemals übersehen?

»Wir gehen fort und werden ein wundervolles Leben beginnen. Ich habe ein großes Haus am Strand. Es ist ganz warm und sonnig. Wir können jeden Tag am Wasser liegen. Es wird fantastisch werden. Nur wir zwei. Du wirst immer bei mir sein«, sagt er schwärmerisch, küsst mich erneut. Jedes seiner Worte lässt mich stärker zittern, verstärkt das taube Gefühl der Hilflosigkeit.

So wird mein zukünftiges Leben sein. Mit ihm. Immer mit ihm. Ich bin eine Marionette, an deren Fäden er nur noch ziehen muss. Mein Wille ist gebrochen.

Es ist egal. Nur dass Mike lebt, ist noch wichtig.

»Lass Mike frei. Er hat nichts damit zu tun«, bringe ich mühsam hervor. Adrian spannt sich augenblicklich an. Er schaut mich nachdenklich an.

»Adrian? Wo ist er?«, flüstere ich, gepeinigt vor Furcht, kaum noch in der Lage zu denken. Ich werde verrückt, ich zerbreche einfach.

Adrian küsst mich liebevoll auf die Stirn und nimmt mich bei der Hand. Ich folge ihm, setze mechanisch einen Fuß vor den anderen. Sein Spielzeug, sein Eigentum.

Ich habe so viel Angst wie noch nie. Ganz anders, als alles, was ich je zuvor gefühlt habe. Todesangst. Nicht um mich. Mein Leben ist vorbei.

Um ihn, um Mike.

»Dort«, sagt Adrian bedauernd und schiebt mich vor sich.

Alles wird schwarz, mein Herz setzt aus, ich höre auf zu atmen, zu leben, zu fühlen, zu denken. Alles, was ich wahrnehme, ist das Bild vor mir auf dem Boden. Herausgestanzt aus dieser Schwärze, überdeutlich beleuchtet, scharf gezeichnet, brennt es sich in mein Gehirn.

Füße. Da liegt ein Körper auf dem Boden. Leblos.

Und Blut. Da ist überall Blut.

»Dort ist er, Alec«, raunt mir Adrian ins Ohr. »Dort.«

TODESDROHUNG

Teufel verdammt!

Mein Kopf dröhnt.

So ganz bin ich mit diesem elendigen Zeug noch nicht durch. Ich fühle mich noch immer etwas benebelt, bekomme kaum die Augen auf und kann noch viel weniger erkennen. Mir ist schwindelig und ich schließe sie stöhnend gleich wieder.

Hinter meiner Stirn jagen die Gedanken hin und her. Ich war nicht die ganze Zeit komplett weggetreten. Habe noch Bruchstücke wie durch Watte wahrgenommen: Da war Adrian, der auf mich hinab gesehen hat. Und jemand anders hat mich hierher geschleppt. Scheppernde Geräusche, das große Tor hat sich geschlossen, dann dieses Klirren. Jetzt sitze ich mit dem Rücken an eine Wand und den Händen über dem Kopf mit Handschellen gefesselt. Der Kerl hat mich hier an die Wand gekettet.

War das wirklich Sam, der mir einen Lappen mit Chloroform auf den Mund gepresst hat? Ich kann es noch nicht fassen. Nicht Arnaud, Sam war also der Verräter. Musste Arnaud sterben, weil er mir Informationen geben wollte? Deshalb ist Sam mitgekommen, deshalb war er so bestrebt, mich zu unterstützen. Er wollte mich nur an Adrian ausliefern, er hatte nie vor, mir zu helfen.

Die Erkenntnis trifft mich hart. Ich dachte echt, ich kenne Sam. So lange Jahre habe ich mit diesem Mann zusammengearbeitet, ihm vertraut und nun liefert er mich ans Messer. Scheiße!

Aber wo ist Alec?

Da waren laute Stimmen, kurz bevor ich ganz weggetreten bin, ein Streit und ein lautes Geräusch. Oh verdammt, war da nicht auch ein Schuss bei?

Erneut öffne ich die Augen, blinzle und versuche durch den Nebel etwas zu erkennen. Ah, okay, ich bin offenbar in der Lagerhalle. Da stehen ein paar Autos herum. Schwarz und ziemlich teuer. Es gibt ein paar von diesen rollbaren Werkbänken, der Geruch von Motorenöl hängt in der Luft. Also eine Werkstatt.

Da hinten steht auch der Mercedes, der vorhin im Hof geparkt war. Irgendwo muss auch Adrian sein. Und Alec.

Ich öffne den Mund, um nach ihm zu rufen, klappe ihn jedoch wieder zu, als mein Blick auf etwas Dunkles, nur knapp drei Meter von mir entfernt fällt. Ein menschlicher Körper. Moment, das ist eine Uniform, eine Polizeiuniform.

Oh, verdammte Scheiße, nein! Da liegt Sam. Und dunkles, rotes Blut.

Der Schuss vorhin … Hat Adrian ihn getötet?

So, wie er da liegt, ein Schuss direkt in den Kopf.

Rasend schlägt mein Herz, jagt Adrenalinstöße durch den Körper und vertreibt den Nebel endgültig. Adrian hat Sam erschossen, nachdem der mich betäubt und reingeschleppt hat.

Keine Zeugen mehr. So ein verfluchter, irrer Mistkerl.

Was hat er mit Alec gemacht? Ist der noch hier? Ist er auch …

Hastig suche ich mit den Augen den Raum ab. Zu meiner Erleichterung kann ich nirgends einen anderen Körper entdecken. Mein Blick wandert zurück zu Sam, und auch wenn der mich verraten hat, einen solchen Tod hat er nicht verdient. Er hat eine Frau, zwei Kinder … Sie wollten nach Hawaii fliegen …

Sam. Also so hast du das finanziert? Was hat dich nur dazu getrieben? Warum hast du mitgemacht? War die Versuchung wirklich so groß?

»Hast du noch nie daran gedacht?«, hat er mich vorhin noch gefragt. Er hat daran gedacht. Offenbar nicht nur daran gedacht, er hat es sogar getan und der Versuchung nachgegeben. Er hat sich verkauft, verraten, wofür wir stehen.

Die kalte Verachtung, die ich empfinden sollte, ist dennoch nicht wirklich da.

Nur Mitleid.

Sam hat einen hohen Preis für seinen Verrat bezahlt. Nun trifft es vor allem seine Familie. Die Kinder. Sam, du verdammter Idiot!

Nur wo steckt Adrian? Bei Alec?

Ich erinnere mich. Da war ein Büro neben der Lagerhalle. Vielleicht ist Alec da drin? Aber wenn ich nach ihm rufe, bekommt Adrian es mit. Ich bin mutig, aber nicht wirklich lebensmüde.

Vorsichtig ruckle ich an den Handschellen. Klar gehen die nicht auf. Wenn mich nicht alles täuscht, sind es Sams die Adrian verwendet hat. Ganz klasse, der Polizist wurde mit Polizeihandschellen gefesselt und kann schon wieder nichts tun. Der Gedanke macht mich echt wütend.

Dieser Kerl entführt meinen Alec, schmiert meinen Kollegen, erschießt ihn und fesselt mich auch noch. Der hat doch echt nicht mehr alle Tassen im Schrank. Was will der denn noch von mir? Er hätte mich doch auch gleich wunderbar aus dem Weg räumen können. Ein Schuss und Mike Berger wäre auch Geschichte gewesen. Warum lebe ich also noch?

Just in dem Moment taucht Adrian in der Tür auf. Er erkennt sofort, dass ich, wieder oder noch, unter den Lebenden weile. Gelassen kommt er auf mich zu. In der rechten Hand hat er eine Pistole.

Elegant gekleidet, wie eh und je. Anzug und edles Hemd; der Kerl weiß, wie er Wirkung erzielt. Er ist deutlich älter geworden, das Haar dünner, vielleicht sogar ein wenig grauer. Sein Gesicht wirkt auf jeden Fall härter, nicht mehr so attraktiv wie vor ein paar Jahren.

Ob die Zeit im Gefängnis ihn verändert hat? Auf jeden Fall nicht seine irre Besessenheit für Alec. Und scheinbar ist er jetzt sogar bereit, dafür zu morden.

Arnauds Tod war ganz bestimmt kein Selbstmord. Adrian und Sam werden versucht haben zu vertuschen, was er herausgefunden hat und praktischerweise haben sie gleich versucht, Arnaud als den Maulwurf hinzustellen.

Ob Sam auch was mit dem Mord zu tun hatte? Nein, er wirkte wirklich betroffen. Das mit dem Geld war doch bestimmt auch getürkt. Dabei wollte Arnaud mir wirklich helfen.

Schöne Scheiße! Wie in so einem dämlichen Film. Am Ende passt das Puzzle zusammen.

Direkt vor mir bleibt Adrian stehen, betrachtet mich von oben herab nachdenklich. Ich blicke zwangsläufig zu ihm hoch, lasse mir besser keine Angst anmerken.

Klar ist die da. Vergraben, versteckt unter meiner beruflichen Maske. Ich kann das gut, starre ihn einfach nur finster an.

Teufel, es ist fast die gleiche Situation wie damals in der Wohnung, nur dass ich ihn mit heruntergelassenen Hosen angekettet habe. Dieses Mal ist es leider genau umgekehrt. Bis auf die Hosen. Zum Glück.

»So trifft man sich wieder.« Ein feines Lächeln umspielt seinen Mund. Ich würde ihm jetzt gerne eine reinhauen, wenn ich nicht gefesselt wäre. Fieberhaft überlege ich, was ich tun kann. Klar, ich könnte ihm jetzt heldenhaft mit irgendwas drohen. Helfen würde es mir nicht und auch nicht Alec. Am besten gänzlich unbeeindruckt zeigen. Mache ich auch, allerdings verwende ich lieber, was ich in meinem Job gelernt habe: Konflikte bewältigen. Und was viel wichtiger ist: Ich muss herausfinden, wo Alec ist. Und wie es ihm geht.

»Wo ist Alec, Adrian?« Ich muss versuchen, mit ihm zu reden. Wenn ich es irgendwie hinkriegen könnte, ihn zur Aufgabe zu bringen. Er muss wenigstens Alec freilassen. Das wird schwer genug werden. Vor allem, weil ich dabei auch gerne am Leben bleiben möchte. »Wie geht es ihm? Ist er verletzt?«

Wenn du Mistkerl meinem Alec was getan hast, bringe ich dich dieses Mal wirklich um.

Adrians Miene verfinstert sich abrupt und er starrt mich wütend an. »Ich würde ihm nie etwas tun! Ich liebe und ich beschütze ihn. Alec gehört mir!«

»Wo ist er? Kann ich ihn sehen?«, hake ich unbeeindruckt nach. Der Kerl ist total irre. Ich muss aufpassen, was ich sage, ihn nur ja nicht provozieren. Das wird verdammt schwer werden.

Adrian stiert mich weiterhin an. Dann beginnt er plötzlich, laut und irre zu lachen. Eine ganze Weile lacht er nur, dann zuckt er die Schultern und zieht sich einen Stuhl heran. »Gerade ist er vermutlich irgendwo unterwegs und versucht dich zu finden.« Erneut lacht er los.

Ich blicke ihn überrascht und stirnrunzelnd an. Ist Alec etwa frei? Hat er ihn freigelassen? Wohl kaum. Ist er womöglich geflohen? Wohin? Wann?

Aufregung erfasst mich. Alec ist auf jeden Fall nicht mehr hier. Gut so!

»Weißt du, Mike …« Adrian lehnt sich zurück, die Waffe locker auf seinem Schoss und mustert mich intensiv. »Ich habe damals lange darüber nachgedacht, dich töten zu lassen.«

Scheiße! Nun hat er natürlich meine volle Aufmerksamkeit und ich kann nicht verhindern, dass mir ein Schauer über den Rücken läuft. Mein Schlucken verberge ich geschickt. Muss er ja nicht sehen. Keine Schwäche zeigen. Moment, damals?

»Ich hätte es tun können«, meint Adrian lächelnd. »Du und Alec, ihr wart stets unter Beobachtung. Die ganzen letzten Jahre.«

Nun kann ich mein Schlucken kaum noch verbergen. Teufel aber auch!

»Ich wusste, wo ihr wohnt. Ich wusste ganz genau, was ihr jeden Tag tut, wann ihr laufen geht, wusste um jeden eurer Schritte. Ich war sogar in eurer Wohnung. Ich habe gesehen, wie und wo du mit meinem Alec lebst. Ich hätte dich jederzeit aus dem Weg räumen können.«

Also doch. Diese merkwürdige Ahnung beobachtet zu werden. Und dieser Einbruch. Adrian steckte also dahinter. Die Vorstellung, dass er all unsere privaten Sachen durchwühlt hat, uns stets so nahe war, lässt mich schaudern.

In meinem Gesicht spiegelt sich nichts wider. Ich weiß es. Ich kann meine Emotionen kontrollieren. Ausdruckslos blicke ihn an. Er spielt mit mir, will mich verunsichern. Soll er. Je länger er sich mit mir beschäftigt, desto größer sind Alecs Chancen, sich in Sicherheit zu bringen.

Ist der Kleine schlau genug, zu einer Polizeistation zu laufen? Irgendwohin, wo andere Menschen sind, die ihm helfen können? Hoffentlich kann er es, hoffentlich funkt ihm seine Demophobie nicht dazwischen.

Was wenn er verletzt ist? Wie konnte er Adrian entkommen? Und warum ist dieser so gelassen? Sollte er ihn nicht verfolgen? Wartet er hier jetzt einfach schicksalsergeben ab, oder was?

»Aber ich habe es nicht getan«, verkündet Adrian, seine Augen verengen sich.

Offensichtlich nicht, denn sonst würde ich ja kaum hier sein. Ich kann Adrians Worten dennoch kaum folgen, zu sehr kreisen meine Gedanken um Alec.

»Obwohl ich wusste, dass du dich natürlich an ihm vergehen würdest. Oh ja, ich wusste es, du konntest ihm nicht widerstehen, nicht wahr?« Seine Stimme ist leiser, zugleich drohender geworden und ich schaue ihn nun doch betroffen an.

»Du bist so einer. Ich habe genau gesehen, wie du Alec mit deinen gierigen, schmutzigen Blicken verschlungen hast. Du hast ihn dir genommen, kaum dass ich aus dem Weg war, nicht wahr?«

Ich sehe Adrian stumm an, mime den Gelassenen. Innerlich brodelt es in mir.

Perverser Mistkerl. Was geht es ihn an? Der hält Alec wahrhaftig für sein persönliches Eigentum und mich für einen geilen Bock.

»Es war notwendig, ja, ich wusste es. Dennoch hat es mich beinahe wahnsinnig gemacht, zu wissen, dass jemand anders ihn mit seinen dreckigen Händen berühren, ihn dabei hören wird, sein exquisites Stöhnen, seine Stimme, den Lustschrei vernimmt, wenn er kommt.«

Ich schlucke heftiger. Adrians Gesicht wirkt seltsam entrückt. So sieht jemand aus, in dessen Augen der Wahnsinn lodert. Eindeutig.

»Alec kann einmalig stöhnen. Diese hinreißenden, kleinen, abgehakten Laute, wenn ich in ihm bin, ihn reize, in ihn stoße und ihn vorantreibe. So warm, so herrlich nahe. Er riecht so gut, ist wunderbar weich und immer herrlich empfindsam. Besonders an den dunklen Nippeln. Und an seinen Oberschenkeln und am Bauchnabel, und wenn ich ihm über die Ohrmuschel lecke …«, schwärmt Adrian gedankenverloren und seufzt.

Ich könnte kotzen. Mir ist wirklich richtiggehend schlecht. Weil ich haargenau weiß, wovon Adrian spricht. Er dürfte dies alles gar nicht wissen. Dieses Wissen gehört einzig und alleine mir.

Zu hören, dass ein anderer Mann meinen Alec so genau, derart intim, jedes Detail kennt, macht mich rasend vor Eifersucht. Ich möchte ihn schlagen, ihm sein verfluchtes Maul stopfen. Mir ist heiß vor Zorn und unterdrückter Wut, zittere vor Anspannung.

In dieser Situation ziemlich dämlich, denn Adrian bestimmt hier. Ich hänge an diesen dummen Handschellen fest und kann auf kleiner Flamme langsam in meiner Wut gar köcheln. Ich kann also nichts tun.

»Aber weißt du«, sagt Adrian plötzlich, hebt den Blick und betrachtet mich höhnisch. »Es war besser du, als ein anderer.« Er lacht schnaubend auf. »Und du hattest einen entscheidenden Vorteil.« Adrian beugt sich vor, stützt sich mit den Ellenbogen auf den Knien ab, um mich genauer betrachten zu können.

Ja, ich vergewaltige Alec nicht und sperre ihn ein, rutscht es mir beinahe heraus und ich beiße mir gerade noch so eben in die Unterlippe. Wenig konstruktiv ihn gerade jetzt zu verärgern.

Adrians Gesicht ist ernst. »Du bist Polizist. Damit wusste ich Alec vorerst in Sicherheit. Du konntest ihn in der Zwischenzeit effektiv genug vor jedem schützen.«

Mir entkommt ungewollt ein abfälliges Schnauben. Die Wut ist zu groß. »Wer, außer dir, sollte Alec was tun wollen?« Für wen hält der sich? Den Alec-Beschützer schlechthin? »Du warst es doch, der ihn gefangen gehalten und vergewaltigt hat. Ohne dich ging es Alec hervorragend!« Nicht so schlau, ich weiß, nur gerade kann ich nicht anders. Zu viele Emotionen. Dieser Mann hat meinem Alec all das angetan.

»Du hast sein Leben zerstört«, bringe ich es auf den Punkt.

Adrians Augen verengen sich zu schmalen Schlitzen. Okay, damit habe ich ihn wohl an einem empfindlichen Punkt getroffen. Sein Mund presst sich zusammen und er schaut mich sehr böse an. »Alec ist in Gefahr ohne mich!«

Adrian springt auf und schreit mich wütend an, sein Gesicht ist hassverzerrt: »Sie alle wollen ihn mir wegnehmen! Ihre gierigen Blicke. Denkst du, ich habe sie nicht gesehen? Alles, was ich liebe, wollen sie mir wegnehmen. Erst Nils und nun Alec! Aber nicht meinen Alec!« Adrian holt tief Luft. »Wolltest du ihn mir nicht auch wegnehmen? Du hast ihn mir gestohlen. Aber er gehört nicht dir, wird dir nie gehören!«

Er bricht ab, holt abermals Luft, streicht sich eine Haarsträhne zurück und setzt sich auf den Stuhl. Abrupt ist er wieder ganz ruhig, wirkt souverän und gelassen.

Dieser Mann ist extrem gefährlich. Ein bisschen schizophren würde ich fast vermuten. Mein Gehirn läuft auf Hochtouren, sammelt alle Informationen. Es ist schwer, denn meine Wut brodelt gefährlich.

Komm wieder runter, Mike. Konzentriere dich auf diese Situation. Du willst hier lebend rauskommen. Du willst zurück zu Alec.

Nils, sein toter Bruder. Da muss es eine Verbindung geben zwischen Alec und Nils. Nur welche?

»Haben sie dir Nils auch weggenommen, Adrian? Wer hat ihn dir genommen, deine Eltern? Wer?«

Abrupt lacht er kurz, humorlos auf und lächelt mich abfällig an. »Sie haben alle dafür bezahlt. Er hat seine Strafe bekommen, so wie du sie auch bekommen wirst. Niemand nimmt mir je wieder ungestraft mein Eigentum weg.«

Teufel auch, falscher Weg. Natürlich habe ich sehr wohl die Drohung in seinen Worten registriert. Also weiter reden, ihn in ein Gespräch verwickeln. »Er? Wer? Hat er Nils getötet, denn ich weiß, dass du es nicht warst, Adrian.« Verständnis aufbringen, häufig den Namen verwenden, eine persönliche Ebene schaffen. Während die Zeit für Alec verstreicht, in der er weiter kommen kann. Ob er schon in Sicherheit ist? Seltsam, dass Adrian sich so gar keine Sorgen macht.

Adrian antwortet nicht sofort, scheint seinen Erinnerungen nachzuhängen. Dann lächelt er abermals, macht eine abfällige Geste. »Es tut nichts zur Sache. Er ist längst tot. Ich habe ihn eigenhändig getötet und dafür bezahlen lassen, was er Nils angetan hat. Aber es gibt genug andere wie ihn, wie dich. Die ganze Welt ist voll von ihnen. Wie die Geier sind sie jetzt hinter Alec her, wollen ihn mir ebenfalls wegnehmen. Dabei habe ich ihn zuerst entdeckt, deshalb gehört er jetzt auch mir.«

Ganz klar, der Kerl hat einen Sprung in der Schüssel. Das sind die Gefährlichsten, denn sie denken nicht wie andere Menschen. Ich muss mich in ihn hinein versetzen, Verständnis heucheln, wo ich nur den Kopf schütteln kann.

Adrian ist irre. Nur leider weiß er es nicht. Ein echter Psychopath und die wollen vor allem eins: Mitleid.

Ich lasse ihn reden, überlege fieberhaft, was ich sagen kann. Er wird mich töten. Nur warum tut er es dann nicht?

»Er stand einfach so da, in diesem flackernden Licht«, fährt Adrian träumerisch fort, versunken in seinen Erinnerungen. »Ganz alleine. Das Licht hat ihn herausgehoben, seine Haare haben geleuchtet wie ein Heiligenschein, als ob er zu mir gesandt worden wäre. Ein Zeichen und ich hab ihn entdeckt.«

Lächelnd dreht er die Waffe in seinen Händen. »Er war so unsicher, so herrlich unsicher. Er hat auf mich gewartet, nach mir gesucht. Die ganze Zeit schon war er auf der Suche nach mir wie ich nach ihm.« Adrian lächelt, sein Gesicht sieht wahrhaftig liebevoll aus. Oh ja, er liebt Alec. Auf eine verquere, gefährliche Art. Mir ist schon wieder übel.

»Und ich habe ihn gefunden. Sie alle wollten ihn haben, umlagerten ihn wie gierige Raubtiere. Doch ich war der Erste. Ich war es, der ihn geliebt hat, der ihm alles zeigen durfte. Er liebt mich, er hat es mir gesagt. Ich will bei dir bleiben, immer. Er hat es gesagt.« Adrian spricht eher mit sich selbst als mit mir. »Er wird zurückkommen. Ich weiß es ganz genau. Er kann nicht ohne mich.«

Wartet er echt darauf? *Rede es dir nur ein, wieder und wieder, es wird nicht wahrer werden. Alec hat dich geliebt, ja, vielleicht bevor du ihn angekettet und vergewaltigt hast. Aber nun liebt er mich. Ganz bestimmt wird er nicht freiwillig zurückkommen.* Wenn er darauf wartet, dann werden wir hier beide sehr alt werden.

Okay, ich muss versuchen rauszukommen. Lebend wenn möglich. Vielleicht kann ich ihn doch zur Aufgabe überreden.

»Adrian?« Ich schlucke alles hinunter, jede Wut, jeden Ekel vor diesem Mann. Jetzt nur drauf konzentrieren, dass ich lebend herauskomme. »Es ist vorbei. Alec ist weg. Er wird nicht wiederkommen.«

Noch immer sitzt er da, starrt auf die Waffe in seinen Händen. Hört er mir überhaupt zu? Begreift er, was ich sage?

»Wenn du mich losmachst, dann kann ich dir helfen, ihn zu suchen.« Ob er mir das abnimmt? Sicher bin ich mir nicht.

Adrian hebt den Kopf, starrt mich mit ausdruckslosem Gesicht an, den Mund noch immer zu einem feinen Lächeln verzogen.

»Mach mich los und ich sorge dafür, dass alles gut wird. Mich zu töten bringt Alec nicht wieder zurück.« Noch immer schaut er mich an, dann wird sein Lächeln breiter und ich weiß im selben Moment, ich habe verloren.

»Alles wird gut, Mike«, sagt er mit einem unverkennbar spöttischen Zug um die Mundwinkel und in einem Tonfall, als ob er mit einem kleinen Jungen reden würde. »Ich kenne Alec so gut, viel besser als du. Er wird als Erstes versuchen, dich anzurufen. Natürlich wird er das tun. Nur dass ich dein Handy …«, er öffnet seine linke Hand, »… und dich hier habe. Was meinst du wohl, wird er tun, wenn er weiß, dass ich dich gefangen halte?«

Scheiße! Mir entgleiten die Gesichtszüge.

Adrian steht auf, beugt sich zu mir hinunter. »Was denkst du, Mike?«, raunt er triumphierend. »Ich denke, er wird sofort herkommen, um dich vor mir zu beschützen. Er wird alles tun, was ich möchte.«

Scheiße! Scheiße!

Natürlich wird dieser kleine Idiot herkommen. Er wird versuchen, mich zu retten und sich dafür Adrian ausliefern. Ich kenne Alec. Natürlich wird er alles tun, um zu verhindern, dass Adrian mir etwas antut. Kein Wunder, dass Adrian so gelassen wartet. Auch er kennt Alec wirklich gut genug.

»Arsch«, rutscht es mir heraus. Ich kann es nicht verhindern. Wenn ich nur eine Hand frei hätte … Was wenn ich ihn etwas provoziere? Adrian ist nicht dumm. Er weiß ganz genau, dass er mir körperlich nicht gewachsen ist, er wird den Teufel tun, ein Risiko einzugehen. Er wird mich töten, ohne dass ich mich wehren kann.

Als ob er meine Gedanken gelesen hätte und so ganz unsichtbar sind sie bestimmt nicht, beugt er sich weiter zu meinem Ohr hinab: »Oh ja, wir beide wissen, dass Alec zu mir zurückkommen wird. Er wird herkommen. Er kann nicht vor mir fliehen.«

Adrian richtet sich auf, schaut überaus berechnend.

Ich habe noch nie einen Menschen so gehasst. Adrian hat die Ehre, der Erste zu sein. Ich hasse, was er Alec damit antun, wozu er ihn zwingen wird. Ich hasse ihn, für alles, was er ist.

»Alec gehört mir. Wenn er herkommt, werde ich dich töten, Mike«, verspricht Adrian gelassen, ich kann in seinen Augen die grausame Freude erkennen. »Ich werde dich direkt vor seinen Augen erschießen. Er wird dich mit eigenen Augen sterben sehen, dann weiß er ganz genau, wem er gehört. Ich kann nicht zulassen, dass er womöglich darauf warten wird, dass du zurückkommst. Es ist seine Strafe, dass er vor mir geflohen ist und deine Strafe, weil du ihn mir genommen hast.«

Grausamer Bastard! Vor seinen Augen?

»Nein!«, zische ich. »Tu ihm das nicht an!« Adrian wird mich töten, ganz klar. Aber wenn er Alec dabei zusehen lässt, wird er den Kleinen damit ebenfalls umbringen. Alec wird daran zerbrechen. Das packt er nicht. Er könnte ihm auch gleich eine Kugel durch den Kopf jagen, das wäre gnädiger.

Es gibt ein hysterisches, irres Lachen, oh ja. Adrian lacht es gerade. Das Lachen eines durchgeknallten Mörders.

Heftig zerre ich an den Handschellen. Vielleicht, wenn ich ihn genügend provoziere, wird er einfach abdrücken, dann hat er kein Druckmittel mehr. Ich muss ihn dazu bringen, mich jetzt zu töten, bevor …

Natürlich klingelt just in dem Moment mein Handy.

Alec! Oh nein!

Hämisch grinst Adrian, zeigt mir auch noch das Display. »Wir beide kennen ihn gut genug, nicht wahr?« Lächelnd drückt er die Taste. Ich kann nichts hören, winde mich zappelnd hin und her. Völliger Blödsinn, so komme ich nie los, die Handschellen sitzen zu fest.

Adrian hört zu.

Lebhaft kann ich mir Alec vorstellen, wie er den Hörer umklammert, so sehr hofft, mich am anderen Ende zu hören, meine Stimme, die Sicherheit, die ich ihm geben kann. Illusion. Lügen. Nichts weiter.

»Hallo Alec.« Adrian lächelt.

Scheiße, scheiße, scheiße! Was soll ich nur tun?

»Hallo, mein Süßer. Hier ist jemand, den du sprechen wolltest.« Jede Freundlichkeit ist aus seiner Stimme gewichen. Er drückt mir das Handy ans Ohr.

»Mike?«, höre ich Alecs leise, unendlich entsetzte Stimme und ich muss nicht lange nachdenken, was ich sagen soll. Er darf auf gar keinen Fall zurückkommen. Er muss leben.

»Hau ab, Alec! Hau ganz schnell ab!«, brülle ich atemlos ins Handy. »Geh zum nächsten Revier. Bring dich in Si…!« Etwas Hartes trifft mich am Mund, schleudert meinen Kopf zurück, entlockt mir ein schmerzhaftes Keuchen.

Adrian hat mich mit dem Knauf der Waffe geschlagen. Sein Gesicht ist finster, mörderische Wut lodert in seinen Augen. Da steht mein Todesurteil drin.

Unwichtig! Hauptsache, Alec haut ab, sein Leben ist viel wichtiger.

Adrian holt erneut aus, will mich abermals schlagen, doch nun steht er direkt in der Reichweite meiner Beine. Ich winkle sie an, dann trete ich ihm die Beine weg, bringe ihn tatsächlich zu Fall. Das Handy fällt mit einem dumpfen Geräusch zu Boden.

Wenn ich es schaffen könnte, Adrian zu überwältigen, ihm die Waffe zu entwenden … Er dreht sich herum, doch da trete ich schon zu, streife ihn am Kopf, erwische aber mit dem nächsten Tritt immerhin die Waffe, die im hohen Bogen davonfliegt. Treffer!

Leider ist damit mein Glück auch schon vorbei, denn Adrian rollt sich hastig herum, aus der Reichweite meiner Beine und kommt taumelnd hoch. Teufel verdammt!

Fluchend rappelt er sich hoch und schnappt sich gleich darauf das Handy. Sein Atem ist hektisch. Er schaut mich wütend an, spricht aber ganz ruhig: »Komm einfach wieder zurück, Alec.«

Adrian lauscht, bewegt sich dabei und sucht offenbar die Waffe.

Mir geht der Arsch auf Grundeis. Das war es dann wohl. Da, er hat sie gefunden, hebt sie auf und kommt langsam wieder zurück.

»Komm wieder zu mir, Alec«, fordert Adrian. »Du weißt, wo du mich findest.« Er macht eine Pause, funkelt mich böse an. »Und ihn. Komm zurück. Sofort!« Damit legt er auf.

»Das war nicht sehr klug.« Er kommt näher. Ich spanne mich an. Wenn er mich erledigt, dann besser jetzt, bevor Alec kommt. Ich sehe den Schlag kommen, kann nicht ausweichen. Der Knauf der Dienstwaffe trifft mich hart im Gesicht, lässt mich Sternchen sehen. Dann trifft mich seine Faust im Magen. Keuchend klappe ich zusammen, ringe nach Luft.

Oh, verdammt, das tut weh. Der nächste Tritt trifft mich in die Seite. Weitere Schläge prasseln herab, ich spüre sie kaum noch, ringe gierig nach Luft, blinzle die grauen Schlieren vor den Augen weg.

Ich bin schon mal zusammengeschlagen worden. Ich habe schon öfter Prügel bezogen, aber wenigstens konnte ich mich dabei wehren. Dieses Mal kann ich gar nichts tun, weil mich dieser elendige Feigling angekettet hat. Jetzt prügelt der mich zu Tode.

Unversehens lässt Adrian von mir ab. Hustend und keuchend ringe ich nach Luft. Scheiße Mann, das tut ganz schön weh. Ich bin benommen, kann kaum etwas sehen.

Etwas greift in meine Haare, zieht den Kopf grausam hart zurück. Adrian zwingt mich dazu, ihn anzusehen. Gerne würde ich ihm ins Gesicht spucken. Geht aber nicht, ich ringe viel zu sehr nach Luft. Wie ich ihn hasse! Wenn ich nur eine einzige Hand frei hätte …

»Nein! So einfach werde ich es dir nicht machen«, zischt Adrian mich hasserfüllt an. »Du wirst sterben. Und Alec wird dir dabei zusehen!« Damit stößt er meinen Kopf hart gegen die Wand zurück und steht auf.

Stöhnend schließe ich die Augen. Ich habe verloren. Ich weiß, dass Alec kommen wird. Ich weiß es. Natürlich wird er kommen. Wegen mir.

Er wird in Adrians Falle laufen und ich kann nichts mehr für ihn tun.

Oh, Alec …

BESITZANSPRÜCHE

Dort liegt Mike. Tot!

Ich kann mich nicht rühren, nicht einen Muskel bewegen, nur auf ihn starren.

Tot! Tot! Mike!

Ich will schreien und ersticke, bekomme keine Luft. Mein Herz setzt aus. Kalt, taub, alles vorbei.

Dunkles, rotbraunes Blut bildet eine große Lache um den Kopf, durchtränkt die blaue Uniform.

Oh nein, Mike!

Tränen laufen über mein Gesicht, nehmen mir die Sicht, tropfen vom Kinn auf den Betonboden. Meine Beine tragen mich nicht mehr, ich spüre sie zittern, gleich geben sie unter mir nach und ich werde einfach zu Boden fallen, neben den toten Körper.

Dort liegt mein Mike. Alles, was ich liebe, alles, was mir etwas bedeutet. Tot.

Ich möchte nur noch sterben.

Etwas stimmt nicht. Ich blinzle, versuche mich zu konzentrieren, mehr durch diesen Tränenschleier zu erkennen.

Das ist nicht Mike, das kann nicht Mike sein. Obwohl der Mann dort eine Polizeiuniform trägt, ist es nicht Mike. Er ist zu klein, zu gedrungen, hat andere Haare. Das ist er nicht.

Erleichterung durchfährt mich, eine unsagbare Erleichterung, die den Schreck überlagert. Dort liegt immer noch ein Toter.

Der Schuss. Ich erinnere mich. Dann muss dies der Mann gewesen sein, mit dem sich Adrian gestritten hat. Sein Komplize. Aber wo ist Mike? Bitte, lass ihn noch leben! Wo ist er?

Durch den Nebel in meinem Kopf hindurch höre ich ein würgendes, hustendes Geräusch und hebe ruckartig den Kopf, sehe mich hektisch um. Rasend schnell pocht mein Herz.

Mike! Da ist er. An der Wand, halb hinter dem Auto und einer Werkbank verborgen. An die Wand gekettet und er blutet.

»Mike!«, keuche ich auf, stürze taumelnd nach vorne, hin zu ihm. Ich muss zu ihm, er ist verletzt.

Jählings werde ich grob herumgerissen, finde mich im nächsten Moment ganz dicht an Adrians Körper gepresst, der mich hart an den Oberarmen gepackt hält. Ich stoße einen Schmerzlaut aus, als ich versuche, ihn von mir zu drücken. Meine verletzte Hand. Ich hatte sie ganz vergessen.

»Mike! Bitte, lass mich zu ihm, Adrian!« Ich wehre mich verzweifelt gegen seinen klammernden Griff. Adrians rechte Hand lässt mich los, kommt im nächsten Augenblick jedoch mit der Waffe hoch. Kaltes Metall berührt mich und ich erstarre vor Schreck. Die Waffe ist direkt an meinem Kopf. Er zielt auf mich, drückt mir die Pistole an den Kopf.

Entsetzt starre ich ihn an, unfähig mich zu rühren. Ich muss zu Mike, trotzdem wage ich es nicht mehr mich zu bewegen. Adrian sieht mich nachdenklich an, lächelt und senkt die Waffe, streicht mir mit dem Daumen sanft über die Wange. Die Waffe berührt mich. Flüchtig, kalt und hart streicht sie über meine Haut, pervertiert die zärtliche Geste.

Ich habe so viel Angst, dass ich kaum noch stehen, kaum noch denken kann. Ich werde verrückt vor Angst.

Mike blutet. Er ist verletzt. Er braucht mich.

»Adrian …«, bringe ich flehentlich hervor. »Bitte … lass mich zu ihm.« Jedes Wort ist schwer, fühle mich leer und unwirklich. Total ausgehöhlt, nahe an jenem schmalen Grad zum Wahnsinn. Mein Verstand ist kurz vor dem Zusammenbruch, ich weiß es, ich spüre es. Ich habe diese Grenze schon einmal überschritten.

Unablässig streichelt Adrian mich, Zärtlichkeit im Blick und sichtbares Bedauern. Wird er mich nun auch erschießen? So wie diesen Mann dort? Der war Polizist. Ein Kollege von Mike? Kannte ich ihn? Ich konnte sein Gesicht nicht mehr erkennen, da war viel zu viel Blut. Hat Adrian ihm womöglich direkt ins Gesicht geschossen? Wird er mich auch so töten?

Tausend Fragen wirbeln durch meinen Kopf, erschweren mir jeden klaren Gedanken. Ich bin jenseits davon, drifte weg.

»Du warst böse, mein süßer Alec«, flüstert Adrian, lächelt mich verklärt an. »Du bist vor mir weggerannt. Das hättest du nicht tun dürfen.«

Hart muss ich schlucken. Ich kenne diesen Tonfall.

»Du darfst nicht wieder vor mir wegrennen. Du bist da draußen in Gefahr. Ich kann dich doch dort nicht schützen.« Seine typische Stimmlage, wenn ich in seinen Augen unartig war. Ob er mit seinem Bruder auch so gesprochen hat? Bin ich in seinen Augen nun wieder sein kleiner Bruder? Nein, er weiß, wer ich bin. Er weiß doch, dass ich nicht Nils bin.

Noch immer ist diese Waffe nahe an meinem Kopf. Was wird er mir antun? Was hat er Mike angetan? Dieser Adrian ist so viel gewalttätiger als ich ihn je erlebt habe. Ein Mörder.

»Dafür muss ich dich bestrafen«, fährt Adrian bedauernd fort.

Er muss doch mein Zittern bemerken. Hat er kein Mitleid mehr? Er muss wissen, wie viel Angst ich vor ihm habe. Und auch um Mike. Er weiß alles von uns, hat uns all die Jahre beobachtet. Erreicht es ihn nicht mehr?

Adrian küsst mich liebevoll auf die Stirn, umfasst mein Gesicht sanft mit beiden Händen. Das harte Metall der Waffe drückt sich in meine Haut, schiebt sich in die Haare, ist viel zu dicht. Dennoch kann ich mich nicht gegen ihn wehren.

Adrians Gesicht ist so nahe. Ich kenne es genau. Vier Monate lang habe ich es fast täglich gesehen. So viele unzählige weitere Nächte in meinen Albträumen. Diese kalten Augen mustern mich intensiv, blicken direkt in mich. Darin ist keine Gnade, kein Verständnis, kein Mitleid, keine echte Liebe. Nur seine Besessenheit. Vor ihm bin ich nackt und hilflos, nur ein Objekt, nur sein Eigentum. Kein Mensch mehr.

»Das verstehst du doch, mein Süßer, nicht wahr? Ich muss dich dafür bestrafen«, wiederholt Adrian noch immer verdammt nachsichtig lächelnd, streichelt mich unablässig.

Wie ich ihn hasse! Und doch tue ich nichts, kann mich aus der Starre nicht lösen. Ich höre Mike gequält stöhnen. Wie schwer ist er verletzt? Ich muss zu ihm.

»Bitte …«, flüstere ich, kaum hörbar. Um was bitte ich eigentlich? Um mein Leben? Um Mikes?

Adrian lächelt verständnisvoll, nickt, löst Hände und die Waffe von meinem Gesicht. Am Arm zieht er mich mit hinüber zu Mike. Ich stolpere mit ihm, lasse zu, dass er mich erneut von hinten an den Oberarmen fasst und direkt vor Mike schiebt. »Schau ihn dir genau an«, flüstert er mir ins Ohr. »Sieh hin, was du ihm angetan hast. Er hat für deinen Fehler bezahlt.«

Shit, Mike sieht schlimm aus. Sein Gesicht ist voller Blut. Es verklebt die Haare, tropft ihm vom Kinn, von den Lippen. Er blutet aus einer Wunde an der Stirn, sein Hemd ist zerrissen. Hustend spuckt er Blut aus, blinzelt und versucht mich anzusehen. Er bemüht sich zu sprechen.

»Alec …«, kommt es sehr mühsam von den Lippen, jagt mir eisige Schauer über den Rücken. Wie schwer ist er verletzt? Er braucht Hilfe. Hilfe, die ich ihm nicht geben kann. Was soll ich nur tun?

Ich möchte die Augen schließen. Nichts mehr sehen, nichts mehr fühlen müssen. Mein Herz wird zusammengepresst, tut so höllisch weh.

Mike kann kaum die Augen aufhalten. Ich möchte so gerne zu ihm, ihn berühren, meine Arme um ihn legen, mich an ihn drücken, ihm versichern, dass alles gut wird.

Lügen alles Lügen. Nichts wird gut. Adrian wird ihn töten. Und mich auch.

»Mike …«, entkommt es mir gequält, kaum hörbar. »Es tut mir so leid.« Ich ertrage diesen Anblick nicht mehr. Mike ist verletzt. Adrian hat ihn so zugerichtet.

Wegen mir! Wenn ich nicht geflohen wäre … Ich habe dies hier verschuldet. Das ist alles meine Schuld. Ganz alleine meine.

»Bitte …«, bringe ich mit bebenden Lippen hervor, versuche, mich zu Adrian umzudrehen. »Bitte, Adrian, lass ihn gehen. Bitte, lass ihn frei.« Mike hat doch damit nichts zu tun. Er hat mich, wie er es immer wollte. Wenn er nur Mike gehen lässt … »Du hast doch mich, bitte lass ihn gehen.« Ich schäme mich für meine zittrige, viel zu helle Stimme.

Adrian schaut mich gedankenverloren an. »Liebst du mich?«

Die Frage trifft mich wie ein Schlag ins Gesicht, wirkt wie ein Eimer Eiswasser, lässt mich unter ihrer Last taumeln. Was soll ich sagen? Die Wahrheit? Die wird er nicht zulassen. Was, wenn er wirklich wütend wird? Was wenn er dann Mike noch mehr antut? Was wenn er ihn gar tötet?

Ich bringe nichts hervor, meine Lippen zittern, mein Körper bebt. Ich fühle mich so schwach. Ich will das nicht mehr. Ich kann nicht mehr. »Ich …«

Ich kann es nicht sagen. Meine Angst erstickt mich, treibt mich unablässig weiter in den Wahnsinn. Doch diese eine Lüge will nicht von meinen Lippen, nicht vor Mike.

Adrian dreht mich abrupt zu sich herum, schaut mich unverwandt fordernd an. Ich kann seinem Blick kaum standhalten, versuche zu erkennen, was er vorhat.

Er ist völlig irre. Ein Psychopath. Ich kann nicht mal ansatzweise ahnen, was er denkt. Meine Beine geben gleich nach. Ich kann nicht mehr, ich will nicht mehr. Bitte!

»Sieh mich an, Alec.« Sein Blick bohrt sich in mich, wirkt wie ein Messer in der Wunde, das er immer tiefer hineintreibt, bis ich innerlich vor Schmerz schreie und verblute. Ich kann nicht ausweichen, nicht mehr fliehen. Der Wahnsinn ist hier, direkt vor mir und es gibt kein Entkommen in die Dunkelheit. »Zeig mir, dass du mich liebst. Küss mich.«

Ich hole erschrocken keuchend Luft, kann nicht verhindern, dass mein Blick zu Mike geht, der uns genau beobachtet. Nein, er schaut nur mich an. So liebevoll, so voll ehrlicher Liebe und Sorge im Blick. Mein Hals ist eng, mein Herz schlägt hoch darin. Blockiert. Alle Worte kann ich nur denken.

Du bist es, den ich liebe, den ich immer lieben werde, möchte ich ihm sagen. *Egal, was passiert. Ich würde alles tun, um dich zu retten. Alles.*

Adrian schüttelt mich abrupt hart, seine linke Hand greift nach meinem Kinn, zwingt mich, ihn anzusehen. Weg von Mike.

»Küss mich, Alec!«, verlangt er drohender. Adrian sieht die Zweifel in meinen Augen, bemerkt das Zögern. Unvermittelt lässt er mich los, tritt auf Mike zu und richtet die Waffe auf ihn.

»Nein!« Mein entsetzter, gellender Schrei hallt von den Wänden wider. »Adrian, nein!« Was soll ich nur tun? Wie kann ich ihn aufhalten? »Bitte, Adrian, nicht!«

Ich spüre die Tränen erneut über meine Wangen laufen. Unablässig, endlos. Ich weine schon so lange, dass ich nie wieder aufhören werde. »Ich tue, was auch immer du willst, bitte. Bitte tue ihm nichts!«

Adrian kontrolliert mich. Wie immer.

Er lässt die Waffe sinken, als ich auf ihn zutrete. Schwer schlucke ich, versuche den Widerwillen, die Angst, den bitteren Geschmack hinab zu schlucken. Ich blicke ihn an, konzentriere mich ganz auf sein Gesicht.

Irgendwann mal habe ich es gemocht, fand ich ihn attraktiv, empfand ich Liebe für ihn. Es scheint Jahrhunderte zurückzuliegen. Wieso konnte ich diesen Wahnsinn in den Augen nicht eher sehen? Warum habe ich Adrian nicht als das erkannt, was er ist? Besessen von mir, von meinem Körper.

Ganz dicht stehe ich vor ihm. Adrians Duft in meiner Nase. Eigentlich angenehm und vertraut, der mir nun jedoch nur Übelkeit bereitet. Er lächelt einfühlsam, voll Liebe. So ein schönes Lächeln, mit dem er mich eingefangen hat, dem ich vertrauen wollte. Ich wollte es so sehr.

Ich schließe die Augen, als meine Lippen seine berühren. Damals war er der erste Mann, der mich geküsst hat. Der Erste, den ich geküsst habe. Es war wundervoll, dieses Gefühl, endlich geliebt und begehrt zu werden.

Jetzt ist da nichts, außer dem widerlichen Gefühl seiner Lippen, die sich gierig auf meine pressen, seine Zunge, die in mich dringt, seine Hand, die besitzergreifend im Nacken liegt, mich zu sich heranzieht.

Mühsam unterdrücke ich ein Würgen, den Impuls mich abzuwenden, seiner Zunge, dem verschlingenden Mund auszuweichen. Er küsst mich wild, leidenschaftlich und ich fühle nur noch Ekel in mir. Abscheu vor ihm, vor mir, vor dem, was er mich zwingt zu tun.

Denk an Mike. Tue es für Mike. Wenn er leben darf, ist kein Preis zu hoch. Ich erdulde es, ich kann es tun, für Mike.

Nach gefühlten Ewigkeiten lässt Adrian endlich von mir ab. Mühsam unterdrücke ich den Impuls auszuspucken, mir den Mund abzuwischen, zu würgen. Ich fühle mich dreckig, so benutzt, wie ich bin. Ich stinke nach ihm aus jeder Pore. Er hat mich voll und ganz wieder zu seinem Eigentum gemacht. Ich war nie frei von ihm, dieser Körper gehörte immer ihm, war immer unter seiner Kontrolle.

»Süßer«, murmelt er in meine Haare, ich spüre seine Erregung an mir, wie er sich an meinem Oberschenkel reibt. Mein Körper erregt ihn, wann immer er seiner habhaft werden kann. Mir ist tierisch schlecht, dennoch halte ich still, lasse ihn gewähren. Welche Wahl habe ich denn auch?

Mein Blick geht zu Mike, der die Augen auf mich gerichtet hat. Keine Abscheu im Blick. Nur Verständnis, nur Liebe, diese Liebe, die mich zurück ins Leben geholt hat. Ich habe ihn verraten, sein Vertrauen in mich. Wenn er mich nicht beschützt hätte, wenn er nicht sein Leben mit mir geteilt hätte, wäre er frei, unversehrt, könnte leben.

»Soll ich ihn töten, Alec?«, raunt Adrian mit einem Mal. Entsetzt weiche ich vor ihm zurück.

»Nein! Adrian tue es nicht! Bitte lass ihn gehen. Bitte!« Unkontrolliert laufen die Tränen. Ich hebe die Hände und kann nichts tun, als ihn zu bitten, ihn anzuflehen.

»Wirst du mit mir gehen? Wirst du wieder ganz mir gehören?« Stumm nicke ich. Ja, ich werde es tun, ich werde alles tun, was er verlangt.

»Ja«, hauche ich. »Bitte, lass ihn gehen.«

Mike macht ein grunzendes Geräusch, richtet sich auf, versucht an seinen Fesseln zu zerren. Ich kann ihn nur ansehen, nicht zu ihm gehen, ihn nicht berühren. Nie mehr.

»Alec …« Mike würgt das Wort über seine geschwollenen Lippen.

Adrian ignoriert ihn, tritt einen Schritt auf mich zu. »Komm mit mir, Alec.« Er deutet hinter mich auf eine der rollenden Werkbänke. »Nimm die Handschellen dort. Mach sie dir um, Süßer.«

Mein Blick schweift über die Werkbank. Handschellen. Solche, die ich schon so lange getragen habe, die ich hasse, deren bloßer Anblick mich vor Angst schlottern lässt. Ich will das nicht wieder. Ich kann das nicht durchstehen. Ich werde verrückt, wenn ich sie abermals anlegen muss. Bitte, nein!

»Hau ab!«, vernehme ich Mikes Stimme und drehe mich sofort herum. Er versucht sich aufzurichten und ich mache einen Schritt auf ihn zu. »Alec, verschwinde endlich von hier! Flieh!«

Seine dunklen Augen sehen mich an, fordern mich auf zu gehen. Sie sind schwarz. Ganz tiefschwarz und wunderbar sanftmütig. Wenn er mich hält, wenn er mich berührt, sind sie warm, erfüllt von seiner Liebe zu mir. Tiefschwarz, wenn er vor Lust stöhnt.

Wunderschön. Einzigartig. Ich kann nicht gehen. Ich kann ihn nicht alleine lassen.

»Alec, mach dir die Handschellen um. Na los!«, fordert Adrian abermals, sein Blick wandert von Mike zu mir und er hebt drohend die Waffe. »Nimm die Handschellen und steig in den Mercedes ein. Mach schon.«

»Verschwinde von hier, Alec!«, stößt Mike hervor. »Los, hau ab. Kümmere dich nicht um mich!« Adrian schnaubt, hebt die Waffe höher, richtet sie auf Mike.

»Nein!« Hastig blicke ich mich nach der Werkbank um und trete darauf zu.

Mike hört nicht auf, rüttelt stärker an seinen Handschellen. Ich kann seinen Blick nicht ertragen.

Nein, ich werde todsicher nicht von hier fliehen und Adrian dich wegen mir töten lassen. Es ist alles meine Schuld, dass du hier bist.

Da liegen die Handschellen. Direkt vor mir. Ich muss sie nur nehmen.

Meine Hände zittern. Ich kann sie nicht ausstrecken. Ich kann diese furchtbaren Dinger nicht nehmen. Sie anzulegen, heißt mein Leben aufzugeben, endgültig zu Adrians Besitz zu werden, ihm ausgeliefert zu sein. Ewig, immer, ohne Erlösung. Ich kann das nicht.

»Verdammt noch einmal! Verschwinde schon, Alec!«, schreit Mike. »Sieh zu, dass du wegkommst. Kümmere dich nicht um mich.« Ich starre ihn an, meine Lippen beben und dauernd rollen mir Tränen übers Gesicht, nehmen mir die Sicht.

»Nein, Mike.« Kaum mehr als ein Wispern. Ich kann ihn nicht verlassen. Wenn ich gehe, wird Adrian ihn töten. Und wenn ich diese Handschellen nehme, werde ich zerbrechen.

»Leg jetzt endlich die Handschellen an, Alec!«, zischt Adrian und mein Kopf ruckt von Mike zu ihm. Adrians Gesicht ist vor Wut verzerrt. »Wird es bald?« Die Waffe ist auf Mike gerichtet und er geht noch einen Schritt auf ihn zu. »Oder soll ich ihm wehtun? Willst du das?«

»Nein!« Flehend hebe ich die Hände. »Bitte, Adrian …«

»Bring dich in Sicherheit, Alec! Verdammt, mach schon, Kleiner!«, ruft Mike.

Adrian sieht mich an, dann drückt er ab. Der Schuss hallt laut durch die Halle, wird tausendfach zurückgeworfen, mischt sich mit meinem gellenden: »Nein!«

Mike hat den Kopf erschrocken zur Seite geworfen, versucht sich mit den gefesselten Armen zu schützen. Adrian hat ihn nicht getroffen. Nur die Wand. Staub liegt in der Luft. Doch ich nehme es kaum noch wahr.

Ich drehe durch. Mein Kopf platzt, alles in mir schreit. Blut in Mikes Gesicht, Blut auf dem Boden. Der Schuss hallt im Kopf wider, übertönt alles andere. Kaum nehme ich Adrians Worte wahr: »Los Alec, mach schon. Ich warte nicht länger. Nimm die Handschellen.«

Vor meinen Augen flirren graue und weiße Punkte, rauben mir die Sicht. Adrian redet mit mir, Mike sagt etwas, ich kann sie nicht hören. Alles verschwimmt, wird unwirklich. Ich klammere mich an die Werkbank, meine Beine wollen mich nicht mehr tragen, dieser Körper kann nicht mehr. Ich fokussiere die Handschellen. Sie sind mein Fluch, mein Schicksal, reißen mich hinab in diese endlose, hoffnungslose Schwärze, aus der es kein Entkommen mehr geben wird. Keine Erlösung. Nur im Tod.

Tod.

Nur wenn ich tot bin, bin ich frei. Nur dann kann ich Adrian entfliehen.

Blitzendes Metall. Harte Kanten, die meine Handgelenke aufreißen, bis sie bluten. Ein scharfer Schmerz wie von einer Klinge.

Ein Messer. Eine Klinge. Scharf. Ein Cuttermesser. Rotes Plastik. Es glänzt, ist leicht in meiner Hand. Das Metall ist so scharf. Es kann die Haut leicht durchdringen, tief ins Gewebe schneiden, bis dorthin, wo es bluten wird.

Ruhe, Erlösung, Freiheit, dieses Teil verspricht mir alles.

Tief hole ich Luft. Auf einmal ist alles klar. Mein Kopf ist frei. Ich weiß, was ich tun muss. Es gibt nur einen Weg.

Meine Hand schließt sich um den Plastikgriff und ich richte mich auf, drehe mich langsam um.

»Mach dir die Handschellen um«, fordert Adrian. Ich kann ihn hören, glasklar, als ob er die Worte direkt in meinem Kopf sprechen würde. Seltsam klar, scharf umrissen: Mike, der mich entsetzt ansieht, der langsam den Kopf schüttelt, ungläubig begreifend. Ich kann nicht anders, entschuldige ich mich stumm. *Bitte verzeih mir.*

»Ich werde es nicht tun.« Erstaunlich fest ist meine Stimme. Ich fixiere Adrian.

Mike stöhnt, bewegt sich heftiger. Adrian ist wütend, will auf mich zutreten, hat die Waffe erhoben. Er hat keine Macht mehr über mich. Nie wieder.

»Alec, nimm endlich die Handschellen!« Er sieht mich irritiert an und fügt energischer hinzu: »Mach es nicht noch schlimmer, mein Süßer. Ich möchte dir nicht auch wehtun müssen.«

»Nein, willst du nicht.« Ich fühle mich seltsam leicht. Und sicher.

Da ist Mikes Stimme im Hintergrund. Er flüstert bestürzt: »Nein, Alec tu es nicht.«

»Du willst mir nicht wehtun, Adrian?« Die Stimme klingt ungewohnt, sehr hell, nahezu irre. Vielleicht bin ich es ja auch. Vielleicht ist mein Verstand bereits zerbrochen. Es ist egal. »Du tust mir doch ständig weh! Du verletzt mich, du verletzt den Menschen, der mir alles bedeutet.«

Adrian starrt mich perplex an, sein Mund öffnet sich, er will auf mich zukommen.

»Du willst mich besitzen, diesen Körper benutzen. Aber das kannst du nicht, denn in diesem Körper steckt noch mehr. Ich bin da drin und mich kannst du nicht mehr kontrollieren.« Ich hebe das Messer hoch. Jetzt erst sieht Adrian es, keucht erschrocken auf. Ungläubig sieht er mich an, die Augen quellen aus den Höhlen.

Damit hat er nicht gerechnet. Er kann mich nicht kontrollieren.

Hastig ziehe ich mein Hemd aus. Lasse es achtlos zu Boden fallen.

»Nein! Oh Alec, nein«, flüstert Mike tonlos. Er kann mich nicht zurückhalten.

Es tut mir leid, Mike. So leid.

Adrian wendet sich zu ihm um, schaut ihn fragend an, doch Mike sieht nur mich an, schüttelt wieder und wieder den Kopf. Langsam dreht sich Adrian um. Er begreift es nicht. Er erkennt nicht, wie ich ihn überrumpelt habe.

»Leg es weg, Alec«, verlangt er, unsicherer, seine Stimme schwankt. Beginnende Furcht schwingt darin mit, lässt mich triumphieren. Wieder macht er einen Schritt auf mich zu, hebt die Hände, als ob er nach mir greifen wollte, doch ich weiche zurück, das Messer drohend vor meiner Brust.

In mir ist so eine wunderbare Ruhe. Kälte und tief verborgen die Furcht. Eher ein tiefes Bedauern, doch noch lasse ich es nicht zu. Ich weiß, was ich tue.

»Alec, ich will dir nicht wehtun müssen«, versucht es Adrian noch einmal, klingt fordernder, traut sich jedoch nicht näher. Er weiß nicht, was ich tun werde, kann mich nicht einschätzen. Er kennt mich nicht, hat mich nie wirklich gekannt. Nie mehr als meinen Körper, wie der reagiert, wie er diesen erregen kann.

Mich, Alec, kennt er nicht.

Mike hingegen stöhnt gequält auf. Er kennt mich.

Abermals quellen mir Tränen aus den Augen. *Ich liebe dich Mike, ich liebe dich so sehr, aber es gibt keinen Weg zurück.*

»Du wirst mir auch nicht mehr wehtun.« Ich stoße die Worte hervor. »Niemand mehr. Was ich mit diesem Körper mache, ist ganz allein meine Sache.«

Mike wimmert verzweifelt, zerrt an den Handschellen. Ich kann ihn nicht mehr ansehen, nicht die Furcht in seinen Augen, seine stumme Bitte. Kein Zurück.

»Ich gehöre niemandem. Nie wieder!«, schreie ich Adrian an. Er hat die Waffe gesenkt, starrt mich fassungslos an. »Niemals wieder sperrst du mich ein und benutzt diesen Körper für deine perversen Fantasien. Nie wieder! Sieh her Adrian. Sieh genau her!«

Das Cuttermesser ist an meinem Oberarm. Ich setze an, wappne mich gegen den Schmerz. Es wird wehtun. Natürlich. Es wird entsetzlich wehtun. Aber dann ist es vorbei. Es gibt nur diesen einen Weg. Längs nicht quer, dann geht es schneller.

»Alec!« Mikes gellender Schrei.

Der Schmerz schießt heiß durch meinen Körper, lässt mich gequält aufkeuchen, erschrocken nach Luft schnappen. Verdammt, es tut höllisch weh. Das Messer rutscht ab, ich kann nicht so gerade schneiden, wie ich wollte, verziehe den Schnitt vor lauter Schmerz. Dennoch quillt Blut aus dem Schnitt, sprudelt hervor, rinnt in einer breiten Spur über meinen Arm. So viel, helles, rotes Blut.

»Nein!« Adrians schrille Stimme oder Mikes, ich weiß es nicht. Der Schmerz pocht im Arm, verursacht Übelkeit, macht mich benommen. Kippe ich jetzt schon um? So schnell?

Adrian ist vor mir zurückgetaumelt. Sein Gesicht weiß vor Schreck. Entsetzen im Blick, Panik, Irrsinn, alles huscht darüber im ständigen Wechsel.

»Alec! Nein! Was tust du? Nein!« Fassungslos starrt er auf das Blut, welches auf den Boden fließt. Abrupt lässt er die Waffe fallen. Sie poltert zu Boden. Er starrt mich entgeistert an, hebt die Hände hilflos hoch. Mike schreit meinen Namen. Irgendwo.

Aber Adrians Gesicht ist es, das ich sehen will. Den Schreck darin, die Machtlosigkeit, seine Niederlage.

»Denkst du, ich will mit dir leben?« Jedes Wort voll Abscheu, voll des Hasses, den ich für ihn empfinde. »Nein, Adrian!«

Er zittert, starrt auf das Blut, den Mund zu einem Schrei geöffnet.

»Ich will nicht. Ich liebe dich nicht. Ich hasse dich! Du wirst mich nicht wieder fesseln und einsperren, das mache ich nicht wieder mit. Nie wieder«, bringe ich hervor, kämpfe gegen den Schmerz, gegen die zunehmende Taubheit. Ich darf ihr noch nicht nachgeben, noch nicht.

»Du kannst mich nicht besitzen, Adrian. Niemand kann das. Ich gehöre mir allein und ich entscheide, was ich mit diesem Körper mache. Es ist meiner alleine und niemand hat das Recht ihn zu besitzen, wenn ich das nicht möchte. Du wirst ihn nie wieder in Besitz nehmen. Du wirst mich nie wieder anrühren, hörst du?«

Die Worte treffen Adrian wie Schläge. Ich sehe ihn zusammenzucken und zusammensacken. Er ist so hilflos. Besiegt, vernichtet.

Die Szene ist merkwürdig, verschwommen, weit weg und undeutlich: Mike tobt, schreit, ich kann ihn hören, aber nicht verstehen.

Seltsam klar höre ich hingegen ein Geräusch: platsch und noch einmal platsch.

Komisch, es klingt kein bisschen anders als Wasser. Tropfen um Tropfen, ein stetiger Strom aus der Wunde. Wie lange wird es dauern? Habe ich tief genug geschnitten?

Ich muss das Messer wechseln, den anderen Arm …

»Scheiße! Alec, nein!«, brüllt Mike weit weg und doch ganz nahe dran, er erkennt meine Bewegung. Ich sehe Adrian an, schaue ihm direkt in seine entsetzten Augen.

»Und nun Adrian?« Ich lächle, spüre den Triumph in mir wachsen. »Wie willst du es verhindern? Hast du jetzt noch die Kontrolle? Fühlst du den Schmerz? Ist es dein Blut?«

Ich lache über seinen Anblick. Völlig perplex. Damit hat er nicht gerechnet. Das hat er mir nicht zugetraut.

»Nein! Meines. Ich fühle den Schmerz. Es ist mein Körper, er gehört mir und ich kann damit tun, was ich möchte. Du kannst mich nicht daran hindern. Lieber sterbe ich, als je wieder dir zu gehören! Ich wollte nie dir gehören!«

Der Schmerz ist entsetzlich, ebbt nicht ab, scheint eher noch zuzunehmen. Ich kann den Arm nicht mehr heben, mir folglich den anderen nicht auch aufschneiden. Mit der kaputten Hand würde es wohl ohnehin nicht gehen. Es muss so reichen.

Verwundert betrachte ich meinen fremd gewordenen Arm. Ein seltsam schiefer Schnitt. Oben noch gerade, dann bin ich abgerutscht. Das Messer in der rechten Hand fühlt sich klebrig warm an, als ob es selbst pulsieren würde.

Ich fühle mich ganz leicht. Wie in Watte gepackt. Wölkchen um mich. Graue Wattebällchen, flirrende Punkte. Vielleicht bin ich auch verrückt geworden. Was spielt es für eine Rolle?

Adrian bricht vor mir zusammen, sackt auf die Knie, die Hände nach mir ausgestreckt, wagt es dennoch nicht, mich zu berühren.

»Alec, mein Alec …« Er weint, Tränen glitzern in seinen Augen. »Was tust du? Du kannst nicht gehen.«

Ich höre ihn, kann jedoch nicht mehr antworten.

Endlich geben meine Beine nach. Es kann eigentlich noch nicht der Blutverlust sein. Vielleicht eher der Schock. Mein Kreislauf. Egal, ich begrüße jede Dunkelheit, jedes Ende. Jeden Ausweg.

Der Schmerz pocht gleichmäßig, schwillt an, ebbt ab und doch fühle ich mich seltsam erleichtert. Befreit.

Mein Blick schweift zu Mike. Sein verzweifeltes Gesicht schmerzt viel mehr. Er schreit, er brüllt, er kämpft. Ich blicke durch einen Tunnel. Schwarz an den Rändern wie Wolken, die sich immer dichter heranschieben. Nur sein Gesicht ist klar. Sein Ausdruck von unendlichem Schmerz.

»Es tut mir leid, Mike«, flüstere ich, vielleicht bitte ich ihn auch nur mit den Augen um Verzeihung. Salzige Tränen im Mund, der metallische Geruch von Blut.

Schwarze Augen. Sie begleiten mich, werden immer bei mir sein. Egal wo ich hingehen werde.

Schwarz.

Alles schwarz.

LASS IHN GEHEN!

Alec!«

Ich brülle es schrill, in höchster Panik, zerre an diesen verfluchten Handschellen. Nein!

Ich bin plötzlich voll da, jede Benommenheit ist fort. Ich sehe das Messer in seiner Hand seltsam genau. So ein billiges Baumarktteil. Ein Cuttermesser, mit einfachem Plastikgriff, einem Schieber, mit dem man die Klinge aus- und einfahren kann. Ich kenne die Dinger. Höllisch scharf. Damit schneidet man Teppich. Durch Haut schneidet es wie durch Butter!

Er wusste es.

Verdammt, woher wusste Alec, wie er schneiden muss, damit es klappt? Hat er etwa eine Anweisung zum erfolgreichen Selbstmord gelesen? Verflucht noch einmal, die meisten schneiden quer, die kann man rechtzeitig retten. Die wollen meist nicht wirklich sterben.

Alec schon. Seine letzte Fluchtmöglichkeit.

»Alec! Nein! Nein!«

Seltsam entrückt sieht er aus. Die dunkelblonden Haare sind ganz wirr. Wahrhaftig, ich glaube, er lächelt. Ein seltsam verklärtes, angedeutetes Alec-Lächeln. Dabei rinnen ihm unaufhörlich die Tränen übers Gesicht. Glasklar sehe ich es, sehe, den flackernden Irrsinn, aber auch die Entschlossenheit in seinen wunderschönen, blauen Augen, erkenne darin den Triumph. Er wird sich nicht von Adrian versklaven lassen. Nie wieder! Lieber wird er sterben.

»Alec, nein. Oh nein!« Meine Stimme ist wimmernd, hoffnungslos geworden. Ich kann nichts machen, er hört mich nicht mehr. Alec stöhnt vor Schmerz auf.

Er wird verbluten, scheiße! Und ich kann gar nichts tun. Er hat seine Entscheidung getroffen.

Ja, toll, er hat Adrian besiegt. Der hockt wimmernd vor ihm. Ein Häufchen Elend. Völlig erstarrt, traut sich nicht mal mehr, ihn anzufassen. Alec hat sich ihm selbst endgültig entzogen, ihm die Kontrolle genommen.

Aber um welchen Preis? Um welchen gottverdammten Preis!

Nein! Ich werde nicht zulassen, dass er stirbt. Nicht mein Alec. Mein Prinz, mein Kleiner. Er ist alles, was ich habe. Alec ist mein Leben. Ich liebe ihn viel zu sehr.

Aufstöhnend fällt Alec auf die Knie. Das Blut pulsiert aus dem Schnitt am linken Arm. Er hat es nicht geschafft, ganz gerade zu schneiden. Er hat es zum Glück auch nicht fertiggebracht, sich in den anderen Arm zu schneiden. Das gibt ihm eine Chance. Eine kleine Chance.

Ihm. Mir.

Wenn ich nur zu ihm kommen könnte. Die Blutung muss aufhören, er darf nicht zu viel Blut verlieren. Es muss jetzt schnell gehen.

Ich schreie seinen Namen. Wieder und wieder. Da, jetzt schaut er sogar zu mir hin. Sein Blick ist jedoch leer geworden, er sieht mich nicht mehr wirklich. Ich glaube, er nimmt tatsächlich gar nichts mehr richtig wahr.

Leidend, sehnsüchtig ist sein Ausdruck. Sein hübsches Gesicht ist verzerrt vor Schmerz und Trauer. Und Wahnsinn. Ich sehe ihn, erkenne ihn. Seine Augen bitten mich um Verzeihung.

Nein! Ich lasse dich nicht gehen. Nein, Alec! Tu mir das nicht an.

Adrian wimmert irgendwas, wiederholt ständig Alecs Namen. Wie kann der so kaltblütig zusehen, wie er stirbt?

Nein, nicht kaltblütig: der ist schlichtweg überfordert. Dass Alec sich selbst verletzt hat, muss ihn völlig geschockt haben.

»Adrian!« Ich muss ihn erreichen. Verdammt, der Mistkerl muss irgendetwas machen. Der kann doch nicht einfach tatenlos sitzen bleiben und gar nichts tun. Worauf wartet er denn noch? Sieht er nicht, dass Alec schnelle Hilfe braucht?

Blut fließt unaufhörlich aus der Wunde. Es durchtränkt die Jeans, bildet rote Lachen auf dem grauen Boden. Alles voller Blut. Viel zu viel Blut. Alec darf nicht sterben.

Jetzt kippt er ganz um, sinkt zu Boden. Das geht viel zu schnell. Alec liegt da, als ob er schlafen würde. Die Zeit läuft ab. Er verblutet.

»Alec!«, schreie ich gellend, so laut ich kann, brülle seinen Namen heraus. Mein Schrei hallt laut durch die Lagerhalle, erfüllt die ganze Luft, hallt tausendfach wider. Meine Kehle ist rau, mein Hals so eng, jeder Atemzug schmerzt und mein Herz schlägt rasend schnell, jenseits von Gut und Böse.

Nein! Ich werde nicht zulassen, dass Alec stirbt.

»Verdammt, Adrian, tu was!«, kreische ich fassungslos. Der Idiot fällt vor Alec auf alle viere, jammert in einer Tour: »Nein, nein, nein!«

Großartig! Verflucht noch einmal tu endlich was!

Adrian ist völlig hilflos. Damit hat er nicht gerechnet. Das war nicht Teil seines perfiden Plans. Er hat die Kontrolle verloren. Komplett. Über Alec, über die Situation. Ganz und gar. Und nun großer Meister? Was nun?

»Adrian! Verdammt, lass das nicht zu!«, schreie ich ihn an. Kriegt der vielleicht mal seinen Arsch hoch? »Hilf ihm! Schnell, binde ihn ab! Du musst die Blutung stoppen.« Rührt der sich mal? Verdammt, Alec verblutet und der Mistkerl hockt da, unfähig, was zu tun. Jammert wie ein Waschweib. Sehr hilfreich.

Abermals zerre ich an meinen Fesseln. Teufel auch, ich komme hier nicht weg.

»Du musst die Blutung stoppen. Adrian, er stirbt!« Der kann doch Alec nicht so sterben lassen. »Alec! Verdammt, Alec!«

»Oh nein! Alec, was tust du?«, stößt Adrian hervor. Begreift der mal, was Sache ist? Mann, hat der eine lange Leitung. »Du kannst doch nicht … gehen. Nein!«

»Adrian! Du verfluchter Schweinehund! Beweg dich! Rette ihn!« Meine schrille Stimme überschlägt sich vor Verzweiflung. Ich schwöre, ich bringe ihn um, wenn er nicht endlich was tut. Alec darf nicht sterben. »Adrian, du Arsch! Mach was!«

Endlich reagiert er, dreht sich zu mir um, das Gesicht eine entsetzte Maske. Oh Mann, der ist wirklich fertig.

»Was? Was soll ich nur tun? Gott, was?«, heult er. Der heult wirklich. Tränen fließen ihm übers Gesicht. Nichts mehr von dem coolen Kerl im Anzug mit der dicken Brieftasche übrig geblieben. Mister Großkotz ist weg. Dieser Mann da ist ein hilfloses, winselndes Wrack.

»Du musst den Arm abbinden«, rufe ich ihm zu. »Die Blutung stoppen. Er wird verbluten, wenn du nicht schnell was tust.«

Adrian blickt sich hektisch um, tastet unkoordiniert, fahrig um sich. »Was? Wie? Was soll ich tun?« Sein Blick bleibt abrupt an mir hängen. Verwirrt. Der Typ ist ja völlig unfähig.

Nun robbt er heran, sieht mich flehend, mit großen Augen an. »Was? Was muss ich tun? Er darf nicht gehen, mich nicht wieder alleine lassen.« Adrian schlägt die Hände vors Gesicht und schluchzt laut auf. »Alec, verlass mich nicht!« Er flennt wie ein Kind und wiegt sich plötzlich hin und her.

»Es tut mir leid, es tut mir so leid«, flüstert er. »Alec! Nils! Ich … Meine Schuld. Alles meine Schuld. Blut, so viel Blut. Das habe ich doch nicht gewollt.«

Verdammt, der dreht richtig ab. Mir völlig egal, ob er sich jetzt schuldig fühlt für was auch immer. Alec stirbt. Und er ist der Einzige, der ihm helfen kann.

Ach, verdammt!

»Adrian!« Ich bemühe mich um einen ruhigen Tonfall, auch wenn ich ihn am liebsten in der Luft zerreißen möchte. »Adrian, hör mir zu! Alec stirbt, wenn du nichts dagegen tust«, beschwöre ich ihn eindringlich.

Ruckartig nimmt er die Hände runter, schaut mich entsetzt an. Wenn ich nur eine Hand frei hätte, würde ich ihm die Faust ins Gesicht schlagen. So lange, bis es eine blutige Masse wäre.

Scheiße! Bleib ruhig Mike! Beherrsche dich. So kommst du nicht weiter.

»Mach mich los. Schnell! Alec darf nicht sterben und ich kann ihm helfen.« Jetzt schaut er mich wie ein UFO an. Aufgerissene Augen, offener Mund. Kapiert er es denn noch nicht?

»Mach mich los, verdammt!«, brülle ich ihn nun doch ungeduldig an, zerre erneut an den elendigen Handschellen. Ich drehe hier gleich durch vor Angst. »Alec braucht schnelle Hilfe. Willst du wirklich Schuld daran sein, dass er stirbt?«

Ich töte Adrian mit meinen Blicken. Ich jage ihn, ich finde ihn, ich bringe ihn um, wenn er zulässt, dass Alec verblutet, wo ich ihm helfen könnte.

»Nein!« Adrian heult schrill auf. »Alec soll nicht gehen! Darf nicht gehen. Nicht wie Nils!« Entsetzen in seinem Gesicht. Ganz plötzlich kommt er sehr dicht zu mir heran. Kniet vor mir, schaut mich flehend an. »Bitte, hilf ihm!«

Er kommt mir viel zu nahe. Ich rieche ihn, den Schweiß, das teure Parfüm. Dieser Mann ekelt mich an. Ich könnte kotzen, schreien, auf ihn einschlagen.

Unvermittelt kommen seine Hände hoch. Er umklammert mein Gesicht. Kalt und feucht, Blut klebt an seinen Händen. Er betatscht mein Gesicht.

Au, scheiße, das tut weh! Hat er mir vorhin was gebrochen? Ich kann den Kiefer noch bewegen.

»Hilf ihm!«, flüstert Adrian eindringlich. Sein Blick bohrt sich in meinen. Fanatisch und voll Panik. »Lass ihn nicht sterben. Du kannst ihm helfen? Dann rette ihn.« Sekundenlang bin ich zu perplex, um etwas zu sagen. »Bitte, rette ihn!« Adrian redet mit einer seltsam kindlich klingenden Stimme, streicht dauernd über mein Gesicht. So ein durchgeknallter Psychopath.

»Mach mich los!«, fordere ich, etwas verblüfft. Scheiß auf seinen plötzlichen Sinneswandel, gerade zählt nur Alec. »Ich muss zu ihm. Mach mich los, Adrian.«

Er nickt eilfertig, Besorgnis im Blick, zieht seine Hände abrupt zurück und sucht fahrig in der Jackentasche nach dem Schlüssel für die Handschellen.

Unglaublich, er hat es echt kapiert. Gleich darauf schließt er mit zitternden Fingern die Handschellen auf. Endlich.

Stöhnend lasse ich meine Arme sinken. Sie fühlen sich taub an, ich kann sie kaum bewegen. Wie abgestorben. Keine Zeit für Schwäche, Alec braucht mich. Ich werde unter gar keinen Umständen zulassen, dass er stirbt.

Meine Haut prickelt, tausend Stiche darin, das Blut wird schnell zurückkehren. Ich massiere sie, versuche sie zu bewegen, mich zu bewegen. Zu Alec. Ich muss zu ihm.

Ich kann einen Schmerzlaut nicht unterdrücken. Teufel aber auch, der hat mir mindestens eine Rippe gebrochen. Ich beiße die Zähne zusammen. Alles, was zählt, ist Alec.

Schwankend komme ich hoch. Der Körper fühlt sich fremd, total steif, schlichtweg beschissen an. Alles tut weh, überall ist getrocknetes Blut, Prellungen, blaue Flecken. Der hat mich ordentlich verprügelt. Großartig, in diesem Zustand kann ich nicht mal Adrian geben, was er eigentlich verdient hat. Eine deftige Abreibung.

Alec! Ich muss zu ihm.

Taumelnd gehe ich los. Oh verdammt, da ist schon so viel Blut um ihn. Bitte, lass mich nicht zu spät kommen. Aber es ist nur ein Arm, nur ein

Schnitt. Da geht es nicht so schnell! Alec hat noch eine Chance. Wenn ich die Blutung stoppen kann.

Er ist bewusstlos. Hastig taste ich nach dem Puls.

Okay, noch hat er Puls. Trotzdem muss er so schnell wie möglich in ein Krankenhaus.

Adrian ist mir gefolgt, neben Alec auf die Knie gesunken. Ganz offensichtlich traut er sich jedoch nicht, ihn anzufassen. Seine Arme hat er schützend um seinen Oberkörper geschlungen. Abermals wiegt er sich hin und her.

Der Typ hat echt einen Schuss weg. Keine Ahnung, was bei dem in seiner Kindheit alles schief gelaufen ist. Immer wieder wirft er Blicke auf den reglosen Alec, murmelt seinen Namen, den Namen seines Bruders wie ein Mantra. Aber er lässt mich machen.

Ich brauche was zum Abbinden. Irgendetwas.

Da liegt Alecs Hemd. Ich schnappe es mir, zerreiße es. Damit kann ich ihn abbinden, die Blutung hoffentlich vorerst stoppen. Wenn ich ihn ins Krankenhaus bekomme, hat er eine reelle Chance. Dazu muss mir nur leider dieser heulende Irre helfen.

»Adrian!«, spreche ich ihn sanft an. Er reagiert gar nicht, murmelt nur immer wieder Alecs Namen. Ob er überhaupt ansprechbar ist? Dieser Psycho muss mir zuhören.

Hart packe ich ihn am Arm. Adrian zuckt zusammen, schaut mich erschrocken an. Wie ein kleines Kind wirkt er, duckt sich, als ob ich ihn schlagen wollte. Angsterfüllte Augen sehen mich an. Zum Kotzen.

In mir kocht es. Ich hasse ihn, ich hasse es, ihn anzufassen, überhaupt mit ihm zu reden, dennoch brauche ich ihn.

»Adrian, hör mir genau zu!«, sage ich betont langsam und ruhig, rede ich eben wie mit einem kleinen Kind. »Nimm dein Handy! Rufe 112 und bestelle den Krankenwagen hierher. Ganz schnell!« Ich lasse ihn hastig los und widerstehe dem dringenden Wunsch, mir die Hand abzuwischen.

Er stinkt. Er ist so widerlich. Ich hasse ihn.

Adrian starrt mich verständnislos an. Oh, ich könnte ihm echt eine verpassen.

»Ruf einen Krankenwagen. Ich versuche die Blutung zu stoppen, aber Alec wird nur dann überleben, wenn er ganz schnell ins Krankenhaus kommt. Adrian! Verdammt, mach schnell!«, stoße ich hervor, mühsam meinen Hass und die Wut bändigend.

Adrian nickt mechanisch. Tastet nach dem Handy in seiner Tasche und blickt sich erschrocken um. »Handy, ja. Es ist …« Er steht auf und geht zurück. »Muss anrufen …«, murmelt er. »Alec darf nicht sterben. Nicht gehen, mich nicht verlassen.«

Unwichtig, was er noch vor sich hinbrabbelt. Ich muss mich jetzt um Alec kümmern. Hastig lege ich den Stoffstreifen an. Ich muss diese verdammte Blutung irgendwie stoppen.

Alec atmet flach, der Puls ist schwächer geworden.

Bleib bei mir, flüstere ich tonlos. *Lass mich nicht alleine!*

Hinter mir höre ich Adrians Stimme. Oh Wunder, er schafft es wirklich einigermaßen vernünftige Sätze herauszubringen, nennt denen gerade die Adresse der Lagerhalle. Vielleicht hat Alec jetzt wirklich eine Überlebenschance, wenn die Jungs schnell hier sind und ihren Job gut machen.

Alecs Augen sind geschlossen. Das Gesicht sieht ganz entspannt aus, so friedlich. Er liegt schrecklich reglos da. Mein Blick gleitet über ihn.

Sein wunderschöner, schlanker Körper ist ganz schlaff, die Haut bleich. Seine linke Hand ist verletzt. Ich ahne, wie er sich befreit hat, denn sein Daumen ist merkwürdig abgewinkelt und da sind jede Menge böse Schürfwunden an seinem Handgelenk.

Bestimmt hatte ihn Adrian angekettet. Alec muss sich befreit haben wie ein gefangenes Tier aus einer Falle, das sich in seiner Todesangst selbst verletzt.

Zärtlich streiche ich über seine Wange. *Welch entsetzliche Angst musst du gehabt haben, um dir so etwas anzutun? Hat er dich vergewaltigt? Dich geschlagen? Was hat er dir nur angetan? Oh, mein Alec.*

Helles, rotes Blut. So viel Blut. Es klebt mir an der Hose, bedeckt den Fußboden unter ihm. Die Luft ist erfüllt von dem süßlichen Geruch. Und mittendrin liegt Alec. Still. So verloren. Der Anblick zerreißt mir das Herz.

»Du Idiot«, flüstere ich zärtlich, ziehe den Verband noch fester. »Du verdammter, kleiner Idiot.«

»Der Krankenwagen ist unterwegs.« Adrians leise Stimme. Ich nicke nur, kann mich nicht von Alecs Gesicht lösen. Die Hand streicht ihm Haare aus der Stirn, fährt ihm über sein schönes Gesicht.

Ich kenne jeden Ausdruck darin, weiß, wie er lächelt, wie er traurig, angespannt, konzentriert, lustvoll aussieht. Ich kenne ihn so genau. Zu denken, dass er mich nie wieder anlächeln wird, seine großen Hände mich nie wieder berühren werden, ich ihn nie wieder an mich drücken, neben ihm liegen, meine Nase in seine Haare wühlen darf, mit ihm zusammen sein kann, schnürt mir die Kehle zu, nimmt mir die Luft zum Atmen, den Mut zu leben. Nicht ohne ihn.

»Alec«, flüstere ich, kann meine Tränen nicht länger zurückhalten. »Bleib bei mir. Bitte!« Mir doch egal, ob Adrian es hört oder was er von mir denkt. Nur Alec ist wichtig. Ich will ihn nicht verlieren.

Adrian kniet sich neben mich, neben Alec. Ich schaue ihn finster an, würde ihn am liebsten von Alec vertreiben. Zorn ist in mir.

Alec gehört mir. Ich will nicht, dass er ihn so ansieht. Dazu hat er kein Recht. Was dieser Mann meinem Alec alles angetan hat …

Ich mag mich nicht rühren, bin innerlich erstarrt, fühle mich unendlich schwach. Ich kann an nichts anderes denken, als an Alec und dass er sterben könnte. Dieser junge Mann dort bedeutet mir alles auf der Welt. Es gibt nichts Wichtigeres in meinem Leben. Ich will ihn um keinen Preis verlieren.

Zaghaft streckt Adrian seine Hand nach Alec aus. Augenblicklich kommt Wut in mir hoch. *Fass ihn nicht an,* will ich ihn anschreien. *Du darfst Alec nicht anrühren. Was du ihm alles für Leid bereitet hast, du hast nicht das geringste Recht, ihm noch nahe zu kommen!*

Doch kein Ton kommt heraus. Ich habe keine Kraft dafür. Nichts mehr da. Nicht mal, auf Adrian wütend zu sein. Wenn ich denke, dass Alec seine Augen nie wieder aufschlagen wird, mich nie wieder anlächeln wird. Nie wieder …

Adrians Finger tasten nach Alecs rechter Hand, berühren sie ganz leicht, streicheln die Fingerspitzen. Eine seltsam vorsichtige, zarte, irgendwie berührend schuldbewusste Geste und meine Wut verraucht schlagartig.

Auf seine kranke, perverse Weise liebt dieser Mann meinen Alec ebenso innig wie ich.

Die Finger bleiben auf Alecs Hand, streichen darüber, während Adrian Tränen übers Gesicht rinnen und lautlos in das Blut tropfen.

»Es tut mir leid«, haucht er. »Es tut mir so schrecklich leid. Ich liebe dich, Alec. Ich liebe dich so sehr. Das wollte ich nicht.«

Da hocken wir beide, vereint in unserer Sorge und warten darauf, dass dieser verflucht langsame Krankenwagen endlich kommt. Warum brauchen die so lange? Das geht doch sonst so schnell. Unruhig taste ich immer wieder nach Alecs Puls. Er ist da, schwach, aber spürbar, ebenso sein Atem.

Kämpfe, Alec! Komm schon, du kannst das! Du bist ein Kämpfer! Du gibst nicht so schnell auf.

Wehe du gibst auf!

Neben mir schweigt Adrian, hält Alecs Finger in der Hand.

Im Grunde müsste ich ihn verhaften. Ich sollte ihn unschädlich machen, ihn fesseln, bis die Kollegen kommen. Adrian ist ein Mörder, ein Entführer, ein unberechenbarer Psychopath. Ich kann mich jedoch nicht rühren, meine Finger nicht von Alec lassen.

Es ist vorbei. Das weiß auch Adrian.

Er könnte fliehen, mich erschießen. Doch er tut nichts dergleichen. Er ist scheinbar ebenso paralysiert wie ich. Für uns beide zählt nur Alecs Leben. Alles andere ist unwichtig. Im Moment bin ich kein Polizist, nur Mike. Ein verzweifelter Mike.

Endlich höre ich das ersehnte Geräusch. Motorenlärm, eine Sirene.

Adrian zuckt zusammen, blickt erschrocken hoch und dann mich an. Erstaunt und fragend, als ob er aus einem Traum erwachen würde, gar nicht begreift, was hier passiert. Tut er vermutlich auch nicht.

»Der Krankenwagen«, erkläre ich, nicke ihm auffordernd zu. »Adrian, geh raus. Öffne das Tor und winke die Sanitäter rein.« Er starrt mich wahrhaftig sekundenlang unbeweglich an. »Los mach schon. Schnell! Jede Sekunde zählt.«

Endlich nickt er, springt auf und eilt nach vorne. Ich vernehme die Geräusche des sich öffnenden Tors. Stimmen hinter mir. Ich bekomme mit, wie Adrian sie hereinführt. Dann ist jemand neben mir. Ich rieche den typisch septischen Geruch, erkenne die Kleidung und Erleichterung durchfährt mich warm und angenehm.

»Ein Messer«, bringe ich heraus, ohne den Blick von Alec zu nehmen. »Er hat sich selbst die Pulsadern mit dem Cuttermesser aufgeschnitten. Knapp zehn Minuten her.« Der Sanitäter nickt, schiebt mich etwas zur Seite und fühlt selbst den Puls.

»Wie lange bewusstlos?«

»In etwa acht Minuten«, gebe ich mechanisch zurück. »Habe ihn abgebunden.« Der Mann brummt, nickt zustimmend, untersucht den Arm.

Mein Blick wandert höher, zu Alecs Gesicht. Die geschlossenen Augen vermitteln den Eindruck, als ob er neben mir auf dem Sofa eingeschlafen wäre. Unzählige Male habe ich ihn so gehalten, ihn liebevoll im Schlaf beobachtet. Nur friedlich schlafend. Wenn da nicht das ganze Blut wäre.

»Wie ist sein Name?«, erkundigt sich der Sanitäter. Seine Kollegen kommen mit der Trage heran, sind rasch bei ihm und ich weiche etwas zurück, lasse Alec los und die Sanitäter ihren Job machen.

»Alec Tyson. Vierundzwanzig. Keine bekannten Allergien. Blutgruppe B.«

Mein Hals ist so eng, ich glaube, ich ersticke gleich. Komisch, bis eben habe ich nichts gefühlt, keine Schmerzen. Jetzt sind sie da, alle auf einmal. Mein Schädel dröhnt, mein Kinn tut weh, meine Rippen erst recht.

»Und wer sind Sie?«, fragt mich der andere Sanitäter, wendet sich nun mir zu und schaut mich prüfend an. Er ist schwarzhaarig, ziemlich groß, dunkle Augen. Ich nehme es aus dem Augenwinkel wahr. Mein Blick ruht auf Alecs Gesicht.

»Ich bin sein Freund. Sein Lebensgefährte. Mike Berger.«

»Sie sind auch verletzt, Herr Berger«, stellt er nüchtern fest. Ich nicke stumm. »Ja. Rippe gebrochen, Kiefer angeknackst oder so. Ist nicht so wichtig. Alec ist jetzt wichtiger.« Meine Stimme ist merkwürdig flach und rau. Und mein Kiefer tut weh. Meine Rippen auch. Und jeder dieser dämlichen blauen Flecken. Mir ist übel.

Reiß dich besser zusammen, Mike.

»Was ist denn passiert?« Der Mann mustert mich kritisch. Er greift prompt nach meinem Arm und fühlt den Puls. Ich lasse es geschehen, kann den Blick ohnehin nicht von Alec abwenden. Sie jagen ihm gerade irgendwas mit einer Spritze rein. Keine Ahnung was. Die machen schon ihren Job.

»Können Sie mir sagen, was passiert ist?« Ich reiße mich widerwillig von Alecs Anblick los. Erwartet der jetzt echt von mir einen vollständigen Bericht? Scheiße Mann, er soll zusehen, dass Alec ins Krankenhaus kommt.

»Eine Entführung. Er wurde entführt. Erkläre ich Ihnen alles unterwegs. Ich bin selbst Polizeibeamter.« Ich hebe den Blick und dann, endlich, viel zu spät, fällt mir siedendheiß Adrian ein. Wo ist der eigentlich hin?

Suchend gleitet mein Blick durch das Lagerhaus. Kein Adrian zu sehen.

Weg. Abgehauen.

Der hat offenbar die Gelegenheit beim Schopf gepackt und sich aus dem Staub gemacht. Na, klasse.

Unwichtig. Alecs Leben hat höchste Priorität.

»Verständigen Sie bitte die Polizei«, bitte ich den Sanitäter. »Dort drüben liegt ein Kollege von mir. Samuel Riegenmeyer. Er wurde erschossen. Er war vermutlich gleich tot.« Ich mache eine vage Handbewegung in die Richtung. Hölle, das tut weh. Hoffentlich ist wirklich nur eine Rippe gebrochen. Mühsam unterdrücke ich ein schmerzvolles Stöhnen.

Ich höre die Sanitäter überrascht aufkeuchen und einer von ihnen springt sofort auf, schaut prompt in die angedeutete Richtung.

»Scheiße!«, murmelt er und eilt sofort hinüber zu Sams Leiche, von der man von hier nur die Beine zwischen den Autos sieht. Und das viele Blut. Es hat sich weiter ausgebreitet.

Ich kann wiederum nur Alec ansehen. Sein bleiches, schönes Gesicht. Ein Schlauch führt jetzt in seinen Arm. Die beiden Sanitäter reden nicht viel, arbeiten zügig, routiniert. Sie verfrachten Alec auf die Trage, schnallen ihn fest. Atmet er noch? Er lebt doch noch, oder?

»Kommt er durch?«, flüstere ich leise, merkwürdig zitterig. So fühle ich mich auch gerade, meine Beine sind ganz wackelig. Mir ist kalt. Einer von ihnen, ein blonder Typ, hebt den Kopf, lächelt mich an und nickt mir zu.

»Wenn wir ihn schnell in den Wagen und ins Krankenhaus bekommen, schafft er es schon«, meint er aufmunternd.

Sein schwarzhaariger Kollege eilt wieder zu uns. »Der ist tot.« Ich höre ihn in sein Funkgerät sprechen. Er informiert die Kollegen, erklärt, was er vorgefunden hat und nennt dabei auch meinen Namen.

Alles ist weit weg. Irgendwo. Nebelig grau.

Jemand tritt neben mich, greift nach meinem Arm.

»Kommen Sie, Herr Berger«, sagt der Blonde zu mir. »Ich sehe mir jetzt ihre Verletzungen an.« Ich wehre ihn heftig ab, dränge den Nebel zurück. Ich kann es mir noch nicht leisten, zusammenzubrechen. Nicht, solange Alec nicht außer Gefahr ist.

»Schaffen Sie erst Alec in den Wagen, ich komme schon klar. Sie können sich das auch unterwegs ansehen. Ich bin so weit okay. Hauptsache, er kommt sofort ins Krankenhaus«, blaffe ich den Mann unnötig hart an. Meine Nerven sind am Ende. Die Angst, Alec zu verlieren, ist übermächtig groß, wütet tief in meinen Eingeweiden, zerreißt meine Nerven, macht mich unberechenbar. Wenn er stirbt, drehe ich bestimmt durch, laufe Amok. Ich kann nicht ohne ihn leben. Unvorstellbar!

Blondschopf sieht es ein, sagt nichts mehr, nickt nur seinem Kollegen zu und gemeinsam heben sie die Trage an, rollen sie zum Krankenwagen. Ich folge dicht auf, humple hinterher und lasse Alec nicht aus den Augen. Nie wieder, nicht eine Sekunde.

Flackerndes, blaues Licht empfängt uns. Sie schieben Alec hinein. Routiniert, jeder Handgriff sitzt. Hunderte von Malen haben diese Männer so etwas gemacht. Der Blonde klettert hinterher, sieht mich an und nickt dem schwarzhaarigen Kollegen zu. »Steigen Sie am besten hier mit ein, Herr Berger, dann kann ich Sie untersuchen und verarzten«, schlägt er vor und ich nicke stumm meine Zustimmung. Ich lasse doch Alec jetzt eh nicht alleine.

Unvermittelt keucht der Mann hinter mir auf und Blondschopfs Augen werden groß. »Scheiße, der Typ hat eine Knarre!«

Abrupt drehe ich mich um.

Natürlich Adrian. Er steht da, die Waffe in der Hand und zielt direkt auf den schwarzhaarigen Sanitäter.

»Er gehört mir«, erklärt Adrian drohend. »Niemand nimmt ihn mir weg.«

Verflucht, Mike, du Idiot! Ich hätte es ahnen müssen. Adrian war nicht weg. Der hat natürlich nur die Waffe gesucht und nun wird er verhindern, dass Alec rechtzeitig ins Krankenhaus kommt.

»Adrian«, sage ich eindringlich, ziehe seine Aufmerksamkeit auf mich. Der Sanitäter weicht zum Wagen zurück. Ich höre, wie der Blonde im Wagen scharf die Luft einzieht.

»Bleib wo du bist, Marcel«, flüstert er leise warnend nach vorne zu dem Fahrer. »Der Mann hat eine Waffe auf Jan gerichtet.«

Ich schiebe mich nach vorne, in die Schusslinie und sofort richtet Adrian die Waffe auf mich. Er schaut mich wütend an. Eifersucht, Zorn und dieser fanatisch durchgeknallte Ausdruck sind wieder in seine Augen zurückgekehrt. Oh ja, er würde mich jetzt gerne abknallen, mich ein für alle Mal erledigen.

»Alec gehört nicht dir!«, zischt Adrian, tritt drohend auf mich zu. »Du darfst ihn nicht besitzen. Niemand darf das. Er gehört zu mir. Niemand wird ihn mir wegnehmen. Niemand!«

Arschloch! Verfluchter, dämlicher Mistkerl. Wegen dir wird Alec noch sterben. Aber ich beherrsche mich, schlucke jede scharfe Antwort hinab.

»Adrian«, beginne ich erneut, spreche leise, beruhigend. »Diese Männer wollen Alec helfen. Sie bringen ihn ins Krankenhaus. Sie müssen schnell losfahren, sonst stirbt er.« *Nicht dran denken, Mike. Nicht diesen Gedanken zulassen. Bleibt stark.*

Ausdruckslos starrt mich Adrian an. Die Waffe zittert kaum merklich in seinen manikürten, vornehmen Händen. Am Hemd, an der Hose ist rotbraun getrocknetes Blut. Sogar in seinen Haaren. Alecs Blut.

»Adrian, wir müssen sofort losfahren oder Alec stirbt.« Äußerlich gelassen, innerlich verzweifelt.

Die Waffe in Adrians Hand zittert stärker. Ich kann den beginnenden Zweifel, die Unsicherheit in seinen Augen erkennen. Und die Angst.

»Willst du ihn ganz verlieren? Willst du das wirklich? Soll er wegen dir sterben?« Mann, ich klinge ganz ruhig, dabei zieht sich in mir alles zusammen. Die Zeit rennt uns davon. Je länger er uns aufhält, desto mehr sinken Alecs Chancen, zu überleben. In meinem jetzigen körperlichen Zustand werde ich Adrian kaum überwältigen oder gar entwaffnen können und ich will die Sanitäter nicht gefährden. Sie sollen Alec schließlich helfen.

Folglich trete ich entschlossen einen weiteren Schritt auf Adrian zu, schaue ihm direkt in die Augen, ignoriere die Waffe, die er sofort erhebt. Er zielt jetzt direkt auf meine Brust.

»Du kannst ihn nicht besitzen, Adrian. Wenn du ihn liebst, und das glaube ich dir sogar, dann lass ihn endlich gehen. Lass ihn leben.« Unruhig huscht Adrians Blick über mein Gesicht, erforscht mich misstrauisch. Immerhin knallt er mich nicht gleich ab. Weiter. Weiter so.

»Willst du wirklich, dass er nur wegen dir stirbt? Willst du daran schuld sein?« Das wirkt. Ich sehe das Erschrecken in seinen Augen, Schuldbewusstsein, die Panik. Treffer!

»Nein! Nein!«

»Dann lass ihn gehen«, antworte ich leise. »Lass mich ihn retten.« Adrians Augen sind weit aufgerissen. Sein Blick geht von mir zum Innern des Krankenwagens. Zu dem bewusstlosen Alec. Und abrupt verändert sich sein Ausdruck, wird liebevoll, aber auch schmerzerfüllt.

»Alec …«, flüstert er sehnsüchtig.

Noch immer hat er die Waffe nicht gesenkt. Mann, was soll ich tun? Die Zeit läuft davon. Ob ich Adrian aufhalten kann, wenn ich ihn angreife? Lange genug, dass die Sanitäter abfahren können? Der erschießt mich. Klar. Aber vielleicht kommt der Krankenwagen dann schnell genug weg. Vielleicht …

»Ich will nicht, dass Alec stirbt«, wispert Adrian, starrt auf die Waffe. »Ich liebe ihn.«

»Das weiß ich«, antworte ich mühsam beherrscht, versuche Verständnis in meine Stimme zu legen. Adrian hebt ruckartig den Kopf und schaut mich an. Gefühlte Ewigkeiten, in denen sich alles Mögliche an Emotionen in seinem Gesicht widerspiegelt.

Wir sehen uns an. Zwei Männer, die diesen jungen Mann auf der Trage unermesslich lieben. Jeder auf seine Weise.

»Pass auf ihn auf«, murmelt Adrian resigniert und senkt den Blick. »Pass gut auf Alec auf. Ich konnte es nicht.« Er lässt die Waffe endlich sinken, wendet sich ab und geht zurück zur Lagerhalle. Hinter mir entlässt der schwarzhaarige Sanitäter erleichtert die angehaltene Luft. Irgendwo höre ich die Polizeisirene. Sie sind gleich da. Endlich.

Ich schaue Adrian hinterher. Die Schultern sind nach vorne gesackt, der Arm mit der Waffe hängt schlaff herunter, der Kopf gesenkt. Ein gebrochener Mann. Er hat alles verloren.

Abartig, ich fühle beinahe so etwas wie Mitleid mit ihm. Was muss es ihn kosten, Alec aufzugeben? Er liebt ihn wirklich. Auf seine abstruse, perverse Art.

Adrian verschwindet in der Lagerhalle und trotzdem rühre ich mich nicht, kann ihm nur nachstarren.

»Können wir losfahren?«, fragt hinter mir der Blonde besorgt. »Ist er weg?«

Ich nicke automatisch, drehe mich langsam um. »Ja. Wir können. Es ist vorbei.«

»Oh Mann. Ich habe mir gerade fast in die Hose gemacht!«, stößt der Schwarzhaarige erleichtert aus und umrundet hastig das Auto, steigt vorne ein.

Ich wende mich um, will gerade in den Wagen klettern, da zerreißt ein lautes Geräusch die Stille, übertönt die herannahenden Sirenen.

Das war eindeutig ein Schuss. Laut, seltsam klar und scharf. Ich wirble herum, spanne mich an, erwarte erneut Adrian mit der Waffe hinter mir zu sehen.

Da ist jedoch niemand. Er ist offenbar noch in der Lagerhalle.

Scheiße! Hat er sich etwa erschossen? Mein Herz schlägt ruhig und ein seltsames Gefühl durchströmt mich: Erleichterung. Tiefe Erleichterung.

Zu Ende.

Da hat sich vermutlich gerade ein gebrochener, verzweifelter Mann erschossen und doch fühle ich mich irgendwie nur erleichtert.

Ich sollte hinlaufen. Ich müsste nachsehen. Helfen, wenn er noch lebt. Das wäre meine Pflicht. Ich kann es nicht. Ich will es nicht. Nicht helfen müssen.

Der schwarzhaarige Sanitäter tut es, springt aus dem Auto und eilt hinüber.

Meine Beine tragen mich mit einem Mal nicht mehr. Ich halte mich an der Wagentür fest, fühle noch, wie der blonde Sanitäter mich zu sich hineinzieht. Er murmelt ein paar Worte, ich weiß nicht mal, was er da sagt, kann sein Gesicht nicht mehr richtig erkennen.

Mir ist schwindelig. Mir ist übel. Und doch fühle ich mich gut. Zufrieden.

Der Blondschopf macht irgendetwas mit mir. Da ist jetzt etwas Festes an meinem Arm, quetscht ihn ein. Ein kurzer Schmerz in der Beuge des Ellenbogens. Vor meinen Augen flackern abwechselnd graue, schwarze, weiße Punkte und mir ist seltsam kalt. Aber ich lächle. Ja, verdammt, ich lächle.

Wie lange bin ich weggetreten? Keine Ahnung, irgendwann kann ich wieder was sehen und denken. Ich höre und fühle Motorengeräusche. Wir fahren also.

Gut. Alec muss ins Krankenhaus. So schnell wie möglich. Wir sind unterwegs.

»Alec?«, bringe ich hervor, blinzle und versuche mich aufzurichten. Alles schwankt.

»Ganz ruhig. Keine Angst, Herr Berger«, höre ich neben mir, blinzle zu dem Blonden hoch. »Er ist okay. Der Puls ist stabil.« Er lächelt. »Er wird es schaffen, ganz bestimmt!« Er drückt fest meinen Arm. »Wir sind auch gleich da.«

Ich versuche hochzukommen, einen Blick auf Alec zu werfen. Ich will ihn sehen, unbedingt.

»Langsam! Vorsichtig, ihr Kreislauf ist schwach«, ermahnt der Blonde mich, hilft mir aber immerhin hoch. Das Schwanken liegt daran, dass wir um ein paar Kurven fahren.

»Alec«, flüstere ich, fasse nach seiner Hand. So bleich. Seine Hand so kalt, so weich in meiner. Ich muss ihn festhalten, ganz fest. Ich lasse ihn nie wieder los.

»Sie haben es gleich überstanden«, vernehme ich den Sanitäter, der Wagen bremst ab, biegt in die Auffahrt zum Krankenhaus ein. »Alle beide.« Er lächelt mich an.

»Ja«, höre ich mich sagen. »Es ist vorbei.«

Endlich.

NÄHE UND SICHERHEIT

Seine Hand in meiner.

Ich glaube, ich habe sie immer nur ganz kurz losgelassen, wenn es gar nicht anders ging. Jetzt liegt Alec da, schläft, vollgepumpt mit irgendwelchen Medikamenten. Sein linker Arm ist bis oben hoch weiß bandagiert. Nichts erinnert mehr an die hässliche lange Wunde, die er sich zugefügt hat. Die weiße Bandage verschwindet optisch nahezu im weißen Bettlaken. Steriles Weiß überall. Logisch, wir sind im Krankenhaus.

Ich verlagere mein Gewicht auf dem unbequemen Stuhl. Blinzelnd schaue ich auf Alec hinab. Meine Augen brennen, wollen mir immer wieder zufallen. Mein zerschlagener Körper ist müde, total erschöpft und dennoch kann ich nicht schlafen. Ich habe es versucht.

Nachdem die Ärzte Alec versorgt, mir versichert hatten, dass er es schaffen wird. Zum Glück hat er sich nicht zu schwer verletzt, keine Sehne, nichts, was nicht wieder vollständig heilen wird. Zumindest äußerlich.

Ganz bestimmt haben die Ärzte insgeheim über mich den Kopf geschüttelt. Der verliebte schwule Kerl, der die Hand seines Liebsten unter gar keinen Umständen loslassen wollte, nur äußerst widerwillig, als sie meine Rippen röntgen mussten.

Zwei hat der Mistkerl Adrian mir mit seinen Fußtritten gebrochen. Einen Zahn habe ich auch weniger. Mein Kiefer ist immerhin heil geblieben, auch wenn er bei jeder Bewegung wehtut. Eigentlich tut alles weh. Zum Glück sind alles andere nur Blutergüsse und Prellungen. Davon aber jede Menge.

Mein Gesicht sieht richtig scheiße aus. Verquollen, blaugrün, Kratzer und ein fettes Veilchen am linken Auge. Nur ganz kurz habe ich einen Blick in den Spiegel geworfen, als sie Alec und mich in dieses Zimmer brachten.

Der Ausdruck in Peters Gesicht hätte es mir auch verraten. So bestürzt, wie der mich angesehen hat, als er hier war. Zwei Kollegen waren mit dabei.

Ich musste ihnen wohl oder übel alles erzählen, jedes Detail, ganz ausführlich. Von Sams Verrat, was dieser getan hat, was Adrian mit Alec gemacht hat. Ich habe alles erzählt, auch von meinem Ausraster im Pinkalotta.

Peter hat zugehört, genickt, nicht viel gesagt. Auch ich war sachlich, bemüht routiniert. Dabei habe ich ihn und die Kollegen insgeheim zum Teufel gewünscht, wie jeden, der das Zimmer seither betreten hat und mich und meinen Alec stört.

Wobei der ohnehin nichts mitbekommt. Er schläft tief und fest. Ist bestimmt auch gerade ganz gut so.

Ich hingegen konnte nicht schlafen. Mehrfach habe ich mich in das weiß bezogene Bett direkt neben Alec gelegt. Darauf habe ich bestanden, ein Bett gleich neben ihm, wo ich ihn immer sehen kann. Niemand trennt mich jetzt von meinem Alec. Nie wieder!

Eingeschlafen bin ich wohl auch ein paar Mal, nur um dauernd panisch hochzuschrecken, mit dem entsetzlichen Gedanken, Alec wäre fort, das Bett wäre leer, Adrian wieder da und hätte ihn mitgenommen. Totaler Blödsinn. Mein Verstand weiß das.

Adrian ist so was von tot.

Peter hat es bestätigt: Adrian hat sich die Waffe in den Mund gesteckt und abgedrückt. Tot.

Endlich. Es besteht keine Gefahr mehr, er kann definitiv nicht zurückkehren. Mein Unterbewusstsein braucht jedoch offenbar länger, um diese simple Tatsache zu begreifen.

Einen Haufen Fragen kann Adrian nun ebenfalls nicht mehr beantworten.

Womit hat er Sam in der Hand gehabt, was hat er ihm gezahlt? Noch immer will nicht so recht in meinen Kopf, was Sam dazu gebracht hat, mich zu verraten. Ich habe mich in ihm so geirrt wie in Arnaud. Nie im Leben hätte ich gedacht, dass er der Verräter ist.

Peter ist unterwegs, wird die Familie informieren. Sie tun mir schrecklich leid. Er hat einen hohen Preis für seinen Verrat bezahlt.

Mich beschäftigt auch, ob Arnaud total unschuldig war? Ich vermute stark, dass es kein Selbstmord war. Wer hat Adrians Bruder getötet, wer war der Typ, den dieser dafür damals getötet hat? So viele offene Fragen hat Adrian zurückgelassen, mich in ein Nervenbündel verwandelt und Alec …

Ich schließe die müden Augen. Ich sollte froh und dankbar sein: Alec lebt. Mehr kann ich gerade nicht sagen. Er hat ein paar Mal ganz kurz die Augen geöffnet, schien dabei aber weder die Ärzte noch mich wahrzunehmen. Ganz leer und starr war der Blick, wie damals in der Klinik. Abwesend. Eine leblose Marionette, mit der man alles machen kann. Der Schock, klar. Hoffentlich.

Sein Anblick schmerzt, dreht mir den Magen um und krampft das Herz zusammen. Ich habe es mit ansehen müssen, konnte erkennen, wie der Wahnsinn zunahm, wild in seinen Augen flackerte, als er dastand mit diesem verdammten Messer in der Hand.

Zärtlich streichle ich seine Finger. *Zum Teufel, was hat dich nur dazu getrieben, diesen Ausweg wählen zu wollen? Wie irre vor Angst und Verzweiflung musst du gewesen sein, um die einzige Lösung in deinem Tod zu sehen, mein Alec?*

Du hast dich Adrian entzogen. Endgültig. Vollständig. Adrian wusste es. Das war nichts, was er überhören, oder ignorieren konnte. Du hast ihn direkt mit seinen allergrößten Ängsten konfrontiert, ihm gezeigt, dass er dich, Alec Tyson, nie kontrollieren und besitzen kann.

Liebevoll fahre ich Alec durchs Gesicht. Ich kann meine Hände nicht lange bei mir behalten. Entweder halte ich seine Hand, streichle über die schlaffen Finger, schaue ihn an oder meine Hände wandern über sein bleiches Gesicht. Ich hoffe und fürchte den Moment, wo er mich ansehen wird.

Ob er mich erkennen wird? Oder versinkt er abermals ganz in diesem Zustand, wird diese leblose Puppe, die er schon einmal war. Eine leere Hülle.

Schrecklicher Gedanke. So viel Angst ist in mir. Auch vor den möglichen Vorwürfen in seinen Augen. All meine tollen Versprechen. Nichts davon konnte ich einhalten.

Jahrelang habe ich ihm etwas vorgemacht. Ich konnte ihn nicht schützen. Ich konnte nichts verhindern. Gar nichts konnte ich tun. Ich war unnütz und hilflos.

Flüchtig fahre ich über die geschlossenen Lider. Ich wünsche mir so sehr, dass Alec einfach die Augen öffnet und mich ansieht.

Verzeih mir! Komm zurück, flehe ich stumm. Ich kenne jede Linie in diesem Gesicht in- und auswendig. Jeden Tag, den ich mit ihm verbringen durfte, habe ich den Anblick in mich eingesogen. Ich kann mich nicht sattsehen an ihm. Ich liebe alles an ihm, jeden Quadratzentimeter von ihm. Immer. Ewig.

Der Arzt hat es mir gesagt.

Bedauernd, dezent nebenbei, als er mitbekommen hat, dass ich dein Lebensgefährte bin. Gründlich hat er dich untersucht, jede Verletzung an deinem Körper.

Mein wunderschöner Kleiner. Adrian hat dich also erneut vergewaltigt. Da war Sperma in dir. Hat er dich mit Gewalt genommen, wie damals, als ich zu spät kam? Zu denken, dass er dich überall dort berührt, sich mit dir vereinigt hat, wie ich, ist kaum zu ertragen.

Wenn er es nicht selbst beendet hätte, Alec, ich schwöre dir, dieses Mal hätte ich ihn eigenhändig getötet.

Bei diesen Gedanken sollte Hass in mir sein, heißer, wilder Zorn. Wut ist alles, was ich für diesen perversen Mann empfinden sollte, der mit seiner kranken Vorstellung, meinen Alec in den Wahnsinn getrieben hat, der ihn sich selbst so verletzen ließ. Da sind diese Gefühle. Irgendwo. Aber Adrian ist bereits tot.

In meiner Erinnerung sehe ich dabei immer nur diesen völlig gebrochenen Mann, den Blick tiefer Resignation. Ich sehe, wie er sich abwendet und geht.

Geschlagen. Hängende Schultern, der gekrümmte Rücken. Verloren.

»Pass auf ihn auf, ich konnte es nicht.« Seine Worte hallen noch immer in meinem Kopf. Liebevoll, ehrlich und enttäuscht.

Seltsamerweise verspüre ich eher so etwas wie Mitleid mit Adrian. Ich sollte es nicht, aber ich tue es. So sehr hat er Alec geliebt, dass er ihn nicht verlieren konnte, es nicht ertrug, ohne ihn zu sein.

Ja, Adrian, ich kann dich verstehen, nachvollziehen, was du gefühlt haben musst. Ich kann auch nicht ohne ihn. Alec ist viel mehr, als mein Leben. Er ist die Luft, die ich atme, er ist das Lebenselixier, was ich zum Überleben brauche. Ohne ihn ist alles sinnlos. Der Gedanke, dass er mich womöglich immer nur mit diesem leeren Blick anschauen wird, schnürt mir qualvoll Herz und Luft ab. Ich wünsche mir so sehr, dass er sich daraus befreien kann, dass er zu mir zurückkehrt. Die Furcht, ihn ganz zu verlieren ist es, die mich aus jedem Einnicken hochfahren lässt, mich schon seit Stunden wach hält.

Irgendeine Ärztin hat Dr. Goedhard angerufen. Ich habe mein Handy in der Lagerhalle gelassen. Ich hatte keine Nummer, aber sie hat sich darum gekümmert, als ich ihr den Namen der Klinik genannt habe. Er wird morgen früh vorbei kommen, hat sie mir ausgerichtet. Bis dahin werden die Medikamente ohnehin noch wirken. Ich hoffe, er wird Alec helfen können. Und mir. Ich bin irgendwie auch ganz schön neben der Spur.

Morgen ist es sowieso schon. Draußen dämmert es. Ich kann es durch die Vorhänge erkennen. Hier drinnen ist es eh nie ganz dunkel. Ich bin schließlich in einem Krankenhaus. Überall dieses grelle Kunstlicht. Steril, unpersönlich, kalt.

Ich werde mich erst wohler fühlen, wenn ich mit Alec heimkann. Zurück in unser kleines Häuschen, unseren Garten, unser Heim. Ich möchte ihn bei mir haben, ganz für mich, alleine mit ihm sein. Ihn im Arm halten, ihn an mich drücken, seinen Duft in meiner Nase, ihn spüren, ihn bei mir wissen. Ganz nahe. Und ihn, uns, vergessen lassen.

Wenigstens Phily habe ich angerufen. Die Nummer wusste ich noch aus dem Kopf. Er hat nicht viel gesagt, mir einfach nur zugehört. Ich habe es kurz gemacht, ich wollte schließlich schnell wieder zu Alec. Phily hat gemeint, ich solle mir keine Gedanken machen und auf jeden Fall bei Alec bleiben, er würde sich um alles andere schon kümmern.

Der Typ ist klasse. Keine unnötigen Fragen. »Ich komme morgen vorbei und bringe euch ein paar Klamotten. Und keine Sorge, ich kümmere mich auch um Tommy und Ricky.«

Eine Sorge weniger. Erst hier im Krankenhaus, in der ewig langen Zeit, als ich darauf gewartet habe, dass ich nach der Behandlung zu Alec durfte, erst da habe ich an Tom gedacht und mir prompt Sorgen gemacht, in was für Schwierigkeiten er sich womöglich gebracht hat.

Alec war mir wichtiger. Natürlich. Aber ohne Tom, ohne diese Nervensäge, hätte ich Alec nicht gefunden. Ich werde ihn ganz fest umarmen, wenn ich ihn wiedertreffe. Und mir vermutlich dabei einen Tritt in die Eier einhandeln.

Meine Mutter habe ich vorsichtshalber noch nicht angerufen, auch Joana und Vincent noch nicht. Sie werden es noch früh genug erfahren. Gerade will ich Alec einfach mit niemand teilen müssen. Lebhaft kann ich mir meine Mutter vorstellen, die mit einer LKW-Ladung an Blumen und Gebäck hier auftauchen wird. Schmunzelnd stelle ich mir Alecs schmales Gesicht vor, das in einem Meer aus Blumen untergeht.

Wenn er nur wieder zurückkommt. Das ist mein innigster Wunsch. Er möge endlich wieder die Augen aufschlagen, mich ansehen und lächeln.

Seufzend fahre ich über seine weichen Lippen, beuge mich vor und küsse sie.

»Ich liebe dich, Alec«, flüstere ich. »Mehr als alles auf dieser Welt.« *Ich wünsche mir so sehr, dass du mich wieder anlächelst, dass ich vergessen kann, wie du ausgesehen hast, wie deine Augen mich angeschaut haben. Diese Verzweiflung, dieser aufkeimende Entschluss in deinen Augen. Du bist so stark, Alec. Viel stärker, als du selbst ahnst. Viel stärker als ich.*

Meine Augen fallen immer wieder zu, Müdigkeit überkommt mich, droht mich zu überwältigen. Gleichwohl kann ich nur schlafen, wenn ich ihn in meinen Armen sicher weiß. Auf ewig sicher.

Ich will immer bei dir sein.

Abermals muss ich gähnen. Ich verliere den Kampf gegen diese Müdigkeit früher oder später. Kurz entschlossen lege ich mich vorsichtig neben Alec, kuschle mich unter seine Decke, schmiege mich an ihn, ganz dicht in dieses kleine Bett.

Es ist zu schmal, deshalb ziehe ich Alec ein wenig auf mich. Dabei vermeide ich es, an die Schläuche zu kommen, die in seinen rechten Arm führen, schiebe mich daran vorbei. Ich brauche das jetzt, ich muss wissen, dass er da ist. Mein Körper, der seinen spürt, diese absolute Nähe, die mir Sicherheit gibt.

Und es klappt, ich schlafe endlich ein. Alec an mir, sein Haar in meinem Gesicht, sein ruhiger Atem streicht über meine Haut. Meine Hand hält seine weiterhin fest. Bald schon umgibt mich und ihn warmes, dunkles Wasser, lässt uns gemeinsam im Traum schweben. Leicht, unbeschwert und absolut sicher.

Eng umschlungen, uns küssend, liegen wir in der Sonne. Sand in meinem Rücken. Funkelnde Wassertropfen in seinen Haaren, auf der Haut. Tausend warme Gerüche um uns.

Alec lächelt. Sein wunderschönes Alec-Lächeln, bei dem mein Herz freudig hüpft. Ich liebe dich, flüstere ich in sein Ohr. Immer wieder, wie eine Zauberformel. Ich habe es viel zu selten gesagt.

Wir sind endlich in Sicherheit, flüstere ich ihm noch ins Ohr, spüre, wie er sich dichter an mich schmiegt, seinen Kopf in meine Halsbeuge legt. Er duftet so gut, fühlt sich so gut an. Seine Lippen berühren meinen Hals, sein Atem streift warm und köstlich angenehm über mein Kinn.

»Mike«, flüstert er zärtlich. Ich liebe seine Stimme. Ich mag es, wenn er meinen Namen wispert, ihn ruft, wenn er ihn lustvoll stöhnt. »Mike.« So voll Liebe. »Mike.« Immer wieder sagt er meinen Namen, haucht ihn, raunt ihn mir ins Ohr.

Finger fahren über meine Brust, hoch zum Hals, wandern federleicht übers Kinn. Ich liebe diese Berührungen. Ich kann mich darin ganz und gar verlieren.

Meine Augen brennen verdächtig, verbunden mit dem Gefühl von Feuchtigkeit. Da rollen die Tränen über meine Wangen. Es ist ein Traum, da dürfen sie das wohl.

»Mike«, flüstert Alec. Die Tränen tropfen über mein Kinn auf ihn und er streicht sie weg, wischt die Spur über meine Wange hoch fort. Es schmerzt, da wo er die Blutergüsse berührt.

»Oh, Mike«, höre ich ihn bestürzt flüstern und spüre es nun an meinem Hals feucht werden. »Mike.« Alec weint.

Das ist doch kein Traum mehr. Ich höre doch seine Stimme. Hier und jetzt.

Schlagartig öffne ich die Augen. Es ist kein Traum. Alec schaut mich an, wispert erneut meinen Namen, seine Finger streichen über mein Gesicht.

Er ist wahrhaftig wach. Und seine Augen strahlen mich an. Leicht entrückt, noch etwas benebelt, jedoch eindeutig wach und da.

»Alec!« Sein Name kommt heiser von meinen Lippen. Krächzend, als ob ich meine Stimmbänder erst wieder darauf einrichten müsste. Ich fühle mich seltsam unwirklich. Dies ist doch kein Traum mehr? Nein. Ist es nicht.

Alec blickt mich an und ein feines Lächeln umspielt seine Lippen. Mein Herz rast ungefragt los, überschreitet schamlos jede Geschwindigkeitsbegrenzung. Fassungslos schaue ich ihn an.

Alecs Augen sind nicht mehr leer. Er erkennt mich, er schaut mich wahrhaftig direkt an, sendet allein mit seinem Blick heiße und kalte Schauer über meinen Rücken. Ganz von alleine kommen die Hände hoch, umfassen sein Gesicht, ziehen ihn zu mir heran.

»Alec«, wispere ich, bringe es gerade eben noch heraus, bevor ich seinen Mund verschließe, ihn küsse, unaufhörlich, als ob ich mich mit jedem Kuss versichern müsste, dass er wirklich da ist, ich nicht mehr träume.

Irgendwann drückt er mich zaghaft zurück. Muss wohl Luft holen, die ich ihm mit meinen tausend Küssen nehme.

»Mike«, sagt er matt. »Lass mich am Leben.« Oh ja! Und ob. *Noch einmal lasse ich dich nicht alleine gehen.*

»Hey, Kleiner!« Zärtlich streiche ich ihm über das Haar. »Willkommen zurück.« Alec wirkt noch etwas verwirrt, schaut sich unsicher um.

»Sind wir in einem Krankenhaus?«, fragt er ein wenig schleppend. Ich nicke.

Ein dicker, fetter Kloß, der mir verdammt stark auf die Tränendrüse drückt, steckt in meinem Hals fest. Dies ist kein Traum mehr, da bleiben die verräterischen Tränen hübsch brav in mir.

»Ja«, bringe ich an der Blockade vorbei, während meine Hände ununterbrochen über sein Gesicht, durch die Haare fahren. Ich bin so irre vor Glück, dass er lebt, dass er ansprechbar ist, dass er da ist. Ich könnte aufspringen und schreien, Freudentänze aufführen. Mein Alec.

»Was …«, beginnt Alec leicht verwirrt. »Was ist denn passiert?« Ganz da ist er noch nicht. Kein Wunder nach all den Drogen, die sie ihm gegeben haben.

An was erinnert er sich, was hat er noch mitbekommen? Meine Hoffnung, dass er sich womöglich gar nicht erinnern wird, macht er schlagartig zunichte. Abrupt verändert sich Alecs leicht entrückter Ausdruck, wird ängstlich.

»Adrian?« Seine Stimme kippt. Hektisch schaut er sich um. Sofort ziehe ich ihn dichter an mich.

»Ist tot. Hat sich selbst erschossen!« Alecs Blick huscht unruhig über mein Gesicht.

»Tot?«, fragt er ungläubig. Er fängt an zu zittern.

Nickend streiche ich ihm über die Haare. »Ja. Tot. Er wird dir nie wieder etwas tun.« Glaubt er mir etwa nicht? Begreifen tut er es wohl noch nicht, so verwundert, wie er mich gerade anschaut. Klar. Es ist ja auch nicht ganz so einfach zu verstehen.

»Er hat dich gehen lassen«, fasse ich der Einfachheit halber zusammen. »Er hat dich aufgegeben.« Noch immer blicken mich seine Augen verwundert an.

»Pass auf ihn auf, ich konnte es nicht.« Adrians letzte Worte und ich schwöre, ich werde es tun.

»Du bist in Sicherheit«, ergänze ich leise, küsse Alec erneut. »Adrian ist fort.«

Bingo! Perfektes Timing. Just in den Moment geht die Tür auf und eine verfluchte Frühaufsteher-Krankenschwester schaltet grausamerweise das grelle Licht an.

Ich blinzle.

Alec blinzelt.

Sie blinzelt und reißt dann die Augen ganz weit auf. Okay, das hat sie gewiss nicht erwartet, zwei Männer in diesem winzigen Bettchen, die sich innigst umarmen und sehr zärtlich küssen.

Zum Glück bekommt sie nicht mehr zu sehen. Den Schock würde sie wohl nicht überleben.

Ihr Ausdruck ändert sich rasch von totaler Verblüffung zu einem amüsierten Lächeln.

»Guten Morgen«, brumme ich hingegen missmutig. »Können Sie das Licht wieder ausmachen? Es ist viel zu früh, zum Aufwachen.« Jetzt lacht sie, kommt sogleich näher.

»Gleich, Herr Berger. Vorher muss ich allerdings nach Herrn Tyson und Ihnen schauen, dann lasse ich Sie wieder alleine«, bestimmt sie resolut. Schwarze, kurze Haare rahmen ein sympathisches, sehr junges Gesicht ein. Ich habe sie gestern bestimmt schon mal gesehen, kann mich aber nicht daran erinnern. An keinen der Weißkittel.

Ich brumme irgendwas nicht Jugendfreies, benutze wohl einen von Toms Ausdrücken. Zu leise, als dass sie es wirklich verstehen würde. Überaus ungern löse ich mich von Alec, der offenbar noch nicht recht wach ist und die Krankenschwester irritiert anschaut.

»Guten Morgen, Herr Tyson. Wie geht es Ihnen?«, begrüßt sie ihn mit einer ganz anderen Stimme als mich. Alec hat immer diese Wirkung auf Frauen. Entweder sie verlieben sich sofort unsterblich in ihn oder er weckt ihre mütterlichen Instinkte.

»Wie schön, dass Sie wieder wach sind«, freut diese hier sich offenkundig. »Ich bin Laura. Haben Sie noch Schmerzen? Was macht ihr Arm?« Sie fragt ihn während ihre Finger routiniert und geschickt an dem Schlauchsalat herum hantieren und an Rädchen drehen. Sie wirft mir einen bösen Blick zu, dabei habe ich doch gut genug aufgepasst und nichts davon abgerissen. Den Teufel würde ich tun, Alec zu gefährden. Was denkt sie denn! Ich brauchte nur seine Nähe, um zu schlafen.

»Nein«, bringt Alec noch immer ein wenig schleppend hervor. »Alles okay.« Dabei schaut er mich an und wendet den Blick auch nicht ab, als

Laura sich an seinem bandagierten Arm zu schaffen macht. Er verzieht nur einmal kurz schmerzhaft das Gesicht. Seine Augen sind so wunderschön …

»So, Herr Berger.« Die Krankenschwester reißt mich aus meinen zärtlichen Gedanken. »Wollen Sie etwa da liegen bleiben?« Sie schaut mich mit hochgezogenen Augenbrauen überaus belustigt an. Ich starre finster zurück.

»Ja«, brumme ich entschlossen, rücke dichter an Alec heran. Neben mir gluckst dieser leise auf und auch Laura grinst breit.

Was denken die denn? Mein heiß geliebter Alec ist gerade aus den Armen eines Irren und von den Toten zu mir zurückgekehrt. Ich habe jedes Recht der Welt, ihn bei mir zu haben.

Außerdem ist es gerade mal 6 Uhr, viel zu früh und ich habe schließlich kaum geschlafen.

»Na gut.« Laura seufzt ergeben, tritt um das Bett herum und schaut nach meinen Verbänden. Dazu muss ich leider doch Alec loslassen und mir entkommt wirklich so etwas, wie ein knurrender Laut.

»Sie bekommen ihn ja gleich wieder«, sagt sie beruhigend. Rasch beendet sie, was auch immer sie machen muss. »Ich lasse Sie jetzt auch schon wieder alleine. In dreißig Minuten gibt es Frühstück«, verkündet sie fröhlich, erntet noch einen weiteren knurrenden Laut von mir, den sie mit einem hellen Lachen quittiert.

»Bis später dann, meine Herren.« Sie ist wirklich so nett, das Licht auszuschalten. Sekundenbruchteile später habe ich meinen Alec an mich gezogen. Minutenlang halte ich ihn fest, lausche den gleichmäßigen Atemzügen. Ob er wieder eingeschlafen ist?

»Du dämlicher kleiner Idiot«, flüstere ich. »Wieso hast du das nur gemacht?« Alec rührt sich, drückt sich näher an mich.

»Hab nicht darüber nachgedacht«, gibt er leise zurück. »Da lag dieses Messer neben den Handsch…« Er bricht ab, schaudert und gleich darauf spüre ich es feucht an meinem Hals werden, da wo sein Kopf liegt. Er hat sein Gesicht an mich gepresst. »Ich wusste, du würdest mich irgendwie retten. Ich hatte es so gehofft.«

»Ich war an die Wand gekettet und der Typ hat mir praktisch eine Knarre an den Kopf gehalten, wie sollte ich dir denn da helfen?«

»Hast du doch, oder?« So ein Spinner.

»Du hast eher mein Leben gerettet«, antworte ich kopfschüttelnd. »Adrian hätte mich einfach erschossen. So war er viel zu fertig von dem, was du getan hast.« Alec schweigt und ich berichte ihm in kurzen, knappen Worten, was passiert ist, nachdem er bewusstlos geworden ist. Den Großteil, alles bezüglich meiner Hysterie lasse ich mal dezent weg.

»Du hast also doch mein Leben gerettet«, behauptet Alec zufrieden, schaut zu mir hoch und lächelt. »Sind wir damit dann quitt?« Jetzt muss ich auflachen. Vor lauter, irrer Freude.

Das ist mein Alec. So wie ich ihn kenne. Ich bin so unglaublich erleichtert.

»Wenn ich jetzt »Ja« sage, wirst du mich dann verlassen?«, stelle ich die Gegenfrage, küsse ihn erneut.

»Blödmann«, schimpft er, lächelt zärtlich.

»Heißt das, du stehst auf ewig in meiner Schuld?« Ich streiche über seine tränenfeuchten Wangen. Er hat aufgehört zu weinen. Seine Augen leuchten im gedämpften Tageslicht, das durch die Vorhänge fällt. Alec lächelt, erhellt damit das ganze Zimmer, mein ganzes Universum. Ich liebe dieses Lächeln.

Er nickt schmunzelnd. »Dann werde ich ab jetzt wohl ewig bei dir bleiben müssen.« Das klingt nicht sehr bedauernd.

»Ist das eine Drohung oder ein Versprechen?« Alec küsst mich, presst seine weichen, wundervollen Lippen gegen meine.

»Ein Versprechen.« Seine Lippen kitzeln bei jedem Wort an meinen, zwingen mich dazu, sie zu berühren, ihn abermals zu küssen. Mein Herz schlägt ruhig und schwer. Ich habe meinen Alec wieder.

Ein fettes Grinsen ist auf meinem Gesicht. Ich spüre es genau, als ich den Mund dichter an sein Ohr bringe.

»Mir fallen da spontan doch glatt ein paar Dinge ein, wie du es wieder gut machen könntest«, raune ich, spüre sein leichtes Schaudern.

»Oh, mir auch«, gibt er zurück.

»Ich muss nur damit ein bisschen warten«, flüstere ich bedauernd, ächze ein wenig, als meine Rippen sich bemerkbar machen. »Bis du und ich wieder mehr Kraft haben.« Meine Lippen spielen mit seinem Ohrläppchen und Alec schiebt sich noch dichter an mich heran, scheint förmlich in mich zu kriechen.

»Und Ausdauer …«, ergänze ich, schließe die Augen wohlig.

Oh ja. Ich weiß ganz genau, was wir dann tun werden.

JUST FREE LOVE

Unbarmherzig läuft unsere Gnadenfrist ab.

Als ein Pfleger mit dem Frühstück hereinkommt, muss ich mich zwangsweise von Alec lösen. Der Typ ist weitaus weniger sentimental berührt von dem Anblick knutschender Schwuler. Frauen haben da einfach mehr Feingefühl.

Während ich mich noch stöhnend aus dem Bett wälze; meine Rippen schmerzen jetzt höllisch, ist der Pfleger schon wieder verschwunden.

»Tut es sehr weh?« Alec schaut schon viel wacher aus. Natürlich wird das nicht so einfach an ihm vorübergegangen sein, da brauche ich mir gar nichts einreden, dennoch tut es gut, ihn normal zu erleben. Alles andere wird sein Psychiater wieder hinbekommen. Ist verdammt noch einmal schließlich sein Job.

»Geht so«, nuschle ich, verziehe prompt schmerzhaft das Gesicht.

»Was hat er …« Alec stockt, leckt sich nervös über die Lippen. Seine Stimme wispert: »Was hat er dir angetan?«

»Nichts so Dramatisches«, gebe ich mit einer abwehrenden Geste zurück, lächle ein bisschen schief. »Nur zwei Rippen gebrochen.« Alec sieht so aus, als ob er es durchaus für etwas Dramatisches hält, zieht zischend die Luft ein.

»Es tut mir leid.« Kleiner Idiot.

Ich schaue böse zu ihm hin. »Was tut dir leid, Alec? Dass ich dich damals befreit habe, du dich in mich verliebt hast, ich mich in dich und wir damit in dieser Scheiße zusammen drin steckten?« Er schaut mich perplex an, öffnet den Mund, um etwas zu sagen und bricht ab. Sekundenlang starrt er mich an, dann lächelt er.

»Nein«, sagt er. »Die ersten drei Punkte finde ich schon ganz okay.« Er richtet sich in eine sitzende Position auf, schaut mich traurig an. »Ich wollte bestimmt nie, dass du da mit reingezogen und verletzt wirst. Als ich dich so gesehen habe, ist bei mir eine Sicherung rausgesprungen.«

»Habe ich gemerkt«, gebe ich scherzend zurück, Alec jedoch bleibt ernst.

»Ich meine es so Mike. Ich wäre lieber tot, als je wieder ohne dich leben zu müssen. Ich konnte deinen Anblick kaum ertragen. Das Blut und alles. Die Angst, Adrian würde dich wirklich töten, war so entsetzlich.«

Scheiße, mein blöder Körper macht nicht mit, denn am liebsten würde ich jetzt aus dem Bett springen, ihn in meine Arme ziehen und von oben bis unten abknutschen. Stattdessen keuche ich auf, als ich mich im ehrgeizigen Ansatz seitwärts drehe. Verflucht, bis eben habe ich noch nicht so viel davon gemerkt. Muss Alecs heilende Wirkung sein. Ohne ihn tut alles höllisch weh.

»Ich dachte echt, das wäre das Ende«, fährt Alec fort, den Blick auf den Fußboden gerichtet. »Ich wollte, dass es aufhört.« Mühsam schiebe ich mich ebenfalls in eine sitzende Position. Der Abstand zwischen den Betten ist zu groß zum Küssen. Aber seine Hand kann ich erreichen. Wenn er mir etwas entgegenkommt, heißt das.

»Und dann wache ich auf und liege in deinen Armen.« Alec hebt den Blick und lächelt mich an. Er kann Gedanken lesen, denn nun streckt er seine linke Hand nach mir aus. »Ich möchte immer so aufwachen. Jedes Mal. Jeden Tag«, flüstert er, lässt mein dummes kleines Herz schnell und beschwingt schlagen. Ruckzuck habe ich seine Hand ergriffen, drücke sie fest.

»Kannst du haben. Es gibt jetzt nichts und niemanden mehr, der dich mir wegnehmen kann.« Alec lächelt ganz fein. Da ist keine Angst mehr in seinen Augen. Endlich nicht mehr. »Niemand«, bestärke ich. »Von jetzt an kann uns niemand mehr trennen.«

»Niemand!« Er drückt ebenso fest meine Hand.

Beschlossene Sache. Keine Angst mehr, keine Adrians mehr. Nie wieder.

Dr. Goedhard kommt bald darauf, redet bestimmt eine Stunde mit Alec und mit mir. Seltsamerweise eigentlich viel mehr mit mir, glaube ich. Wir verabreden einen Termin, werden beide bei ihm sein. Wir haben alles gemeinsam durchgestanden, jetzt erledigen wir auch den Rest davon gemeinsam.

Ich bin irgendwie ganz erleichtert, dass Alec sagt, er habe von der erneuten Vergewaltigung nichts mitbekommen, habe noch unter dem Einfluss der K.O.-Tropfen gestanden. Hoffentlich macht es die Verarbeitung für ihn leichter.

Widerlicher, perverser Mistkerl, Alec zu vergewaltigen, als er bewusstlos war. Wie gut, dass er schon tot ist.

In der ersten Sekunde der offiziellen Besuchszeit wird unser Zimmer auch schon von Rick, Tom und Phily gestürmt. Rick in sehr dezenter Aufmachung, mit Jeans mit glitzernden Strasssteinchen an der Seite und einem türkisen Hemd mit Blümchen drauf. Wirklich! Das sind Blümchen!

Ich komme nicht dazu, lange über die ungeschriebenen Gesetze dessen nachzudenken, was ein Mann auf gar keinen Fall tragen darf, denn im nächsten Moment hängt mir Rick auch schon um den Hals, umhüllt mich seine typische Parfümduftwolke und er bedeckt mein Gesicht mit gehauchten Küsschen. Bei Alec ist Tom schneller und wesentlich vorsichtiger, wie ich aus dem Augenwinkel mitbekomme.

»Oh, Mike, ich bin so froh, dass es euch beiden gut geht!« Rick heult überglücklich los, drückt mich fest an sich und ich keuche prompt schmerzhaft auf.

Ja, bis eben ging es mir verhältnismäßig gut. Danke.

Nebenan vernehme ich Toms tiefe Stimme: »Mensch, bin ich froh, dass es dir gut geht. Ich dachte schon, der Irre würde dich wieder sonst wohin verschleppen.« Dann erst schaut er zu mir herüber. »Mann, Mike! Du siehst ja echt scheiße aus.« Ich liebe Ehrlichkeit. Danke. So genau wollte ich es gar nicht wissen. Gequält verziehe ich das Gesicht, versuche erfolglos, den klammernden, heulenden Rick von mir zu drücken.

Au, das tut doch weh! Meine armen Rippen.

Phily schiebt just in dem Moment seine zwei muskulösen, bedrohlichen Meter heran, legt einen riesigen Blumenstrauß auf Alecs Bett ab. Dann pflückt er mir dankenswerterweise den flennenden Rick vom Hals und stellt ihn in sicherer Entfernung wieder ab.

»Vorsichtig, Ricky«, ermahnt er ihn auch prompt. »Du siehst doch, Mike hat ganz schön was eingesteckt, da kannst du ihn nicht so bedrängen. Du tust ihm ja weh.« Phily schiebt auch Tom kurzerhand zur Seite. Er lächelt mich und strahlt Alec an, ergreift meine rechte und Alecs linke Hand mit seinen gewaltigen Pranken.

»Ich bin so erleichtert, dass ihr beiden Süßen lebt. Ich habe mir solche Sorgen gemacht«, brummt er, lässt sofort wieder los und wischt sich verstohlen eine Träne aus dem Augenwinkel. Dann stampft er auch schon wieder davon, brummt etwas von: »Vase finden.«

Tom zieht sich rasch den einzigen Stuhl heran und setzt sich ganz dicht an Alecs Bett. Sofort erzählt er ihm, in welche Gefahr er sich begeben hat, nur um Alec zu retten. Unser kleiner Held.

Rick stellt sich hinter Tom, umarmt ihn von hinten, schaut immer wieder stolz und liebevoll auf ihn. Phily ist derweil fündig geworden, ordnet geschickt die Blumen an. Er nickt ab und zu, brummt ein paar Kommentare zu Toms Bericht. Bald schon weiß Alec die ganze Geschichte. Er hat bislang noch nicht viel gesagt, aber seine Augen leuchten, sagen mir viel mehr als Worte, wie glücklich und stolz er auf unsere Freunde ist.

Schließlich bin ich dran, muss abermals erzählen, was in dem Lagerhaus passiert ist. Rick quietscht zwischendurch mehrfach erschrocken auf und heult prompt auch wieder los. Tom steht sofort auf und zieht ihn zu sich heran, nimmt seinen Freund fest in den Arm und streicht ihm beruhigend über den Rücken.

Eine rührende Geste. Die beiden sind schon ein klasse Paar.

Phily hingegen hört schweigend zu, wirkt sehr betroffen. Der Blick seiner babyblauen Augen wandert immer wieder von mir zu Alec und zurück. Als ich schließlich berichte, wie Adrian zurückgegangen ist und sich erschossen hat, schnaubt Tom abfällig: »Er ist tot? Gut so. Sonst hätte ich den Arsch selbst umgebracht.«

»Ach, Tommy. Sag doch so etwas nicht«, schimpft Rick prompt. »Ich bin doch auch so schon tausend Tode gestorben, weil du dich vier Stunden lang nicht mehr gemeldet hast. Meine Nerven machen so etwas nicht mit.« Erneut rollen ihm Tränen übers Gesicht, bringen seinen eigentlich wasserfesten Kajal in extreme Erklärungsnot.

»Er ist tot«, sagt Alec, als ob er es noch immer nicht wirklich glauben könnte, fügt kaum weniger ungläubig hinzu: »Es ist wirklich vorbei.« Tief seufzt er auf und dann breitet sich ein strahlendes Lächeln auf seinem noch immer recht bleichen Gesicht aus. »Ich bin endlich frei von ihm«, verkündet er wesentlich sicherer. Rick flennt lautstark los, löst sich von Tom und fällt nun Alec um den Hals, der es lachend über sich ergehen lässt.

Ja, endlich frei.

Wenige Tage später darf Alec endlich mit mir heim. Noch im Krankenhaus haben wir unsere Aussage bei den Kollegen gemacht. Sie waren fast alle da. Jeder, den ich näher kannte, kam vorbei, brachte Blumen und Süßes mit. Die meisten haben dabei zum ersten Mal Alec kennengelernt. Meinen Lebensgefährten.

Das Entsetzen über Arnauds Tod, Sams Verrat und Tod ist jedem von ihnen nur zu deutlich anzumerken. Ich bin zum Glück krankgeschrieben und nicht wirklich böse darüber, dass ich mit diesem ganzen Kram nichts am Hut habe. Das sollen die anderen Kollegen machen.

Das Krankenhaus war nicht gerade ein erholsamer Ort, noch ein romantisches Plätzchen, wo ich mit Alec alleine sein konnte. Jeden Tag kam jemand zu Besuch.

Tom, Rick, Lisa und Phily natürlich, dann Linda und meine Eltern. Meine Mutter war ungewohnt still, als Alec und ich abwechselnd berichteten, hielt meine Hand ganz fest. Mein Vater starrte hinterher sehr bestürzt auf Alec, trat irgendwann vor und legte ihm seine Hand spontan auf die Schulter und drückte ihn fest. Er hat nichts gesagt, ging gleich danach auch schon raus. Diese eine Geste jedoch drückte viel mehr aus, als er hätte sagen können.

Er hat Alec und meine Beziehung voll und ganz akzeptiert, dessen bin ich mir nun sicher.

Joana war auch da. Hat als Einzige wohl erkannt, dass wir lieber ein wenig mehr alleine wären. Sie hat sich nicht lange aufgehalten, wollte gar nicht so viel wissen, meinte nur, wir würden ihr alles irgendwann ja mal erzählen können.

Vincent rief an, wollte allen Ernstes sofort herfliegen. Nur mühsam hat Alec ihn davon überzeugen können, dass es nicht nötig ist. Wir werden im nächsten Urlaub zu ihm kommen. Versprochen.

Venezuela ist klasse. Dieser Ort bedeutet uns viel. Ein Stückchen Paradies, etwas heile Welt.

Phily hat uns vom Krankenhaus abgeholt und heimgefahren. Er hat sich zwischendurch um alles gekümmert. Dafür hatte ich ihm unseren Schlüssel gegeben. Als er sich vor dem Haus von uns verabschiedet, umspielt ein schelmisches Lächeln seine Lippen.

Ich weiß auch sofort warum, denn als ich aufschließe, schlägt uns schon der frische Duft von unzähligen Blumen entgegen. Phily hat überall welche aufgestellt. Im Flur, im Wohnzimmer, in der Küche und ja, auch im Schlafzimmer. Eine Spur aus roten Rosen führt vom Flur aus ins

Schlafzimmer. Da liegen wahrhaftig jede Menge rote Rosenblätter herum. Vor allem auf dem Bett.

»Sehr romantisch«, gebe ich achselzuckend von mir, muss aber doch irgendwie schmunzeln. Phily, die Schrankwand mit dem grünen Daumen.

»Ist es!«, behauptet Alec, schaut mich etwas empört an. »Es ist romantisch!« Wenn er meint. Ich seufze. Da muss ich ja mühsam die ganzen Rosen vom Bett entfernen, bevor ich … Ach, das hat noch Zeit. Nach allem, was passiert ist, brauchen wir beide Ruhe und Zeit.

Alec dreht sich zu mir um, lächelt mich glücklich an. »Endlich wieder Zuhause.« Das Sonnenlicht lässt seine Haare aufleuchten, taucht ihn in ein ganz besonderes Licht.

Ich betrachte ihn, nehme überdeutlich alles an ihm wahr. Auch die feine, dünne Linie an seinem linken Arm. Diese Narbe wird er immer behalten. Sie wird uns immer daran erinnern, was passiert ist, dass wir uns beinahe verloren hätten. Auch was wir uns bedeuten.

Hastig trete ich auf ihn zu, schnappe ihn mir und presse ihn hart an mich. »Versprich mir«, stoße ich heftig hervor. Angst überschwemmt mich kalt, klammert sich an mich, lässt mich plötzlich zittern. Meine Knie sind ganz weich, mein Herz schlägt schmerzhaft mit kleinen, harten Stößen. »Versprich mir, dass du so etwas nie wieder tun wirst!« Ich rieche ihn, ich spüre ihn.

Die Panik ist übergangslos da. All diese ewigen Stunden ohne ihn, die Furcht, ihn nie wieder zu sehen, zu wissen, was Adrian ihm antun würde. Ich möchte schreien, diese aufgestaute Furcht endlich entlassen, vergessen, verdrängen. »Ich will nie wieder solche Angst um dich haben müssen. Nie, nie wieder!«

Ganz plötzlich verstehe ich Adrians krankhaften Wunsch, begreife, warum er Alec bei sich halten, ihn schützen wollte, verhindern, dass irgendjemand ihm etwas antut. Ich kann es nachfühlen. Jetzt, hier, heute, möchte ich ihn auch bei mir behalten, ihn nie gehen lassen, ihn nie wieder in Gefahr sehen.

Alec schlingt seine Arme um mich, zieht meinen Kopf an sich heran und ich schäme mich nur ein ganz kleines bisschen, irgendwo in einem ungenutzten Gehirnbereich im Hinterkopf, als die Tränen unaufhaltsam fließen. Alec zieht mich mit sich rückwärts, setzt sich aufs Bett und hält mich fest. Langsam legt er sich auf die Rosen, hält mich eng umschlungen, den Kopf an sich gebettet, während ich die Panik, die ausgestandenen Ängste wie ein Kleinkind heraus heule.

Er ist es, der mir Sicherheit gibt, mich hält, während die aufgestaute Hilflosigkeit wie ein gewaltiger Orkan aus mir hervorbricht. Unaufhaltsam.

Ich schluchze, ich kann es nicht mehr kontrollieren, verliere vollkommen die Kontrolle über mich selbst. Ich bin nur halb so stark, wie ich immer tue. Diese Angst um Alec war das Schlimmste, was mir je passiert ist. Nie, nie wieder, will ich so etwas fühlen müssen.

Alec murmelt ab und an beruhigend meinen Namen, streichelt mich. Rosenduft liegt schwer in der Luft. Sein Geruch, seine Wärme, sein vertrauter Körper an meinem. Fest ist sein Griff. Sicher. Stark.

Jede weitere Nacht danach hält er mich so, wenn ich aus den unvermeidlichen Albträumen erwache, schweißnass, panisch nach ihm taste, mich versichern muss, dass er noch da ist. Oft kann ich gar nicht schlafen, liege stundenlang wach neben ihm und beobachte sein Gesicht im Halbdunkeln.

Es wird besser. Woche um Woche. Jeden Tag ein bisschen.

Es fällt mir sehr sehr schwer, wieder in den Alltag zu kommen, meine Sicherheit zurückzugewinnen. Ich bin anders geworden. Nach außen hin gelingt es mir, den alten Mike zu geben. Nur Alec weiß, wie ich mich wirklich fühle.

Ja, auch Dr. Goedhard, den ich scheinbar viel nötiger habe als Alec. Er erklärt, lässt mich vieles über mich erkennen, hilft mir, damit fertig zu werden.

Die ersten Arbeitstage rufe ich Alec noch jede Stunde an, schicke ihm SMS, bin erfüllt von der angstvollen Vorstellung, er könnte weg sein, wenn ich heimkomme.

Ist er nicht. Er versucht es immer einzurichten, dass er da ist, wenn ich heimkomme.

Peter lässt mich vermehrt Büroarbeit machen. Ist wohl auch besser so. Jeder nimmt Rücksicht. Langsam, ganz langsam wird es besser, werde ich normaler, mehr der alte Mike. Es wird Zeit brauchen, sagt auch Dr. Goedhard. Lassen sie sich Zeit zu verarbeiten.

Wochen. Monate vergehen.

Der Sommer liegt in den letzten Zügen. Herbstduft liegt in der Luft. Die Blätter verabschieden sich schon. Bald werden wir nicht mehr abends im Garten sitzen können sinniere ich, als ich nach meinem Arbeitstag nach Hause komme. Ein ganz normaler Tag mit meinem neuen Partner Fabian. Es war ruhig heute. Nichts Besonderes. Alles wieder ganz normal.

Schon von Weitem schaue ich zum Haus hin, versuche zu erkennen, ob Alecs Fahrrad da ist. Jedes Mal wieder überfällt mich die Furcht, wenn ich es nicht sofort entdecke. Aber Alec ist da. Sein Fahrrad steht an die hölzernen Stützpfeiler des Carports gelehnt. Im Flur ist Licht zu sehen. Trotzdem durchflutet mich die Erleichterung erst, als ich nach ihm rufe und seine fröhliche Stimme aus dem Wohnzimmer kommt.

Mein Alec. Jedes Mal ist sein Anblick Balsam für meine Seele. Er ist bei mir.

Lange Beine, die in seinen eng anliegenden Reithosen noch länger aussehen. Sein helles T-Shirt ist offensichtlich noch von der Arbeit verschwitzt. Das schreit geradezu nach einer Dusche.

»Hallo Liebster!« Lächelnd kommt er auf mich zu und küsst mich. Ich schließe ihn in meine Arme, muss ihn minutenlang einfach nur halten, wissen, dass er da ist. Ich brauche das. Meine Alec-Therapie.

»Alles okay?« Ich nicke.

»War ein ruhiger Tag.«

»Bin auch gerade erst vor einer Stunde gekommen«, erklärt Alec zwischen unseren Küssen. Er riecht nach Pferd, Schweiß, nach staubiger Erde, Heu und nach ... Mh, lecker, irgendwas mit Zimt. Ich schmecke es an seinen Lippen.

»Vernehme ich da etwa den Duft einer sündigen Nachspeise?«, erkundige ich mich lauernd, schnuppere an ihm herum. Oh ja, auch er riecht einfach köstlich, gerade ungeduscht. Jede Sünde wert. Ja, prima.

Alec lacht glucksend auf. »Dafür hast du eine feine Nase, oder?«

»Immer! Ich muss mich nur entscheiden, welche davon ich als Erstes vernaschen werde. Die mit Zimt oder die hier!« Vorsichtig probiere ich schon mal, wie seine Lippen schmecken. Sehr lecker.

»Besser erst die mit Zimt, Sahne und Krokant«, schlägt er vor. Seufzend löse ich mich von ihm. Okay. Ich nehme, was ich kriegen kann.

»Erst die eine, dann die andere?«, versuche ich mein Glück hoffnungsvoll. Alec lässt seine Hände im Nacken liegen, schaut mich liebevoll an.

»Damit bin ich auch einverstanden. Geh du in die Küche, hole dir was von dem Nachtisch und ich gehe schon mal ins Badezimmer voraus und bereite die andere Nachspeise vor.« Er grinst schelmisch und mein Unterleib zeigt seinen Hunger ebenso deutlich an wie mein Magen.

»Ich bin wirklich sehr, sehr hungrig«, rufe ich ihm nach, der schon Richtung Bad entschwindet, mir nur einen bezeichnenden Blick über die Schulter zuwirft.

Teufel auch, ist er sexy. Ich kann nie genug von seinem Anblick bekommen. Die Vorfreude auf den Nachtisch lässt mir das Wasser im Mund zusammenlaufen und beschert mir zudem ein gespanntes Gefühl in der Hose.

Ich gehe hinüber in die Küche und finde seine Köstlichkeit im Kühlschrank. Während ich genieße, wandern meine Gedanken zurück.

Nachdem wir aus dem Krankenhaus kamen, haben wir länger als zwei Wochen nicht richtig miteinander geschlafen. Irgendwie hatte ich immense Probleme die verfluchten Bilder aus meinem Kopf zu bekommen. Die aus der Lagerhalle und auch von damals, als Adrian das erste Mal zurückkam. Alec hat das alles viel besser weggesteckt, erstaunlich schnell in sein Leben zurückgefunden. Adrians Tod hat ihm Sicherheit zurückgegeben.

Nur mich haben die Ereignisse lange verfolgt und tun es noch immer. Ich weiß nicht, ob ich je wieder der alte Mike werden kann. Die Zeit wird es zeigen. Vielleicht bin ich einfach nicht mehr der harte Polizist, der immer souverän und cool ist. Solange ich meinen Alec habe, ist es mir fast egal.

Ich räume die leere Schüssel in die Spülmaschine. Was auch immer es für einen Namen hatte, es schmeckte köstlich und ich habe es viel zu schnell verschlungen.

Jetzt aber auf zum nächsten Nachtisch: Alec unter der Dusche. Ebenso köstlich, aber noch viel besser. Ich kann sein Stöhnen schon vernehmen, die Hitze seines Körpers fühlen. Es gibt nichts Köstlicheres.

Wasser plätschert, als ich die Tür zum Badezimmer öffne und abrupt stehen bleibe. Kerzenschein empfängt mich. Wie damals, an jenem Abend, als Alec entführt wurde. Das Licht flackert im Luftzug. Sekundenlang starre ich in den Raum, läuft dieser verdammte Film erneut in meinem Kopf ab. Die Angst, die Hilflosigkeit, alles blitzt kurz hintereinander auf. Dann schaue ich Alec an, der breit grinsend in der Badewanne liegt. Der Schaum bedeckt seinen tollen Körper nur unzureichend. Die Beine hat er weit geöffnet.

»Es ist angerichtet«, meint er, leckt sich lasziv über die Lippen. Und wie appetitlich es angerichtet ist. Hart schlucke ich den Kloß im Hals hinab.

Er ist so perfekt. Dieses Lächeln, seine blitzenden Augen, die kräftigen Arme, seine Brust und diese langen, gut bemuskelten Beine. Alle anderen unliebsamen Gefühle verschwinden hinter meiner innigen Liebe und heißem Begehren.

»Das sehe ich«, antworte ich rau, komme endlich ganz herein und knöpfe mir auch schon fahrig das Hemd auf. Meine heißhungrige Erregung wird schnell offenbart, als ich die Hose abstreife. Alec grinst frech, streicht sich in einer überaus erotischen Geste über die langen Beine, verteilt den Schaum gezielt darauf.

Na warte. Ich muss nur noch ganz schnell diese blöden Socken loswerden.

»Schnell, bevor alles kalt wird«, lockt mich Alec weiter. Endlich habe ich es geschafft, eile zu ihm. Bereitwillig macht er mir Platz.

»Hier wird nichts kalt. Dazu bist du viel zu heiß und ich zu hungrig.«

»Sehe ich genau.« Schmunzelnd drückt er sich an mich, reibt sich an mir. Seine Hände liegen auf meinem Rücken, gleiten auf und ab, umfassen den Hintern und drücken mich noch näher heran. Unsere Schwänze berühren sich und ich weiß, dass er bald schon ebenso hart sein wird wie ich.

Ich kenne ihn in- und auswendig. Jeden Zentimeter seines tollen Körpers, jede erogene Zone, jedes Muttermal, jede Narbe. Vor allem aber kenne ich ihn. Ich kenne und ich liebe ihn, das Gesamtkonzept Alec.

»Ich liebe dich.« Meine es mit jeder Faser meines Körper, meines Seins.

»Ich dich auch«, raunt er augenblicklich zurück. Wir küssen uns, reiben uns in langsamen, zärtlich erregenden Bewegungen aneinander. Wir werden uns lieben, auf jede erdenkliche Art und Weise. Immer.

»Moment …«, bringt Alec keuchend hervor. Er lächelt, lehnt sich aus der Wanne hin zu dem kleinen CD-Player. »Ich habe da was für uns. Ist mir heute irgendwann eingefallen.« Noch mehr Romantik? Okay, wenn er meint.

Musik erfüllt den Raum. Eine besondere Akustik, die wohl nur ein gekachelter Raum erzeugen kann. Ich kenne das Stück irgendwo her, das ruhig, ohne Gesang anfängt, komme nur nicht gleich drauf und werde auch höchst erfolgreich von dieser Frage abgelenkt. Alec küsst mich erneut, streicht weich mit seiner Zunge über meine Lippen.

Wundervoll, das Köstlichste, was es geben kann. Im Hintergrund läuft die Musik, während wir uns küssen, uns aneinander pressen, die Reibung langsam verstärken. Verloren, vergessen in unseren Küssen, gehen wir auf in unserer Liebe füreinander. Alecs Stöhnen wird lauter, als ich in ihn eindringe, ihn weite, ihn ausfülle. Völlig vereint, körperlich und seelisch.

»No hidden catch, no strings attached«, singt der Sänger von Depeche Mode. »Just free love.«

Wiederholt es Jungs, singt es noch einmal. Immer wieder.

Das ist es. Alec und Mike. Unsere Liebe.

»Just free love.«

ENDE

MAIN Verlag

Chris P. Rolls
Prisão

ISBN: 978-3-95949-205-8

Stets zu einem Risiko bereit, lässt sich Journalist Lyas Stevenson für seine neue Story in ein brasilianisches Hochsicherheitsgefängnis einschleusen. Bei der verdeckten Recherche der menschenunwürdigen Zustände gerät er ungewollt in den erbarmungslosen und grausamen Krieg der verfeindeten Drogenfraktionen. Tiago, ein Killer des Roten Kommandos, genannt Espírito, macht ihn kurzerhand zu seinem „Mädchen“. Vorerst bleibt Lyas nichts anderes übrig, als mitzuspielen, denn um keinen Preis darf seine wahre Identität aufgedeckt werden. Tiago gibt ihm Rätsel auf und weckt nach und nach Gefühle, die er sich partout nicht leisten kann. Je tiefer Lyas zudem in das Geflecht aus Drogensumpf und Korruption eintaucht, desto gefährlicher wird es und bald steht nicht nur sein Leben auf dem Spiel.